カッコーの巣の上で

One Flew Over the Cuckoo's Nest

ケン・キージー

岩元巌 訳

Ken Kesey

One Flew Over The Cuckoo's Nest
by Ken Kesey

This edition published by arrangement with
Viking, a member of Penguin Group (USA) LLC,
a Penguin Random House Company, New York
through Tuttle-Mori Agency, Inc., Tokyo

ドラゴンはこの世にいないといいながら
そのすみかにわたしを連れていってくれた
ヴィック・ラヴェルに献げる

カッコーの巣の上で

……一羽は東に、一羽は西に、
一羽はカッコーの巣の上を飛んでいった。
——インディアンわらべうた

第一部

黒人たちはもうそこにいた。

白衣姿のかれらはわたしよりも先に起き出し、廊下で性行為をして、わたしに見つけられないうちに、そのあとをモップで拭《ふ》いていた。

わたしが宿舎《ドーム》から出てきたとき、かれらはモップで床を拭いていた。三人とも不機嫌だった。朝のこの時を、この病院を、面倒を見なければならない患者たちを、何もかもを憎んでいるような顔をして働いていた。このように機嫌の悪いときは、かれらの目にとまらないほうがいい。わたしは壁にそって、ズック靴の音をしのばせ、埃《ほこり》のように音も立てずに歩いていった。だがかれらには何か特殊な感覚がそなわっていて、わたしのちぢかんだ心を感じとり、みんなして顔を上げる。三人ともそろって顔を上げ、古いラジオの背後からのぞく真空管のかたい光のように、その黒い顔からきらきらと目を光らせて、わたしを見る。

「族長《チーフ》が来たぞ。おいみんな、だーい族長さまだ。ブルーム族長さまのお出ましだ。さあ、ブルーム族長、お願いしますぜ……」

わたしの手にモップを押しつけて、今日掃除させようという場所を示す。そして、わたしは掃除を始める。黒人のひとりがわたしを追い立てるように、箒《ほうき》の柄でわたしのふくらはぎを叩く。

「ほれ、奴のあわてよう、見てくれ。おれの頭を皿がわりにしてリンゴを食べられるほどでっかい図体のくせして、まるで赤ん坊だ。叱られるとびくつきやがる」

三人は笑い、それから、顔を寄せあって、わたしの背後で何か口々に話しだす。それは黒い機械の発する唸りだ。憎しみと死とそしてさまざまな病院の秘事を話している。わたしがすぐそばにいても、憎しみをこめた秘密を平気で大きな声で話す。というのも、わたしがものも言えず、耳も聞こえないと思いこんでいるからだ。ここでは誰もがそう思っている。わたしは用心深いから、そうやって奴らをだましている。この病院のひどい生活で、わたしに半分インディアンの血が混じっていることが多少とも役に立つことがあるとすれば、それは抜け目なく用心深いということだ。おかげでこの何年間というものずいぶん助かってきた。

病棟のドアのそばを拭いているとき、向こう側から鍵が差しこまれる音がした。看護師長《ビッグ・ナース》だとすぐわかる。師長はもう長い間この錠を扱いなれているから、静かにしかも素早く、鍵を錠の中に吸いこませるように差しこむからだ。師長は冷たい一陣の風と一緒にするりと入ってきて、ドアに鍵をかける。そのとき、わたしは彼女の指がドアの磨きこまれた金属の上を走るのを見る——その指の先の爪は彼女の唇の色と同じ色をしている。奇妙なオレンジ色。半田ごての先端のような色だ。熱い色なのか、冷たい色なのか、それでさわられたとしても、どっちとも決めかねる色だ。

師長はいつも柳で編んだバッグを持っている。それはアンプクア族のインディアンが暑い八月の日に、ハイウエーで売っているたぐいのもので、道具箱のような形をし、大麻で編んだ持ち手がついている。わたしがここに来てからの長い年月の間、ずっと彼女はそれを使っている。目の粗い編み方をしてあるので、中のものがよく見える。コンパクトとか口紅とか、そんな女の持つようなものは入っていないが、一日の仕事に必要と彼女が考えるたくさんのものがバッグいっぱいに入っている――たとえば、鉄の輪やギアなど、かたい光沢を発するほど磨きこまれた歯車のたぐい、磁器のように光る小さな錠剤、注射器の針、ピンセット、時計屋の使うような小型のペンチ、一巻きの銅線など……

師長は通りすぎるとき、わたしにかるく頭を下げる。わたしはモップを使って、身体を壁の方にぐっと押しやって、にこっと笑い、そしてわたしの目を見られないようにして、できるかぎり彼女の機械装置であるこの病棟をよごしてやろうと考える――目さえ閉じておけば、案外、人間の心は見抜かれないものだ。

わたしは目を閉じた闇のなかで、師長のゴムの踵《かかと》がタイルの床に鳴り、廊下のわたしの前を過ぎていくとき、その柳細工のバッグの中身が彼女の歩く振動で、がさがさと音を立てるのを聞く。ぎくしゃく歩く女だ。目を開けたときには、もう彼女は廊下の端にあるガラスで囲まれたナースステーションに入ろうとしている。このナースステーションで師長は机に向かい、これから八時間、窓越しに目の前の娯楽室《デイルーム》で行なわれる患者の動きを監視し、メモをとって過ごす。それを考えてか、師長の顔は楽しく、穏やかに見える。

ところが……彼女はあの黒人たちに気づいた。かれらはまだそこにいて、何やらたがいに喋《しゃべ》っている。師長が病棟に入ってきたのに気づかなかったのだ。やっといま、師長が鋭い視線を投げかけているのに気づいたが、もう遅すぎる。師長の出勤してくる時刻に、かたまりあって、だべりあうなんて、間抜けな奴らだ。黒人たちの顔が、とまどったような表情を見せて、さっと離れる。師長は一瞬かがみこむような姿勢をとり、そして突進する。黒人たちは廊下の端に、三人ともかたまって逃げ場がなくなってしまう。黒人たちが何を話していたか師長は知っている。そして、もうすっかり自制心を失っているのが、わたしにはわかる。この黒いろくでなしどもをばらばらに引き裂くつもりだ。それほど師長の怒りはものすごかった。師長は大きくなる、白い制服の背中がばりばりと破れるまでふくれあがる、そしてかれら三人をひとつかみにするように腕を大きく横に引き伸ばす、五倍にも六倍にも。その大きな頭をくるっとめぐらせて、彼女は周囲を見まわす。誰も見ている者はいない。ただブルーム・ブロムデン、混血インディアンのわたしがモップに隠れるようにして、助けも呼べずにそこにいるだけだ。そこで、師長は完全に本性を丸だしにする。気どった微笑はゆがみ、それはあからさまに獲物に飛びつく唸り声にかわり、その身体はどんどんふくれて、まるでトラクターのように大きくなる。あんまり大きくなったので、中の機械の匂いを嗅《か》ぐことができるほどだ。大きすぎる荷重でモーターが焼けつくときの臭いだ。わたしは息をのんで、すごいぞ、こんどこそ奴らはやりあうぞと思う。こんどこそ、奴らは憎しみを少しだけ高く積みすぎた。奴らはわけもわからぬうちに、きっとたがいにばらばらにしあうぞ！

だが、師長がひろげた腕を黒人たちの身体にかけ、かれらのほうもモップの柄で師長の下半身に打ちかかろうとしたその瞬間に、患者たちが宿舎《ドーム》からぞろぞろ出てきて、いったい何事かと、見ようとする。師長はその恐ろしい正体を見られないうちに、変身しなければならない。患者が目をこすって、騒ぎの原因が何かをぼんやりと見ることができるようになった頃には、もう師長はいつものようににこやかに、穏やかに、そして冷ややかに、黒人たちに小言を言っているだけだった。月曜日の朝ですし、週の最初の朝にはそれはたくさんお仕事があるのですから、こんなところでかたまって、無駄話などしていてはいけませんよ……と。

「……月曜の朝って、それはいやなもの、でも、おわかりでしょう……」

「はい、ラチェッドさん……」

「……それに、今朝はたくさんお仕事があります。ですから、三人でお話しするのがそう急ぐことでないのなら、どうかしら、やるべきことをしては……」

「はい、ラチェッドさん……」

師長はそこで話をやめて、まわりに集まってきた、眠りすぎて、腫《は》れぼったく、充血した目で眺めている患者たちにかるく頭を下げる。ひとりひとりにいちいち頭を下げる。正確で、自動機械のしぐさだ。師長の顔はすべすべして、計算されたように正確に作られている。ちょうど高価なお人形の赤ちゃんのようだ。表面は白とクリーム色の混じった肌色をしたエナメルのようであり、赤ん坊の青い目、小さな鼻、桃色の小さな鼻孔――すべてのものがうまく調和しているが、ただ唇と爪の色と豊かな胸だけが調和を乱している。きっと製造過程のどこかで間違ってしまい、こんな豊満な女性の乳房をつけてしまったのだろう。それさえなければ完璧な作品となったはずだ。そして、師長自身もこの大きすぎる胸をひどく気にしているのが、他人にはわかる。

患者たちはまだそこに立ったまま、いったい何で師長が黒人たちに詰めよっていたのか嗅ぎだそうと待ちかまえている。そこで、師長はわたしがいたことを思い出し、「さあ、あなたたち、月曜日ですから、週の初仕事にブロムデンさんの髭《ひげ》を今朝は一番に剃《そ》ってあげたらいかが。朝食後に理容室で髭剃りラッシュが始まる前にね。そうすればブロムデンさんがいやがって暴れだす――ほらあの手間も多少は省けるかもしれません、ねえ、どうかしら」と言う。

誰かが頭をめぐらして、わたしを見つけないうちに、わたしはモップ置場にもぐりこみ、ドアを閉じて、その闇のなかで息を殺す。朝食前の髭剃り、それはタイミングとしては最悪だ。ベルトの下に何か入っているのを感じていれば、多少は勇気が出るし、眠気も覚めてくる、それに、コンバイン（語り手のブロムデンが、巨大な共同体アメリカを示す意味で使っている言葉）のために働くろくでなしどもも、シェイバーの代わりに奴らの機械をわたしの顔に当てるなどというわけにはいかない。だが、師長がときどきやらせるように、朝食の前に髭を剃られるときは——朝の六時半に、白い壁と白い洗面台、それに影ができないように長い蛍光灯を天井に並べた部屋で、しかも鏡の前に抑えこまれ、悲鳴をあげているわたしを皆で取り囲んで——そのようなとき、奴らの機械から身を守るのに、いったいわたしにどれだけチャンスがあるというのか？

　わたしはモップ置場に身をひそめて、闇のなかで心臓の鼓動を聞きながら、じっと耳を澄ます。そして、わたしは恐怖を感じないように努め、何か他のことを考えようとする——昔のことを考え、わたしの集落やあの大きなコロンビア川のことを想い起こし、パパと一緒にダレスの近くで、ヒマラヤ杉の林のなかに鳥を撃ちに行ったことなどを考えようとした。……しかし、いつものことながら、昔のことを思い、その思い出のなかにわたしがひそもうとすると、身近にある恐怖がその思い出を突き破って、忍びこんでくる。あの一番小柄な黒人が廊下をこちらへやって来て、わたしの恐怖を嗅ぎつけようとしているのを感じとることができる。奴は鼻の穴を黒いじょうごのように広げ、くんくんと嗅ぎながら、身体に不釣り合いなでかい頭をあちこちへと動かす。そうして、病棟のあらゆるところから恐怖の臭いを嗅ぎつける。もう、わたしを嗅ぎつけただろう。鼻を鳴らすのが聞こえる。隠れ場所にはまだ気づいていないらしいが、奴はしきりに嗅ぎまわって、探している。わたしはじっとしていようと努める……

（パパがじっとしていろとわたしに言う。犬が近くにいる鳥を嗅ぎつけたと言う。ダレスに住む男からポインターを一匹借りてきていた。パパが言うには、集落の犬はどれもこれも役立たずの雑種ばかりで、魚のはらわたばかり食って、品というものが全然ない。だがこの犬には立派な本能というものがある！わたしは黙っていたが、すでに灰色の羽根をひそめてうずくまっている鳥が小さなヒマラヤ杉にとまっているのを見つける。犬は木の周囲を円を描いて駆けめぐる。あまりにも臭跡がたくさんで、はっきりと鳥のいる場所を示すことができないのだ。鳥は静かにしているかぎり安全である。ずいぶんと長い間、じっとそこに我慢しているが、臭跡を追いつづけた犬が、しだいに大きな音を立てながら、その木の周りを駆けめぐる輪を小さくしていく。それで、ついに鳥は飛び立つ、羽根をさっとひろげ、ヒマラヤ杉から舞い上がる。待ちかまえたパパの銃から放たれた散弾の雨のなかに）

　モップ置場から飛び出して十歩も行かないうちに、小柄な黒人と大柄な黒人のひとりとが、わたしをつかまえて、理容室に引きずっていく。わたしは反抗もせず、声も立てない。叫んでみたところで、かえってつらくなるだけだ。わたしは叫びたい気持ちをじっとこらえる。かれらがわたしのこめかみに機械を当てるまで、わたしはじっと我慢している。とにかく、こめかみに当てられるまでは、かれらが使っているのがシェイバーではなくて、あの代用の機械だということがはっきりわからないからだ。しかし、それが見えたら、もう我慢できない。もうこめかみのところまで来たら、意志の問題とかそういうもんじゃない。それはいわば……ボタンだ。押すと空襲《エア・レイド》、空襲《エア・レイド》と唸りだす。わたしはすごい声で叫びだす。それはもう普通の音なんてもんじゃない。鏡の中に映し出された連中が耳に手を当て、こぞってわたしに何か叫ぶ。井戸端会議のように顔を寄せあって、それでいてかれらの口からは何も音が聞こえない。わたしの叫び声が他の音をすべて吸いこんでしまっているのだ。すると、また煙霧器をかれらは使う。霧が牛乳のようにわたしの上にすっぽりと冷たく雨のように降ってきて、奴らに抑えられていなければ、そのなかに隠れていることができるほどに濃くなる。もう目の前から六インチ先が見えない、そして、わたしの叫ぶ悲しい声のほかにわたしの耳に入るのは、師長があの柳細工のバッグで患者たちを追い払い、廊下を叫びながら、突進してくる音だけだった。彼女が近づく物音が耳に入るが、わたしはまだ叫び声をやめることができない。師長がそこに来るまで、わたしは叫ぶ。奴らはわたしをさらにきつく抑えつけ、師長は柳細工のバッグごとわたしの口に押しこみ、モップの柄でそれを口の中に叩きこむ。

（一匹のブルーティックが霧のなかで長く尾をひいて吠えた。何も見えないから、道もわからず、恐怖で駆けまわる。地上には自分がこしらえる臭跡以外に、何も臭跡がないので、ひんやりとしたあのゴムのような赤い鼻で、あらゆる方角を嗅ぎまわるのだが、自分の恐怖以外には何も嗅ぎつけることができない。蒸気のように心まで焼きつく恐怖以外には何も）この物語は、ちょうどその恐怖と同じようにわたしの心に焼きつくことだろう。ついに話すこととなったこの物語。病院のこと、師長のこと、みんなのこと——そしてマックマーフィのことを語るこの物語は。わたしはこれまであまりにも長いあいだ沈黙を守りすぎた。だからこれからの話は洪水のように滔々《とうとう》と流れ出てくるだろう。そしてみなさんは、この話をしている男は大ぼら吹きだぜ、まったく、と考えるかもしれない。こんな恐ろしい話が本当に起こるわけがないさ、とても本当だとは信じられない、とお考えになるかもしれない。だが、どうか聞いてほしい。わたしはまだ頭がぼんやりしていて、はっきりと考えることがむずかしいが、しかし、たとえ本当に起こったことでないとしても、この物語は真実なのだ。

霧が晴れて、あたりがはっきり見えるようになったとき、わたしはデイルームに坐っている。今回は電気ショック療法室《ショック・ショップ》には連れていかれなかった。わたしは理容室から連れ出され、隔離室に入れられたのは憶えている。しかし、朝食を食べたかどうかは記憶がない。おそらく食べていないだろう。憶えていることといえば、前に隔離室に入れられていた朝のことだ。黒人たちは——本当はわたしの分だが——朝食のあらゆる品目をお代わりまでしてそこに持ってきて、三人で食べてしまう。わたしは小便くさいマットレスの上に横になって、かれらがトーストで卵をすくっているのをじっと見守っている。わたしにはその油の臭いを嗅ぐことができるし、かれらがトーストを噛む音も聞こえる。また別の朝などには、かれらは冷えたコーンミールを持ってきて、塩も振りかけず無理やりわたしに食べさせた。

　だが、今朝のことは何ひとつ憶えていない。ピルとかれらが呼んでいる薬をたっぷり服《の》まされたので、病棟のドアが開く音を聞くまで、何ひとつ記憶にない。病棟のドアが開くということは、すくなくとも八時だということを意味する、つまり、わたしは隔離室で一時間半というもの、意識を完全に失っていたということを意味する。それだけの時間があれば、外科医が入ってきて、師長の指示どおりにわたしの頭の中に何でも植えこむことだってでき、しかもわたしは何をされたか見当もつかないということだってありうる。

　わたしの坐っている場所からは見えないが、廊下の向こうで、病棟のドアが開く音が耳に入ってくる。

そのドアは八時に開けられる。そしてその後は一日に何回となく開いては閉まる、カシャッ、ガチッと音を立てて。毎朝、食事がすんだあとは、患者たちはデイルームの両端にずらりと並んで坐り、ジグソーパズルをかきまぜたりしながら、じっとそのドアの錠に差しこまれる鍵の音に聞き耳を立て、そこから何が現われるか待ちかまえる。他にこれといってすることもないからだ。あるときにはそこに若いインターンが早くからやって来て、いわゆる薬前《BM》と呼ばれる投薬前《ビフォアー・メディケーション》の患者がどのようであるかを観察する。またあるときには、ハイヒールを履いて、ハンドバッグをお腹《なか》のあたりにしっかりとかかえた誰かの奥さんが面会にやって来る。また、広報係の男に案内されて、見学に来た一団の小学校の先生方が現われる場合もある。この広報係は馬鹿な奴で、いつもいつもしめった手を打ち鳴らしては身体の前に組み、案内をしてまわり、精神病院から昔の残酷な風景がなくなったのは本当に喜ばしいことだと述べ立てる。「何と明るい雰囲気じゃありませんか、そうお思いになりませんか?」彼は、少しこわがってひとつにかたまっている先生方を、手を鳴らしてせきたてながら、言う。「それはもう、昔のこと、不潔さ、ひどい食事、そしてもちろん、残酷な扱いなどを振り返ってみますと、わたしどもの長い長い努力がいまやっと実を結んだと思います!」と。とにかくそのドアから入ってくる人物が誰であれ、大体はわたしたちを失望させるのであるが、しかし、もしかしたら、という希望はいつもある。そこで、錠に差しこまれる鍵の音を耳にすると、患者の顔はみな紐で操られているかのようにいっせいに上がる。

　今朝は、錠の音がいつもと違う。ドアのところに来ているのはいつもやって来る人物ではない。すると護送員の声が、少し苛立《いらだ》ったように、「新患でーす、誰か来て、引き取ってください」と大きく聞こえてくる。そして、黒人たちが飛んでいく。

新患。誰もがトランプやモノポリーをやめて、デイルームのドアの方を向く。いつもなら、わたしは外にいて、廊下を掃除しているのだから、新しい患者が誰かすぐわかる。しかし今朝は、先ほど説明したように、師長にしこたま薬をのまされてしまったので、椅子から身動きすることさえできない。いつもなら、わたしが一番に新患を見、そいつがドアからおずおず入ってきて、壁の方にそっと行き、恐ろしそうに立っているのを見ることができる。すると、黒人たちがやって来て、サインをし、新患の身柄を引き取り、彼をシャワー室に連れていく。そこで彼は衣服をはぎとられ、開けひろげたドアから入る冷たい空気のなかで裸のまま、震えながら立たされる。その間に、黒人たちは三人して廊下をあっちへ行ったりこっちへ来たりしながらワセリンを探しまわる。「体温計に塗るワセリンがいるんですが」と、かれらは師長に言う。彼女は黒人たちをひとりひとり眺める。「たしかにいるわね」と言って、少なくとも一ガロンは入りそうな瓶を渡す。「でもわかっていますか、あなたたちみんなでやらなくていいのよ」と、師長は言う。しかし、その次に見たときは、ふたり、いや三人ともそのシャワー室に入り、新患を囲んでいる。かれらは体温計をワセリンのなかに突っこんで、そのまわりに指の太さほどにワセリンがつくまで、かきまわし、「そう、それでいいんだ、あんた。それでいいんだ」と口ずさんでいる。それから、かれらはドアを閉め、そこにあるシャワーの栓をみなひねり、緑色のタイルに打ちつけるすさまじい水の音以外は何も聞こえないようにしてしまう。いつもなら、わたしは外にいて、このようなことをじっと見ている。

だが今朝は、わたしは椅子に坐って、ただ耳を澄ませて、かれらが新患を連れて入ってくる物音に聞き入るだけだ。わたしには新患の姿が見えないけれど、それでも普通の新患じゃないのがわかる。びくついて、壁のそばににじり寄っていく物音がしないし、黒人たちがシャワーのことを言っても、弱々しい声で

「はい」などと答えることもしない。この男はすぐに大きな声で図々しく、いやあ、おれはもうすっかりきれいだから、結構、と答える。

「今朝、裁判所でもシャワーを浴びせられたし、それに昨晩、刑務所でもやられたんだ。まったく奴らときたら、ここへ車で連れてくるときでも、シャワーさえあればきっとまた浴びせて、耳の穴まで洗ってくれたと思うぜ。ほんと、どこかに移るとなりゃ、きまって、その前と後と、そしてその途中でも、やたらと身体をごしごし洗いやがる。だから、あんた、おれはね、水の音を聞くと、何となく荷物をまとめるようになっちまってね。おい、その体温計、おれには用はないぜ、それよか、おれの新居をまあちょっとおがませてくれや。精神病院てのは初めてなんだ」

患者たちはとまどったようにたがいに顔を見あわせ、それから男の声の飛びこんでくるドアの方に目をやる。黒人たちがすぐそばにいるのなら必要以上と思えるほどの大声で話している。まるで、黒人たちよりずっと高い所にいて、下にむかって話しかけているように聞こえる。ちょうど、五十ヤードも上の方を飛んでいて、そこから地上にいる人間にむかってどなっているようだ。声からすると大きな男のようだ。廊下をこちらへやって来る音が聞こえる。歩き方からしても、大男だ。そろりそろりという歩き方でないことだけは確かだ。靴の踵に鋲《びょう》を打ちつけてあるのだろう。歩くたびに馬蹄《ばてい》のようにそいつが床の上ですごい音を立てる。やがて、男が入口に現われた。そして、彼はそこに止まり、ズボンの両方のポケットに親指を引っかけ、ブーツを履いた足をひろげて、立つ。患者たちは茫然とその姿を眺めている。

「やあみなさん、おはよう」

男のすぐ上に、ハロウィーンのために作った紙のコウモリが紐でぶらさがっている。彼は手をのばして、それをはじき、くるくると回す。

「とても素晴らしい秋の好日ですな」

男の話し方は少し昔のパパに似ている。大きな声で、力に満ちている。しかし、姿はパパとは大違いだ。パパは生粋のコロンビア・インディアンで、族長で、銃床のようにがっしりとし、光っていた。この男の髪は赤毛で、赤毛の頬髭を長くのばしていて、帽子の下からくしゃくしゃした巻毛がはみ出ている。ずいぶんと髪が長くのびている。パパは背が高かったが、この男はその分だけ横にひろがっている。顎もごついし、肩幅も胸も広い。おまけに不敵な笑いをその白い顔に大きくたたえている。パパとは質が違うが、この男もがっしりとしている。野球の硬球のように、すり減った表面の皮の下ががっしりと固いといったああいう感じだ。鼻から一方の頬骨にかけて、傷の跡がある。喧嘩《けんか》で誰かにしたたかやられたらしく、縫った跡がまだそこに残っている。彼はそこに立ち、じっと待つが、誰ひとり声をかけようとする気配を見せないので、ついに大声で笑いだす。なぜ笑ったのか誰もはっきりとはわからない。おかしいことなどひとつもないからだ。しかし、この男の笑いは例の広報係のとは違う。それはのびのびとした大きな笑い声で、大きく開いた口から飛び出してきて、輪をえがいて、だんだん広がり、病棟全体にまで満ち、壁に当たって反響する。あの広報係の笑いとは全然違う。こっちのはほんものだ。ここ何年もの間ほんものの笑い声を耳にするのはこれが初めてだと、わたしは突然気づく。

男はそこに立って、わたしたちを見やり、ブーツ姿のその身体を後ろにそらし、笑い、そしてまた笑う。ポケットに親指を引っかけたまま、他の指を腹の上で組み合わせる。その手がすごく大きく、節くれだっているのにわたしは気づく。患者も、医局員も、病棟にいた者はみんな、この男と、その笑いにすっかり度肝を抜かれて茫然としている。男の笑いをやめさせようとする気配も、何か言おうとする様子すらない。ひとしきり区切りがつくまで彼は笑い、そして、デイルームへと入ってくる。笑っていないときにも、その笑い声が男の身体にまつわりついているように見える。ちょうど、鐘が鳴りやんだあとに、まだその余韻が残っているときのように。だから、笑い声がまだ彼の目のなかにも、微笑にも、歩く姿にも、話す言葉のなかにも残っている。

「みなさん、おれはマックマーフィというんで、R・P・マックマーフィ。おれは賭け事には目がないときている」男はウィンクをし、歌を一節《ひとふし》口ずさんでみせる。「〝……おれはトランプに出会えば、いつでもおれの……金を……賭けるのさ〟」そして、また彼は笑う。

彼はトランプをやっている患者のところへ歩いていき、ひとりの急性患者の持っているトランプを太い、大きな指で押し上げて、その手をちらりと見、こりゃだめだといわんばかりに首を振る。

「そうとも、こいつのためにおれはこの病院に来たんだ。トランプゲームを楽しく陽気にするためだ。もうペンドルトン作業農場にはおれを楽しませてくれる奴らがいなくなっちまってね。それで、転地を申しこんだってわけさ。いわば新しい血が必要と考えてね。どうだい、見ろよ、こいつがカードを持つざまをさ。さあ、みなさん、ご覧くださいって言ってるようなもんじゃないか！　おれさまがあんたらをしっかり面倒みてやるぜ、小羊ちゃんみたいにね」

チェスウィックは男に言われて、慌ててトランプを見えないように寄せる。赤毛の男はチェスウィックに手を差し出して、握手する。

「やあ、こんにちは。あんたがやっているのは何かね？　ピノクルか？　そうか、だから手を見せたってたいして気にしないってわけだな。ここにはまともなカードはないのか？　ほら、見せてやるぜ、万一を考えて自分のカードを持ってきたんだ。絵札より面白いもんが描いてあるぞ——この絵をみてくれ、どうだい？　一枚一枚違っているだろう。五十二枚とも全部別々の体位で描いてあるんだ」

チェスウィックはもうびっくりして目をまん丸くしている。カードに描かれた図を見てまたびっくりしている。

「おいおい、慌てないでくれ。カードを汚さないでくれよな。まだまだ時間はたっぷりある。おれたちは、あんた、ゲームをたっぷりやるんだ。おれがここでこのカードを使いたいのはね、他の連中がこのカードの絵と数の組み合わせを憶えるまですくなくとも一週間はかかるからだ……」

彼は作業農場のズボンとシャツを着ているが、それは水で薄めた牛乳のようになるまで色があせてしまっている。顔と首と腕は、農場で長いあいだ働いていたために、赤褐色のなめし皮のような色になっている。頭にちょこんとのっけるように真っ黒いオートバイ用の帽子をかぶっていて、片一方の腕に、皮のジャンパーをひっかけている。そして、灰色の、埃にまみれたがっしりとしたブーツを履いている。そいつで蹴《け》とばしたら相手が二つに折れてしまいそうなやつだ。彼はチェスウィックのところを離れ、帽子を脱ぐと、それで太腿のあたりをはたいて、埃をもうもうと上げる。黒人のひとりが体温計を手にして、彼のあとを追いかけてまわるが、すばしこくって、なかなかつかまらない。いまは急性患者たちのあいだに入っていて、あちこち動きまわり、患者のひとりひとりと握手していくから、黒人が狙《ねら》いをつける間もない。この男の話し方、ウィンクのやり方、大きな声、堂々たる歩きぶり、そういったものが自動車のセールスマンか家畜のせり師を思い浮かばせる——あるいは見世物小屋の舞台で早口に口上を述べたてる男、はためく万国旗の前に出てきて、黄いろいボタンをつけた太い縞《しま》のシャツ姿で、磁石のようにフロアから観客の顔を引きつける男を思い浮かばせる。

「じつはね、あんた、本当のことを言うと、作業農場でちょっとした喧嘩に巻きこまれたんだ。それで裁判所ではおれが精神錯乱だと鑑定してくれたってわけだ。それで、あんた、おれが裁判所に文句言うと思うかね？　とんでもない、あんた、おれは文句言いませんよ。何だっていいのさ。あのくだらん豆畑から逃げ出すことができるならね。そいつが精神錯乱だろうが、狂犬だろうが、狼人間だろうが、奴らのお望み次第におれはなる。死ぬまで、除草鍬《くわ》にお目にかからなくてすむんなら、おれは何だっていいんだ。奴らの言うには、精神錯乱者というのは、やたらに喧嘩したり、やたらに女と寝る奴のことだそうだが、しかし奴らの言うこと少しおかしいと思わないか？　つまり、やたらに女のあそこをほしがる奴なんて聞いたことあるかい、あんた？　やあ、こんちは、あんたは何て名前？　おれの名前はマックマーフィだ。あんたがいま持っているそのピノクルの手に、いくつ点があると思うね。見ちゃだめだ。おい、さあ、おれはあんたが正確に言い当てられないほうに二ドル賭ける。二ドルだぜ、さあ、やるかい？　うるさいね、この黒んぼは！　その体温計でおれを突き刺そうてんだろうが、すこしは待てんのかね？」

新しく入ってきた男はそこに立って、しばらくあたりを見まわし、デイルームの様子をとっくりと見ている。

部屋の片側には、急性患者と呼ばれている比較的若い患者たちがずらりと並んでいる。この連中は、治療をすればまだ何とかなると、病院では考えている。かれらは腕相撲をしたり、トランプで手品をしたりしている。トランプの手品では、足し算をしたり、引き算をしたり、逆に数えたりしているが、そのカードたるや、とにかく相当の仕掛けがしてある。ビリー・ビビットは煙草を紙に巻く練習を一心にしているし、マーティニはやたらにその辺を歩きまわり、テーブルや椅子の下をのぞきこむ。とにかく、急性患者たちはよく動く。たがいに冗談を言いあって、拳《こぶし》をつくって口にあてくすくす笑う（誰も思いきり大声を出して笑う者はいない。もしそんなことをしたら、医師も看護師もみんなノート片手に出てきて、たくさんの質問をすることだろう）、そして、かれらは、歯で噛んだ跡のある黄いろい、ちびた鉛筆で手紙を書く。

かれらはたがいにスパイをしあう。たとえば、ある患者が自分のことで口にするつもりではなかったことを思わず言ってしまうときがある。すると、彼と同じテーブルに坐っていた仲間のひとりが立ち上がり、あくびするふりをし、ナースステーションのそばに置いてある大きな日誌にいま耳にしたことを書きつける。師長の言葉によれば、この病棟にいる患者全員に治療上有益な情報というわけだ。この日誌はそのためにあると師長は言うが、しかし本当のところは、いろいろ情報をつかんでおいていざというときには厄介な患者を本館で改良する、つまり、故障を直すという名目で頭部に植込み手術をする根拠にしようという魂胆だと思う。

日誌にそういう情報を書きつけた男は、患者名簿に星印をつけてもらえて、翌日は遅くまで眠っていられるのだ。

この部屋のもう一方には、コンバインの産物のうちの屑《くず》、つまり慢性患者がいる。この患者たちは治療のために病院に入っているのではない。この連中がうろうろと街路を歩きまわっていれば、コンバインが産み出した人間の名に疵《きず》がつくので、ここに閉じこめておくのだ。だから、慢性患者が永久にここにいるということは、医師や看護師も承知している。慢性患者にも、わたしのように食事を与えておけばまだ自由に動きまわれる歩行者《ウォーカーズ》と、それに車椅子使用者《ウィーラーズ》と植物《ヴェジタブルズ》（状態の）患者の三種類がある。慢性患者というのは――いやわたしたちの多くがそうだが――内部に疵があって、直すことのできない機械みたいなものだ。その疵は生まれついてのものもあるし、あるいは長年の間、あまりにも固い物に頭で突っかかっていたために生じた疵で、病院に連れてこられた時分には、もう手遅れで、どこかの空地で錆《さ》びついてしまった機械のようになっていたということもある。

しかし、ここにいる慢性患者のなかには、何年か前に医師たちが多少のミスを犯した結果、慢性になった者がいる。たとえば、入ってきたときは急性患者だったが、この病院で変えられてしまった者が何人かいる。エリスがその一例だ。彼は急性患者として入院してきたのだが、黒人たちが「ショック・ショップ」と名づけているあの汚らわしい頭脳殺害室で、医師が電気の衝撃を多量に与えすぎたために、すっかりだめになってしまった。今では、エリスは壁のところに、手錠をかけられて同じ姿勢のまま立たされている。手術台から下ろしたときと同じ姿勢、腕をひろげ、掌《てのひら》を丸くし、そしていつも変わらぬ恐怖の表情を顔に浮かべて、そこに釘づけにされている。彼はまるで剥製《はくせい》にされた狩猟の獲物のように、壁に釘づけにされている。エリスの手錠をはずすのは、食事のとき、ベッドに追いやるとき、そして、彼の垂れ流しでできた床の上の水溜《みずたま》りをわたしにモップで掃除させるときだけだ。旧館にいた頃はエリスが一カ所にあまりにも長い間立っていたので、そこのところの床が小便で腐り、ぽかっと穴ができさえした。そこで、エリスはしょっちゅうその穴から階下の病棟に落っこちて、点呼の時間になると、員数が合わなくて奴らを慌てさせたものだ。

ラックリーも急性患者として何年か前に入院して、のちに慢性に変わった男である。彼にも違った形で病院はよけいなことをしている。つまり、脳手術で何かのミスを犯したのである。ラックリーは、黒人たちは蹴とばすし、見習い看護師の脚には噛みつくしで、だいぶ手を焼かしたのだが、そのために、脳に何かを植えこんで直そうと彼は連れていかれた。彼は手術台に皮紐でくくりつけられてしまった。ほんのわずかな間だが、彼らしいしぐさを最後に見せたのは、病棟のドアの向こうに彼が運ばれていく直前のことだった。ドアが閉まろうとするとき、彼はウィンクをして見せ、後ずさりする黒人たちにむかって、「このコールタールども、お礼は必ずさせてもらうぞ」と言った。

それから二週間したら、ラックリーは病棟に戻ってきた。頭は丸坊主に剃られ、顔の前面にてかてかした紫色の痣《あざ》が浮かび、両方の目の上に、何か小さなボタンほどのものが詰めこまれて、そこに縫った跡がある。ちょっと彼の目を見ただけで、連中がひどい電気をかけてそこのところを焼きこがしたのがわかる。目はすっかり煙って、灰色になってしまい、内部はヒューズが燃えつきたようにうつろになってしまった。今では彼は一日じゅう坐って、ただ古い写真をその燃えつきた顔の前にかざして、冷たい指で何回となく、それをひっくり返しているだけだ。そのために写真は両面とも手垢《てあか》で彼の目と同じように灰色になってしまい、昔、それが写真であったということすら今ではわからないほどだ。

病院側は、現在では、ラックリーを自分たちの失敗例と考えているようだが、かりに手術が完全に成功であったとしても、彼がどれだけ人間としてましな存在になれたか、わたしは怪しいと思っている。現在行なわれているこういう脳の手術は大体が成功している。外科医が技術的にも優れてきたし、経験も豊かになったからだ。額《ひたい》のところにボタンのような跡ができるなどということはもうないし、いや、もう切開すらしない――つまり、眼窩《がんか》から直接脳へ達する方法をとる。ある場合には、患者が脳手術に連れていかれるとき、ひどく腹を立て、世界中を呪いながら病棟を出ていく、そして二、三週間後に、ものすごい喧嘩をしたときのような黒痣のついた目をして戻ってくると、こんどは、じつにおとなしい、行儀のよい人間になってしまっている。帽子を目深《まぶか》にかぶって、ひとつの幸福な単純な夢だけを見て、さまよい歩いている夢遊病者のような顔をその陰に隠しながら、一、二カ月して、退院する場合だってある。これを成功例と病院では言うが、しかし、これもまたコンバインのために作りだしたロボットにすぎないと言いたい。むしろ、そこに坐って、古い写真をまさぐり、その上によだれを垂らしているラックリーのような失敗例のほうがましかもしれない。ラックリーはそれ以外はほとんど何もしない。小柄な黒人がときどき彼のそばに身体をかがめて、「おい、ラックリー、今晩おめえのかわいいかあちゃん町で何やってんだろうね？」とからかって、ラックリーを怒らせる。ラックリーの顔が上がる。記憶がその混乱した機械のどこかでささやく。彼はまっ赤になり、血管がどこかで詰まる。このために彼の息は乱れ、喉《のど》からほんのかすかな音をやっと出せるだけだ。泡が口の端から吹き出て、彼は一生懸命に何か言おうとして顎を動かす。やっとのことで言葉が出てくるとき、それは低い、むせぶような声で、思わず背すじがぞっとするほどだ。「女房なんかく、く、くそくらえ！　女房なんかく、く、くそくらえだ！」と彼は言う、そして、それだけ言うのに力を使い果たして、気を失ってしまうのだ。

エリスとラックリーが慢性患者のなかで一番若い。マターソン大佐が一番の年長者である。大佐は第一次大戦で恐怖のため精神錯乱を起こした騎兵将校で、今では通りかかる看護師のスカートを手にした杖でまくるという習性があり、また聞いてくれる人があれば誰かれかまわずに左手を歴史書がわりにし、歴史の講義を始めるという老人である。この病棟では大佐は最年長者であるが、しかしここに一番長くいたわけではない。ほんの数年前に、奥さんが連れてきた。もう面倒を見切れないと思ったためらしい。

この病棟に一番長くいるのは、じつはこのわたしだ。第二次大戦の時代からここにいる。誰よりもわたしはここに長くいた。他のどの患者たちよりも長くいた。そのわたしよりも師長は長い。

慢性患者と急性患者とは普通は一緒に混じりあわない。黒人たちがそのほうがよいと言うので、デイルームの両端にそれぞれ陣どる。そのほうが秩序が保てると、黒人たちは言い、また患者もそう望んでいると皆に思いこませている。朝食がすむと、黒人はわたしたちをこの部屋に入れ、二つのグループに分かれるのを見て、したり顔にうなずく。「そうです、みなさん、そのとおり。さあて、このグループを乱さないように」

実際には、こんなことを言う必要はない。というのも、わたし以外は、慢性患者はたいして動きまわらないし、急性患者は、慢性のいる場所は汚れたおしめよりひどい悪臭がするからと言って、そちらへは近づかないからである。だが、わたしにはわかっているのだが、かれらが慢性患者の側に近づこうとしないのはけっして悪臭のためではない。むしろ、いつかは自分たち自身がなるかもしれない見本がそこにあるということを考えたくないからだ。師長もこの恐怖心に気づいていて、それを巧みに利用する。たとえば、ある急性患者がふさぎこんだり、反抗したとすると、あなたたちはおとなしくして、病院の決めたことに従いなさい。それはあなたたちの治療のためになるように考えられたものなのですから、さもないと、あなたたちも向こう側に坐るようなことになりますよ、と師長ははっきりと指摘する。

(この病棟では誰もが患者の協力的な態度を誇りにしている。ここには一片の楓《かえで》材の板に張られた小さな真鍮《しんちゅう》板が飾ってある。それには「当院において最少の人員によって病棟の経営に当たったことを賞する」と記されている。つまり、患者の協力を賞したものだ。それは日誌が置かれている所の真上、ちょうど急性患者と慢性患者のまん中にあたるあたりの壁にかかっている)

マックマーフィというこの赤毛の新入りは、すぐに自分が慢性患者ではないことに気づいた。彼はデイルームを一分ほどじろじろと見まわしていたが、自分が急性患者の側に属すると見てとると、すぐにそちらへ歩いていき、例の笑いを浮かべながら、ひとりひとりと握手してまわる。最初のうちは、彼の存在のために誰もがなんとなく落ち着かないのがわたしにはわかる。彼ががらかったり、冗談を言ったり、まだ体温計を持って追いかけまわしてくる黒人をどなりつけたり、そしてとくに、大声で笑ったりするので、誰もかれも多少とまどってしまっている。なにしろ、彼のあまりにも大きい笑い声で、ナースステーションにある計器の文字盤の針が揺れるほどだ。急性患者たちは、彼が笑うたびにぎくっとして、落ち着きを失う。それは、先生が教室から出ていったすきに、ひとりの悪童がふざけちらしているのを見守っている子供たちのようだ。かれらはいまにも先生が入ってきて、すっかり腹を立てて、そこにいる皆を放課後残しやしないかと恐れている。患者たちは計器の文字盤の針が揺れるたびに、それに呼応するようにびくっとしたり、もじもじしたりしている。わたしはマックマーフィもそのことに気づいているのがわかる。だが、彼は気づいていても、自分の調子を変えはしない。

「ひどいね、こりゃ。みっともない連中ばかりだね。だが、あんたらはみんな、おれには精神異常者には見えないぜ」マックマーフィはかれらの気持ちをほぐそうとしているのだ。ちょうど、競売人がせりを始めるまえに群衆の気持ちをほぐそうと冗談をひとつふたつ飛ばすように。「あんたらのうち誰が、一番狂ってるとおっしゃっているのかね？　どいつが一番の異常者だい？　ここのボスは誰かね？　おれの初めての日だから、おれとしてはボスにはきちっと挨拶《あいさつ》しときてえからな。もちろん、そいつが挨拶を受けるに足る人物だとおれに証明できればの話だがね。ええ、おい、ここの親分はどいつだ？」

　彼はビリー・ビビットに直接話しかけている。彼がかがみこんで、ビリーをにらみつけるものだから、ビリーは何か答えなくてはいけない羽目に追いこまれ、ぼ、ぼ、ぼくはまだボ、ボ、ボ、ボスじゃない、二番目ぐらいの、ち、ち、地位にあるのだが、と言う。

　マックマーフィはビリーの目の前に大きな手を差し出す。ビリーは握手しないわけにはいかない。「いいかい、あんた」と彼はビリーに言う。「あんたが二番目の地位にあると聞いて、おれはほんとに嬉しいぜ。だがおれはな、このしょばはおれひとりで取り仕切りてえんだ、何もかもな。だからどうしてもボスと話をつけてえんだ」彼はぐるっとあたりを見まわす。急性患者の何人かはトランプをやめてしまっている。彼は一方の手にもう一方の手をかぶせ、患者たちを見ながら、指の関節を鳴らす。「いいかい、おれはこの病棟のいわば胴親《どうおや》になって、賭場《とば》をご開帳しようってわけだ。だからさ、とっととボスのところへ案内しろよ。ここでは、ほんとのボスが誰かをはっきりさせてやるんだから」

　顔に傷のある、大きな笑いを浮かべたこのがっしりした男が、演技をしているのか、あるいは本当に狂っていてこんなことを言っているのか、あるいはその両方なのか、誰も見当がつかなかった。しかし、この男に調子を合わせていると、何だかとても面白いことになりそうだと皆考えている。だから、患者たちは、マックマーフィが大きな赤茶けた手をビリーの細い腕にかけたときには固唾《かたず》をのんで見守り、ビリーが何と答えるかじっと待つ。ビリーはこの場の沈黙を破るのがどうしても自分の役目らしいと悟ったのか、きょろきょろあたりを見まわし、ピノクルをやっている連中のひとりを指さした。「ハーディング」とビリーは言う。「た、た、たしかあんただとぼくは思うよ。あんたは、か、か、患者組合の委員長だ。この、ひ、ひ、ひとがあんたと話がしたいと言ってる」

急性患者たちはこれですっかり落ち着いて、にやにや笑いだし、とにかくいつもとは違うことが起こりそうなので、喜ぶ。そして、口々にハーディングをからかって、あんたは一番の異常者かねなどと尋ねる。そこで、ハーディングは手にしたカードを下に置く。

ハーディングというのは、痩《や》せた神経質な男で、ちょっと映画にでも出てきそうな顔、つまり、そんじょそこらでは見かけられないような美しい顔をしている。幅の広い、痩せた肩をしていて、自分自身のなかに隠れようとするときには、その広い肩を胸のまわりにつぼめる。彼の手はとても長く、白く、上品で、石鹸で作ったのかと思うほどだ。しかも、その手がときどき、二羽の白い鳥のように、彼の目の前で勝手に動きだし、飛びまわる。ハーディングはそれに気づくと、慌ててその手を両膝の間に抑えこむ。美しい手をしているのが、彼にはひどく気になるのだ。

ハーディングは大学を卒業したという証書を持っているので、患者組合の委員長になった。その証書は額に入れられて、ベッドのかたわらの小机の上に置かれている。その額のとなりには、これもまた映画でしか見られないような美人の水着姿の写真が置いてある――その美人はみごとな胸をしていて、彼女は指でそのふくらみを強調するように水着をかるく押さえ、そしてカメラにむかって斜めにかまえてポーズをつくっている。その美人の後ろに、タオルを敷いてハーディングも写っているが、彼のほうは水着のためにますます痩せて見え、まるでどこかのでかい男がやって来て、自分に砂をひっかけるのを待っているようだ。ハーディングはこういう女を女房に持っていることをずいぶんと自慢し、とにかくこの世で一番セクシーな女で、夜などそれはものすごくて、かなわない、などと言っていた。

ビリーに指さされると、ハーディングは椅子の背にふんぞりかえるようにし、いかにも大物だという態度をとり、天井を見上げて、ビリーやマックマーフィの方を見ずに話しだす。「ああ、その……かたはアポをとっとるのかね、ビビット君」

「マックマ、マ、マーフィさん、あなたはお約束をとっていますか？　ハーディングさんは忙しい方で、前もって、や、約束のない人には会いませんよ」

「その忙しいハーディングという男、そいつが親方かね？」マックマーフィは片目でビリーをじろりと見る。すると、ビリーはものすごい速さで頭を上下に何度も振る。ビリーはいまや注目の的になっているので、すっかり嬉しくなってしまっている。

「じゃ、あんた、その親方のハーディングに伝えてくれ。R・P・マックマーフィ様がお待ちですとな。そして、この病院にふたりのボスはちと多すぎるとな。おれはどこへ行ってもボスにならなきゃ気がすまねえのさ。北西部で樵《きこり》をしていた頃にゃ、どこの伐採場へ行ってもトラクターの運転じゃ右に出る奴はいなかったし、朝鮮戦争からずっとこのかた賭け事で負けたことがねえ、それにあのペンドルトン作業農場でだって、豆畑の除草じゃ一番だったからな、こんど精神病院に入ることになったんだから、おれは何たってとびきりの精神異常者になろうてんだ。そのハーディングて野郎に言ってやってくれ、おれとサシで勝負する気がなきゃあ、てめえは臆病もんのスカンク野郎で、日の入りまでには町から出たほうがいいってな」

ハーディングは一段と後ろにそっくりかえり、襟もとに親指を引っかけて言う。「ビビット君、マックマーフィとやらいうその新入りの若僧に言ってやれ。正午《ハイ・ヌーン》に大広間で会ってやるとな。この問題は、一度こっきりで、ごたごたのねえように片をつけようとな」ハーディングもマックマーフィの真似をしてすごんでみせる、しかし、彼の甲高い、細い声ではどうもそぐわない。「ちょっと念のために、そいつに教えておいてやんな。おれがもう二年このかたこの病棟を取り仕切ってきたボスで、この世の中の誰よりも狂っている男だとな」

「ビビット君、そのハーディングに言ってくれ、おれはアイゼンハワーに一票入れたことを白状するほど狂ってるとな」

「ビビット! マックマーフィに言ってやれ、おれはアイゼンハワーに二度も投票したほど狂ってるんだとな」

「じゃ、ハーディングにすぐ言ってやれ」マックマーフィは両手をテーブルの上にかけ、その上にのしかかるようにして、低い声ですごむ。「おれさまはこんどの十一月にもまたアイゼンハワーに入れようと考えているほど狂ってるとよお」

「これは参りました」とハーディングは言い、頭を下げると、マックマーフィと握手する。明らかにマックマーフィが勝ったようだが、しかし、本当はどうなのか、わたしにはわからない。

他の急性患者たちもそれまでしていたことをやめて、マックマーフィの周りにだんだん集まってきて、この男がどういうたぐいの人間なのか見ようとする。こんな男がこの病棟に入ってきたことはなかったからだ。かれらは、口々に、どこから来たのか、職業は何かとか尋ねる。患者がこんなふうに関心を見せたのを見るのは初めてのことだ。マックマーフィは、おれは一つことに打ちこんでいる男だと言う。昔は風来人の樵商売だったが、軍隊にとられて、そこでおれの天分を教えられた。そいつはちょうど、軍隊である男はさぼることを教わり、ある男はふざけちらすのを教わるように、おれはそこでポーカーを教わったのさ。それからというもの、おれはもう何でもかんでも賭け事ひとつでやってきた。ポーカーだけをして、結婚もせず、好きな所で、好きなようにして暮らしてきた、世間様がそうさせてくれるかぎりは、と彼は話した。「だが、あんた、社会というやつはこの一つことに打ちこむ男にはずいぶんつらい仕打ちをするぜ。おれがこの賭博《とばく》という天職をやっとのことで見つけたら、あんた、それからというもの、ずいぶんとあちこちの小さな町の留置場で臭い飯を食わされたぜ。いちいち名をあげていたら、ちょっとした本になるくれえだ。奴らの言うには、おれは喧嘩常習者というわけだ。喧嘩ばかりしているみたいじゃないか。呆《あき》れるね。おれがろくでもない樵で、ときどき殴りあいをしていたときには、何も言わねえ。そいつは許せるというわけだ。労働をする奴がたまに羽目をはずすのはいいって了見さ。ところが、いったん賭博師となると、つまりだ、ときどき酒場の奥の部屋でおれがご開帳するとわかれば、ちょっと横に唾《つば》を吐いても、すぐ犯罪者呼ばわりだ。それでさ、あんた、おれさまを留置場に入れたり、出したりするのに金がかかって、しばらくは町の予算ががたがたになったってくれえだ」

マックマーフィは首を横に振って、頬をふくらませる。

「しかし、そいつもほんのわずかな間だったね。おれは要領をおぼえちまったからな。ほんとのところ、ペンドルトンに入れられるもととなった殴打事件はほとんど一年ぶりの喧嘩だったもんね。まあ、そのおかげでぶちこまれたんだ。しばらく喧嘩していなかったもんで、練習不足だったんだな。おれが町からずらかる前に、のしてやった相手の野郎、床から這《は》い上がることができて、警察へ通報しやがったのさ。とにかく、頑丈な奴だった……」

彼はまた大声で笑い、人びとと握手してまわり、例の黒人が体温計を持って近寄ってくるたびに、彼は坐りこんで、握手した人と腕相撲をして、うまく避けてしまう。そうして、急性患者の側にいるすべての者と近づきになる。そして、最後の急性患者と握手し終えると、こんどはつかつかと慢性患者の側に歩いてくる。まるで、わたしたちが何ひとつ違うところのない人間のように。彼が本当にこれほどまで愛想のいい男なのか、あるいは、何か賭博師としての思惑があって、自分の名前すらわからないほどイカレてしまった人びととさえ近づきになろうとするのか、それは見当もつかないことだ。

壁に貼りつけられるように手錠をかけられたエリスの手を彼は一生懸命に引っぱって、握手をしている。まるで、選挙のときの政治家なみだ。エリスの票も一票に間違いないと考えている政治家のようだ。「やあ兄弟」と、彼は神妙な声を出す。「おれの名はR・P・マックマーフィだ。それにしても、立派な一人前の男が自分の洩《も》らした小便のなかでびちゃびちゃやってるのはどうもみっともないね。少し乾かしてきたらどうだい？」

エリスは自分の足もとの水溜りを本当に驚いたように見る。「これは、どうもありがとう」と、エリスは思わず言う。そしてトイレの方に二、三歩歩きだしさえする。しかし、手錠のために、手が壁から離れない。

マックマーフィは慢性患者の並んでいるところをひとりひとり握手していく。マターソン大佐と握手し、それからラックリー、そしてピート老人。彼は車椅子に坐った者とも、歩行可能者とも、そして植物と化した患者とも握手してまわる。患者の膝に置かれた手を彼は優しくつかみあげて握手する。それはまるで、死んだ小鳥――小さな骨格の中に電線をめぐらせて、機械仕掛けで動くのだが、それがすっかり壊れ、地上に落ちてしまった小鳥――それをそっと拾い上げるようだった。彼はみんなと握手してまわるが、ビッグ・ジョージという水狂いの男だけは別だ。ジョージはにやにや笑って、その不潔な手から逃げるので、マックマーフィはしかたなくその手を頭へもっていって挙手の礼をする。そして、その場から離れるとき、自分の右手にむかって、「手よ、あのじいさんはどうしておまえがこれまで犯してきた邪悪なことどもを知っていたと思う?」と言う。

何の意図があって彼がこんなことをしてまわるのか、あるいはなぜこれほど大騒ぎをして、人びとと近づきになろうとするのか、誰にもわからない。だが、それはすくなくとも、ジグソーパズルをかきまぜているより面白い。マックマーフィは、じっとしていないで、これからつきあうことになる人びとと会い、友人になるのは必要なことだ、いわばそれは賭博師の仕事の一部だとくりかえし言う。しかし、彼はまさか、トランプを与えれば、それをすぐ口にもっていって、ぐしゃぐしゃと噛むしか能のない八十歳の生き物にしかすぎない存在とつきあうつもりではないだろう。だが、とにかく彼は大いに楽しんでいるようだった。やることなすことが、人びとを笑わせる。彼はそういう男だった。

わたしが最後に残った患者だった。まだ隅の椅子にわたしはくくりつけられていた。マックマーフィはわたしのところまで来ると立ち止まり、ふたたびズボンのポケットに親指をかけて、まるで、誰よりもわたしに滑稽なところを見つけ出したように、身体を後ろにのけぞらせて大声で笑いだす。突然、わたしは恐ろしくなる。彼が笑いだしたのは、このように、膝を寄せ、そのまわりを腕で抱くようにし、まっすぐ前を向いて、何も聞こえないようなふりをしているわたしのしぐさが、すべて演技だと気づいたためではないだろうかと思ったからだ。

「ひゃあー、どうだい。すごいのがいるじゃないか」と彼は言った。

　わたしはこの時のことを本当にはっきりと憶えている。彼は片目を閉じ、頭を後ろにそらせ、鼻のところのまだ紫がかった色の残った傷跡ごしにすかし見るようにしてわたしを眺め、大声で笑った。最初、彼が笑ったのは、わたしのような男がインディアンの顔となめらかに光るインディアンの黒髪を持つのがとても滑稽に見えたからだろうと思った。ひょっとしたら、わたしがいかにも弱そうに見えるから笑っているのかもしれない、とも考えた。だが、そのときわたしは気づいた。彼が笑っているのは、聾唖者《ろうあしゃ》というわたしの演技など一目で見破ったからだということに。もちろん、その演技がたとえどんなに用心深いものでも、そんなことは彼には問題じゃない。彼はわたしの正体を見破り、笑い、そして、それをわたしに伝えようとしてウィンクをしていたのだ。

「あんたどうしてこんなところに坐っているんだ、大族長？　まるで坐りこみ戦術に出たシッティング・ブル族長（カスター将軍と戦った大族長として知られる）みたいだぜ」彼は急性患者たちの方を見て、この冗談にかれらが笑うかと期待するが、かれらはただくすくす忍び笑いをするだけなので、またわたしの方に向きなおり、ふたたびウィンクをしてみせる。「族長さん、あんたの名前は？」

ビリー・ビビットが向こうから声をかける。「彼のな、な、名前はブロムデン。ブロムデン族長というんだ。でも、みんなブー、ブ、ブルーム族長と呼んでいる。黒人の助手がこいつにいつもいつも箒《ブルーム》を持たせて、掃除ばかりさせるからね。他には何もたいしてできないんだ、この男は。なにしろ耳が聞こえないんだ」ビリーは両手で自分の顎をかかえる。「もしぼくが耳が聞こえなかったら」彼は大きな溜息とともに言う。「自殺してしまうな」

マックマーフィはわたしをじっと見つめている。「相当でかいじゃないか、立ったらずいぶんいい体格だろうねえ？　いったいどのくらいあるかなあ」

「誰かがむかし計ったら、たしか、ろ、ろ、六フィート七インチあったと思うよ、でも、柄《がら》は大きいけれど弱虫でね、自分のか、か、影にもびくつくんだ。ただの、で、でっかい耳の不自由なインディアンだ」

「こいつがここに坐っているのを見たとき、インディアンらしいと、おれもたしかに思ったんだ。しかしブロムデンというのはインディアンの名前じゃないぜ。何族なんだい、こいつは？」

「知らない」とビリーが言う。「ぼくがき、来た、と、ときにはもうここにいたんだ」

「医師から聞いた話では」とハーディングが口をはさむ。「彼はインディアンとの混血だそうだ。たしかコロンビア族です。今はダムの底に沈んでしまった例のコロンビア渓谷に住んでいた部族ですよ。医師の話では、彼の父親は部族の長《おさ》だったそうだ、だからこの男のことを皆が〝族長《チーフ》〟と呼ぶのです。なぜ、ブロムデンという名前を持つようになったかは、残念ながらわたしのインディアンに対する学識をもってしてもわからないですな」

マックマーフィは顔をわたしのすぐそばにもってきたので、それをわたしは見ないわけにはいかない。「本当かね？　あんたの耳はだめかね、族長？」

「奴はみ、み、耳も聞こえないし、口もきけないんだよ」

マックマーフィは唇をすぼめて、わたしの顔をしばらくの間じっと見ていたが、それからまた身体を起こして、手をわたしの前に差し伸べた。

「それがどうしたってんだ。握手ぐらいできるだろう、ええおい？　耳がだめだって、何だってさ。族長さんよ、あんた偉いのかもしれんが、おれと握手ぐらいしてくれよな。さもないと、おれは侮辱されたととるぜ。病院に入ってきたばかりの新入りの放浪の渡り鳥を侮辱するのはよくない」

彼はこう言うと、後ろを振り返り、ハーディングとビリーの方を見て、ちょっと顔をしかめてみせる。しかし、その手はわたしの目の前に、肉皿のように大きく、差し出されたままであった。

わたしはその手を今でもはっきりと憶えている。自動車修理工場で痛めたのだと言っていたが、爪の下が黒々と血豆になっている。指の関節から手首にかけて錨《いかり》の入れ墨が彫られている。そして、一本の指のまん中の関節のところに大きな、薄汚い絆創膏が巻いてあって、その端がはがれかかっていた。他の関節もどれもこれも、古いのや新しいのや、とにかく傷だらけであった。わたしは憶えているのだが、斧《おの》や鍬《くわ》の柄を長い間扱ってきたために、その掌はすべすべとし、そしてまた骨のように固かった。それはカードを配る手とはとても考えられなかった。掌にはたこができていて、そのたこはひび割れ、土がそのひびのなかに染みこんでしまっていて、まるで西部をあちこちと放浪した足跡を示す地図のようだった。彼がわたしの手を握ったとき、その掌が足を引きずるような音を立てた。わたしは憶えている、その指ががっしりと、力強くわたしの指を握りしめたのを。そして、わたしの手は奇妙な感じになり、まるで彼の血がそこに流しこまれたかのように、わたしの腕の先でなにかふくれあがってくるような感じを受けたのを。いまや、わたしの手には血と力が満ち溢れていた。彼の手と同じくらいに大きくそれがふくれあがってきたのを、わたしは憶えているのだ……

「マックマリーさん」

師長の声だ。

「マックマリーさん、ちょっとこちらへ来てください」

師長だ。体温計を持って追いかけまわしていたあの黒人が、ついに師長を連れてきたのだ。彼女はそこに立ち、体温計で腕時計をかるく叩き、目をくるくる回しながら、この新人の正体を推し量ろうとしている。彼女はおもちゃの乳首に吸いつこうとする人形のように唇をへの字におし曲げていた。

「マックマリーさん、ウィリアムズ助手の報告によりますと、あなたは入院時のシャワーのことで、いろいろと手を焼かしているそうじゃありませんか。本当にそうですか？　よろしいですか、あなたが病棟の新しいお友達と親しくなろうと努力しているのは認めますが、しかし、それはいずれできることなのです。ですから、あなたとブロムデンさんの邪魔をして申し訳ないのですが、どうか理解してくださらないと困ります。みなさんだれもが……規則には従っていただかなくちゃいけません」

マックマーフィは頭をひょいと後ろにそらし、ウィンクをしてみせる。わたしの正体を見抜いていた彼は、師長の言葉などに騙《だま》されやしない。まるであんたのことなど先刻お見通しだ、といわんばかりに、彼はウィンクした片目をつぶったまま、しばらく師長を見つめる。

「あのですね」彼は口を切る。「師長さん、誰しも規則というやつについて言うときはいつもきまってそうおっしゃる……」

彼はにやりと笑う。ふたりともたがいを上から下まで探りあうように見ながら、微笑をしあう。

「……ただしおれが規則と真っ向から反対のことをしようとしているときにですがね」

そう言って、彼はわたしの手を放した。


ガラスで囲まれたナースステーションの中で、師長は外国から送られてきた小包を開け、その包みの中に入っている薬瓶の中の乳緑色の液を注射器に吸い上げている。ふたりいる若い看護師《リトル・ナース》のひとり、いつも落ち着かない目で、他の看護師がせっせと決められた仕事をしているのに、あたりを不安そうに見まわしているほうの看護師が、薬液を入れた注射器の皿を持ち上げるが、それを持ったままそこに立っている。

「ラチェッド師長、こんどの新患のことどうお思いですか？　あのう、何と言ったらいいのか、あの人とてもハンサムで、愛想はいいんですが、でもわたし、なんだか引っかきまわそうとしてるんじゃないかと思うんですけど」

師長は注射器の針を自分の指先にさして試している。彼女はそれからゴムキャップのついた薬瓶の中にそれを差しこみ、静かに液を吸い上げていく。「残念ながら、新患の思惑はそのとおりね。つまり、引っかきまわすということね。いわゆる〝策師〟タイプなのよ、彼は。誰でも何でもすべて自分の役に立つように利用しようという男ですよ。おわかり、フリンさん」

「まあ。でも、あの。つまりですね、精神病院でもですか？　こんな所で、何をしようというのかしら？」

「それはいろいろあるわ」師長は落ち着きはらい、微笑をたたえて、注射器に薬液を入れる仕事に没頭している。「たとえば、楽で気ままな生活ということもあるし、おそらく力を得て、尊敬されたいということもあるでしょうし、それにお金を稼ごうということも——とにかく、そういうものを引っくるめたすべてのことでしょうね。それはときには、策師の目的がたんに分裂だけのために、病棟の分裂を現実に引き起こすということだってあるわね。社会のなかには必ずそういう人がいるものよ。つまり、策師といわれるような人は、他の患者をうまくけしかけて、分裂させるものよ。そしてそうなったら、すべてのことを元どおりにするには何カ月もかかるほどひどいことをしでかすわね。精神病院でも今のように自由な考え方で運営している場合には、そういう連中のしたい放題になりかねないわね。でも、昔は違っていたわ。ずいぶん前のことですけれど、この病棟にテイバーさんという患者がいましてね、それはもう手に負えない策師だったわ。しばらくの間はね」師長はここで手をやすめ、顔を上げる。半分だけ薬液の入った注射器をまるで小さな魔法の杖のように顔の前にかざしたまま、その目は遠くを見るように、思い出を楽しんでいるようである。「そう、たしかテイバーさんといったわ」と、彼女は感慨をこめて言った。

「でも」看護師が言う。「師長、いったいなんで病棟を分裂させるようなことをしようなんて考えるんでしょう？　どんな動機で……？」

看護師の言葉をさえぎるように、師長は注射器を薬瓶のゴム栓にぐさりと差しこみ、液を吸い上げ、手荒く抜き取ると、それを皿の上にのせる。彼女の手がまた別の空《から》の注射器にのびるのを、わたしはじっと見守っている。その手がすっとのびて、注射器をつかみ、そしてまたそれを皿の上に落としていくのをわたしは見つめている。

「フリンさん、あなたお忘れのようですけど、ここは精神異常者を収容している病院ですよ」

師長はこの病棟を精密機械のように正確に、そして円滑に運営している。そこで、その進行が何らかの原因でちょっとでも狂うようなことがあると、ひどく腹を立てる。どんなに些細《ささい》な乱れでも、調子の狂いでも、あるいは厄介物でも、そういうものがあると彼女は怒り狂って、硬い微笑の下に憤りをたぎらせる。顎と鼻の間につくられたあの人形の笑いをいつも変わらずたたえ、その目にも穏やかな表情をたたえて彼女は歩きまわるが、しかし、そのようなとき、彼女の心の中は、鋼鉄のように固くなっている。わたしにはそれがわかる。それを感じとることができる。そして、その原因となるものを始末する——つまり、彼女の言う「環境に適合させる」までは、師長は髪の毛一筋に至るまで緊張している。

彼女の規則によって、病棟の内部はほぼ完全に環境適合ができあがっている。ただ問題なのは、師長が絶えず病棟内にいるわけにはいかないということだった。外でも過ごさなければならない。そこで、彼女は外の世界も適合させようと抜け目なく気を配っている。わたしがコンバインと呼んでいるものがあるが、これは巨大な組織で、師長が病棟の内部を適合させてしまったように、外の世界をも適合させてしまおうと計画している。師長は自分と同類のこの連中と一緒に仕事をしてきたのであるから、ものごとを適合させることにかけてはまさにベテランなのである。わたしがずいぶん昔に、外の世界からここに入ってきた頃、彼女はこの病院ですでに師長になっていた。だから、彼女はもう何年も何年もずいぶんと長い間、適合させることひとつに力を尽くしてきたのだ。

そして、わたしがじっと見ていると、この長い年月の間に彼女の腕はますます冴《さ》えてきている。実際の経験によって、彼女は安定し、力をそなえてきた。今ではわたし以外の者には気づくことのできない髪の毛のように細い電線をあらゆる方向に張りめぐらせて、自らの権力を確実にふるっている。クモの巣のように張りめぐらした電線の中央に忠実なロボットのように坐り、機械仕掛けのクモのように巧みに、その巣を守っている。そして、どの線がどこに通じ、どれだけの電流を流せばどれだけ望みどおりの効果が得られるかをつねに心得ている。わたしにはそれがよくわかる。わたしは軍隊でドイツに派遣される前は新兵訓練基地の電気係の助手をしていたし、また大学にいたときは多少電子工学を学んだことがある。だから、そのような電気の装置が可能なことを知っているのだ。

その電線の中央に坐って、師長が夢みているのは、正確で効率のいい、そして秩序のととのった世界を作ることだ。それはまるでガラスの裏蓋をつけた懐中時計のような世界で、すべてが規則正しく動き、外の世界から連れてこられた患者たちは彼女の合図に従順に従い、皆がみな車椅子に坐った慢性患者となり、ズボンの裾から床の下の下水管に連なる導尿管《カテーテル》をつけた人間と化してしまうのである。一年一年、師長は自分の理想の人間を医局員として加えていく。あらゆる年齢層の、そしてあらゆるタイプの医師が彼女の前に現われ、それぞれが病棟の運営についての持論を述べ立てる。また、なかにはその理論を実行しようとするほどの気概を持つ医師もいる。そのような場合、師長はくる日もくる日も、そういう医師に冷ややかな視線を投げ、しまいに医師が思わずぞっとして、逃げ出してしまうように仕向ける。「どういうわけか知らんが」と、医師は人事係の男に言う。「あの師長と病棟の運営を始めてからというもの、血管にアンモニアが流れているような感じになってしまうのだ。いつもいつもぼくは震えを感じるし、子供はぼくの膝の上に坐らなくなるし、女房もぼくとは寝なくなる。だから、とにかくどこかへ異動させてほしい――神経科でも、アル中患者棟でも、小児科でも何でもいい、ぜいたく言わんから！」

師長は長年の間こういうやり方をしてきた。だから、医師は三週間で逃げ出す者もいたし、また三カ月で逃げ出す者もいた。が、今やっとひとりの医師が落ち着いた。小柄な男で、大きな広い額、幅の広いたるんだ頬、そして、昔あまりにも小さな眼鏡をかけていた、それも顔のまん中に皺《しわ》がよるほど長くかけていたために、小さい目のあたりがきゅっとつぼんでいる。いまは眼鏡を襟のボタンから紐で吊るしている。それをかけると紫色になった小さな鼻梁《びりょう》の上で不安定に揺れうごき、いつもどちら側かにずり落ちそうになるので、彼は眼鏡を水平に保つために、話をしている間じゅう、頭をどちらかへ傾けることになる。これが師長の選んだ医師である。

現在の三人の黒人の助手を手に入れるまで、師長は医師を選ぶ以上に長い年月をかけ、何千人という候補者をはねてきた。候補者たちは大きな鼻をつけた、不愉快な仮面をつけた黒人たちで、長い列をなして彼女のもとへやって来る。そして一目で彼女を憎み、そのチョークのような人形に似た白さを憎む。師長は一カ月ぐらいかれらを雇い、その憎悪をじっと鑑定していて、憎しみの度合がなまぬるいという理由で首にしてしまう。彼女の望みどおりの三人をやっと手に入れたとき――もちろん長い年月の間にわたって一人ずつ手に入れ、自分の計画とあの網目のなかに組み入れたのだが――かれらこそ充分に使えるだけの憎悪を秘めていると確信したのだ。

最初の黒人助手は、わたしが病棟に入ってから五年ほどしてやって来た。冷たいアスファルトのような色をした筋骨たくましい小柄な男だ。この男の母親はジョージア州で白人に乱暴された。その時、父親はその場に、燃えさかる鉄のストーブに鋤《プラウ》の引き革でくくりつけられて立たされ、血が靴の中に流れ落ちていたという。そして、五歳であったこの男は押入れの中からその光景を見守っていた。戸と、脇柱の隙間から片目をほそめて見ていた。そして、それ以来、背の高さが一インチも伸びなくなってしまった。いまでは、彼のまぶたは薄く、だらりと垂れ下がり、まるで鼻梁にコウモリがとまっているかのように見える。灰色の薄い皮のようなまぶた、それを、新しい白人が病棟にやって来るたびにわずかに上げて、下からのぞき見るようにして、新入りを上から下まで見つめ、ただ一度だけうなずく。それはまるで、自分がすでによく知っているものをもう一度確かめて、いかにも納得したといわんばかりだった。最初、この病棟で働きはじめた頃、患者を叩き直すのに、散弾を靴下に詰めこんだとんだしろものを持ち歩いていたが、師長はもうそういうものは今では使わないから、家に置いていらっしゃいと命じた。その代わりに、師長は自分のやり方をこの男に教えこんだ。つまり、憎しみを表面に出さず、冷静にふるまい、じっと待つことを教えた。じっと待って、相手が気を許し、こちらに有利な立場ができるまで待っていて、それから、手綱を締めあげ、その圧迫感をつねに保つことを教えた。四六時中。それがかれらを叩き直す要領だと、師長はこの男に教えこんだ。

あとのふたりはそれから二年後ぐらいに、一カ月と間を置かずにやって来た。ふたりとも瓜二つで、最初にやって来た男をモデルに、師長が複製をこしらえたのかと思ったほどである。ふたりとも背が高く、精悍《せいかん》で、骨太の男で、その顔にはまったく変わることのない石の鏃《やじり》のような冷酷な表情が刻みこまれていた。目は鋭い。かれらの髪の毛に触れでもしたら、こっちの皮膚がたちどころにはがれてしまう。

三人とも電話器のように黒い。それまでに応募してきた数多くの黒人から、かれらが黒ければ黒いほど、病棟を清潔にし、磨き、きちんと整頓する可能性が高いことを、師長は悟ったのである。たとえばの話、この黒人の三人とも制服はいつも雪のようにまっ白だ。師長の白衣と同じように白く、冷たく、そしてこわばっている。

三人とも糊《のり》のきいた雪のようにまっ白なズボンをはき、片側に金属のホックがついたシャツを着、氷のように磨きこまれた白い靴を履いている。そして、靴には赤いゴムが底に張ってあり、それで歩いても廊下をちょろちょろするネズミと同じで物音ひとつしない。とにかく、かれらは歩くとき、音をひとつも立てない。患者がひそかに何かしようとしたり、あるいは秘密をこっそりと別の患者にささやこうなどと考えているとき、病棟のどこであれ、かれらはきまってそこにいつの間にやら姿を現わしている。たとえば、患者がひとり部屋の片隅でじっとしているとする。すると、突然何かきしむ音がして、頬のあたりがひやりとする。そこで、そっちへ目を向けると、壁を背に、頭上に浮かぶように冷ややかな石のように固い表情の顔があるのに気づく。そこにはただ黒い顔が見えるだけだ。身体は何も見えずに。壁は、冷蔵庫の扉のように磨きぬかれた、清潔な白衣と同じ白さである。そのために、黒い顔と手がまるで亡霊のように壁に浮かんでいるように見える。

長年の訓練によって、この三人の黒人たちは師長の発する波長にますますぴたりと合うようになってきている。だから、かれらには直接指令を受けとる電線など必要ない。電波で動くことができるようになっている。師長は命令を大声で言いつけることもしないし、またそれを紙に書いて置いておくこともしない。そんなことをしたら、面会に来た奥さんや、見学に来る学校の先生たちに見られて、厄介なことになる。

とにかく、師長はもうそういうことをする必要がない。かれらは憎しみという高圧の電波で密接に結ばれている。だから、黒人の助手は師長が考えもしないうちに、彼女が下すであろうと考えられる命令を先にてきぱきと行なう。

このように、師長が自分の意のままになる医局員をそろえてからというもの、この病棟はまるで夜警の正確な時計のように能率的になった。患者たちが考えること、言うこと、することのすべてが、師長が昼間つけている記録をもとに、何カ月も前にすっかり計算機で割り出されている。これをタイプに打ち、ナースステーションの後ろにある鋼鉄のドアの背後で絶えず唸り声を立てている機械に挿入するのである。すると、何枚かの一日の予定《オーダー・ディリー》カードが出てきて、それには小さな四角い穴が模様のように開けられている。毎日、朝になると、日付の打ってある予定カードを計算機の鋼鉄のドアの穴に差しこむ。すると、壁全体がわーんと唸るように鳴り、電灯が六時三十分につく。急性患者たちは黒人たちに突つかれて、ベッドから飛び起き、朝の作業にかかる。床を磨き、灰皿を掃除し、前の日に老人の患者が電気をショートさせ、そのためにものすごい煙を出し、焼けるゴムの臭いを発して欠け落ちた壁の傷跡をこすったりする。車椅子の患者は懸命に丸太のように死んだ脚をベッドから離し、床の上にだらりと垂らして、車椅子を持ってきてくれるまでじっと彫像のように待っている。植物状態の患者たちはベッドの上に小便を垂らす。すると、それに応じて感電し、ブザーが鳴り、患者はベッドからタイルを張った床へころげ落ちる。そして、そのまま黒人たちはかれらにホースで水をかけて洗い、新しい緑色の制服に着がえさせる……

六時四十五分、シェイバーが唸ると、急性患者は鏡の前にA、B、C、D……とアルファベット順に並ぶ。わたしのように歩行の自由な慢性患者は、急性患者が終わったあとに入る。それから車椅子の患者が連れてこられる。三人の老人だけは、その顎の下のたるんだ皮膚にうっすらと黄いろいカビのような髭を生やしたまま後まわしにされる。この老人たちはあとでデイルームの安楽椅子に坐らせられ、特別に剃ってもらう。つまり、皮紐で額のところをくくりつけられ、シェイバーの下で顔が動くことのないようにされて。

ときどき——とくに月曜日の朝など——わたしはどこかに隠れて、この髭剃りをさぼろうとする。またあるときには、わたしはアルファベットのAとCとの間の場所に割りこみ、他の急性患者と同じような顔をして、抜け目なく摺《す》り足で進もうとする——人間はここでは、床に仕込まれた強力な磁石のために、ショーウィンドウに飾られた人形のようにぎこちなく動くのだ。

七時——食堂が開き、こんどは並ぶ順序が逆になる。最初に車椅子患者、次に歩行可能者、それから急性患者の順に、盆を取り、コーンフレークス、卵とベーコン、トーストなどを取っていく。それに、今朝は一切れの緑色のレタスの葉の上に缶詰の桃がのっている。急性患者の何人かは車椅子患者のために食事を盆にのせて持っていく。車椅子患者はたいてい脚の自由だけがきかなくなった慢性患者であるから、食べるのに不自由はない。しかし、そのなかに三人だけ特別なのがいて、これは首から下はほとんど役に立たない、いや首から上もたいして言うことをきかない連中である。この三人はいわゆる植物患者と呼ばれている。他の患者たちがみな着席したあとで、黒人がこの三人の車椅子を押してくる。そして、壁のところに並べ、盆に小さな白いカロリーカードが貼られた泥んこのような食べ物をそれぞれのところに持っていく。咀嚼器《そしゃくき》でこしらえた食べ物だ。つまり、カロリーカードによって、卵、ハム、トースト、ベーコンを与えることになっていると、それを炊事場にあるステンレスの機械がそれぞれ三十二回ずつ噛み砕くのである。わたしはじっと見守る。機械が真空掃除機のホースのような襞《ひだ》のついた唇を閉じると、牛が立てるような音とともに、皿の上に噛み砕いたハムの山が吐き出される。

黒人は植物患者たちの桃色の口の中にそれを突っこみ、患者たちはそれをすすりこむのだが、少し速度がはやすぎると患者はうまくのみこめない。それに、咀嚼器も少し噛みのこしがあるので、患者たちにはまだ何かひっかかる固形物があるのだ。黒人は患者をどなりつけ、スプーンをねじ曲げるようにして、口を大きく開かせる。まるで、腐ったリンゴの芯をこそぎとるように。「このおいぼれのプラスティックの奴はいまにぼろぼろになっちまうぜ。おれはベーコン・ピューレを食わせているのか、こいつの舌を食わせてやっているのか、わかりゃしない……」

七時三十分、デイルームへ。師長はナースステーションの特製ガラスの中から、じっと患者を見ている。ガラスはいつもぴかぴかに磨かれているから、そこにあるとは気づかないほどだ。彼女は病棟へ戻ってくる患者たちにいちいち会釈し、手をのばして、カレンダーを一枚ひきはがす。一日、ゴールへ近づいたわけである。それから師長は一日の予定を始めるためにボタンを押す。わたしは、どこかで一枚の大きなブリキ板が揺り動かされているようなワーンという音を聞く。患者は全員きちんと坐る。急性患者はデイルームの片側に坐って、トランプやモノポリーなどが持ってこられるのを待つ。慢性患者はその反対側に坐り、赤十字の慰問箱に入っていたパズルが持ってこられるのをじっと待っている。そして、エリスは壁のいつもの場所に行き、手錠をかけてもらうように両手を上げ、もう片足にそって小便を垂らしている。ピートは操り人形のように首を振る。スキャンロンは自分の前のテーブルでごつごつした手を一心に動かし、空想の世界を吹き飛ばしてしまうために、空想の爆弾を作っているつもりになっている。ハーディングはというと、ハトが空を舞うように手をひらひらさせながら話しだすが、その手を急に腋《わき》の下に隠してしまう。大人はその美しい手をそんなふうにひらひらさせるもんじゃないと感じたかのように。シーフェルトはいつものとおり、歯が痛い、髪の毛が抜けるとうめき声を上げる。誰もがみな完全に秩序正しく、息を吐き……そして、吸いこむ。心臓までが一日の予定カードの指示どおりのペースで脈を打つ。まさに、ぴたりと調子のあったシリンダーの回転の音である。

それはさながら漫画の世界だ。人間が平板で、黒の輪郭でふちどられ、何か馬鹿げた物語をぎくしゃくと演じていく。もしも漫画的人物が現実の人間を演ずるのでなかったとしたら、物語は本当に奇妙なものになってしまうだろう……

七時四十五分、黒人の助手たちが慢性患者のところへやって来て、導尿管《カテーテル》が必要な、動くことのできない患者にそれをつけて歩く。導尿管と言っても、それは使い古しのコンドームで、先端を切り捨て、そこに管をゴムバンドでとめてある。そして、その管はズボンの中を通って、「破棄・再使用禁止」と記されているプラスチックの袋につながっている。一日が終わると、その器具を洗うのはじつはわたしの仕事なのだ。黒人たちはコンドームをはめこみ、それを陰毛のところにテープで留める。そして、毎日そのテープをはがされるから、この導尿管を与えられる古株の患者たちは、かわいそうに赤ん坊のようにつるりと肝心のところに毛がなくなってしまっている……

八時、壁がわーんと鳴り、揺れうごく。そして、天井のスピーカーから、師長の「投薬《メディケーション》」という大声が響いてくる。わたしたちはいっせいに師長の坐っているガラスの箱を見るが、しかし、彼女はマイクロフォンのそばにはいない。実際には、マイクから三メートルも離れたところにいて、看護師のひとりに錠剤をきちっと並べ、薬剤の盆を見た目にもきちんとするようにしなさいと指示している。急性患者はガラスのドアのところにＡＢＣＤの順に並ぶ、その後ろに、慢性患者、それから、車椅子患者が並ぶ。（植物患者はあとで、アップルソースに混ぜたやつをスプーンでのまされるのだ）患者たちは次々に紙コップの中に入ったカプセルをもらう――そして、カプセルを喉の奥にほうりこんで、看護師にコップの中に水を入れてもらい、そいつでカプセルを流しこむ。たまには馬鹿な奴がいて、のまされている薬は何だ、などと尋ねる場合もある。

「ちょっと待ってくれよ、看護師さん。ビタミン剤と一緒にここに入っている赤い小さな二つのカプセルは、いったい何かね？」

わたしはそう尋ねた男を知っている。この男は大柄な、すぐ不平を言う急性患者で、もうすでに厄介者として有名になっている。

「ただのお薬ですよ、テイバーさん。あなたによくきくお薬です。さあ、ぐっとおのみなさい」

「でもね、いったいどういう薬なのかきいているんだよ。あたしだって、これが薬だぐらいわかりますよ」

「黙っておのみになればいいんですよ。さあ、のんでください――ねえ、わたしのために、ね」看護師は師長の方をちらっと見て、こんなはしたない方法を使っているのをどう取られるかと気にし、それからまた、その急性患者に目を移す。テイバーはまだ自分にはわけのわからぬ妙な薬をのむつもりはないらしい、たとえこの看護師のためにでも。

「看護師さん、あたしは何も面倒起こすつもりじゃないけれど、何だか正体もわからぬ薬はのみたくないね。もしかしたら、こいつはあたしをあたしでなくしてしまうような妙な薬かもしれないし」

「そんなに興奮しないでください、テイバーさん」

「興奮なんてしないさ。ただあたしが知りたいのは、わかるかい、ただねえ――」

しかし、このとき、師長が静かにその場にやって来て、テイバーの腕に手をかける。その手にさわられて、テイバーは肩までぴりっとしてしまう。「もういいのよ、フリンさん」と、師長は言う。「テイバーさんが子供のようにふるまうなら、子供として扱いましょう。わたしたちはいつもこの人には親切に、優しくしているのですが、どうやら、それでも物事がうまくいかないようね。敵意、反抗、お返しにいつもそういうものをいただいているのですから。かまいません。テイバーさん、あなたはのまなくて結構です。口からのみたくないと思うなら、それでもいいのよ」

「ただあたしの言っているのは、まったくどうなって――」

「さあ、どうぞお行きなさい」

師長が彼の腕をはなすと、テイバーはぶつぶつ言いながら去っていき、それからは朝の間じゅうトイレのところでふさぎこんだ顔をして、その薬のことを考えている。わたしは一度それと同じ赤いカプセルを一つ、のみこんだような顔をし、舌の下にうまくおさえておいて、あとで、モップ置場のなかでそいつを潰してみたことがある。それがすっかり白い粉に変わる前に、ほんとに一瞬の間だが、わたしにはそれが小型の電子機械であるのがわかった。ちょうど軍隊のレーダー班で働いていたときに見たのと同じような奴だ、微細な電線や絶縁体《ガード》やトランジスタがついているが、こいつは空気と接触すると溶解するしくみになっているのだ、きっと……

八時二十分、トランプやパズルが配られる……

八時二十五分、急性患者のうち誰かが、妹が風呂に入るのをよく見ていた、などと言う。すると、一緒にテーブルに坐っていた三人の患者が、そいつを日誌に書きつけるのはおれだといって先を争い、喧嘩になる……

八時三十分、病棟のドアが開く、そして、二人の外科医が足ばやに入ってくる、ワインのような臭いをさせて。外科医というのはいつも早足で歩いている。というのも、かれらはいつも身体を前にぐっと傾けた姿勢ばかりとっているので、ついつい前へ早く動かないと重心を保てないからだ。かれらはいつも身体を前に傾けており、そして、いつも道具をワインの中につけて消毒しているような臭気を発している。かれらは手術室のドアを後ろ手に閉めるが、わたしはそっと近づいて、砥石《といし》の上を走る気味悪いジージーという音の上で交わされる声を聞くことができる。

「こんな馬鹿っぱやくから、何の手術をやらせようってんだい？」

「お節介野郎の頭に、好奇心無効器具を植えこませようってのさ。すぐやってくれ、と師長が言っとるのさ。部品の在庫あったかな、危ないんじゃないか」

「IBMに電話して、すぐ持ってこさせたらいい。ちょっと在庫を調べてみる――」

「おーい、倉庫に行くんなら、ウイスキーもついでに頼むぜ。アルコールが入らなければ、こんな簡単な植込み手術もおれは最近できなくなっちまった。でもね、まあいいってことさ、修理工場の仕事よりはましだろうから……」

かれらの声は機械的で、そのやりとりがひどく早いので、本当の人間の話し声とは思えない――むしろ、漫画の滑稽な会話に近い。わたしは盗み聞きしているのを見つからないうちに、そっと掃除をしながらその場を離れる。

　トイレでは、黒人がふたりがかりでテイバーをつかまえ、マットレスを置いてある部屋に引きずっていく。テイバーは一方の黒人の脛《すね》をしたたか蹴りあげる。彼は殺してやるとわめいているが、そのようにつかまえられてしまった彼がいかにも無力であるのを見て、わたしははっとするほどだ。まるで、黒い鉄のバンドで縛られてしまったように見える。

　マットレスの上で顔を下に向け、テイバーは抑えつけられてしまう。黒人のひとりはテイバーの頭を尻に敷き、もうひとりはズボンの後ろを引き裂くようにし、布地をむしり取る。そして、テイバーの桃の実のような色をした尻が現われ、そのまわりを制服のズボンの緑色がレタスの葉のように囲んでいる。彼は何かわめいているが、マットレスの中にみなその音が吸いこまれてしまい、頭の上に坐りこんだ黒人が「テイバーさん、そのまま、そのまま……」と言っている。看護師が長い注射針にワセリンを塗りながら、廊下をやって来る。そして、ドアをきちっと閉めてしまうので、一瞬かれらは見えなくなるが、それからすぐにまた彼女は出てくる、むしり取ったテイバーのズボンの布地で針をふきながら。看護師はワセリンの瓶を部屋の中に置いてきてしまったらしい。看護師が出ていったあと、黒人がドアを閉める前に、わたしはちらっと中をのぞきこむ。例の黒人はまだテイバーの頭の上に坐って、ティッシュペーパーでテイバーの身体を拭いてやっている。それから連中はしばらくその部屋の中にいるが、やがてドアが開き、かれらは出てくる。そして、テイバーを廊下の向かい側にある手術室に運びこむ。テイバーの緑の制服はいまはすっかりはぎ取られてしまい、しめった一枚のシーツにくるまれていた……

九時、肘《ひじ》のところに皮を貼った上衣を着た若いインターンたちがやって来て、急性患者に質問をする。かれらは五十分間、患者たちから少年の頃どんなことをしたかを聞き出そうとする。師長は頭の毛を短く刈り上げたこのインターンたちをどうも信用できないらしい。そこで、かれらが病棟にいる五十分間というものは、どうやら師長には我慢のならない時である。かれらがやって来ると、病棟という一種の機械の調子が狂ってしまうのだ。師長は渋い顔をして、何やら書きつけ、この若者たちの記録を調べさせ、過去に犯した交通違反などまで探り出そうとする……

九時五十分、インターンが引き上げてしまい、ふたたび機械はなめらかに動きはじめる。師長はガラスの箱の中からじっとデイルームを見つめる。彼女の目の前の光景がふたたび青光りする鋼《はがね》のように明晰になり、全体に漫画のように清潔な秩序正しい動きが回復する。

テイバーがストレッチャーに乗せられたまま手術室から運び出されてくる。

「脊髄液を採取している間にまた動きだしたので、もう一本麻酔を射っときました」外科医は師長に言う。「どうです、このまま第一病棟へ連れていって、ついでだから電気衝撃療法《EST》をかけてしまったら。そのほうが麻酔がむだにならなくてすみますよ」

「それは素晴らしい提案ね。そして、そのあとで、脳波計にかけて、一応脳の状態を調べておいてくださらない――脳手術の必要があるという証拠を見つけることができるかもしれないし」

外科医たちは、まるで漫画のなかの人物のように、その男を乗せたストレッチャーを押して、走るように出ていく。その姿は、漫画の人物というよりは、むしろ操り人形といったほうがよいかもしれない。例のパンチとジュディのショー（イギリスの盛り場で古くから行なわれる操り人形の芝居。残酷で、滑稽で、パンチとジュディはその主人公）に出てくる機械的に動く人形のようだ。

悪魔に打ちのめされて、にやにや笑うワニに頭から食べられてしまう光景が滑稽だと考えられている、あのショーの人形のように動いていく……

十時、郵便物が届く。ときには封が切られている場合もある……

十時三十分、広報係の男が婦人団体の連中を引き連れてやって来る。デイルームの入口で、この男は例の太い手を打ち鳴らす。「やあ、みなさんこんにちは。まあみんな真面目な顔をして、そんな……さあ、どうぞよく見てください。非常に清潔で、明るいじゃありませんか？　こちらが師長のラチェッドさんです。わたしがこの病棟を選んだのは、じつはラチェッドさんが管理しているからなのです。みなさん、この方はまあいわば母親のような方でして。年齢のことを申しているのじゃありませんよ、おわかりになっていただけますね……」

広報係の男はひどくきつそうなカラーのシャツを着ているから、笑うと顔がふくれあがる。それでいて、何がおかしいのかわたしには見当もつかないが、この男はほとんどいつも笑っている。甲高い、せきこんだ調子で、やめたくても、やめられないといったように笑っている。だから、彼の顔はまん丸く、まっ赤にふくれあがる。それはちょうど顔を描いてある風船をふくらませたようだ。その顔はつるりとしていて、産毛《うぶげ》一本はえていない、そして、頭のほうも、つんつるてんだ。昔は多少はあったのだろうが、いくら大事にして膠《にかわ》で張りつけておいても、みな滑り落ちてきてしまい、袖口のところや、ワイシャツのポケットや、襟の中などに入ってしまったようだ。襟のきついシャツを着ているのはおそらくそのためかもしれない。つまり、大事な髪の毛をそこに落とさないためだ。

あんなに笑うのも、おそらくそのためかもしれない。いくら襟をきつくしても、髪の毛が少しは入りこみ、くすぐったくてしかたないのだろう。

　見学者の案内をするのがこの男の仕事だ——見学者はブレザーコートを着た婦人たちで、真剣な顔をして、彼がこの数年間でいかに病院がよくなったかを説明するのにうなずく。彼はテレビを見せ、大きな皮張りの安楽椅子、衛生的な水飲み器《ファウンテン》などを示す。そのあとで、見学者たちはナースステーションに入って、そこでコーヒーをご馳走になる。ときどき、この男はデイルームのまん中にひとりで立っていることがある。そういうとき、彼は両手を打ち鳴らす（その音で、手がじっとりしめっているのがわかる）、二、三度打ち鳴らしてからそれをしっかりと握り合わせて、祈るようなかたちで自分の顎の下に持っていき、そのままくるくると回りはじめるのだ。床のまん中で、くるくると回り、そして、狂ったようにじっとテレビを見、壁にかかった新しい絵を見、水飲み器を見ていく。そして笑う。

　何でそんなにおかしいことがあるのか、彼はけっして教えてくれない。それに、わたしに言わせれば、おかしいのはそこでゴム製の人形のようにくるくると回っている男のほうだ——ほらちょっと押せば、底に錘《おもり》がついていて、すぐ起き上がって、またくるくる回りだす人形だ。だがこの男は、患者の顔はどんなことがあっても見ようとしない……

　十時四十分、四十五分、五十分、この時刻には患者は出たり入ったりして、電気療法《ET》や作業療法《OT》や物理療法《PT》などを受ける。ある場合にはどこかの奇妙な小さい部屋で治療を受けるときもある。その部屋の壁はどれも寸法が違っていて、床も水平になっていない。病棟の機械の音はこの頃にはじつに順調な快音を立てつづけることになる。

　この病棟全体がわーんと唸る。昔、フットボールのチームでカリフォルニアの高校と試合をするので遠征したとき、綿織工場があったが、その工場で聞いたのと同じような唸りを立てる。あの時は、一年じゅう良い成績だったので、町の後援者たちがすっかり喜んで、わたしたちのチームを飛行機でカリフォルニアの高校選手権優勝チームと試合させるために遠征させてくれた。その町に着くと、町の産業見学に連れていかれた。チームのコーチの持論で、スポーツ選手は旅行のおかげで勉強ができると信じているから、遠征に行くたびに、コーチはチーム全員を引き連れて、酪農場や甜菜《てんさい》農場や缶詰工場を試合の前に見学させる。それがカリフォルニアでは綿織工場だったわけだ。工場の中に入ると、チームのたいていの者はちょっと見ただけで、バスに戻ってしまい、そこでスーツケースをテーブル代わりにしてスタッド・ポーカー（一枚だけふせて、あとの札は開いて遊ぶポーカー）をして遊ぶのだが、しかしわたしは中に残った。隅の方に、機械の並ぶ間を慌ただしく立ち働く黒人女工たちの邪魔にならぬようにして立っていた。工場の中にいると、わたしは何か夢を見ているような気持ちになった。人びとや機械の音が一緒になって、唸るような音、かちかちという音、そしてがたがたいう音を、まるで一つの定まった法則があるように打ち鳴らしていた。だからわたしは他の連中が出ていってもそこに残ったのだ。その音のためと、そして、もうひとつは、その音で、わたしの村が消える日が近づいた頃、ダム建設のためトラクターに乗って村から出かけていく部族の人びとのことを思い出したからであった。その狂おしいような音、催眠術をかけられたように一定の仕事をくり返す人びとの顔……そのようなものを見ていると、わたしはチームの連中と一緒に出ていきたかったが、しかし、どうしても行けなかった。

　初冬の朝だった。そしてわたしはチームの揃《そろ》いのジャンパーを着たままだった。それは選手権を取ったときに、皆に支給されたもので、皮製の袖がついた赤と緑の模様のジャンパーで、背中に選手権のことを記すフットボール型のワッペンが縫いつけてある。そんな派手なものを着ていたから、黒人の女工たちが大勢でじろじろとわたしのことを見ていた。わたしは慌ててそれを脱いだが、それでも女工たちは見つめていた。その当時でも、わたしはその女たちよりはるかに背が高かった。

女たちのひとりが自分の機械から離れて、通路のところを見まわし、監督があたりにいないのを確かめると、わたしの立っているところへやって来た。今晩、ここの高等学校と試合をするのかと彼女は尋ね、それから弟も選手でテールバックをやるはずだと話してくれた。わたしたちはフットボールのことなど少し話していたが、そのうち彼女の顔がぼんやりと見え、まるでわたしと彼女の間に靄《もや》がかかったように見えるのに気づいた。それは空中に舞う綿屑のせいだった。

わたしはその綿屑のことを彼女に言った。そして、朝靄のなかを鴨猟《かもりょう》に行きでもした時にあんたの顔を見ているみたいだとわたしが言うと、彼女は目をくるくる回し、口に拳《こぶし》を当てて笑いだしてしまった。そして、「一体全体、鴨猟なんかにあたいを連れだしてさ、どうしようっての?」と彼女は言った。おれの銃の世話ぐらいできるだろうさ、とわたしが答えたら、工場じゅうの女工たちがみんな口に拳を当てて笑いだした（銃には男性の性器の意もある）。わたしも少し笑い、とても気の利いたことを言ったのだなと思った。それからまたわたしたちは話し、そして笑いあったが、急に彼女はわたしの両手をしっかりととらえ、わたしの顔を引き寄せた。彼女の顔の目鼻立ちがあざやかにわたしの目の前に浮かびあがった。そして、その顔に何か恐怖の色が浮かんでいるのをわたしは見た。

「お願い」彼女はささやくように言った。「お願いだから、あたいを連れてって。この工場から、この町から、この生活から連れ出して。どこでもいいから鴨猟に連れてって。どこでもいいの、ここじゃない所なら。ねえ、のっぽちゃん、ねえ？」

女の黒い、美しい顔がわたしの目の前できらきら輝いていた。わたしは口をぽかんと開け、何とか返事をしなければと思いながらそこに立っていた。おそらくわたしたちは二、三秒もそんなふうにじっとしていたろうか、すると工場の音が突然がたんと変わり、何かに引っぱられるように彼女はわたしから離れていった。わたしには見えない紐が彼女の赤い花模様のスカートのどこかについていて、それで彼女が引き戻されていくようだった。女の指先がわたしの手からはがされるように離れていく。そして、それが完全に離れるや、もう彼女の顔もぼんやりとし、あの綿屑の靄のかげに溶けていくチョコレートのようにやわらかく、輪郭を失っていった。彼女は笑い、そしてくるりと回り、スカートが舞い上がったとき、わたしに黄いろい脚をちらりと見せてくれた。彼女はつと振り返り、肩ごしにウィンクを投げ、そして自分の機械に戻った。そこには、織られた布地が山となって、台から床にまで垂れさがっていた。彼女はそれをかかえ、足どりも軽く機械の間の通路を歩いていき、ホッパーの中に投げこむ。それから、彼女は角のところを曲がって、見えなくなってしまった。

工場の中の光景、紡錘が糸を巻き取り、くるくる回り、杼《ひ》が跳びはね、糸巻き《ボビン》が糸で空気を震わす、そして白く塗られた壁と灰色の鋼の機械と花模様のスカートをはき軽快に動く女工たち、すべてのものが、この工場をしっかりと結びつけているあの流れ出てくる白い布地で包まれている――その光景がわたしの心の中にしみついている。そこで、ときどき、病棟の何かがその光景をわたしに思い起こさせるのだ。

そうだ。わたしははっきりとわかった。この病棟はコンバインのために働く工場なのだ。この病院そのものが工場なのだ、町や学校や教会でおかした間違いをここで直すのだ。だから完成品が新品同様になって、いや、ときには新品より良くなって、社会に帰っていくと、師長の心は喜びで溢れる。すっかりねじくれて正常でない状態で入ってきた者が今では立派に機能を果たす調整された存在になって出てくる。まさに病院の誇りであり、この世の奇跡である。その男が永遠の笑いを浮かべ、大地をなめらかに歩き、水道工事で道を掘り返したどこかのちゃんとした住宅地にうまく住みついていくのを見ろ、彼はすっかり満足している。ついに環境に適合することができたのだ……

「いやあ、あの病院から出てきてからというもの、マックスウェル・テイバーはえらく変わってしまったじゃないか。そりゃ、少し目のあたりが青黒くなってはいるし、少し痩せたようだが。なんたって、あんた、あいつは別人になっちまったよ。ほんとに、現代のアメリカの科学はたいしたもんだねえ……」

そして、彼の地下室にはいつも真夜中過ぎまで明かりがついている。じつは、外科医たちが彼の頭に植えこんだ遅効反応体のおかげで、彼の指は器用に動き、妻の身体に麻酔をかけ、自分と同じように手術する。そればかりか、四つと六つの二人の娘たちも、そして月曜日にいつも一緒にボーリングをやる隣の男も手術してしまう。彼は自分がやられたようにかれらを適合させてしまう。このようなやりくちで、奴らは適合人間をひろめていくのだ。

そして、このようにして神に定められた人生の年月を無事に終え、彼がこの世を去るときには、町の人びとは心から彼を惜しみ、新聞には、その前の年の墓地清掃日にボーイスカウトと一緒に働いていた彼の写真が載る。そして、奥さんは、高校の校長先生から、ご主人のマックスウェル・ウィルソン・テイバー氏は、この素晴らしいわたしどもの町の青年たちにとってなくてはならぬ存在であった、などと述べた、ねんごろな手紙を受け取る。

ふだんケチで名の通っているふたりの葬儀屋の男たちもすっかり感心して、こう言う。「ほら、マックス・テイバーの死体だぜ。いい男だったよなあ。どうだい、奥さんには請求しないで、とびきり上等の香料を使ってやろうじゃねえか。ああ、かまうことはねえさ、会社持ちにしておいてやろうや」と。

このように首尾よく退院する人間は、師長の心に喜びを与え、彼女の手腕とこの工場全体の名声をも高める製品ということになる。退院患者には誰もが満足する。

しかし、新入り患者となると話は別だ。どんなにおとなしい患者でも、多少の工作をして、一つの定まった型にはめこんでやらなければならないし、それにまた、わがままで、ものごとをやたらに引っかきまわし、面倒を起こし、病院全体の順調な流れに脅威を与えるようなたぐいの人物がいつ入ってくるかもわかりはしないのである。そして、前にも説明したように、師長はこの順調な流れというものが阻害されると、それはもうひどく苛立つのである。

十二時少し前に、かれらはまた煙霧器をかける。しかし、こんどは全開にはしていない。霧はそれほど濃くはないから、じっと目をこらしさえすれば物を見ることができる。いつかはわたしも目をこらして見ようなどとは思わなくなるだろう。そして、他の慢性患者と同じように、何もしないで煙霧のなかにすっかり埋没してしまうだろう。しかし、いまのところわたしは、新入りのその男にとても興味がある——これから始まるグループ・ミーティングに彼がどんな反応を示すかをこの目で見たい。

一時十分前、煙霧はすっかり晴れ、黒人たちがミーティングのために場所をととのえるように急性患者に言いつけている。デイルームからテーブルがすべて運び出され、廊下をへだてた浴槽室へ入れられる——床は、マックマーフィの言葉を借りれば、まるでちょっとした舞踏会でもやるようにひろびろとなる。

師長はこのような患者の動きをガラス窓の中から一部始終見つめている。彼女はまるまる三時間ほどの間、そのガラスの中の席から離れない。昼食にさえ立たない。デイルームからすっかりテーブルが運び出されると、一時に医師が自分の部屋を出て廊下をやって来る。師長が坐って、見守っているガラスの前を通りすぎるとき、医師はかるく頭を下げて、挨拶する、そしてドアの左手にしつらえられた彼の席に腰を下ろす。彼が坐ると、患者もみな坐る。看護師とインターンたちがぞろぞろ入ってくる。すべての者が着席するのを見て、師長はガラス箱の中の席から立ちあがり、ナースステーションの奥にあるダイヤルやボタンのいっぱいついた鋼鉄の機械のところに行き、自分のいない間すべてのことを動かすように自動に切り換える。そうしてから、彼女は日誌と書類籠いっぱいに詰めこんだメモをかかえて、デイルームへと出てくる。師長の制服は、すでに半日働いたのにもかかわらず、まだ糊がぴんときいていて、どこにもひとつの皺もない。彼女が関節を曲げるたびに、その服はまるでごわごわしたカンバスを折り曲げるように、はじけるような音を立てる。

師長はドアの右手に坐る。

彼女が席を占めるや、ピート・バンシーニがふらふらと立ちあがり、首を大きく振って、ぜいぜい息を切らしながら言いはじめる。「わしは疲れた。あーあ。おお、神様。ああ、わしはとても疲れたよ……」と。

いつものことだが、この老人は自分の話を聞いてくれそうな新しい男が病棟に入ってくると、こうやるのだ。

師長はピートに目もくれない。彼女は籠の中の書類にずっと目を通している。「どなたかバンシーニさんのそばに坐ってあげてちょうだい。ミーティングを開きますから、おとなしくさせてくださいね」と彼女は言う。

ビリー・ビビットが立っていく。ピートはマックマーフィの方を見ていて、踏切で振る信号灯のように、首を左右に揺りうごかしている。ピートは鉄道で三十年も働いた男だ。今はすっかり衰えてしまったが、それでも彼はまだ追憶のなかで働いているつもりなのだ。

「わしはつか、つかれた」と、ピートは言って、マックマーフィにむかって顔を左右に振っている。

「さあ、さあ、いいかげんにしろよ、ピート」と、ビリーは言い、そばかすだらけの手をピートの膝の上に置く。

「……とても、疲れた……」

「わかるよ、ピート」ビリーの手が痩せた膝をかるく叩いてやる。すると、ピートは、今日は誰も自分の不平を聞いてくれそうもないとわかり、顔をもとの位置に戻した。

師長は腕時計をはずすと、病棟の時計に目をやり、ねじを回し、それを籠の中にすぐ見えるように置く。彼女は籠の中から書類ばさみ《ペイパー・フォルダー》を取り出す。

「さて、ミーティングを始めましょうか?」

師長はもう一度、邪魔をする者がいないか確かめるようにぐるりとあたりを見まわす。白い襟をつけた首をくるりと回すときも、絶えずそこに微笑を浮かべたままだ。患者たちは師長の視線を避ける。かれらはみな一心に指のささくれをむしる。ただマックマーフィだけは例外だ。彼は隅の肘掛け椅子に席を占めている。まるでその椅子が昔から自分のものであったみたいに、ゆったりと坐っていて、そして、師長の動作をひとつひとつ見守っている。彼はまだ例の帽子をかぶったままだった。赤毛の頭にきゅっと目深にかぶり、オートレーサーのように見える。膝の上でカードをもてあそんでいる。彼は両手の間にそれをぱらぱらと飛ばすように巧みに切り、そして、小気味よい音を立ててそろえる。その音はあたりの静けさを打ち破るように反響する。師長のくるくると回る目が一瞬のあいだマックマーフィの上に落ちる。午前中ずっと彼女はこの男がポーカーをやるのを監視していた。金のやりとりこそ見つけることはできなかったが、マッチの軸だけを賭けて遊ぶという病棟の規則に、どうやらこの男は満足できるタイプじゃないと彼女は感づいていた。カードがまたしゅっと鳴って切られ、そしてぴしっと音を立ててそろえられ、あの大きな手の中のどこかに消えてしまう。

師長はもう一度時計に目をやり、手にした書類ばさみから一枚の紙を取り出し、それを眺め、またその中へ戻す。そして、書類ばさみを下に置き、日誌を取りあげる。壁のところに立ったエリスが咳《せ》きこむ。彼女はそれがおさまるまで待っている。

「さて、金曜日のミーティングでは、最後にわたしたちはハーディングさんの問題を討論しましたね……ハーディングさんの若い奥さんのことでした。そして、ハーディングさんはこう言いました。奥さんの胸があまりにも豊満なので、街を歩く男たちがじろじろ眺めるために、自分はひどく落ち着かなくなってしまう、と」師長は日誌をぱらぱらとめくる。そこには小さな紙片がはさんであって、すぐ問題のページがわかるようにしてある。「日誌に他の患者の方が書いたノートによりますと、ハーディングさんはこんなことも言っています。『女房は男たちに眺められるように自分から挑発しているんだ』と。また、女房が他の男の注意を引こうとするのは自分に原因があるのだ、ともハーディングさんは言っています。さらに、『わたしの愛すべき無学な妻は、筋骨たくましい煉瓦工の多少乱暴な言葉やしぐさ以外は、すべて弱々しい洒落者の言葉やしぐさだと思ってしまうのだ』と」

　師長はしばらくその日誌を目読しているが、それをぱたんと閉じる。

「ハーディングさんは、奥さんの豊満な胸のためにときどき自分が劣等感を覚えるとも言っていますね。さて、それで、どうしましょう、この主題にもう少し触れたい方いますか？」

　ハーディングは目を閉じるし、他の者はだれも何も言わない。マックマーフィはぐるりと患者たちを見まわし、師長の質問に答えようとする者がいないのを確かめ、それから教室の中の生徒のように手を上げ、指を鳴らす。師長は彼にむかってうなずく。

「あーと、マックマリーさんでしたね？」

「あの、何にふれるんですか？」

「何に？　ふれるって――」

「たしか、あんたいま言ったでしょう、『――に触れたい方いますか』って」

「それは、この主題に――触れるのです、マックマリーさん。ハーディングさんと奥さんの問題についての主題です」

「なんだ。おれはまた、彼女の、ほら、別の何かにさわるとでも言ったのかと思ったもんだから」

「まあ、何てことをあなたは――」

だが、そこで師長はやめる。このとき、師長は一瞬ではあるがいつもの落ち着きを失いかけていた。急性患者の何人かは笑いを噛みころし、マックマーフィは大きく伸びをし、そしてあくびをして、ハーディングにウィンクをおくる。すると、ふたたび冷静になった師長は日誌を籠の中に置き、また別の書類ばさみを取り出して、それを開き、読みはじめる。

「ランドル・パトリック・マックマリー。ペンドルトン囚人作業農場から、州の要請によって委託。診断と治療のため。三十五歳。結婚歴なし。朝鮮で共産軍捕虜収容所からの脱走を指揮し、殊勲十字章。後に、命令不服従の罪で不名誉除隊。その後、街頭、酒場などで喧嘩のやり放題。逮捕歴、数度。泥酔、殴打事件、騒乱、賭博常習、そして少女暴行で――一度」

「少女暴行ですって?」医師は身体をぐいとそらせる。

「重罪の、未成年に対する――」

「うへぇー。法廷でははっきりとしなかったんですぜ。女がなにしろ証言しなかったんですからね」と、マックマーフィは医師に説明する。

「十五歳の少女に対して暴行」

「十七だと言ったんだ、その女は。しかも、先生、そいつはすごくその気になっていたんだから」

「少女を警察医が診断した結果、性器挿入、数回にわたる性交が証明された。報告によれば――」

「いや、ほんとに、女のほうがやりたくてしようがなかったんだ。しまいにゃおれはズボンの前を縫い合わせてしまいたくなるほどだったんだから」

「医師の事実認定にもかかわらず、少女は証言を拒否した。どうやら脅されたようね。裁判終了後、被告はすぐに町を出た、とあるわ」

「そりゃ、あんた、逃げ出さなくちゃどうにもならんさ。先生、じつはね――」彼は身体を乗り出して、膝の上に肘をつき、声をひそめて、彼とはちょうど反対側に坐っている医師に話しかける。「そのあばずれにつかまったら、あんた、成年の十六になるまでには、おれはぼろぼろにされちまいますよ。それでなくたって、あの女のおかげで、おれはまんまと一杯くわされ、さんざんな目にあったんですから」

師長は書類ばさみをぴしりと閉じると、それを入口の横に坐っている医師に渡す。「スピヴィ先生、これがわたしどもの新患です」まるで、その黄いろい紙の中に男を挟みこんで、医師にもう一度見てもらうためにそれを手渡すといった調子だ。「新患の記録は、じつは、今日、後ほどお目にかけようと思っていましたが、どうやら、グループ・ミーティングでこの方は自己主張をされたいようですから、いま、お目にかけたほうがよいかもしれませんね」

医師は胸につるした紐を引っぱって、上衣のポケットから眼鏡を取り出し、鼻の上にのせ、それがちょうど目の前にくるように調節する。眼鏡は少し右に傾くが、医師は自分の顔のほうを左に傾けて、うまくバランスをとった。彼は書類に目を通していきながら、少し微笑する。わたしたち患者と同じように、この新入りの遠慮会釈のない図々しい話し方に思わず微笑が浮かんでしまうというように。しかし、彼はその感情を外に表わし、笑いだしてしまわないようにこらえている。医師は最後のところまで読むと、それを閉じ、眼鏡をポケットにしまう。部屋の隅で、まだ身体を乗り出すようにして医師を見ているマックマーフィの方に、医師は目をやる。

「それでと――どうやら――精神病歴は他にはないようですな、マックマリーさん？」

「先生、マックマーフィです」

「おやそう？　でも、たしか――師長はそう呼んでいたと思ったが――」

彼は書類を出し、また例の眼鏡を取り出し、一分ほど記録を見ていて、それを閉じ、眼鏡をポケットにしまいこむ。「そうですな、マックマーフィですね。そのとおりです。失礼しましたな」

「いや、先生、かまいませんや。間違えてそう言いだしたのはそこのご婦人なんですから。いやなにね、わざと他人の名を間違えて呼ぶ人がいるもんでさあ。おれの伯父貴にハラハンというのがいましたがね、あるとき、女とデートしたらですな、この女が名前を正しく憶えることができなくて、わざと怒らせるように伯父貴のことをフリガン、フリガンなんて言うんですよ。それがあんた、何カ月もそういう具合だもんで、ついに伯父貴はぴしゃっとやめさせやしたよ。二度と間違えて呼ばないようにしてやりましたよ」

「ほお？　で、どういうふうにしてやめさせたのかね？」と、医師は尋ねる。

マックマーフィはにやりと笑い、親指で鼻をこする。「うーん、それはいまは教えてあげられませんな。ハラハン伯父のやり方は秘密にしておきてえんでね。いいですかい、おれがいつかその必要があったときに、使いたいもんでね」

彼はわざと師長の方に向いて、それを言う。師長もにこやかに笑いかえす。それから、マックマーフィは医師の方にむかい、「で、先生、さっきおれの記録のことで何とお尋ねでしたかね？」と、言う。

「そうそう。わたしはね、精神病の前歴があったかと尋ねていたんだ。たとえば、精神分析をしてもらったとか、どこか他の施設に入っていたことがあるとか？」

「そりゃ、州立と郡立のむしょを勘定に入れれば――」

「いやいや、精神病の施設のことです」

「ああ、そっちのほうなら、ありませんや。こいつが初めての旅でさ。でも、先生、おれは狂ってるんです。誓ってもいい。そこにも――そこにも書いてあるはずですよ。作業農場の先生がたしか……」

彼は立ちあがり、カードを上衣のポケットにすべりこませ、部屋をよこぎって医師のところへ行き、背後から身体をかがめて、医師の膝の上に置いてある書類をめくる。「たしか、何か書いてくれたんですぜ、後ろのほうのどこかに……」

「そうかね？　わたしは気づかなかったね。ちょっと待ってくださいよ」医師はまた眼鏡を取り出し、それを掛けると、マックマーフィが指で示しているところを見る。

「ここです、先生、師長はさっきおれの記録をまとめあげたとき、ここんところは抜いちまったんですよ。ここんところです、ほら、『マックマーフィ氏は数度にわたる――』。ただおれは完全に理解していただきてえと思ってるだけなんで。『数度にわたる感情の爆発を起こしており、それは精神錯乱と診断しうるものがある』。作業農場の先生の言うには、『精神錯乱』というのは、つまり、おれがやたらに喧嘩したり、やたらにおま――いやこれはご婦人方がおられる所で、失礼しました――つまり、セックスの方面にあまり身を入れすぎる、これは先生の使った言葉だがね、身を入れすぎるということを意味するんだということだと。ねえ、先生、それってほんとに重病なのかね？」

マックマーフィは大きな屈強な顔じゅうに心配そうな表情をたたえてこう尋ねるものだから、医師も思わず顔を下に向けて、くすくす笑いだし、その笑いを襟の中に隠しこむ。すると、眼鏡が鼻からするりと落ちて、うまい具合にすっぽりとポケットに入る。急性患者たちも、いまは、みな微笑しているし、慢性患者も何人か笑っている。

「つまり、先生、この身を入れすぎるってことですが、先生はそんなこといままでありませんでしたか？」

医師は目を手でこする。「いや、マックマーフィさん、わたしの場合はありませんな。しかしですぞ、わたしはこの点に興味があるのだが、先方の先生はこうつけ加えておりますぞ。『この人物は作業農場の労働をまぬがれるために、精神錯乱症状をよそおっている可能性があることも無視してはならない』とな」医師はマックマーフィの方を見上げる。「この点はどうかね、マックマーフィさん？」

「先生」――そう言って、彼は身体をぐっと起こし、額に皺を寄せ、この広い世界に嘘ひとつ申しませんと言わんばかりに両手を大きくひろげる――「このおれが正気の人間に見えますか？」

医師はふたたび一生懸命に笑いをこらえなければならないから、答えることもできない。マックマーフィは医師からくるりと向きを変え、師長の方にむかって同じように尋ねる。「見えますか？」と。師長は返事をするかわりに、すっくと立ちあがり、医師から黄褐色の書類ばさみを取りあげ、籠の中にしまい、その上に時計を置く。そして、腰を下ろす。

「先生、マックマリーさんにこのグループ・ミーティングのきまりを教えてあげたほうがよろしいのじゃないでしょうか」

「師長さんや」と、マックマーフィは言う。「伯父貴のハラハンと、名前を間違えてばかりいた女友達のことを、あんたに聞かせてあげたはずだがね」

師長はにこりともせずにしばらく彼の顔を見つめている。彼女は微笑を好むままの表情に変えて、相手に使うという能力を持っているが、しかし、変えたその表情も、本質的には微笑と変わりはない。同じように計算された機械的な表情で、師長の意図に役立つようになっている。ついに彼女は言う。「これは失礼しました。マック＝マーフ＝イーさん」彼女は医師の方に向きなおる。「さて、先生、説明してあげたらいかが……」

医師は両手を組んで、後ろにそりかえる。「そうですな。まずですな、われわれのいま行なっておるこのグループセラピーの理論を説明するのがよいかもしれませんな。普通はそれは後まわしにするのだが。そうです。ラチェッドさん、結構な考えです。そういたしましょう」

「先生、理論はもちろんですが、わたしが考えておりますのは、患者はミーティングの間は席を立ってはならないという規則のことです」

「そうそう。もちろんです。それではその理論を説明しましょう。マックマーフィさん、まず第一にじゃ、このミーティングの間は席を離れてはならんということです。そうでないと、秩序が保てんのでね、おわかりでしょう」

「もちろんです。おれはただ記録のなかに書いてある例のことを教えてあげるために席を離れただけですから」

マックマーフィは自分の席に戻り、大きな伸びをし、あくびをする。そして腰を下ろすと、ちょうど犬がゆったりと寝そべるときのようにしばらくもそもそと身体を動かしている。彼はやっと居心地のよい姿勢を見つけると、医師の方を見やり、じっと待つ。

「理論について言うならば……」医師は幸福そうに大きく息を吸いこむ。

「女房をや、や、やっちまえ」ラックリーが大きな声を出す。マックマーフィは手の甲のかげに口を隠し、自分と反対側の方にいるラックリーにわざとささやくような声をよそおって「誰の女房を?」と言う。すると、マーティニが顔をさっと上げ、目を見開き、じっと見つめる。「そうだよ、誰の女房を? ああ、彼女か? そうか、おれには彼女が見えるぜ。ほんとだ」と彼は言う。

「すげえもんだ、おれもこいつみてえな目がほしいもんだ」と、マックマーフィはマーティニのことを言うが、あとはミーティングの間ずっと黙りこくってしまった。ただそこに坐り、見守り、そしてそこで行なわれることや話される言葉をひとつも聞きもらすまいとしている。医師は自分の理論をながながと話すが、決められた時間を充分に使ったと師長は考えたらしく、ハーディングさんの問題について討論するから、そのへんでやめてくれと医師を黙らせてしまう、そして、あとはずっとハーディングの問題を話しあった。

マックマーフィはミーティングの途中で、一、二度、何か言いたそうにして椅子から身体を乗り出すが、やめたほうがよいと思ったらしく、また坐りなおす。彼の顔には困惑の表情が浮かんでいた。妙なことがここで行なわれていることに、彼は感づきはじめたのだ。どれといってはっきりと示すことはできないが、しかし、たとえば誰もが声を立てて笑わないというようなことだ。ラックリーにむかって、「誰の女房を?」と彼が尋ねたとき、きっと笑いが起こると思っていた、ところが、笑いのかけらすら起こらなかった。空気が四方の壁で重苦しく囲まれ、とても笑うこともできないほどに緊迫している。この病棟は何かおかしい。誰もが思いきりわれを忘れて笑うということがない。患者たちがみな、あの赤すぎる口紅を塗り、でかすぎる乳房を持った、小麦粉のように白い顔に永遠の微笑をたたえた婆さんに、あんなふうにぺこぺこするところが妙だ。そうして、マックマーフィはこう考える、よーし行動を起こすまで、しばらくこの病棟がどうなってるのかじっくり眺めさせてもらうぜと。それが一流の賭博師のやり方だ。自分が札を引くまでは、しばらくゲームの流れを見守るのだ。

わたしはグループセラピーの理論というやつをこれまで数え切れないほど聞いてきたので、前からでも後からでも暗誦できる。つまり、患者が正常な社会生活を送ることができるようになるまでに、一つの団体《グループ》のなかで生活していくことを学ばねばならないとか、そのグループ全員が患者にどの点が異常であるかを指摘して、助力してやることができるとか、誰が正気であり、誰が正気でないかを決定するのは社会であるから、社会の標準に合わせなくてはいけないとか、まあそういったたぐいのことなのだ。この病棟に新患が入ってくるたびに、医師は熱心すぎるほどに、この理論を述べ立てる。おそらく、医師が主役となってミーティングを運営するのはこのときぐらいのものだろう。彼はこんなふうに言う。グループセラピーの最終目標は、全面的に患者の意見と投票によって運営される民主的な病棟をつくりあげることであり、そしてやがて外の世界に戻っていくことのできる立派な市民にそれぞれがなるような方向にもっていくことだ。どんなにささやかな悩みごとでも、不満でも、あるいは変えてもらいたい事柄でも、とにかくみんなの前に持ち出して、話しあわなくてはいけない。それを自分ひとりのなかにくすぶらせてはいかん。また、自分の置かれた環境のなかで楽な気持ちでいなくちゃいけない。まあ、たとえば、他の患者や病院の医局員の前でも自分の情緒的な問題を自由に話すことができるほどでなくちゃいかん。とにかく、話すことだ、討論しあい、腹を割って話すことだ。そして、ふだん話をしてるときでも、もし友達が何か大切なことを言うのを聞いたら、医局員があとで見ることができるように日誌に書きつけておくことだ。これは映画などでよく使うような、いわば「密告」とは違う。逆に、友達を助けることになる。みんなの見えるところですっかり洗い流すように、昔の古傷や罪はすべて大っぴらにしなくてはいけない。そして、グループの討論に加わること。自分も、あるいは友達にも潜在意識にひそむ秘密をさらけ出すように仕向けることだ。友達のあいだに秘密をつくる必要があってはならない。ざっと、こんな具合に、医師は語る。

そして、だいたいこういう結論を下す。わたしどもの意図は、この病棟をできるかぎりみなさんが住んでいた民主的で自由な町と同じようにすることだ――つまり、これからいつの日にかみなさんが復帰することになる大きな外の世界の雛形とも言うべき小さな世界を、この病院内につくっていこうとすることである、と。

おそらく、医師にはもう少し言いたいことがあるのかもしれないが、だいたいこのあたりまで来ると、師長は彼を黙らせてしまう。すると、一瞬静かになったところで、ピート老人が立ちあがり、例のでこぼこのやかんのような頭を左右に振り立てて、とても疲れたよう、と皆にむかって言う。師長は、ミーティングを続けますからどなたかあの人を黙らせてちょうだい、と言う。そして、だいたい、ピートはおとなしくなり、ミーティングが続けられていく。

一度、わたしの憶えているところではただの一度だけ、四年か五年も昔のことだが、これがちょっと妙な具合になったことがあった。医師が話し終えると、師長はすぐに口を開いて、「さて、どなたから始めますか?　どなたが古い昔の秘密を打ち明けますか?」と言った。この師長の言葉で急性患者たちはみな放心したようになってしまい、それから二十分間もじっと黙りこくってしまった。それは電気仕掛けの警報がいまにも鳴りだすのを待ちかまえるようにしんとなって、誰かが己れの秘密を何か話しだすだろうと待っていた。師長はまるでぐるぐると回る灯台のように、患者たちの上にじっと目を走らせていく。デイルームは二十分という長い間というもの、患者はみな自分の席に茫然として坐り、文字どおり沈黙で締めつけられていた。二十分たつと、師長は時計を見て、こう言った。「みなさんのなかにはこれまでに告白した以外の何らかの行為を犯した方はひとりもいない、とこうわたしは考えてよろしいのですね？」彼女は手をのばして、籠の中の日誌を取る。「それでは過去の歴史をもう一度おさらいしてみましょうか？」

これがきっかけとなる。師長の口から発せられた言葉の音を受けて、壁の中に仕込まれた音響装置にスイッチが入り、動きはじめる。急性患者たちは身体をこわばらせる。そして、一様に口を開く。師長の動きまわる目が壁ぎわにいる最初の男のところで止まる。

彼の口が動く。「おれはガソリンスタンドに強盗に入った」

師長の目が次の男に移る。

「ぼくは妹を犯そうとしたことがある」

師長の目はさらに次の男に移る。そのたびに、男たちはまるで射的場の的のように跳び上がる。

「おれ――一度――弟をベッドに連れこみたいと思ったことがある」

「ぼくは六つの時、猫を殺してしまった。ああ、神様、お許しください。ぼくは石をぶつけて殺してしまい、近所の人がやったんだと嘘を言ってしまったんです」

「さっき、しようとしたと言ったのは嘘だ。おれは妹を犯しちまったんだ！」

「おれもだ！　おれもなんだ！」

「ぼくも！　ぼくもです！」

師長が考えていた以上にうまくいく。患者たちはみな声を張り上げ、何とかして他人よりも強い印象を与えようとする。それはますますひどくなってもう止めどがないし、とてもたがいに二度とまともには顔を合わすことができないようなひどいことまでがなりだしていた。師長はいちいちその告白にうなずき、そして、なるほど、そうなの、そうなの、と言っていた。

そのとき、ピート老人が立ちあがった。「わしは疲れたよう！」と、彼は叫んだ。その声にはそれまで誰も聞いたことがないような強い、怒りをこめた凄《すご》みがふくまれていた。

みんな黙ってしまった。とにかく、患者たちは自分が恥ずかしくなったのだ。それは、ピートだけが突然、現実的で、真実味のある重要なことを言ったように思え、その言葉を聞いて、自分たちの子供じみた叫びが急に恥ずかしくなったのだ。師長はすっかり腹を立ててしまった。あんなにうまくいっていたのをさえぎられたからだ。彼女はくるりとピートの方を向き、にらみつけた。いつもの微笑もいまは顎からしたたり落ちて、消えかかっていた。

「どなたか、かわいそうなバンシーニさんの面倒をみてあげてください」と、彼女は言った。

二、三人の患者が立ちあがった。かれらはピートをなだめ、肩を叩いてやる。しかし、ピートは黙らなかった。「疲れた！　疲れたよう！」と、彼は言いつづける。

たまりかねて、師長は黒人の一人に、力ずくでピートを部屋から連れ出すよう命じた。師長は、ピートのような人間を抑えつけるには黒人の力では役に立たないということを忘れていた。

ピートはずうっと昔から慢性患者だったのだ。五十過ぎになるまで病院に入ることはなかったが、生まれた時から慢性だった。彼の頭には両側に大きな凹《へこ》みがあるが、これは彼の出産の時の母親の担当医がピートを引き出そうとして、頭に鉗子《かんし》をかけてこしらえた跡だ。ピートはおそらく最初外を見て、そこに自分を待ちかまえている分娩室《ぶんべんしつ》のさまざまな機械を見てしまい、自分が生まれ出ようとしている世界の姿をとにかく理解してしまったのだろう。だから、彼は何とかして生まれ出ることをこばもうとして、母親の中にあるものに一心にしがみついていたのだ。ところが医者はその中に手を突っこんできて、重い氷ばさみのような鉗子で彼の頭を挟み、引っぱり出して、すべてがうまくいったと考えたのだ。ところが、ピートの頭はまだできたてのほやほやで、粘土のようにやわらかだったから、それが固まった時には、鉗子で挟まれた二つの跡が残ってしまった。それればかりではない、そのためにピートの頭脳はきわめて単純になってしまい、六歳の子供にさえ簡単にできる事柄をするのに、大変な努力と集中力と意志の力を必要とするほどになってしまったのだ。

しかし、一つだけよいことがあった——それはこんなふうに単純になってしまったために、コンバインが彼をつかまえようとしなかったことだ。かれらによってピートは一つの型にはめこまれてしまうことがなかった。つまり、かれらは鉄道の簡単な仕事をピートに与えた。ピートの仕事といえば、人里離れたところにある小さな板張りの小屋で転轍機《てんてつき》の番をすることだった。転轍機が一方に入っていたら、列車に赤い信号灯を振り、別の方に入っていたら緑の信号灯を振る。そして、もしもどこか前方に先行する列車がある場合には、黄色の信号灯を振るのだ。ピートはこの仕事を立派にやった。全力で、彼の頭に残された気力を振りしぼって、ひとりでこの人里離れた転轍機の番をした。そこで彼は、誰からも強制されたり、支配されることがついになかったのだ。

だからこそ、黒人も彼だけは自由にすることができない。しかし、師長がピートをデイルームから連れ出すように命じたとき、彼女はうっかりそれを忘れていた。同様に黒人もそんなことは考えてもいなかった。だから、黒人はつかつかと歩みよって、ピートの腕をぐいとつかんでドアの方に引っぱった。ちょうど駄馬の手綱をぐいと引いて、向きを変えさせるように。

「そのとおりだ、ピート。さあ宿舎に戻ろう。あんたはみんなの邪魔なんだ」

ピートはその腕を振りはらった。「わしは疲れたんだよ」彼は警告するように言う。

「さあ、さあ、じいさん、あんたは少しうるさいぞ。さあ寝て、おとなしくしていよう、いい子だから」

「疲れたよう……」

「さあ、じいさん、宿舎に戻らなきゃだめだ」

黒人はピートの腕をふたたびぐいと引っぱった。すると、ピートは首を振るのをやめた。彼はしゃきっとなり、そこにしっかりと立ち、その目がきらりと光った。いつもは、ピートの目は半分閉じられていて、ぼんやりと霧がかかったようになっているのだが、このときは、その目が青いネオンのように輝いていた。そして、黒人がつかまえたピートの腕の先端にある手がみるみる大きくなってきた。医師や看護師たち、それに他の患者たちもたがいに雑談をしていて、この老人と、疲れたとくり返す彼のたわごとに誰も注意をはらっていなかったし、どうせいつものとおり、おとなしくなって、すぐにミーティングが続けられるだろうと考えていた。だから、ピートが手を握ったり、開いたりしているうちに、腕の先端でその手がどんどんふくれあがるのに気づきもしなかった。それに気づいたのは、わたしだけだった。わたしはその手がふくれあがり、そして固く握りしめられ、わたしの目の前で振られ、鉄の球のように滑らかに、そして固くなるのを見た。それは鎖の先端についた大きな錆びついた鉄の球になる。わたしはそれをじっと見つめ、そして待った。そのとき、黒人がまたピートの腕を宿舎の方へぐいと引っぱった。

「さあ、じいさん、とっとと来るんだ——」

そのとき、黒人はその手に気づく。彼は、「ピーター、いい子だから」と言いながら、じりっ、じりっと逃げようとするが、少しばかり手遅れだった。ピートは自分の膝の位置からその鉄の球を思いきり振りあげた。黒人はふっ飛ばされ、壁にどしんとぶちあたり、そこに張りつく、それからまるで壁に油が塗ってあったかのように、そのままずるずると床に沈んでいった。わたしには、壁の中にいっぱい埋めこまれている真空管が壊れ、ショートする音が聞こえた。そして、その漆喰《しっくい》には彼の身体の形そっくりにひび割れができていた。

他のふたりの黒人も——一番小さい奴ともうひとりの身体の大きい奴だが——肝をつぶしてそこに立ちつくした。師長が指をぱちっと鳴らすと、かれらは慌てて行動に移る。床の上をすべるように、すぐに動きだす。大きな黒人と並んで動く小さい黒人は、まるで物が小さく見える鏡に映し出された影像のようだ。ふたりはピートのそばまで来たとき、もうひとりの黒人がうっかり忘れていた事実に突然気づいた。つまり、ピートはわたしたちのような他の患者と違って命令に従うような仕掛けをほどこされていないから、口で命令したり、腕をねじ上げるぐらいでは少しも動じないということに気づいた。もしピートを取り押さえようとするなら、荒れ狂うクマか牡牛をつかまえるつもりで向かっていかなければならない。しかも、すでに仲間のひとりが壁の腰板のところに冷たくのばされているのを見ては、このふたりの黒人もへたに危険をおかしたくはなかった。

ふたりとも同時にそう考えたから、大きいほうも、その小さい影像のように見えるほうも、まったく同じ姿勢で凍りついたようにそこに止まった。左足を前にし、右手を突き出し、ちょうどピートと師長の中間ほどのところに止まってしまった。ふたりの前には、あの鉄の球がびゅんびゅん回り、背後には雪のように白い顔に憤りをたたえた師長がいるので、ふたりはぶるぶる震え、煙を出す。わたしには、かれらの中でギアが噛みあう音が聞こえる。かれらはエンジンを全開にして動きだした機械が急にブレーキをかけられたように、混乱して小きざみに身体を震わせている。

ピートは床のまん中に立ち、その鉄の球を身体の脇のところで前後に振っていて、その重みで身体が片側にすっかりかしいでいる。いまでは、皆がピートのことを見守っている。ピートは大きな黒人から小さな黒人へと目を移し、ふたりともそれ以上近づかないのを見てとると、患者たちの方を向いた。

「ほらな――みんな嘘っぱちなんだ」と、彼はわたしたちにむかって言う。「みんな何もかも嘘っぱちなんだ」

師長は椅子からそっと立ちあがり、ドアのところに寄りかかって、柳細工のバッグに手を差し入れようとしている。「そうですよ、そうですよ、バンシーニさん」彼女はなだめるように言う。「ですから、おとなしくしてちょうだい――」

「ただそれだけなんだ、嘘っぱちばかりなんだ」ピートの声には凄みが消えてきた。早く言うべきことを言ってしまわなければ、時間がなくなってしまうというように、その声は緊張し、切羽《せっぱ》つまってきた。「わかってくれ、わしにはどうしようもない、わしには――わかっちゃくれんのか。わしは生まれながらにして、死んでいた。あんたたちとはちがうんだ。あんたたちは生まれながらに、死んでいるなんてことはなかった。ああ、ああ、つらいことだった……」

ピートは泣きだしていた。彼はもう言葉を正しく言うこともできない。口をぱくぱく開けて、何か喋ろうとするが、言葉を選んで文章にまとめあげることはもうできない。彼は頭を振って、頭をはっきりさせようとし、そして、急性患者たちの方を見て、まばたきをした。

「ああ、わしは……あんたたちに……言うが、あんたたちに言うが」

ピートはふたたび元気を失っていく、彼の鉄の玉も縮かんで、元のように手になってしまう。彼はその手を目の前に突き出し、患者たちにまるで何かを差し出すようにしている。

「わしはどうしようもなかった。わしは死んだも同然で生まれてきた。あまり侮辱されたので、わしは死んでしまったのだ。わしは生まれながらにして、死んでいた。わしにはどうしようもなかった。わしは疲れた。もう努力するのもいやだ。あんたたちにはまだチャンスがある。わしはあまり侮辱されたので、死んでしまったのだ。生まれながらに死んでしまった。あんたたちは楽だった。わしは生まれながらに死んでいたから、人生はつらかった。わしは疲れた。わしは話すのにも、そして、立っているのにも疲れた。この五十五年の間、わしは死んでいたのだ」

師長は部屋をまっすぐによぎってピートに近づき、その緑色の制服の上から注射器を刺した。注射すると、彼女は針を抜かずに飛びさがったので、注射器がまるでガラスと鋼鉄の小さな尾のように、ピートのズボンからぶらさがった。ピート老人はしだいに前へ前へと沈んでいく。注射のためではなく一生懸命に努力をしたためにだ。最後の数分間の気力を振りしぼった演説のために彼はすっかりしぼんでしまった、あれが最後だったのだ――見ただけで、彼がもう息の根を止められてしまったのがわかるほどだった。

だから、本当は注射の必要はなかったのだ。彼はもう首を前後に振りはじめていたし、目もどろんとしていたのだから。師長がそろりそろりと彼に近寄り、注射器に手をかけたときには、もうピートはすっかり身体を前に倒し、床の上にかぶさるようにして泣いていた。そんなにも下を向いていたから、彼の顔に涙が流れず、首を前後に振るたびに、涙があたりに飛び散った。デイルームの床の上に飛び散り、まるで涙の種を播《ま》くように、そこにむらなく模様を描いていった。「ああああ」と彼は言う。師長が針を抜き取ったときも、ぴくりともしなかった。

おそらくあの一分ほどの間だけ、ピートは生き返ったのだ。そしてわたしたちに何かを語ろうとした。わたしたちの誰ひとりとして聞こうとしなかったし、また理解しようともしなかった何かを。そして、そのために気力を使い果たした彼は、いまやすっかりしぼんでしまったのだ。尻にうたれたあの注射はむだだった。それは死人にしたも同然だった――注射液を吸いあげる心臓すらないし、その液を脳にまで運ぶ血管もない。そしてその液の中に含まれた毒でだめにしてしまう脳髄すらないのだ。師長はひからびた古い死体に注射をしたのと同じだった。

「わしは……疲れたよう……」

「さあ、そこのおふたりが勇気をお持ちなら、バンシーニさんを連れていってください。もうおとなしくベッドに行きますから」

「……とても疲れた」

「ウィリアムズ助手がどうやら意識を取り戻してきたようですよ、スピヴィ先生。診てやっていただけますか？　さあどうぞ。腕時計が壊れて、腕を切ったようですね」

以来ピートは二度とこんなことはしなかったし、またこれからもすることはあるまい。今では、ミーティングの途中で彼が騒ぎだすときがあっても、静かにしろと言われると、きまっておとなしくなる。ときどきは立ちあがって、首を振り、わたしたちにむかって、とても疲れたということを伝えようとする。しかし、それはもう不満とか弁解とか脅迫とかいうものではない――そういうものは彼にはいっさいなくなってしまった。正確に時を告げることはできないが、動くだけはなんとか動いている古い時計と同じなのだ。針はへし曲がり、文字盤からは数字が消えてしまい、目覚しのベルは錆びついて鳴ることもない。そういう古ぼけた役に立たぬ時計だ。それはただチクタクと動きつづけ、ただ意味もなく、ポッポー、ポッポーと時を告げる。

二時の音が鳴りひびいたとき、患者たちはまだ、哀れなハーディングにむかってさんざん酷《ひど》いことを言っていた。

二時をまわると、医師は腰かけた椅子の上でもぞもぞ動きはじめる。このミーティングは、例の理論を喋るとき以外は、彼には居心地が悪いものだった。本当のところは、自分の部屋で、グラフ用紙の上に絵などを描いて時間をつぶしているほうが性に合っていた。彼はやたらに身体を動かし、しまいには何回も咳ばらいをする。そこで、師長は自分の時計に目をやり、また明日一時からこの続きを討論することにします、それでは浴槽室からテーブルをまた持ってきてください、とわたしたちに言う。急性患者たちは急に夢から醒《さ》めたようになり、一瞬、ハーディングの方を見る。かれらの顔は恥ずかしさでまっ赤にほてる。目が覚めてみたら、またもやまんまと一杯食わされたのに気づいたといったように。かれらのうちある者は廊下一つへだてた浴槽室にテーブルを取りに行く。ある者はマガジンラックのところに行き、古い『マッコールズ』誌にひどく面白そうに見入る。しかし、本当はかれらはハーディングを避けているのだ。かれらはまたまた師長にうまくしてやられて、自分たちの仲間のひとりを罪人扱いにし、自分たちがそいつを裁く検事か判事か陪審員のようにふるまってしまったのだ。四十五分の間というもの、みんなで寄ってたかってひとりの男をめちゃめちゃに切り刻んだ、しかもそいつを面白がってやってしまい、やたらに質問を浴びせかけたのだ。たとえば、奥さんひとりぐらい満足させてやれないとは、あんたどうかしていると思わないかね、とか、なぜ奥さんが他の男と関係したことがないなんて、あんた言えるのか、とか、あんたが正直に答えないところをみると、よくなるつもりはないんだね、とか——酷い質問やあてこすりを言った。そこで、いまになってひどく後味が悪く、ハーディングのそばにいればもっと気まずい思いをしなければならないのを避けているのだった。

マックマーフィの目はこのような光景をじっと追っている。彼はまだ椅子に坐ったままだが、その顔にはわけがわからんなという表情が浮かんでいる。そこに坐ったまま、急性患者たちの動きを見守っていて、例のトランプカードで顎のところの赤い無精髭をこすっている。それから、やっと肘掛け椅子から立ちあがり、あくびをし、伸びをし、カードのはしで臍《へそ》のあたりをかいて、それをポケットにしまいこむ。そして、やおらつかつかと、ハーディングがただひとり、汗をかいて椅子にへばりついたように坐っているところに歩いていった。

マックマーフィはちょっとハーディングのことを見下ろすが、それから、かたわらにあった木製の椅子の背にその大きな手をかけ、そいつをくるりと回し、椅子の背がハーディングの方に向くようにする。そして、小さな馬にまたがるように、その椅子に腰を下ろした。ハーディングはそれに全然気づきもしない。マックマーフィは煙草をさがして、あっちこっちのポケットをぽんぽん叩く。それから、一本取り出し、火をつける。彼は火のついた煙草を目の前にかざし、その先端を見て顔をしかめ、親指と人さし指をなめて、その火を自分の気に入るように小さくする。

ふたりはたがいに存在を無視しているように見える。わたしにも、ハーディングがマックマーフィの存在に気づいているのかどうか見当もつかない。彼は痩せた肩をまるで折るように寄せてしまっていた。それは緑の二つの翼のように見える。そして、膝の間に、二つの手をしっかと隠し、椅子の端にきちんと坐っている。彼はまっすぐに前方を見つめ、なにか歌を口ずさみながら、冷静に見えるように努めている――しかし、何か吸いこむように頬をやたらに凹ませるので、骸骨が笑っているような奇妙な表情となり、すこしも落ち着いているようには見えなかった。

マックマーフィは煙草を口にくわえ、両手を木製の椅子の背にかけ、その上に顎をのせる。そして、一方の目で紫煙を追う。彼はもう一方の目でしばらくハーディングを見ているが、やがて、口に煙草をくわえて、ゆらゆらとさせながら、話しだした。

「ねえ、あんた、このささやかなるミーティングとやらはいつもこんな調子なのか?」

「いつもこんな調子とは?」ハーディングは口ずさんでいた歌をやめ、尋ねる。彼はもう頬をやたらに動かしてはいないが、あいかわらず、まっすぐに、マックマーフィの肩の向こうを見つめている。

「このね、グループセラピーとかいうパーティはいつもこんなふうに行なわれるのかね? ニワトリどもの突っつきパーティといったぐあいに?」

ハーディングの顔がその声のほうにぎくっと向く。その目がマックマーフィの姿を認める。まるで初めて目の前に人が坐っているのに気づいたようだ。彼はまた頬を凹ませた。顔のまん中に皺ができ、そのために、にやにや笑っているように見える。ハーディングは肩を伸ばし、いそいで椅子の背にもたれるように坐りなおし、いかにもくつろいでいるように見せかけようとする。

「〝突っつきパーティ〟ですって？　悪いけれどあなたの奇妙な俗語がわたしにはとんとわかりません。何のことを言っておるのか、ぜんぜん見当もつきませんよ」

「そうかい。じゃあ、あんたに説明してやろう」マックマーフィは声を大きくする。他の急性患者がじっと背後で聞き耳を立てているのには目もくれないが、しかし、彼はその連中に話しかけているのだ。「ニワトリの群れは仲間の一羽がちょっとでも血を出しているのを見つけると、寄ってたかって、そのニワトリを突っつくんだ。いいかい、寄ってたかってだ。そのニワトリが血を流し、骨は突き出る、羽は飛び散る、まあずたずたになるまで突っつくのさ。しかもだぜ、だいたいが、そのうちの二、三羽にその騒ぎで血がつくのさ。そうするとこんどはそいつらがやられる。そして、また、他の二、三羽に血がつくと、そいつらが死ぬほど突っつきまくられる。こんなふうに、次から次へとやられる。そりゃすごいぜ、あんた。二、三時間もしてごらん、ほとんどの連中はみなやられてしまうんだ。おれはこの目で見た。それはひどい光景だ。それをやめさせる方法は一つだけあるが――もちろん、ニワトリの場合だ――目隠しをしてしまうことだ。そうして、見ることができないようにしておくのさ」

ハーディングは膝のところにあの長い指をした手を組み、膝をぐいと自分の方に引き寄せ、椅子に深々と坐る。「突っつきパーティですか。なるほど面白い比喩ですね」

「汚らしい真実というやつを知りたきゃ、おれがいま拝見したこのミーティングとやらはまさにそのものずばりだぜ。連中、あの汚らしいニワトリどもそっくりだった」

「すると、このわたしはさしずめ血を流していたニワトリというわけですな?」

「そうさ、そのとおり」

ふたりはまだたがいに笑いあっているが、声は低く、ずっと緊迫感をおびてくる。わたしはふたりの話を聞くために、いかにも床を掃除するようなふりをして、そこに近づいていく。他の急性患者たちもみなずっとそばに近寄っていた。

「それでだ、もうひとつ知りたくないか? いったい誰が最初にあんたを突っつきはじめたか知りたくないかい?」

ハーディングは相手が先を続けるのをじっと待っている。

「そいつは、何を隠そう、あの師長さんだ」

皆しんとなるが、そこには恐怖の感情が走る。壁の中に仕掛けられた機械が一瞬がたっと止まり、それからまた動きだす音が、わたしには聞こえた。ハーディングは手を震わせまいと、一生懸命につとめている、そして、なんとか冷静にふるまいつづける。

「そういうわけですか」と、彼は言う。「じつに簡単ですな。馬鹿らしいほどに簡単ですな。あなたはこの病棟に入ってきて、六時間とたたないのに、すでに、フロイトやユングやマックスウェル・ジョーンズのすべての業績をまことに単純なものにして、それを一つの比喩で説明してくださった。つまり、〝突っつきパーティ〟というわけだ」

「おれはフレド・ユーングとかマックスウェル・ジョーンズのことを話してるんじゃないぜ。おれの話しているのは、あのインチキなミーティングのことと、師長と他の馬鹿野郎どもがあんたに酷い仕打ちをした、と言ってるんだ。つまり、あんたを散々にほじくりかえした、と言ってるんだ」

「わたしを、ほじくりかえした?」

「そのとおり、散々にな。チャンスのあるかぎり、やってくれたぜ。突く手、引く手であんたをな。あんたはここでよっぽど酷いことをやったにちがいないぜ、あんなにたくさん敵をこしらえるとは。ほんと、まちがいなくたくさんいたぜ。あんたを寄ってたかってむしった連中は」

「これはしたり、それは暴論ですな。まずあなたは大切なことを完全に無視しておられる。つまり、今日、仲間の者たちがしたことは、みなわたしのためになることだという事実を、あなたはすっかり見落としていらっしゃる。ラチェッド師長にしても、他の医局員たちにしても、あの方たちが提出した質問や議論はすべて治療のためになされたものだということを、あなたは見落としていらっしゃるのではないですか? スピヴィ先生が話されたグループセラピーの理論をお聞きになったはずだ。それとも、聞くことは聞いたが、それを理解するほどの教養があなたにはないにちがいない。わたしはあなたに失望しました。非常に失望しました。今朝お会いしたときの印象では、あなたがもっと知性のある方だと思っておりましたからね——そりゃ、一見あなたは無学な愚か者で、雁《がん》と同じに感受性の乏しいほら吹きの田舎者のようだが、それでも本質的にはなかなか知性のある人だと考えていたのですからね。わたしは自分じゃ観察の鋭い、洞察力のあるほうだと思っていましたが、やはり、見そこないというものをするもんですな」

「あんたなんかくそくらえだ」

「そうそう、もうひとつつけ加えることがありますよ。わたしは今朝、あなたの原始的な残忍さにも気づきました。明らかにサディストの傾向を持つ統合失調症です。これはおそらく道理のわからぬ病的自己主張からきたものだな、とこう思いました。もちろん、あなたのお考えのように、それだけ天賦の才能をお持ちなら、ご自分を有能な医師だと考え、ラチェッド師長のミーティングの方法にケチをつけるだけの資格がありますな。たとえ師長がこの分野で二十年間の経歴を持つ、非常に有能な精神科の看護師であるという事実を考慮に入れたとしましてもな。もちろんです、あなたの才能をもってすれば、潜在意識のなかに奇跡を生み出し、うずくイド（個人の本能的な衝動の源泉である無意識の層を示し、自我の基礎をなすもの）をやわらげ、傷ついたスーパー・エゴをいやすことも可能でしょう。あなたはおそらく、この病棟のすべての者を治癒してくださる、植物患者もなにもかも。六カ月というわずかな日時のあいだに治してお目にかけましょう、ご見物の紳士淑女のみなさん、もし治せませんようでしたら、見料はお返しいたしますぞ、ってなわけですな」

　マックマーフィはこの挑発を無視して、じっとハーディングの顔を見つめているが、やがて落ち着いた声で、「それじゃ、今日のミーティングで行なわれたようなでたらめで、ほんとに病気が良くなる、多少でも良くなると、あんたは信じているのだな？」と尋ねた。

「そう信じていなければ、どうして自分をあんなふうにさらけ出せますか、あなた？　医局員も、わたしたちと同じくらい病気の治癒を望んでいるのですよ。かれらは化け物じゃありません。ラチェッド師長は少し厳しいところのある中年の婦人かもしれませんが、けっしてあなた、ニワトリのボスとなって、わたしたちの目の玉をサディストのように突っつき出させるパーティを主催する怪物なんかじゃありませんよ。あなただって、師長がそうだとは思っていないでしょう？」

「そのとおりだとは思っちゃいない。というのは、師長はあんたの目の玉を突っつき出しちゃいない。師長が突っつき出すのは、そんなものじゃない」

ハーディングは少しひるむ。彼の手が膝の間から這い上がってくるのをわたしは見た。それは苔《こけ》におおわれた二本の枝のあいだから、幹の方に枝をつたっていく白いクモのようだ。

「わたしたちの目の玉じゃないって？」と、ハーディングは言う。「それでは、あなた、ラチェッド師長が何を突っつくというのです、教えていただきたいものですな」

マックマーフィはにやりと笑う。「おや、あんた気づいちゃいないのかね？」

「もちろん、わたしは気づきません！　つまり、もしあなたが主張する……」

「あんたの金玉《きんたま》だよ。あんたの大切な、大切な玉だ」

クモのような手はいまは幹と枝の交わるところにまで来る、そして、そこに止まって、ぶるぶると小刻みに震えている。ハーディングは笑おうとするが、その顔と唇があまりにも青ざめていて、笑いがすぐに消えてしまう。彼はじっとマックマーフィを見つめる。マックマーフィは口から煙草をとると、もう一度同じことをくり返して言う。

「あんたの金玉だよ。たしかに、あんたの言うとおり、師長はニワトリのお化けじゃないよ。師長の正体は、いうなれば玉切りだからね。おれはそういう連中にこれまでずいぶんお目にかかってきた。年とったのやら、若いのやら、男やら、女やらな。この国じゅうに、そして家庭にもうようよいるぜ。連中はね、あんたらを骨抜きにしてさ、何でも言うとおりにさせようってのさ。奴らの規則とやらに従わせて、奴らの思うとおりにあんたたちを生活させようって寸法さ。そして、そうするのに一番いい方法ってのは、つまり、あんたらを完全に降参させてしまう一番いい方法は、あんたたちの一番痛いところをぎゅうぎゅう攻めて、弱らせてしまうことなんだ。あんたこれまでに、喧嘩で、急所を膝で蹴り上げられたことないか？もしあるとすりゃ、身体が冷たくなるほどだっただろう？　あんな痛いものはない。気分まで悪くなって、すべての力がみな抜けていくような気になるもんだ。だから、たいした力を使わずに相手の力を弱めておいて、勝ってやろうと狙っている奴と喧嘩するときは、奴の膝に注意していなきゃいかん。奴は必ずあんたの急所を狙ってくる。そしてだ、あのハゲタカ婆さんの狙いもまさにそいつだ。あんたの急所ってわけだ」

ハーディングの顔は血の気がないままだが、しかし、手だけはなんとか自由に動かせるようになっていた。その手を動かして、マックマーフィの言っている言葉を払いのけるように目の前で振る。

「わたしたちの親愛なるラチェッド師長がですか？　あの優しい、つねに微笑を浮かべた優雅な慈悲の天使のような、母ともいうべきラチェッド師長が玉切りですって？　あなた、そりゃお話になりませんよ」

「おいあんた、その優しい、お母さんとかいう馬鹿っ話はおれには通用しないぜ。そりゃ師長はお母さんかもしれんよ、しかしそれにしても、でっかい母さんで、ナイフの鋼ぐらいがっしりしてるぜ。おれが今朝入ってきたとき、初めの三分ぐらいはあの女も親切な母親ぶりを演じてみせてくれたがね。しかし、あとはとんでもない。あんたたちだって、まさか半年も一年もあれにだまされていたわけじゃないだろう。まったく、おれもこれまでひでえ売女《ばいた》にずいぶんお目にかかったが、あの女にかなう奴はいねえ」

「こんどは売女ですか？　しかし、さっきは、玉切りで、それから、ハゲタカ――いやニワトリでしたか？あなたの比喩はまあずいぶんいろいろと変わりますね」

「それがどうした。師長は売女で、ハゲタカで、玉切りなんだ。おれをからかうのはよしにしてくれ。あんただって、おれの話はよくわかってるじゃねえか」

ハーディングの顔と手の動きがいまではやたらに早くなる。まるで、フィルムを早まわしにした映画のなかのしぐさのように、笑い、顔をしかめ、せせら笑う。そのしぐさは彼が止めようと努力すればするほど、逆に早く動きだしてしまう。彼が手や顔を、その動くままに自然にし、その動きを抑えようとしないときは、それは見ていてもじつに美しい流れるようなしぐさとなる。しかし、彼が手や顔のことを気にして、その動きを止めようとすると、まるで神経質な踊りをする人形のように、ぎくしゃくとした激しい動きを示してしまう。そのときには、何もかもがどんどん早く動きだし、声までがそれにともなって早くなる。

「そりゃ、ねえ、あなた、マックマーフィさん。わが統合失調症の相棒君。ラチェッド師長は正真正銘の慈悲の天使です。それはあなた、みなさん誰もが認めていることです。彼女は風のように私心のない人で、すべての人びとのためにと、くる日もくる日も、一週間に五日も、感謝の言葉ひとつ当てにせず、身を粉《こ》にして働いている。それはもう心がじーんとくるほどです、心がですよ。それにある筋からの話ですと――いやその筋とは誰か、ちょっと言うわけにはいきませんが、マーティニさんが絶えずその筋なる人びとと接触があると申しておきましょう――彼女はそのうえ週末を利用して、町の社会奉仕の仕事までしておるとのことです。缶詰食品やら、料理に使うチーズとか、石鹸とか、それはそれはたくさんの慈善品を用意し、経済的に困っている貧しい若い夫婦などに与えているそうです」ハーディングの手は空中に舞って、話の内容を描くように動く。「ほら、見えるでしょう。師長さんの姿が。優しくドアを叩くその姿が。

リボンで飾った籠。ものも言えずに感激する若夫婦。夫は口をぽかんとあけて、妻はもう手ばなしで泣いている。師長はその住まいをじっと値ぶみするように見まわす。そして、お金を送る――そう、洗濯石鹸を買うためのお金を送る約束をする。彼女は品物の入った籠を床のまん中におく。そして、われらの天使はこの家を去ろうとするとき――キスを投げ、天使のように微笑しながら――自分の親切な行為によりあのでっかい乳房のなかに湧き出る親切心という甘いミルクにすっかり酔う。そこで、彼女はもうわれを忘れて、気前がよくなる。われを忘れてしまうんです、いいですかね、あなた？　入口のところで立ちどまり、彼女はおずおずしている若い妻をかたわらに引き寄せ、二十ドルを与える。『ほんとに不幸なかわいそうな方ね、さあこれで、ちゃんとした服でも買ってちょうだい。ご主人がとても買ってあげられないのが、わたしにはわかっているのよ。さあ、このお金で買ってちょうだい』まあ、こういうわけで、この夫婦は永久に師長の施しに恩義を感じてしまう」

ハーディングは首の筋をひきつらせ、ますます早口になって喋る。彼が喋りおわると、病棟は静まりかえる。かすかなリールを巻くような音以外には何も聞こえない。その音は、わたしの考えでは、どこかでこの会話をすべて記録しているテープレコーダーが回っている音だ。

ハーディングはあたりを見まわし、みんなが自分を見守っているのに気づき、大きな声で笑おうと一心に努める。しかし口から出てきたのは、まるで釘が生乾きの松の板から釘抜きで引き抜かれるような哀れな音だった。イーイーイー。彼にはそれを止めることができない。ハエのように手をもみ、そのきしむような自分の笑い声にぞっとして、目をかたく閉じる。それでも、まだその声を止めることができない。それはますます甲高くなって、ついに、大きく息を吸いこんで、彼は待ちかまえた手の中に顔を埋めてしまう。

「おお、あの売女、売女、売女め」彼は歯のあいだからしぼり出すように小声で言う。

マックマーフィはもう一本煙草に火をつけ、それをハーディングに差し出す。ハーディングは一言《ひとこと》もいわずにそれを受け取る。マックマーフィはそこに、自分の目の前にあるハーディングの顔をじっと見守っている。なにか困惑を混じえた驚きの表情を浮かべて、これが初めて見た人間の顔であるかのように、まじまじと見つめている。彼はじっと見守る。やがて、ハーディングの身体の震えがしだいにおさまってきて、その顔が手の中から上がってくる。

「あなたの言うとおりだ」と、ハーディングは言う。「すべてが、あなたの言うとおりだ」彼は自分を見守っている他の患者たちを見上げる。「ここにいる誰ひとり今までにそいつをはっきり口に出す勇気のある者はいなかったが、わたしたちのなかでそのとおりだと考えていない者はいない。師長のことも、他のすべてのことも、あなたが感じたようにみな感じている――びくびくした小さな魂のなかのどこか底のほうでそう感じている」

マックマーフィは眉をしかめて、尋ねる。「あのまぬけな医者の野郎はどうなんだ？　すこしばかりおつむは弱そうだが、しかし、師長が好き放題にやっているとか、何をしているとかわからないほど馬鹿じゃあるまい」

ハーディングは煙草を一服大きく吸い、煙を吐きながら、話していく。「スピヴィ先生は……これはもうまったくわたしたちと同じです。つまり、自分の無能力を充分に意識しているのです。いわば、一生懸命ではありますが、びくびくし、何ひとつうまくできない哀れなウサギです。ラチェッド師長の助力がなければ、この病棟の運営も全然できない人でして、しかも、そのことを充分自身で承知しているのです。さらに、悪いことに、先生がそのことを承知していることを、師長も承知しているんです。だから、事あるごとに、そいつを先生にちらつかせる。たとえば、何か帳簿とか、グラフで先生がちょっとしたへまをやりますね。するとそれはもうしつこく師長はそのへまをやっつけるわけです」

「そのとおりだ」チェスウィックがマックマーフィのそばに寄ってきて、口をはさむ。「おれたちがへましても、いやというほどいやみ言われるよ」

「なぜ先生は師長をやめさせないんだ?」

「この病院では」ハーディングが言う。「医師には人事の権限はないんです。人事権は理事長が握っていて、その理事長は女性で、しかも、ラチェッド師長の長年の親友ときています。三〇年代に陸軍病院で一緒に看護師をしていたとか。つまり、あなた、わたしたちはこの病院の女性上位主義の犠牲者というわけで、先生もわたしたち同様、まったく無力ですよ。先生も心得ています。師長がその気になれば、彼女のかたわらの、ほら、あの電話を取り上げ、理事長に電話をかけて、あの医者はデメロールをものすごくたくさん請求しているようです、とちょっとほのめかすことができるということを——」

「ちょっと待ってくれ、ハーディング。おれはまだその専門語についていけねえんだ」

「デメロールというのは、あなた、人工アヘンです。ヘロインの二倍も中毒性が強いやつです。その中毒にかかる医者はとても多いのです」

「あのチビがね? 麻薬患者とはねえ?」

「そうは言っておりませんよ」

「じゃ、何だって師長はそんな言いがかりをつけることができる――」

「あなたはわたしの話をよく聞いていませんな。師長はべつに言いがかりをつけちゃいません。ただ、そのようなことを匂わせる、ほんのすこし、匂わせるだけでいいんですよ、わかりますか？　今日それに気づいたでしょう？　師長はたとえば患者をナースステーションのドアのところに呼びつけて、そこに立って、あなたのベッドの下に落ちていたティッシュペーパーは、あれはどうしたの、と尋ねる。それだけです。ただ尋ねるだけです。すると、尋ねられた患者は、どんなふうに答えてみたところで、嘘をついているような気になる。かりに、あれはペンを拭いた紙ですと答えるとすれば、師長は「なるほど、ペンをね」と言うでしょうし、あるいはまた鼻風邪をひいているもので、と答えれば、師長は「なるほど、風邪ねえ」と言って、そして、あの小ぎれいに結いあげた灰色の髪をうなずくように振り、あの小ぎれいな微笑を浮かべて、ナースステーションに戻ってしまう。すると、患者はそこにぽつんと残され、いったい自分は何のためにティッシュペーパーなんか使ったのかとただだただだいぶかしみながら、そこに立ちつくしてしまう」

彼はまた身体を震わせはじめ、両方の肩を折るようにして、身体をまるめる。

「そうなんです。師長は言いがかりなどつける必要はないのです。ものごとを匂わせる天才的才能をあの女は持っている。今日の討論でも師長が一度だってわたしのことを何か非難するようなことを言ったのを耳にしましたか？　しないでしょう。それでも、わたしはずいぶんといろいろ悪く言われたように思ってしまう。やれ嫉妬《しっと》ぶかいだの、偏執的だの、男として女房を満足させてやれないだのとか、男友達とわたしが関係していたとか、わたしの煙草の持ち方がきざっぽすぎるとか悪く言われた。そして、あげくの果てに――わたしにはそう思えたのだが――わたしは股のあいだに何も持っていない、わずかの陰毛しかない、それもやわらかくて、綿毛のようで、金髪だろうとまで言われた！　玉切りですって？　とんでもない、それじゃ師長のことをあなたは見くびっていることになる！」

ハーディングは突然声をひそめ、かがみこむようにして、マックマーフィの手を両手でしっかりと握る。彼の顔は奇妙に傾き、割れたワインの瓶のように紫灰色となり、刃《やいば》のように鋭くゆがむ。

「この世界は……強者のものだ！　わたしたちの存在は、強者が弱者を食べてますます強力になるという原則にもとづいて成立している。この事実をしっかりと見なくてはいけない。その原則がただたんに正しいというだけではいけない。わたしたちは、それを自然界の法則として受け入れていくようにならなくてはいけない。ウサギは生存していくのに弱者としての役割を認め、オオカミを強者として認識する。そして、身を守るために、ウサギはずるくなり、小心になり、逃げ足が速くなる。そして、穴を掘り、オオカミがやって来れば隠れる。それで生きのびることができるわけで、ウサギは自らの生存を続けることができる。ウサギはおのれの分際をわきまえている。もちろん、オオカミと戦ってやろうなどということはしない。どうです、ウサギのやり方はとても賢いと思いませんか？　ねえ、どうです」

彼はマックマーフィの手をはなし、また椅子に深く坐り、膝を組む。そして、煙草を一服大きく吸う。彼はわずかに微笑する口もとから煙草をとると、例の奇妙な音を立てて笑いだす――イーイーイー、板から釘を抜きとるような音を立てて。

「マックマーフィさん……あなた……わたしはニワトリなんかじゃない。わたしはウサギです。医師もウサギです。ここにいるチェスウィックもウサギです。ビリー・ビビットもウサギです。ここにいるわたしたちは年齢と程度の違いこそあれ、みなウサギです。このウォルト・ディズニーの漫画の世界をぴょんぴょん跳ねて歩くウサギなのです。ああ誤解しないでください。わたしたちがウサギだからこの病院に入っているのじゃありませんよ。つまり、わたしたちはどこにいようとウサギなのです。わたしたちがこの病院にいるのは、むしろそういうウサギ的な性格に適合できないからなのですよ。だから、師長のような強力なオオカミによって、わたしたちの分際というものを教えこんでもらう必要があるのです」

「あきれたね、あんた馬鹿みたいなことばかり言ってるぜ。じっとここに坐って、鋼《はがね》のように青い髪の婆さんにおまえはウサギだと丸めこまれるままになるとでも言うつもりなのか？」

「べつに丸めこまれるわけじゃない。わたしは生まれつきウサギなのです。まあこのわたしを見てください。わたしがウサギという役に満足して暮らすには、どうしても師長が必要なだけです」

「あんたはウサギなんかじゃねえ！」

「耳を見てください。このぴくぴくする鼻も。それにかわいいボタンのような小さな尻尾を」

「あんた精神異常者みたいだ――」

「異常者みたいですって？　これはまあ、なんと鋭い目を持っておられる」

「よせよ、ハーディング、おれはそんなつもりで言ったんじゃない。そういう意味でなら、あんたは狂っちゃいないぜ。つまりだな、なんと言ったらいいのか。とにかくおれはあんたらがみなすごく正気なのに、じつはびっくりしてるんだ。おれに言わせりゃ、あんたらは外にいる普通の連中とまったく同じだぜ、すこしも狂っちゃいない――」

「なるほど、外にいる連中と同じですか」

「つまりだね、映画なんかに出てくる精神異常者みてえに狂っちゃいないってことさ。あんたらはただ少しとまどっているようで、なんというか少し――」

「少しウサギのようだ、そうなんでしょう？」

「ウサギ、とんでもない、とんでもない、ウサギなんぞには見えない」

「ビビット君、ここにいるマックマーフィさんのために、ひとつぴょんぴょんはねてください。チェスウィックさん、あなたがいかに毛深いか見せてあげなさいよ」

ビリー・ビビットとチェスウィックはわたしのすぐ目の前で、背中をまるめた白ウサギに変わるが、しかし、恥ずかしがっていて、ハーディングに言われたようなことは何もしない。

「おやおや、マックマーフィさん、このふたりは恥ずかしがっていますよ。かわいらしいじゃありませんか？　もしかしたら、今日、仲間の弁護をしてやらなかったので、ばつが悪いのかもしれません。おそらく、またもや師長の言いなりになって、わたしをきびしく攻撃したので、悪いことをしたと思っているのでしょう。さあ、元気を出して、べつに恥ずかしがる理由はないよ。すべてあれでよかったんだから。仲間の味方をするなんてことは、ウサギのやるべきことじゃないんだ。そんなことしたら馬鹿げていますよ。いいんですよ、あれで。おふたりとも賢かった、卑怯だが、賢明だった」

「おい、それはないぜ、ハーディング」とチェスウィックが抗議する。

「いや、チェスウィックさん、ほんとのことを言われて怒るもんじゃない」

「まあ聞いてくれ。おれだってあのラチェッド婆さんのことじゃ、このマックマーフィが言ったのと同じことを言ったことがあるぜ。前にな」

「たしかに。だがあなたはそいつをとても静かに言って、しかもあとで全部徹回しましたよ。あなたもウサギなんだ。真実を避けようとしちゃいかん。だから今日のミーティングであなたがわたしにした質問に対しても、何もわたしは恨んじゃいない。あなたは自分の役を果たしていただけだ。もしも、あなたが質問される立場だったら、あるいはビリー、きみでもいいし、フレドリクソン、あなただとしてもいい。わたしだって、あなたたちが攻撃したように、まったく同じように残忍に攻撃するだろう。だから、わたしたちの行動を恥じる必要はない。ウサギであるわたしたちはそういうふうに行動するしかないのだから」

マックマーフィは椅子に坐ったまま身体を動かして、他の急性患者たちをしげしげと見まわす。「こいつらが恥じ入っているとはどうもおれには思えんぜ。おれ個人の考えを言わせてもらうとすりゃ、こいつらが師長とぐるになって、あんたをやっつけたやり方はずいぶんときたねえ仕打ちだと思ったぜ。しばらくの間、おれはまた中共軍の捕虜収容所に戻っちまったのかと思ったぐらいだ……」

「おい、ひどいぞ、それは。まあおれにも言わせてくれ」と、チェスウィックが口をはさむ。

マックマーフィは声の方を向いて、じっと待つが、チェスウィックはそれ以上何も言わない。チェスウィックというのはいつもそうだ。先を続けるということがない。この男はいかにも攻撃の先頭を切って進むかのように大騒ぎをする。突撃と叫び、少しの間は足を踏み鳴らし、二、三歩ぐらいは進むんだろうが、それから、ぷいとやめてしまうといったたぐいの奴だ。マックマーフィはじっとチェスウィックの顔を見つめる。チェスウィックはあんなに勇ましく騒いでいたのに、ベースを踏み出してみじめにアウトになったという顔つきをしている。マックマーフィはチェスウィックにむかって言う。「まったく中共軍の捕虜収容所そっくりだ」

ハーディングは両手を上げて、まあまあとふたりをなだめる。「いや、いや、そうじゃない。あなた、わたしたちを非難してはいけませんよ。そうじゃないんだ。じつは……」

またふたたびハーディングの目に、あのひそかな熱病のような色が加わったのにわたしは気づく。また笑いはじめるぞ、と思う。しかし、予測に反して、彼は煙草を口から取り、それでマックマーフィのことを指さす――ハーディングの手にある煙草はほっそりとした白い指と同じように見え、まるで指の先から煙が立っているようだ。

「……じつは、マックマーフィさん、あなただってウサギかもしれない。カウボーイのようにどなりちらし、見世物小屋の口上師のように威張って歩いているけれども、あなただって、その頑丈そうな表面の下は、わたしたちと同じようにやわらかくて、毛でふかふかと被われている。そしてウサギの小心な魂を隠し持っているのかもしれません」

「たしかに、そのとおり。おれも小さな白ウサギだ。だが、ハーディング、いったいどうしてこのおれがウサギになるんだ？　おれが統合失調症の傾向があるからか？　それともやたらに喧嘩をするからか？　いや、それとも、すぐ女と寝たがる傾向があるためかな？　きっとそいつのせいだ。いわば好色的な傾向のためだ。ええおい、そうだろう？　あのちょっくら女とやらかすという。そうだ、女とちょっとなにする、そのせいでおれはウサギというわけだ――」

「ちょっと待ってください。あなたはどうやら一考に値する重要な問題をいま提起されたようだ。ウサギはその傾向があるので有名ですよね？　つまり、ちょっと簡単に性交をすませるので悪名が高い。うーん。まさにそのとおりだ。しかしですね、とにかく、あなたが提起している問題そのものが、あなたは健康で、立派に機能を果たしている一人前のウサギだということを証明している。ところがそれに反して、ここにいるわたしたちは、ほとんどの者が一人前のウサギとして合格するだけの性的能力さえ欠いているのです。片輪ですよ、わたしたちは——弱い小さな種族のなかでもまたことのほかかぼそく、いじけた弱虫ばかりです。ちょいと女と寝ることさえできないウサギです、哀れな存在です」

「ちょっと待ってくれ、あんたはおれの言うことを片っぱしからねじ曲げて考えてしまう——」

「いやいや、あなたの言うとおりなんですよ。よろしいですか、師長がわたしを突っつきまわしているという状況にわたしたちの注意を向けさせてくれたのも、あなたじゃありませんか？　そして、それは当たっていますよ。いまだって、ここにいる者は誰もが、女と寝るという能力を失いかけているんじゃないか、いやもう失ってしまったんじゃないかと心配している。滑稽な小動物のわたしたちはウサギの世界ですら男性として通用しない。それほどわたしたちは弱くて、半人前だということです。ひーひー。わたしたちは——いうなれば、ウサギ界のまことのウ、サ、ギ、というわけですな」

ハーディングはまた身体をかがめる、そして、わたしが予期していた例のこわばった、きしむような笑い声が彼の口から湧き出てくる。そして、彼の手はあたりに舞い、顔はぶるぶると震える。

「ハーディング！　いいかげんにしろ！」

それは平手打ちを食わしたような効果があった。ハーディングは黙った。笑っているようにまだ口を開けてはいるが、ぴたりとその笑い声をやめ、手は煙草の紫煙のなかに力なくぶらさがった。一瞬の間、彼はその姿勢で凍りついたようにじっとしている。それから、目をずるそうに細めて、マックマーフィをじっと見、とても静かに話しだす。わたしは彼の言うことが聞こえるように、彼の椅子のすぐそばまで箒を動かしていかなければならなかった。

「あなた……あなたはですね……オオカミかもしれない」

「馬鹿なことを言うな。おれはオオカミなんかじゃねえし、あんたもウサギじゃない。ひゃー、まったく呆れた、こんな話って――」

「しかし、あなたの声はとてもオオカミに似ている」

マックマーフィは大きな息を吐《つ》いて、ハーディングから、周りに立っている他の患者たちの方を向く。

「いいかい、あんたら。あんたらはいったいどうなっているんだ？　自分が動物だと考えてるのか。それほど狂っちまってるわけじゃないだろう」

「もちろんさ」と、チェスウィックは言って、マックマーフィの方に行く。「当たりまえだ、おれは違うぜ。おれはウサギなんかじゃないぜ」

「その調子だ、チェスウィック。それにあんたらもだ。そんなのはやめちまいな。自分を見てみろや。自分で勝手に五十の婆さんをこわがってびくついてるんだ。いったい、あの婆さんがあんたらに何をするっていうんだ？」

「ほんとだぜ、何ができる？」チェスウィックも言って、他の連中をぐるりと見まわす。

「あんたらを鞭で叩かせるわけにはいくまいし、焼きごてをあんたらに押しつけるわけにもいくまい。拷問台にあんたらをくくりつけることもできない。近頃じゃそういうたぐいのことは法律で禁じられている。今は中世じゃないんだ。あの婆さんにできることなんて、この世に何ひとつあるわけはない――」

「で、で、でも、あんたは今日、師長がで、で、できることがどんなものか見たはずじゃないか！　今日の、ミ、ミ、ミーティングでさ」わたしはビリー・ビビットがウサギの恰好《かっこう》をやめているのに気づく。彼はマックマーフィの方に身体をかがめ、先を続けようとしている。その口を唾で濡《ぬ》らし、顔をまっ赤にして。それから、彼はぷいと方向を変え、歩いていってしまう。「ああ、だ、だめなんだよ。ぼくはじ、じ、自殺したほうがいいんだ」

マックマーフィはそのあとを追いかけるように声をかける。「今日か？　今日のミーティングで何があった？　ええ、おい。おれが気づいたことといやあ、あの師長が二、三質問をしたということだけだ。しかも、なかなかいいやさしい質問をだ。質問されたからといって、骨が折られるわけじゃねえ。拷問の道具にはならねえんだ」

ビリーは振り返る。「でもさ、その質問をするあのや、や、やり方が――」

「返事しなくたっていいんだろう？」

「もし返事をし、しないとすれば、師長はただにっこり笑って、あの小さな手帳にちょいとか、か、書きこむ、それから、師長は――師長は――ああ、もうどうとでもなれだ！」

スキャンロンがビリーの肩を持って、言う。「師長の質問に答えなきゃ、あんた、黙っていることによって、そいつを認めたとされるんだから。そいつがあんた、政府の連中どものやりくちなんだ。どうすることもできやしない。方法はただひとつ、この汚らわしい地球の表面からみんな吹っ飛ばすことさ――爆弾でみんな吹っ飛ばすのさ」

「それじゃ、師長がそういう質問をしたら、ひとつ、そんなのくそくらえだと堂々と言ってやったらどうだ？」

「そうだよ」と、チェスウィックは拳を振りながら言う。「そうだよ、くそくらえだと言ってやればいいんだ」

「それで、どうする気だね、マックさんよう？　師長はすぐにこんなふうにやり返してくるぜ。『マックマーフィさん、あなたはこの質問にかぎってどうしてそんなに動揺したようになるのですか？』とね」

「そしたら、もう一度くそくらえと言ってやりゃいい。奴らみんなにくそくらえと言うのさ。それでも、奴らはあんたに指一本触れられないんだ」

急性患者たちは彼のまわりにずっと近寄ってくる。こんどは、フレドリクソンがそれに答える。「よし、あんた、師長にそう言ってごらん。そしたら、あんたは暴行可能性患者と記録され、二階の重症患者病棟へ送りこまれる。おれは実際にやられたんだから。三度も。二階の連中は、あんた、かわいそうに、土曜日の映画を見に行くこともできないんだ。とにかく病棟から出られないんだから。テレビさえないんだ」

「それに、あなた、もしあなたが人にむかってくそくらえだなどと言うような反抗的な傾向をいつまでも示していると、やがてはショック・ショップに行く羽目になり、さらにはもっとすごいこと、手術というようなことにさえ――」

「おい、おい、ハーディングさんよ、言っただろう、おれはここの専門語がわからんて」

「ショック・ショップというのはですな、マックマーフィさん、EST機械、つまりエレクトロ・ショック・セラピー、電気衝撃療法の隠語ですよ。そいつは、一説には睡眠薬の働きをするともいわれていますし、また、電気椅子や拷問台の代わりにもなるやつです。まことにうまくできた代物《しろもの》でして、じつに簡単で、すばやく作動し、速いので苦痛もほとんどない機械です。しかし、そいつに一度かけられたら、二度とはごめんです。誰でも二度とは」

「その機械でどうするんだ？」

「まずあなたは台にくくりつけられる。皮肉なことに、その台は十字架のような形をしていて、あなたは茨《いばら》の冠のかわりに、電気の火花という冠をかぶせられるのです。つまり、頭の両端に電線が当てられる。そして、ズバー！　五セント分の電流があなたの脳に流れる。そして、あなたは電気ショックによる療法を受けると同時に、くそくらえといったような反抗的態度の罰も与えられるわけです。これをやりますと、個人によって違いますが、まあ六時間から三日間ぐらいはまったく無意識の状態になります。意識が回復しても、しばらくは意識が混乱した状態が続きます。つまり、ものごとを一貫して考えることができなくなる。記憶も失います。この療法をあまり受けますとね、あの壁のところに立っているエリス君と同じようになってしまう可能性すらあります。三十五歳でよだれを垂らし、小便をもらす知的障害者になる。さもなければ、ラックリーさんのように、ただ食べ、排泄《はいせつ》をし、『女房なんかくそくらえ』と叫ぶ、あの意識のない有機体に化してしまうかもれません。あるいは、そこの、あなたのかたわらに立って、自分の名前と同じ箒《ブルーム》をしっかり握りしめているブルーム族長をご覧になってくだされればよい」

ハーディングは手にした煙草でわたしのことを示す。わたしは逃げ出すにはもう遅すぎたので、気がつかないふりをしていた。そして、わたしは床を掃くふりをしている。

「わたしの聞いた話では、数年前、電気ショック療法がはやっていたころ、あの男は二百回以上もそいつをやられたそうです。考えてもみてください。それでなくても弱まっていく精神にこの療法をやればどんなことになるか。どうです、族長を見てごらんなさい、巨大な掃除人です。消えゆくアメリカ人、六フイート八インチの掃除機と化し、自分の影にもおびえる男。あなた、この族長の姿、ああなりたくないとわたしたちは恐れているのです」

マックマーフィはわたしのことをしばらくのあいだ見ているが、それからまたハーディングの方に向きなおる。「しかしだね、あんた、どうしてそんなことを黙って我慢しているのかね？　先生がぶっていたあの民主的病棟とかいう話はどうなってるんだ？　なぜあんたら投票して決をとらねえんだ？」

ハーディングは彼をにここに笑いながら見つめ、またゆっくりと煙草を吸う。「でも、あなた、何に投票しますかね？　グループ・ミーティングで師長がもう質問をしないようにとでも？　それとも、師長がわれわれのことを変な目で見ないようにと？　マックマーフィさん、いったい何に投票したらよいのか、教えてください」

「そんなこと、おれにわかるかい。何だっていいんだ、投票すりゃあ。わからんのか、あんたらがまだ少しでも勇気があるってことを示すようなことをしなくちゃいかん。あんな女にいいようにされていちゃいけないんだぜ、ええおい。ここにいるあんたらを見てみろ、族長が自分の影におびえているとか、あんた言ったが、おれに言わせりゃ、あんたらみてえにびくついた野郎どもを見るのは初めてだぜ」

「おれは違うぞ」と、チェスウィックが言う。

「たぶんあんたは違うかもな。しかしだ、他の連中を見ろやい。口を開けて笑うことさえできねえほどだ。いいか、ここへ来ておれが気づいたのは、それだ。つまり、誰も声を立てて笑う奴がいねえってことだ。あのドアからこっちへ入ってきてから、おれはただの一度も本当の笑い声というやつをまだ聞いちゃいねえってことだ。あんたらはそれに気づいているか？　笑い声をなくしちまったら、あんた、自分の足場を失うようなもんだぜ。男のくせして、女にいいようにしてやられて、笑うこともできねえ。そうなりゃ、あんた、てめえの一番大切なもんまでなくしちまうってことだ。そしてさ、すぐにも、女のほうがよっぽど自分より強いんだと考えるようになる。それに――」

「ああ、どうやらウサギの諸君、われわれの友人もやっとわかりかけてきたようですぞ。それではと、マックマーフィさん、女にむかって誰がボスかを教えてやるにはどうやりますかな。つまり、女を笑いのめす以外にですな、どうやって、お山の大将はおれだぞと女に教えますかね？　あなたのような方なら方法をご存じでしょう。まさか、女をひっぱたくわけじゃありますまい？　もちろん、そんなことはできない。女は警察を呼びますよ。癇癪《かんしゃく》を起こし、どなりちらすわけにもいきません。そんなことをすれば、女のほうは『この坊やはわがままばかり言って、よしよしよし』なんて、大きな気むずかしい坊やをあやすようにして、いなしてしまう。どうです、あなた、そのような優しい顔に面とむかって、雄々しく憤りにみちた顔をぶつけようとしたことがありますか？　ないでしょう。ですから、あなた、たしかあなたも言ったように、現代の女性上位という強力な魔力に対抗するには、男としてほんとに効果のある武器はただひとつしかないということです。しかし、それはもちろんへらへら笑うことじゃない。ただひとつ武器はあるのです。このいかれた、人間の動機ばかり穿鑿《せんさく》する社会においては一年ごとにその武器もますます無力になり、これまで征服者であった男性が逆に征服されていくという現象がひろがっている――」

「おいおい、ハーディング、たいがいにしろよ」と、マックマーフィ。

「――それに、あなたはご自分の統合失調症的精力をかなり誇っているようですが、あなたの武器をわれらのチャンピオンにむかって有効に使うことができると思いますかね？　どうです、マックマーフィさん、ラチェッド師長にそいつを使うことができると思いますか？　ええ、どうです？」

そう言って、ハーディングは片一方の手をすっとガラス箱の方に向ける。みんなの顔がそちらへ向く。師長はそこにいる。ガラス窓越しにじっとこちらを見ている。どこか見えないところにテープレコーダーは隠してあるのだ。そして、会話をすべて録音している――きっと、もうそれをこれからの予定のなかにどう組み入れて利用するか計画も立ててあるのだ。

師長は患者が全員で自分を見ているのに気づくと、頭をかるく下げて会釈を送る。すると、誰もがいっせいに顔をそむける。マックマーフィは帽子を脱いで、その赤い髪の毛のなかに両手を走らせる。いまは、皆が彼に目を注いでいる。彼が何と返事をするか待っているのだ。そして、彼もそのことは承知していた。彼はどうやら弱り果てたという感じだった。彼はまた帽子をかぶり、そして鼻のわきの傷跡を指でこする。

「そりゃあねえ、あのハゲタカ婆さんにおれがあれを仕掛けることができると思うか、という意味なら、どうやらできそうもないね……」

「マックマーフィさん、師長はハゲタカみたいに醜くはない。むしろ、なかなか美人だし、年齢のわりに若く見えます。それに、あの中性的な制服でずいぶんと努力して隠そうとしていますがね、なかなかみごとな胸をしていることは隠しおおせません。おそらく若い頃は、なかなかの美人だったにちがいないですよ。しかし――これはひとつ議論のために言うのですが、かりに師長が老人でないとして、つまり、若くて、トロイのヘレンのような美女であったとしても、どうです、あなたは誘惑する気になれないのじゃないですかね？」

「おれはヘレンなんてえのは知らねえが、あんたの言おうとしていることはわかる。まさにあんたの言うとおりだ。たとえ師長がマリリン・モンローのようないい女でも、あそこにいる凍りついたような顔にはおれの武器を使う気にはなれないだろうね」

「それごらんなさい。師長の勝ちです」

それまでだ。ハーディングはそっくりかえり、みんなはマックマーフィが次に何を言うか待ちかまえている。マックマーフィは自分が壁の隅に追いつめられたのを知っている。彼はみんなの顔をちょっと見るが、それから、肩をすくめて、椅子から立ちあがる。

「それがどうした、べつにおれの知ったことじゃあるまい」

「そのとおり、べつにあなたの知ったことではない」

「それに、おれはあんな鬼婆みてえな師長さんに三千ボルトの電気を押しつけられたくはないぜ。危険をおかすという面白さを除けば、おれのためになることは何もないのがはっきりしているからね」

「そうです、あなたの言うとおりです」

ハーディングはこれでみごとに議論に勝ったのだが、誰ひとりあまり嬉しそうではない。マックマーフィはズボンのポケットに親指を引っかけて、笑おうとする。

「そうとも、玉切りをつかまえたら、二十本分のペニスを賞金としてやろうなんて話は聞いたことがないからね」

この冗談に、他の患者たちも彼と一緒ににやりと笑うが、しかし、誰も嬉しそうではない。わたしも、マックマーフィが結局は自分の身がかわいくなって、とても敵《かな》いもしないものに立ち向かい、まんまとしてやられることがなくなったのは嬉しいのだが、しかし、他の連中の気持ちもよくわかる。わたし自身もなんとなくがっかりした。マックマーフィはまた新しい煙草に火をつける。まだ誰ひとりその場を動く者はなかった。みんなそこに立って、にやにやしながら、なんとなくばつが悪そうにしていた。マックマーフィはまた鼻のところをこする、そして、周りに並んでいる患者たちの顔から目をそらし、師長のほうを振り返って見やり、じっと唇を噛んでいる。

「でも、あんた、たしか言ったな……こっちが腹を立てて荒れないかぎりは、師長はおれを例のよその病棟へ送りこまない、と？　つまりだ、師長に何をされようと怒りださないで、馬鹿野郎呼ばわりをしないで、窓かなんかを叩き割るようなことをしないかぎり、大丈夫だと言ったな？」

「そのようなことをあなたがしなければね」

「本当かい、おい？　というのはだな、おれにはちょっとうまい考えが浮かびかけているんだ。それも、ここのみなさん方、鳥さんどもからしこたま儲《もう》けさせていただこうって考えがね。しかし、おれはこけにされたくはないからね。あっちの穴ぐらからやっとのことで、あんた、逃げ出してきたばかりだ。いわば、フライパンを飛び出したら、火の中へ落ちこんだ、なんてのはごめんだぜ」

「そりゃもう絶対に大丈夫です。あなたがどう見ても重症患者病棟に行かなきゃいけないとか、ESTにかけなくてはならないようなことを実際にしないかぎり、師長は指一本出せませんよ」

「なるほど、じゃ、おれがまあ、きちんと行儀よくしてさ、師長をどなりつけでもしなけりゃ――」

「そしてまた、助手をどなりつけたりしないで」

「――そしてまた、助手をどなりつけたりしないで、それからこの病棟で大騒ぎを引き起こすようなことをしなけりゃ、師長はおれに手を出せないんだな？」

「そうです、それがここのルールです。もちろん、あなた、それでも師長がいつも勝ちますよ、いつでも。師長はあなた、いわば難攻不落です。それに、時間というものまで自分の味方にして、じりじりと必ず相手の心の中に最後には攻め入ってきます。だからこそ、この病院でも師長のことを最高の看護師と認めていて、あれだけの権威を与えているのです。とにかく、あの女は、人間の心の中にうちふるえているリビドー（人間の根源にある性的衝動）をさらけ出させる天才ですぞ――」

「そんなこたあ、くそくらえだ。おれが知りたいのは、このゲームで師長を負かしてやってもおれは安全かどうかということだ。つまりだ、どんなことをほのめかしても、師長に対しておとなしくふるまっているかぎり、あの女は腹を立てて、おれを電気椅子に送りこむことはないんだな？」

「あなたが冷静さを失わないかぎり、安全です。腹を立てず、重症患者病棟に監禁する必要があるとか、ショック療法を受けたほうがよいとかといった実際の理由を師長に与えないかぎり、あなたは安全です。しかし、そのためには、一にも二にも、あなた、冷静さを失わないことが必要ですよ。ですが、あなたはどうです？　赤毛（情熱的で気が早いとされている）だし、それに今までにも前歴があるのではないですか？　なぜ、自分をごまかしてまで師長に挑戦するのです？」

「わかった。よーくわかった」マックマーフィは両手をこすりあわせる。「それでだ、おれの考えというのはこうなんだ。あんたらはあそこに、まあ、たいしたチャンピオンがいると思っているわけだな？　たいした――ああ何と言ったかね？――そうそう、難攻不落の女だったな。そこでだ、おれが知りてえのは、あの女のほうにちょっとした金を賭けるくらい、まあ自信のある奴は何人ぐらいいるかということなんだ」

「賭けるくらい自信があるって……？」

「いや、その文字どおりにさ。つまり、ここにいる抜け目のないみなさんのうち、誰か五ドル賭ける気はないかと言ってるんだ。おれはあの女をやっつけるつもりだ――一週間以内にだ――おれのほうはやられずに、必ずやっつけてやるさ。一週間だぜ、おれがあの女をトコトン怒らせてやることができなけりゃ、賭けはあんたらの勝ちというわけだ」

「あんた、本気で賭けるのかね?」チェスウィックはぴょんぴょん跳ねまわって、両手をマックマーフィがやるようにこすりあわせている。

「もちろんさ」

ハーディングと他にも何人かが、どうもわからないな、と言う。

「じつに簡単なことだ。べつに立派なことや、むずかしいことがあるわけじゃない。おれは賭け事が好きだ。そして、勝つのが好きだ。それで、この賭けにおれは勝てると思ってるだけだ。どうだい、わかったか? とにかく、ペンドルトンじゃおれが勝ってばかりいるもんだから、銅貨すら賭ける奴がいなくなっちまってさ。じつはだね、おれがこの病院に入れてもらうようにした大きな理由の一つは、あんたらみてえな新しいカモがほしかったからだ。ほんとのこと言うとだ、おれはここに来る前に、ちっとばかしこの病院のことを調べたんだ。ここにいるあんたらの半分以上は補助金とやらをもらってるそうじゃねえか。一カ月に三、四百ドルもよ。しかも、その金は手つかずで、埃をかぶってるそうじゃないか。こいつは利用しねえ手はねえとおれは考えた。それに、そいつで、おたがいの生活をちっとばかり豊かにするってえのも悪くないと思ったって寸法だ。さあ、おれはこれであんたらと対等で勝負ができるわけだ。おれは賭博師で、負けたことのねえ男だ。そして、おれよりも男っぽい女がこの世にいるなんて考えられねえんだ。

おれが、あの女と寝る気になるかどうかなんて関係ない。あの女には、時間という味方があるのかもしれねえが、おれにはここのところ長いあいだ負け知らずというツキがあるんだ」

彼は帽子を脱ぐと、そいつを指に引っかけてくるくる回し、じつに器用に、それをほうり上げて、背中のところで、もう一方の手でもってつかむ。

「もうひとつ言っておくぜ。おれがこの病院に来たのは、簡単な理由でだ。つまり、計画的にやって来たのさ。こっちのほうが作業農場よりはましだからだ。まあ、おれに言わせりゃ、おれは気なんか狂っちゃいないし、また狂っているとしても、自分じゃそう思ったことはない。師長はこいつを知らねえ。つまり、おれみてえにすばしこい頭を持った奴が相手とは夢にも思っていねえ。いうなりゃ、こいつがおれの強味だ。だからおれはあんたらひとりひとりと五ドル賭けようって言うんだ。一週間以内にあの師長を怒らせることができなきゃ、五ドルはあんたらのもんだ」

「まだわたしにはよくわかりませんな――」

「ただそれだけだ。師長の尻がハチに刺されたみたいに、パンティがぶるぶる震えるほどに怒らせるんだよ。あの女を怒らせてやる。怒らせて、あの小ぎれいな人形みてえな身体をずたずたにしてやって、一度でいいから、あんたらが考えているほど難攻不落じゃねえってことを見せてやるのさ。一週間以内だ。おれの勝ちか負けかは、あんたらが判断してくれればいいぜ」

ハーディングは鉛筆を取り出して、ピノクルの点をつける紙に何か書きつける。

「さあ。十ドルの証書だ。会計でわたしの名義で埃をかぶっている金のうちの十ドルだ。このようなちょっと見られない奇跡が実現するのなら、あなた、わたしにとっては二倍出すだけの価値がありますからね」

マックマーフィはその紙片を見て、きちんとたたむ。「他の鳥君たちはどうだい、その値打ちはないか?」そのときには他の患者たちもみな行列をつくって、つぎつぎに紙を取る。かれらが書き終えると、マックマーフィはその紙片を集め、掌の上にのせ、大きなごつい親指で押さえる。その手に、紙の山ができるのを、わたしは見た。マックマーフィはそれを眺める。

「こいつはおれが預かっておいていいのか?」

「預けておいても心配はないと思いますよ。あなたも当分どこにも行くことはできませんからね」と、ハーディングが言った。

旧館の病棟にいた頃のことだが、あるクリスマスのこと、きっかり真夜中に、ドアがものすごい音とともに開けはなたれて、寒さで目の縁をまっ赤に染め、鼻も桜んぼのような色になった、太った、髭を生やした男が飛びこんできた。黒人の助手が懐中電灯の光線で廊下にこの男を追いつめた。男は広報係がそこいらじゅうに張りめぐらしたヒラヒラした金属片の飾りを身体のあちこちに引っかけて、暗闇のなかで転ぶのをわたしは見た。懐中電灯の光を手でさえぎって、その赤い目をおおい、口髭の端をしゃぶっている。「ほうほうほう」と、この男は笑う。「わたしはゆっくりしたいのだが、急がねばならんのでね。いや、まったくひどいスケジュールになってしまってな。ほうほう。さて、行かなくちゃなるまいて……」

黒人が光線を当てながら、その男に近づく。それから六年あまり、彼はこの病棟に入れられていた。そして、きれいに髭を剃り落とされ、棒のように痩せた身体になって退院していった。

師長は壁にかかった時計を、あの鋼鉄のドアに仕込まれたダイヤルをちょっと回すだけで、自分の望むままの速さで動かすことができる。ものごとをはやく進ませたいと思えば、師長はその速さを増すのである。すると、時計の針は文字盤の上をまるで車輪のスポークのようにすごい勢いで回転する。スクリーンのように見える窓の中の光景は目まぐるしく、朝から昼へ、そして夜へと光線の変化を映し出す——つまり、昼と夜とが狂ったように忙しくくり返され、人びとはいつわりの時間の経過に調子を合わせるために、馬鹿らしいほどに追い立てられる。あわただしく先を争って、髭剃り、朝食、医師との面談、昼食、薬の服用などを行なっていく。そして、夜は十分ほどしかないのだから、目を閉じたかと思うともう宿舎の電灯があかあかとつき、起床の時間を告げる。そして、また忙しい一日のスケジュールが始まる。こんなふうにひどい速さで進む。おそらく一時間の間に一日の完全なスケジュールが二十回もくり返される。師長は患者がいよいよ限界に達したのを見ると、この速度をゆるめ、時計のペースを遅くするようにダイヤルを調節する。それは映写機をいじくりまわす子供のようだ。普通の十倍もの速さでフィルムを回し、面白がってそれを見ていたが、そこに映し出された馬鹿げたあわただしさや、昆虫のようにきいきいと鳴き立てる喋り声にもすっかり飽きて、それを普通の速さに戻す、という具合であった。

師長はときどきこんなふうに時計の速度を上げるくせがある。たとえば、患者に見舞いの客が来たときとか、あるいは、在郷軍人会の肝煎《きもい》りで、ポートランドからボクサーを連れてきて、病院で試合を見せてくれるというような場合など、とにかく、もっと時間がほしい、時間を引き延ばせたらなどと考えるようなときにかぎってだ。そのようなときに、師長は時間の速度をはやくする。

しかし、だいたいの場合、その逆だ、つまり時間を遅くする。師長はダイヤルを静止というところまで回してしまう。映写幕に映し出された太陽はぴたりと止まってしまい、何週間も髪の毛一筋ほども動かない。そこで、木の葉も、牧場の草の葉も何ひとつきらりと光ることもない。時計の針は三時二分前で止まっている。おそらく、わたしたちがみな錆びついてしまうまで、師長は針をそのままに止めておく気かもしれない。患者はじっと坐り、ぴくりとも動くことができない。歩くことはもちろん、身体を動かして坐っている姿勢を楽にすることもできない。息を吸うことも、吐くこともできない。ただ動かすことのできるものといえば、目だけだが、そこにはたいして見るものもない。部屋の向こうに、じっと動かぬ急性患者たちが、次は誰がカードを切る番だったかをたがいに決めかねているように坐っている。わたしの隣りにいる慢性患者の老人はもう六日間も死んだままそこにいて、腐り果てて、椅子にへばりつく。おまけに、煙霧のかわりに、師長は通風口から本物の毒ガスを放出することがある。そのガスはすべてのものをプラスチックに変えてしまうので、病棟全体が凝固してしまうのだ。

どのくらいの間そのようにわたしたちがじっとしていたのかは誰にもわからない。

それから、ゆっくりと師長はダイヤルを一目盛りほど動かす。すると、こいつはもっとひどいことになる。わたしはむしろじっと静止している状態のほうが好きだ。なにしろ、部屋の向こうにいるスキャンロンの手が一枚のカードを置くのに三日もかかるほど、まるで蜜が垂れるようにゆっくりと動くのを見ているのはとても我慢ができない。わたしの肺は厚いプラスチックのように固まった空気を吸おうとする。針の穴ほどの隙間からそれを吸いこもうとする。トイレに行こうとすれば、まるで一トンもの砂の下に埋もれているような感じで、わたしの膀胱は押しつけられ、しまいに、額のところに緑色の火花が飛び交い、ワーンと鈍い音がしてくる。

わたしはあらゆる筋肉と骨を精いっぱいに動かして、椅子から立ちあがり、トイレに行こうとする。立ちあがろうとあまり激しく力を入れるので、腕も脚もぶるぶると震え、歯までが痛む。わたしは一心に身体を引っぱるが、それでも、やっと皮張りの椅子から四分の一インチほどしか離れない。そこで、わたしはまた腰を下ろし、あきらめ、小便をその場で洩らしてしまう。すると、熱い塩辛いものがわたしの左肺に電線のように走り、けたたましくサイレンが鳴りわたり、わたしに屈辱を与える。すべての人びとが立ちあがり、走りまわる、そして、黒人の助手がその群がる人びとを右に左にかきわけて、まっしぐらにわたしの方に向かってくる。水に濡らした銅線のモップを手にうち振ってやって来る。そして、その銅線は水でショートするので、パチパチと音を立て、水を飛ばす。

このような時間の統制からわたしたちが逃れられる唯一の機会といえば、それは煙霧をかれらが流すときである。そのなかでは、時間は意味のないものになってしまう。それは、すべての他のものと同じに、霧のなかに消えてしまう。(今日は、どういうわけか、煙霧で完全に病棟を包むということがついに一日じゅうなかった。マックマーフィがやって来てからなくなった。もしそんなことをしたら、きっとマックマーフィはものすごい勢いでわめくだろう)

何もとくに行なわれていないときは、普通ならば煙霧が流されたり、時間統制が行なわれて、わたしたちはそれに心を奪われるのだが、しかし、今日は何かが起こったのだ。つまり、あの髭剃りのあとはずっと、一日じゅうそのいずれもわたしたちに仕掛けられることがなかった。だから、午後は、すべてが予定どおりに進む。夜勤の看護師がやって来たとき、時計はきっちりと四時半を指している。師長は黒人助手の勤務を解き、病棟をぐるりともう一度だけ見まわす。それから、頭の後ろに丸めた鋼のように青い髪から銀の長いハットピンを抜き、白い帽子を脱ぎ、それをボール紙の箱（中にナフタリンが入っている）にきちんと入れ、手でずぶりとピンを髪に差しこむ。

ガラス窓の向こうで、師長が夜勤の看護師たちによろしくと挨拶するのが見える。師長は赤い痣のある交替の看護師に何かメモを手渡す。そして、その手が鋼鉄のドアに仕込まれた制御盤に伸び、デイルームのスピーカーにスイッチが入り、「ではみなさん、さようなら。おとなしくしているのですよ」と言う。そして、また音楽をいっそう高く流す。師長はガラス窓を手首の内側できゅっとこする。一瞬、不快そうな表情が顔に現われ、交替したばかりの太った黒人助手にすぐ綺麗にしなさいと命令しているようだ。そこで、黒人は急いでペーパータオルでガラスを拭く、そして、師長は出ていき、病棟のドアに鍵をかける。

壁の中に仕込まれた機械がヒューと口笛を吹き、溜息を洩らし、がたっと速度をゆるめた。

それから、わたしたちは食事をし、シャワーを浴び、夜寝るまでまたデイルームに坐る。いちばん年をとっている植物患者のブラスティック老人がお腹をかかえて、うめいている。ジョージ（黒人たちはこの男を「こすり屋」と呼んでいるが）は水飲み器《ファウンテン》でしきりに手を洗っている。急性患者たちは坐ってトランプをしたり、または、コードが伸びるかぎりテレビをあちこちに動かしていちばん画像のよく映る波長のよい場所を探したりしている。

天井のスピーカーからはあいかわらず音楽が流れてくる。この音楽は電波で送られてくるのではないから、病棟に仕込まれた機械の動きには影響がないようになっている。音楽はナースステーションで回される長いテープから出てくる。そのテープの曲はわたしたちにとってはすっかり憶えこんでしまうほど身近なものになってしまっているので、マックマーフィのような新人は別だが、患者はとくにそれを意識しないかぎり聞こえない。マックマーフィはまだそれには慣れていないのだ。彼は煙草を賭け、ブラックジャックの親になり、札を配っているが、スピーカーはテーブルのちょうど真上にある。彼は帽子を前の方にぎゅっと下げてかぶっているから、自分の札を見るのに、頭を後ろにそらせ、庇《ひさし》の下からすかし見るようにしている。口に煙草をくわえたまま、器用に喋る。わたしがかつてダレスの牛のせり市で見たことのあるせり師のように喋る。

「……おいおい、さあどうする、さあ」彼は甲高い声で、早口に喋る。「カモさんたちよ、おれは待ってるんだぜ、さあ、もう一枚か、それとも止《と》めか。もう一枚だな？　これは、これは、キングを開けていなさるのに、もう一枚とおっしゃる。驚きましたなあ。そうら、いきますぜ、どうもお粗末でした。キングにめあわすクイーンときましたよ。キングは壁をとびこし、道をかけ、山坂のぼって、荷が重すぎて投げ出したと。さて、スキャンロン、こんどはあんただ。あのナースステーションにいる馬鹿野郎、いまいましい音楽小さくしてくれんかなあ！　ひゃー！　おい、ハーディングの旦那、あの音楽は夜も昼もやるのかね？　こんなひどい騒音は生まれて初めてだぜ」

ハーディングはぽかんとした表情でマックマーフィを見る。「正確にいうと、あなたのおっしゃってるのはどの騒音のことですか、マックマーフィさん？」

「あのひどいラジオだ。あきれたな。今朝、おれがここに来てから、ずっとだぜ。それなのに、あんたはそいつが聞こえねえなんてたわごとぬかす気か」

ハーディングは天井の方に耳を向ける。「ああ、なるほど、いわゆる音楽というやつですな。たしかに、意識して耳を澄ませば、聞こえますね。ですが、そんなことを言えば、ようく耳を澄ませば、自分の心臓の音さえ聞くことができますからね」彼はマックマーフィにむかってにやりと笑う。「あなた、あれはテープレコーダーで流しているのですよ。ラジオはめったに聞かしてくれません。世界のニュースというものはあまり治療的効果がないのですな。それに、あのテープの音楽はもういやというほど聞かされているので、わたしたちの耳に入ってこないのです。ちょうど滝の音も、そばに住む人びとには少しも聞こえなくなってしまうでしょ。あなた、滝のそばに住んだとしたら、その音がいつまで気になると思いますか、どうです?」

(わたしにはコロンビア川の滝の音が今でも聞こえる、いつまでたってもその音はわたしには聞こえるだろう――いつまでも――チャーリー・ベアー・ベリーが大きなサケを突き刺して喜ぶ歓声が聞こえる、川面を打つ魚の音、岸辺で笑う裸の子供たちの声、魚を並べる棚のそばでさんざめく女たちの声……そのような遠い昔の物音がわたしには聞こえる)

「じゃ、滝の音みたいに、四六時中こいつを流しているのかい?」と、マックマーフィが尋ねる。

「眠るときは別だが、他のときはいつもだ、こいつは間違いないぜ」と、チェスウィックが答える。

「あきれたもんだ。おれはあそこにいる黒ちゃんに言って、やめさせてくるぜ。やめねえなんて言いやがったら奴のムチッとした尻を蹴りあげてやるとな」

彼は立ちあがろうとするが、ハーディングにその腕を抑えられる。「あなた、そういった言葉がですな、まさに脅迫的という烙印《らくいん》を押されてしまう言辞というものですよ。そう簡単に賭けに負けたいのですか？」

マックマーフィはハーディングを見る。「なるほど、そういうわけか？　神経戦というわけだな？　苦境にじっと耐えろというわけか？」

「そうですよ、そうしなくちゃいけません」

マックマーフィはゆっくりとまた席を占め、「くそったれめが」と言う。

ハーディングはテーブルに坐っていた他の急性患者たちをぐるりと見まわす。「みなさん、どうやらわれらが赤毛の挑戦者には、テレビのカウボーイ独特の克己心とやらが、あまりにもみじめに欠けているように見受けられますな」

彼はそう言って、微笑をたたえてテーブルの向かいに坐っているマックマーフィを見やる。マックマーフィは頭を下げて挨拶をかえすと、頭を後ろにそっくりかえらせて、ウィンクを送り、大きな親指をなめる。「これは、これは、ハーディング教授はなかなか生意気なことをおっしゃる。二、三度インチキ手で勝ったら、いかにも物知り顔になってきましたぞ。どうです、先生はそこにお坐りになって、二の目をおこしていらっしゃる。さあ、マールボロ一箱を賭けるぜ、先生はきっとおりるから……おやおや、先生はやると言われる。ようがすよ、教授、さあ三ときやしたぜ。もう一枚引きやすか、ほれまた二の目ときましたな。さてと、最後の五枚目をどうしますかな、教授？　でっかく勝負といきますか、それともこのあたりで、安全に逃げますかな？　もう一箱賭けると言えば、先生は逃げますな。おやおやおや、教授は引くとおっしゃる。こいつできまりと、おや残念でしたなあ、こんどはクイーンとおいでなすった。これで、教授は試験にみごとに落第というわけですな……」

スピーカーがまた次の曲を始める。大きな音で、じゃんすかじゃんと鳴りひびき、それにアコーディオンが大きく加わっている。マックマーフィはスピーカーをじろりと見る。そして、それに対抗するように彼もますます大きな声で口上をぶっている。

「……おい、おいあんたもういいのかね。もう一枚だ、くそ、さあ引くか、止めか……さあ、こんどはあんただぞ……！」

九時三十分の消灯まで、これが続く。

わたしはブラックジャックをやるマックマーフィなら、一晩じゅうでも見ていられる。彼のカードの配り方、話のし方、相手をうまく釣りこんで、さんざんカモにして、もうやめようという土壇場まで引っぱっていく、それからまた一、二度相手に勝たせて、自信を与え、また勝負を続けさせる、そのやり方はみごとだ。一度、煙草のために休み、椅子の上で身体を後ろにそっくりかえらせ、彼は皆にこう言った。

「一流の詐欺師になる秘訣《ひけつ》は、カモが何をほしがっているかを見抜いて、狙いどおりそいつを手に入れていると相手に思いこませる方法を身につけることさ。おれはあるとき、カーニバルでマネー・ホイール（数字や記号のついた円盤をまわし当たった者に賞金が出るゲーム）の店を出していたときに、そいつを悟ったね。カモがやって来たら、目で感じとるんだね、『ほらほら強がりたい奴が来たぜ』と心の中で言う。そして、奴の金を巻き上げるたびに、そいつが凄んで見せると、こちとらはブーツをがたがた震わせてさ、いかにもびくついてるように見せて、こう言うのさ、『おねがいですから、旦那、面倒はおこさないでくだせえ。次の回は、ただで賭けて結構ですから』とね。これで、あんた、おたがいに望みどおりになるってわけだ」

彼は身体を前に起こす。すると、椅子の脚ががちっと音を立てて床を打つ。カードを取りあげ、親指でそいつをぱらぱらと切り、テーブルの上にカードの端を打ちつけるようにしてそろえ、親指と人さし指をなめる。

「そしてだ、おれが察するところ、あんたらが望んでいるのは、つい賭けてみたくなるような大きな勝負だ。さあ、次の勝負には、十箱といくぜ、さあ、配るぜ。これからの勝負にゃ、ちっとばかり肝っ玉がいるぞ……」

そう言って、マックマーフィは頭を後ろにそらし、連中が勇みたって煙草を賭けるのを見ながら、大きな声で笑いだす。

その笑い声は消灯までずっとデイルームに鳴りひびいていた。そして、彼はそうやってカードを配る間もたえず冗談を言いつづけ、患者たちを一緒に笑わせようとする。しかし、かれらは何かを恐れていて、完全にくつろごうとしない。長い間に身についた習慣はそう変わるものではないのだろう。マックマーフィもしまいにはあきらめてしまい、真剣な顔をしてカードを配るのに身を入れる。患者たちは一度か二度は勝つことはあるが、きまってマックマーフィは金を払って煙草を買い戻すか、あるいは、あとで勝って取り戻すので、彼の両側に並べた煙草はしだいにピラミッド形に山と積まれていった。

それから、九時三十分少し前に、彼は連中に勝たせはじめる。どんどん勝たせるので、連中はそれまでもずっと勝っていた気になってしまう。彼は最後の二箱をとられてしまうと、トランプを置いて、ほっと溜息を洩らし、後ろによりかかり、そして、帽子をぐいと押し上げる。ゲームは終わりなのだ。

「さて、みなさん、少し勝って、あとは負けろというのが、おれのモットーでね」彼はほんとに参ったといわんばかりに首を振る。「わからんもんだねえ――おれはこれまで二十一《トゥエンティワン》にかけちゃなかなかのもんだと思っていたんだが、しかし、あんたらはおれにはちっとばかり手ごわいのかもしれんな。なんて言うか、あんたらは不思議にこつみてえなものを心得ているぜ。明日、ほんとの金でこんな手ごわい連中とやるのかと思うと、いささかぞっとするね」

こう言ったからといって、連中がそれに乗ってくるとは彼は思っちゃいない。彼はみんなに勝たせてやったし、ゲームを見物していたわたしたちの誰もがそれを知っていた。ゲームをやっていた連中もちゃんと気づいていた。だがそれでも、自分の前にある煙草をかきあつめていると――本当は勝った煙草じゃなくて、もともと自分のものだった煙草を取り戻しただけだが――誰だって、顔にしてやったりという微笑を浮かべ、ミシシッピ川の流域一帯で一番の賭博師のような気持ちになるものだ。

あの太った黒人とギーヴァーというもうひとりの黒人がデイルームからわたしたちを追い出し、鎖の先につけた小さな鍵を使って、電灯を消しはじめる、そして、病棟がしだいに薄暗くなる。そして、暗くなるにしたがって、ナースステーションにいる痣のある看護師の目がだんだん大きくなり、輝いてくる。彼女はガラスで囲まれたナースステーションの入口に立って、夜の錠剤を渡す。患者は一列に並んで彼女の前をのろのろと進んでいく。彼女は今晩は誰にどの毒薬を飲ませるかを間違いなくやらなければならないので、なかなか大変なようだ。だから、患者に水を注《つ》いでやる手もとが上の空になってしまっている。それに、こんなふうに看護師が気もそぞろになっている理由がもうひとつある。それはひどい帽子をかぶり、いかにも凄みのある傷跡のある赤毛の大男がだんだん近づいてくるからだった。マックマーフィが、例のごつごつした手で、作業農場の制服のシャツの襟首から、まるで小さなコップからあふれ出たように飛び出している赤毛の房をひねりながら、暗いデイルームのなかをテーブルから離れて歩いてくるのを、彼女はじっと見守っている。そして、彼がナースステーションの入口にやって来たとき、看護師は思わず身をひく。その態度からして、おそらく、師長から前もってマックマーフィのことは注意されていたのだとわたしは考える。(「ああそうそう、今晩あなたにすっかりおまかせする前に、もうひとつ注意しておくことがあるわ、ピルボウさん。あそこに坐っている新患ね、はでに赤毛の頬髭をのばし、顔に傷のあるあの男ですけれど――どうも色情狂のふしがあるわ」)

マックマーフィは看護師がひどくびくびくし、まん丸い目で自分を見ているのに気づく。そこで、彼女が錠剤を渡しているナースステーションの戸口に首をぐいと突っこんで、仲良くしましょうやというように親しみをこめて大きな笑顔をつくって見せる。だが、これで彼女はすっかり混乱し、水差しを一方の足の上に取り落とす。彼女は大きな声をあげ、片足で跳びあがり、片一方の手を突き出す。そのために、わたしに渡そうとしていた錠剤が小さなコップから飛び出し、例の痣が谷間に流れ落ちるワインの川のように走っている彼女の首筋のところから、制服の中へ落ちこんでしまう。

「手をお貸ししましょうか」

そして、傷だらけで、入れ墨をし、生肉のような色をした手がドアから入ってくる。

「後ろへ下がってちょうだい！　わたしにはこの病棟に助手が二人いるのですからね！」

彼女は目をくるくる回して、黒人の助手の姿を探すが、かれらはちょうど慢性患者たちを寝かせるのにかかっていて、すぐに飛んできて助けてくれるようなところには見あたらない。マックマーフィはにやりと笑い、掌を返し、ナイフなど持っていませんよと看護師に見せてやる。だが、彼女にはそのつるりとした、たこのできた蠟《ろう》づくりのような掌から発している光しか見えない。

「看護師さん、おれはただ――」

「下がってちょうだい！　患者はこの中に入ることは許可されていないのですよ。下がってちょうだい、わたしはカトリック信者ですからね！」そう言いざま首にかけた金の鎖を引っぱったから、十字架が乳房のあいだから飛び出してきて、一緒にそこに落ちこんでいた錠剤を空中にはね上げる！　マックマーフィは看護師の顔のまん前で、その錠剤をつかまえる。彼女は悲鳴をあげ、十字架を口にほうりこんで、目をしっかりと閉じる。それはまるでいまにも殴られるのを待つかのようである。彼女はそのまま立ちつくす。紙のように蒼白になって。ただ例の痣だけはまるで彼女の身体の他の部分からすべて血を吸いとったように、ますます赤味をおびてきた。やっと彼女が目を開けると、わたしの分の赤い小さな錠剤をのせたあのたこのできた手がすぐ目の前にある。

「――ただ、あんたの落としたたこの水入れの缶を拾ってあげようとしただけなんだ」そう言って、もう一方の手につかんだ缶を彼は差し出す。

看護師はひゅーと音を立てて溜息をつく。彼女は缶を受け取る。「ありがとう。おやすみなさい、おやすみなさい」と彼女は言って、ドアを次の男の顔に叩きつけるように閉める。今晩はこれで薬はおしまいだ。

宿舎に帰ると、マックマーフィはわたしのベッドの上にその錠剤を投げてくれる。「族長、あんたの苦いお薬だ。いるかね？」

わたしは錠剤を見て、首を振る。すると、それをベッドから彼は払いのける。うるさくつきまとう虫を見つけて払いのけるように。錠剤はコオロギが跳ねまわるように床を跳ねていく。マックマーフィは服を脱いで、寝るしたくにかかる。作業ズボンの下にはいているパンツは真っ黒な繻子《しゅす》でできていて、それに赤い目をした大きな白いクジラが縫いつけてある。わたしがそのパンツを見ているのに気づくと、彼はにやりと笑う。「族長さんよ、こいつはオレゴン州立大の女子学生さんからのプレゼントだぜ。文学専攻ときたね」彼は親指でパンツのゴムをぴしっぴしっとはねる。「おれのこと文学的象徴《シンボル》だとかぬかしやがってね、こいつをくれたんだ」

彼の腕と首と顔は日焼けし、ちぢれたオレンジ色の毛が密生している。もりあがった両方の肩にそれぞれ入れ墨をしている。一方には、「戦う海兵隊」という文字と、赤い目をし、赤い角をつけ、M・1ライフルを手にした悪魔が彫られている、そして、もう一方には、エースと八《エイト》の札を並べたポーカーの手が肩の筋肉いっぱいに彫られている。彼は丸めた衣服をわたしのベッドのわきにある小机の上に置き、自分の枕をぽんぽんと叩きにかかる。彼はわたしの隣りのベッドを与えられたのだ。

マックマーフィはシーツの間にもぐりこむと、わたしに、早くあんたも寝たほうがいいぞ、黒人が明かりを消しにやって来たぜ、と言う。わたしはあたりを見まわす。たしかに、ギーヴァーという黒人がこっちへやって来る。わたしは靴を脱ぎすて、ベッドにもぐりこむ。そのとき、黒人はわたしのところにやって来て、シーツでわたしの身体をしっかりとベッドに包みこむ。彼はわたしの世話を終えると、あたりをもう一度見まわして、くすくす笑い、宿舎の電灯を消す。

廊下から洩れてくるナースステーションの白い粉のような明かりを除けば、宿舎は暗闇にとざされる。わたしには隣りのマックマーフィの姿がやっと見えるだけだ。彼は深く、規則正しく呼吸しており、彼を覆った毛布が上がったり、下がったりする。その呼吸はやがてしだいに静かに、ゆっくりとなり、わたしは彼が眠りこんでしまったのだと思う。そのとき、彼のベッドから、まるで馬が笑うような音、低い、しゃがれた声をわたしは耳にする。彼はまだ起きている、しかも何かがおかしいとみえて、ひとりで笑っているのだ。

彼は笑うのをやめて、そっとわたしにささやく。「おい、あの黒ちゃんがやって来るぞとおれが言ったとき、あんたは間違いなくぎくっとしたな。たしか、族長、あんたは耳が聞こえないはずじゃなかったのかね」

赤いカプセルをのまずに寝るのはほんとに久しぶりのことだった（そいつをのまないですむようにどこかに隠れても、痣のある看護師はギーヴァーという黒人にわたしを探させ、懐中電灯でわたしを照らし出して、注射する用意をするのだ）、だから、黒人が懐中電灯を持って見回りに来たとき、わたしは眠っているふりをしていた。

あの赤い薬をのむと、ただ眠るだけじゃすまない。麻痺したように眠ってしまい、一晩じゅう、たとえ周りで何が起ころうとも、目が覚めない。だからわたしにその薬をのませるのだ。前にいた病棟では、わたしは夜よく目を覚まし、奴らがわたしの周りに寝ている患者たちに、いろいろな酷《ひど》いことをしている現場を見たものだった。

　わたしは静かに横たわり、呼吸をゆるめて、何かが起こるかどうかじっと待つ。ほんとに暗い。黒人がゴム靴であたりを滑るように動きまわる音が聞こえる。二度ほどかれらは宿舎の中をのぞき、患者たちの上に懐中電灯の光を走らせる。わたしは目をしっかりと閉じ、眠らずにいる。二階の重症患者病棟から泣き声のようなものがする――るー、るー、るうーと。きっと電信暗号《コード・シグナル》を見つけるためだ。誰かを電線でしばりあげ、コイル代わりにしているのだ。

「いいね、長い夜のために、ビールなど」とひとりの黒人がもうひとりにささやく声が聞こえる。ゴム靴がキュキュと鳴って、ナースステーションの方に遠のいていく。そこには冷蔵庫がある。「ビールどうかね、あざのかわいこちゃん？　夜は長いよ」

　二階の男の声がしなくなる。壁の中の機械の低い唸りもしだいに静かになって、ほとんど聞こえなくなってしまう。病院全体が物音ひとつしなくなる。ただ建物の深い奥底から鈍い、押し殺したようなごうごうと鳴る音が続く。それはこれまでわたしが気づいたこともない音だ――巨大なダムの上に夜おそく立っていると聞こえるような音だ。低いが、容赦のない、残酷な力を表現する音だ。

　太った黒人が廊下のところに立っているのが、わたしには見える。彼はあたりを見まわし、くすくす笑う。そして、しめった灰色の掌を腋《わき》の下で拭きながら、ゆっくりと宿舎の方に歩いてくる。ナースステーションの光を受けて、彼の影が象のように大きく宿舎の壁に映り、彼が戸口に近づくにつれてその影は小さくなる。そして、彼は中をのぞきこむ。彼はまたくすくすと忍び笑いをし、戸口のところにある安全器の蓋を鍵で開け、その中に手を差し入れる。「その調子だ、赤ちゃん、ぐっすりねんねしなよ」

彼はスイッチをひねる、すると床全体がどんどん沈んでいき、戸口に立つ彼の姿が遠くになっていく。床全体が穀物倉庫の中にある床のように建物の中に沈みこんでいくのだ！

宿舎の床以外は何ひとつ動かない。わたしたちは——ベッドも小机もみな一緒に——ものすごい速度で壁やドアや病棟の窓から離れていく。機械は——おそらく部屋の四隅に歯車とレールがついているやつなのだろうが——よく油が塗られているとみえて、音ひとつ立てない。わたしに聞こえるのは、患者たちの寝息と、だんだん沈んでいくにつれて大きくなってくるあの低い音だけだ。穴の上のほうに五百ヤードほども離れてしまった宿舎の入口に見える光は、いまではほんの点のようになってしまった。それは部屋のあとにできた四角い穴にかすかな白い粉のような光を投げかけている。やがて、その光もだんだん消えていき、どこか遠くから聞こえる悲鳴がこの竪穴《たてあな》の壁に反響しながら下りてくる——「下がってちょうだい！」と——それから、光が完全に消えてしまう。

床が深い地中の固い底に達し、わずかに揺れて止まる。まっ暗で、わたしは身体に巻きついたシーツで息がつまりそうになる。わたしがシーツを緩《ゆる》めようとすると、ちょうどそのとき、床が少しぐらりと揺れて、前のほうに滑るように動きだす。きっと床の下に脚輪《キャスター》がついているのだろうが、わたしにはその音が聞こえない。いや、仲間の寝息すら聞こえない。そして、突然、例の音がいまではひどく大きな音になったので、他の物音が何も聞こえなくなったのだということに気づいた。わたしたちは、その音のどまん中にいるのだ。わたしの身体に巻きついたあのいまいましいシーツをわたしは一心につかみ、やっとのことで緩めようとしたとき、前方の壁が滑るように上がり、巨大な部屋をのぞかせる。そこには巨大な機械がはるか彼方に見えなくなるまで続いていて、汗をしたたらせた半裸の男たちが狭い通路を忙しげに走りまわっている。その顔は何百とある熔鉱炉から発する火の明かりに照らし出され、無表情に、夢見ているようであった。

それは——わたしの目に入ったすべての光景は——音から想像したとおりだ、つまり、巨大なダムの内部と同じように見える。巨大な真鍮の管が何本も暗闇のなかを上に走っている。電線はそこからは見えないトランスにむかって走っている。油と灰がすべてのものについていて、連結装置やモーターや発電機などに赤と黒のしみをつけている。

労働者たちはみな一様に滑らかな動きを見せて動く。軽々と流れるように動く。あわてふためいている者はいない。ひとりが一瞬のあいだ立ちどまり、ダイヤルをくるくる回し、ボタンを押し、スイッチを入れる。スイッチが入ると火花が散り、その明かりで男の顔の片側が白々と浮きあがる。それから、彼はまた走りだす。鋼鉄の階段を上がり、波形の模様のついた鋼鉄の通路を進んでいく——かれらが行き交うとき、たがいが触れんばかりだが、それでいてじつにうまく通り抜けるから、かれらの汗に濡れた脇腹が、サケが尾びれで水面を打つようなぴしっという音を発する——それから、また止まり、別のスイッチを入れて、火花を散らして、ふたたび走りだす。はるか彼方まであちこちでかれらはこのように火花を散らしていて、その光で夢見るような人形のように無表情な労働者たちの顔が浮かび上がる。

全速力で走っていたひとりの男が急に目を閉じ、その場に倒れる。すると、通りすがった仲間がふたりでその男を抱きあげ、熔鉱炉のかたわらまで行くと、その男を中にほうりこむ。熔鉱炉はぼおーっと火の玉を吹き上げ、無数の真空管が破裂する音をわたしは聞く。それは野原を歩いていると、身体に触れて草の種子が莢《さや》からはじけ出す音に似ている。この音が他の機械のうわーんという音や、がちゃん、がちゃんという音に混じる。

その音には何かリズムのようなもの、すさまじい音を立てる鼓動のようなものがある。

宿舎の床は滑るように進んでいき、竪穴から完全に抜けて、機械室の中に入る。すぐに、わたしたちの真上にあるものに気づいた。それは製肉場で見かけるような移動起重機だ——レールの上を走るローラーのついた起重機で、屠体を冷蔵庫からそれを切り分ける男のところに吊るして運ぶやつだ。スラックスのズボンをはき、白いワイシャツの袖をまくりあげ、細い黒のネクタイをした二人の男がわたしたちのベッドの上にある作業用通路の手すりに寄りかかって、何か身ぶり手ぶりを交えて話をしている。長いパイプの先につけたかれらの煙草が赤い光の軌跡を描く。かれらは何か話をしているが、あたりにひびく規則正しい機械の唸りのなかで交わされるその言葉を聞きとることができない。男のひとりが指を鳴らすと、近くにいた労働者がくるりと向きを変えて、彼のそばに走ってくる。男は手にしたパイプでわたしたちのベッドのひとつを示す。すると、労働者は鋼鉄の梯子《はしご》のところに駆けていき、そこを走りおりて、わたしたちと同じ床に立ち、やがて、ジャガイモ倉庫のように大きな二つの変圧器の間に消える。

その労働者がふたたび現われたとき、彼は頭上の起重機から垂れた鉤《かぎ》を引っぱっていて、それをびゅんびゅん揺らして引っぱりながら大股に進んでくる。彼はわたしのベッドのところを通りすぎる。そのとき、どこかの熔鉱炉がぼおーっと燃え立ったので、ちょうどわたしの真上に来た男の顔を照らしだす。ハンサムだが、残忍そうで、蠟づくりの仮面のように意欲というものがない顔だ。わたしはこのような顔をこれまでに数えきれないほど見てきた。

彼はベッドのところに行き、片手で年とった植物患者のプラスティックの踵《かかと》をつかみ、プラスティックが二、三ポンドしかないように、ひょいと持ち上げる。もう一方の手で、男はその鉤を踵の腱《けん》に引っかける。老人はそこに逆さ吊りにされ、その年老いた顔が大きくふくれあがり、おびえた表情を見せ、目には暗黙の恐怖があふれる。ブラスティックが両腕と、鉤を打ちこまれていない脚をばたばたさせつづけるので、しまいにパジャマが下に垂れて顔を被ってしまう。男はそのパジャマをつかみ、たばね、麻袋のようにねじると、そのまま引っぱって、起重機を動かし、通路のところまでもってくる。そして、白いシャツを着た例の二人の男が立っているところを見上げる。その男のうち一方がバンドにつけた革袋から解剖ナイフを取り出す。ナイフには鎖がついている。男はそれを下の労働者に下ろしてやり、鎖の端を通路の手すりに巻きつけ、労働者がナイフを持って逃げ出すことができないようにする。

労働者はナイフを受け取ると、それをみごとに使ってブラスティックの身体の前面を切り裂きはじめるので、もう老人はばたばたしなくなる。わたしはその光景に気持ちが悪くなるはずなのだが、しかし、わたしが予期していたようには、血もほとばしり出ないし、臓物も飛び出してこない——ただ、錆と灰がばらばらと散り、ときどき、電線とかガラスの破片が落ちてくるだけであった。労働者はそのがらくたのなかに膝まで没して、立っていた。

熔鉱炉がどこかでまた口を開き、誰かをのみこんだ。

わたしは飛び起きて、走りまわり、マックマーフィやハーディングや、そしてできるかぎり多くの人びとを起こさねばならないと考える。しかし、そうしてもおそらくむだであろう。わたしが誰かを揺り起こしたら、そいつはきっとこう言う、この馬鹿野郎、いったいどうしたっていうんだ、と。そして、おそらく労働者と一緒になってわたしのことをあの鉤に引っかけて吊るし、インディアンの身体の中はどんなふうになっているか、どうだい見ようじゃねえか、などと言うことだろう。

わたしは煙霧器の発する甲高い、冷たい、笛のような音を耳にする、そして、その最初の霧がじわじわとマックマーフィのベッドの下から出てくるのに気づく。霧のなかに隠れるのが安全だと、彼が気づいてくれたらと思う。

そのとき、聞きなれたぺちゃくちゃと愚かしく喋る男の声を耳にする。わたしはそちらを見ようと身体を動かす。それは風船のように顔をふくらませたあの禿頭《はげあたま》の広報係だ。患者たちはなぜ顔があんなにふくらんでいるのか、よく議論している。「奴はコルセットをはめているんだと思うね」と、誰かが言う。「いや、おれはそんなことはないと思うよ。だいたいコルセットをする男なんて正直言って聞いたことがあるかね？」「そりゃそうだ、だがね、あんなにふくれた奴がいるってえのも聞いたことがないぜ」最初に口を切った男は肩をすくめ、うなずいて、「面白い問題だぜ」と言う。

いま、この広報係の男がすっかり服をはぎ取られて、前と後ろに赤い糸でしゃれた組合せ文字《モノグラム》を入れた長い下着だけになっている。そして、わたしの方に歩いてきたとき、下着が背中にすこしずり上がったので、見えたのだが、たしかに彼はコルセットをつけている。しかも、それをきつく締めあげているので、いまにも身体が破裂しそうなのをわたしはこの目ではっきりと見た。

おまけに、そのコルセットから彼はいろいろぶらさげている。頭皮のような何やら干からびたものをいくつも、髪の毛で結びつけて、ぶらさげている。

彼はまた小さな瓶のようなものを手にしていて、喋りつづける喉をうるおすために、そこから何やら飲む。またあたりの悪臭をさえぎるために、ときどき、樟脳《しょうのう》をつけたハンカチで鼻を押さえる。彼の後ろからは、学校の先生やら、女子学生やらの一団が慌ててくっついていく。かれらは広報係が述べ立てる説明に耳をそばだてている。

広報係は何か滑稽なことを思いついたらしく、しばらく説明をやめて、笑いを抑えるのに瓶から一口ぐいと飲む。そのちょっとした間に、見学者のひとりが天井を眺める、そして、お腹を裂かれた患者が逆さ吊りになっているのに気づく。彼女は悲鳴をあげ、後ろに飛び下がる。広報係はその方を向き、死体を見、飛んでいって、死体からだらりと下がった手をつかむと、それをくるくると回す。悲鳴をあげた女子学生は、呆気《あっけ》にとられた表情を見せ、おずおずと前に出てきて、もう一度よく見ようとする。

「いかがです？　いかがです？」広報係は甲高い声で言い、目をくるくると回し、大きな声で笑いだすので、手にした瓶から中身がこぼれ出す。破裂してしまうんじゃないかと思うまで、彼は笑う。やっと笑い終えると、彼はまたずらりと並んだ機械にそって歩きだし、説明をはじめる。突然、立ちどまり、額をぽんと叩く――「おや、うっかりしたぞ！」――そう言って、吊り下げられた患者のところへ走って戻り、頭の皮をべりべりとはぎ取り、それをコルセットに結びつける。

他にも、右でも、左でも、あちこちで起こっている、これと同じような酷いことが――狂った、恐ろしいこと、あまりにも奇怪で、馬鹿げたことなので、悲鳴をあげることもできないし、また笑い飛ばすには真実味がありすぎることが――しかし、いまは霧が濃くなってきたので、その光景を見ないですむ。そのとき、誰かがわたしの腕を引っぱっているのに気づく。何が起こるかわたしにはわかっている。誰かがこの霧のなかからわたしを引っぱり出して、そしてわたしたちはみな元のとおり病棟に戻る。そして、今晩起こったことは跡形もなく消えてしまうのだ。もしも、わたしが見たことを誰かに話すような馬鹿げたことをしたら、かれらは寄ってたかってこう言う。馬鹿だねえ、悪い夢を見ただけだ。ダムのど真ん中に大きな機械室なんてたわけたもんは存在しないぜ、それに、そこで、人間がロボットの労働者に刻まれるなんてことはね、と。

だが、もしも存在しないとしたら、どうして人の目に見えるのだろう？

わたしの腕を引っぱって霧のなかから連れ出したのはタークルさんだ。彼はわたしの身体を揺すり、笑っている。「ブロムデンさん、うなされていたよ」と、彼は言う。彼は年とった黒人で、十一時から朝の七時までの長い夜勤をひとりで勤める助手だ。長いぐらぐらと揺れる首の先についた顔にいつも眠たそうな笑いをいっぱいにたたえている。酒の臭いをいつもさせている。「さあもう一度おやすみ、ブロムデンさん」

シーツがあまりきつくて、わたしが身体をもがくようにしていると、ときどきこの男はシーツを緩めてくれる。緩めたのが彼だと他の黒人に気づかれると思ったら、そんなことはしてくれないだろう。そんなことをしたら、首になってしまうからだ。しかし、緩めたのはわたしだと他の黒人たちが考えるだろうと、タークルさんは思っている。本当に親切な気持ちから緩めてくれるのだが、しかし、自分の身の安全をまず確かめることをこの人は忘れない。

だが今晩は彼はシーツを緩めてくれない。わたしのところから歩き去り、わたしが見たこともない二人の黒人助手と一人の若い医者がプラスティック老人をストレッチャーにのせ、部屋から運び出すのを手伝いにいく。プラスティックはシーツに覆われ——そして生まれて初めてのことであろう、丁寧に人びとから扱われていた。

朝がやって来ると、マックマーフィはわたしよりも先にもう起きていた。わたしより先に起きる患者が来たのは、昔ここにいたジュール爺《じい》以来初めてのことだ。ジュールというのは抜け目のない白髪の年とった黒人で、世界は黒人の助手たちによって夜の間に横倒しにされてしまうと信じていた。だから、彼は朝早くベッドから起き出して、黒人の助手たちがそれをひっくり返そうとしている現場を見ようというわけだった。ジュールと同じで、わたしのほうは朝早く起きて、この病棟にどんな機械をそっと持ちこむかと か、あるいは、髭剃り室にどんな機械を備えつけるかを見ようというのであった。しかし、普通は、起きてみると、そこにいるのはわたしと、廊下にいる黒人たちだけで、それから十五分ぐらいしてから、やっと次の患者が起きてくる。しかし、今朝は、わたしがシーツの間から這い出してくると、トイレにいるマックマーフィの声がすでに聞こえた。しかも、彼は歌を歌っている！　歌を歌っているのだ。この世に心配事など何ひとつないように。その声は澄んでいて、力にあふれ、あたりのコンクリートや鋼鉄を叩きつけるようだ。

「〝あなたのお馬は腹ぺこよ、娘さんは言いました〟」彼はトイレの中で声が反響するので、いい気分で歌っている。「〝わたしのそばにいらっしゃい、お馬に干し草食べさせに〟」彼はそこで一息いれる。声が一音階高くなり、調子も力も加わるから、壁の中に仕込まれた電線がぶるぶる震えるほどだ。「〝おれのお馬は満腹で、あんたの干し草たーべーなーいーぜー〟」彼は最後のところを長く引き延ばし、その調子から一気に残りの文句を歌い切ってしまう。「〝だから、さらばよ娘さん、おいらは先を急ぎます〟」

歌を歌うなんて！　みんなぽかんと呆気にとられてしまう。歌なんてここ数年聞いたことがない。すくなくとも、この病棟では聞いたことがない。宿舎にいた急性患者たちはほとんどみなベッドに肘をついて起き上がり、目をぱちくりさせながら、その歌声に聞き入っている。かれらはたがいに顔を見あわせ、呆《あき》れたといわんばかりに眉を吊り上げてみせる。黒人が飛んでいって、マックマーフィを黙らせないというのはいったいどういうことだ？　これまで、あんな馬鹿でかい声でわめかせておくことなんかなかったのに、どうしたんだ？　この新入りだけを特別扱いするってえのは、いったいなぜだ？　奴だって、おれたちと同じ骨と皮でできた人間で、いつかはしぼんで、青ざめて、死んでいくんだ。奴だって同じ法則のもとに生きているし、食っていかなくちゃならんし、おれたちと同じ厄介な問題にぶつかる。そして、そうするうちに、奴だって、コンバインにやられてしまう、他の連中と同じく、そうじゃないか？

だが、この新入りは違うのだ。急性患者たちにはそれがよくわかる。奴は過去十年間にこの病棟にやって来た人間とは違う。それどころじゃない。外で出会った人間ともまったく違うのだ。おそらく、彼だって不死身ではないのだろうが、しかし、まだコンバインの手に彼はつかまったことがないのだ。

「〝おれの車は満載だ。鞭をわが手にはいどうどう……〟」と彼は歌う。

どうして彼はコンバインの手から逃げおおせたのだろう？　もしかしたら、ピート老と同じで、コンバインの手が及ばなかったのかもしれない。あるいは、彼は国じゅうあちこちを放浪しながら、あんなに野性味たっぷりに成長し、子供の頃もきっとひとつ所に二、三カ月以上はいたことがないのだろう。だから、学校も彼にはたいした影響を与えることがなかったろうし、樵《きこり》の生活に、ばくち、カーニバルのマネー・ホイール係と、気軽に、すばやく旅をしてまわり、絶えず動きまわっていたのだろうから、コンバインも彼の頭に何か埋めこむ隙がなかったのだ。きっとそうだ。彼はコンバインにそんな隙を見せなかった。ちょうど、昨日の朝、体温計を手に彼をつかまえようとしていた黒人にすこしもきっかけを与えなかったように。なにしろ、動きまわる標的ほど当てにくいものはない。

彼には新しいリノリウムの床をせがむ女房もない。年老いて、涙ぐんだ目でとりすがる縁者とてない。とにかく、気にかける人なんていない。だから彼は自由気ままで、みごとなペテン師になることができたのだ。黒人たちがトイレに飛んでいって、彼の歌をやめさせせないのは、彼がコンバインの支配下にはないことを知っているからだし、ピートにひどく手を焼いたことを憶えていたし、支配下にない人間が秘めて持つ力を心得ていたからである。それに、マックマーフィがピート老より身体もひどくでかいのは明らかだ。彼を押えつけるとしたら、三人総がかりで、そのわきで師長が注射器を手に待ちかまえていないかぎり、とてもうまくはいかない。急性患者たちはたがいにうなずきあう。それだよ、理由は、とかれらは考えた。だから、黒人どもが他の連中の場合だったらすぐ止めにかかるのに、マックマーフィの歌をやめさせないのだ。

わたしは宿舎から廊下へと出た。そのときちょうどマックマーフィがトイレから出てきた。彼は帽子はかぶっていたが、腰にタオルを巻きつけ、手で押さえているだけで、ほとんど裸同然だった。あいた手に歯ブラシを握っている。廊下に立って、できるだけ足が冷たいタイルにつかないように爪先立ちで、身体をゆらゆらとさせながら左右を見まわす。それから、いちばん小柄な黒人を見つけ、彼のもとに歩いていき、まるで生涯の友といわんばかりに親しげに肩を叩いた。

「やあ、どうだい。歯を磨きたいんだが、少し歯みがき粉をもらえないもんかね?」

小人《こびと》のような黒人の頭がくるりと回り、マックマーフィの手と、鼻をつきあわせたかたちとなった。黒人はその手にいやな顔をしてみせ、それからあたりをちらっと見まわし、まさかのときに相棒の黒人のいる場所を確かめ、そして、六時半までは戸棚を開けないことになっているのだ、とマックマーフィに言う。

「そういう規則でね」と彼は言う。

「へえー、そうかね? いやなにね、歯みがきをそんなとこにしまっとくのかね? 戸棚の中にねえ?」

「そうとも、戸棚に錠をかけてな」

黒人は壁の腰板を磨きにかかろうとするが、マックマーフィの手が巨大な赤いかすがいのように肩の上にまだ置かれている。

「戸棚に錠をかけてねえ。それは、それは。で、いったい歯みがきなぞを何で鍵かけてしまっとくと、あんた思うかね? いやなにね、つまりさ、あんなものは危険なものとは思えないからね。歯みがきで人を毒殺することはできんだろう? 歯みがきのチューブで、あんた、頭を割るってこともどだい無理だろう、じゃないか? それなのに、ちっぽけな歯みがきのチューブみたいな無害なものを錠をかけてしまっとくとは、いったいどういう理由があるのかおうかがいしたいんでね」

「そいつが病棟の規則ですよ、マックマーフィさん。わけといえばそれだけです」こう言ったものの、このくらいの理由ではマックマーフィがびくともしないのを見てとると、黒人は自分の肩にかけられた手にいやな顔をして、こうつけ加えた。「歯を磨きたいと思ったときに、誰もがかってに磨くようなことになったら、あんた、どうなると思うかね？」

マックマーフィは黒人の肩から手を離し、うなじにまで伸びたふさふさとした赤毛をいじりながら、考えこむ。「うーん、まあーと、どうやらあんたの言わんとしていることがわかったね。つまりだ、病棟の規則は毎食後、歯を磨くとは限らん連中のためにあるんだ」

「呆れるなあ、わからないのかねえ？」

「いやいや、わかってきたよ。あんたの言わんとしているのは、連中が気の向いたときにやたらに歯を磨きだしたらかなわんということだろ」

「そうそう、そのとおり。だから――」

「そうとも、考えてごらん、歯を六時三十分に磨いたり、六時二十分に磨いたり――いや、わからんぞ、六時に磨こうという奴も出てくるわな。なるほど、あんたの言う意味がわかった」

彼はそう言うと、黒人の頭越しに、壁によりかかって立っていたわたしにウィンクした。

「この腰板を掃除しちまわなくちゃいけないんだよ、マックマーフィさん」

「それは、それは。あんたの仕事の邪魔をするつもりはなかったんだ」黒人が身体をかがめて働きだすと、マックマーフィは後ろへ下がる。しかし、また前に出てきて、黒人のかたわらに置いてあった缶の中をのぞき見た。「ええおい、こん中にあるのは何だね？」

黒人はじろりと見る。「どこの中だって？」

「ここにあるこの古い缶の中だよ。こん中に入っているものは何だ？」

「それあ……粉石鹸だ」

「そうかい。おれは普通は歯みがき粉を使うんだが」――マックマーフィは粉石鹸の中にブラシを突っこんで、くるっと引っかきまわし、それを引き出して、缶のふちでポンポンと叩いた――「だが、こいつでも充分間に合うぜ。やあ、ありがとう。例の病棟規則ってやつは、またあとでとっくり考えてみようや」

そして、彼はトイレに戻っていった。そこからまた彼の歌声が聞こえてくるが、こんどは歯を磨くピストン運動の調子が力強く加えられていた。

黒人はそこにつっ立って、灰色の手に雑巾をだらりとぶらさげたまま、じっとマックマーフィの後ろ姿を見送っていた。それからしばらくして、目をぱちくりやり、あたりを見まわす。そして、わたしがずっとその光景を見守っていたのを見つけると、つかつかとやって来て、わたしのパジャマの紐を持つと、わたしを引きずっていき、昨日掃除したばかりの床のところにわたしを押しやる。

「そこだ! このろくでなしが、そこにいるんだ! おまえはそこで働いていりゃいいんだ。のそのそ役立たずの牛みてえにうろつきまわらねえで! ほれ、ほれ、そこだ!」

そう言われて、わたしはかがみこむようにして、床をモップで拭きにかかる。わたしは黒人にわざと背を向けて働く。そうすれば、わたしがにやりと笑っている顔を見られなくてすむ。わたしは何かひどく気が晴ればれとしていた。ちょっと他の連中にはできないことだが、マックマーフィがこの黒人をたっぷりやっつけてくれるのを見たからだ。パパにも昔はああいうみごとなことができたものだ――政府の役人が協定で得たインディアンの土地を買収に来た最初のとき、パパは両脚を大きくひろげて立ち、無表情な顔で空を見上げた。「カナダガン、あそこいる」と、パパは言って、空を見上げていた。書類をがさごそとさせていた政府の役人たちは思わず目を上げた。「何を言ってるんです――？　七月ですぞ、そんな、今ごろガンなんかいるものですか。とても、ガンなんかいませんぞ」

かれらは東部からやって来る観光客のような話し方で説明していた。つまり、インディアンがわかるように話さなくちゃならんと思っているように。だが、パパは役人たちの話し方などいっこうに気にもかけない様子だ。パパはいつまでも空を見上げていた。「白人の衆よ、ガンがあそこいる。おわかりじゃろ。ガン、今年来る。そして、前の年にも来た。そして、その前の年、そのまた前の年も」

役人たちはたがいに顔を見あわせ、咳ばらいをした。「たしかに。ブロムデン族長、おっしゃるとおりかもしれん。だが、いまのところは、ガンのことは忘れて、契約書をよく読んでください。政府の申し出を受ければ、あなたに――あなたの集落の人びとに大いに利益になるはずです。そして、インディアンの生活も変わることになる」

パパは言った。「……そして、そのまた前の年も、そのまた前の年も、またその前の年にも……」役人たちがからかわれているのにやっと気づいた頃には、わたしたちの小屋のポーチに坐り、赤と黒のチェックのシャツのポケットにパイプを入れたり、またそれを取り出したりしていた相談役のインディアンたちは、たがいに顔を見あわせ、パパの顔を見てにやにやしていたが、ついに皆、どうにもこらえきれずに笑いだしてしまっていた。R&J・ウルフ（ラニング・アンド・ジャンピング・ウルフ、「走り、跳ぶ狼」の意）伯父ときたら地面の上をのたうちまわり、笑いで息をつまらせながら、「白人よ、おわかりじゃろ」と言った。

たしかに役人どもをこけにしてやった。役人たちは一言もいわずに向きを変えて、ハイウエーの方へ歩き去った。怒りで赤く染まった首を見せ、わたしたちの哄笑《こうしょう》を背に受けて。だが、今わたしは笑いが持つ力をときどき忘れてしまっている。

錠が外れる音がし、師長がドアから入ってくると、黒人は彼女のもとに飛んでいき、まるで子供がおしっこしたいと母親に訴えるように、体重をかわりばんこに片脚にかけている。わたしはそのすぐ近くにいたから、マックマーフィの名前が二、三度黒人の口から出てくるのを耳にした。だから、彼が昨夜死んだ老人の植物患者のことを報告するのをすっかり忘れてしまい、マックマーフィと歯みがきの一件をしきりと告げ口しているのがわたしにはわかった。黒人は腕を振りまわし、師長に話している。あの赤毛の馬鹿がもうこんなことをしました、それも朝早くから、人を騒がせ、病棟規則を破って、師長さん、何とかしていただけませんか、と。

師長は黒人の助手をにらみつける。それで黒人は身体を揺するのをやめる。それから、師長は廊下の方を見やる。マックマーフィの歌声はますます声高《こわだか》に、トイレのドアを抜けて鳴りひびくように聞こえてくる。「〝ああ、あんたの両親はおれが嫌い。おれはびーんぼーうすぎるとおっしゃって。あなたの家に入る値打ちもないとおっしゃって〟」

師長の顔は最初とまどった表情を見せた。わたしたちと同じで、歌声など聞くのは本当に久しぶりのことだったから、それが何であるかを悟るまでに少し時間がかかったのだ。

「〝つらい暮らしはおれの楽しみ。おれのお金はおれのもーの。だから、おれを嫌う人たちは、おれには縁のない人たちさ〟」

師長はもうひと呼吸だけ聞き耳を立て、他に何も物音がしていないのを確かめる。それから、彼女は大きく息を吸いこんで、ふくれあがる。鼻の穴が大きく開き、彼女が息を吸いこむたびに、その身体がふくれていく。それはどんどん大きくなり、強そうに見えてくる。テイバーがこの病棟からいなくなってから、患者に対して師長がこれほど大きくふくれあがるのは初めてのことだ。彼女は肘や指の関節を動かす。わたしの耳にその関節の鳴る音が聞こえる。それから、師長は動きだす。わたしは壁のところにあとずさるが、わたしの前を師長がものすごい音を立てて通りすぎるとき、彼女の身体はトラックのように大きくなり、背後に例の柳細工のバッグを排気ガスの中にたなびかせていく。それはまるで大型ディーゼルエンジンの背後に引かれていくトレーラーといったありさまだった。彼女の唇は開き、いつもの微笑が、ラジエーターのように彼女の顔の先に大きく突き出ていた。師長が通りすぎるとき、焼けたオイルの臭いと、発電機のスパークの臭いを嗅ぎとることができた。一歩一歩、床を踏みしだいていくごとに、彼女はまたひとまわり大きくふくれあがる。どんどん大きくふくれあがって、彼女の行く手にあるものは何でも踏みしだいていく！　師長は何をする気だろうと考えただけで、わたしはぞっとした。

　彼女はこれ以上ないくらいに大きくなって、恐ろしい形相で突進していく。そのとき、目の前にマックマーフィがトイレのドアを開けて出てきた。腰に例のタオルを巻きつけた姿で――それで、師長はピタリと止まってしまった！　彼女の身体はみるみる縮こまって、タオルが巻きついたマックマーフィの腰のあたりに頭がくるくらいになってしまう。彼はにやにや笑って師長を見下ろす。師長の微笑は消えかかり、かろうじて唇の端に残っているだけだった。

「おはようございます、ラット＝シェッド（ねずみの小屋の意あり）さん！　外の様子はどうですか？」

「病棟内を――タオル一枚で歩きまわっちゃいけません！」

「おや、いけませんか？」彼は師長がまじまじと見ているタオルを見下ろす。それは水に濡れていて、腰のまわりにぴったりとついている。「タオルも規則違反ですか？　それじゃ、どうやらこいつをとる以外に方法はないようですな」

「やめて！　まあ何ということを。さあ宿舎に戻って、いますぐ服を着なさい！」

師長は生徒を叱りつける先生のような調子で言ったので、マックマーフィも生徒よろしく頭をしゅんと垂れて、いまにも泣きだしそうな声で答えた。「それができないんです。夜中に泥棒が入って、おれの眠っている間に服をさらっていっちまったようなんです。なにしろここのベッドがいいもんで、とてもぐっすり眠っちまったんで」

「誰かにさらわれたですって……？」

「盗まれちまった。やられちまった。かっぱらわれて、いかれちまったんです」彼は楽しそうに言う。「あのおんぼろをかっさらってくれたらしいんです」この言葉で彼はすっかり嬉しくなったように、師長の前でちょっとしたはだしのダンスを始めた。

「あなたの服を盗んだんですって？」

「どうやらそのようですな」

「でも——囚人服をですか？　いったいなぜそんな？」

マックマーフィはダンスをやめて、また頭を垂れる。「そんなこと知りませんよ。ただ寝るときにはたしかに服はあったが、起きたらなくなっちまっていたということだけです。みごとに消えちまった。そりゃ、おれだってわかっていますよ、あんなものがただの囚人服だぐらい。安物で、色もあせ、よれよれのぼろだぐらい、よくわかっていますよ。それに、服をたんと持っている方には、囚人服なんてたいしたもんじゃないでしょう。しかしだ、この裸の男にとっちゃあ――」

このとき、師長はやっと気づいて、言う。「あの服は回収することになっていたのです。あなたには今朝、回復期患者用の緑色の制服が支給されているはずです」

彼は頭を振って、溜息を洩らすが、まだ頭は垂れたままだ。「いいえ。まだ支給されてません。今朝は、いまかぶっている帽子以外何ひとつありませんし、ですから――」

「ウィリアムズ」と、師長は大きな声で黒人を呼ぶ。彼はすぐ駆けつけることができるように、まだ病棟の入口のところに待ちかまえていた。

黒人は主人に鞭で叩かれにいく犬のようにすごすごとやって来る。

「ウィリアムズ、いったいどういうわけでこの患者に制服を支給してないのですか?」

黒人はほっとした様子を見せる。彼は身体を伸ばし、にやりと笑い、例の灰色の手を上げて廊下の向こうの端にいる大きな黒人のひとりを指でさす。「今朝はあそこにいるワシントンが衣服当番です。わたしじゃねえです。わたしじゃねえ」

「ワシントンさん!」師長の声にその黒人はぎくりとし、モップをバケツの上にかざしたまま凍りついたように固くなる。「ちょっとここへ来てちょうだい!」

モップが音もなくまたバケツの中に滑るように戻った。そして、ゆっくりと慎重に、彼はその柄を壁にもたせかける。彼はくるりとこちらを向き、マックマーフィと小柄な黒人と師長を見る。そして、左右を見まわし、師長が誰か他の者に叫んでいるんじゃないかといったそぶりを見せる。

「ここへ来てちょうだい！」

彼はポケットに両手を突っこむと、のそのそと師長の方へやって来る。この男はけっして速く歩くということはないのだが、いまはさっさと来ないと、師長のにらみがこの男を凍りつかせ、粉々に打ちくだいてしまうことになるのが、わたしにもわかる。マックマーフィにぶつけようと考えていた師長の憎悪と憤りと不満が、いまは廊下を突きぬけてこの黒人に向けられている。そして、黒人もそれが吹雪のように自分に吹きつけてくるのを感ずることができるから、彼の歩みはいやがうえにも遅くなる。彼は両腕で自分をしっかり抱いて、吹雪めがけて突進していかなければならない。髪も眉毛も凍りつく。彼は身体を前にかがめるが、歩みはますます遅くなる。とても、師長のところまでたどりつけそうもない。

そのとき、マックマーフィが「美《うるわ》しのジョージア・ブラウン」を口笛で吹きはじめたので、師長が黒人から目をそらせた。黒人はかろうじて凍りつかずにすむ。いま、師長はいっそう腹を立て、憤懣《ふんまん》やる方ないしのていだった。それはわたしが初めて見るほどの怒り方だった。師長の人形のような微笑は跡形もなく消え去り、赤く焼けた鉄線のようにこわばった憤りに変わっていた。もしも患者たちが起きだしてきて、いまの師長の形相を見たなら、きっとマックマーフィは賭けに勝ったと言って、金を取り立てることができただろう。

黒人がやっと師長のもとにやって来た。二時間もかかったような感じだ。師長は大きく息を吸いこんだ。

「ワシントン、この患者に今朝、緑色の制服を支給していないのはどういうわけなのです？　タオルしか身につけてないのがあなたにはおわかりにならないの？」

「帽子も」と、マックマーフィは小声で言って、指で帽子のつばをはじいて見せる。

「どうなの、ワシントンさん？」

大柄の黒人は自分のことを言いつけた小柄な黒人をにらみつける。すると、その小さな黒人はまたもじもじと身体を動かしはじめる。大柄な黒人は例のラジオの真空管のような目でしばらくの間にらみつけ、あとでこいつとはけりをつけてやるぞと考える。それから、頭をめぐらせ、こんどはマックマーフィのことを上から下までじろじろと眺め、がっしりとした肩、皮肉っぽくゆがんだ笑い、鼻の上の傷跡、タオルを押さえている手などを見、それから師長に視線を移した。

「思いますに――」と、彼は言いかけた。

「思いますにですって！　思うだけじゃ何もできないのよ！　さあ、すぐに制服を持ってきてあげなさい。さもないと、次の二週間は老人病棟で働かせます！　そうですよ、あなたには一カ月ほどおまるの世話や、お風呂に患者を入れる世話が必要かもしれないわ。そうしたら、この病棟ではあなたたち助手の仕事がいかに少ないかがあらためておわかりでしょうからね。もしも、これが他の病棟でしたら、廊下を一日じゅう磨くことになるのは誰だと思ってらっしゃるの？　このブロムデンさんかしら？　そうじゃないでしょう。誰だかあなたわかってるでしょう。この病棟では、あなたたちがやることになっているお掃除などの仕事はほとんど免除してあげていて、患者の面倒だけみればよいようになっているのです。ということは、患者が裸で歩きまわらないように面倒をみる、ということなのです。もしもあなた、若い看護師でも早くやって来て、制服も着ずに患者が廊下を走りまわっているのを見たら、どんなことになると思うの？　どうお考えなの！」

大柄な黒人はどう考えたらよいのかじつははっきりとわからなかったが、とにかく師長の言わんとすることはのみこんで、のそのそとリネンルームに歩いていき、マックマーフィのために一着の制服——それもおそらくサイズが十号ほども小さいようなやつ——を持って、またのそのそと戻ってきて、わたしが初めて見るような憎悪の表情をあからさまにして、それをマックマーフィに突きつけた。マックマーフィはただ困った表情を見せた。片手には歯ブラシを持っているし、もう一方の手はタオルを押さえているから、黒人が突きつけた衣服をどうして受け取ったらよいのかわからないといった表情を見せる。とうとう彼は師長にウィンクし、肩をすくめて、タオルをぱらりと外し、彼女が木製の衣服掛けでもあるかのように、師長の肩にそのタオルをかけた。

マックマーフィは最初からタオルの下にちゃんとパンツをはいていたのだ。

だが、師長にとっては、そのひどいパンツを見せられるより、タオルの下に何も身につけていなかったほうがましだと思ったのが、正直なところだろう。というのも、師長の目の前で、パンツの上で大きなクジラがいいようもないほど我が物顔に跳ねまわっていたからだ。師長の怒りは爆発する。彼女が落ち着きを取り戻すのにたっぷり一分はかかる。それから、彼女は小柄な黒人の方に向きなおるが、その声は平静さを失ってびりびり震えていた。ひどく怒っていたのだ。

「ウィリアムズ……たしか……あなたは、今朝、わたしが来るまでにナースステーションの窓を磨きあげておくことになっていたでしょ」ウィリアムズは白黒まだらの虫のようにあわてて逃げ去る。「それに、あなた、ワシントンさん——あなたは……」ワシントンはほとんど駆けださんばかりにバケツのところに戻っていった。師長はもう一度あたりを見まわし、誰か他に当たりちらすことのできる者はいないかと考える。わたしのことを見つけるが、しかしこのときには、他にも患者たちが何人か宿舎から起き出してきて、廊下でいったい何が起こっているのかと不思議そうに見る。彼女は目を閉じ、じっと心を落ち着かせる。憤りで青ざめ、ゆがんだこんな顔を患者たちに見せるわけにはいかないのだ。身体のなかにあるかぎりの自制力を師長は利用する。しだいに、その唇がまた小さな白い鼻の下で重なり、一文字となり、赤く焼けた鉄線が一つに溶けあうほどに熱したようになり、一瞬の間ちらちらと光り、それから、溶解した金属が固まるのと同じように小さな音を立てて固まり、そして、冷たくなり、奇妙なほどに鈍い色になっていく。彼女の唇が開くと、その間から舌が、一枚の板金のように突き出る。師長は目を開ける。すると、その目にも、唇と同じような奇妙な鈍い、冷たい、平板な表情が表われている。それでも、師長は何も変わったことはなかったかのように、いつもの朝の挨拶の言葉をかけはじめる。患者たちのねぼけ眼《まなこ》には何も気づかれるはずはないと考えているかのように。

「おはよう、シーフェルトさん。歯はいくらかよい？　フレドリクソンさん、おはよう。あなたもシーフェルトさんも昨晩はぐっすりやすめて？　おふたりはベッドが並んでいるのでしたね？　ああ、そうそう、あなた方は薬剤のことで何かお望みがあるという報告を受けておりますよ――ブルースにあなたたちの薬をあげてしまっているとかでしたね、シーフェルトさん？　そのことは、あとでお話ししましょう。おはよう、ビリー。今朝、途中でお母様にお目にかかりました。片時もあなたのことは忘れない、きっと自分の気持ちをあなたが無にしないと信じて
い、い、い、る、と伝えてくださいと言ってらしたわよ。おはよう、ハーディングさん――おや、あなたの指先はまっ赤にむけているじゃありませんか。また爪を噛んでいたのですか？」

かりに何か言い返そうとしても、患者にその隙すら与えずに、師長はまだそこにパンツ一枚の姿で立っ

ているマックマーフィに向きなおる。ハーディングはパンツに目をやり、ひゅーと口笛を鳴らす。

「そして、あなた、マックマーフィさん」と、師長はにこにこ笑いながら、打って変わった優しさを見せて言う。

「その男性的な肉体美と派手なパンツのショーが終わったのでしたら、どうでしょう、宿舎に戻って、制服を着てはいかが?」

マックマーフィは帽子をとって師長に挨拶し、それから、白いクジラのついたパンツに見入って野次をとばしている患者たちにもかるく礼をし、一言もいわずに宿舎に戻っていった。師長は反対の方向にくるりと向き、歩きだす、平板な、赤いルージュの微笑を前におし立てて。だが、ナースステーションのドアを閉めるか、閉めないうちに、マックマーフィの歌声が宿舎のドアから廊下へと流れてくる。

「〝彼女はおれを客間に連れこんで、扇でさんざん、あーおーいでくれーたー〟」──彼が裸の腹をぴしゃぴしゃ叩いている音がわたしにも聞こえた──「〝そして、ママの耳にその娘はささやく。わたし、あのばくち打ちが好きーなーの〟」

宿舎ががらんとすると、わたしはそこを掃除する。マックマーフィのベッドの下のあたりを掃きよせていると、ふとある臭気を意識する。そして、その臭いが、病院に来てから初めて嗅ぐものなのに気づいた。四十人の大人を収容する、ベッドの並んだこの大きな宿舎にはいつも無数の臭いがべっとりとしみついていた──殺菌剤や、亜鉛華軟膏や、シッカロールなどの臭い、小便や、老人の不快な大便の臭い、パブラム(幼児食の商標名)や目薬の臭い、カビ臭いパンツや靴下、洗濯室からきれいになって戻ってきたときにさえカビ臭いその臭い、シーツなどのごわごわとした糊の臭い、朝、起きたばかりのときの饐《す》えたようないやな口臭、機械油のバナナのような臭い、そしてときには、毛が焦げた臭い――それらもろもろの臭いがしみついていたが、しかしそこには、今までにない臭い、マックマーフィが来るまではなかった臭い、広々とした野の埃と土の臭い、汗と労働の臭い、あの男の臭いがするのに気づいたのだ。

朝食の間じゅう、マックマーフィは大きな声で話し、声高に笑いつづけていた。今朝の出来事からみて、師長はそれほどたいした敵じゃないと彼は考えている。しかし、今朝は、不意を突いただけにすぎず、かえってガードを固めさせたにすぎないということに、彼は気づいていない。

彼はふざけちらしていて、何とかして他の連中を笑わせようとしている。しかし、いくらやってみても、患者たちが弱々しげににやにやしたり、ときには忍び笑いをするだけなので、彼はとまどいを見せる。そこで食卓の向かいに坐っていたビリー・ビビットを一生懸命につついて、秘密の話をするように声をひそめて言う。「おい、ビリー坊や、シアトルのあの時のことを憶えているかい。ほら、あの二人のかわい子ちゃんをおれとあんたで拾ったときのこと？　あれはよかったぜ、いままでの女で一番だったね」

ビリーは皿から目をぴくっと上げる。彼は口をぽかんと開けているが、一言もいえない。マックマーフィはこんどはハーディングの方を向く。

「ただね、時のはずみというやつで拾った女だからね、女たちがビリー・ビビットの噂を知らなかったとしたら、あのとき、とてもものにはできなかったろうね。当時は、この坊や、〝棍棒《クラブ》〟のビリー・ビビットの異名をもっていたんだ。女はね、行っちまおうとしたんだが、ひとりがビリーを見て、『あら、ちょいとあんた、あの有名な棍棒ビリーじゃないの？　有名な十四インチの逸物《いちもつ》の？』と言ったのさ。すると、ビリーは頭を垂れて、赤くなった――ちょうどいまみたいにね――、それでおれたちの勝ちというわけ。ところが、忘れもしないが、女をホテルに連れこんだら、向こうのビリーのベッドのところから女の声がして、こう言っているのさ、『ビビット君、あんたにはがっかりね。あたしの聞いたところじゃ、あんた、じゅう――じゅう――よん、それが何さ、これ、どうしてくれるの！』だってさ」

こう言って、彼は大声ではやし立て、膝を叩き、親指をビリーのペニスに見立てて野次ったから、ビリーはてれかくしに笑いながらも顔を赤らめて、卒倒してしまうのではないかと思うほどだった。

マックマーフィはさらに続ける。じつのところ、この病院に欠けているただ一つのものはそういうたぐいのかわい子ちゃんだけだぜ。ここのベッドときたらおれにとっちゃ最高だし、それに、食事ときたら、すげえ豪華版じゃねえか。どうしてあんたらみんなが、この病院に入れられているってことで、そう仏頂面しているのか、おれには見当もつかんね。

「いまのおれを見てくれや」と、彼は患者たちに言って、手にしたコップを光にかざして見せる。「どうだい、これ、六カ月ぶりのオレンジジュースだぜ。いやー、こいつはおいしいね。あんたら、刑務所の作業農場じゃどんな朝食を食わせるか知ってるか？　何をおれが食べさせられたと思うね？　おれはそいつがどんなふうに見えるものか口では言えるが、しかし、とても名前はつけられない。朝も昼も夜も、そいつはまっ黒に焦げていやがって、中に芋《いも》が入っていて、まあ、屋根葺《ふ》き用の膠《にかわ》のように見える。はっきりしているのは、そいつはたしかにオレンジジュースじゃないってことだ。いまのこのおれの食事を見てくれ。ベーコンにトースト、バターに卵——それにコーヒー、しかもだぜ、台所のかわいいねえちゃんがミルクをお入れしますかときいてくれやがったね——そして、このでっかいコップで素晴らしい、冷えたオレンジジュースときた。こうきちゃ、お金をくれるったって、おれはこの病院から出ていかないぜ！」

彼はどれもこれもお代わりをし、コーヒー係の女と刑期があけたらデートしようと約束を交わし、黒人のコックをつかまえては、こんなにおいしい目玉焼きは初めてだとお世辞をふりまく。コーンフレークスに入れるバナナが出ると、彼はそいつを手に握れるだけ取り、黒人の助手をつかまえ、あんた、えらく腹をすかしているようだから、一本あんたに取ってきてやろうと言う。すると、黒人はすばやく視線を動かし、廊下の向こう、ガラス箱の中に坐っている師長を見やり、助手が患者と一緒にものを食べることは禁止されているんだ、と答える。

「病棟規則に違反するってわけか？」

「そのとおり」

「そりゃかわいそうに」——そう言って、彼は黒人の鼻先に突きつけるようにして、三本のバナナをむき、そいつをつぎつぎに食べてしまい、あんた、食堂からバナナをくすねてほしいと思ったらいつでもおれに声をかけてくれや、と黒人に言う。

マックマーフィは最後のバナナを食べ終えると、腹をぽんと叩いて、立ちあがり、戸口に向かう。すると、大柄な黒人がドアのところに立ちはだかって、患者は七時三十分に、全員いっせいに退出するまで、食堂に坐っていなくちゃいけない規則になっている、と彼に伝える。マックマーフィは耳を疑うといった表情を見せて、黒人を見つめ、それから振り返って、ハーディングの方を見る。ハーディングがそのとおりだとうなずいてみせたので、マックマーフィは肩をすくめ、もとの椅子に戻る。そして、「もちろんおれはそのご大層な規則とやらに違反したくないからね」と言う。

食堂の隅にある時計は七時十五分を指している。その時計もでたらめだ。明らかにもう一時間はたっているのに、まだ十五分しかそこに坐っていないのだということを示している。患者は誰もかも食べ終わって、椅子にもたれかかり、時計の長針が七時三十分のところまで動くのをじっと見守っている。黒人の助手たちが植物患者たちの汚く食べちらかした盆を片づけ、二人の老人の車椅子を押して、水で洗い流しに行く。食堂の中では、患者の半分ほどが、テーブルにのせた腕に顔をふせて、黒人が戻ってくるまで、ちょっとひと眠りしようとしている。他にすることもないのだ。トランプもないし、雑誌も、ジグソーパズルもないから、ただ眠るか、さもなければ、時計を見つめるだけだ。

しかし、それでもマックマーフィだけは静かにしていられない。彼は何かしていなければ気がすまない。スプーンを使って、皿の上の食べ残しを二分ほどいじくりまわしていたが、もっと何か面白いことはないかと探している。ポケットに親指を引っかけ、そっくりかえって、片目をつぶって壁の時計を見ている。それから、鼻をやたらにこする。

「ねえ、あんたら、あそこにかかっている時計はフォート・ライリーの射撃練習場の標的を思い出させてくれるぜ。そこでおれは最初の勲章をもらったんだ。射撃名手勲章ってやつだ。人呼んで命中マーフィ。どうだい、誰かたったの一ドル賭けてみないか。おれがこのバターのかたまりを時計の文字盤のまん中に命中できるか、いや、すくなくとも文字盤の上に命中できるかどうかに？」

それに応じて三人が賭ける。彼はバターの小片を取り上げ、ナイフにそれをのせ、ひょいと飛ばす。それは時計の左手、たっぷり六インチほど離れたところにくっついた。皆がその失敗をからかうので、彼は賭け金を支払う。患者たちはまだ彼のことをからかって、命中マーフィは迷っちまう迷中マーフィのほうじゃないのか、と言う。そのとき小柄な黒人が植物患者たちを洗い終えて、戻ってきたので、誰もが自分の皿に視線を落として、黙りこんでしまう。黒人は何か様子がおかしいのに気づくが、それが何なのかわからない。そしておそらく、マターソン大佐がきょろきょろ見まわしていなければ、黒人は何のことかわからなかっただろう。だが、大佐は壁にくっついたバターを見つけてしまい、それを指でさし、いつもの調子でお説教を始める。わたしたちみんなにむかって、のんびりした、朗々たる声で、自分の話していることがいかにも筋道の通ったものであるかのような調子で、説明をしていく。

「バターは……共和党で……ある……」

黒人は大佐が指さしているところに目をやる。そこには例のバターがくっついていて、黄いろいかたつむりのように壁をつたってゆっくりと下降している。黒人はそれを見て目をぱちくりするが、一言もいわなかったし、また、誰がそんなものを投げつけたのか確かめようときょろきょろ見まわすことすらしなかった。

マックマーフィは自分の周囲にいる急性患者たちを肘でつついて、小声で何か言う。すると、たちまちかれらはうなずき、マックマーフィはテーブルの上に三ドル並べて、椅子にもたれかかる。皆、坐ったまま身体を動かし、じっと目をこらして、バターが壁をゆっくりと降りていくのを見守る。それはまだ壁にくっついたまま、じりじりと動き、下に向かって壁のペンキの上にぴかぴかした航跡を残して進んでいった。誰も一言も発しない。誰もがバターを見ては時計に目をやり、それからまたバターを見る。時計もいまは動いている。

バターは七時三十分より三十秒ほど前に床に到着した。そこで、マックマーフィは前に失った三ドルの金をまたそっくり取り戻した。

黒人も目が覚めたように、壁の上にできたバターの流れた跡から視線をそらし、さあ立ってよい、と言う。マックマーフィはポケットに金をたたんでしまいこみ、食堂から出ていく。彼は黒人の肩に両腕をかけ、半分歩かせるような、半分抱きかかえて進むようなかたちで廊下をデイルームへと向かっていく。

「なあ、あんた、一日がもう半分消えちまったぜ。それなのに、おれはやっとのことで損得なしになったところだ。さあ、精出して、稼がなくちゃいかんぜ。例の戸棚に大事に鍵をかけてしまってあるトランプを出してくれや。あのスピーカーに負けない声でトランプができるか、やってみたいからな」

午前中の大半は、大いに精出してブラックジャックの札を彼は配りつづけ、煙草の代わりに、いまでは借用証書のやりとりでゲームをする。彼は二、三度、テーブルを移動させて、スピーカーの下から逃れようとしてみる。明らかに、スピーカーの音楽が彼をいら立たせている。とうとう彼はナースステーションに行き、そのガラス板の上をノックする。師長は回転椅子に坐ったまま、くるりとこちらを向き、ドアを開ける。そこで、彼は、あのものすごい音をしばらく切ってくれないかと言う。ガラス箱の中の自分の椅子に坐っている師長は、いまはぐっと冷静になっている。そこにいるのは半裸の姿で走りまわる野蛮な男ではないので、心を乱される心配もない。彼女の微笑も落ち着きと安定を示している。師長は目を閉じて、首を横に振り、マックマーフィにむかっていとも優しげに、「ノー」と伝える。

「じゃ、ボリュームを少し下げるとかなんとかできませんかね？　あれじゃまるでオレゴン州全体にロレンス・ウェルク（四〇年代に活躍した音楽家）演奏の『二人でお茶を《ティー・フォー・トゥー》』を毎時間三度ずつ聞いてもらう必要があるといわんばかりじゃないですか？　それも一日じゅうですぜ！　もう少し小さくしてくれりゃ、テーブルに坐った正面の男がいくら賭けたと言う声が聞こえますぜ。そうなりゃ、ポーカーができるというもんでさあ——」

「マックマーフィさん、前にも申しあげたとおり、病棟内で金銭を賭ける賭博行為は規則に反しますのよ」

「わかりましたよ、では、とにかくマッチ棒でも、ズボンのボタンでも何でもいいです、そいつを賭けますから、ゲームができるくらいに小さくしてくれませんか——あのいまいましい音をただ小さくしてくれりゃいいんです！」

「マックマーフィさん」——と言って、師長は言葉を切り、その落ち着いた女教師のような調子が相手の心に食い入るのを待ち、それからまた続ける。彼女はこの病棟の急性患者たちがみな耳をそばだてているのを心得ているのだ——「わたしの考えをお聞きになりたい？　わたしはあなたがずいぶんとわがまま勝手な方だと考えていますよ。この病院には、あなたの他にもたくさんの人がいることに気づかないのですか？　年をとった方がここにはいて、もしも音を小さくしたら、その方たちは何も聞こえなくなるのですよ。あの方たちは読むことはもちろん、パズルも——それに、トランプをして他人の煙草をかすめ取ることもできない老人たちです。マターソンとかキットリングのような老人にとっては、スピーカーから流れてくるあの音楽がかれらのすべてなのです。それをあなたはあの方たちから奪いとってしまおうとおっしゃる。わたしたちとしてできることなら何でも、いろいろな提案や要求を出していただきたいとは思っていますが、しかし、その要求をする前に、すくなくとも他人のことも少しは考えたほうがよいと、わたしは思います」

マックマーフィは後ろを向いて、慢性患者のいる側を見やり、師長の言い分に多少の理があるのに気づく。彼は帽子を脱ぎ、髪の毛を手でかきむしっていたが、とうとう師長の方に向きなおる。彼も師長と同じように、患者たちがふたりの話に耳を傾けているのは充分に心得ている。

「わかりましたぜ――おれはそのことちいとも考えてなかった」

「そうだと思っていました」

マックマーフィは緑色の制服のうなじのところから出ている例の房々とした赤毛を指でいじっていたが、また切りだす。「そうだ、こいつはどうです。トランプをどこか別の場所でやるというのは？　どこか別の部屋で？　たとえば、ミーティングのときに、テーブルなどを入れておく部屋、あれはどうです。ミーティングをやらないときは、あそこは空《から》でしょう。あの部屋の鍵をあけて、トランプをやる連中をあそこへ入れ、そして、老人たちはこの部屋でラジオを聞かせておくというのはどうです――それでみんな丸くおさまるってわけです」

師長はにこにこ笑い、ふたたび目を閉じ、そして首をやさしく横に振る。「もちろん、その提案はいつか他の医局員たちと一緒に考えてもよろしいですが、他の方もわたしと同じ意見ではないかと思いますよ。わたしとしては、二つのデイルームを運営するだけの用意がないと考えています。つまり、充分な人員がないのです。それに、お願いですから、そこのガラスに手をついて、もたれないでちょうだい。あなたの手、べたべたしていて、窓を汚してしまいますから。汚しますとね、それだけまた他の方に余計な仕事ができてしまいます」

マックマーフィはあわてて手を離す。彼は何か言いかけるが、それから口をつぐんでしまったのが、わたしにはわかる。師長はもう何か他のことを言うような余地を与えていないことに彼は気づいたのだ。師長にむかってどなり散らさないかぎり、もう何も言うことはなかった。マックマーフィの顔や首もまっ赤になる。彼は大きく息を吸い、じっと心を抑えようとする。それは今朝、師長がやったのと同じようだ。それから彼は、お邪魔してすまなかった、と師長に言い、テーブルの方へ戻っていった。

病棟の誰もが、いよいよ戦いの火蓋《ひぶた》が切って落とされたのを感じとった。

十一時に医師がデイルームの入口にやって来て、マックマーフィに声をかけ、面接をするから自分の部屋まで来てもらいたい、と言う。「新患は二日目に面接をするのでね」

マックマーフィは手にしたカードを下に置き、立ちあがり、医師のところまで歩いていく。医師は夜はよく眠れるかねと尋ねるが、マックマーフィはただ低い声で何か答える。

「今日は、だいぶ考えこんでいるようだね、マックマーフィ君」

「ええまあ、けっこう考えこむたちでしてね」と、マックマーフィは言い、そして、ふたりは一緒に廊下を歩いていってしまう。ずいぶん時がたってから、ふたりはまた戻ってきたが、そのときは、ふたりともにこにこ笑い、大きな声で話をし、何か楽しいことでもあるようだ。医師は眼鏡をはずして涙を拭く。まるで本当に大笑いをしていたように見えるし、マックマーフィもまた、いつものとおり大きな声で語り、自信に満ちた様子で堂々と歩いている。昼食のときも、彼はずっとそうであり、一時になると、まっ先にミーティングのためにしつらえられた席につき、隅の彼の席から青い目を強情そうに光らせていた。

師長は見習い看護師の一隊を引き連れ、メモをぎっしり入れた書類籠を手にデイルームへ入ってくる。彼女はテーブルの上にある日誌を手に取り、ちょっと見るが、眉をひそめる（まだ今日は誰も他人の告げ口を書きこんでいないのだ）。それから、ドアのかたわらの自分の席に行く。彼女は膝の上に置いた書類籠から書類ばさみを何冊か取り出し、ぱらぱらとめくって、ハーディングの書類を見つけ出した。

「わたしの記憶では、昨日はハーディングさんの問題についてかなり前進があったと思いますが――」

「ええと――その問題に入る前に」と、医師が切りだした。「よろしかったら、ちょっと時間をいただきたいのだが。午前中に、マックマーフィ君とわたしとで部屋で交わした話についてなんだが。じつは思い出話と言ったほうがよい。昔のことを話しましたんでね。それがみなさん、マックマーフィ君とわたしには共通の思い出があったんですよ――つまり、高校が同じだったというわけです」

看護師たちはたがいに顔を見あわせ、いったいこの先生何を思いついたのかしらと不審げな顔をする。患者たちは隅でにやにや笑っているマックマーフィの顔に目をやり、それから医師が先を続けるのを待つ。医師はひとりで満足げにうなずいている。

「そうなのです、同じ高校に通っていたのです。そして、昔話をしているうちに、たまたま学校がスポンサーとなって行なっていたカーニバルの話が出ましたのですな――いやあ、それは素晴らしい、陽気で、大騒ぎをする機会でしたよ。飾りつけやら、紙テープの吹き流し、それに、模擬店やら、いろいろなゲーム場などが並び――いつもそれは一年じゅうでいちばん楽しい出来事でした。わたしは――マックマーフィ君にも話しましたが――わたしは高二のときも、高三のときも、高校カーニバル委員長でしたが――とにかく、素晴らしい、のんきな時代でした……」

部屋の中は本当に静かになってしまった。医師は顔を上げて、あたりをうかがうようにそっと見まわし、自分が笑い者になっていないかうかがう。師長は明らかに軽蔑した一瞥《いちべつ》を投げかけるが、しかし、医師は眼鏡をかけていなかったので、その一瞥に気づかない。

「とにかく——この感傷的な郷愁《ノスタルジア》の物語は終わりにしますが——思い出話をしているうちにですね、わたしとマックマーフィ君とでこの病棟でカーニバルをすることについて、みなさんはどう考えられるか、とまあこんなふうに考えましたんでね」

医師は眼鏡をかけ、もう一度、あたりをぐるりと見まわした。しかし、誰ひとりとしてこのアイデアに小躍りはしない。わたしたちのうち何人かは、テイバーが何年か前にやはりカーニバルをやろうと企んで、その結果どういうことになったか憶えている。医師が反応を待つうちに、沈黙が師長の周辺から湧き立つようにひろがり、全員の上を被い、この沈黙に挑戦する者がいるかといわんばかりだった。マックマーフィは自分がカーニバルの計画の発案者であるから、口を切ることができないだろうし、この沈黙を破るほど馬鹿な役割を引き受ける者もあるまいと、わたしは考えた。そのとき、マックマーフィの隣りに坐っていたチェスウィックが一声唸り声を上げて、立ちあがった。自分でもどうなっているのかわからないうちに立ちあがり、肋骨《ろっこつ》のところをなでていた。

「ええっと——おれは個人的に思うんだが、ねえ」——ここまで言って、彼はかたわらの椅子の肘掛けに置かれたマックマーフィの拳を見る。その拳からは、牛を追う棒のように例の大きなごつい親指がにゅっと突き出ている。——「カーニバルというのはほんとにいいアイデアだ。この単調な暮らしを破ってくれるものだし」

「そのとおりだよ、チャーリー」と、医師は言い、チェスウィックの支持に感謝する。「それに必ずしも治療上の価値がないわけじゃない」

「もちろんありますよ」と、すっかり嬉しくなったチェスウィックが言う。「ありますとも。カーニバルにはたんと治療効果があります。間違いなしです」

「それにお、お、面白いだろうしね」と、ビリー・ビビットが続ける。

「そうとも、面白いしね」と、チェスウィック。「スピヴィ先生、おれたちはやれますぜ、きっとやれます。スキャンロンは人間爆弾のまねができるし、おれは作業療法で習った輪投げがやれる」

「おれは運勢判断がやれるぜ」と、マーティニは言って、自分の頭の上の一点を目を半ば閉じて見る。

「わたし自身も、じつは手相から病気を判じるのがかなりうまいですよ」と、ハーディングも言う。

「そいつはいい、そいつはいい」と、チェスウィックは言いながら、両手を叩く。自分の意見に他人が賛成してくれたのは、彼には初めてのことなのだ。

「おれも」と、マックマーフィが気どって言う。「マネー・ホイールをやらせてもらえたら、光栄だね。多少の経験もあるし……」

「どうだね、いろいろなことができそうじゃないか」と、医師は言い、椅子にしゃんと坐りなおし、本気で熱をこめる。「そうだね、わたしにもいろんなアイデアがあるし……」

それから医師はさらに五分ばかり猛烈にまくし立てる。明らかに、いろいろなアイデアというのは、彼がマックマーフィとすでに話しあったものなのだ。彼はゲームや模擬店のことを話し、切符を売る話をする。しかし、そのとき、師長の眼差《まなざ》しに気づき、まるでそれに両目のまん中を射抜かれたようにぴたりと話をやめる。彼は目をぱちくりして、師長を眺め、尋ねる。「ラチェッド師長、どう思いますか？　カーニバルは？　この、ここの病棟でやるというのは？」

「カーニバルに治療上の可能性がいくつかあるかもしれないということには、わたしも賛成ですが」と、師長は言って、言葉を切る。そして、沈黙が彼女の周辺からふたたびひろがっていくのを待つ。誰もその沈黙に挑んでくる者がないのを見きわめると、彼女は先を続ける。「ですが、このような考えは、結論を出す前に、医局会議でまず討論すべきものだと、わたしは考えます。先生、あなたのお考えもそうじゃありませんか？」

「もちろん。まあ、わかっていただきたいが、わたしはただ最初に患者の反応を感じとっておきたいと思っただけなのだから。しかし、もちろん、医局会議が先だ。そのあとで、この計画の話を続けることにしよう」

カーニバルの件はそれで終わりだと、誰もがわかった。

師長は手にしていた書類ばさみを鳴らして、この場の主導権を取り戻そうとする。「結構ですね。では、もし他に何か新しい提案がないなら——そしてチェスウィックさんが坐ってくだされば——すぐ討論に入りたいと思いますが。あと」——ここで彼女は書類籠の中から自分の時計を取り、それを見る——「四十八分ありますから。それではと、わたしの記憶では——」

「ああと、ちょっと待って。もうひとつ新しいことがあるのを思い出したもんで」と、マックマーフィは手を上げ、指を鳴らしている。師長はその手をしばらくじっと見ているが、それからやっと言う。

「で、マックマーフィさん、何か？」

「いえ、おれじゃねえんだ。スピヴィ先生がおっしゃることがあるんだ。先生、難聴患者とラジオの件についての先生の提案を話してやってくだせえや」

師長の頭がほとんど他人には気づかれないほどわずかに動くが、しかし、わたしの心臓はにわかに高鳴る。師長は書類ばさみを書類籠に戻し、医師の方に向きなおった。

「そうそう」と、医師は言う。「すっかり忘れてしまうところだった」彼はそっくりかえり、脚を組んで、両手の指先を合わせる。カーニバルの話でまだごきげんなのがわかる。「じつはね、マックマーフィ君とこの病棟においてわれわれが昔から抱えておる問題について話しあったのだがね。問題とは、若い世代と古い世代の人間が同居しておることだが、これはわれわれの考えている治療共同体にとっては必ずしも理想的な環境とは言えない。しかし、病院の管理者側としては、老人病棟が現状のように過度に詰めこまれている以上、どうにも詮方《せんかた》ないことだと言うのですな。現在の状況が関係当事者にとっては全面的に快適な状況でないことは、わたしもまっ先に認めるつもりである。しかしながら、今日の話で、マックマーフィ君とわたしはたまたまひとつの同じ考えを持っていることがわかった。それを実行すれば、両方の世代にとって事情がいくらか好転するかもしれぬと思える。マックマーフィ君は、老人組のなかに難聴者がいて、ラジオも聞こえないようであるということを教えてくれた。彼の提案では、難聴患者が聞こえるように、スピーカーのボリュームをもう少し上げたらどうかと言っている。非常に優しい配慮のある提案と思う」

マックマーフィが、いやあ、そんな、といったように手を振ると、医師はその姿にうなずいて、先を続ける。

「しかし、わたしは言いました。じつはラジオは現在の音量でもすでに大きすぎて、話も読書もできないという不平が若い患者からすでに何回となく出ていると。マックマーフィ君は、その点については考えたことがなかったが、しかし、本を読みたい者が静かな場所に自分だけ逃げ出して、ラジオのほうは聞きたい連中にまかせておけということができないというのは残念だと言ってくれた。わたしも、これがじつに残念な事態だということは彼に賛成なのだが、この問題はどうすることもできないので、まああきらめようとしていたとき、昔の浴槽室をふと思いついたのです。この病棟でミーティングをするとき、テーブルを片づけておく部屋ですよ。テーブルをしまうという以外はあの部屋はぜんぜん使っちゃおらん。あれの元来の目的であった水浴療法《ハイドロセラピー》は、新薬ができたおかげで、すっかり不要になった。そこでだが、みなさんがあの部屋を第二デイルームとして使うというのはどうだろう？　言うなれば、ゲーム室として？」

　患者たちは黙っている。かれらは、こんどは誰が喋る番か心得ているのだ。師長はハーディングの書類をまた手にし、それを膝の上にのせ、その書類の上で手を組む。そして、何か言えるものなら言ってごらんなさいといわんばかりに、ぐるりと部屋を見まわす。師長が喋るまでは誰も喋る者がないのがはっきりすると、彼女は医師の方にふたたび顔を向ける。

「スピヴィ先生、それは結構な計画のように思えますし、またマックマーフィさんが他の患者にまで関心を払ってくださっているのは、ありがたいことです。ですが、残念ながら、第二デイルームを設営するには人員不足だと思いますね」

　そう言って、師長はこれでけりがついたはずだと確信をもっていたから、ハーディングの書類をふたたび開けようとする。だが、医師は彼女の予想していた以上にこの問題のことは考えていたのだ。

「ラチェッド師長、その点はわたしも考えましたよ。しかしですな、スピーカーのついているこのデイルームに残るのは主として慢性患者たちでしょう――つまりですな、ほとんどが長椅子や車椅子に坐ったきりの患者です――したがって、もし万一、暴動とか反乱とかが起こったとしても、この部屋には一人の助手と一人の看護師を配置しておけば簡単に鎮圧することができる、そう思いませんか？」

師長は答えなかった。それに、医師がふざけて暴動とか反乱などという言葉を使ったのがこれまた気にくわなかったのだが、しかし、彼女は顔色ひとつ変えない。あいかわらず微笑をたたえている。

「そこで、浴槽室の患者たちは他のふたりの助手とふたりの看護師で見ればよい。この広い場所で監視するよりそのほうがずっと楽だと思いますよ。どうです、みなさん？　これは実行可能なアイデアじゃないですかね？　いやあ、わたし自身、このアイデアにすっかり惚れこんでいるんですよ。それで、どうです、実験してみては、二、三日、どんな具合か実際にやってみたら。もしうまくいかなければ、浴槽室にはまた鍵をかけて元のままにしておけばよい、そうじゃないですかな？」

「そのとおり！」と、チェスウィックは言い、自分の掌に拳固《げんこ》をたたきつける。彼はまだ立ったままだった。マックマーフィのあの突き立てた親指のそばにもう一度戻るのが怖いようだ。「そのとおり、スピヴィ先生、もしうまくいかなくても、また鍵をかけ浴槽室を閉めればよい。そのとおり」

医師は部屋じゅうを見まわす。そして、他の急性患者たちがみな賛意を見せてうなずき、にこにこ笑い、たいへん喜んでいるのに気づいた。しかも、その喜びの発するところが自分であり、自分のアイデアと彼が思いこんでいるものにあるらしいので、医師はビリー・ビビットのように顔を赤らめ、照れかくしに一、二度、眼鏡を拭いてから、先を続けなければならなかった。このちっぽけな男がすっかり嬉しそうにしているのを見ると、何だかおかしくなる。医師は患者たちがみなうなずいているのを見、そして、自分もうなずき、言う、「結構、結構」と。それから膝の上に手を置く。「まことに結構。それではと、もしそのことが決定したとしたら――ええっと、今日はどういうことを討論するのでしたか、わたしはすっかり忘れてしまったようなのだが、何でしたっけ？」

師長の頭がまた小さくぴくりと動いた。それから、彼女は籠の上にかがんで、書類ばさみを取り上げる。彼女は書類ばさみをまさぐっているが、その手が心なしか震えているように見える。やっと一枚の書類を引き抜いたが、それを読みだそうとすると、もう一度、マックマーフィが立ちあがって、手を上げ、体重を両脚に交互にかけるように身体を動かし、考えこんだような、長く尾をひいた「あのう――」という声を発する。その声に、師長の手はぴたりと止まる。彼女はマックマーフィの声で凍りついたように固くなる。ちょうど彼女の声で今朝あの黒人が凍りついたように。彼女が凍りつくのを見て、わたしは心の中に目もくらむような感じをふたたび持つ。マックマーフィが喋っている間、わたしはじっと師長を見守っている。

「あのう、先生、おれはぜひ知りたいことがあるんです。先日の夜見た事には、いったいどういう意味があるんですかね？　つまりですね、夢の中では、おれはおれのようだが、じきにまたなんちゅうか、おれはおれじゃないようになっちまう――つまりですね、おれはおれのように見える誰か他の人間――たとえば、あのう、そうだ、おれのおやじみてえになる！　そうだ、おやじだ。たしかにおやじだ。だって、ときどきおれがおれ――いや、おやじを――夢に見るとき、おやじが昔やっていたように、顎の骨に鉄のボルトをつけているのに気づいたからね――」

「あなたのお父さんは顎の骨に鉄のボルトをはめているのかね?」

「そりゃ、もうはめちゃいませんがね、昔、おれが子供の頃、はめていましたぜ。十カ月ほどもね、でかい鉄のボルトをここんところから差し、こっちへ抜けているやつをつけたまま出あるいていた！　まったく、おやじはまさにフランケンシュタインばりだったね。それも、製材所で貯材池の男と大喧嘩をして、まさかりで顎を割られたためなんだ――そうだ！　その喧嘩がどうして起こったか話しましょうか……」

師長の顔はまだぴくりともしない。まるで自分の望むままの顔つきに塑像《そぞう》を造らせ、色を塗らせたようだ。自信に満ち、苛立つこともなく、落ち着いている。もうその顔はぴくりとも動かない。ただあの恐ろしい、冷ややかな顔、赤いプラスチックを打ち抜いて作った静かな微笑。清潔な、滑らかな額、そこには意志の弱さや、心配を表わす皺ひとつない。平板な、大きな、絵に描いたような緑の目、そこには、わたしは待つことができます、ときどきは少しは後退するかもしれませんが、しかし、じっと待ち、自信に満ち、平静にしていられますよ、なぜって、わたしが最後には勝つのですから、といわんばかりの表情が描きこまれていた。

一瞬の間ではあるが、その場で彼女が鞭で打ちのめされるのを見たような気がした。いや、実際に見たのかもしれない。しかし、いまではそんなことどうってことはないのが、わたしにはわかる。患者たちも、ひとりずつ、師長の方をこっそり見やっては、マックマーフィがこのようにミーティングを牛耳るのを彼女がどう受けとめているのか確かめるが、しかし、誰もがわたしと同じことに気づく。師長の存在は打ち負かすにはあまりにも大きい。それは、日本人の作る彫像のように、部屋の片側いっぱいを占めている。彼女を動かすことはできないし、彼女に逆らって逃げ出すすべもない。たしかに今日、ここで師長は小さな戦いに敗れたが、しかし、それは彼女がつねに勝っており、これからも勝ち続けていく大きな戦争のなかのほんの取るに足りない戦闘にすぎないのだ。だからマックマーフィにそそのかされて、すこしでも筋違いな希望をわたしたちが抱いたりしてはならないし、マックマーフィに誘惑され、なにか馬鹿げたふるまいをしてはならないのだ。師長はこれからも勝ちつづけるだろう、ちょうどコンバインのように。彼女の背後にはコンバインの強力な力が控えている。師長は少しぐらい負けても、最後には勝利を収める。わたしたちの負けに乗じて勝つことになる。師長を叩きのめすには、三度のうち二度とか、五度のうち三度ぐらい叩いてもむだなので、とにかく戦うたびごとに毎回叩かなくてはならない。ちょっとでもガードを下げれば、すなわち、一度でもこちらが負ければ、師長は永遠に勝ってしまう。そして、結局はわたしたちみんなが負けることになる。それを誰もどうすることもできはしないのだ。

いま、師長は煙霧器のスイッチを入れさせた。そこで、霧がすばやい勢いで部屋じゅうに満ちてきて、わたしには師長の顔以外、何ひとつ見えない。霧はどんどん満ちてきて、しだいに濃くなっていく。するとわたしは師長が少し前にぴくりと動いたときに感じた嬉しさとうらはらに、悲しく、死んだような気分になる——以前よりもいっそう悲しくなる。なぜなら、師長や彼女の背後にあるコンバインに逆らってはどうにもなすすべがないことを、わたしははっきりと知っているからだ。マックマーフィでさえ、わたしと同じようになすすべがない。誰にもどうにもならない。そこで、いかに事態がなすすべもなく暗いものであるかを考えれば考えるほど、ますます速く霧は流れこんでくる。

そして、霧がすっかり濃くなって、わたしがそのなかにすっぽりと包まれ、すべてを諦め、ふたたび安心することができるようになると、ほっとする。

デイルームではモノポリー・ゲームが続けられている。かれらはもう三日間もこのゲームにかかりきりだ。いたるところに、家だのホテルだのの札が散乱し、二つのテーブルを寄せて、いろんな契約書や、うずたかく積まれた玩具《おもちゃ》の紙幣がのせてある。マックマーフィの提案で、銀行の発行する玩具の紙幣一ドルに対して実際に一セント払うことになったので、ゲームの興味は倍加している。そこで、モノポリーの箱には小銭がいっぱいになっている。

「チェスウィック、あんたのサイコロだぜ」

「振る前に、ちょっと待ってくれ。ホテルを買うとすりゃ、どれだけいるんかね?」

「同じ色の敷地に立った家が四軒いるんだ、マーティニさんよ。さあ、いいかげんにとっととやれや」

「ちょっと待ってくれ」

テーブルの声のした方から金が投げ出され、赤や緑や黄の紙幣があちこちに飛ぶ。

「おまえはホテルを買うのか、それとも紙吹雪でハッピー・ニュー・イヤーとふざけてるのか。ええ、おい!」

「さあさあ、チェスウィック、おまえのサイコロだぜ」

「一のぞろ目《スネーク・アイズ》ときやがった! ひゃー、ひゃー、チェスウィックさんよ、そいつで、あんたどういうことになるね？　まさかおいらのマーヴィン・ガーデン（モノポリー・ゲームにある住宅地の名称）においでになるなんてことにならんだろうね？　それだと、ちょいと待てよ、三百五十ドル払ってもらうことになるんじゃないかな？」

「驚いたねえ、もう」

「あの他のものは何だ？　待ってくれ。いったい台の上いっぱいにある他のものは何だい？」

「マーティニ、あんたこの二日間、台の上にある他のものというのばかり目に入っているんだぜ。おれが負けるのも無理ねえぜ。おい、マックマーフィ、あんたよくこれでゲームに集中できるね、おれにはわからんね。マーティニがそばにいて、一分ごとにあんな幻覚《まぼろし》を見て、たわごと言ってくれるのによ」

「マーティニのことは気にしなさんな。奴はちゃんとやってるよ。さっさと三百五十出しゃいいんだ、そうすりゃマーティニは自分の世話をするさ。おれたちだって、奴の〝もの〟がこちとらの土地の上にきたら、そのたんび借地料をいただいているんだぜ」

「ちょっと待ってくれ。あんまりたくさんあって」

「いいんだよ、あれは、マート。あんたはただこいつが誰の土地の上にくるか教えてくれりゃいいんだ。チェスウィック、サイコロはまだあんただぜ。あんたは二を出した、だからもう一度やれる。そうそういい子だ。それいけ！　大きく六ときやがった」

「六だとおれは……チャンス（モノポリー・ゲームで、そこに記されたことを果たす義務がある場所）にきたぞ、なになに『あなたは委員会の委員長に選出されました。よって、おのおのの相手に支払って――』おどろき、ももの木、さんしょの木だ！」

「おい、このリーディング鉄道のそばにあるホテルはどいつのだ、いったい？」

「おいおい、よく見ろや、そいつはホテルじゃないよ。駅だぜ」

「おい、ちょっと待ってくれ――」

そう言って、マックマーフィは自分の坐っているテーブルの端を手でかこみ、カードを動かし、金を並べかえ、自分のホテル札を平らにする。帽子の縁には百ドル紙幣をまるで新聞記者章のように差している。彼はそれを「まさかの時の金」と呼んでいる。

「スキャンロン、あんたの番じゃねえかな?」

「サイコロ取ってくれ。この台をぶっとばすような目を出すぜ。それいけ。十一、十一とおいでなすったな。マーティニ、十一進めてくれ」

「ああ、いいよ」

「馬鹿野郎、そいつじゃないよ。それはおれの駒じゃない、そいつはおれの家だ」

「だって、同じ色だもの」

「電力会社の上にのっているこの小さな建物は何のまじないだね?」

「そいつは発電所だ」

「マーティニ、あんたの振ろうとしているのはサイコロじゃないぞ――」

「いいからほうっておけや、どうってこたあねえじゃないか?」

「だって、そいつは家だぜ」

「それいけ。どれどれ、マーティニさんよ、でっかく十九とおいでなすったぜ。いいぞ、マーティ。それであんたの駒はどこへ――おいおい、あんたの駒がないじゃないか?」

「ええ? 駒ならここにあるぞ」

「駒は口の中ですよ、マックマーフィ。そうそうおみごと。それで第二、第三臼歯の上を二つ進んだ、そして、ゲーム台まで四つと、それからさらに進んで、おやおやバルティック街まできましたよ、マーティニ。こりゃあんたの、そしてただ一つの地所だ。どうです諸君、このくらい幸運になりたいものですな。マーティニはここ三日間やっているが、サイコロ振るたびに、ちゃんとご自分の地所にきますからね」

「おしゃべりはやめて、サイコロを振れよ、ハーディング。あんたの番だぜ」

ハーディングは長い指でサイコロをかき集め、まるで視覚障害者がするように、その滑らかな表面を指先でなでている。その指はサイコロと同じ色であり、彼のもう一方の手を材料に彫刻したもののように見える。彼がサイコロを振るとき、その手の中でサイコロがかちゃかちゃと鳴る。それはころころと転がり、マックマーフィの前で止まる。

「それいけ。五、六、七ときたぜ。ついてねえな、あんたは。またおれのいただきだぜ。さあ払ってもらおうかな――ええっと、二百ドルで足りるはずだがね」

「情けないですなあ」

このように、ゲームは続けられ、サイコロが鳴り、玩具の紙幣が飛び交う。

何も見えず、自分がどこにいるかもわからない時が――三日であろうか、いや三年であろうか――長く続いた。ただ頭上にあるスピーカーだけが霧のなかで鳴る打鐘浮標《ベル・ブイ》のように聞こえてくるだけであった。やっと霧が晴れ、物が見えるようになると、患者たちはそこにいつものように霧の存在すら気づかなかったように平気な顔をして動きまわっていた。思うに、霧は患者の記憶まで変えてしまうのだ。わたしは別だが。

　マックマーフィすら、霧のなかに閉ざされていたことを知らないように見える。かりに知っていたとしても、彼のことだから霧などで困ったということを表面には出さないようにしているのだ。彼は、とにかく何かで困っているということを医局員たちに気取《けど》られないように充分気をつけている。つらい目にあわせようとしている相手を怒らせるには、こっちがどこ吹く風でふるまうのが一番、そういうことを彼は心得ている。

　看護師や黒人助手に対しては、マックマーフィは丁寧な態度をくずさない。たとえ連中がどんなことを言おうと、また彼を怒らせようとどんな術策を弄《ろう》しても。二度ばかり、馬鹿げた規則に腹を立てたことはあったが、しかし、逆に前よりいっそう丁寧に、礼儀正しくふるまうようになり、その結果、この病棟のすべてが――規則も、規則を押しつけようとして連中が使う非難がましい顔つきも、患者が三歳の小児にすぎないように教えさとすかれらの口のきき方も――とてもおかしくてたまらないということを、彼は気づきはじめた。おかしくてたまらないのに気づくと、彼は笑いだす。すると、笑われて、連中はとてつもなく苛立つのである。彼は笑うことができるかぎり、安全だと考えているようだ。そして、この作戦はかなりうまくいく。ただ一度だけ、彼が自制心を失って、怒っていることを表面に見せたことがあったが、しかし、そのときは、黒人とか師長とか、連中の行為に腹を立てたのではなかった。じつは患者たちに、そして、患者たちが何もしないことに腹を立てたのだった。

あるグループ・ミーティングで事は起こった。患者たちがあまりにもうじうじしたふるまいをするのでマックマーフィは怒った——あまりにも意気地がないというのだ。彼は金曜日に行なわれることになっていたワールドシリーズに患者たちから賭け金を集めていた。そして、規則で定められているテレビ鑑賞時間にゲームが行なわれない場合でも、交渉して、患者全員でテレビ観戦をしようと計画していたのだ。そこで、ゲームの二、三日前のミーティングで彼は提案し、夜のテレビの時間に清掃作業をふりかえて、午後にワールドシリーズを観戦するのはどうだろうか、と尋ねた。師長はノーと答えた。そのくらいは彼も覚悟していた。師長は、日程表は非常に微妙なバランスを考えた上でこしらえられたものであり、定まったことを少しでも変更するとたいへんな混乱をきたすことになるから、と彼に説明した。

師長からこの程度の反対が出ても、けっしてマックマーフィは驚きはしなかったが、しかし、彼が驚いたのはむしろ、このアイデアをどう思うかと患者たちにむかって尋ねたときの、かれらの情けない態度だった。患者たちは一言もいわない。かれらはみな小さな霧のかたまりのなかに隠れこんでしまう。かれらの姿がほとんど見えないくらいだ。

「なあ、みんな、聞いてくれ」と、マックマーフィは患者たちに話しかける。だが、かれらは聞こうともしない。彼は誰かが何か発言し、何か彼の提案に答えてくれるのを期待して待ちかまえている。しかし、誰も聞こえたそぶりすら見せない。誰も何も言わないので、「おいあんたら、しようがねえな」と、彼が言う。「おれの知るかぎりじゃ、少なくともあんたらのうち十二人はこんどの試合でどっちが勝つかということに個人的な関心を少しばかり寄せているはずだがね。あんたら、その試合を見たいとは思わないのか？」

「マック、おれには何とも言えねえ」スキャンロンがやっと口を開く。「おれはだいたい六時のニュースを見るくせがついているし、それに、日程表の時間を変更すると、ラチェッド師長の言うようにほんとにひどく混乱するとなりゃ──」

「日程表なんかどうでもいいんだ。シリーズが終わったら、また来週から日程表のとおりに戻ればいいんだ。ええ、おい、どうだいみんな？　夜のテレビ時間の代わりに午後テレビを見るということで、決をとってみようじゃねえか。賛成の人は？」

「賛成」チェスウィックが大声をあげて、立ちあがる。

「賛成の人はみなさん手を上げてくれ、と言ったつもりだぜ。わかったかい。では賛成の人は？」

チェスウィックの手が上がる。他の患者たちのうち何人かは、他にも賛成するような馬鹿がいるかどうかとあたりを見まわす。マックマーフィはその場の光景が信じられないようだった。

「みんな、どうしたんだ、おふざけじゃないぜ。たしか患者は取り決め事項などで投票できるんだったと思うぜ。そうでしたよねえ、先生？」

医師は顔を上げずにただうなずく。

「それじゃ、いいかね、さあて、試合を見たい人は？」

チェスウィックが手をさらに高く上げ、あたりを睨《ね》めまわす。スキャンロンは首を振りふり、椅子の腕に肘をかけたまま、手を上げる。他には誰も手を上げない。マックマーフィは一言も発することができない。

「それでお話がすんだのでしたら、ミーティングを続けたいと思いますが」と、師長。

「いいですよ」と、マックマーフィは言って、滑り落ちるように椅子に坐りこみ、彼の帽子の縁が胸のあたりにつくほどに頭を垂れる。「いいですとも。とにかく、このいまいましいミーティングを続けたらいいでしょう」

「そうとも」と、チェスウィックも言い、患者たちをにらみつけて、腰を下ろす。「そうとも、このすんばらしいミーティングを続けましょう」彼は頭をぎくしゃく前後に振り、それから、渋い顔をして、顎を胸の上に落とす。彼はいまはマックマーフィの隣りに坐っているのが嬉しい。ひどく勇敢になった気分がする。チェスウィックには初めてのことだった。敗れはしたものの、自分の主張に仲間がいたということは。

ミーティングが終わった後、マックマーフィは患者たちとは口もきかなかった。彼はそれほど腹を立て、嫌気《いやけ》がさしてしまったのだ。その彼のところに近づいていったのはビリー・ビビットだった。

「ねえ、ランドル、ぼくたちのなかにはここに、ご、ご、五年もは、は、入っている者がいる」とビリーは言った。彼は一冊の雑誌を丸めて、両手でそれをしぼるようにねじっている。その手の甲に煙草の火を押しつけられた火傷の跡があざやかに見える。「それに、ぼくたちのなかには、あんたがい、い、いなくなったあとも、このワ、ワールドシリーズが終わってからもずっと、またご、五年も六年もたぶんここにいることになる者がいるんだ。だから……ねえ、わからないかなあ……」彼は手にした雑誌を投げ出して、向こうへ行ってしまう。「ああ、いくら説明したって、だめだ」

マックマーフィはビリーのあとを追うように見つめる。白っぽい眉毛をふたたび寄せて、いかにも困惑した顔をしてみせる。
それから、その日は寝るまで他の患者をつかまえて、なぜ賛成しなかったのか彼は聞き出そうとするが、しかし、かれらが話したがらないので、ついに諦めたように見え、ワールドシリーズの始まる前日まで二度とその件については口にしなかった。その前日、「いよいよ木曜日だぜ」と、彼は言い、首を悲しげに振る。

彼はそのとき浴槽室でテーブルのひとつに坐り、足を椅子の上にかけて、一本の指に帽子を引っかけ、くるくる回そうとしていた。他の急性患者たちは部屋のあちこちにぼんやりとして、彼には注意を払わないように努めていた。金を賭けて彼とポーカーやブラックジャックをやろうとする者はもう誰もいない。というのも、患者たちが投票しようとしなかった日から、彼はすっかり腹を立て、トランプで容赦なく稼ぎまくったからだ。みんな彼にたいへんな借りができて、それ以上借金を大きくしたくなかった。おまけに、煙草を賭けてやることもできない。というのも、師長の命令でナースステーションの机の上に患者の煙草をカートン（十箱入りの箱）で置いておくことになり、一日に一箱ずつ分配するようになったからだ。師長は患者の健康のためと理屈をつけているが、それがトランプで煙草をマックマーフィにみな巻き上げられるのを防ごうという師長の思惑であることは誰もが知っている。ポーカーもやらず、ブラックジャックもやらないとなると、浴槽室はひどく静かで、わずかにデイルームからスピーカーの音楽が洩れてくるだけだった。とても静かだったから、二階の重症患者病棟の男が壁によじのぼり、ときおり何かの合図のように、ルールールゥーという叫びを発しているのが聞こえる。それは退屈しきった、感情のこもらぬ声音で、赤ん坊が眠るときにわけのわからぬことを発する叫び声に似ている。

「木曜日だ」と、マックマーフィはまた言う。

「ルウゥゥ――」二階の男が叫ぶ。

「ありゃロウラーの声だ」と、スキャンロンは天井を見上げて、言う。彼はマックマーフィに何の注意も払いたくない。「叫び屋ロウラーだ。奴は二、三年前、この病棟にいたことがある。静かにしていられなくて、ラチェッド師長のお気に召さなかったんだ。ビリー、憶えてるだろ？　しょっちゅう、ルールルーと言ってやがって、こっちの気が狂いそうだったぜ。二階のろくでなしどもをどうしたらいいか教えてやろうか。宿舎に一発手榴弾をほうりこんでやるのさ。あいつら誰の役にも立たんのだから！」

「それでと、明日が金曜日」と、マックマーフィは言う。彼はスキャンロンに話の腰を折られるような男じゃない。「そうとも」と、チェスウィックは言い、渋い顔をして部屋じゅうを見まわす。「明日は金曜日だ」

ハーディングは見ていた雑誌のページを繰る。「すると、われらが友人マックマーフィ君がここに来てからほぼ一週間になるが、残念ながら政府転覆はならなかった、チェスウィック、あなたはそう言いたいのでしょうが？　何たること、考えてみれば、彼に対してわたしどもがこれほど深い反感の淵におちいるとは――恥ずかしいことです。情けないほど恥ずかしい」

「ざれごとはよせやい」と、マックマーフィ。「チェスウィックが言っているのは、シリーズ第一戦が明日テレビで放送されるってことだ。それなのに、おれたちぁ、どうしようっていうんだ？　このいまいましい保育園をまたせっせとお掃除しようってのか？」

「そうとも」と、チェスウィックが言う。「われらがラチェッド母さんの治療保育園をだ」

浴槽室の壁に寄りかかっていると、わたしは自分がスパイのような気になってくる。わたしの手に握りしめているモップの柄は木製ではなく、金属でできている（金属のほうが電気が伝わりやすいのだ）、それに、柄の中はうつろであるから、中には小型マイクを仕込むぐらいの余地が充分にある。もしもいまの会話を師長が聞いていたら、間違いなくチェスウィックは師長にやっつけられるだろう。わたしはポケットから丸く固くなったガムを取り出し、それについた綿毛を取り去って、それを口の中に入れ、やわらかくなるのを待つ。

「もう一度考えようじゃねえか」と、マックマーフィは言う。「もしも日程表の変更の問題をおれがもう一度もちだしたら、あんたらのうち何人がおれに賛成してくれる？」

ほぼ半分ぐらいの急性患者たちが賛意を表明してうなずく。それは実際にミーティングで賛成してくれそうな数よりはるかに多い。マックマーフィは頭に帽子をまたかぶり、顎を両手でかかえこむ。

「いいか、おれにはもうわからん。ハーディングさんよ、あんたいったいどうしたっていうんだ、手でも上げたら、あのハゲタカ婆あに切り落とされるとでも思ってるのか」

ハーディングは薄い眉をひとつ吊り上げる。「たぶんそうですな。たぶん、手を上げたら切り落とされるとわたしは思っているのでしょう」

「ビリー、あんたはどうだ？　あんたも同じことを心配しているのか？」

「いいや。ぼくは師長がそんなことをす、す、するとは思わないが、しかし」——彼はそこまで言うと、肩をすくめ、溜息を洩らし、シャワーのノズルを操作する機械の入った大きなコントロールパネルの上にあがり、そこにサルのように坐りこむ——「しかし、ぼくはただ、決なんかとっても何の役にもた、た、立たないと思うんだ。け、結局はね。そんなの役に立たないよ、マ、マック」

「役に立たないだと？　ひゃあー！　あんたらみてえな連中には、その腕を上げるだけでも運動になって役に立つぜ」

「それでもやはり冒険ですよ、あなた。師長にはたいへんな才能があって、わたしたちにいまより酷い仕打ちをすることもできますからな。野球の試合ぐらいじゃ、危ない橋を渡るだけの値打ちはありません」と、ハーディングが言う。

「いったい値打ちがないなんて誰が言える？　いいか、このおれはワールドシリーズをここ数年、一度だって見のがしたことがねえんだ。ある年の九月に、むしょにいたときですら、テレビを持ちこんでくれて、シリーズを見させてくれたぜ。もしも見せなきゃあんた、奴ら暴動を起こしかねなかったからな。いまだって、あそこのドアを蹴とばして、町へ出て、どこかの酒場で観戦としゃれこんだっていいんだ。このおれと、おれの相棒のチェスウィックとでな」

「これはこれは、なかなかよい提案ですな」と、ハーディングは手にした雑誌を投げ出して、言った。「明日のミーティングでそれを提案し、賛否を問うたらいかがです？　『ラチェッド師長、本病棟を集団で怠惰酒場に移動し、ビールを飲み、テレビを見ることを提案したい』と、まあこういうふうに」

「おれはその提案を支持する」と、チェスウィック。「おお、するとも」

「集団でなんてのはくそくらえだ」と、マックマーフィが言う。「あんたらみたいな婆さんの集まりみてえな連中は見飽きたぜ。おれとチェスウィックでここから逃げ出すときにゃあ、ドアはきちっと釘で打ちつけてやるつもりだ。だから、あんたらはおとなしく中に残ってなってことよ。なにしろ、師長のママさんのお許しがなくちゃ通りを渡ることさえできねえんだろうからな」

「へえー、そうかね？」フレドリクソンがマックマーフィの背後にいて、声をかける。「じゃなにか、あんたはそのでかい男らしいブーツで、ドアを蹴とばすと言うんかい？　まさにタフガイというわけだ」

マックマーフィはフレドリクソンにほとんど目もくれない。というのも、フレドリクソンはときどきはハードボイルドぶったふるまいをするが、しかし、それはほんのわずかな恐怖心をも包み隠そうとする行為なのを彼は知っていたからである。

「どうなんだ、タフガイさんよ」フレドリクソンは続ける。「あのドアを蹴とばして、自分がいかにタフかを見せてくれようとでもいうのかね？」

「いいや、フレッド。そんなこたあ、しない。おれのブーツをすり減らしたくはないからな」

「なるほどね。それはいいさ、だがね、あんた、でかい口きいていたが、じゃ、いったいどうやってここから脱け出そうって魂胆なんだ？」

マックマーフィはあたりをぐるりと見まわす。「そうさな、その気になったら、椅子で窓の金網を叩き破ってやるさ……」

「そうかい？　破れるってんだな？　簡単に叩き破れるって？　よーし、じゃ、やってみせてくれ。さあ、タフガイさんよ。おれは破れないほうに十ドル賭けるぜ」

「マック、やるこたあねえよ」と、チェスウィックが口をはさむ。「やっても椅子が壊れるだけで、あんたが重症患者病棟へ送りこまれるのが落ちだってこと、フレドリクソンは承知しているんだから。おれたちが最初にこの病棟に移された日に、この網戸のデモンストレーションを見せられたんだ。こいつは特製なんだ。技術者が、いまあんたが足をかけているそれと同じような椅子を取り上げ、網戸に打ちつけたが、いくらやっても椅子のほうがばらばらになって、たきつけの木みたいになっちまったぜ。しかも、網戸はほとんど曲がりもしない」

「わかった」マックマーフィは言うと、あたりをぐるりと見まわす。わたしには、彼の興味がかえってかき立てられたのがわかる。師長がこの会話を聞いていないでくれと願う。聞いていたら、彼は一時間もしたら、重症患者病棟へ送りこまれてしまうだろう。「もっと重たいものがいるな。どうだ、そのテーブルは？」

「椅子と同じだ。同じ材質だし、同じ重さだ」

「よーし、じゃ考えようじゃねえか。逃げ出すために網戸を突き破らなきゃいけない。そいつを何で破るかだ。おれが逃げ出す気になっても、網戸を破って逃げることはできやしないとあんたらは踏んでいる。そうなりゃ、図に乗ってまた余計なことまで勘繰りだしやがるからな。よーしと、テーブルや椅子よりもでかいやつはと……夜ならな、そこにいる太っちょの黒んぼを投げつけてもいいぜ。奴なら重さは充分だ」

「やわらかすぎるね」と、ハーディング。「網にあたったら、ナスみたいに賽《さい》の目《め》に切れちまいますよ」

「じゃ、ベッドはどうだ？」

「ベッドではかかりに持ち上げられるとしてもですな、大きすぎるでしょう。窓枠の中に入らない」

「持ち上げるのはできるんだが、それじゃあと、ほれほれそこにあるぜ。それさ、ビリーが坐っているやつ。クランクやらハンドルやらくっついたそのでかいコントロールパネル。そいつならごついぜ。それに、重さも間違いなく充分あるはずだ」

「もちろんさ」と、フレドリクソンが言う。「だがね、こいつを持ち上げるのは、正面の鋼鉄のドアをあんたの足で蹴り開けるのと同じで、できない相談だわな」

「このパネルを使うのに何か不都合でもあるか？　固定してあるようには見えないぜ」

「そりゃ、ボルトで締めてはいねえさ――たぶん、二、三本電線が通してあるぐらいで、他には何もついちゃいめえ――だがよ、あんた、まあちょっと見てみろ」

皆じっと見る。そのパネルは鋼鉄とセメントでできており、大きさはテーブルの半分ぐらいだが、おそらく四百ポンドの重量はある代物だった。

「たしかに、見たぜ。だがどう見ても、トラックの荷台によく積んでいた干し草の束より大きいとは思えんな」

「しかし、あなた、この装置は干し草よりは少しばかり重いと思いますよ」

「四分の一トンぐらいあるぜ。きっと」と、フレドリクソン。

「奴の言うとおりだ、マック。こいつはえらく重いぞ」と、チェスウィックが言う。

「じゃあんたらはなにか、おれにはこのちっぽけなもんが持ち上げられねえと言うんだな？」

「あなた、狂人にもいろいろ格別な資質がありますが、その上、山を動かす能力まであるとは、わたしの記憶にもありませんな」

「わかった。おれには持ち上げられねえとあんたは言うんだな。よし、ちくしょうめ……」

マックマーフィはテーブルから飛び下り、緑の制服を脱ぎにかかる。Tシャツから半分だけのぞいた入れ墨が彼の腕の筋肉の上で跳びはねる。

「そんなら、誰か五ドル賭けたい奴はいないか？　やってみなけりゃ、できないときめこむのは早いぜ。五ドルだ……」

「マックマーフィ、この賭けも、師長のことであんたが約束した賭けと同じで、まず無謀と言うべきですな」

「巻き上げられてもいい五ドルを持ってる奴はどいつだ？　さあさあ、張った、張った、張らなきゃ、坐っていてくれよ……」

患者たちはみないっせいに賭けるというサインをしはじめる。ポーカーやブラックジャックでかれらは散々カモにされてきたから、仕返しができることならすぐに飛びつくのだ。しかも、この賭けは必ず勝てるものだった。わたしにはマックマーフィがいったい何を狙っているのか見当もつかない。彼がどんなに大きく、がっしりした男であるとはいえ、パネルを動かすには、彼ほどの男が三人はいる。そして、そのことを彼も承知している。彼はそれを見ただけで、持ち上げることはもちろん、たぶん、傾けることもできないということがわかっているはずだ。だが、それなのに、急性患者たちがそれぞれに借用証書にサインをし終えると、マックマーフィはパネルのところにつかつかと行き、ビリー・ビビットをひょいとかかえて下ろし、たこのできた大きな手に唾をかけ、ポンポンとそれを叩きあわせ、両肩を揺するようにまわす。

「よーしと。さあちょっとどいておくんなさいよ。おれは全力をふりしぼるときには、あたりの空気をみな吸いつくしてしまうからな。近くにいる奴は大人でも窒息して倒れるぞ。さあさあ、ずうっと下がってくださいよ。コンクリートが砕け散ったり、鋼鉄が飛んでくるかもしれないよ。女の方や、お子さんは安全なところにいてくださいよ。はい、ずうっと下がって……」

「驚きだ、やれるかもしれんぜ」と、チェスウィックはつぶやく。

「ほんと、床から動かすぐらいはやるかもな」と、フレドリクソン。

「いやいや、みごとな脱腸を起こすのが落ちでしょうな」と、ハーディングが言う。「マックマーフィ、さあもういいかげんにして、馬鹿なまねはよしにしたらどうですか。それを持ち上げられる男はいませんよ」

「下がって、下がって、この弱虫ども。おれの酸素がなくなるじゃねえか」

マックマーフィは二、三度、足を動かして足場をきめる。それから、ふたたび手を太腿のところにこすりつけ、かがみこんで、パネルの両端についている把手《とって》を握る。彼が力を入れにかかると、患者たちははやしたり、野次ったりしはじめる。彼は把手をはなし、身体を起こし、もう一度、足を動かしてみる。

「やめるか？」フレドリクソンはにやりと笑って言う。

「いいや、ただ準備運動しているだけだ。さあこんどは本番だぞ」——そう言うと、彼はふたたび把手をつかむ。

するとこんどはもう誰も野次る者はいない。彼の腕がみるみるふくれあがり、血管がその表面に浮きあがってくる。彼は目をしっかりと閉じる。唇が引きつれて、歯が見える。頭は後ろへそっくりかえり、波打つ首すじから腕、そして手の先まで、腱が鉄線で補強したロープのように浮きあがる。彼が持ち上げることができないとわかっているこのパネル、彼にはできないと誰もがわかっているこのパネルを持ち上げようと一心に努めるとき、その身体全体が激しい緊張で震える。

ほんの一瞬ではあったが、わたしたちの足もとでコンクリートが崩れる音を聞いたとき、凄い、持ち上げるかもしれない、とわたしは思った。

だが、次の瞬間、息がマックマーフィの身体から爆発したように洩れ、そして、彼はぐたりと壁に倒れかかってしまう。彼の手が破れて、把手には血がついている。しばらくマックマーフィは目を閉じたまま壁にもたれて、喘《あえ》ぐように息をしている。彼の激しい息づかいの音のほかは何も聞こえない。誰も一言も発しない。

彼はやがて目を開くと、わたしたちをぐるりと見まわす。ひとりずつ彼は患者のことを――わたしまでも――見ていく、それからポケットの中に手を入れ、ここ数日の間にポーカーで稼いだ借用証書をつかみ出す。彼はテーブルの上に身体をかがめて、借用証書を金額によって選《よ》りわけようとするが、彼の手は両方とも血で染まった鉤《かぎ》のように凍りついてしまい、指を満足に動かすこともできなかった。

とうとう彼はその借用証書の束をそのまま床の上にばらまく――おそらくそれぞれの男から四、五十ドル分ぐらい巻きあげた証書を――そして、浴槽室から出ていこうとする。しかし、彼は戸口のところで立ち止まると、周りに立っている患者たちを振り返って眺める。

「だがね、おれはとにかくやったんだ。いいかい、あんたら、おれはそれだけはたしかにやったんだ。ええ、そうだろ?」と、彼は言った。

そして、彼は出ていった。あとには床の上に血の染みついた紙片が散らばっていて、それを拾ってくれる主を待ちかまえていた。

黄いろい頭に灰色のクモの巣をかぶったような白髪《しらが》まじりの客員の医師が医局でインターンたちに話をしている。

わたしは掃除をしながら、その医師のかたわらを通る。「おや、これはいったい何者です」医師はそう言って、わたしがまるで何かの虫ででもあるかのように、つくづく見る。インターンのひとりが自分の耳を指さし、耳が聞こえないんですよ、と合図したので、客員医師は話の先を続ける。

わたしは箒を押しつづけて、大きな絵のところに来て、それと顔をつきあわせる。その絵は広報係がひどく濃い霧のとき、わたしが気づかないうちに持ってきたものだ。絵はどこか山あいの川で男が蚊鉤《かばり》釣りをしている図であり、どうやらペインヴィルの近くのオココース川のようだ——山頂の雪が松の木々の上に見えている。ひょろ長いポプラの白い幹が流れに沿って立っていて、ヒメスイバがあちこちに黄緑色をなして生えている。男は大きな岩陰のとろ場で蚊鉤を飛ばしている。しかし、そこは蚊鉤で釣る場所じゃない。六号の鉤《はり》にイクラを一つつけて釣る場所だ——蚊鉤ならむしろ下手《しもて》の瀬を流したほうがよい。

絵の中にポプラの木の間を抜けていく小道がひとつある。そこで、わたしは箒をさらに押して、その小道を少し進んでいき、とある岩に腰を下ろし、額縁の中から振り返って、インターンと話をしているあの客員医師を眺める。彼が掌にもう一方の手の指を突き立てるようにしているのをわたしは見ることができるが、上流の岩から流れ下りてくる冷たい、泡立つ流れの音のために、彼が何を話しているのかわからない。さらに、山頂から吹き下ろす風に乗ってくる雪の匂いをわたしは嗅ぎとる。もぐらの穴が芝草や野牛草《バッファロー・ウィード》の下に盛りあがっているのが目に入る。脚を伸ばし、一服するには本当に素晴らしい場所だ。

　このように腰を下ろして、昔のことを考えてみる努力をしないかぎり、人は昔の精神病院がどんなであったか、つい忘れてしまうものだ。昔の病院にはこんなふうにこっそり隠れてしまえる場所は壁にはついていなかった。テレビもなかったし、プールもなかった。一カ月に二度もチキン料理がでることもなかった。ただ壁と椅子だけ、それに着せられたら脱ぎ棄てるのに何時間もかかる拘束服だけしかなかった。昔のことを思えば病院のほうもいろいろと悟ったわけだ。「ずいぶんと進歩しました」と、ふくらんだ顔の広報係が言っていた。ペンキを塗ったり、飾りたてたり、トイレにはすべてクローム製の器具などをつけたりして、とにかく見かけは快適になった。「こんな素敵なところから逃げ出したいと思うような人間がいたらですな、そりゃもうその人はどこか狂っているんでしょうな」と、ふくらんだ顔の広報係が言っていた。

　額縁の外の医局では客員医師が両肘をかかえて、いかにも寒くてたまらぬようにふるえながら、インターンの学生たちが尋ねる質問に答えていた。医師の身体は細く、骨と皮ばかりで、その服が彼の骨にぱたぱたとまといつく。彼はそこに、肘をかかえ、震えながら立っている。おそらく、彼もまた山頂から吹き下ろす冷たい雪風を感じているのかもしれない。

霧のために、夜、自分のベッドを見つけるのさえ困難になる。わたしは四《よ》つん這《ば》いになって、ベッドのスプリングの下を手でさぐり、そこにくっつけておいたガムのかたまりを探さなければならない。だが誰ひとりこの霧に文句を言わない。わたしには、いま、その理由がわかる。霧はひどく邪魔ではあるけれど、その中にそっと隠れていれば、安心感を覚えるからだ。マックマーフィにはそこのところが理解できない。わたしたちが安全になりたいという感覚が。だから、彼はなんとかしてわたしたちを霧の外に引きずり出そうとする。わたしたちを狙われやすい広々とした外に引きずり出そうとするのだ。

地下室に冷凍した部品——心臓とか腎臓、それに脳髄など——が到着した。石炭穴《コール・シュート》から冷凍室にそれががらがらと落ちこんでいく音をわたしは耳にする。わたしには見えないが、部屋のどこかに坐っている男が重症患者病棟で男が自殺したという話をしている。あのロウラーが。トイレで便器の上に坐ったまま金玉《きんたま》を両方切り落として、出血多量で死んだとさ。同じトイレに五、六人一緒にいたらしいが、奴が死んで、床にばったり倒れるまで、誰も気づかなかったという話だ。

なぜそんなに人は性急になるのか、わたしにはわからない。わたしたちにできるのはただ待つことだけだ。

煙霧器をかれらがどのように動かすのか、わたしは知っている。海外の空軍基地には煙霧器を動かす小隊があった。情報部で敵の空襲があるかもしれないと判断したときとか、あるいは将軍が隠しておきたい秘密な物があるとき――すっかり見えなくして、基地に潜りこんだスパイにも何が起こっているのかわからないようにするとき――そのようなとき、煙霧器を使用する。

それはじつに簡単な装置なのだ。ひとつのタンクから水を吸いこみ、もうひとつのタンクから油を吸いこむ普通のコンプレッサーを用意し、その両者を一緒に圧縮する。すると、その装置の端にしつらえた黒い管からもくもくと白い霧が出てきて、九十秒で飛行場全体を被ってしまう。ヨーロッパに着陸したとき、わたしが最初に見たものが、この装置でつくられた霧だった。わたしたちの輸送機のあとを追って敵の戦闘機が攻撃してきていたので、わたしたちの機が着陸するとすぐさま、煙霧部隊がその装置をかけたのだ。わたしたちは輸送機の傷だらけの丸い窓から外をのぞき、ジープが煙霧器を機体のすぐそばに引いてくるのを見守っていた。やがてそこから霧がもくもくと出てきて、飛行場にひろがり、わたしたちの窓にもしめった綿のように迫ってきた。

中尉が吹き鳴らす小さな競技用の笛――それはガンの鳴き声に似ていた――のあとについて、わたしたちは輸送機から降りた。ハッチから外に出たとたんに、どちらを向いても三フィート以上は見えなかった。

まるでその飛行場にたったひとりで降り立ったような気がした。敵機からは安全であったが、ひどく孤独を味わった。音までが二、三ヤードも行くと霧に溶けて、消えてしまう。だから他の乗員たちの声も聞こえず、ただ、白い毛皮のようにやわらかい霧のなかからあの小さな笛が鳴りひびく音だけが耳に入ってくる。霧は非常に濃くて、自分の身体さえベルトから下はぼうっと消えてしまっていた。褐色のシャツと真鍮のバックル以外にはただ白一色しか見えなかった。それはまるで腰から下もまた霧に溶けてしまったかのようだった。

するとと、自分と同じように霧のなかに迷ってしまった他の男が突然目の前に現われる。相手の顔はそれまでに目にした人間のどの顔よりも大きく、はっきりとしている。霧のなかでは物を見ようと目をこらして見ているから、実際に何かが視界に入ってきたときには、普通のときより十倍もはっきりと細かい点までが見えるのだ。あまりにもはっきりと見えるので、二人はたがいに目をそらさなければならないほどだった。だから、他人の顔が現われると、その男の顔は見たくないと思うし、相手もこちらの顔を見たがらない。というのも、あまりにもはっきりと他人の顔を見るのは、その男の心の中まで見すかそうとしているような気がするからである。とはいえそのまま目をそらして、また相手を完全に霧のなかに失いたくもない。したがって、そこではひとつの選択をする必要がある。たとえどんなにつらくとも、霧のなかから目の前に現われるものは何でも目をこらして見るか、さもなければ、ただのんびりとかまえ、みずから霧のなかに埋没するかのいずれかなのだ。

この病棟で煙霧器が初めて使用された頃――かれらは軍放出物資販売店から仕入れてきて、わたしたちが入る前に、この新しい建物の通風口に隠したのだ――ちょうどヨーロッパ戦線の飛行場が煙霧で被われたときと同じように、わたしは霧のなかから現われた物は何でもできるだけ一心に、そして長く見つづけて、見失わないようにした。ここでは道案内の笛を吹いてくれる者もいないし、つかまって歩くロープもない。だから、何かに目をこらして見失わないということが迷わないための唯一の方法だった。それでもときどきわたしは霧のなかに迷ってしまうことがある。それは霧のなかに隠れようとして、そこに深く入りすぎてしまうからだった。そして、わたしが迷ってしまうときは、必ずと言ってよいほどに同じ場所に行きついてしまうようだった。つまり、人間の目のような鉄の鋲が並び、番号のついていない鉄のドアのところに来てしまう。わたしがどんなにそこに行くまいとしても、そのドアの背後にある部屋がわたしを引き寄せているかのようだった。まるでその部屋に巣くう魔物たちの発する電流が霧に乗って流れ出し、わたしをロボットのように電流に乗せてそこに引き寄せるかのようだった。わたしはもう永久に何も見ることができないのではないかと不安な気持ちになりながら、何日も霧のなかをさまよう。そして、しまいに、そのドアのところにたどりつく。ドアは開いていて、その内側には音を消すためのマットレスが張りつめてあり、男たちは腑《ふ》抜けのように一列になって立っている。あたりにはぴかぴかした銅線や微光を発する真空管があり、あざやかな火花を発する電気の音が満ちている。わたしもその列のなかに加わり、台の上に横たえられる順番を待つ。台は十字架の形をしており、そこには殺された数多くの人間の影が刻みこまれている。使い古されて汗で緑色に変色した皮紐の下には、手首や足首の影がしみついている。額のところを締めつける銀色のバンドには、首や頭の影がしみついている。すると、台のかたわらにある操作機を扱う技師が見守っていた文字盤から目を上げ、男たちの列を見やり、ゴムの手袋をはめた手を上げてわたしのことを指さす。「ちょっと待ってくれ。そこにいるでっかい奴をおれは知ってる――最初に後頭部に一発かましておいたほうがいいぞ。さもなきゃ、もう少し人手を集めるかどうかしたほうがいい。奴はなにしろひどい暴れかたをするんだ」

そういうわけだから、わたしは霧のなかに迷いこんで、ショック・ショップのドアのところにたどりついてしまうといけないので、いつも霧のなかに深く入りすぎないように努めるのだった。目に見えているものは何でもじっと見つめ、吹雪のなかでフェンスにすがりつく男のように、そいつを見失わないようにする。しかし、連中は霧をますます濃くしてしまうから、どんなに見失うまいとしても、一カ月に二、三度は、どうしてもわたしはあのドアのところにたどりついてしまう。それはわたしの前にぽっかりと口を開け、スパークとオゾンの酸っぱい臭いをさせて、わたしを引き入れる。どんなに努力しても、霧のなかで迷わないでいることはしだいに難しいことになっていった。

それから、わたしは名案を思いついた。霧が発生したときは、ただじっとしていて、静かにしていればあのドアのところに行かなくてすむということに気づいた。ただ困ったことに、わたしは自分からそのドアのところに行くように仕向けてしまうことだった。それは、霧のなかであまりにも長い間じっとしていると、わたしは怖くなってしまい、大声で叫びだしてしまい、奴らがわたしの居場所を見つけ出してしまうからだった。考えようによっては、わたしは連中に見つけてもらうために大きな声で叫んでもいるのだった。霧のなかに永遠に埋もれてしまうくらいなら、どんなものでも、たとえショック・ショップでもはるかにましだ、と考えてしまうのだった。しかし、いまは、わたしにはどちらがよいかわからない。霧に迷いこむこともそう悪くはない。

わたしは朝からずっと奴らがまた霧をかけるのを待っていた。この二、三日というもの、ひどい勢いで霧を発生させている。わたしの考えでは、それはマックマーフィのためだ。まだマックマーフィを自由に抑えることができていないから、奴らは彼の不意を襲おうという魂胆だ。彼が厄介な存在になるということはもう奴らにもわかっている。すでに何回となく、彼はチェスウィックやハーディング、それに他の患者たちを煽《あお》りたて、黒人たちに実際に反抗させそうなところまできていた——しかし、いつも、ちょうど患者たちが有利になりそうになると、霧が発生する。ちょうどいま、発生してきたように。

二、三分前、ちょうど患者たちがグループ・ミーティングのためにデイルームからテーブルを運び出しはじめた頃から、通風口の鉄格子の中でコンプレッサーが作動しはじめたのをわたしは耳にする。そして、もう、霧はしみだして、床の上をびっしりと這っていたから、わたしのズボンの裾がじっとりと濡れる。そして、わたしはナースステーションのドアのガラス窓を拭いていた。すると、師長が医師に電話をかけて、そろそろミーティングを開くこと、そして、午後には医局会議をやるから一時間ほどあけてくれるように、と告げている声が聞こえてくる。師長は続ける。「じつは、ランドル・マックマーフィさんの問題を討議しまして、この病棟にとどめるべきかどうか話してもよい時機だと考えますので」師長はしばらく、相手の言うことに聞き入っているが、それから、「ここ数日、彼の行動を見まして、あのように他の患者たちの気持ちを動揺させるのを放任しておくのは賢明ではないと思いますが」と、言う。

ああ、だから師長はミーティングにそなえて病棟を霧で包みこもうとしているのだ。いつもなら彼女はこんなことはしない。だが、いまは、マックマーフィを今日こそなんとか始末してしまおうとしているのだ。おそらく、重症患者病棟へ送りこもうというのだ。わたしは窓ガラスを拭いていた布を下に置いて、慢性患者たちの並んでいるところの一番端にある椅子に腰を下ろす。わたしにはそれぞれ椅子につこうとしている患者たちの姿がほとんど見えないほどだし、また、ぼんやりとあたりが曇っているのは霧のせいではなく眼鏡が曇っているのだと考えているように、しきりに眼鏡の玉を拭きながらドアから入ってきた医師の姿もほとんど見えないほどだ。

　これまでになかったほどに霧はどんどん濃くなってあたりから寄せてくる。

　わたしの耳には遠いところから来るようにかれらの話し声が聞こえてくる。かれらはミーティングを進めようとしており、ビリー・ビビットの吃音のこと、どうして吃音になったのかについて何かくだらぬことを話している。その言葉が水の中を通ってくるように聞こえてくる。霧はそれほどに厚いのだ。実際に、霧はもう水といってよいほどだったから、わたしの身体はぽっかりと浮いて、椅子から離れてしまう。そして、しばらくの間はどこがどこやら見当もつかない。浮かんでいると、まず胃のあたりが少しむかつく。何ひとつ見えない。こんなに、身体が浮かんでしまうほど霧が濃くなったのは初めてのことだ。

　わたしがふらふらとそのように浮かんでいるとき、言葉はぼんやりとなったり、大きくなったり、とぎれたり、また続いたりする。言葉は大きくなる。話をしている男のすぐ隣りにいるのが時にはわかるほど言葉は大きくなる。しかし、わたしには何も見えない。

　ビリーの声に気づく。彼は落ち着きを失っているから、いつもよりもつかえながら喋る。「……大学をち、ち、中退したんだ。予備役将校訓練部《ROTC》をやめたからなんだ。ぼくは、と、と、とても我慢できなかった。クラス担任の将校が出席を、と、と、とるとき、『ビビット』と呼ばれても、返事がぼくには出てこないんだ。ほ、ほ、本当なら、すぐに答えなくちゃいけないんだ、『し、し、し……』」その言葉が出てこないので、ビビットはつかえてしまう。まるで言葉が魚の骨かなんかのように喉につかえているのだ。彼がそれをのみこんで、また言いはじめるのがわたしには聞こえる。「ほんとなら『出席です』と言わなくちゃいけないんだ。それが、ぼくには、ど、ど、どうしてもできなかったんだ」

彼の声が消えていく。すると、師長の声が左手から鋭くやって来る。「ビリー、あなたが最初に吃ったのはいつのことか憶えている？　初めて吃ったのはいつ、憶えている？」

ビリーは笑い声とも何ともつかぬ音を発する。「さ、最初に吃ったの？　最初に吃ったのですか？　ぼくがど、ど、どもった最初の言葉は、マ、マ、マ、ママですよ」

それから人びとの話し声がまったく聞こえなくなってしまう。こんなことは初めてのことだった。おそらく、ビリーも霧のなかに身をひそめてしまったのかもしれない。他の患者たちもみな、ついに、そして永遠に霧のなかに隠れてしまったのかもしれなかった。

わたしと一脚の椅子だけがぽっかりと浮かび、たがいにつかず離れず動いていく。こんなのを見るのは初めてのことだ。椅子は霧のなかから現われて、わたしの右手にやって来る。しばらくは、それはわたしの顔のかたわらのところ、ちょうどわたしにはつかまえられないほどの距離をおいて浮かんでいる。最近では霧のなかから何か物が現われても、わたしはそんな物にかまわず、じっと坐っていて、それに執着などしない習慣がついてしまっていた。しかし、こんどばかりは昔と同じように恐ろしかった。わたしは力をふりしぼって、椅子のほうに身体をもっていき、それをつかまえようとするが、しかし力を入れようにも動こうにも支えになるものがないから、わたしはただ空《くう》をつかむだけであり、椅子のほうからやって来るのを見守るしかなすすべはない。椅子はますます近づいてはっきりとしてくる。ニスの乾かぬうちに職人が手を触れたための指紋の跡がくっきりと見えるほど近づき、しばらくそこに立ちはだかるが、やがてまた霧のなかに消えていく。物がこんなふうに浮遊するほど濃い霧はわたしも初めて見る。こんなに霧が濃くなったのは初めてだ。歩きたいと思っても、床に降りて、しゃんと立つこともできないほど、それは濃い。だからわたしは恐ろしくなったのだ。こんどばかりは、このまま永遠にどこかに漂っていってしまうのではないかと思うほどだった。

わたしのすぐ下のところに、ひとりの慢性患者が浮かんでいるのが見えてくる。それはマターソン老大佐だ。じっと例の皺だらけの長い黄いろい手のなかに書き込まれたものを読んでいる。わたしはこれが最後になるかもしれないと思ったので、まじまじと大佐を見つめる。その顔が大きくなる。わたしには耐えられないほどに大きくなる。髪の毛も、皺も、まるで顕微鏡でのぞくように、大きくなる。あまりにはっきりと見えるから、大佐の全生涯までわたしには見えてくる。その顔には南西部の陸軍兵舎ですごした六十年の生活がある。それは弾薬運搬車の鉄の車輪によって深い皺を刻まれ、二日の強行軍をする何千という兵の足にすり減らされたように痩せほそっていた。

大佐はあの長い手を突き出し、目の前に持っていくと、それを透かし見るように見入る。そして、もう一方の手を持ってきて、ニコチンで銃の台尻のような色になった木片のような一本の指で、書かれている言葉にアンダーラインを引きながら読んでいく。その声は太く、ゆっくりと落ち着いている。そして、読み進むとき、大佐の弱々しい唇から言葉が黒々と重たげに飛び出してくるのがわたしには見える。

「さて……旗は……アーメーリカだ。アメリカは……すもである。桃。西瓜。アメリカは……ゼリービーンズだ。かぼちゃの種子。アメリカは……テレービジョンである」

そのとおりだ。それはみなその黄いろい手に書かれている。わたしも大佐と一緒に読むことができる。

「さて……十字架は……メキシコだ」大佐は顔を上げて、わたしが聞いているかを確かめる。そして、聞いていると見てとると、にこっと笑い、先を続ける。「メキシコは……くるみである。はしばみの実。どんぐり。メキシコは……ニ・ジである。ニ・ジは木でできている。メキシコは……木でできている」

大佐が言おうとしていることがわたしにはわかる。大佐はここに来てからもうまる六年あまりもずっとこれと同じようなことを言いつづけてきたが、しかし、わたしはこれまで注意を払ったことさえなかった。何かを絶えず話している銅像ぐらいにしか思わなかった。全身これ骨と関節炎でできた物体で、愚にもつかぬ、たわけた定義を口走っているにしかすぎないと考えていた。だが、やっといま、彼の言っている意味がわかった。わたしはこれが大佐を見る最後かもしれないと心に刻みこもうとしてじっと見る。そして、じっと見つめるうちに、彼の言葉も理解できた。大佐は一瞬、言葉を切り、わたしのことを透かし見て、わたしが理解しているかを確かめる。そのとき、もちろん、わかっています、とわたしは大きく声をあげたくなる。メキシコはまさにくるみのようだ。それは褐色で、固くて、目で見ても、感じとることができる。まさしく、メキシコはくるみのような手ざわりだ！　大佐、あんたの言うことはわかる。立派なもんだ。奴らが考えているような狂人じゃない、あんたは。そうとも……わたしにはわかる……

だが、霧がわたしの喉につかえ、声を出すこともできない。大佐はふたたび霧のなかへ消え去っていくが、そのときも、手の上にかがみこむようにしている。

「さて……緑色の羊は……カ・ナ・ダである。カナダは……もみの木だ。小麦の畑。カ・レ・ン・ダーは……」

わたしはじっと目をこらして、大佐が消え去っていくのを見守っていた。あまりにも目をこらしたので、目が痛くなり、わたしはそれを閉じなければならない。そして、ふたたび目を開いたときには、もう大佐は消え去っていた。また、わたしはただひとり、前より以上に霧のなかに迷いこんで、ふらふらと浮かんでいく。

いまやわたしが永遠に立ち去る時が来たのだ、とわたしは自分に言いきかせる。

ピート老がいる。サーチライトのような顔をして。五十ヤードほどわたしの左手のところにいるが、まるで霧がすっかり晴れたかのように、はっきりと見える。いや、もしかしたら、わたしのすぐそばにいるのだが、小さくなってしまったのかもしれない。そのへんのところはわたしにはわからない。一度だけ彼はとても疲れたということをわたしに語りかける。そして、その言葉を聞いただけで、わたしには鉄道で働いていた彼の全生涯が見えてくる。時計の見方をおぼえようとして一心に努力している彼、鉄道の制服のボタンをきちんとかけようとして汗を垂らしている彼、厚紙を座布団代わりにした椅子にのんびりと坐り、他の人ならミステリー小説やヌード雑誌片手にできるようなやさしい仕事をなんとか人並みにやろうと全力をふりしぼっている彼、その人生をわたしは見ることができる。もちろん、ピート老は人並みに仕事ができるなんて本気で考えたわけではない――はじめからそんなことができないのは彼にもわかっていた――だが、とにかく彼は他人に追いつこうと努めなければならなかった。他人にすっかり置き去りにされないようにしなければならなかった。またそうやったからこそ、人並みの人間の世界のまっ只中とはいかないまでも、すくなくともその片隅で、四十年間も彼は生活することができた。

わたしにはそれがすっかりわかる。そして、わかるから傷つく。戦時中、軍隊でものごとがわかったために、傷ついたのと同じだ。また、パパや仲間の部族の者の上にふりかかったことがわかったために、わたしの心が傷ついたのと同じだ。わたしはそのようなものごとを見抜き、腹を立てるのはもう卒業したと考えていた。腹を立ててみてもむだなのだ。どうすることもできはしないのだ。

「疲れたよ」と、ピート老は言う。

「ピート、あんたが疲れたのはわかっているのだが、わたしがそのことでやきもきしても、あんたには何もしてやれない。わたしが何もできないのは、あんたも知っているだろう」

ピートは老大佐のあとを追って消えていく。

こんどは、ビリー・ビビットがやって来る。ピートが現われたときと同じように。かれらはみな最後の別れにと列をなして進んでくるのだ。ビリーはほんの二、三フィートしか離れていないところにいるはずなのだが、とても小さく、一マイルも離れているように見える。その顔は乞食の顔のようだ。わたしを見て、ひどく物欲しげにしている。口は小さな人形の口もとのように動く。

「それで、ぼくはプ、プロポーズしたときでさえ、へまをしてしまった。『あ、あなた、ぼくと、け、け、け、結……』と言いかけたが、とうとう女が、わ、笑いだしてしまった」

どこからやって来るのかわからなかったが、師長の声がする。「ビリー、その娘さんのことはお母さんから伺いましたよ。どうやら、その方はあなたよりはるかに劣った女性だったそうよ。それなのに、なぜそんなにおびえてしまったのでしょうね？　ねえ、ビリー」

「ぼくはその女には、ほれていたんだ」

ビリー、わたしはあんたの役にも立つことができない。あんたもそれは知っている。わたしたちではどうにもならないのだ。わかってくれ、誰かを助けようとすれば、たちまち自分のほうが隙だらけになってしまう。自分自身が抜け目なくしていなければならないんだ。ビリー、あんたもそのくらいは誰よりも心得ていなくちゃいけない。わたしに何ができる？　あんたの吃音を治してやれない。あんたの手首からカミソリの傷跡を消してあげられないし、手の甲にある煙草の火傷の跡をきれいにしてあげることもできない。あんたに新しい母親をあげることもできない。そして、師長があんたをいじめて、あんたの弱みにいやというほどつけこんで、あんたがわずかに残った誇りまで失い、恥ずかしさのあまりに、消え入るように小さくなってしまうのを見ていても、わたしはそれをどうしてやることもできない。アンツィオ（ローマの南にあるイタリアの海港。一九四四年連合軍が上陸し、ドイツ軍に苦戦した地）でのことだったが、仲間の兵隊が五十ヤードほど離れた木にしばりつけられて、太陽を顔いっぱいに受けて、火ぶくれし、水をくれと泣き叫んでいるのを見たことがある。敵はそいつを助けにわたしが這い出してくるのを狙っているのだった。出ていけば、向こうの農家からわたしは狙い撃ちになっていただろう。

　ビリー、あんたの顔をよそに向けてくれ。

　患者たちは列をなして通りすぎていく。

　どの顔も、「わたしは盲目です」と記したボール紙――ポートランドにいるスペイン系のアコーディオンを手にした乞食たちが胸に吊るしたボール紙――のように見える。ただ、その顔に書かれた文字は、「わたしは疲れた」とか「わたしは怖い」とか「わたしは肝臓が悪くて死にかけている」とか「四六時中わたしを追いまわす機械と人間にがんじがらめになっています」などである。わたしにはその文字がすべて読める。どんなに文字が小さくても、ちゃんと読むことができる。その顔のいくつかはあたりを見まわし、たがいに顔を見る。かれらも読む気になれば、他人の顔に記された文字を読みとることができるのだが、しかし、かりに読めたとして何になる？　顔は紙吹雪《コンフェッティ》のように霧のなかに飛び散っていってしまうのだ。

わたしはこれまでにないほど霧のなかに迷いこんでしまった。死ぬとはこういう状態を言うのだろう。植物患者の状態もこのようなものなのだろう。つまり、霧のなかに完全に没し、身動きひとつできない。ただ食物だけは肉体が摂《と》りつづけるかぎり与えられる。そして、ついに食べることをやめたら、焼かれてしまうのだ。だが、それもそう悪くはない。何も苦痛がないからだ。わたしはほとんど何も感じない。ちょっとした寒けだけだ。それもやがて時間とともに消えていくはずだ。

わたしの目に、隊長が今日はどういう軍服を着用すべきかを記した告示を掲示板に貼っている姿が映る。また、アメリカ合衆国内務省がトラクターでわたしたちの小さな部族に襲いかかるのも見える。

さらにわたしに見えてくるのは、パパが涸谷《かれだに》から飛び出して歩みをゆるめながら、ヒマラヤ杉の林のなかを逃げていく六点斑の大きな牡鹿に狙いをつける姿だ。パパの銃がつづけざまに火を吹き、牡鹿の周辺に砂煙が舞いあがる。わたしはパパに従って谷を出、牡鹿が平たく突きでた岩をよじのぼろうとしているところを、二発目で仕留める。わたしはパパにむかって、にっと笑う。

アンナフウニ撃チ損ズルナンテ、ぱぱラシクナイゼ。

目ガダメニナッタンダヨ。照星ヲトラエルコトガデキン。銃デ狙ッテミルト、相手ガイマデモ揺レ動ク。犬ガ桃ノ種グライノクソヲブラブラタレルヨウニ。

ネエ、ぱぱ、しどノ売ルさぼてん・ういすきーバカリ飲ンデイルト、年齢《とし》ヨリフケテシマウンダヨ。

ソウジャナイヨ、オマエ。しどノさぼてん・ういすきーヲ飲ム男ハ、モウスデニ年齢ヨリフケコンデシマッテイルンダ。サア、ハエガタカラナイウチニ、アノ鹿ノハラワタヲ抜イテオコウ。

こんなことはいま起こっていることではない。わかります？　過去の出来事はもうどうすることもできないのだ。

オイ、アンタ……

低い声、黒人の声がする。

ホラ、アノぶるーむノ馬鹿ヲ見ロヤ、眠リコンジマッテルゼ。

ソウ、ソウ、ぶるーむ族長、ソレデイイ。グッスリ眠ッテ、オトナシクシテテチョウダイ。ソウソウ。

もう寒くはない。どうやらうまくいったらしい。もう寒さのとどかないところまでたどりついたのだ。

ここに永久にじっとしていることができる。もう怖くない。奴らもここまでは力が及ばないのだ。ただ声だけが聞こえてくるが、その声も遠くへ消えていく。

サテ……びりーガ討論ヲヤメテ出テイクコトニシタヨウデス。ドナタカ問題ヲミナサンノ前ニ出シテミヨウトイウ方ハイマセンカ？

ジツハデスナ、師長サン、タマタマチョイトシタコトガアルンデスガ……

それはマックマーフィの声だ。どこか遠くから聞こえる。彼はまだ患者たちを霧のなかから引っぱり出そうとしているのだ。なぜわたしをほうっておいてくれないのか？

「……昨日《きのう》か一昨日《おととい》やった票決のこと憶えていますか？　……テレビの時間のことです。じつは、今日が問題の金曜日なので、もう一度持ち出してもよいかと考えたもんで、他の連中が多少なりとも肝っ玉ができたかどうか知りたいんでさ」

「マックマーフィさん、このミーティングの目的は治療なのです。グループセラピーなのです。ですから、そんなつまらない不平はこのミーティングにはふさわしくないと……」

「そうだ、そうだ。そんなのやめとけ。もう前に話は聞いた。おれも、他の連中も決めたじゃないか――」

「ちょっと待って、マックマーフィさん、ひとつみなさんに質問させてちょうだい。みなさんのなかでどなたか、マックマーフィさんがご自分の個人的な欲望をみなさん全体に押しつけすぎると考えている人はいないかしら？　マックマーフィさんを別の病棟へ移したほうがみなさんにとってよろしいのではないかと、わたし、考えているのですが」

しばらくの間、誰も何も言わない。それから誰かが言う。「投票させてやったらいいじゃないか？　投票ということを言いだしただけで、なぜ奴を重症患者病棟に送りこもうとするんだ？　時間を変更することが、なぜそんなに悪い？」

「まあ、驚いた、スキャンロンさん、わたしの記憶では、あなたは三日間もハンストをして、六時半のかわりに、六時からテレビをつける許可を取った方ですよ」

「おれたちは世界のニュースを見る必要があるじゃないですか、ええ？　だって、あんた、ワシントンが爆撃されるってことだってありうるし、そうなっても、ニュースを見てなけりゃ、おれたちがそいつを知るのが一週間もあとになっちまうでしょう」

「なるほど。それでは、くだらない男たちが野球するのを見るためにその世界のニュースをやめるということについてはどうお考えなの？」

「両方は見さしてくれないんでしょ、でしょうね？　そう、だめですな。ではと、いったい――いや、今週はワシントンの爆撃はないでしょうよ」

「ラチェッド師長、マックマーフィの提案どおり決をとらせてやってください」

「よろしいわ。でも、これで充分おわかりでしょうが、マックマーフィさんはみなさんの何人かの心をひどく動揺させているということね。それでは、マックマーフィさん、あなたが提案することをおっしゃって」

「午後テレビを見ることについて、決をとることを提案します」

「もう一度投票すればきっと満足するのですね？　大切な問題がまだあるのですから――」

「ええ、満足ですぜ。おれはただここにいるどの鳥に肝っ玉があって、どいつにねえかを知りたいだけですから」

「スピヴィ先生、ああいう口のきき方を聞いていますと、わたしはマックマーフィさんをよそへ移したほうが他の患者は喜ぶのではないかと考えてしまいますの」

「投票させてやれ、いいじゃねえか？」

「もちろん、させますよ、チェスウィックさん。さあ、みなさんの前に投票で決める問題が出されています。マックマーフィさん、手を各人が上げるだけでいいのですか？　それとも、無記名投票を主張しますか？」

「おれは手を見たいですな。それに、上がらない手もぜひ拝見してえんだ」

「それでは、テレビの時間を午後に変更することに賛成の方は手を上げてください」

最初に上がった手がマックマーフィの手であることは、わたしにもわかる。例のコントロールパネルを持ち上げようとしたときに、怪我をして、包帯が巻いてあるからだ。それから、向こうの斜面から、霧のなかから手が上がるのが目に入る。まるで……マックマーフィの日焼けした大きな手が霧のなかに突っこまれ、深く沈みこみ、患者たちの手をつかんで引き出してくるようだった。かれらは引き出されて、広々とした場所に現われて目をぱちくりしているようだった。最初に一人、そしてまた一人。急性患者たちはずらりとみな、霧のなかから引き出され、ついにかれら二十人全員がそこに現われて、手を上げる。それはかれらがテレビを見ることにただ賛成しただけではなく、むしろ、師長に反抗して上げた手なのだ。マックマーフィを重症患者病棟に送りこもうとする師長に、彼女の喋り方、行動のし方、長年の間、患者たちに屈辱を与えてきたやり方に反抗して手を上げたのだ。

誰も何も言わない。そこにいた誰もが、医局員ばかりか患者たち自身もが、いかに驚いているか、わたしは感じとることができる。師長はいったいどういうことになったのかわけがわからない。昨日、マックマーフィがあのパネルに挑戦するまでは、賛成する者としてはわずか四、五人しかいなかったはずだ。だが師長は、話しだしても、心のなかの驚きは少しも声音に見せない。

「マックマーフィさん、わずか二十票しかありませんね」

「二十票しかですって? いいじゃありませんか、二十票で。ここにいるのは全員で二十人——」師長の言っている意味に気づいて、彼の声は中断する。「ちょっと、師長さん、待ってくれよ、あんたまさか——」

「残念ながら提案は否決されましたね」

「あんた、ちょっと待ってくれ、ひどいぜ!」

「マックマーフィさん、当病棟には四十人の患者がおります。四十人いて、二十人しか賛成しませんでした。病棟規則を変更するためには過半数の票が必要です。ではこれであなたの提案は決着がついたものと考えます」

部屋のあちこちで手が下ろされていく。患者たちはみごとに打ちのめされたのがわかり、また霧のなかという安全な場所にそっと潜りこもうとする。マックマーフィがそのとき立ちあがった。

「これはこれは呆れはてたぜ。あんた、そんな汚いやり方でごまかそうってつもりかね？　あそこのおいぼれ鳥の票まで加えようってのか？」

「先生、彼に投票の方法を説明しておかなかったのですか？」

「悪いけど——マックマーフィ君、過半数がぜひ必要なのだ。師長の言うとおりだ。師長が正しい」

「マックマーフィさん、過半数ですよ。それが病棟の憲法です」

「そして、どうやらその病棟憲法を改正するのにも、過半数の票がいるんでしょうな。もちろんそうでしょうとも。おれもずいぶんひでえイカサマを見てきたが、こいつは間違いなく褒美もんだぜ！」

「マックマーフィさん、お気の毒ですけれど、規則にちゃんと書いてありますし、もしご覧になりたければ——」

「なるほど、あんたはこんなふうにイカサマを使って民主的にとか言ってやってきたわけだ——まさにおどろき、ももの木だ！」

「マックマーフィさん、あなたは興奮していらっしゃる。ねえ、先生、そう見えませんか？　このことを記録しておいてくださいな」

「師長さんよ、そうがたがた騒ぎなさんな。こちとらイカサマでやられたときにゃ、がなり立てる権利があるんでさ。おれたちはみごとにイカサマにかかったんだからね」

「先生、この患者の状態からして、どうでしょう、ミーティングは今日はこのへんで終わりにしては――」

「待ってくれ！　ちょっと待ってくだせえ。あの老人連中に話してえんだ」

「マックマーフィさん、票決はもう終わりました」

「あいつらに話をさせてくれ」

マックマーフィは部屋をよこぎって、つかつかとわたしたちの方に来る。彼の身体はみるみる大きくなり、その顔はまっ赤に燃えている。彼は霧のなかに手を差し伸べて、一番若いラックリーを表面に引きずり出した。

「あんた、どうだい？　ワールドシリーズをテレビで観戦したくないか？　野球だ。野球の試合だ。ただその手を上げてくれさえすりゃ――」

「女房なんかく、くそくらえ」

「わかったよ、忘れてくれ。おい、相棒、あんたはどうだ？　名前なんだったかね？――エリスだったかね？　エリスさんよ、どうだい、テレビで野球を見るのは？　ただ手を上げてくれりゃ……」

エリスの手は壁にくくりつけられているから、票として勘定するわけにはいかない。

「マックマーフィさん、票決は済んだと申したはずですよ。あなたはただ馬鹿なまねをして恥をかいているだけです」

だが、マックマーフィは師長の言葉に耳もかさない。彼は慢性患者がずらりと並んだところを進んでいく。「さあ、さあ、あんたらからただの一票もらえればいいんだ。ただ手を上げてくれりゃいいんだ。あんたらがまだ手を上げられるってことを師長に見せてほしいんだ」

「おれは疲れた」と、ピートが言って、首を大きく振る。

「夜は……太平洋である」と、大佐は自分の手を見つめ、本を読むように声をあげ、投票のことなど気にもかけない。

「あんたらのうち、一人でいいんだ。後生《ごしょう》だ、頼むぜ！　こいつはあんたらが盛り返すチャンスなんだ。そいつがわからないのか？　どうしてもこいつを成しとげなくちゃいけない――さもないと、おれたちは負けちまうんだ！　あんたらみてえなうすのろにも、一人ぐらいおれの話がわかってくれて、手を上げるのがいてもいいじゃねえか？　あんた、ゲイブリエル、どうだい？　ジョージは？　だめか？　そうだ、族長、あんたはどうだ？」

彼は霧のなかにいるわたしにかぶさるように立っている。どうして彼はわたしをほうっておいてくれないのか？

「族長、あんたが最後の頼みの綱だ」

師長はもう書類をしまおうとしている。他の看護師たちは師長のまわりに立っている。師長もついに立ちあがる。

「それでは、ミーティングはこれで終わりとし、次回に繰り越します」師長の声がわたしの耳に入ってくる。「そして、医局員の方々にはあと一時間ほどしたら、医局にお集まりいただきたいと思います。では、他に何もなければ――」

だがそのときにはもう、わたしの手が動きはじめている。あの最初の日に、マックマーフィはわたしの手に何かした。彼の手で何か魔法のようなものをかけた。だから、わたしが命令するようには動いてくれないのだ。手など上げてもむだなことは、どんな馬鹿にでもわかっている。自分の意志では、こんな馬鹿なことはしないはずだ。師長が何ひとつ言わず、じっとわたしをにらみつけている様子からして、手を上げたらこのわたしまで厄介なことになるのは目に見えている。だが、それでも、わたしはその手を止めることができない。マックマーフィの奴がきっとひそかに鉄線か何かを結びつけて、そいつをゆっくりと引っぱり、わたしを霧のなかから広々とした場所へ連れ出し、奴らの恰好の獲物にさせようとしている。マックマーフィがわたしの手を操っている、鉄線で……

いや、いや、違う。それは嘘だ。わたしは自分で手を上げたのだ。

マックマーフィは大声をあげて、わたしを立ちあがらせ、背中を叩いてくれる。

「二十一票だ！　族長の票で二十一票だぞ！　どうだい、これで過半数じゃないって言うなら、おいら帽子を食べてやるぞ！」

「いやっほうー」と、チェスウィックが叫ぶ。他の患者たちもみなわたしの方にやって来る。

「ミーティングは終わったのですよ」と、師長は言う。その顔にまだ微笑がただよってはいるが、デイルームを出て、ナースステーションに入っていく彼女のうなじのあたりは怒気で赤く染まり、いまにも破裂しそうにふくれあがっていた。

だが、師長は破裂しない。すくなくともすぐには。それから一時間ほどするまでは爆発しない。ガラス箱の中で、彼女の微笑はこれまで見たことがないほど奇妙にゆがんでいる。師長はただ坐っている。が、その肩が激しい息づかいのたびに、上下に大きく動くのがわたしにはわかる。

マックマーフィは時計を見上げて、試合の時間だ、と言う。そのとき、彼は水飲み器のところにいて、何人か他の患者たちと一緒に膝をついて、壁の腰板を拭いていた。わたしはモップ置場を、その日は十度目になるが、掃いていた。スキャンロンとハーディングはつや出し器を押して、廊下をあっちへ行ったり、こっちへ来たりしながら、新しく塗ったワックスに磨きをかけて、ぴかぴかと光り輝く8の字をそこに描いていた。マックマーフィはふたたび、そろそろ試合の時間だと思うぜ、と言う。そして、手にした雑巾をその場に置いたまま、立ちあがった。他に誰も仕事をやめる者はいなかった。マックマーフィはナースステーションのガラス箱のところを歩いていく。そこからは師長がぎらぎらと彼の姿をにらみつけているが、マックマーフィはにやりと彼女に笑いかけ、こんどこそ凹《へこ》ましてやったぞといわんばかりにふるまう。彼が頭を後ろにそらし、師長にウィンクしてみせると、師長はその顔をわずかに横にそむける。

患者はみなそれぞれに掃除を続けていたが、しかし、目の隅でマックマーフィの動きをじっと見守っている。彼は肘掛け椅子をテレビの前に引きずってきて、スイッチを入れ、そこに腰を下ろす。映像が画面の上に現われ、野球場の上に飛び出してきたオウムがカミソリの刃のコマーシャルソングを歌いだす。マックマーフィは立ちあがり、音量を上げて、天井のスピーカーから流れてくる音楽の音を圧倒してしまおうとする。それから、自分の席の前にもうひとつ椅子を持ってきて、その椅子に足を重ね合わせてのせると、深々と坐りなおし、煙草に火をつける。彼はお腹のあたりをひっかいて、そして大きなあくびをする。

「あーあっと！　いやあ、これで缶ビールとホットドッグがあったら、言うことないぜ」

師長は顔をまっ赤にし、口のあたりをぴくぴくさせ、マックマーフィをにらみつけている。彼女は一瞬、あたりを見まわし、患者たちがひとり残らず師長の出方を窺っているのを知る――黒人助手や看護師たちまでが、ちらり、ちらりと師長の方を見ている。そして、医局会議のために集まってきはじめたインターンたちもじっと見守っている。師長は口をぎゅっと結ぶ。ふたたび彼女はマックマーフィの方を見て、コマーシャルソングが終わるまで待つ。それが終わると、師長は立ちあがり、スイッチ盤のついた鋼鉄のドアのところに行くと、ひとつのスイッチを切る。すると、テレビの画像がすうっと消えて、灰色の画面に吸いこまれる。画面にはただ小さな目のような光の点が残り、そこに坐っているマックマーフィにむかって狙いをつけていた。

だが、その目に狙われても、彼はすこしも慌てない。じつをいうと、彼は画像が消されたのに気づいたそぶりも見せない。煙草を口にくわえ、赤毛の上にのせた帽子をぐっと前に傾けて、その庇《ひさし》の下からのぞき見るために、身体を後ろへ傾ける。

そして、両手を頭の背後に組み、足を前に置いた椅子にのせて、彼は坐っている——火のついた煙草をにょっきりと帽子の庇の下から突き出して、彼はテレビの画面に見入っている。

師長はこの光景をしばらくじっと我慢して見ていたが、やがてナースステーションの入口に出てきて、掃除の仕事に戻りなさい、と声をかける。しかし、マックマーフィは師長の言葉を無視する。

「マックマーフィさん、いまの時間は、作業をすることになっている、とわたしは言っているのですよ」師長の声は、電気ノコギリが松の木に食いこんでいく金属的な響きで震える。「マックマーフィさん、あなたに警告しているのです」

誰もが仕事の手を止める。師長はあたりを見まわし、それからナースステーションからマックマーフィの方にむかって、一歩踏みだす。

「あなたは刑期中の身だということ、ご存じでしょうね。ということは……あなたは、わたし、そして当病院の職員の管轄下にあるということです」師長は握り拳を高く突き上げている。オレンジがかった赤い彼女の爪は燃えるように掌に食いこんでいる。「管轄と支配のもとに――」

ハーディングが、つや出し器のスイッチを切り、それを廊下に置き去りにしたまま、マックマーフィの隣りに椅子を持ってくる。そして、そこに腰かけると、彼もまた煙草に火をつける。

「ハーディングさん！　決められた作業に戻りなさい！」

師長の声は釘を打つみたいにきんきんしていると、わたしは思う。すると、とてもおかしくなって、わたしは笑いだしてしまいそうになる。

「ハーディングさんったら！」

するとこんどはチェスウィックが行って、椅子を持ってくる。次にはビリー・ビビット、それからスキャンロン、フレドリクソン、シーフェルト、そしてしまいにわたしたちはみな、手にしたモップや箒や雑巾を投げ棄てて、椅子を持ってくる。

「みなさん――おやめなさい。おやめなさいったら！」

わたしたちはみな、そこに坐った。何も映っていないテレビの前にずらりと並んで、野球の試合をはっきりと見ることができるかのように、その灰色の画面をじっと見守る。師長はわたしたちの背後でどなり立て、金切り声をあげてわめいている。

もし誰かが入ってきて、この光景――患者たちは何も映らぬテレビに見入り、その背後で五十がらみの女性が患者の後ろ姿にむかって、規律とか秩序とか当局へ上申するとかがなり立てているこの光景――を見たならば、この人たちは全員とことん狂っていると考えてしまうことだろう。

第二部

わたしの視界の片隅に、ナースステーションの中にいる看護師長の琺瑯《ほうろう》びきのような白い顔が見えている。それはよろめくように机の上にかぶさるが、また気を取り直して、本来の姿に戻ろうと努めるので、ゆがみ、変化する。他の患者たちも外見は見ていないふりをしているが、師長を見守っている。かれらは目の前にあるテレビの空白の画面しか見ていないようにふるまってはいたが、わたしと同じで、ガラス箱の中の師長をこっそりうかがっているのは明らかだった。ガラス箱の中に入れられ他人から見られることがどのような気持ちか、いま初めて師長は味わっている。しかも、自分の顔と、逃げたくても逃げられない他人の目との間に緑色のシェードを下ろしてしまうことができたらと、他の何よりも望みながらそれができない苦しみを、初めて師長は感じている。

インターンや、助手、看護師たち、すべての者が師長を見守っている。すでに師長自身が招集した医局会議の時刻が来ていて、かれらは彼女が廊下を歩いてくるのを待っている。そして、いまや師長でも取り乱すことがあるとわかったから、これからどのようにふるまうのか見ようと待ちかまえている。師長は、かれらみなが自分を見ていることを知っている。しかし、彼女はじっと動かない。かれらが医局の方に歩きだしたときでさえ、師長は動かない。わたしは壁の中の機械までが、まるで師長が動くのを待っているように、鳴りをひそめているのに気づいていた。

どこにも、もはや霧の気配すらない。

そのとき、突然わたしは、医局の掃除をすることになっていたのを思い出した。わたしはかれらが会議をする間に、いつもその部屋を掃除することにしている。ここ数年、そうしてきた。しかし、いまはもう怖くて、椅子から立ちあがることができない。連中はわたしの耳が聞こえないと思っていたから、会議中でもわたしが掃除するのを気にもかけていなかった。だが、いまは、マックマーフィに言われて、わたしが手を上げるのを見てしまったのだから、わたしの耳が聞こえることに気づいたかもしれない。ここ数年間、わたしの耳がずっと正常に働いていて、かれらの耳だけにという意図で交わされた内密の話をわたしが聞いていたということに気づいたのではないだろうか？　もし気づいていたのなら、医局にのこのこ出かけていったら、どんな仕打ちをされるかわかったものではない。

それでも、かれらはわたしがそこに来るものと思っているかもしれない。もし行かなければ、わたしの耳が聞こえるということが確実にかれらにはわかる。かれらはわたしよりも先を読んで、こう考える。「どうだい、奴は掃除に来ないだろう。これで奴の耳が聞こえることが証明されたようなもんだ。どう処置すべきかはっきりしている……」

マックマーフィに誘われてわたしたちが霧のなかから出ていったために陥る危険な状況に、いま、わたしはまともにぶち当たっているのだ。

戸口の近くの壁に黒人がひとり寄りかかっている。腕を組み、桃色の舌先を唇のところに出したり、引っこめたりしながら、テレビの前に坐っているわたしたちを見守っている。その目も、舌先と同じように、しきりに動いているが、それがわたしの上にじっと止まる。わたしは彼のなめし皮のようなまぶたがぴくりと上がるのに気づく。彼はわたしをしばらく見つめている。グループ・ミーティングでわたしがなぜあんな行動をとったのかしきりに考えているのが、わたしにはわかる。やおら、彼は壁との接触を断ち切るように、身体を傾けてそこから離れ、そしてモップ置場のところに行き、石鹸水を満たしたバケツとスポンジを持って戻ってくる。そして、わたしの腕を引っぱりあげ、それにバケツの柄をかける。いろりの自在鉤に鉄瓶をかけるように。

「さあ、さあ、族長」と、彼は言う。「さあ、立ちあがって、仕事だ」

わたしはじっとしている。バケツがわたしの腕にかけられ揺れている。わたしは聞こえたそぶりすら見せない。この男はわたしをうまく引っかけようとしているのだ。もう一度彼はわたしに立つように言うが、わたしが動きもしないので、目をくるくる回し、天井を見上げて、大きく溜息をし、手を伸ばして、わたしの襟首をつかむと、ぐいと引く。そこでわたしは立ちあがる。黒人はスポンジをわたしのポケットに突っこむと、医局のある方の廊下を指で示す。そこで、わたしは歩きだす。

そして、バケツを手に廊下を歩いていると、ぴゅーと、師長がいつもと変わらぬ冷静なスピードと力をこめて、追い越していき、医局のドアのなかに消える。それを見ると、わたしはまた不安になる。

廊下にただひとりだけになると、あたりがじつにはっきりと見えることに気づいた――どこにも霧はない。師長がたったいま通りすぎたあたりが少し寒い。そして、天井の白い電球が光り輝く氷の棒のように凍てついた光線を投げかける。霜のついた冷凍用コイルが白い光線を放つように仕組まれているようだ。棒状の光がずっとのびて、師長がたったいま消えた廊下の端にある医局のドアのところまで達している――それはがっしりとした鋼鉄のドアで、一号棟にあるショック・ショップのドアと似ているが、ただこのドアには部屋の番号がついているし、また小さなガラスを入れた覗き穴が人の頭の高さほどのところについていて、ノックする人を見ることができるようになっている。そこに近づくと、この覗き穴から光が洩れているのに気づいた。緑色の光、胆汁のように苦い光が。その中で、医局会議が始まろうとしているのだ。だからこそこの緑色の光線が浸《し》みだしてきている。やがて会議が半ばほども進行する頃には、それが壁や窓などをべったりと覆いつくし、わたしがそれをスポンジで拭きとって、バケツにしぼりこまなければならない。わたしは、あとでその水を使い、トイレの流しを掃除するのだ。

医局の掃除はいつもいつもひどい仕事だ。会議の間わたしがきれいに片づけなければならないものがどんなものか、人には信じてもらえないだろう。それは恐ろしいものだ。毛穴から吹き出したものから作った毒物とか、大気中にあって、人体を溶かしてしまうほど強い酸性物質などだ。本当なのだ、溶かすのをわたしはこの目で見たことがある。

ある会議のときなど、テーブルの脚がのびて、ゆがんでしまい、椅子はからみあい、壁はたがいにすれあって、しまいに部屋そのものから汗を搾《しぼ》りとることさえあった。またある会議のときには、かれらがひとりの患者のことを非常に長いあいだ話したために、ついにその患者の肉体がその場に現われてしまった。かれらの前のコーヒーテーブルの上に裸で現われ、かれらの悪魔のような思考にさらされた。会議が終わるまでに、この患者は散々いじくられて、あちこち傷をつけられたことであろう。

だからこそ、医局会議のときには、わたしを必要とするのだ。かれらのやり方はとにかくひどく乱雑だから、誰かが掃除をしてやらなければならない。それに、この部屋は会議のときしか開けられないから、掃除をする人間はそこで行なわれている事柄を喋ったりすることができない者でなくてはいけなかった。

つまり、それはわたしなのだ。わたしはこの仕事にずいぶん長い間たずさわっている。この医局と旧館にあった古い木造の医局をスポンジで拭き、埃をはらい、モップをかけてきた。だから医局員も、たいていわたしの存在に気づきすらしないほどだった。わたしはあちこち動きまわって仕事をしていくが、かれらはまるでわたしが存在していないかのように、わたしの身体を素通しに見ることができる――もしわたしがそこに行かなければ、かれらは、おや今日はバケツとスポンジがあたりにふわふわと動きまわらないな、と思うだけだろう。

だが、今日は、わたしがドアをノックし、師長が覗き穴から見たとき、彼女はまじまじとわたしを見つめる。そして、いつもより時間をかけて、ドアの錠をはずし、中へ入れてくれる。その顔はもういつもの顔に戻っている。いつものとおり強靭《きょうじん》だと、わたしには思える。他の人びとはわたしにかまわずコーヒーに砂糖を入れたり、煙草を隣りの男からもらったりしている。それはいつもの会議の前の様子と変わらないものだったが、しかし、あたりの空気に、ある緊張感がただよっている。最初、それはわたしのせいだ、と思った。それから、わたしは師長がまだ席についてもいないし、コーヒーを持ってきてさえいないことに気づいた。

師長はわたしを部屋の中に入れ、そして、彼女のかたわらをわたしが通りすぎたとき、その二つの目でじっと刺すようにわたしを見る。そして、わたしが入ったあと、ドアを閉め、錠をかけると、くるりとこちらを向いて、もう一度、わたしのことをにらみつける。師長がわたしを疑っているのは明らかだ。マックマーフィにあれほど公然と反抗されたことで、彼女はすっかり動揺してしまい、わたしのことなどに注意を払う余裕はなかったのではないかと、わたしは望んでいた。だが、師長は動揺したそぶりすら見せていない。いまその頭脳は冷静で、提案に賛成して手を上げるようにと言ったあのマックマーフィの頼みを、どうしてこのブロムデンが聞きとることができたのかを考えているのだ。どうして、ブロムデンがモップを棄てて、他の患者たちと一緒にテレビの前に坐ったのかと考えているのだ。他の慢性患者は誰ひとりそんなことはしなかった。もしかしたらこのブロムデン族長をもう一度検査すべき時期が来ているのではないだろうかと、彼女は心の中で問いかけているのだ。

わたしは師長に背中を向けて、スポンジを手に部屋の片隅を磨きはじめる。わたしはスポンジを頭の上の方まで突きあげ、部屋にいる人にいかに緑色のよごれがついているか、そしてわたしがいかに一心に働いているかがわかるようにする。それから、わたしは身体を二つに折って、激しく壁を磨く。だが、どんなに一生懸命に働き、背後にいる師長の存在を意識していないようにふるまおうと努めてみても、戸口のところに立って、わたしの頭の中にドリルを差しこんでいる彼女を感じざるをえない。しまいにわたしの頭は、彼女にみごとぶち抜かれてしまうかもしれない、そして、彼女が視線をそらさないとしたら、やがてわたしも負けてしまい、叫びだし、かれらにほんとのことをすべて喋ってしまうかもしれない。

だが、そのとき師長は、自分自身もまた見られている——他の医局員たちに見つめられていることに気づいた。師長がわたしのことをいぶかしく思っているのと同じように、医局員たちも師長のことをいぶかしく思い、デイルームにいるあの赤毛の男をどうするつもりだろうかと考えていた。かれらはじっと見つめ、師長があの男について何と言うだろうか訊《き》きたがっているが、部屋の隅に這いつくばっている愚かなインディアンのことなど気にもかけていないのだ。かれらはじっと師長の出かたを待っている。そこで、師長はわたしから目を離すと、コーヒーを注ぎ、席につく。砂糖をかきまぜるのも、非常に慎重な手つきですから、スプーンが茶碗の縁にさわりもしない。

言葉を切りだしたのは例の医師だった。「ではみなさん、そろそろ始めることにしては？」

医師はコーヒーをすすっているインターンたちに微笑を送る。師長の顔は見ないようにしている。師長があまりにも静かにそこに坐っているから、かえって医師は落ち着かず、もじもじ身体を動かす。彼は眼鏡を取り出すと、それをかけ、腕時計を見、その竜頭《りゅうず》を巻きながら、話を続けていく。

「十五分過ぎですな。定刻を過ぎてしまいました。さてと、みなさん大部分の方がご承知のように、今日の会議はラチェッド師長の要請によって開かれました。グループセラピーの前に、師長はわたしに電話をしてこられて、マックマーフィが病棟内で問題を起こす可能性があると考えていると言われました。先ほど現実に起こったことを考えあわせますと、まことに鋭い直感を師長はお持ちであったといえないでしょうか？」

彼は時計を巻くのをやめる。それ以上巻けば、ゼンマイが切れて、あたり一面に時計がばらばらに飛び散ってしまいそうになるほどネジが固くなったので、やめたのだ。そこで、医師は時計に微笑を送り、じっと坐って、手の甲を桃色の小さな指でかるく叩きながら、待っている。だいたい会議もこのあたりまで来ると、師長が喋りだすのだが、今日は彼女は何も言わない。

「今日のような事件がありましたから」医師は続ける。「われわれが担当しているこの人物が普通の人間じゃないということは明らかでしょう。それはもう、まことに明白です。それに、彼が不穏分子であることと、これまた明白であります。そこで——ええと——わたしの見るところですな——今日の討議の方針としては、彼をどう扱うべきかを決定することでありましょう。師長がこの会議を招集されたのは——ラチエッド師長、わたしが間違っていたら訂正してくださいよ――招集されたのはですな、現状をよく話しあい、マックマーフィをどうするかについて医局員の意見を統一させておくためであると考えておりますが？」

医師は師長に何とか言ってくれと頼むような視線を投げる。しかし、師長は何も言わない。彼女は天井に顔を向けて、おそらく埃でもついているかと探しているのだろう。医師が話した言葉は何ひとつ聞いていなかったようなそぶりを見せている。

医師は部屋の端に並んでいるインターンたちに目をやる。インターンたちはみな一様に脚を組み、膝の上にはコーヒー茶碗をのせている。「諸君はどうだ」と医師が話しかける。「この患者について適切な診断を下すには君たちに充分な時間がなかったのはわたしも知っているが、しかし、君たちも今日の彼の行動を見る機会を得たわけだ。で。どう考えるかね、君たちは？」

質問されて、インターンの顔がみな上がる。巧妙に、医師はかれらもこの問題の討議の仲間に加えたのだ。インターンたちはみな、医師から師長へ視線を移す。わずかな間のうちに、師長はどういうわけかふたたび前の権力を取り戻してしまっていた。ただそこに坐り、にこにこと天井を見上げて、何ひとつ喋らないで、彼女はふたたび主導権を奪いかえし、ここでは自分が何事につけても力を持つ人間であることをすべての人間に意識させたのだ。もしもこの若者たちが彼女の意に反するふるまいでもすれば、かれらがポートランドのアル中患者だけを収容する病院でインターンを終えることになるのは必定であった。かれらも医師と同じようにもじもじしはじめた。

「あの患者はたしかに他の患者に動揺を与える存在ですね」最初に発言したインターンはあたりさわりのないことを言う。

インターンたちはここでみなコーヒーをすすり、その発言を考える。それから、次のインターンが、「それにですね、現実に危険なことを起こす可能性もあります」と言う。

「そのとおり、そのとおりです」と、医師が言う。

そのインターンはうまく解答の鍵を見つけたのかもしれないと考え、さらに続ける。「実際に、かなりの危険分子だ」彼はそう言って、椅子から身体を乗り出す。「頭に置いておかなくちゃいけないのは、この患者が刑務所の作業農場を逃げ出し、比較的贅沢《ぜいたく》なこの病院に潜りこむのが唯一の目的で暴力行為を働いたことです」

「計画的暴力行為というわけだね」と、最初に発言したインターンが言う。

すると、三番目のインターンが小さい声で言う。「もちろん、この計画の性質から見て、彼がたんに抜け目のないペテン師で、精神的にはまったく病気ではないということも指摘できるわけだ」

そのインターンはこの発言が師長にどのように受け取られるかを見るように、視線を走らせるが、師長があいかわらず微動だにせず、何の反応も見せないことに気づく。だが、他の医局員たちは、このインターンのことをにらみつける。彼が何かとんでもなく下品なことを口にしたかのように。彼はすぐにだいぶ的外れのことを言ってしまったのに気づき、くすくす笑い、そいつは冗談だとごまかしてしまおうとし、こうつけ加える。「つまりですね、『歩調を乱す者は別の太鼓の音を聞く』（H・D・ソーローの言葉で、人それぞれの個性を尊重しようという意味）というやつと同じでね」――だがもう間に合わない。最初のインターンが、コーヒー茶碗を下に置き、ポケットから拳ほどもあるようなパイプを取り出して、その男の方に向きなおる。

「率直に言うと」と、彼は三番目のインターンに言う。「アルヴィン、君には失望したね。あの患者の病歴を読まなくたって、この病棟での彼の行動を注意して見ているだけで、君の意見がいかに馬鹿げたものであるかは充分にわかる。あの患者はひどく病的だ。それだけじゃない。明らかに潜在暴力症だと思うね。師長がこの会議を招集したのは、その疑いがあるからだとぼくは思う。精神病患者の最たるタイプであることに気づかないかね、君は？　これほど明確な症状はいままで見たことも、聞いたこともない。あの男はナポレオンや、ジンギスカンやアッチラ大王に比すべき人物だ」

もうひとりのインターンがこの意見に同調する。彼は師長がマックマーフィを重症患者病棟に送るとか言っていたことを思い出したのだ。「ロバートの言うとおりだ。アルヴィン、君は今日あそこであの患者がどういう行動をしたか見なかったのかい？　彼は自分の計画がだめになると、椅子からとびあがり、いまにも暴れそうになったじゃないか。いかがです、スピヴィ先生、彼の病歴のなかで暴力のことはどうなっているか、話してくれませんか？」

「規律とか権威に対してはとくに反抗する態度をとるそうだ」と、医師が言う。

「そうでしょう。アルヴィン、彼の病歴を見れば、彼が過去に何回となく権威者――つまり、学校でも軍隊でも刑務所でも――権威を代表する人物に対してあからさまに敵意を示して反抗してきたことがわかる。それにだぜ、今日の投票騒ぎのあとの彼の行動からして、将来どういうことになるか、われわれとして結論が引き出せるきっかけがつかめたとぼくは思う」彼はそこで言葉を切り、顔をしかめてパイプに見入る。それから、パイプを口に戻し、マッチをすり、大きなはじけるような音をさせて、パイプの中にマッチの炎を吸いこむ。火がつくと、彼は黄いろい煙のなかからこっそりと師長の顔をうかがう。師長の沈黙を賛意と考えたにちがいない。彼は前よりも熱心に、確信をこめてまた喋りだした。

「アルヴィン、まあちょっと考えてみたまえ」と彼は言う。その言葉は煙で綿のようにふんわりとやって来る。「考えてもみたまえ、個人面接療法のとき、マックマーフィ氏とわれわれが二人だけになったら、どういうことになるか。たとえば、君が患者の精神にはとりわけ苦痛になることを話題にして、その壁を打ち破る寸前まで来たとする。彼のほうはもうこれ以上君の——そうだな、彼なら何と表現するかな——君の『いまいましい青二才の学生じみた質問』には我慢ができないと決心する。そのとき、君は敵意を示してはいけないと彼に言うと、彼は『敵意がどうした』と刃向かう。そこで、落ち着くように君は言う。もちろん、権威のある声音《こわね》でだ。すると、彼は飛びかかってくる。二百十ポンドもある赤毛のアイルランド人の狂人であるあの男が、間にあるテーブルを飛びこえて君に襲いかかってくるんだぜ。そんなことになったとき、君は——いや、これについちゃ君だけでなく、ぼくたちの誰が——マックマーフィ氏を抑える用意があるだろうか？」

彼はばかでかいパイプを口の隅にまたくわえこみ、膝の上に両手を置いて、待つ。みなマックマーフィの分厚い赤い腕や、傷跡のある手、そしてTシャツから赤錆のついた楔《くさび》のように突きでた首などを思い起こしていた。アルヴィンと呼ばれるインターンはそれを思い出しただけで、顔面蒼白となった。それはまるで仲間のインターンが彼に吐きかける煙草の黄いろい煙の色で、顔が染められてしまったように見えた。

「それでは、君はマックマーフィを重症患者病棟に送ったほうが賢明だと考えるわけですな？」と、医師は尋ねる。

「それがまあ、少なくとも安全策だろうと考えています」パイプの男は答えて、目を閉じてしまう。

「ぼくも自分の意見は取り下げ、ロバートに賛成したいと思います」と、アルヴィンはすべての人びとにむかって言う。「ぼく自身の身の安全を考えましてもね」

皆この発言に笑いだす。師長の望んでいる計画をやっと探り当てたのがわかったせいか、かれらはいまはだいぶ楽な気分になったようだ。パイプをくわえた男は別だが、他の連中はみなそれでほっとしたのか、コーヒーをすする。パイプの男は自分の意見のなりゆきをずっと気にしているが、やたらにマッチをすったり、パイプを吸ったり、煙を吐き出したり、唇を鳴らしたりする。するとやっとのことで、またパイプが彼の満足のいくように燻《くすぶ》りだした。それから、彼は少し誇らしげに言う。「そのとおり、赤毛のマックマーフィには重症患者病棟が適切だとぼくは思う。ここ数日彼を観察してきて、ぼくが考えついたことを話そうか?」

「統合失調症反動かい?」と、アルヴィンが尋ねる。

パイプの男は首を振る。

「反動形成的潜在性同性愛かい?」と、三番目のインターンが言う。

パイプの男はまた首を振る、そして目を閉じる。「いや」彼は言い、にこにこ笑って部屋じゅうを見まわす。「陰、性、エ、デ、ィ、プ、ス・コ、ン、プ、レ、ッ、ク、ス、だ」

これには皆、異口同音に賛意を表明する。

「たしかに、その症状を示す点がたくさんあるとぼくは考えている」と彼は言う。「しかし、最終的に下される診断が何であれ、ひとつだけ頭に入れておいてほしい。それは、われわれの相手が並みの男じゃないということだ」

「ギディオンさん、あなたの意見は間違っています、たいへん間違っています」

発言したのは師長だった。

頭がみな師長の方を向く――わたしの頭も、だがわたしはそれを抑え、頭の動きをそらせて、頭上の壁のところに見つけた汚れをこすり落とすふりをする。明らかに、誰もかれもこの発言にとまどってしまっている。師長が望んでいること、師長自身が会議で提案しようとしていること、それをかれらが提案しているものと考えていたからだ。わたしもそう思っていた。これまでにマックマーフィの半分ほども乱暴でない男たちを師長が重症患者病棟に送りこむのをわたしは見てきた。しかも、それが、他人に唾を吐きかけるような可能性があるというケチな理由のためにだ。ところが、どうだろう、いまは自分に、そして他の医局員たち全員に反抗したこの牡牛のように手に負えぬ男、彼女自身、つい先ほどは病棟から追放するとほとんど明言していたこの男をかかえていながら、師長は「ノー」と言っている。

「いいえ、わたしは賛成できませんね、全面的に」と言って、師長はにこやかに全員を見わたす。「マックマーフィを重症患者病棟に送るのにわたしは反対です。それではただたんにわたしたちの問題を別の病棟に移すという安易な方法をとるだけになってしまいます。それにわたしは、彼が何か特別な存在――つまり、何か〝超〟統合失調症であると考えないのです」

彼女はそこで言葉を切り、待つが、しかし誰もそれに反対しようとはしない。初めて、彼女はコーヒーを一口すする。茶碗が口から離れたとき、そこにオレンジがかった赤い色がついている。わたしは思わず茶碗の縁をまじまじと見てしまう。師長はそんな色の口紅をつけているはずはない。茶碗の縁についたその色は熱気から生じたものにちがいない。師長の唇に触れてその縁に火がつき、燃えだしたのだ。

「わたしもマックマーフィ氏が不穏分子であると気づいたときに、最初に考えたことは、当然ながら、重症患者病棟に送るということであったのは認めます。ですが、いまとなっては手遅れだと思います。彼をよそへ移したからといって、当病棟が受けた被害を消せるでしょうか？　とても消せません。とくに今日のようなことが起こったあとでは消せないとわたしは考えております。もしもいまマックマーフィを重症患者病棟に送れば、まさしくそれは他の患者たちの期待どおりになってしまうと思いますよ。それでは、彼は患者たちにとって殉教者的存在になってしまいます。この男がつまり――ギディオンさん、あなたがおっしゃったような〝特別な人間〟ではないということを知る機会を、患者たちは永遠に失ってしまうことになるのです」

師長はまた一口コーヒーを飲む、そして茶碗をテーブルの上に置く。荒々しく置いたから、茶碗がまるで議長の手にする小槌《ギャヴェル》のような音を発する。その音に、三人のインターンはみなはっとしてきちんと坐り直す。

「大切なのはそこです。彼は特別な人間ではないのです。たんに一個の人間であって、それ以上の者ではありません。ですから、他の人間と同じように恐怖心も持っていますし、卑怯なふるまいもしますし、また臆病でもあるはずです。もう二、三日すれば、彼はきっとその正体をさらします。わたしどもに対してばかりでなく、他の患者たちにもその正体をさらすだろうと、わたしは確信しています。この病棟に彼をこのまま置いておけば、きっとあの元気もなくなりますし、ひとりででっちあげた反乱もやがて尻すぼみに消えてなくなるでしょう、そして」――師長は、他の人が気づいていない何かを知っているようににこやかに笑う――「われらが赤毛の英雄さんも消えほそって、取るに足りない人間になりますよ。患者たちもその正体を知り、軽蔑する存在になりはてますよ。チェスウィックさんというよいお手本をご存じでしょう。あの人みたいに石鹸箱《ソープボックス》（街頭演説の演台によく使われたもの）の上に乗り、あとに続く者を求めて大声でまくし立てるようなタイプのほら吹きになってしまう。そうなれば、個人としてのマックマーフィが本当の意味での危険性をはらむ瞬間というものは去ったといえるのです」

「しかし、マックマーフィはぼくにはどうしても臆病者とは思えませんけど」パイプの男は自分の主張を弁護し、少しばかり面子《めんつ》を保つ努力をしなければならないと思ったようだ。

この発言に師長は腹を立てるのではないかとわたしは思ったが、しかし彼女は怒らない。ただ、いまに見ていなさい、といった眼差しでインターンを見やり、言う。「キディオンさん、わたしは彼が文字どおり臆病者であるとは申しませんでしたよ。そんなことは申しません。彼はただある人物が非常に好きなだけです。統合失調症患者として、彼はランドル・パトリック・マックマーフィなる人物が大好きですから、その人物を不必要に危険にさらすことはできないのです」こんどこそ確実に彼のパイプの火を消してしまうような微笑を師長はインターンに投げかける。「ですから、もうしばらく待ってさえいれば、われらが英雄は——そう、あなたたち大学生の言葉で何と言ったかしら——役を下りるわ。下りるでいいのかしら？」

「しかし、待つといっても何週間もかかるかもしれませんし——」その男は言いだす。

「何週間かかっても結構よ」と、師長は言う。彼女は立ちあがる。その表情は晴ればれとしていて、一週間前にマックマーフィがやって来て、師長の心を悩ませはじめてからわたしが初めて見る満足しきった顔であった。「何週間でも、いや何カ月でも、必要なら何年でもいいのですよ。よろしいですか、マックマーフィ氏の処置は当病院に委託されているのです。当病院に収容する期間は全面的にわたしどもにまかされていることですから。さて、もし他に何も質問がなければ、これで……」

師長が医局会議の席であれほど自信ありげにふるまっていたのを見て、わたしはしばらくの間ずいぶんと心配していたが、しかし、マックマーフィは少しも気にかけていなかった。その週末から、次の週も、彼はあいかわらず師長や黒人助手たちを押しまくり、他の患者たちは心のなかで快哉《かいさい》を叫びつづけていた。彼はみごとに賭けに勝ち、約束したとおりに師長を怒らせた。そして賭け金を徴収した。だが彼はそこでおとなしくするどころか、さらに調子に乗ってそれまでと同じようにふるまった。廊下のあちこちで大きな声を出し、黒人たちをからかって大笑いし、医局員すべてにどうにも手に負えないという感じを与えた。それればかりか、あるときなどは師長のところにつかつかと歩みよって、あんたのそのどでかいボインちゃんは正確に計ったらいったい何インチあるのか、よかったら教えてくれないか、と尋ねたことさえある。さすがにこれには師長も怒りを隠そうと力を尽くしてみたが、できなかった。彼女は返事もせずに歩み去った。自然の女神がいたずら気を起こして、あの特大の女性のシンボルを自分につけてくれたことなどまったく知りませんというように、そして、マックマーフィやセックスやその他、弱いもの、肉なるものとは無縁だといわんばかりに、師長は彼のことを無視して歩み去った。

師長が掲示板に貼り出した仕事の分担表で、自分がトイレ掃除に当たっているのを見出したマックマーフィは、ナースステーションに行って、師長の例のガラス箱をこつこつと叩き、名誉ある仕事をいただいて個人的に感謝していますし、便器を掃除するたびに、師長のことを思い起こすようにします、と言った。すると師長は、そんな必要はありません、ただ自分の仕事さえしてくだされればよい、それで充分ですのよ、どうも、とやり返した。

　マックマーフィの便器の掃除ときたら、便器の中をほんの一、二度ブラシでくるくるとこするだけだ。それも精いっぱい声を張りあげて、大げさに振りまわすブラシと調子を合わせて歌をがなり立てながらやる。そのあとで、クロロックス（漂白剤の商標名）をざっと流しこみ、それで終わりだ。「これで充分だ」と、彼は黒人に言う。黒人はマックマーフィがあんまり雑に仕事をするので叱りつけにやって来たのだ。「あるお方にはきれいじゃないかもしれねえがね、しかしおれとしてはこの中に小便をする気でいてね。べつにこいつで昼飯を食おうというわけじゃねえからな」そして、黒人が手に負えなくて師長に訴えたものだから、彼女もついに負けて、マックマーフィのトイレ掃除ぶりをわざわざ見にやって来た。そのとき、師長は小さな手鏡を取り出し、便器の縁の下にそれをかざして見た。彼女は歩きながら、首を振り振り、「まあ、これはひどい……これはひどい……」とひとつひとつ便器を見るたびに言う。すると、マックマーフィは師長のすぐわきにへばりつくようにして歩きながら、師長を見下ろすようにウィンクをし、いかにもそれに答えるように「いや、こいつは便器です……こいつは便器でやす……」と言うのだった。

　しかし、このときも師長は自制心を失わなかった。いや、失うようなそぶりすら見せない。彼女はトイレのことでマックマーフィを叱る。他の連中にやるのと同じ調子で、やんわりと、慌てず騒がず、ぐいぐいと締めつける。その間、彼は師長の前にじっと立っている。頭を垂れ、ブーツの一方の先に、他の一方の先を重ねて、その姿は叱られている小僧っ子といったていだ。そのくせ彼もまた「でも師長、おれはいつも一生懸命にやっているんだ。だがね、おトイレ部長としちゃどうやら成功しそうもないんでやす」とやり返す。

あるとき、彼は小さな紙片に何か書きつける。異国のアルファベットのような奇妙な文字を書きつけ、そしてひとつの便器の縁の下にそいつをガムのかたまりでくっつけておく。師長がその便器のところへやって来て、例の手鏡を突きだしたとき、そこに映し出された言葉におっと驚き、便器の中に鏡を落としてしまった。だが、師長は取り乱したりしなかった。自信に満ちて、また例の人形のような顔に、人形の微笑をとり戻す。師長は便器から身体を起こすと、ペンキもはがしてしまいそうな眼差しでマックマーフィを眺め、トイレをきれいにするのがあなたの役目で、汚くすることじゃありません、と言った。

病棟で清掃作業が行なわれるということは、じつのところ、ほとんどなくなってしまった。計画表で清掃と定められている午後の時間がやって来るとすぐに、テレビで野球放送をする時間になってしまう。すると誰もかれも、テレビの前に椅子を並べ、夕食の時間までそこを動かなくなる。ナースステーションで電気を切ってしまい、何も映らぬ灰色の画面しか見ることができないのだが、そんなことはたいして問題ではなかった。というのも、マックマーフィが何時間もわたしたちを楽しませてくれたからだ。彼は坐って、雑談したり、いろいろな物語をしてくれる。木材の伐採場でトラックを運転して、一カ月で千ドル稼ぎ出したが、あるカナダ人と斧投げの競争をやってすってんてんにされた話とか、彼とひとりの仲間とで、ある男をうまうまと口車に乗せて、オレゴン州西部のオルバニーのロデオ大会でインド牛に乗せた話、しかも目隠しをしたまま「いいかい、目隠しをしたのは牛のほうじゃなくて、そいつのほうだぜ」といった話をする。目隠しをしておけば牛の奴がぐるぐる回りだしたとき、目が回ることはないとその男に嘘をついて、それからバンダナで見えないほど目のところをしばりつけると、そいつを後ろ向きにして牛に乗せてやったというのだ。マックマーフィはその話を二、三度したが、思い出すたびごとに帽子で膝を叩き、大笑いをした。「目隠しをして、あんた、後ろ向きにだぜ……それなのに驚いたことに、奴はついに乗りこなして、賞金をせしめやがった。それで、おれは二等だ。奴が振り落とされてりゃ、おれが一等で、ちょっとした賞金を手に入れてたのになあ。だがね、こんどそんな曲芸やるときには、おれなら牛の野郎に目隠ししてやるぜ」

脚を叩き、頭をのけぞらせ、彼は大声で笑いに笑う。そして、自分の隣りに坐っている男は誰かれかまわず親指でくすぐり、その男も笑わせようとする。

その週は何回となく彼の全開の笑いをわたしは聞いたし、彼が腹をかき、大きな伸びをし、大あくびをし、後ろにのけぞっては冗談を交わしている相手の男にウィンクを送るのを目にした。万事、彼は呼吸するのと同じように自然にふるまっていたから、わたしは師長と彼女の背後にあるコンバインのことを心配するのはやめにした。思うに、マックマーフィは自分を守り通すだけの強靭さを持っているのだ。師長が期待しているように後退するようなことはけっしてない。彼は本当に特別な存在なのかもしれないと、わたしは思う。彼はあるがままの姿の人間なのだ。そうなのだ。おそらく、あるがままの姿になりきっているからこそ彼は強いのだ。この長い年月の間にも、コンバインは彼を変えることができなかったのだ。それなのに、なぜそれを二、三週のうちにできると師長は考えているのか？ 彼は、奴らにひん曲げられて、新しい人間に変えられるようなことは絶対にない。

それからしばらくして、わたしは黒人たちの目をかすめてトイレの中にひそみ、鏡に映るわたし自身の姿を眺める。そして、人間があるがままの自分になるというようなどでかいことをやりとげることは、いったいどうして可能なのかと考えてみる。鏡の中にはわたしの顔があった。浅黒い、厳しい顔で、高い頬骨のためにその下の頬が斧で削りとられたように見える。目はまっ黒で、厳しく、卑屈な表情をたたえていて、それはパパの目や、テレビで見るあのひどい、野蛮なインディアンの目とそっくりだ。それを見ていて、それはわたしじゃない、そいつはわたしの顔じゃない、と考える。わたしがその顔になりきろうとしていたときも、それはわたしの本来の姿ですらなかった。そのときにも、わたしは本当にはわたしでなかった。わたしはただ外見のわたしになっていたにすぎない。他人が望むままのわたしになっていたのだ。わたしはこれまでわたしであったことすらないように思える。マックマーフィはどうしてあるがままの彼になりきることができるのか？

彼が初めてこの病棟に入ってきた時とはまた違った面のある彼をわたしは見ていた。ただたんに大きな手と赤毛の頬髭と折れた鼻の頭に浮かべる笑い以上のものを、わたしは見ていた。その顔や手に似つかわしくないことを彼がするのをわたしは見ていた。たとえば作業療法のとき、絵を描くというようなことを彼はする。それもどこを塗ったらいいかを示す線とか数字など何ひとつないまっ白な紙の上に、ほんものの絵の具で絵を描く。あるいはまた美しく、流れるような筆跡で誰かに宛てて手紙を書くといったようなこともする。彼のような外見の男がどうして絵を描いたり、人に手紙を書いたりすることができるのか？　あるいは、いつか彼の出した手紙が返送されてきた時に見せたように、どうしてあれほど驚き、心配気な様子を示すことができるのか？　そのようなことは、ビリー・ビビットやハーディングからなら期待しても不思議はなかった。ハーディングは絵を描いても当然のような手を持っている。ただ彼はその手で絵を描いたことはない。その手をだまして、無理やりに犬小屋用の板をノコギリでひかせていた。マックマーフィはそんなことはしない。自分の外見の姿にこだわって何らかのかたちで自分の本来の生活を変えるというようなことはしなかった。それはちょうど、コンバインに屈してかれらが望むような人間に自分を変えることがなかったのと同じだった。

わたしはいつもと違うものごとを数多く見ることができた。思うに、金曜日のあのミーティングで、煙霧器を全開にし過ぎたために、壁の中に仕込まれた機械が壊れてしまったのかもしれない。だからもう霧やガスを送り、物の外見をぼかしてしまうことができないのだ。ここ数年間で初めて、かつてわたしが目にする人間のまわりを象《かたど》っていた黒い輪郭が消え去っていたし、ある夜など、わたしは窓の外の景色すら見ることができた。

前にも述べたが、夜はいつもベッドに追いやられる前に、わたしは錠剤をのまされる。それをのむと、わたしはすっかり意識を失って、身動きもとれなくなってしまう。また、たまたまその薬の効果がおかしくなって、目を覚ますような場合、目に何かがこびりついたようになっていて、宿舎には煙が充満している。そして、壁の中に仕込まれた電線は極限にまで電流が走っていて、ひん曲がり、スパークし、空気中に憎悪と死の火花を散らせている――その光景はあまりにもすさまじく、わたしはいつも枕の下に頭を隠して、眠りにかえろうと努力するのだった。そして、そっと外をのぞき見るたびに、そこには髪の毛の焼ける臭気がたちこめ、熱した鉄板の上でベーコンが焼かれるような音がしているのだった。

だが、ある夜のこと、例のはでなミーティングから二、三日たった夜のこと、わたしが目を覚ますと、宿舎には霧ひとつなく、あたりは静まりかえっていた。患者たちの静かな寝息の音と、ふたりの植物患者の老人の貧弱な肋骨の下で中の部品がゆるんでがちゃがちゃと鳴る音を除けば、まったく静かだった。窓が開いており、宿舎の中の空気は澄んでいて、それにかすかな味さえついていた。それを吸いこむと、わたしはなんだか思わず目がくらみ、酔ったような気持ちになり、突然ベッドから起き出し、何かしてみたいという強い願望を感じた。

わたしはシーツの間から脱け出し、ベッドの並ぶ冷たいタイルの床をはだしで歩いていった。わたしは足でタイルの感触を感じとりながら、これまで何回も、いや何千回もこの同じタイルの上にモップをかけてきたのに、一度もその感触を知らなかったということを不思議に思っていた。モップをかけることさえわたしには夢のように思えた。何年間もモップをかけてきたことなど、本当にあったこととはとても信じられない。ただ足の下に感ずるひんやりとしたタイルだけが、そのときは——ただその瞬間ではあったが——本当のものだった。

雪の吹きだまりのように盛りあがった白い長い列をなして寝ている患者たちのあいだを、わたしは歩いていった。寝ている者にぶつからないように注意して、わたしはやがて窓のところに来た。窓に沿って歩いて、シェードが微風で静かに揺れている窓のところに立った。わたしは金網に額を押しつける。その鉄線は冷たく、鋭い。わたしは端から端までその金網の上に顔をころがして、頰でその感触を味わい、微風の匂いを嗅いだ。秋がやって来ようとしている、とわたしは思った。積みあげられた牧草の糖蜜《とうみつ》のように甘酸っぱい匂いが鐘の音のように大気を震わせているのを感じとることができる——誰かがオークの葉を燃やしている匂いを嗅ぐことができる。まだ葉が枯れきっていないので、一晩じゅうくすぶらせたままにしているのだろう。

秋が来ようとしている。秋が来る、とわたしは考えつづけた。まるで世の中で最も不思議なことであるかのように。秋だ。この病院の外では、しばらく前には春であり、それから夏で、そしていま、秋なのだ——どう考えても、そのことが不思議に思えるのだった。

わたしはまだ目を閉じたままでいるのに気づいた。顔を金網に押しつけたときに、目を閉じてしまったのだ。あたかも外を見るのを恐れているかのように。いま、わたしは目を開けなくてはならない。窓の外を見ると、わたしは初めてこの病院が田園のまっ只中にあるのを知った。月は牧草地の上をおおう空に、低くかかっていた。月の表面はこすれ、傷がついていた。ちょうど地平線にあるオークの雑木林やマドローニャ（シャクナゲ科の常緑樹）の木々がもつれるように繁ったあたりを駆けあがってきたときに、受けた傷のようだった。月のすぐ近くに出た星の光は色あせていたが、巨大な月によって支配された光の輪から遠ざかるにつれ、星は輝きを増していた。それを見ていると、昔同じことに気づいたことを思い出す。パパと伯父さんたちと狩りにでかけたときのことだ。わたしはおばばが編んでくれた毛布にくるまって横になっていた。大人たちが焚《た》き火をまるく囲み、しゃがみこんで黙ったままサボテン酒のたぐいをまわし飲みしているところから少し離れてわたしは横になっていた。わたしは頭上にかかったオレゴンの草原の巨大な月のために、周辺の星が恥じ入るように光を失っているのを眺めていた。わたしはいつまでも眠らずに、月がその輝きを失うか、あるいは星がその光を取り戻すかを確かめようと、見守っていたが、やがてそのうちに露がわたしの頬を濡らしはじめたので、顔の上に毛布を引き寄せねばならなかった。

わたしが立っている窓の下の大地で何ものかが動いた——それは走りだし、生け垣の背後に見えなくなるまで、芝草の上に長いクモのような影を投げた。それがまた戻ってきて、わたしによく見えるところまで来たとき、犬であるのがわかった。ひょろりとした幼い雑種で、どこかの家から逃げ出し、夜中にどんなことが起こるのか見に来たのだ。ジリスの穴をくんくん嗅いでいる。べつに穴を掘ってジリスをつかまえようと考えているわけではなく、ただこんな時間にいったいジリスが何をやっているのか知りたいだけだ。鼻先をひとつの穴の中に突っこんで、尻を空中に突き上げて、尾を振る。それからまたさっと次の穴に飛んでいく。月光が濡れた芝草の上の犬の周辺にきらめき、犬が走るときに、青く輝く芝生の上に黒いペンキを散らしたような跡を残していく。ひとつのとくに面白い穴からまた次の穴へと走っているうちに、あたりの状況に犬はすっかり心を奪われてしまう——天にかかる月と夜と芳香をただよわせる微風、そのようなものに犬は酔ってしまう——だから、ごろりとそこにころがり、くるくると芝生の上でころがりまわる。まるで魚のように、背中を曲げ、腹を突きあげ、大地の上をころげまわる。そして、やっと立ちあがり、身体をひと振りすると、露が月光の中で銀の鱗《うろこ》のようにあたりに飛び散る。

犬はふたたびあたりの穴のすべてを一度ずつすばやく嗅いで、臭いをしっかりと確かめていく。それから突然ぴたりと動きを止め、片足を少し上げ、頭を傾けて、耳をそばだてる。わたしもまた耳を澄ますが、しかし、窓のシェードが揺れる音以外は何も聞こえない。しばらくの間わたしは聞き耳を立てていた。すると、どこか遠くから、甲高い、笑うようなガンの声が聞こえてくる。かすかではあるが、それはこちらに近づいてくる。カナダから渡ってくるガンが冬を越すために南へ飛んでいくのだ。わたしはガンを仕留めようとして腹這いになって進んでいった狩りのこと、そして一羽さえ仕留めたことがなかったことなど思い出した。

わたしは犬が見ている方角に目を走らせ、飛んでいく群れを見つけようとしたが、暗すぎて見つけることはできなかった。ガンの鳴き声はしだいに近づいてきて、やがて宿舎の中を、わたしの頭の上を飛んでいくように思えるほどになった。それから、ガンは月の面をよぎっていった——先頭のガンに率いられ、黒く綴《つづ》りあわせた首飾りのようなVの字型を描いて、一瞬の間、先頭のガンが円い月のまん中に入る。それは他のガンより一段と大きく見え、開いたり、閉じたりする黒い十字架となって、月の面をよぎり、やがて仲間を従えて、大空のなかへふたたび消えていく。

わたしはその声が遠ざかるのに聞き入っていた。やがてわたしに聞こえるのはその声の記憶だけになってしまう。犬はわたしに聞こえなくなったあとも、長い間、ガンの鳴き声を聞きとることができる。まだ片足を上げたままじっと立っていた。そして、ガンが頭上を飛んでいったときにも、声ひとつたてず、じっとしていた。だが犬にも鳴き声が聞こえなくなると、ガンが飛んでいった方角にむかって駆けていく。ハイウエーの方へ、まるで誰かと会う約束でもあるかのように、まっすぐに真剣に走っていった。わたしはじっと息をこらす。すると走っていく犬の大きな足が芝草の上を打つ音を聞くことができる。車がカーブを曲がってスピードを上げる音が聞こえた。ヘッドライトの光芒が坂道の上に現われ、ハイウエーをずっと照らす。わたしは犬と車が舗装道路の同じ一点をめがけて進んでいくのをじっと見守る。

犬が病院の敷地の端にある横木を渡した垣のところにほぼ達したとき、誰かがわたしの背後にしのび寄ってきたのを感じた。ふたりだ。わたしは後ろを振り返らなかったが、それがギーヴァーという名の黒人助手と、十字架の首飾りをつけた、痣のある看護師であるのがわかる。恐怖が頭の中でワーンと動きはじめる音が聞こえる。黒人がわたしの腕をつかみ、くるりと向きを変えさせる。「おれが連れていく」と、彼は言う。

「ブロムデンさん、そこは窓のそばで寒いでしょう」と看護師は言う。「すてきな暖かいベッドに戻ったほうがよくなくって？」

「こいつは聞こえやしない」と、黒人が看護師に言う。「おれが連れていく。いつもシーツをはずして、ふらふら歩きまわるんだ」

そこで、わたしは動く。すると看護師は一歩あとずさり、「どうぞ、そうしてちょうだい」と黒人に言う。彼女は首から垂れている鎖を指でまさぐっている。家では、この女は浴室に鍵をかけてひそみ、服を脱いで、口のところから細い線をなして肩に、胸にと走っているその痣の上に十字架をこすりつける。何度も何度もこすりつけて、マリヤ様に奇跡を起こしてくれるようにお祈りする。しかし、痣はいつまでも消えない。彼女は鏡に見入ると、痣がますます黒々とそこにあるのを知る。しまいには、ボートなどのペンキをはがすのに使うワイヤーブラシを手に取り、痣の上をごしごしとやり、ひりひりし、血がにじみ出ている肌の上にナイトガウンをはおって、ベッドにもぐりこむ。

だが、彼女には痣をつくるものがあまりにも身体の中に充満しすぎている。彼女が眠っている間に、それは喉の奥から湧《わ》きあがり、口の中に満ちてくる。そして、口の端からまるで紫色の唾液のように流れ出し、喉もとをつたい、彼女の身体の上を這っていく。朝になると、また痣がくっきりとついているのを認めることになる。そして、彼女はなぜかこれは自分の身体の中から溢れ出てきたものではないと考える——自分のような立派なカトリック信者の娘に、こんなことがあっていいものですか？——そして、痣がつくのは、ブロムデンのような精神異常者がたくさんいる病棟で夜勤をするから、と考える。すべてわたしたちが悪者となるのだ。彼女はたとえどんなことがあっても、その埋め合わせをわたしたちにさせる気だ。マックマーフィが目を覚まし、わたしのことを助けてくれたらよいのにと思う。

「ギーヴァーさん、この人、ベッドにしばりつけてちょうだい。すぐお薬の用意をしますから」


患者たちが心の中にこれまで長い間ためこんでいた不満、あまりにも長い間ためこんでいたために質はすでに変わってしまっていたが、それでもかれらはその不平不満をグループ・ミーティングで大っぴらに持ち出すことになった。いまはマックマーフィがいて、後ろ楯になってくれているから、病棟の規則のうち、かれらが気にくわないものはどれもこれも取り上げて、攻撃をしはじめるのだった。

「週末に宿舎に鍵をかけるってえのはどういうわけなんです？」と、チェスウィックか誰かが尋ねる。「週末ぐらい自分の自由にしてもらえないもんですかね？」

「そのとおりですよ、ラチェッド師長」と、マックマーフィが言う。「なぜ鍵をかけるんです？」

「宿舎を開けておきますと、あなたたちが朝食のあと、またベッドにもぐりこんでしまうということを、過去の経験からわたしどもが心得ているからです」

「それがそんなに悪いことですか？　つまりですね、正常な人間は週末には朝おそくまで寝るもんですぜ」

「あなたがたは一般の社会に適合することができないと証明されたからこそ、この病院に入っているのです」と、師長はもう百ぺんも同じ言葉をくり返しているといわんばかりに言う。「ですから、多少の例外はありますが、あなたがたが他人と交わって生活する一分一分が治療に役立つのですし、逆にひとりでじっとふさぎこんでいる時間が多ければ多いだけ、あなたがたの疎外感が増大する、とこう先生もわたしも信じているのです」

「だからですか、作業療法とか物理療法とか、とにかく何とか療法のために病棟を離れるとき、少なくとも八人の患者が一緒に行かなくちゃいけないという理由は?」

「そのとおりです」

「じゃ、人間がひとりきりになりたいと考えるのは病気だからだと言われるわけだ?」

「そうは申しませんよ――」

「トイレに用足しに行くとしても、少なくとも七人の仲間を引き連れていって、便器でひとりもの思いにふけらないようにしなくちゃいかんと言うわけだ?」

これには師長も返す言葉がすぐに出てこない。すると、チェスウィックがすごい勢いで立ちあがり、師長にむかってどなり立てる。「そうだぞ、あんたはそんなこと言うつもりか?」そして、ミーティングに出席している他の患者たちもいっせいに、「そうだ、あんたはそんなこと言うつもりか?」と言うのである。

そういうとき、師長は患者たちに言いたいだけ言わせて、静かになるまで待つ。それから、穏やかに口を切る。「みなさんが運動場でふざけまわる小学生のようなまねをせず、冷静になって、討論する立派な大人としてのふるまいができるのなら、先生にお尋ねしてみましょう。現時点で病棟規則の変更を考えるのが治療に有益であるとお考えかどうか。いかがですか、先生?」

医師がどんな返事をするかぐらいは誰にもわかっていた。そこで、医師に喋るチャンスも与えずに、チエスウィックがすぐ別の苦情を持ち出す。「じゃあ、ラチェッド師長、おれたちの煙草のことはどうです?」

「そうだ、煙草はどうなってる?」患者たちがいっせいに苦情を言う。

マックマーフィは医師の方を向くと、こんどは師長に答える隙を与えないように、彼にじかに質問する。

「そうですよ、先生、煙草の件はどうなんです? 何の権利があって、師長が煙草を、おれたちの煙草をですぜ、まるで自分の物のように机の上に積み上げておくのですか? そして、気がむいたときだけ、おれたちに一箱ずつ渡すってえのは、どういうわけですか? おれは好かんね。煙草を十箱も買っといて、他人にいつ吸ったらいいかなど指図されるってえのは」

医師は頭を傾けて、眼鏡ごしに師長を眺める。賭博をやめさせるために、師長が必要以上の煙草を渡さないようにしていることなど医師は聞いていなかったのだ。「ラチェッド師長、煙草の件とはいったいどんなことなのです? わたしはまだ何も聞いていなかったと思うが――」

「先生、わたし思いますのに、一日に三箱とか四箱、ときには五箱というのは、患者の吸う量としては多過ぎます。先週から――マックマーフィさんが入院してからですが――どうやらそのようなことになってまいりました。そこで、患者が売店で買ってくる十箱入りの煙草をあずかっておきまして、一日に一箱だけ支給するほうがよいと考えましたの」

マックマーフィは身体を前に乗り出して、皆に聞こえるような声で、チェスウィックにささやく。「いまに見てろ、師長はこんどはトイレへ行くにも規則をつくると言いだすぞ。トイレに行くときには必ず仲間を七人連れていかなくちゃなりません。それだけでなく、患者は一日に二回しか行ってはいけません。わたしがそう言ったら、それに従ってもらいますとな」

そして、彼は椅子にまた身体をもたせ、大きな声で笑いだしたから、他の人は誰もが一分ほど何も言うことができなかった。

マックマーフィはこのような騒ぎを引き起こして、大いに楽しんでいる。だが、彼は医局員から圧力を加えられないのに少しばかり驚いているようだった。とくに、師長がこれまで以上には何も言わないのに驚いていた。

「ハゲタカ婆めはもうすこし手ごわいと思ったがな」と、あるミーティングのあとで彼はハーディングに言った。「おそらく、あの婆の性格をまともにするには、こてんぱんにやっつけてやるのが一番かもな。だが、どうもひっかかる――」彼は顔をしかめる。「師長の奴、白衣の袖にまだ切札を隠してやがるように、落ち着いてるからなあ」

マックマーフィは次の週の水曜日まで、このように騒ぎを起こしては、ほくそ笑んでいた。だが、それから師長がなぜそれほど自分の持ち札に自信をもつかという理由を彼は悟ることになった。水曜日というのは、悪い病気持ちでないかぎり、望もうと望むまいと、全員プールに連れていかれる日だ。霧が病棟に充満しているようなときは、わたしはその中に身をひそめて、プールに行かないですむようにしていた。プールを見るといつもわたしはぞっとしてしまう。わたしはその中に入ると背が立たず、溺《おぼ》れてしまい、排水口に吸いこまれ、海まで押し流されてしまうのではないかと心配になるのだ。コロンビア川のほとりに住んでいた子供の頃は、わたしは水にはひどく勇敢だったものだ。大人たちと一緒に滝の周辺にしつらえた足場の上を歩き、岩場をよじのぼったものだった。水はわたしのまわりで緑と白の色をなして叫びたて、しぶきで虹がかかった。そこを、大人たちがはいているスパイクを打った靴もはかずに歩きまわったものだ。しかし、パパがいろいろな物にびくつきだすのを見ているうちに、わたしまで恐ろしくなってしまった。何でもひどく恐ろしくなり、いまでは浅い水たまりですら、もう我慢ができない。

わたしたちがロッカールームから出てくると、プールにはもう裸の男たちがいっぱいいて、水がうねり、しぶきが上がっていた。室内プールではどこもそうだが、歓声や笑い声が高い天井にはねかえっていた。黒人の助手たちに導かれて、わたしたちは中に入っていく。水は手頃の温かさであったが、わたしはプールサイドから離れたくない（黒人たちは長い竹の棒を手にプールサイドを歩いて、そこにつかまって離れようとしない男を中へ押しやる）。そこでわたしはマックマーフィのすぐそばにくっついていた。というのも、かれらもマックマーフィに対しては、無理やり深い方へ押しやることなどとてもできないからだ。

マックマーフィはそのときプールの監視員と話をしており、わたしは二、三フィート離れて立っていた。わたしが底に足をついてただ立っているだけなのに、彼は立ち泳ぎをしなければならないようだったから、きっと穴のあるところにでも立っていたのにちがいない。監視員はプールサイドに立っていた。彼は笛を首にかけ、病棟番号の書いてあるTシャツを着ていた。彼とマックマーフィは病院と刑務所の違いを話しだした。そして、マックマーフィは病院のほうがはるかにいいと言っていた。監視員のほうはその意見に賛成しかねるようだった。彼がマックマーフィにむかって、ひとつには、病院に委託されるということは刑務所に入れられるのとは違うのだ、と言っているのをわたしは耳にした。「刑務所へ入れられるということは、刑期というのがあって、いつ釈放になるかということがわかっているわけだ」と、彼は言った。

マックマーフィはそれまでしていた立ち泳ぎをやめた。彼はゆっくりとプールサイドまで泳いでいき、そこにつかまると、監視員を見上げた。「それで、病院へ委託された場合は？」一呼吸おいて、彼は尋ねた。

監視員は筋肉が硬直してしまった肩をすくめて、首にかけた笛を指で引っぱった。この男は昔プロのフットボール選手だったので、額のところにスパイクされた跡が残っている。そして、病棟から外に出ると、ときどき、彼の頭の中のどこかでカチッと合図が鳴る。すると、唇からは番号がほとばしり出て（フットボール選手が攻撃の合図に使う数字を組み合わせたもの）、膝を折って身がまえ、あたりを歩いている看護師にむかって突進していく。看護師の腎臓を肩で突き上げ、自分の背後にできた間隙《かんげき》からハーフバックにうまくボールを投げられるようにする。だから、彼はいままでは重症患者病棟に送りこまれている。つまり、彼が監視員をやっていないときは、いつでもそんなことをやる可能性があるからだった。

マックマーフィに尋ねられると、彼はまた肩をすくめてみせた。それから、あたりを見まわし、黒人の助手が近くにいないか確かめる。そして、プールの端のすぐそばに膝をついた。彼は腕を差し出して、マックマーフィに見せる。

「このギブスが見えるかい？」

マックマーフィはその大きな腕に目をやる。「腕にギブスなんかはまっちゃいないぜ、あんた」

監視員はただ笑い返した。「このギブスはな、ブラウンズとの最終試合でひどい骨折をしたので、はめられてしまった。骨がつき、ギブスがとれるまではおれはユニフォームを着られない。おれの病棟の看護師は、こっそり腕を治してあげるとおれに言うんだ。そう言うんだ。腕をそっと扱い、無理をしたりしなければ、ギブスをとって、チームに戻れるようにしてやると言うんだ」

彼は水に濡れたタイルの上に拳をつけて、三点姿勢《スリーポイント・スタンス》（腰をかがめ、片手を地面について身がまえる姿勢）の構えをし、腕が良くなってきていることを試してみせる。マックマーフィはそれをしばらく見守っていたが、それから、彼は尋ねた。腕が治ってから退院してもいいと言われるのにどのくらい待ったのか、と。監視員はゆっくりと立ちあがり、腕をこすった。マックマーフィがそんなことを尋ねたので、気分を害したようだった。彼は自分が弱虫で、いくじなく古傷をいたわっているのを非難されたと思ったようだった。「おれは委託患者だ」と、彼は言った。「もしおれの自由にできるんなら、とっくにこんなとこ退院しているさ。こんなぼろ腕じゃ、もう一流選手としちゃやれないだろうさ、だがタオルの世話ぐらいできそうなものじゃないか、なあおい？おれにだってなにかできるはずだ。それなのに、おれの病棟の看護師ときたら、いつまでたっても、まだ治っていないと言う。ロッカールームでのタオルの世話をすることもだめだ、治っちゃいないと言うんだ」

彼はくるりとわたしたちに背を向け、監視員の坐る椅子の方へ歩いていく。その椅子に通ずる梯子を酔っぱらったゴリラのようにのぼっていき、下唇をぐっと突き出して、わたしたちを見下ろす。「おれは酔っぱらって、治安紊乱《びんらん》罪とかで逮捕されたんだ。それからというもの、ここに八年八カ月も入れられているんだ」と彼は言った。

マックマーフィはプールサイドから離れ、立ち泳ぎをしながら、よく考えてみる。おれは作業農場で六カ月働くという刑を受けて、二カ月そこで働き、あと四カ月たてば無罪放免だった――あと四カ月、たとえどこに閉じこめられたとしても、それ以上は断じてごめんだ。この精神病院にはもう一月近くもいる。ベッドはいい、朝食にオレンジジュースがつくし、作業農場にいるよりはるかにましだが、しかし、ここに二、三年もいるとなったら、これは考えもんだぜ、と。

彼はプールの浅い側についている踏み段のところまで泳いでいき、水泳時間が終わるまでそこに坐りこみ、喉のところまで伸びた例の赤毛を指でつまみながら、顔をしかめて考えこんでいた。そうやってただひとり顔をしかめて考えこんでいる彼の姿を見守っていると、わたしは師長が医局会議のときに言っていたことを思い出し、ひどく心配になってきた。

　笛が鳴り、わたしたちがプールを出る時間がやって来て、ロッカールームの方へのそのそ歩いていくとき、別の病棟の一行と出会った。かれらも水泳時間で、プールに入ってくるところだった。そして、プールの行き帰りに必ず通らなければならないシャワーのところにある洗足プールに、その病棟のひとりの若い患者が倒れていた。この男は大きなスポンジのようにぶよぶよした頭をし、尻と脚はこれまたふくれあがっていた。それはまるで水をいっぱい詰めた風船のまん中のところをつかみ、それを握りしめたという具合だ。その男が洗足プールの中に寝そべって、寝ぼけたアザラシのような異様な声を立てていた。チェスウィックとハーディングが手を貸して彼を立たせようとするが、すぐまたそこに寝ころがってしまう。消毒液を入れた水の中で、頭がひょこひょこ動きまわる。マックマーフィは、二人がふたたびその男を立たせようとしているのを見守っている。

「いったいこの野郎どうしたんだ?」と、彼は尋ねた。

「脳水腫《のうすいしゅ》というやつです」と、ハーディングが答えた。「ある種のリンパ液の障害から来るのでしょうな。頭に水がたまってしまう。さあ手を貸してください。彼を起こしてやらなくちゃ」

　しかし、かれらがその男から手を離すと、また男はそこへ寝ころがってしまう。その顔の表情には落ち着きと、無力感と頑固さが同居していた。そして、口からミルク色の水の中に泡を吹き出していた。ハーディングは手を貸してくれるようにと、マックマーフィにもう一度頼んだ。そして、チェスウィックと一緒にまた男を助け起こそうと身をかがめた。マックマーフィはかれらを押しのけて進み、その男をまたいで、シャワーに飛びこんでしまった。

「そこに寝かしときな」と、彼は言って、シャワーの中で身体を洗い流していた。「おそらく、深い水が嫌いなのかもしれねえぜ」

そのとき、何か変化が起こるのをわたしは予期することができた。翌日、マックマーフィは朝早く起き出し、トイレをぴかぴかに磨きたてて病棟じゅうの患者を驚かせた。それから、黒人に命令されると、廊下の床磨きまでやった。師長を除いて、誰もかれもみな驚いてしまった。師長だけはそんなこと少しも驚くことでもないといったようにふるまっていた。

そして、その日の午後、グループ・ミーティングでのことだが、チェスウィックが発言して、煙草の問題について何らかの決着をつけるべきだということに患者たちの意見がまとまったと述べ、さらに、「子供のクッキーなみに、煙草をしまっておいてもらうほどおれは子供じゃないんだ！　この件は何とかしてもらいたいね。ええ、そうじゃないか、マック？」と言って、マックマーフィが賛成してくれるのをじっと待った。だがそのとき、チェスウィックが得たものは、ただ沈黙だけだった。

彼はマックマーフィの坐っているところを見やった。誰もが見た。マックマーフィはそこにいたが、両手でカードをもてあそびながらそれをじっと見つめていた。彼は目も上げなかった。ひどく静かだった。ただ手脂でよごれたカードがぴしっと鳴る音がし、チェスウィックの激しい息づかいが聞こえるだけであった。

「おれは何とかしてもらいたいぞお！」チェスウィックは突然また叫んだ。「おれは子供じゃないんだ！」

彼は足をばたばた踏み鳴らし、あたりを見まわした。途方に暮れ、いまにも泣きだしそうな様子をして。

両手を握りしめ、それをまるまると太った胸のところにもっていった。拳が制服の緑色をバックにした小さな桃色の球のようだった。それをあまりにもかたく握りしめているので、身体まで震えていた。

チェスウィックが大きい男だとは思ったことがない。もともと背が低く、太りすぎていて、後頭部に桃色をした一ドル銀貨ほどの禿《はげ》がある男だが、しかしいま、デイルームのまん中にそんなふうにしてただひとりで立っていると、とても小さく見えるのだった。彼はマックマーフィに目をやるが、何の視線も返ってこない。そこで、視線をずらりと並んだ患者たちのうえに走らせて、助けを求める。だが、見られると、患者たちは目をそらし、チェスウィックを支持することを拒んだ。彼の顔にはそのたびに狼狽《ろうばい》した表情がありありと現われていった。その視線は最後に師長のところに来て止まる。彼はまた足を踏み鳴らす。

「おれは何とかしてもらいたいね！　聞いてるのか？　何とかしてもらいたいんだ！　何とか！　何とか！なん――」

二人の大きな黒人が背後から彼の胸を締めあげる、そして、小柄な助手がその身体に皮紐をかける。チェスウィックはまるでパンクでもしたように萎《しぼ》んでしまい、二人の大きな黒人に引きずられて重症患者病棟へ連れていかれてしまう。彼が階段をのぼっていく元気のない足音をわたしたちは耳にすることができた。黒人たちが戻ってきて席に座ると、師長は部屋いっぱいにずらりと並んでいる患者たちの方に向きなおり、かれらを見た。チェスウィックが連れ去られてから、誰も一言もいわなかった。

「煙草の配給の件で、まだ何か討論することがありますか？」と、師長は言った。

わたしのいる隅から部屋の向こうまで、壁を背にずらりと並んだ患者たちはみな一様にうつろな表情をしている。わたしはかれらのうえに視線を走らせ、最後に隅の椅子に坐っているマックマーフィを見た。

彼は片手でカードを切る練習をするのに熱中している……そして、天井の中に仕込まれた白熱した真空管がふたたび凍《い》てついた光線を発しはじめた……わたしはそれを感じとることができる……わたしの腹の底まで冷たい光線が入りこんでくる。

マックマーフィがわたしたちの支援をしなくなってしまってからも、患者たちのなかには奴は師長を出し抜こうとしているんだ、師長が奴を重症患者病棟に送りこもうとしているという噂を聞いて、しばらくは規則を守って、師長に口実を与えまいときめこんだのだ、と言う者がいた。また、奴は少し師長を安心させておいて、それから何か新しい手で、前よりもっと激しい、たちの悪い手で攻め立てようとしてるんだと考える者もいた。患者たちは寄るとさわるとその話をし、本当のところを知りたがっていた。

だが、わたしは、わたしだけは本当の理由を知っていた。マックマーフィが監視員としていた話を聞いたからだ。彼もとうとう用心深くなった、ただそれだけのことだ。パパが町の連中には勝つことができないと悟ったときに、用心深くなってしまったのと同じだ。連中は政府にダムを建設してもらうことを望んでいた。それというのも金のためと、建設工事で仕事ができるためと、ダムができればインディアン集落が消えてなくなると考えたためなのだ。魚臭いあんなインディアンの部族は、政府が支払う二十万ドルの補償金と悪臭を持たせて、どっかよそへ行ってもらおうじゃないか、というわけだった。パパが書類にサインしたのは利口なやり方だった。それに反対してみても何も得はなかった。とにかく、遅かれ早かれ、政府はダムをこしらえただろう。折れたほうが、集落の者がよい補償金をもらえる。だから、パパのやり方は利口だった。マックマーフィも利口なやり方をしているのだ。わたしにはそれがわかる。彼がいま折れて、規則に従っているのは、そうするのが一番利口な方法だからであって、患者たちがいろいろ考えているような他の理由があってのことではけっしてない。彼がそう言ったわけではないが、わたしにはわかっている。そして、それが利口なやり方だとわたしは自分にも言いきかせた。何回も自分に言いきかせた。それが一番安全だ。ちょうど、隠れているのと同じだ。そうするのが利口なやり方で、誰にきいてもそう言うはずだ。わたしにはマックマーフィのしていることがよくわかっていた。

ところが、ある朝、他の患者たちもまた気づいた。彼が態度を変えた本当の理由を知り、かれらがこれまでにいろいろ考えていた理由は、自分たちをごまかすための嘘っぱちにすぎなかったことを悟ったのだ。監視員と話をしたことなど、マックマーフィは一言も喋らなかったが、患者たちは知っている。おそらく夜の間に、師長は宿舎の床の中にしつらえた小さな線を通じてこのことを放送したのかもしれない。というのも、患者たちが一度に真相を知ってしまったからだ。その日の朝、マックマーフィがデイルームに入ってきたとき、患者たちが彼を見たその様子から、わたしにはすぐぴんと来た。かれらはべつに腹を立てている様子もないし、また失望の色さえ見せはしない。かれらはわたしと同じように、師長に退院許可を出してもらうためには、師長の言うままに行動するしか他に方法がないことをよく理解しているからだ。だがそれでも、患者たちの彼を見る視線には、こんなふうにならないですむものならという願いがこめられていた。

チェスウィックですら理解できたようだった。だから、彼はマックマーフィが煙草の件で積極的に主張しなかったことを少しも恨んではいなかった。彼は、師長が情報をベッドに放送したその日に、重症患者病棟から戻ってきた。そしてマックマーフィ自身にむかって、あんたのとった行動はわかるし、いろいろ考えてみれば、そいつが一番利口な方法だ、それにマックが委託患者だということをおぼえていたら、この前のようにあんたを苦しい立場に追いこむことはおれだってしなかったはずだ、と言った。わたしたちが一緒にプールに連れていかれるときに、彼はマックマーフィにそう言っていた。しかし、プールにつくとすぐに、それでもおれは何とかしてもらいたかったなあ、と言って、水の中に飛びこんだ。そして、プールの底にある排水口の上にはめた鉄格子のどこかに指を突っこんで抜けなくなってしまった。例のでかい監視員にも、マックマーフィにも、そして二人の黒人助手にも、彼の指を外してやることができなかった。それで、ドライバーを持ってきて、鉄格子そのものを外し、チェスウィックを助け上げた。鉄格子には彼のまるまるとした桃色と青い色の指がくっついたままであった。しかしその時には、彼は溺れて、息が絶えていた。

昼食の列に並んでいるわたしの前方で、盆が空中に舞い上がる。それは緑色のプラスチック製の雲のようだ。そこから牛乳やグリーンピースや野菜スープが雨のように降ってくる。シーフェルトが両手を宙に突き上げ、片脚で跳びはねて、列を離れ、ぎこちない弧を描いて仰向けに倒れる。その白目がわたしのかたわらを逆さまになって通り過ぎていく。彼の頭がタイルの床に当たり、水中で岩にぶつかったような音を立てる。それでも、彼の身体は弧を描いたままだ。それは小刻みに揺れうごく橋のようになっている。フレドリクソンとスキャンロンが飛んでいき、彼を助け起こそうとするが、そのとき大柄な黒人が二人を押し戻す。そして、ズボンの後ろポケットから平べったい棒を取り出す。それにはテープが巻いてあり、褐色のしみがべったりついている。黒人はシーフェルトの口をこじあけ、そいつを歯の間に突っこむ。シーフェルトが歯を食いしばり、その棒が砕ける音が聞こえる。わたしはその砕けた棒の破片の味まで感じとることができる。シーフェルトの動きは鈍くなるが、しかし逆に力強さは増してくる。それはしだいに力を増して、大きく、ぎくしゃくと足で蹴り、身体がそのたびに橋のように弧を描く。それからまた身体は下に沈む——上がっては沈むその動作も、だんだんゆっくりとしてくる。師長がやって来て、彼を見下ろすと、彼は床の上に力なく溶けてしまい、灰色の水溜りと化してしまう。

師長は身体の前で手を握りしめ（蠟燭を捧げ持つといった具合に）、ズボンの裾やシャツの袖口から溶けて、流れ出してしまったシーフェルトの残骸を見下ろす。「シーフェルトさんなの？」と、師長は黒人に尋ねる。

「そのとおりです——うーん」黒人は棒を口から外そうと力をこめて引っぱっている。「シーフェルトさんです」

「こういうことになるのに、シーフェルトさんは薬はもういらないいなどと言い張るんですからねえ」師長はひとりうなずき、後ろに一歩下がって、彼女の白い靴の方に流れ出してくるシーフェルトをよける。彼女は顔を上げると、そこに集まって輪をなして見守っている急性患者たちをぐるりと見まわす。師長はふたたびうなずき、くり返して言う、「……薬はもういらないと」。その顔はかすかに笑っている。あわれみの感情と、不快な感情と、そして忍耐の感情が混然としている——いわば鍛えあげて作られた表情だった。

マックマーフィはこのようなものを見るのは初めてのことだった。「いったいどうしたんだ、この男は？」と、彼は尋ねる。

師長はその水溜りに視線を落としたまま、マックマーフィの方を振り向きもしない。「シーフェルトさんは癲癇《てんかん》でしてね、マックマーフィさん。つまり、医師の忠告に従っていないと、いつこのような発作に見舞われるかわからない患者なのです。この人にもそのことは充分わかっています。薬をのまなければこういうことになるということはよく言いきかせてあります。それなのに、まだ馬鹿なまねばかりしたいと言うのですから、ほんとに」

フレドリクソンが眉《まゆ》を逆立てて、患者たちのあいだから出てくる。彼は筋肉質で、血色のわるい顔をした男だ。ブロンドの髪に、ブロンドの針のように粗い眉、そして長い顎。そして、かつてチェスウィックがよくしようとしていたように、ときどき、いかにも荒々しくふるまう——わめき、どなり立て、看護師をののしり、こんなひでえ所からきっと出てやる、と言う。だが、看護師たちはいつも彼がわめいたり、拳を振るったりしても、知らんぷりをし、おとなしくなるまでほうっておく。それから、かれらは、フレドリクソンさん、もうそれでおっしゃりたいことはおしまいなのですね、では退院の書類にタイプを打ちはじめますからね、と言う——そして、看護師たちはナースステーションで賭けを始める。悪かったという顔をして、彼がガラス窓をかるく叩き、許してくれと言い、いま言った馬鹿げたことを忘れちゃくれないだろうか、そして、その書類はしばらくしまっておいてくれないか、いいかね、と言ってくるまでに何分かかるかを賭けるのだ。

そのフレドリクソンが師長の前に歩みよって、彼女にむかって、拳を振る。「ああ、そういうわけかね？

のせいだと言っているのでしょう。ほんとにかわいそうな老人ね」

「老人なんて言われるほど年じゃないぜ。こいつは！」

「わかっていますよ、ブルース。でもあなたはなぜそんなに興奮するのですかね？　あなたがそんなに弁護するような口をきくのはどういうわけでしょう。あなたとこのお友達の間にいったい何があったのか、わたしにはわかりませんね」

「そんな、とにかくいまいましいやね！」と、彼は言い、ポケットに両の拳を突っこんでしまう。

師長はかがみこんで、床の上をきれいに手で払いのけ、そこに膝をついて、シーフェルトの溶けた身体をこねまわし、元の形になんとかする。そして、黒人に言う。このかわいそうな老人のそばについていてあげなさい。すぐ、ストレッチャーをよこしますから、宿舎に連れていって、一日、眠らせておきなさい、と。師長は立ちあがると、フレドリクソンの腕をかるく叩く。すると、彼はぶつぶつ言う。「そうとも、おれだってディランチンをのまなければいけないのさ。だからさ、シーフの問題というのがわかるのさ。つまりだね、だからおれは――まあ、いいや、畜生め――」

「わかっていますのよ、ブルース。あなたたちが二人ともどんな問題をかかえているかはね。でもね、あんなことになるよりもっとよい方法があると、あなた思わない？」

フレドリクソンは師長が手で示したところに視線をやる。そこには、シーフェルトが半分ほど普通の状態に戻っていて、大きくふくれたり、しぼんだりして、何か啖《たん》をつまらせたようなぜいぜいという息をしている。彼が倒れたときに打った頭のところにこぶがふくれあがっているし、黒人がシーフェルトの口の中に突っこんだ棒のまわりに赤い泡がついている。彼の目はふたたび白目のところに戻りはじめている。

手は掌を上にして、ちょうどはりつけになったように伸ばされていて、指がぶるぶる震え、開いたり、閉じたりしている。ショック・ショップで十字架の手術台にしばりつけられ、電流のために掌からうっすらと煙を立ちのぼらせて、小刻みに震えていた患者たちを見たことがあるが、ちょうどそれと同じようだ。シーフェルトもフレドリクソンもショック・ショップに送られたことはない。かれらは自分で電気を発し、それを背骨の中に蓄えておくようにできている。だから、もし列を乱したり――猥談《わいだん》の佳境にでも入ろうとすればすぐに、ナースステーションの鋼鉄のドアから遠隔操作をされ、かれらは腰部にまともに激しい一撃をくらったように、身体をこわばらせる。これでかれらをいちいちショック・ショップに運ぶ手間が省けるのだ。

師長は眠りこんでしまった男にするように、フレドリクソンの腕を少し揺さぶる。そして、「薬の副作用のことを考慮に入れてもですよ、あんなにになるよりましだとは思いませんか?」と、くり返す。

フレドリクソンはじっと床の上を見つめている。すると、彼のブロンドの眉が吊り上がる。一カ月にすくなくとも一回は自分がそうなる姿を、いま初めて現実のものとして彼はそこに見ているようだった。師長はにこりと笑い、彼の腕をやさしく叩き、ドアの方に向かう。そして患者たちをにらみつけ、こんなものを見に集まるなんて恥ずかしいと思いませんかという顔つきをする。師長がいなくなると、フレドリクソンはぶるぶる身体を震わせ、微笑をつくろうとする。

「おれは何であの婆さんに腹を立てたのかわからんよ――だって、あんた、あんなにおれが怒るようなこと、師長が何かしたか、ねえ?」

べつに、彼は返事を期待している様子でもない。ただ、何か特定なわけがあったことをはっきり自分では指摘できないということを、心に言いきかせているといったようである。彼はまた身体をぶるっと震わせて、患者たちのところからそっと逃げ出そうとする。マックマーフィはそのとき彼に近づき、低い声でいったいあんたたちがのんでいるという薬は何なのだと尋ねる。

「ディランチンさ。あんたが知りたいんなら言うが、一種の痙攣《けいれん》抑制剤だ」

「そいつはほんとにきくのかね？」

「そりゃ、あんた、きくと思うよ――そいつをのみさえすればね」

「じゃ、のむとか、のまないとか、何でそんなにむきになるんだ？」

「そんなに知りたけりゃ、ほら見てくれ！　そいつをのめば、どういうひどいことになるか見せてやろう」フレドリクソンは手を上げて、親指と人さし指で下唇をつかむと、それを引き下げる。そこに長い光った歯にそって、血色の悪い桃色の腐りかけたような歯ぐきが現われる。彼は唇をつかんだまま言う。「歯ぐ、き、を見てくれ。ディランチンの副作用で歯ぐきが腐るんだ。そして、発作が起きれば、歯を食いしばるだろう。そしたら、あんた――」

床の上で音がする。ふたりはシーフェルトが呻《うめ》き、ぜいぜい息を切らして横たわる姿を見やる。いま、黒人がテープを巻いた棒と一緒に歯を二本引き抜いてしまったところだ。

スキャンロンは自分の盆を手にすると、そこに集まった連中から離れていく。そして、「ひでえ人生だ。のんでもだめ、のまなくてもだめ。人間まさににっちもさっちもいかねえというわけだ」と言う。

マックマーフィは、シーフェルトのしだいに元の姿に戻ってくる顔を見下ろしていたが、「うん、あんたの言う意味がわかる」と言う。彼の顔にも、床の上の顔と同じようにやつれた、圧力に困惑したような表情が現われはじめていた。

機構の中の調子を乱したものが何であれ、連中はふたたびそれをどうやら修正してしまった。一糸乱れぬ、整然とした動きがまた戻ってくる。六時半起床、七時に食堂、八時には慢性患者にパズル、急性患者にトランプが配られる……そして、ナースステーションの中では、師長の白い手が制御盤の上をかろやかに動いていくのをわたしは見ることができる。

ときおりわたしは急性患者と一緒にあちこち連れていかれることがある。また連れていってもらえないときもある。あるとき、かれらと一緒に図書室に連れていかれた。わたしは「機械・工学」の書棚のところに歩いていき、電子工学関係の書物の表題を眺めていた。大学に通ったあの一年間のおかげで、それらがどういう書物かわかる。そのなかには、図解や方程式や理論——堅固な、確実な、安定したものごと——そういったものがぎっしりと詰まっているのを思い起こす。

その書物の一冊を手に取り、開いてみたいと思うが、しかし、そうするのが怖い。わたしは何をするのも怖い。図書室のほこりっぽい黄ばんだ空気のなかにまるで自分の身が浮かんでいるような感じだ。床とも天井ともつかぬ中間に。書棚が頭上で揺れる。狂ったように、ジグザグに、それぞれがみな違った角度をなして。ひとつの書棚は少し左に折れ、またひとつは右に曲がる。いくつかの書棚はわたしの上に倒れかかるように傾く。どうして書物が棚から落ちないのかわからない。このような調子で書棚は高く高く続いている。その上がすっかり見えないほどに。この危なげな書棚は、薄い板と厚さ二インチ幅四インチの板でみな繋ぎ合わされ、支柱で支えられ、梯子に寄りかかり、わたしをぐるりと囲んでいる。もし一冊でもそこから本を抜き出したら、いったいどんな恐ろしいことになるか見当もつかない。

誰かが入ってきたのが聞こえる。それはわたしたちの病棟の黒人助手のひとりで、ハーディングの奥さんと一緒である。図書室に入ってくるとき、ふたりは何かたがいに話をし、笑いあっている。

「おい、デイル」黒人は本を読んでいるハーディングに声をかける。「誰のご面会だと思うね。奥さんだぞ。面会時間じゃないからと言ったんだがね、なにしろ話の上手なご婦人で、とにかくここまで案内させられたよ」彼はハーディングの前に奥さんを残すと、「いいですか、忘れないでくだせえよ、きっとですぜ」と何か秘密めいた言葉を残して、立ち去る。

奥さんは黒人に投げキスを送り、それから腰をぐいと前に押し出すようにして、ハーディングの方に向きなおる。「デイル、こんにちは」

「やあ」と、彼は言う。しかし、彼女の方に歩みよる気配も見せない。彼はあたりに視線をめぐらせて、ふたりを見守っている人びとの顔を見る。

奥さんはハーディングとほぼ同じぐらいの背丈だ。ハイヒールを履き、黒いハンドバッグを持っている。手にぶらさげるのではなく、ちょうど本を持つようなかたちでバッグを持っている。彼女の指の爪は、エナメル革の黒いハンドバッグに映えて、血のしたたりのように赤い。

「おい、マック」と、ハーディングは部屋の隅に坐り、漫画本に見入っているマックマーフィに声をかける。「ちょっときみ、文学研究の手を休めてもよいとお考えなら、紹介したいんだがね。ぼくの片割れであり、ネメシス（応報・天罰の女神）の女神を。まあ陳腐な表現をすれば『わがベターハーフを』と言ってもよいのだがね。しかしそれでは何となく平等に分割したという印象を基本的に与えるように思えるからね、そう思わないかい？」

ハーディングはそこで笑おうとする。そして、華奢《きやしや》な象牙《ぞうげ》のような二本の指をシャツのポケットに沈ませて煙草をつまみ出そうとする。しばらく指を動かしていて、箱から最後の一本をつまみ出す。唇の間におさまったとき、煙草はぶるぶる震えている。彼と奥さんはたがいに、まだ一歩も歩みよってはいない。

マックマーフィは椅子から身体を起こし、こちらに歩いてきながら帽子をとる。ハーディングの奥さんは彼を見て、微笑し、片方の眉を吊り上げ、驚きの表情を見せる。「やあこんにちは、ミセス・ハーディング」と、マックマーフィは言う。

彼女は前よりももっと表情たっぷりに微笑を送り、「ミセス・ハーディングだなんて、やめてちょうだい、マック。ヴェラと呼んでくださいね」

三人は先ほどまでハーディングが坐っていた長椅子に一緒に腰を下ろし、ハーディングが奥さんにむかってマックマーフィのこと、ことにマックマーフィが師長を散々にやっつけたことを話してやる。すると、奥さんはにこにこ笑い、そうでしょう、この方ならやりそうね、と言う。ハーディングは話しているうちに、すっかり夢中になって、自分の手のことを忘れてしまう。それで、その手は彼の目の前の空中に舞い、手にとるようにその時の光景を描き出す。さながらそれは、彼の声音に合わせて物語を踊ってみせるふたりの白い服をまとったバレリーナだ。彼の手は何にでもなることができる。だが、話し終えたとき、彼はマックマーフィと奥さんがその手を見つめているのに気づき、慌ててそれを膝の間にしまいこむ。彼はそれがおかしくて笑いだす。すると、奥さんは彼に言う。「デイル、そのネズミの鳴き声みたいな音、立てないでちょうだい。あなたいつになったら笑うということをおぼえてくれるの？」

それはマックマーフィがここにやって来た最初の日に、ハーディングの笑い声について言ったのと同じことであるが、しかし、どういうわけか少し違うのだ。マックマーフィが言ったときは、ハーディングは落ち着いたが、奥さんに言われると、かえって落ち着きを失ってしまう。

彼女は煙草をちょうだい、と言う。ハーディングは指をふたたびポケットに入れるが、そこには一本も残っていない。「配給制になっているもんだから」と、彼は言って、細い肩を前にすぼめ、手にした吸いかけの煙草を隠そうとする。一日に一箱。ヴェラ、これじゃとても騎士道精神を発揮する余裕など残らないよ」

「あらデイル、あなたにはもともとそういうものはあまりなかったんじゃない？」

じっと奥さんを見つめるハーディングの目には、ひどく内気そうな、それでいてずるそうな表情が現われ、そしてにこりと笑う。「それは象徴的な意味で言っているのかい。それとも、いまこの場での具体的な煙草のことを言っているのかい。いやいや、それはどうでもよい。いずれの意味にせよ、あなたには答えはわかっているわけだから」

「デイル、わたしはそう言っただけで、何もない、他意はありゃしないの——」

「何も他意はありゃしない、と言いたいんだろう。あなたは『ありゃしない』と『何もない』とを重ねて使うから、二重否定になってしまっている。ねえ、マックマーフィ、ヴェラの言葉づかいはきみの無学ぶりといい勝負だろう。いいかい、『何もない』と『何も』には大きな差が——」

「わかったわ！　もう結構！　たしかにわたしは両方の意味をこめて言ったわ。とにかく、あなたが好きなように取ればいいの。あなたには何もない、充分にない、と言うつもりだった、おしまい！」

「何も充分に、だろう、お馬鹿さんだね、きみは」

彼女は一瞬、ハーディングをにらみつけるが、それから、かたわらに坐っているマックマーフィの方に向きなおる。

「ねえ、マック、あなたはどう？　女性に煙草を一本分けてあげるというようなささやかなこと、おできになるかしら？」

マックマーフィの煙草はすでに膝の上にある。彼はそれを見る。心なしか、そこに煙草がなかったらよかったのにと考えているような眼差しだが、しかし、「もちろんですとも。おれは煙草を切らしたことはありませんぜ。というのも、おれはたかり屋でね。折りにふれ、煙草はたかることにしているんですよ。だから、おれの煙草はこのハーディングさんのよりは長持ちするってわけだ。この人は自分のだけしか吸わないからね。だから、どうしたって早くなくなる可能性があるのが、わかるでしょう——」と言う。

「あんたがぼくの不調法の弁解をする必要はありませんよ。そんなのはあんたの性格に似合わない。それに、そう言ってくださったとしても、ぼくの性格を埋め合わせることにもならない」

「たしかに、そうよ」と、奥さんは言う。「さあ、あなたとしては、火を貸してくださるだけでいいことよ」

そして、彼女はハーディングのつけたマッチのほうに身体をかがめる。身体をぐっと前にかがめるから、部屋の反対側にいたわたしにさえ、そのブラウスの中を見下ろすことができた。

それから奥さんはハーディングの友人たちのことを話す。いいかげんにすればいいのに、いまでもハーディングはいないかと家にやって来る男たちのことを話す。「どういうタイプの連中かわかるでしょう、マック」と、彼女は言う。「いやに気どった男たちよ。よく櫛を入れた長い髪をして、はじけるように動くしなやかですてきな手首を持っている」ハーディングは、たずねてくるお目当てはぼくだけかね、と言う。すると、奥さんは、わたしに会いに来る男は誰でもあなたのしなやかな手首よりももっともっときびきび動いてくれるわよ、と答える。

彼女は突然立ちあがり、もう行かなくちゃならないわ、と言う。マックマーフィの手をとり、またいつかお会いしたいわ、と言って、図書室から出ていく。マックマーフィは一言もいえない。彼女のハイヒールが床にかつかつと鳴る音に、患者たちの顔がみな上がり、廊下を歩いていく女の後ろ姿が角を曲がって見えなくなってしまうまで見守っている。

「どう思う?」ハーディングは言う。

マックマーフィはびくっとする。「すげえおっぱいだねえ」それだけ思いつくのが精いっぱいだ。「ラチェッドの婆さんに負けず劣らずだ」

「肉体的なことをうかがっているのじゃありませんよ、あなた。彼女のことをどういうふうに、考え――」

「いいかげんにしろ、ハーディング！」と、マックマーフィは不意に叫びだす。「どう考えたらいいかなんて、知るもんか！　いったいおれに何を期待してるんだ？　結婚相談員とでも思ってるのか？　おれにわかっているのは、とにかくどでかい人間てのはいねえってことだ。人間誰しも他の連中をやっつけるのに一生懸命のように思えるってことよ。そりゃおれにはわかってるぜ、あんたがおれに言ってもらいたいことがどういうことか。あんたはおれに同情してもらいたい。そして、あんたの女房はほんとにひでえ女《あま》だと言ってもらいたいんだ。あんただって奥さんを女王さまみてえには扱っていなかったぜ。ええおい。あんたなんかくそくらえだ。『どう思う？』だって、いいかげんにしてくれ。おれにだって自分の心配ごとがたんとあって、あんたの問題にかまってるわけにはいかねえんだ。だから、もうやめてくれ！」マックマーフィは図書室を見まわし、他の患者たちをもにらみつける。「おい、てめえらもだ！　おれにかまうのはやめにしてくれ、ほんとにいまいましい！」

　そう言って、彼は頭にまた帽子をのせ、部屋の隅へ歩いていき、漫画雑誌を取りあげる。患者たちはみな口をぽかんと開け、たがいに顔を見合わせる。いったい何でおれたちに当たり散らしているんだ？　誰もマックマーフィになんかかまってやしないぜ。奴が委託期間を延長されるのを嫌って、おとなしくしはじめたというのがわかってからというもの、奴に何ひとつ無理を言って頼む者なんかいなかったぜ。だから、いま、ハーディングにむかってどなりちらした彼の態度にみな驚いているし、彼が椅子に置いてあった漫画を取りあげ、腰を下ろして、それで顔を隠すようにかざしたのを見ていて、それが人に自分の顔を見られないようにしたものなのか、あるいは人の顔を見なくてすむようにしたものなのか、患者たちには見当がつかなかった。

その晩、夕食のとき、マックマーフィはハーディングに詫びて、図書室ではどうしてあんなに腹を立ててしまったのか自分でもわからない、と言う。ハーディングはおそらくそれはぼくの女房のせいだ、あの女と話しているとどうも腹が立つんだ、と言う。マックマーフィはコーヒーをじっと見つめて坐っていたが、「さあ、どうだかね。おれは奥さんとは今日初めて会ったばかりだ。このみじめな一週間、おれに悪い夢を見させてくれる原因が奥さんにないということは確かだからね」と、答える。

「マックマーフィ君」ハーディングは大きな声を出し、グループ・ミーティングの見学に来るかわいいインターンのような口ぶりで話しだす。「それなら、その夢の話をぜひ聞かせてくれたまえ。ああと、ちょっと待ってくれたまえ、鉛筆とメモ用紙を持ってきますからね」ハーディングはわざとふざけて滑稽にふるまおうとしている。詫びるというような堅苦しい空気をときほぐしてやろうと一生懸命なのだ。彼はナプキンとスプーンを手にして、いかにもノートをとるようなまねをする。「さて。正確に言って、その――あの――夢のなかで君が見たというのは、どんなものですか？」

マックマーフィはにこりともしない。「それがあんた、よくわからんのだ。ただ顔みたいなものだけだ。ただ人の顔だけだ――と思うんだ」

翌朝、マーティニが浴槽室にあるコントロールパネルの背後に陣どって、ジェットパイロットを演じている。ポーカーの連中も手をやすめて、彼の演技を見て笑う。

「ヒューン、ウーン。地上より航空機へ、地上より航空機へ。高度四万一千六百フィート、何ものかが接近中。敵のミサイルの模様。ただちに迎撃せよ！　ヒューン、ウーン」

彼は文字盤をくるくる回し、操縦桿《かん》を前に押したおす。そしてジェット機の傾斜角《バンク》に合わせて、身体を傾ける。パネルの横についている針をくるくる回し、「全開」にもってくるが、しかし、彼の目の前にある四角いタイル張りのブースの周囲にとりつけられたシャワーの放水口から、水は一滴も出てこない。もう水浴療法《ハイドロセラピー》はここでは使われていないので、水道の元栓は閉じてあるのだ。新品のクローム製の設備とこの鋼鉄製のコントロールパネルもついに使われることはなかった。クローム製の設備を除けば、パネルとシャワーは十五年前に旧館で使っていた水浴療法の設備とまったく同じだ。あらゆる角度から患者の身体に放水することのできる放水口があり、ゴム製のエプロンをかけた技師が部屋の反対側に立って、パネルの機械を操作して、どの放水口が患者のどこに水を吹きかけるか、どの程度に強く、また温度をどの程度にするかを――ときにはやさしく心を休めるようなシャワー、または針のように痛いほどのシャワーを――意のままに行なう。そして、患者は粗い綿布の紐でしばられて、その放水口に囲まれて身動きすることもできず、ずぶ濡れになり、力なく、しぼみ果ててしまう。そして技師たちはこの装置を玩具のようにいじくりつづけるのだ。

「ヒューンヒューンウーン……航空機より地上へ、航空機より地上へ。ミサイル発見。ただいま、視界に入ってきました……」

マーティニは身体をかがめ、パネル越しにぐるりと並んだ放水口の中に狙いをつける。彼は片目を閉じ、もう一方の目でその放水口の中を透かし見る。

「目標接近！　用意……照準よーし……撃て！」

その手をパネルからぐいと放し、彼はすっくと立ちあがる。髪の毛を振り乱し、ひどく怯《おび》えきったように、目を見開いてシャワーブースをにらみつける。ポーカーをやっていた患者たちは驚いて、椅子に坐ったまま身体を回して、どうしたのかとシャワーブースをのぞきこむ——しかし、そこには何もありはしない。かれらが見たのは、いつものとおり、ごわごわした新品の粗い綿布の紐の先についたバックルが、放水口の間にだらりとぶらさがっているだけだった。

マーティニは振り返って、マックマーフィの方を見る。他の患者には目もくれず、ただ彼だけを見る。

「連中が見えないか？　ねえ、見えるだろ？」

「誰が見えるって、マート。何も見えやせん」

「あの紐でしばられている連中だ。ねえ、見えるだろ？」

マックマーフィは頭をめぐらして、シャワーの方を透かし見る。「いいや。何も見えない」

「ちょっと見てくれ。あんたにぜひ見てもらわなくちゃ困るんだ」と、マーティニは言う。

「いいかげんにしろや、マーティニ。そんな奴は見えやしないと言っただろ！　わかったか？　何ひとつ見えやしない！」

「おや、そうかね」と、マーティニは言う。彼はうなずいて、シャワーブースから目をそらせる。「じつは、おれにも見えないんだ。ただあんたをからかってみただけだ」

マックマーフィはカードをまぜ、風を切るように勢いよく、鋭い音を立ててそれを切る。「そうかね——だがね、そういう冗談はおれは好かんな、マート」と彼は言う。またカードを切るが、ぶるぶる震える両手のなかから、カードが爆発でも起こしたように、あたりに飛び散る。

テレビの件で票決をしてから三週間後の、同じ金曜日のことだったと思うが、その日、歩くことのできる者はみな一号館に連れていかれた。結核予防の胸部レントゲンを撮るためだと聞かされていたが、わたしにはちゃんと奴らの本当の狙いがわかっている。それは各人の機械が標準どおりに動いているかを調べるための検査なのだ。

X線と記されたドアに通ずる廊下に置かれたベンチにわたしたちは長い列をなして腰を下ろす。レントゲン室の隣りには、EENT（耳鼻咽喉科の省略記号）と記された部屋があるが、それは冬になるとわたしたちの喉を検査するところである。廊下の反対側にもベンチがひとつ置いてある。これは例の鋼鉄のドアのかたわらにある。そのドアには鉄の鋲がずらりと並んでいる。そして、そこには何も部屋の名が記されていない。ベンチの上に、ふたりの患者がふたりの黒人助手の間にはさまれて、うとうとと眠っているが、すでに部屋の中にはひとりの犠牲者が連れこまれ、治療を受けている。そして、わたしにはその男の悲鳴が聞きとれる。ドアがしゅーと音を立てて内側へ開く。わたしは部屋の中にきらきらと輝く真空管を見ることができる。まだ煙を立てている犠牲者がストレッチャーに乗せられたまま押し出されてくる。わたしは坐っていたベンチをかたく握りしめ、ドアから中へ吸いこまれてしまわないように努める。黒人助手と白人の助手とがベンチに坐って待っていた患者のひとりを引きずるようにして立ちあがらせる。その男はゆらゆらと揺れ、与えられた睡眠薬のためだろう、足がもつれる。だいたい、ショック療法をやる前に、患者は赤いカプセルを与えられるのだ。その男はふたりに押されて、部屋に入る。すると、技師たちが彼を両側から抑える。一瞬、男はどこに連れてこられたかを悟り、コンクリートの床に両足を突っ張って、手術台に乗せられるのに抵抗しようとするのが見える——その次の瞬間には、ドアが閉められる。バフウーン、金属が防音装置のマットレスを打つ音を立てて。そして、もう男の姿は見えなくなる。

「驚いたね、いったいあの中で何をやってるんだ?」と、マックマーフィがハーディングに尋ねる。

「この中でですか? この中で何をやっているかと言われたんでしたね、たしか? ではまだあなたはこの部屋の喜びを味わわれていないというわけだ。残念ですな。人間にとって欠くべからざる体験ですよ」ハーディングは首の背後に両手を組みあわせ、後ろに身体をそらせ、そのドアを見つめる。「これがいつか話したショック・ショップですよ、あなた。EST、つまり電気衝撃療法《エレクトロ・ショック・セラピー》を行なう部屋です。ここに入れられる幸運な連中は一銭も払わずに月世界旅行ができるというわけです。いや、待ってください。考えてみればまったくの無料というわけではないですな。お金の代わりに、脳細胞で治療費を支払う。ですが、人間誰しも脳細胞は何十億と貯めこんでありますからね。少しぐらいなくなっても、まあどうということはありますまい」

ハーディングはベンチに残されたもうひとりの寂しげな男に眉をひそめるように視線を向ける。「どうやら最近では、あまりお客さんもいないようですな。昔日《せきじつ》の押すな押すなの盛況ぶりの面影もない。ですが、人生《セ・ラ・ヴィー》はそういうもの。はやりすたりというやつです。われわれはESTの落日の光景の目撃者といえそうです。われらが親愛なる師長は、狂気の治療には昔ながらのフォークナー的伝統、つまり、脳を焼くことが最良であると主張する数少ない人間のひとりです」

ドアがまた開く。ストレッチャーが唸りをあげて出てくる。誰も押す人もないのに、曲がり角を片側の二つの車だけ床につけてすごい勢いで曲がり、患者の身体から煙を立ちのぼらせながら、廊下から消えていった。マックマーフィは最後に残った男が中に連れこまれ、ドアが閉められるのを見守っている。

「奴らがやることは」――そこまで言って、一瞬の間、マックマーフィは耳を澄ます――「そこに患者を引きずりこんで、頭蓋骨の中に電流をぶちこむというわけだ」

「端的にいえば、そういうことになりますな」

「いったい何のために？」

「そりゃ、もちろん、患者の利益のためです。この病院で行なわれることは、あなた、すべて患者の利益のためですよ。わたしたちの病棟でばかり生活していますと、病院というのは効率的な巨大な機構ですが、患者に強制的でないかぎり、かなりうまく機能する、ときにはそういう印象を受けるかもしれません。しかし、それは間違いです。ＥＳＴだって、われらの師長が使うように、いつも懲罰の方法として使われるとはかぎりませんし、またそれは精神病院の医局員のサディズム的傾向のあらわれというものでもない。治療不能と考えられていた患者たちが数多くショック療法によってとにかく正常に近い状態にまで回復してきています。ちょうど数多くの治療不能の患者たちが前頭葉切除手術《ロボトミー》や前頭葉白質切断手術《リューコトミー》などで助かったのと同じです。ショック療法には有利な点があります。金がかからないし、時間もかからない、それに、まったく苦痛というものがない。ただ人工的に発作を起こさせるだけですからね」

「なんて人生だ」と、シーフェルトは呻くように言う。「片一方じゃ発作を止めるのに薬をのませられる奴がいるかと思えば、片一方じゃ発作を起こさせるために衝撃《ショック》を与えようってんだ」

ハーディングは身体を前に乗り出して、マックマーフィに説明する。「どうしてショック療法が生まれたか教えてあげましょう。ふたりの精神科医があるとき屠畜場を見学していた。どんな変わった理由があってそんなところに行ったのかは誰にもわかりませんが。それで、その医者たちは牛が目の間に大きなハンマーで一撃をくらい、殺されていくのを見守っていた。ところが、牛がどれもこれも死ぬとはかぎらないのに気づいたんです。つまり、そのまま床にくずおれて、癲癇の発作にとても似かよった状態になる牛があることに気づいたのですよ。「なるほど」と、ひとりの医者が言った。「これだ、われわれが患者に必要と考えていたのは――この人工的に与える発作だ！」もちろん、もうひとりの医者も同意しました。それはですね、癲癇の発作から正常に戻るとき、患者はしばらくの間ふだんよりも落ち着いて、穏やかな精神状態になるということがわかっています。また、完全に意志の伝達が不可能な強暴性患者も、発作のあとはしばらく理屈のとおった会話を行なうことができるということがわかっているのです。なぜかは誰にもわからなかった。現在でもわかってはいない。しかし、はっきりわかっていたのは、発作を自然発生の癲癇によらず起こすことが可能なら、たいへん良い結果が生ずるということです。それがあなた、その医者たちの目の前で、ひとりの男が立って、驚くべき平静さ《アプロム》で牛を殴りつけては、発作を何回となく引き起こしていたのです」

そのときスキャンロンが、そいつは爆弾《ボム》でなくてハンマーを使っていたと思ったがねえ、と言った。しかしハーディングは、そんな言葉のとりちがえはどうでもいい、と言い、説明を続ける。

「屠畜者が使っていたのは、たしかにハンマーです。この点で、もうひとりの医者には多少ためらいがありました。つまり、人間は牛じゃない。ハンマーで殴ったのでは、ちょっとでも手もとが狂えば、鼻をへし折ってしまうかもしれない。それどころか、歯までへし折ってしまうかもしれない。そんなことになったら、歯科医の費用がべらぼうに高いいまどき、どんなことになると思います？　ですから、人間の頭に一撃を加えるとするなら、どうしてもハンマーよりはもう少し確実で、精密なものを使わなくてはいけない。そこで、結論として、電流を使うということに落ち着いたのです」

「呆れたねえ、そんなことやったら、何か害があるんじゃないかって考えなかったのか？　世間では大騒ぎしなかったのか？」

「あなたは世間というものをどうやら充分にはわかっていらっしゃらないようですな。この国では、何か壊れた物がある場合、それをてっとり早く直すのが最良のこととされているのです」

マックマーフィは頭を横に振る。「ひゃあー、呆れたなあ！　頭に電流をぶちかますか。あんた、それじゃまるで電気椅子にかけて殺すのと同じじゃねえか」

「電気椅子も電気ショック療法もそれを行なう理由は、あなたが考えているよりはもっと密接に結びついているのです。つまり、両方とも病気の治療のためですから」

「それで、あんた、そいつは痛くもなんともないと言うんだな？」

「わたしは自分でその点は保証します。完全に無痛です。一瞬、電流が走り、すぐに意識を失ってしまいます。ガスも、注射もハンマーも不要。まったくの無痛。ただ問題なのは、誰も二度とそいつをやられたくないと思うことです。というのは、人が……変わってしまう。すっかり記憶を失ってしまう。つまりですな、まるで」──彼はこめかみに両手をあて、目を閉じてしまう──「まるで、その衝撃で、さまざまな心象や感情や記憶の輪がカーニバルのマネー・ホイールのように激しく回りだしてしまったようになる。そういう円盤《ホイール》を、あなた見たことあるでしょう。男が客に張った張ったと大きな声で誘い、それからボタンを押す。チン、チン！　すると、光や音や数字がつむじ風のようにくるくる回り、円盤《ホイール》が最後に止まったところで勝負が決まる。勝つときがあるかもしれないし、また、負けて、さらに賭けなければならないことになるかもしれない。そいつに金を払って、もう一度回してもらおう。さあ、あんた、男に金を払ってくれ」

「ハーディング、おい、そんなにカッカするなよ」

ドアが開く、そして、ストレッチャーがシーツで被われた患者を乗せて、出てくる。それから、技師たちがコーヒーを飲みに出てくる。マックマーフィは髪の毛に手を突っこみ、「ここで起こることはおれにはとてもまともにゃ理解できねえようだぜ」と言う。

「できないって、何がです？　このショック療法のことですか？」

「うんまあ。いや、ただそれだけじゃない。この、ほら、みんながさ……」彼は手で円を描くように示す。

「この、ほら、いろんなことがだ」

ハーディングの手はマックマーフィの膝に触れる。「まあ、あなた、そんなに心配せず、気楽に考えたほうがいいですよ。とにかく、あなたがＥＳＴにかけられるようなことはまずない。それにもうほとんど流行おくれですし、ほかの手段じゃとてもどうにもならないようなひどい症状以外には使われていませんし、ちょうど、ロボトミーと同じです」

「それそれ、そのロボトミーだが、そいつは脳の一部をぶち切ることなんだろう」

「これまたご名答。だいぶ専門語の使い方が洗練されてきましたね。まさにそのとおり、脳をぶち切るのです。前頭葉の去勢ですな。彼女にすれば、ベルトの下のものを切除できないなら、目の上を切り刻もうってつもりでしょう」

「彼女って、ラチェッド師長のことか」

「もちろん、そのとおり」

「だが、こういう種類のことに口を出す権限は師長にはないと思っていたがね」

「それがあるのです」

マックマーフィはショック療法やロボトミーの話題から、師長の話に移ったのがいかにも嬉しいというそぶりを見せる。彼は、師長のどういう点がいけないと思っているかと、ハーディングに尋ねる。ハーディングとスキャンロン、それに他の何人かの患者も加わって、それぞれいろんなことを言いあう。師長がこの病院の諸悪の根源であるかどうかを、かれらはしばらくの間話しているが、ハーディングは師長が十中八、九まで諸悪の根源になっていると言う。他の連中もまたそう思うと言うが、マックマーフィはいまはそうはっきりとは断定できないと応じる。かつてはそう考えたこともあったが、いまはよくわからんのだ、と彼は言う。つまり、師長を排除したとしても実際にはたいした差はないように思うとも言う。何かもっと大きな原因があって、こんなひどいことになっている、と彼は言い、それが何であるか、彼の考えていることを言おうとする。しかし、はっきりそれを説明することができないので、彼はついに途中でやめてしまう。

マックマーフィは気づいていないようだが、わたしがとうの昔に気づいたことを彼はいまやっと悟ろうとしている。つまり、本当に強力な力を持つのは師長というひとりの存在ではなく、全体としてのコンバイン、国じゅうを支配しているコンバインなのだ。師長はかれらのために働く高官のひとりにしかすぎない。

患者たちはマックマーフィの意見に異を唱える。おれたちには何が問題かわかっている、と言い、それから、その問題をあれこれと議論しはじめる。しかし、かれらの議論ははてしなく続くので、マックマーフィがついに口をはさむ。

「もうよしてくれ、あんたらの話を聞いてると、どうだい、話すこたあ、ぶつくさ、ぶつくさ不平を言うだけじゃねえか」と、マックマーフィは言う。「師長の悪口か、医局員の悪口か、さもなきゃ病院の悪口だ。スキャンロンはこの病院の連中を爆弾でみな吹っとばしてえと言うし、シーフェルトは薬の悪口だ。フレドリクソンは自分の家族のもめごとだ。これじゃ、あんた、みんなで問題を押しつけっこしているだけだ」

彼は言う。師長なんてえのはただの冷酷な厳しい婆さんにすぎない。だから、あんたらがいくらおれをけしかけても、師長と角《つの》突き合わせ、対立させようとしても、こいつはむだな話だ――そんなことしたって、誰にとっても何の役にも立ちゃしない、とくに、このおれにはね。師長の奴を追い出したって、あんたらの不満の原因である本当の深い根を持つ障害物をどけることにはならないぜ。

「そうでしょうかね?」と、ハーディング。「それじゃ、あなたが精神衛生の問題について、急に明晰《めいせき》な意見をお持ちになったようですから、お尋ねするが、その問題とは何です? とても巧みに表現された言葉を借りるとして、その深い根を持つ障害物とはいったい何です?」

「はっきり言って、あんた、おれにはわからんさ。おれもそんなスンバラしいもんにまだお目にかかっちゃいないからな」マックマーフィはしばらくじっと坐っていて、レントゲン室から洩れてくる低いぶうーんという音に耳を澄ましている。それから、彼は言葉を継いだ。「だがね、もしも問題があんたらの言ってるような不満にすぎないとすればだ、つまりだ、あのおいぼれ師長とあいつの性的欲求不満のためだけだとすればだ、それならあんたらの問題を解決するのはじつに簡単だ。師長を押し倒して、あの婆さんの欲求不満を満たしてやりゃすむことだ、ええ、そうじゃないか?」

スキャンロンは手を叩く。「そいつはいいぞ。そいつはいい。マック、あんたをおれたちの代表に指名するぞ。そんなことをやれる男はあんたをおいて他にいない」

「おれはいやだ。とんでもない。それこそお人違いというもんだ」

「なぜだ? おれはあんたこそエネルギーたっぷりのスーパーマンだと思っていたがね」

「スキャンロンさんよ、おれはね、できるかぎり、あのハゲタカ婆さんとはかかわりを持たないようにしているんだ」

「それには、わたしもずっと気がついていました」と、ハーディングは微笑を浮かべて言う。「あんたと師長との間に何があったのですか? 一時は師長をロープ際まで追いつめたと思ったのに、あなたはそこで力をゆるめてしまった。われらが慈母に突然同情でもされたというわけですかな?」

「いやいや、そうじゃない。おれがちいっとばかり利口になっただけさ。あちこちいろいろと尋ねてまわったよ。おれはわかった。あんたらがなぜ師長にあれほどまでへいこらするのか、やたらへりくだって、ぺこぺこし、師長の言いなりになっていたかをな。おれもすこしは利口になった。あんたらがおれを利用しようとしているのがなぜかもわかったんだ」

「おや、そうですか？　それは面白い」

「あんたの言うとおり、まさにこいつは面白い。あんたらがおれに教えてくれなかったところがおれには面白いんだ。師長の尻尾《しっぽ》をあんなふうに振りまわしたとき、おれがどんなに危ない賭けをしているかを誰も教えてくれなかったということがな。師長のことを虫が好かないからといって、だからといって、あの女を刺激して、もう一、二年刑期をふやしていいなどとおれが思っているとは考えないでくれや。人間、ときにはプライドも胸のうちにしまって、ナンバーワンに気を配っていなくちゃならないこともある」

「ですがね、他の諸君だって、われらがマックマーフィ君が病棟の規則に屈服したのは、いくらかでも早く退院許可を手に入れたいためだという説を心から信じちゃいませんよ、そうでしょう、みなさん？」

「ハーディングさんよ、あんたはおれが何を言おうとしているかわかってるはずだ。要するにだ、師長は、おれを自由にしてくれる気になるまでいくらでもおれをここに委託患者として置いとくことができるということを、なぜあんたは教えてくれなかったかということだ」

「そりゃ、あんた、あんたが委託患者だということをわたしが忘れて、お、っ、た、からです」ハーディングの顔から言葉の途中で笑いが消える。「たしかに、あんたは抜け目なくなった。わたしたちとまったく同じように」

「もちろん、おれは抜け目なくなったさ。だってそうだろ、なぜこのおれがミーティングでお、だ、をあげて、病棟のドアを開け放しにしておいてくれとか、ナースステーションに積み上げられた煙草のこととか、とにかくくだらねえ不満について一席ぶたなきゃならねえんだ？　最初の頃は、おれにはわからなかった。

なぜあんたらがおれを救世主さまみたいに頼りにするかってえのが。だが、そのうちふとしたことから気づいた。師長さんが誰を退院させ、誰をさせないかということにたいへんな発言権を持っているのにね。それからおれは、それはそれはすごい速さで利口になった。こうおれは言ったよ。『なんだい、このずるがしこい連中、おれをまんまとひっかけやがったな。うまい口車に乗せて、おれひとりに責任をおっかぶせた。驚いた話じゃねえか、このR・P・マックマーフィさまに一杯くわせやがった』とな」彼は頭をぐいと後ろにそらし、ベンチに並んで坐っているわたしたちに笑いかける。「こんなこと言ったって、べつに個人的にどうこう言ってるんじゃないぜ。わかってくれるかい、みんな。だがよけいな雑音はよしにしよう。おれだって、あんたらと同じようにここから出たい。おれだって、あんたらと同じに、あのハゲタカ婆あとやりあったら、損をするんだ」

マックマーフィはにやりと笑い、ウィンクをして、じろりと視線を投げ、親指でハーディングの脇腹をくすぐる。もうこの問題は終わりだ、べつに悪く思っちゃいないぜ、といわんばかりだったが、そのとき、ハーディングが最後の言葉尻をとらえて、言う。

「いや、違う。わたしと比べれば、あんたの損のほうが大きい」

ハーディングはふたたび笑いをたたえて、臆病な牝馬《めすうま》のようにおどおどした流し目をおくり、首をやたらに前後に振る。患者はそれぞれ席を前に進める。マーティニがレントゲンの機械から離れて、シャツのボタンをとめ、「この目で見なかったら、とても信じられなかったろうな」と口の中でつぶやいている。そして、ビリー・ビビットがこんどはレントゲンのところに行き、マーティニに代わる。

「あんたのほうがわたしよりはるかに損をする」と、ハーディングがまた言う。「わたしは自発的に入院している。委託患者ではありませんからね」

マックマーフィは一言も発しない。彼の顔にはいつもと同じ困惑したような表情が浮かぶ。どこか変だ、何かはっきりしないところがあるといったような表情だ。彼はそこにただ坐り、じっとハーディングを見つめている。すると、そっくりかえったハーディングの顔から微笑が消えていく。マックマーフィにあまりにもまじまじと見つめられたために、もじもじしはじめる。彼は息をのみこんで、言う。「じつのところ、この病棟には委託された患者はほんのわずかしかいない。ただスキャンロンと——ええと、それにたしか慢性患者に少し、それにあんただ。病院全体を考えてみても、委託患者はそんなに多いわけじゃないのです。むしろ、少ない」

そこでハーディングは言葉を中断する。マックマーフィに見据えられて、声まで弱々しく消えてしまう。一瞬、沈黙がおとずれ、それからマックマーフィが低い声で言う。「あんた、おれを口先でごまかそうってのかい?」ハーディングは頭を横に振る。彼は怯えたような顔を見せる。マックマーフィは廊下に立ちあがり、言う。「てめえら、おれをだまくらかそうってえのか!」

誰も一言もいえない。マックマーフィはそのベンチの前を行ったり来たりする。手をふさふさとした髪の毛のなかに突っこんで。彼はずらりと並んだ患者たちの一番後尾まで歩いていき、それからまた最前部、レントゲンの機械のところまで戻ってくる。その機械はしゅーと唸り、彼に唾を吐きかける。

「ビリー、どうだい——あんたは委託にちがいないよな、そうだろう、おい!」

ビリーはわたしたちに背中を向けている。爪先立ちになって、レントゲンの黒いスクリーンに顎をのせている。違う、と彼は機械にむかって答える。

「じゃなぜだ？　なぜなんだ？　あんたなんかまだ若いじゃないか！　外の世界で、オープンカーでも乗りまわし、年上の女でもひっかけていていいはずじゃないか。それなのに、こんな」――彼はあたりを示すように手をぐるりと回す――「こんなものにどうして我慢できるんだ？」

ビリーは黙っている。そこで、マックマーフィは彼のことは諦め、他の二、三の患者たちの方を向く。

「どういうわけでこんな所にいるのか教えてくれ。あんたらは文句言ってるじゃないか、何週間もぶっつづけに不平ばかり言ってるじゃないか。こんな所はごめんだとか、師長や、師長にかかわるものなら何だって我慢できないとか言ってたじゃないか。それなのに、あんたらは委託されているわけじゃないと言うんだな。そりゃおれだって、病棟のあの老人たちの何人かについては、ここにいる理由もわかる。奴らは狂人だからだ。だが、あんたたち、あんたたちは外の街路を歩いている普通の人間とまったく同じというわけじゃないかもしれないが、しかしあんたたちは狂人じゃない」

患者たちは黙っていて、反論もしない。彼はさらにシーフェルトのところへ行く。

「シーフェルト、あんたはどうだ？　発作を起こす以外はどこといって悪いところはないんだろ。あんた、おれにはあんたより二倍もひどい発作を起こす伯父がいた。その伯父さんときた日にゃ、悪魔からブーツまでいろんな幻覚を見るんだ、だがそれでも精神病院にこもるようなことはしなかったぜ。あんただって、勇気さえありゃ、外の世界で結構やっていける――」

「もちろんさ！」その声の主はレントゲンのスクリーンからこちらを振り向いたビリーだった。彼は涙をふつふつとこぼしていた。「もちろんさ！」と、彼はまた叫んだ。「ぼくたちにゆ、ゆ、勇気がありさえすりゃ、き、今日にでも外に出ることができる。ぼくに勇気がありさえすれば。ぼくのか、か、母さんはラチェッドし、師長と親友だから、ぼくに勇気がありさえすれば、今日の午後にも退院許可証のサインがもらえるんだ！」

彼はベンチの上に置いたシャツを手荒く取り上げ、それを着ようとするが、あまりにも身体が激しく震えているから、着ることもできない。しまいに、シャツを投げ棄てて、マックマーフィの方に向きなおる。

「ぼくがす、す、す、好きでこんな所にいると思うんですか？　ぼくがオ、オープンカーやガ、ガ、ガールフレンドなんか嫌いだとでも思っているんですか？　あんたには人からあ、あざ笑われるなんて経験ないんでしょ？　ないでしょうね。あんたはとても大きいし、それに、すごくタフだもん！　ところがどうです、ぼくは大きくもないし、タフでもない。ハーディングだってそうだ。フ、フレドリクソンもそうだ。シ、シーフェルトだってそうだ。それを、あんた、あんたはぼくたちが好きでここにいるような、く、口ぶりで話す！　ああ――いくら言っても、だ、だめだ……」

ビリーは泣いていて、ひどく吃っていて、もう何も言えない。そして、涙でくもった目をぬぐおうと、手の甲でしきりに目を拭く。手の甲にあったかさぶたがとれ、彼が目を拭けば拭くほど、顔に、そして目に、血がこすりつけられる。それから、彼は目が見えなくなってしまい、走りだし、顔じゅう血だらけになって廊下をあちこちぶつかりながら行く。黒人がそのあとを追いかける。

マックマーフィはビリーから目を転じ、他の患者の方を向き、何か尋ねようとする。しかし、かれらがじっと自分を見つめている様子を見て、口を閉じてしまう。彼はそこに一瞬立ちつくす。そこに鋲《リベット》のようにずらりと並んだ目が彼に向けられている。それから、彼はなんとなく力のない声で、「驚きだね、こいつは」と、言う。そして、帽子を頭にのせ、それをぐいと目深にかぶり、ベンチの席に戻る。技師がふたり、コーヒー休みを終えて戻ってきて、廊下の向かいにある例の部屋に入っていく。そのドアがしゅっと唸って開いたとき、あたりに酸の臭いがぷうんとする。まるでバッテリーを充電するときのような臭いだ。マックマーフィはそこに坐って、ドアをじっと見守っている。

「おれにはどうもよくわからんなあ……」

庭を横切って、病棟へ戻るとき、マックマーフィはのろのろと歩み、患者たちの一番後尾を行く。緑色の制服のポケットに両手を突っこんで、帽子を目深にかぶり、火の消えた煙草をくわえたまま何か考えながら歩いてゆく。ビリーはすっかり静かになって、黒人の助手につきそわれて、先頭を歩いていた。彼と並んで、ショック・ショップから出てきたあの白人の男が行く。

わたしはマックマーフィと並ぶまで、わざと歩みをゆるめた。あんなことは気にするな、どうしようもないのだ、とわたしは言ってやりたかった。というのも、彼が何かを考えているのがわたしにはわかるからだ。それはまるでひとつの穴を前にして、そこに何が潜んでいるかわからずに気にしている犬のようだ。ひとつの声はこう言う、犬よ、その穴はおまえには関係のないことだ——大きすぎるし、また暗すぎる、それにいたるところにクマか何か、それに類した手ごわいものの臭跡があるぞ、と。だが、また別の声もする。それはけっして賢い声ではないが、彼の血の中に流れる遠い過去からよみがえってきたような鋭いささやき声であって、びくびくするな、犬よ、やっつけろ、それやっつけろ、とけしかける。

そんなもんほっとけ、とわたしは彼に言ってやりたかった。そして、わたしが思い切ってそれを口にしようとしたそのとき、彼は顔を上げ、帽子を後ろに押し上げ、そして歩みを早めて、先を歩いていく小柄な黒人に追いつき、その肩をポンと叩いて、尋ねる。「どうだい、あんた、売店に寄っていいかね。煙草を二十箱ばかり買いたいんだ」

わたしは急いで、二人のところまで追いつかなければならなかった。走ったために心臓が激しく打ち、わたしの頭の中で早鐘のように興奮した音を立てる。売店に着いても、まだ心臓の打つ鼓動が頭の中で鳴りひびいていた。心臓はすでに平常に戻って、ゆるやかに打っていたけれども、その音を聞いていると、冷たい秋の金曜日の夜、フットボール場に立って、ボールがキックされ、ゲームが始まるのを待ちかまえていたときの興奮を思い出した。そのときも、鼓動はどんどん高まっていき、もうそれに耐えることができないと思うほどになった。それから、キックが行なわれ、やがて鼓動も消えていき、ゲームが始まるのだった。その金曜日の夜に感じたのと同じ興奮をいまわたしは味わっていた。そして、そのときと同じように、思わず足を踏み鳴らしてしまうような激しい苛立ちを感じていた。それに、わたしの見るものもまたシャープで鮮明だった。それはちょうどゲームの前と同じだし、また少し前、宿舎の窓から外を眺めたときと同じだった。すべてがシャープで明確で、安定していた。物がこのように鮮明に見え得るのだというこことをわたしはすっかり忘れてしまっていたようだ。歯みがき粉や靴紐がきちんと並び、サングラスやボールペンもずらりと並んでいる。ボールペンには水の中のバターにでも一生涯書けますと保証した文句がついている。カウンターを見下ろす棚には縫いぐるみのクマさんがぬうっと鎮座ましまして、その大きな目の威力で、万引きからお店の品物をがっちりと守っている。

マックマーフィは足音高くカウンターにやって来て、わたしのかたわらに立ち、ズボンのポケットに両の親指をかけて、店員にマールボロを二十箱くれや、と言う。「そうだな、三十箱にしてくれ。じゃんじゃん煙草を吸うつもりだからな」と、彼は言い、店員に笑いかける。

わたしの頭の中の早鐘の響きは、その日の午後のミーティングの時までおさまらなかった。わたしは半ばうつろに聞き入っていた。人びとがシーフェルトの問題を討議し、世間に適合することができるためには自分がかかえている問題の実態に直面しなければならないと説いているのを、うつろに耳にしていた（シーフェルトはたまりかねて、叫んだ。「みんなディランチン錠のせいだ」と。「まあ、シーフェルトさん、みなさんに助けていただくつもりなら、正直におっしゃらなくてはいけませんよ」と、師長。「でも、原因はディランチンだ、ぜったい。あの薬をのむと、歯ぐきがぐにゃぐにゃになるんだろう?」師長はにっこり笑って、「あなたは四十五の大人ですよ……」）。そのとき、わたしはいつものとおり隅に坐っているマックマーフィをちらっと見た。過去二週間のミーティングのとき彼がいつもしていたように、カードをいじりまわしたり、雑誌を見るふりして居眠りをしたりするようなことはしていなかった。それに、だらしなく頭を垂れてもいない。彼は椅子にしゃんと坐り、顔に紅潮した大胆な表情を浮かべて、シーフェルトと師長のやりとりを目で熱心に追っていた。その様子を見守っているうちに、頭の中の早鐘がさらに高らかに鳴りひびいた。彼の目はあの白い眉毛の下に青い一条の線となって、あたかもポーカーのテーブルでカードがつぎつぎに開けられていくのを見守るときのように、鋭く左右に動いていた。いまにも彼は確実に重症患者病棟に送りこまれるようなどでかいことをするぞ、とわたしは思った。わたしは前にもこれと同じ表情を他の患者たちがするのを見たことがある。かれらが黒人助手のひとりを散々に打ちのめしたことがあったが、その前にこれと同じ表情をしていた。わたしは椅子の肘掛けをぎゅっと握りしめ、じっと待った。もうマックマーフィが何か始めるのではないかと心配して。だがそのときわたしは気づいたのだが、何も起こらないのではないだろうかと、すこし不安にもなっていた。

マックマーフィは沈黙を守り、シーフェルトをかれらがやっつけるのをじっと見守っていた。それからフレドリクソンが立ちあがると、坐ったまま身体を半分ほど回し、そちらを見つめる。フレドリクソンは親友のシーフェルトを患者たちが手厳しくやっつけたやり方が腹に据えかねて、何とかして反撃してやろうとし、二、三分ばかりやたらにがなり立てて、ナースステーションに煙草を預けておかなければならないことの不満を述べ立てた。フレドリクソンは言いたいことを言い尽くしてしまうと、最後には顔を赤らめ、いつものように詫びごとを並べ立てて、坐りこんだ。それでもまだマックマーフィは何もしようとはしない。わたしは椅子の肘掛けを握りしめた手の力を抜いた。そして、わたしの期待が間違っていたのかもしれないと考えはじめた。

ミーティングの残り時間はもうほんの数分しかなかった。師長は書類をたたみ、書類籠の中に入れ、その籠を膝から床の上に移し、それから視線をめぐらしてちらっとマックマーフィを見る。彼が目を覚まして、ちゃんと聞いているか確かめたいといったふうだ。師長は膝の上に両手を組み、その指を見つめて、深い息を吸いこんで、頭を横に振った。

「じつはみなさん、これからお話しすることについては、わたしは充分の考慮を払ったつもりです。先生ともとっくりお話ししましたし、他の方々ともよく話しました。そして、わたしどもとしてはたいへんに残念なことですが、結論は次のように同じものになりました――それは三週間前の病棟清掃義務についてみなさんのとったお話にならない行動に何らかの罰を課すべきだということです」彼女はそこで手を上げて、患者たちをぐるりと見まわす。「わたしどもが今日まで何もその件について触れなかったのは、みなさんがあのような反抗的な行動をとったことに対する謝罪を率先して申し出てこられるのを心待ちにしていたからです。ですが、誰ひとりとして後悔の気配すら見せません」

　師長はふたたび手を上げて、患者のなかから起こるかもしれない反論をさえぎる――ガラスの飾り窓の中に坐った機械仕掛けのトランプ占い師の動作よろしく。

「お願いですから、わかってくださいね。この病院でみなさんに課しているある種の規則や拘束はすべて治療上の効果を考えてのものです。みなさんの大部分の方は外の世界の社会規則に適合できなかったからここに入院しているのです。それにまた、その規則と敢然と立ち向かうことができず、それを何とかして避けて通り、逃げようとしたから、ここに入院しているのです。みなさんは規則を破ったとき、それに気づいていた。当然それなりの処置をしてもらいたいと思った。いやその処置がぜひ必要だったのです。ところが、その罰が与えられなかった。みなさんの両親が愚かにもみなさんを甘やかしたことが、もしかしたら現在の病気を生む原因であったのかもしれません。わたしがこのようなお話をするのも、わたしどもが規律と秩序を強制するのは、すべてみなさんのためを思えばこそのことであることを理解していただきたいと考えているからです」

　師長は顔をめぐらして、部屋の中を見まわす。このいやな役目をしなければならないという苦痛の表情をその顔にこめている。あたりは静まりかえった。ただわたしの頭の中で鳴る、あの高熱にうなされたような狂おしい早鐘のような音がするだけだった。

「このような病院では懲罰を与えるのはとてもむずかしいことです。みなさんにどのような罰を与えたらいいのでしょう? 逮捕するわけにもいきません。パンと水だけしか与えないという罰を課すわけにもいきません。いかがです、わたしどもとしても困ってしまうのがおわかりでしょう。それでは、どうしたらよいでしょうか?」

ラックリーがいい考えがある、と言うが、師長は相手にもしない。その顔がカチッ、カチッと音を立てて動き、いままでとは違った表情が現われる。そして、ついに、彼女は自分の出した質問に自分で答えていく。

「わたしどもとしてはみなさんの特権を何かひとつ取り上げなければなりません。そして、今回の反抗の事情などをいろいろ考慮してみました結果、みなさんが昼間、トランプをするのに使っている浴槽室を使用する特権を取り上げるのが妥当だろうということに落ち着きました。いかがでしょう、これは不当でしょうか?」

師長の顔は微動だにしない。師長は見なかったが、師長以外の人はみなひとりずつ、隅に坐っているマックマーフィの方を見た。慢性患者の老人たちすら、なぜ人びとがひとつの方向だけを見るのかといぶかしむように、かれらの痩せこけた首を鳥のように伸ばして、マックマーフィを見ようと顔を曲げた——びくついてはいるが、あからさまに希望をこめて、すべての人びとの顔が彼の方に向けられていた。

わたしの頭の中に鳴るあのほっそりとした単調な音は、いまはアスファルトの上を高速で走っていくタイヤの音に変わっていた。

マックマーフィは椅子の上で坐りなおす。そして、大きな赤い一本の指を上げて鼻の上に走る傷跡をものうげにこする。彼は自分を見つめる人びとにむかってにやりと笑い返し、帽子の庇に手をやり、丁寧に帽子をとって会釈を送る。それからふたたび師長の方を見る。

「それでは、もしこの罰則について異議がないのでしたら、時間も終わりのようですし……」

師長はそこで言葉を切って、マックマーフィをじろっと見た。彼は肩をすくめ、大きな溜息を洩らし、膝を両手でポンと叩き、身体を押し上げるようにして、椅子から立ちあがった。彼は大きな伸びをし、あくびをし、そしてもう一度鼻をこすり、デイルームを大またに横切って、ナースステーションのすぐ近くに坐っている師長の方へ歩きはじめた。歩きながら、彼は親指でズボンを引っぱり上げる。彼がどんなに馬鹿げたことをやろうとしているのかわからないが、もうとても止めることはできないのがはっきりしているので、他の連中と同じように、わたしもただ彼を見守っていた。彼は大きな歩幅で、大きすぎるほどの歩幅で歩き、ズボンのポケットに親指をふたたび引っかけていた。彼のブーツの底についた鋲がタイルを踏みしだき火花を飛び散らした。彼はふたたび樵《きこり》になり、肩でのし歩く賭博師になり、赤毛の大柄な喧嘩っぱやいアイルランド人、そして決闘の相手と対決するために通りのまん中を歩いていくテレビ西部劇のカウボーイとなっていた。

彼が近づくにしたがって、師長の目は大きくふくれあがっていった。彼が何かするなどとは考えてもいなかったのだ。これで彼を徹底的に打ちのめし、師長が勝つはずであったし、これで間違いなく自分のルールが確立するはずだと考えていた。ところが、いま彼は立ち向かってくる、しかも家のように巨大な姿となって！

師長は口をパクパクしはじめ、すっかりびくついて、黒人助手を目で探し求めていた。しかし、マックマーフィは師長に手をかける前に、立ち止まった。彼はナースステーションのガラス窓の前に止まり、太い声でゆっくりと、今朝買った煙草を一箱もらいたいんだがね、と言い、そのガラス窓に手を突っこんだ。

ガラスは水が飛散するようにあたりに飛び散り、師長は両手で耳をおさえた。マックマーフィは自分の名前の書いてある煙草の十箱入りのカートンを一つ取り、そこから一箱だけ取り出し、カートンを元のところに戻す。それから、まっ白な白亜の彫刻のようになって坐っている師長に向きなおり、とても優しく、彼女の帽子と肩から銀色にきらめくガラスの破片を払い落としにかかった。

「師長さん、ほんとに悪いことしちまったねえ」と、彼は言う。「まったく、ほんとに悪かった。この窓ガラスがあんまりぴかぴかに磨きあげてあるんで、ガラスがあるってえこと、おれはすっかり忘れちまったんだ」

それはほんの数秒間の出来事だった。彼はきびすを返し、顔をぴくぴく震わせて坐ったままの師長をあとにし、デイルームを横切って、自分の椅子に戻る。そして、彼は煙草に火をつけた。

わたしの頭の中に鳴っていたあの音はその時すでに止まっていた。

第三部

その後、かなりしばらくの間、マックマーフィは自分の思いどおりにふるまった。看護師長はじっと我慢し、ふたたび事態を逆転することができるようなよいアイデアを思いつくまで、時機を待っていた。彼女はたしかに最初のラウンドで大敗したたし、また今回も一敗を喫するかもしれないということは心得ていたが、しかし、けっして慌ててはいなかった。それというのも、ひとつには、師長はマックマーフィの退院を申請する気はなかったから、戦いは、彼女の意のままにいくらでも長く引きのばすことが可能だったからだ。そのうちには、マックマーフィも何かへまをやるだろうし、あるいは諦めてしまうかもしれない。あるいは誰の目から見ても師長の勝利とわかるような新しい戦術を、彼女は持ち出すかもしれなかった。

だが、師長の新しい戦術が披露されるまでに、いろんなことが起こった。マックマーフィがいわば短い冬眠ともいえるものから目覚め、師長ご自慢のガラス窓を叩き割って、ふたたび戦闘態勢に入ったことを宣言してからというもの、彼の動きによって病棟内の出来事がとても面白くなった。彼はあらゆるミーティングに参加し、あらゆる討論に加わった――例の語尾を伸ばしたのろくさい話し方をし、ウィンクをし、最高にふざけ散らし、十二歳このかた笑うことを恐れていた急性患者たちから、何とか細々とした笑い声を引き出した。彼は患者たちを集めて、バスケットボールのチームを編成し、医師と話をつけて、チームの連中にボールの扱いに慣れさせるためと称し、体育館からボールを一個持ち出す許可を得た。師長はこれに反対して、そんなことを許可したら、次には患者たちがデイルームでサッカーをやり、廊下でポロ競技をやりだします、と言った。しかし、このときだけは医師は自説を守り通し、患者の好きなようにさせたらいい、と言った。「ラチェッド師長、バスケットボールのチームができてから、選手たちの多くが長足の進歩を示しているのですぞ。それは、つまり、治療上の効果があることを証明している、とわたしは思う」

師長は驚き呆れた表情で、しばらく医師の顔を見ていた。そうか、この先生まで一緒になってボールを追いかけているのか。師長は医師の語調を憶えておいて、あとでとっくりと考えることにした。そこで、自分の発言するときになっても何も言わず、ただ会釈だけして、ナースステーションに入ってしまった。師長はそこに坐り、機械の制御盤をいじりまわしにかかり、じっくり考えることにしたのだ。師長の机の上の窓に、用務員が厚紙を張りつけた。新しいガラスをはめこむまでの応急処置だった。師長はその厚紙の背後に毎日坐った。厚紙などそこにないと思っているようであり、以前と同じように、そこからデイルームを見通すことができると思いこんでいるようだった。その四角い厚紙の背後に坐った師長は、壁に裏返しにかけられた絵という具合だった。

師長は一言もいわずに、じっと待った。そして、マックマーフィのほうはあいかわらず、午前中は例の白鯨を縫いつけたパンツ姿で廊下を走りまわり、宿舎では一セント貨で投げ銭賭博をしていた。さもないときには、ニッケル張りの競技用の笛を吹き鳴らし、廊下をあちこち走り、患者たちにコーチをし、病棟の入口から、廊下の端にある隔離室の扉まですばやくボールを渡していく練習をさせていた。ボールは廊下で大砲の弾丸を発射するような音を立ててはずみ、マックマーフィは鬼軍曹よろしく、「それ突進だ、このろくでなしども、ほれ、突っこめ！」とがなり立てていた。

　師長も、マックマーフィも、たがいに言葉をかわすときは、それはいつもじつに丁寧なものだった。彼はじつに優しい口調で、単身外出願を書きたいので、万年筆をお借りしたいのですが、と言い、師長の目の前で、師長の机の上で書類に書きこみ、それを彼女に手渡し、同時にとても愛想よく「ありがとうございました」と言って、万年筆を返す。師長も心得たもので、彼に負けぬぐらい丁寧にその書類に目を通し、「先生方と相談してみましょう」と言う——その相談というのがほんの二、三分しかかからないのだが——そして、戻ってくると、ほんとにお気の毒なのですけど、現在の時点では単身外出許可は治療上必要とは考えられないということですよ、と言う。マックマーフィはまた師長に礼を述べて、ナースステーションから出ていく。例の笛を数マイル四方の窓ガラスが割れてしまいそうな馬鹿でかさで吹き鳴らし、「練習だ、このろくでなしども、ボールを手に、それ一汗《ひとあせ》かこうぜ」と、がなり立てる。

　マックマーフィがこの病棟に来てからすでに一カ月になる。一カ月たつと、廊下の掲示板に掲示を出して、グループ・ミーティングで同伴外出許可の申請をし、その当否を討議してもらうことができる。そこで、彼はまたまた師長の万年筆を借りてきて、掲示板に行き、同伴者という欄の下に、「ポートランドの娼婦、キャンディ・スター」と書きこんだ——しかも最後にピリオドを力強く打って、ペン先を折ってしまった。外出許可申請は二、三日あとのグループ・ミーティングに持ち出された。じつは、それは職人が入って、師長の席の前の窓に新しいガラスをはめこんでいった日だった。スター嬢は患者と同伴外出するには必ずしも健全な人物に思えないという理由で、マックマーフィの申請が却下されると、彼は肩をすくめて、どうやらそんなことだろうと思った、と言い、席を立って、ナースステーションまで歩いていくと、隅にメーカーのステッカーがまだ付けられたままになっているガラス窓の前に立ち、またそこに拳を突っこんだ――そして指から血が流れ落ちるのにもかまわず、師長にむかって、厚紙を取り去ったまんま、まだガラスがはまってないと思ったもので、と言い訳をした。「いつここに、このいまいましいガラスをはめやがったんだ？　ほんとに、こりゃあ恐ろしいいいぜ！」

師長はナースステーションの前でマックマーフィの傷にテープを貼ってやった。そして、その間に、スキャンロンとハーディングがゴミ箱の中から例の厚紙を拾い出してきて、それをまた窓に貼りつけた。しかも、マックマーフィの手首と指に師長が巻きつけるのに使ったテープを拝借して、それを貼りつけた。マックマーフィは丸椅子の上に坐り、傷の手当を受けている間じゅうひどく痛そうに顔をしかめてみせていたが、師長の頭越しに、スキャンロンとハーディングにウィンクを送った。師長の顔の表情は冷静そのもので、琺瑯のように白く無表情だったが、しかし、彼女が苛立っていることは他の面で現われはじめていた。テープをできるかぎりきつくぐいぐいと巻きつける師長の手際からしても、そのかすかに残された冷静さも、かつてほどのものではないことが明らかだった。

わたしたちは体育館に行って、バスケットボールの患者チームが――ハーディング、ビリー・ビビット、スキャンロン、フレドリクソン、マーティニに加えて、マックマーフィが手の出血が止まってゲームに出られるときはいつでも入る――助手チームと対戦するのを見物しなければならない。わたしたちの病棟のふたりの大柄な黒人は助手チームの選手である。このふたりはコートの上では最高のプレイヤーで、赤いトランクスをはいた一組の影のようにいつも一緒にコートの上を走りまわり、機械のように正確に次から次へとみごとなシュートを決めていく。患者チームは背が低すぎるし、動作があまりにも緩慢だ。それに、マーティニは自分だけにしか見えない相手にパスを送りつづけた。そこで、助手チームに二十点の大差をつけられて、わたしたちは敗れた。しかし、ちょっとした出来事が起こったので、わたしたちのほとんどは、とにかく、何か勝ち誇ったような気分で宿舎に戻ることができた。というのは、ボールの奪いあいで選手がもつれあったとき、ワシントンという名の例の大柄な黒人が、誰かの肘で顔面をかちあげられた。彼はボールの上に坐りこんだマックマーフィにむかっていまにも殴りかかろうとしたので、仲間の連中が彼を抑えねばならなかった。でかい鼻から胸にかけて、彼は黒板に赤いペンキをぶちまけたように血をしたたらせ、自分を抑えつけている仲間に、「あの野郎がしかけてきやがったんだ！　あの馬鹿野郎が先にい、い、い、い、手を出したんだ！」と、わめいた。マックマーフィのほうはどこ吹く風といわんばかりの顔だった。

マックマーフィはトイレの中で師長が鏡を使って見つけることになる文句をさらに作った。また、日誌には自分のことにまつわる奇想天外な物語を長々と書きこみ、それに「無名氏」とサインした。あるときには、八時まで眠ることもあった。師長はいつも、冷ややかに彼を叱りつけるのであったが、そういうとき、彼はじっと立って、お説教が終わるまで聞いている。それから、師長さんのブラジャーはDカップですか、それともEカップですか、それともブラジャーなどつけないのですかね、などといった質問をして、師長のお説教の効果をみごとに打ちこわしてしまう。

他の患者たちはまた、マックマーフィの行動にならいはじめた。ハーディングは見習い看護師を見ると、誰かれみさかいなくふざけはじめたし、ビリー・ビビットは「観察」と称して他人を中傷する記事を日誌に書きこむのを完全にやめてしまった。師長の机の前にふたたびガラスが嵌《は》めこまれたが、こんどはガラスに気づかなかったなどという口実をマックマーフィに与えないために、大きな×印が白ペンキで書かれた。しかし、その×印の白ペンキがまだ乾ききらないうちに、スキャンロンが手もとを狂わせて、バスケットのボールをそれにぶつけて割ってしまった。ボールはパンクしてしまい、マーティニが死んだ小鳥を拾い上げるようにそっとそれを床から取り上げて、ナースステーションの中で机の上に散乱した新たなガラスの破片を茫然と見つめている師長のもとに持っていき、テープを貼るか何かして、このボールを直してもらえないだろうか、元どおりに直らないだろうか、と言った。師長は一言もいわずに、ボールをマーティニの手から奪い取り、屑籠の中にそれを突っこんだ。

　これで、バスケットボールのシーズンが終わりになったことは明白だったので、マックマーフィは魚釣りこそ次にやるべきものと決めた。彼は医師に持ちかけて、フローレンス市のサイウースロー湾（オレゴン州西部の西レイン郡にある）に友人がいて、病院の許可さえ取れれば、数人の患者を海釣りに連れていってもいいと言っていると話し、それから外出許可の申請をした。こんどは廊下の申請リストに、同伴者は「オレゴン市郊外の町に住むふたりの優しい年老いた伯母」と書きこんだ。ミーティングで、彼の外出許可は次の週末に認められた。師長は彼女の持つ患者名簿にマックマーフィの外出許可を正式に記入し終えると、足もとに置いてあった例の柳細工のバッグに手を伸ばし、その日の朝刊の切抜きを取り出し、大きな声で、オレゴン州沿岸の魚釣りは今年が最高の盛況を見せているが、サケのシーズンもすでに終わりに近く、海は荒れ、危険である、と読みあげた。そして、みなさんも、この記事を少しは考慮に入れておいたほうがよろしいと思う、と言った。

「そいつは素晴らしい」と、マックマーフィは言った。彼は目を閉じて、歯の間から音を立てて大きく息を吸いこんだ。「いいぞ！　波高き海の潮の香、舳先《へさき》に砕け散る波の音——自然の力に敢然と立ち向かう雄々しさ。そのときこそ、人は人となり、ボートはボートになるのだ。ラチェッドさん、あなたのお話でおれの気持ちは決定的となりました。今晩にでもさっそく電話をかけて、船の予約をしておきましょう。師長さんも一緒に行きませんか？」

　彼女はそれに答えるかわりに、掲示板のところまで歩いていき、その切抜きを画鋲で貼りつけた。


　翌日、ボート代として十ドル出すことのできる釣りの希望者を、彼は募りはじめた。一方、師長は船が難破した話や、沿岸に不意に嵐が襲った話などを書いた新聞の切抜きを毎日のように持ちこみはじめた。マックマーフィは師長の話や、その切抜き記事を馬鹿にし、あざ笑い、おれの伯母さんはふたりとも生涯の大半をいろいろな水夫相手にあちこちの港町で波のまにまに過ごしてきた人だが、ふたりがふたりとも海釣りはパイやプディングくらいに安全で、ちっとも心配することはないと保証している、と言った。しかし、師長のほうが自分の患者の性質をよく心得ていたと言える。新聞の切抜きを読むと、マックマーフィの予想以上に患者たちはびくついてしまった。彼としては、先を争って皆が申し込むと考えていたのだが、実際には説得し、口先でうまくたぶらかすようにして申し込ませなければならなかった。そこで、釣りの前日になっても、ボート代を支払うにはもう二、三人の参加者が必要となった。

　わたしは金は持っていなかったが、申込み者のリストに署名したいとずっと考えていた。それに、マックマーフィがチヌーク・サーモン（オレゴン州海岸地域はチヌーク・インディアンの居住地だったので、この辺のサケをチヌーク・サーモンという）を釣る話をしてるのを聞いていると、ますますわたしの気持ちはつのるばかりだった。わたしが行きたいなどと言いだすのは馬鹿げたことだということはわかっている。もしもわたしがリストに署名したら、それはあからさまに皆にむかって耳が聞こえることを告白するのも同然だった。ボートや釣りの話を聞いていたということになれば、これまで過去十年にわたってわたしの周辺で内緒で語られてきた他の話も、すべて聞いていたということになる。師長がそれに気づいたら、誰にも聞かれていないと彼女が考えて話してきたこれまでのいろいろな秘密の計画や悪事を、わたしがちゃんと聞いていたということに気づいたら、彼女は電気ノコギリを手にわたしを取り押さえ、間違いなくわたしを耳も口も不自由な人間になるように処置するだろう。だから、釣りに行きたいのは山々だったが、それを考えると思わずわたしは苦笑しないわけにはいかなかった。耳を少しでも生かしておきたければ、わたしは聞こえないふりをしつづけなければならなかった。

釣りの前の晩、ベッドの中に横たわり、考えてみた。聞こえないふりをし、これまで人の話が聞こえていたことを他人に知らせなかった長い年月のこと、また昔のように普通にふるまうことがはたしてできるかなど、考えてみた。わたしはひとつのことを思い出した。聞こえないふりをしはじめたのはわたしではないということだ。わたしがあまりにも馬鹿で、聞くことも見ることも話すこともできないのだといわんばかりに最初にふるまいはじめたのは、わたしの周りの人びとだった。

それはこの病院に入ってから後のことだけではなかった。それよりはるか以前から、他人のほうが最初に、わたしが聞くことも話すこともできない者のように、ふるまうようになってしまった。軍隊でも、わたしより階級の上の者はわたしにむかってそうふるまった。このわたしのような恰好をした人間のそばにいたら、そのように行動するのが当然と考えたのであろう。それに、小学校時代の昔を振り返ってみても、おまえは聞いているようには思えないから、おまえの言うことには耳を貸すのはやめたなどと他人が言っていたのを思い出すことができる。わたしはそこに、ベッドに横たわり、最初にそのことに気づいたときのことを思い起こそうとした。それは昔、わたしたちがコロンビア川のほとりの村に住んでいた頃のことだったと思う。夏のことだった……

……たしか十歳の頃だった。小屋の前で、わたしはサケに塩を振りかけていた。小屋の裏手にある干し棚に並べるためだ。そのとき、一台の車がハイウエーからそれて、サルビアの花の中の道をがたぴしこちらに進んでくるのが見えた。それは背後に、貨車を連ねたようにびっしりと赤い砂塵を巻き上げた。

車が坂道をのぼってきて、わたしの家の庭から少し離れたところに止まるのをわたしは見守っていた。砂塵は車のあとから追いかけてきて、その背後にぶつかり、あたりに四散する。そしてしまいには周囲に咲き乱れているサルビアやシャボン草の上に降りかかり、それらを赤く、くすぶりつづける残骸のようにみじめな姿に変えてしまう。砂塵がおさまるまで、車はそこにじっと動かず、陽光の中にきらきらと輝いている。それがカメラをぶらさげた観光客のものでないのは、すぐわかる。観光客は村のこれほど近くまで車を乗りつけることは絶対にしない。もしも魚を買いに来たのなら、ハイウエーのところで買える。観光客はまだ今でもインディアンが白人の頭の皮をはいで、杭《くい》にしばりつけて火あぶりにすると考えているから、村の中まではやって来ないのだ。奴らには、この集落の者がポートランドで何人も弁護士になっているることなど知らないし、また、それを話してみても、とても信じてはくれないだろう。じじつ、わたしの伯父は正真正銘の弁護士になっているが、パパの話では、本当はその伯父は滝でサケを突いているのが何よりも好きなのだが、自分にも弁護士ぐらいできることを証明するためになったのだそうだ。パパは言う。気をつけていないと、世の中の連中に強制されて、おまえがやるべき仕事と奴らが考えたものをいつの間にかやらされてしまう。そうでなければ、ただのラバのごとき頑固者になって、腹いせに反対のことをやるようになってしまう、と。

車のドアが突然開く。そして、三人の人間が出てくる。ふたりは前の方の席から、ひとりは後部の席から。かれらは坂道をのぼって、わたしたちの村の方にやって来る。そして、最初のふたりが紺の背広を着た男で、後ろの人、後部席から出てきた人物は白髪の老婦人で、鎧《よろい》じゃないかと見まちがうほどごわごわした重い布地の服を着ているのがわかる。三人ともサルビアの咲きみだれるあたりから抜け出して、何も植わっていないわたしたちの庭にたどりついた頃には、はーはーと大きな息をし、汗をしたたらせている。

先頭に立った男は立ち止まり、村をひとわたり見渡す。この男は背が低く、ずんぐりしていて、白のステットソンハットをかぶっている。彼はあたりに乱雑に置かれた、がたぴしの魚の干し棚や、中古車、ニワトリの籠、オートバイ、そして犬などに目をやり、首を横に振る。

「あんた、生まれてこのかた、こんな光景見たことあるか？　どうかね？　いい、いいや、いままで見たこともないだろう、わたしは誓ってもいい」

男は帽子を脱ぐと、赤いゴムのボールのような頭をハンカチで押さえる。それはひどく丁寧なしぐさであって、まるで、いずれも、つまりハンカチのほうも、わずかに残った汗に濡れた粗い髪の毛のほうも、くしゃくしゃにしないように注意しているようだった。

「考えられるかね、あんた。人間がこんな生活を望むのを？　どうかね、ジョン、そんなことって考えられるか？」彼は滝の轟音《ごうおん》に慣れていないから、ひどく大きな声で話す。

ジョンは彼の隣りにいて濃い灰色の口髭を吊り上げるようにして、わたしが塩を振りかけているサケの臭気をさえぎろうとしている。首にも頬にも汗をしたたらせ、そして、紺の背広の背中にもじっとりと汗がしみ出ている。彼は手にしたノートに何か書きつけ、円を描くように歩きはじめ、わたしたちの小屋や、ささやかな菜園や、裏手の、ベッドコード（ベッドのマットレスの下にわたす綱）を伸ばして、そこに吊るしたママの赤と緑と黄のまじった土曜日の夜に着る洋服などをじろじろ眺めまわす——それから完全に円を描くまでぐるりと回り、またわたしのところまで戻ってくる。そこで、初めてわたしに気づいたように、二ヤードと離れていないわたしにそのとき初めて気づいたようにまじまじと見る。彼はわたしの方に身体を折り曲げるようにして、値ぶみをするように見ると、臭いのは魚ではなくおまえだといわんばかりに、ふたたび口髭を鼻にまで吊り上げる。

「こいつの親はどこにいると思う？」と、ジョンがもうひとりに尋ねる。「家の中か？　それとも、滝のほとりだろうか？　せっかくここまで来たんだから、こんどの問題は族長とじっくり話し合っておいたほうがよいと思うがね」

「わたしは、この小屋の中に入っていくつもりはないね」と、太った男が言う。

「この小屋こそ、族長ブリッケンリッジの住まいだ。この集落の大指導者、われわれがわざわざここまで交渉しに来た当の人物の家だ」と、ジョンが口髭の中から言う。

「交渉だと？　わたしはご免だ、わたしの仕事じゃない。わたしは土地の評価の依頼は受けているが、連中を高く評価するようには依頼されていない」

この洒落《しゃれ》にジョンは笑いだす。

「なるほど、そりゃそのとおりだ。しかし、誰かが連中に政府の計画を通告してやらなきゃいかん」

「連中がいま知らなくても、すぐそのうちにわかるさ」

「しかし、中に入って、族長と話せば、事は簡単だろう」

「この汚らしい小屋の中に入るのか？　冗談じゃない、賭けてもいいが、中には毒グモ《ブラック・ウィドー》が這いまわっているぞ。よく言うじゃないか、こういうアドービ煉瓦造りの小屋には、壁土の中にもう一つの世界、つまり虫の世界があるとね。それに、暑い、まったく。わたしは保証する。あの中はオーブンそこのけの暑さだ。ほら、見てごらん、ここにいるハイアワサ君（ロングフェローの長詩『ハイアワサの歌』の主人公。インディアンの英雄）がその熱でいかに焼けているかを。どうだい、なかなか手頃に焼けてるじゃないか、この子は」

男は笑う、そして、頭をハンカチでそっと叩く。老婦人が彼の方を見ると、彼は笑うのをやめる。ひとつ咳ばらいをし、地面に痰を吐きすてると、歩いていって、パパがわたしのために杜松《ねず》の木にこしらえてくれたブランコに腰を下ろす。そして、そこに坐って、少しブランコを動かし、ステットソンハットを団扇《うちわ》がわりにして風を入れている。

彼の言ったことを考えれば考えるほど、腹が立ってくる。この男とジョンはわたしなど無視して、わたしたちの家とか、村とか土地とか、そしてそれがどのくらいの値打ちがあるかなど話しつづける。二人がわたしのいるところで平気でそんなことを話すのは、わたしが英語を喋るのを知らないからだと、わたしは考えた。かれらはきっとどこか東部から来た連中で、インディアンについての知識は西部劇で見る以外のことは持ち合わせていないのだ。かれらが喋っていることをすべてわたしが理解しているということに気づいたら、どんなにか恥ずかしい思いをすることだろうと、わたしは考える。

わたしは黙って、暑いとか家が汚いとか、かれらにもうすこし言わせておいたが、それから、立ちあがって、太った男の方にむかって、学校の教科書で習ったとおりの最上の英語で言ってやった。わたしたちの土造りの家は町のどの家よりも涼しいはずです、はるかに涼しいはずです、と。「実際に、わたしが通っている学校よりも涼しいし、ダレスの映画館、「館内冷房」と氷柱《つらら》をかたどった文字で書いた看板を出して宣伝している映画館よりも涼しいんですよ！」

そして、もし中へ入ってくれるなら、滝にかけた足場にいるパパを呼んできます、とわたしは言おうとする。だがそのとき気づいたのだが、かれらはわたしの言葉など何ひとつ聞こえなかったようなのだ。かれらはわたしのことを見てもいない。太った男はブランコに乗ったまま、熔岩の稜線の向こう、村の男たちが滝の足場にそれぞれ陣どって立っているところに視線を走らせている。男たちの姿はここからでは水しぶきであがる霧の中に格子縞のシャツを着た人影としか見えない。ときどき、誰かが腕をくりだし、剣士のように一歩足を前に踏みこむ、それから十五フィートもある三つ股の銛《もり》を高くかかげて、一段高い足場で待ちかまえる男にその先でばたばたと暴れているサケを抜き取ってもらう。太った男は、五十フィートもある白い布のように流れ落ちる滝に足場をかためて陣どっている村人たちの姿を見守り、誰かがすっと踏みこんで、サケを突き刺すたびごとに、目をぱちくりさせ、感嘆の声を洩らしていた。

あとのふたり、ジョンと老婦人はそこにただ立っているだけだ。だが、三人のうち誰ひとりとしてわたしの言ったことは何も聞こえなかったようにふるまっている。実際には、わたしがそこに存在しなかったほうがむしろよいといったように、わたしから目をそらしている。

そして、すべてのものがこの状態で一瞬の間じっと止まってしまう。

太陽がかれら三人の上に、前より明るく照りつけたような、奇妙な感じである。他のすべてのものはいつもと同じように見える――ニワトリはアドービ造りの家々の屋根に生えた草のなかを慌ただしく動き、バッタは草むらから草むらへ飛び交い、魚の干し棚のあたりでは、小さな子供たちがサルビアを利用したからざおを振りまわすたびにハエが飛び立って、黒い雲のようになる。それはいつもの夏の日の光景と同じだった。ただ、太陽だけが、この三人の見知らぬ人びとの上に、突然いつもよりあかあかと照り輝いていて、かれらそれぞれが縫い合わされた縫い目を……わたしは見ることができる。そしてかれらの身体の中の機械までほとんど手に取るように見える。機械はわたしがたったいま言った言葉を受け取り、それをあちこちと、どこかに収めようと努力するが、どこにもうまく収まる恰好の場所がないのに気づくと、その言葉がまるで話されなかったもののように、外に吐き出してしまう。

この間、三人は微動だにしない。ブランコまでが静止している。太陽の光で、斜めになったまま釘づけになっている。それに乗った太った男もゴム人形さながら、石のように動かない。それから、杜松の枝にとまっていたパパのホロホロチョウが目を覚まして、見知らぬ人間が敷地の中にいるのに気づくと、犬のようにかれらにむかってけたたましく吠えかかった。それで、魔法がとける。

太った男は叫び声をあげ、ブランコから飛び下り、埃を巻き上げて横に逃げ、太陽に帽子をかざして、杜松の木にいったい何者がいて、そんなひどい声を立てたのかと見る。そして、それがまだら縞のニワトリみたいな鳥にすぎないのに気づくと、また地面に唾を吐き、帽子を頭にのせる。

「わたしとしてはですな、心底から感じているのだが」と、彼は言う。「この村ならどのような提案をしたところで……ワシントンの用意する予算でお釣りがきますな」

「おそらくそうでしょう。だが、やはり族長と話す努力はしてみるべきだと思う――」

そのとき、老婦人が足音高らかに一歩前に出て、その男の言葉をさえぎる。「いいえ」と。それは彼女が発した最初の言葉だった。「いいえ」と、彼女はふたたび言う。それは師長の口調にそっくりだ。彼女は眉を吊り上げて、あたりを見まわす。その目はレジスターに現われる数字のように跳びはねる。そして、紐に丁寧に吊るされたママの洋服を見ていて、しきりにひとりうなずいている。

「いいえ。今日のところは族長との話し合いはいたしません。まだいけません。わたしはたしか……一度はブリッケンリッジ族長の意見に賛成しましたが、しかし、それは別の理由からのことです。憶えていらっしゃいますか、わたしどもの調べた記録では、族長の奥さんはインディアンではなく、白人であるということを？ 白人です。町の白人です。彼女の名はブロムデンです。普通の場合とは反対に、族長は奥さんの姓を自分の姓にしているのです。そこで、いい計画があります。今日のところは何もせずに、町へ戻る、そして、もちろん、町の人たちに政府の計画の情報を流して、水力発電用ダムの利点や、滝のそばに群がる汚らわしい小屋のかわりに、人造湖を持つ利点を理解していただいて、それから族長への提案をタイプで打って――そして、よろしいこと、手違いということにして奥さん宛てにそれを郵送しては？ これで、わたしたちの仕事もはるかにやりやすくなると、わたしは思います」

彼女はそう言って、何百年もの間に、滝の流れ落ちる岩から岩へとしだいにひろがり、ジグザグ形にあちこちに伸びている、古びた、ゆらゆらと揺れている足場に立つ村人たちの方を見やる。

「それにひきかえ、かりにいま、族長と面談し、突然補償金の提案をしたとしても、おそらく口には言えぬほどのナヴァホー特有の頑固さと愛着心――郷土愛と言うべきでしょうか――とにぶつかってしまうことでしょう」

わたしは、パパはナヴァホーなんかじゃないと、連中に言おうとするが、聞く耳を持たない人に言っても何の足しになろう、と考えた。奴らにとってはパパがどの部族であろうと関係ないのだ。

女はにこりと笑い、ふたりの男たちにかるく会釈する。それもひとりひとりに微笑し、会釈をおくる。そして、彼女の目が合図となって、男たちは動きだす。女は車の方にぎくしゃくとした動きで戻りはじめ、その道すがら、かろやかな、若々しい声で話す。

「わたしの習った社会学の先生がよく言ってたわ、『どのような状況でも、その力を過小評価してはいけない人物がだいたい一人はいるものだ』とね」

そして、かれらは車にまた乗りこむと、立ち去ってしまったが、わたしはそこに立ちつくし、かれらの目にわたしの姿がはたして入っていたのだろうかと、考えていた。


わたしはそのような昔のことを思い出したのに自分でもすこし驚いていた。わたしが少年時代のことをこれほどまで思い出すことができたのは、わたしには何百年と思える長い年月のうち初めてのことだった。まだ記憶の糸をたぐり寄せることができることに気づいて、すっかり嬉しくなった。わたしはベッドに横たわり、その他のいろいろな出来事を思い出していた。そして、ちょうど、なかば夢のなかにひたりはじめたと思われた頃、ベッドの下でネズミが胡桃《くるみ》をかじるような音を耳にした。ベッドの端に身体を乗り出してみると、きらりと金具が光って、どこにくっつけておいたかちゃんと憶えているガムがはがされようとしている。ギーヴァーという名の黒人助手がガムの隠し場所に気づいて、長い、細身の鋏《はさみ》を顎のように開いて、それでガムを紙袋の中にこすり落としていた。

盗み見しているのが見つからないうちに、わたしはシーツの下に身体を押し戻した。ギーヴァーに見つけられたんじゃないかと心配になって、心臓の鼓動が耳の中に鳴りひびく。あっちへ行ってくれ、わたしのチューインガムなどほっといて、もっと自分の仕事でもやっていろ、とわたしは言ってやりたかった。だが、わたしには耳が聞こえることを示してしまうようなことはできない。そこで、じっと横たわり、わたしが身体を乗り出して、ベッドの下をのぞきこんだのにギーヴァーが気づいたかどうかうかがった。だが、彼は気づいた様子を見せない——ただ聞こえるのは、彼の手にした鋏がズー、ズーと鳴って、ガムが袋の中に落ちこむ音だけだった。その音は昔、わたしたちの家のタール・ペーパーを張った屋根を打つ雹《ひょう》の粒の音に似ていた。ギーヴァーは舌を鳴らし、くすくす忍び笑いをはじめた。

「ふっ、ふっ、ふっ。ほんとに驚いたねえ。この旦那、ガムをいったい何度噛めば気がすむのかねえー。いやー、ひどく固くなっちまって、さ」

ギーヴァーのひとり言をマックマーフィが聞きつけて、目を覚まし、片肘ついて身体を起こし、こんな時間に黒人がベッドの下にもぐりこんで何をしているのか見ようとする。彼は黒人の助手をしばらく見守っているが、夢ではないのを確かめるように目をこする。それは、ちょうど小さい子供が目をこするようなしぐさだ。それから、彼は完全に身体を起こして、そこに坐る。

「夢じゃないよなあ。夜の十一時半だっていうのにこの野郎、こんな所にもぐりこんで、鋏と紙袋を持って、暗闇で何をごそごそやっていやがる」黒人はびくっとして跳ね起き、懐中電灯をマックマーフィの目に向けた。「おい、この野郎、教えてくれ。いったいあんた、夜中じゃなけりゃできないような、何を集めているんだ」

「寝てろよ、マック。あんたには関係のないことだ」

マックマーフィは唇をゆっくり開き、にやりと笑う。しかし、懐中電灯の光から視線をそらさなかった。黒人はそこに起きあがっているマックマーフィに光線を向けて、彼のてらてら光る新しい傷跡と歯と、そして肩に彫られたパンサーの入れ墨を半分ほど照らし出したが、何となく落ち着かなくなり、懐中電灯の光をそらせた。彼はまた自分の仕事に戻り、たいへんな仕事でもやるように、ふうふう言ったり、唸ったりしながら、こびりついたガムをはがし落とす。

「夜勤の仕事のひとつはだ」と、彼は唸り声をあげながら説明する。その声の調子には和解を求める気配がこめられている。「ベッドの周囲を清掃するってことだからね」

「草木も眠る丑三《うしみ》つ時《どき》にか？」

「マックマーフィさんよ、病棟には職務分担表が貼り出されているだろう。あれを見てごらん、清掃は四六時中の職務とあるぜ！」

「でもな、あんたらは十一時半までデイルームでのんべんだらりと坐って、テレビ鑑賞としゃれこんでいなさるぜ。そいつをやめりゃ、おれたちが寝る前に二十四時間分の仕事はできるはずだとは思わんかね。ラチェッド老師長さんは、あんたらが勤務時間のほとんどはテレビを見ているのだということをご存じなのか？　師長がそんなことを知ったら、いったいどんなことになるだろうかねえ、おい？」

黒人は立ちあがり、わたしのベッドの端に腰をかけた。彼は懐中電灯で、自分の歯をかちかちと叩き、にやにやしたり、くっくっと笑ったりする。上に向けた光線で、その顔が照らし出され、まるで、黒いかぼちゃ提灯のように見える。

「じゃあ、このガムのことを教えてやるとすっか」と、彼は言って、まるで仲のいい相棒に話すように、マックマーフィに身体を寄せる。「いいすか、ここ何年もの間、わたしはブロムデン族長がいったいどこからガムを手に入れるのか不思議に思ってただ――売店で買うお金は持っていないし、わたしの見るかぎりじゃ族長にガムをくれてやる人もいない、赤十字のご婦人にねだるということもない――そこでわたしはじっと見守って、待っていたです。そしたらあんた、ここを見てくれ」彼はまた両膝をついてしゃがみこみ、わたしのベッドカバーを持ち上げ、その下に光線を当てる。「これどうです？　この下にくっつけられてるのはみんなガムですぜ、それも何千回も噛んだやつです！」

これを見て、マックマーフィもおかしくなったらしい。彼はいま見たガムに、くすくす笑いだしてしまう。黒人は紙袋を持ち上げ、それをがさがさ音を立てて揺すり、ふたりしてまた笑いだす。それから、黒人はおやすみ、と言い、まるで中に弁当でも入っているかのように袋の口をくるくると丸め、それをあとでどこかにしまいこむのだろうか、立ち去っていった。

「族長？」マックマーフィはささやくように言った。「ひとつおれに教えてくれないか」それから、こんどは節《ふし》をつけて歌いはじめる。昔はやったことのあるカントリーソング調の節で。「〝おお、ベッドに一夜はりつけりゃ、スペアミントの味は消えるかい？〟」

最初、ひどく腹が立った。マックマーフィも他の連中と同じように、わたしのことをからかっているのだ、と考えたからだ。

「〝朝になって噛むときにゃ、固すぎて、噛めないか？〟」と、彼は低い声で歌った。

しかし、わたしは考えれば考えるほど、どうも滑稽に思えてきた。だから、一生懸命に抑えようとしたが、いまにも笑いだしてしまいそうに思えた――それも、マックマーフィの歌にではなく、自分自身にだった。

「〝この問題はおれの気にかかる。誰か正しく答えちゃくれないか。ベッドに一夜はりつけりゃ、スペアミントの味は落ちるうーのーかー？〟」

マックマーフィは最後の音を延ばして、わたしを羽毛でくすぐるように、節まわしを使ってわたしをからかう。わたしはどうにもたまらなくなって、くすくすやりだした。そして、しまいには大きな声で笑いだし、笑いを止めることができなくなってしまうのではないかと恐れた。しかし、ちょうどそのとき、マックマーフィがベッドから跳ね起きて、かたわらの小机の中を探しはじめたので、わたしは息を殺した。歯をかたく噛みしめ、こんどはどうしたらよいのか考えていた。なにしろ、唸るか、わめくか以外の音をわたしが他人の耳に聞かせてしまったのは、ほんとに久しぶりのことだったからである。マックマーフィが小机の扉を閉める音がする。それはボイラーの扉を閉じたように、部屋じゅうにひびく。彼が、「ほら」と言うのが聞こえ、そして、何かがわたしのベッドの上に乗った。小さなものだ。ちょうどトカゲかヘビくらいの大きさのもの……

「いまのところ、おれがあげられるのは、ジューシーフルーツしかないんだ、族長。投げ銭でスキャンロンから巻き上げたガムだ」そう言って、彼はベッドにもぐりこんだ。

そして、わたしは自分でもわけのわからないうちに、思わず、ありがとう、と彼に言ってしまっていた。

彼はそのとき、すぐには何も言わなかった。ただ片肘ついて、身体を起こし、さっき黒人を見ていたときと同じように、わたしのことをまじまじと見つめ、わたしが何か他に言うのをじっと待っていた。わたしはベッドカバーの上に置かれたガムを取り上げ、それを手にしっかりと持ち、ありがとう、と彼に言った。

わたしの喉は錆びついていたし、舌はきしんでいたから、その言葉は音になりえないほどだった。少し練習不足のようだぜ、と彼はわたしに言い、笑った。わたしも一緒に笑おうとしたが、それはまるで若いメンドリが鳴こうとするように、ひしゃげた声になってしまった。笑い声というよりはむしろ、それは泣き声といったほうがよかった。

あわてるな、練習したければ、朝の六時半まででもおれは聞いていてやるぜ、と彼は言ってくれた。あんたみたいに長いあいだ黙っていた男には、たぶん話すことが相当あるだろうなあ、とも言った。そして、彼は枕に頭をつけて、横たわり、じっと待ってくれた。わたしはマックマーフィに話すことをしばらく考えていたが、しかし、わたしの頭に浮かぶものは、言葉に言い表わしたら妙に聞こえて、とても他人に言えるようなものではなかった。わたしが何も言えないのを見ると、彼は頭の下に両手を組んで、自分で話しはじめた。

「ねえ、族長。昔、ウィラメット川（オレゴン州北西部を流れコロンビア川に合流する）の流域に住んでいた頃のことを思い出していたんだがね――おれ、ユージーン（ウィラメット川流域の産業都市）の郊外で、豆を摘んでたのさ、そして、職にありつけて運がよかったなあと考えていた。何しろ、三〇年代のはじめだったから、職にありつけない子供がたくさんいたんだ。おれが職につけたのは、大人の誰よりも早く、きれいに豆を摘むことができるのを監督に実際に見せてやったからだ。とにかく、ずらりと並んだ連中のなかで、子供はおれだけだった。おれのまわりには、大人ばかりだった。それで、あんた、おれは一、二度連中に話しかけようとしたが、連中はおれみたいなやせっぽちの、ぼろを着た赤毛のチビなんかの話は、聞く耳持たねえというのがすぐにわかった。だから、おれは口をつぐんだ。おれの話を聞いてくれねえ連中にひどく腹が立ったから、その畑で働いた四週間というもの、おれは黙りこくっていた。連中のすぐ隣りで働いて、奴らが伯父さんとか従兄とかのくだらぬ話をするのを黙って聞いていた。それに、誰かが仕事に出てこないとなりゃ、奴らはすぐそいつの噂話をする。それもじっと聞いていた。四週間だぜ、その間、おれはぴーとも鳴きもしなかった。しまいには、あの甲羅ばかり古びた連中め、おれが喋ることができるのをいまいましいが忘れちまったんだと思うほどだった。おれは時機を待っていたんだ。それから最後の日になって、おれは口を開いて、連中がどいつもこいつもひでえ奴だということを言ってやった。おれはひとりひとりつかまえて、あんたが休んだときに、仲間がさんざん悪口を言っていたぞ、と話してやった。そしたらどうだ。連中は耳の穴かっぽじって聞いてくれる！　しまいには、おたがいに口論をはじめ、大騒ぎになっちまった。だから、一日も休まなかったボーナスとして、一ポンドにつき二十五セントもらえるはずの賃金をおれはふいにしてしまった。というのは、おれはその頃からもう町で悪い評判を立てられていたから、監督の奴は騒ぎの原因はおれのせいだ、たとえ証明できなくたって、とにかくおれのせいだと決めこんでしまったからだ。あのとき、ペラペラ喋ったおかげで、おれは二十ドルぐらいはおそらく損をしただろう。だが、その値打ちはあったぜ」

彼はしばらく昔のことを思い出し、ひとりくすくすと笑っていたが、それから、枕の上の頭をくるりと回して、わたしの方を見た。

「族長、おれの考えでは、あんたも連中に仕返しをすると決めている日にそなえて、時機を待っているのとちがうか？」

「いいや」と、わたしは言った。「わたしにはそんなことはできない」

「連中の悪口を言い立てることができないと言うのかね？　思っているよりたやすいことだぜ」

「あなたは……わたしよりはるかに大きいし、強いから」と、わたしは口の中でつぶやいた。

「どうしてそんなことになる？　おれにはあんたの言う意味がわからんな、族長」

わたしは唾を喉の中にのみこんだ。「あなたはわたしよりも大きいし、強い。あなたにはそれができる」

「おれが？　あんた冗談言ってるのか？　呆れたね、自分を見てみろ。あんたはこの病棟の誰よりも頭ひとつは大きいぜ。ここであんたにかかって、ばらばらにされない奴はいないぜ。事実だよ、そいつは！」

「いいや、わたしははるかに小さすぎる。昔は大きかったのだが、しかし、もう大きくない。あなたはわたしの二倍は大きい」

「へえー、驚いた。あんたは狂ってるんじゃないか？　おれがここに入ってきたとき目に入った最初のものは、あんただぜ。あそこで、例の椅子に小山のようにずっしりと坐っていたあんたの姿だ。いいかい。おれはクラマス（オレゴンの郡名）に、テキサスに、オクラホマ、そして、ギャラップ（ニューメキシコ州北西部の町）の周辺、とにかくいろんな所で暮らしてきたが、しかし、誓ってもいいね、あんたは今まで見たなかで一番でかいインディアンだ」

「わたしはコロンビア峡谷の出身だ」と、わたしは言った。すると、彼はじっとわたしが先を続けるのを待っていた。

「パパは族長だった。名前はティー・アー・ミラトゥーナだった。その名前の意味は、『山の上に立つ一番高い松の木』だ。でも、わたしたちが山の上に住んでいたというわけではない。わたしが子供のとき、パパはほんとに大きかった。わたしの母は、パパの二倍にも大きくなった」

「母さんてのは、よっぽどの大女だったにちがいないな。いったいどのくらいあった？」

「ああ、それは大きい、大きい」

「つまり、何フィート何インチあるかと言ってるんだ」

「フィートとインチ？　見世物小屋の男が母をつくづく眺めて、五フィート九インチ、百三十ポンドはあると言ったが、しかし、それはその男が母の外見を見ただけだからだ。母はどんどん大きくなるばかりだった」

「へえー、そうかね。で、どのくらい大きくなった？」

「わたしとパパを合わせたよりも大きい」

「ある日、ぷいと大きくなりだしたってわけか、ええ、おい？　でも、そいつは初耳だな。インディアンの女がそんなにでかい顔をするなんて、おれは今まで聞いたことないぞ」

「母はインディアンじゃない。ダレス出身の町の女だ」

「で、名前は何と言う？　ブロムデンだって？　なるほどね、ちょっと待ってくれ」彼はしばらく考えているが、また続ける。「町の女がインディアンの男と結婚する場合、そいつは女としちゃ、社会的に自分の下の者と結婚するということになる、そうだろう？　そうか、どうやらわかった感じだ」

「いいえ、パパが小さくなったのは、母のせいばかりではない。パパが大きかったから、そして、不屈で、好きなことをしていたから、みんなで寄ってたかってパパを変えた。ちょうどかれらがあなたにしかけているように、みんなでパパを変えた」

「かれらって、誰のことだ、族長？」彼は、突然真顔になって、声を落として尋ねた。

「コンバインだ。コンバインが長い年月の間に、パパを変えてきた。しばらくの間は、パパもかれらと戦うことができるくらいに大きかった。コンバインは、わたしたちの家の衛生検査をした。わたしたちから滝を奪い取りたいと考えていた。部族の者のなかにさえ、その手先がいて、連中はパパの気持ちを変えさせようとした。町で、パパは路地に連れこまれて、さんざんに殴られたり、一度など、髪の毛を短く刈られてしまったこともあった。ああ、コンバインは大きい――とても大きい。パパは長い間戦ったが、やがて母のために小さくなってしまい、もう戦うことができなくなった。パパも戦いをやめてしまった」

わたしの話が終わると、マックマーフィは長い間、何も言わなかった。それから、彼はまた片肘をついて、身体を起こし、わたしの顔を見て、なぜ親父《おやじ》さんは路地に引っぱりこまれて、殴られたりしたのか、と尋ねた。それはかれらがパパの身にどういうことが起こるかを思い知らせようとしたんだ、パパが政府にすべてを譲渡すると認めた書類にサインをしなければ、もっとひどいことになるぞと思い知らせようとしたんだ、とわたしは彼に教えてやった。

「いったい政府に何を譲渡させようというんだ?」

「すべてだ。部族も、村も、滝も……」

「そうか、思い出したぞ。あんたが言ってるのは、インディアンが昔サケを銛で突いていたという滝のことだろう――ずいぶん昔の話だが。そうだ、憶えているぞ。だがね、おれの憶えているかぎりじゃ、部族の連中は補償金をしこたまもらったとか言ってたぜ」

「かれらがパパに言ったのも補償金のことだ。でも、パパは言った。人間の生き方を金で買えるか? パパは言った。人間の存在を金で支払えるか? かれらはわからなかった。部族の人びとさえわからなかった。村人たちはみなわたしの家の玄関の前に集まり、受け取った小切手を手にふりかざし、これからどうしたらいいのかパパに教えてくれと頼んでいた。代わりに金を投資してくれと頼んだり、どこに行ったらいいのか教えてくれとか、どこで農場を買ったらいいのか教えてくれとか、みんなして口々にパパに頼んでいた。だが、パパはその時にはもうあまりにも小さくなりすぎていた。それに、いつも酒びたりだった。コンバインがパパをすっかりだめにしてしまった。誰でも、コンバインにかかったらやられてしまう。あなただってやられてしまう。かれらは、パパのように大きな人間を自由にふるまわせてはおかない。必ずしまいには、コンバインの一員にしてしまう。あなたにもわかるだろう」

「うん、わかるように思えるぜ」

「だから、あなたも師長の窓ガラスを割るべきではなかった。いままでは、あなたが大きい人間なのが、かれらにもわかってしまった。だから、かれらはあなたをやっつけなければならない」

「野生馬を飼いならすみたいにか？」

「いいや、違う。いいですか、かれらはそんなふうにあなたをやっつけるのではない。あなたが二度と戦うことができないように変えてしまう！　何か頭の中に仕込む！　何かを植えこむ。大きい人間になりそうだと見抜いたらすぐにかれらは取りかかり、小さい人間のうちにうす汚い機械を植えこみにかかる。そして、すっかり変えてしまうまで、執拗にはたらきかけてくる！」

「おいおい、そう興奮するなよ、あんた。シッ――」

「だから、あんたが戦えば、あんたはどこかに閉じこめられ、戦えないように――」

「おい、おい、族長。興奮しないで、すこし冷静になれや。話し声を聞かれたぞ」

彼は上を向いて、じっとする。ベッドが燃えるように熱いのに、わたしは気づいた。そのとき、ゴム靴の底を鳴らして、黒人が何の物音かを確かめに、懐中電灯片手に入ってくるのが聞こえた。わたしたちはじっと息をこらして、黒人が去っていくのを待った。

「しまいに、パパはとうとう酒を飲むだけになってしまった」と、わたしは低い声で続けた。わたしは話をやめることができないように思えた。わたしがこれで全部と考えていた話を語り終えるまでは、すくなくともやめることができなかった。「だから、最後にパパを見た時には、パパは飲みすぎで盲目になって、ヒマラヤ杉の森のなかにいた。パパが酒瓶を口に持っていくたびに、瓶から酒を飲むのではなく、瓶のほうがパパを飲みこんでしまう。しまいに、パパはちぢかんで、皺がよって、黄いろくなってしまい、犬にもパパだということがわからなくなってしまった。ヒマラヤ杉の森からパパを運び出し、トラックに乗せて、ポートランドまで連れていった。そして、パパは死んだ。かれらがパパを殺したと、わたしは言おうとしているんじゃない。かれらはパパを殺さなかった。もっとひどいことをしたのだ」

わたしはとても眠くなってきた。もうそれ以上話したくなかった。これまで話したことを振り返って考えようとした。すると、どうも、わたしが話したかったことと、どこか違っているように思えてくるのだった。

「とんだ話をしてしまった、ねえ?」

「そうだな、族長」――マックマーフィはベッドの上で寝返りをうち、こちらを向いた――「とんだ話をしたぜ、あんたは」

「こんなことを言おうと思ってたわけではないのだが、うまく、すべてを言うことができない。意味をなさない」

「意味をなしていないとは、おれは言わないぜ、族長。おれはただ、とんだ話だと言っただけだ」

それから、しばらくの間、彼は何も言わなかったので、眠ってしまったのだと思った。わたしは「おやすみ」と言いたかった。わたしは彼のほうを見た。彼はわたしに背中を向けて横になっていた。その腕は毛布の上に出ていた。そして、腕に彫られたトランプのエースや八の札がぼおっと見えていた。大きな腕だ、とわたしは考えた。昔、わたしがフットボールの選手だった頃の、わたしの腕と同じくらいに大きい。わたしは手を差し伸べて、入れ墨をしたところに手を触れたい、まだ生きているかを確かめるために、手を触れたい、と思った。あまり静かに横たわっているから、息があるかどうか確かめるために、その身体にさわったほうがよい、そうわたしは考えた……

だが、それは嘘だ。彼が生きているのはわかっている。わたしがその身体にさわりたいのはそんな理由からではない。

彼が人間だから、わたしはさわりたい。

それも嘘だ。ほかにも人間はあたりにいる。そいつらにさわることができるはずだ。

わたしは同性愛者だから、彼の身体にさわりたいのだ！

でも、それも嘘だ。それも本当のことを隠すひとつの口実にすぎない。もしもわたしが同性愛者であるとすれば、彼に他のこともしたくなるはずだ。わたしは、彼が彼そのものであるから、ただ手を触れたいだけだ。

しかし、その腕の方に手を差し伸べようとしたとき、彼は「ねえ、族長」と言って、毛布をはねとばして、ベッドの上で身体をごろりと回し、わたしの方を向いた。「ねえ、族長、どうだろう、明日、おれたちと一緒に魚釣りに行こうじゃないか?」

わたしは答えなかった。

「ええ、おい、どうだい? 素晴らしいことになるとおれは思ってるぜ、この釣りは。おれたちを迎えに来るふたりの伯母さんというのが誰だか知ってるか? 伯母さんなんかじゃねえんだぞ、あんた。とんでもねえ。ポートランドにいるおれの女友達でね、ふたりともストリップの踊り子だ。どうする、行かないか?」

わたしはやっと口を開いて、わたしは貧窮者だ、と言った。

「え、何だって?」

「文無しなのです」

「ああ、なるほど。そいつは気がつかなかったな」と、彼が言う。

またしばらく彼は何も言わず、指で鼻の上のあの傷跡をこすっていた。その指が止まる。彼は片肘をついて、身体を起こし、わたしを見た。

「族長」と、彼はわたしの身体を推し量るように見て、ゆっくりと言った。「あんたが一番大きかった時、つまりさ、たとえば、あんたが六フィート七、八インチもあって、重さが二百八十ポンドもあった時さ――その頃どうだった、あの浴槽室にあるコントロールパネルぐらいのものを持ち上げることができたかね?」

わたしはあのパネルのことを考えてみた。あれはおそらく昔軍隊で持ち上げたことのある石油を入れたドラム缶とたいして違わないだろう。昔なら、持ち上げられただろう、とわたしは答えた。

「じゃ、昔のように大きくなったら、いまでも持ち上げることができるんだな？」

たぶんできると思う、とわたしは彼に伝えた。

「と思う、じゃいけない。あんたを昔どおり大きくしてやったら、あいつを持ち上げると約束できるか？ そこんところを知りたいんだ。どうだ、そいつを約束してくれ、そしたら、あんたに無料でボディービルのコーチをしてやるし、そのうえこの十ドルをおれが持って、ロハで釣りに連れていくぜ！」彼は唇をなめ、そしてまた横たわった。「それにおれもすごく助かるんだ、そうしてくれりゃ」

彼はそこに横たわり、ひとり自分の計画を考えて、ほくそ笑んでいた。どのようにしてわたしを昔のように大きくしてくれるのか、と尋ねると、彼は自分の唇に指をあて、しーっと言った。

「そんな秘密をそう簡単にばらすことはできないぜ。どのようにしてかをあんたに教えるとは、言わなかったぜ。ええ、そうだろ？ あんた、人間をまたもとの大きな身体にふくらませるなんて方法は、こいつは誰にでもそう簡単には洩らすことのできない秘密だ。敵に知られてみろ、危険きわまりない。あんた自身でさえ、大きくなっていくのにちっとも気づかないようにしておくさ。だがね、おれはちゃんと約束する。おれのトレーニング計画に従ってさえくれりゃ、必ず大きくなって、ざっとこんな具合になる」

彼は両脚を回転し、ベッドから起きだし、その端に坐って、膝の上に手を置く。ナースステーションから洩れるぼんやりとした光が彼の肩越しにやって来て、片側の目に当たる。そして、その目はきらきらと輝き、彼の鼻梁にそって、わたしを見下ろしていた。ふざけて、競売人をまねした声が宿舎のなかに静かに響きわたる。

「ざ、っ、と、こ、ん、な、具合にさ。大通りを行きますのは大族長ブロムデンでございます。――男も女も子供たちも、大族長を一目見ようと爪先立ちになっております。「これは、これは、これは、この人はなんて大きいんだ。一歩で十フィート進み、電線が邪魔になるぐらいです！」族長は町をのっしのっしと歩いていきます。処女以外には目もくれません。他の女性は並んでもむだですよ。マスクメロンほどのオッパイと、この巨人の背中にからみつくほどの長く、強い白い脚と、そして、バターと蜂蜜のように甘くて、しっとりと温かいかわいいあそこをお持ちでない女の方は、並んでもむだですよ……」

宿舎の暗闇のなかで、彼はわたしが大きくなったときの物語を語っていく。男たちはみな恐れおののき、美しい女たちがわたしのあとを息せききって追いかけるその物語を。それから彼は、いますぐおれはデイルームへ行って、釣りに参加するリストにあんたの名前を書いてくる、と言った。彼は立ちあがり、寝台わきの小机からタオルを取り出すと、それを腰のまわりに巻きつけ、帽子をかぶり、そして、わたしのベッドの上に立ちはだかった。

「おい族長、いいかい、あんた、女たちが寄ってたかってあんたを床に押し倒すぜ」

そう言って、突然彼は手を矢のように伸ばし、さっと動かして、わたしの身体をしばりつけていたシーツをほどき、毛布やベッドカバーをはねのけた。裸で横たわるわたしの姿がそこにさらけ出された。

「どうだい、族長。ほうれ。言っただろう。あんたはもう二分の一フィートは大きくなっているぜ」

そして、大きな声で笑いながら、彼はベッドの並ぶ宿舎から廊下へと歩き去っていった。

ふたりの娼婦がポートランドからやって来る。わたしたちと船を出して、釣りに行くのだ！　そう考えると、六時半になって、宿舎の電灯がつくまでベッドのなかでじっとしているのはむずかしかった。

　わたしはまっ先に宿舎から起き出し、ナースステーションのすぐ横にある掲示板に貼られたリストを見て、わたしの名前が本当にそこに記入されているかを確かめた。リストの一番上に、大きく活字体で「海釣り参加希望者は記入のこと」と書かれている。そして、すぐ下にマックマーフィの署名がしてあり、ビリー・ビビットの名がマックマーフィのあとに記入されている。三番目はハーディング、次はフレドリクソン、そしてずらりと九番目まで名前が書かれてあり、そして十番目が空白となっている。わたしの名前はいちばん最後に、確かにあった。九番目から一行とびこして、そこに書きこまれていた。病院の外に出て、ふたりの娼婦と一緒に海釣りに行くのは夢ではないのだ。そうくりかえし自分に言い聞かせておかなければ、わたしは信ずることができなかった。

　三人の黒人助手がいつの間にやらわたしの前に立っていて、灰色の指でひとつひとつさしながら、そのリストを読んでいった。かれらはそこにわたしの名前を見出すと、振り返って、白い歯を見せて、わたしのことを笑った。

「こいつは驚き。この馬鹿馬鹿しい計画にブロムデン族長の名前を書きこんだ奴がいるぞ。誰だろうな。インディアンには字は書けないしな」

「インディアンに読むことができるとでも思ったのかね」

このように朝早い時刻では、まだ糊がきいていて、ごわごわとしていたから、かれらが腕を動かすと、白衣ががさがさとまるで紙の翼のように音を立てる。わたしにむかってあざ笑うかれらに、わたしは何も聞こえないし、何も知らないといったようにふるまった。だが、かれらが箒をわたしに突きつけて、かれらの仕事である廊下掃除をするように促したとき、わたしはくるりと背を向けて、宿舎に戻っていった。そして、心のなかで、掃除なんてくそくらえだ。ポートランドの娼婦をふたり連れて、釣りにでかけようって旦那が、そんな馬鹿げたことができるか、とわたしは呟《つぶや》いていた。

だがそんなふうにしてかれらから歩き去っていくのは、わたしにはすこし怖かった。というのも、これまで黒人たちが命じたことにそむいたのは一度だってなかったからだ。振り返ってみると、かれらは箒を手に、あとから追いかけてくるではないか。おそらく、マックマーフィがいなかったら、かれらは宿舎の中にまで入ってきて、わたしのことをつかまえたにちがいない。だが、マックマーフィはそこで大騒ぎをしていた。ベッドの間を大きな声でわめきながら歩きまわり、今朝の釣りに参加すると書きこんだ男たちにむかってタオルをパンパン鳴らして起こしていた。そこで、黒人たちは、たかが廊下をすこしばかり掃除させるために、危険を冒して入りこむにしては、宿舎はどうやらあまり安全とはいえないと考えたらしいのだ。

マックマーフィはオートバイ用の例の帽子を赤毛の髪の上にぐっと目深《まぶか》にかぶって、船長を気どっていた。そして、シンガポールで彫らせたという入れ墨がTシャツの袖から見えていた。彼は船の甲板の上でのように、床の上を大股でのっしのっしと歩き、指を水夫長《ボースン》の笛のように口につけて、鋭く口笛を鳴らす。

「総員、甲板に集合、甲板に集合。命令違反者は全員竜骨潜《キールホール》りの刑に処す！」

そのとき彼は入口に近いところに立っているわたしの姿を見つけると、走るようにやって来て、背中をどんと叩いた。

「六点鐘、異常なーし。速度よーし。甲板に集合。おチンポ《コックス》さげて、靴下《ソックス》あげよ」

彼はハーディングのベッドのかたわらにある小机を拳で鳴らす。

「さあ、この大族長を見てくれ。この男こそ立派な水夫、釣り師のお手本だ。お天道様《てんとう》より先に起き出し、外に出て、餌にするミミズを掘ってくれたんだ。きさまら他の連中は、どれもこれも役立たずのろくでなしどもだ。すこしは族長を見習え。甲板に集合。今日こそ決戦の時だ！　寝袋から飛び出し、海へ出よ！」

急性患者たちは口々にぶつぶつ言い、彼とそのタオルにつかみかかる。慢性患者たちも目を覚まし、あたりを見まわす。その顔は、夜中じゅう胸のあたりをシーツで締めつけられていたために、血の気が消えて青白い。かれらは宿舎の中を見まわし、最後に弱々しい、力の抜けたような老人の表情を見せ、何か物欲しげな、好奇心に満ちた顔をわたしに向ける。かれらはそこに横たわったまま、わたしが釣りに行くために暖かい衣服を身につけているのをじっと見守っている。だから、わたしは何か落ち着きがわるく、悪いことをしたような気になってしまう。わたしだけが慢性患者のなかからただ一人選ばれて、釣りに行くことになったのがかれらにも勘でわかる。かれらは食い入るようにわたしを見つめる——長い年月の間、車椅子にしばりつけられて、脚には蔦《つた》のように導尿管《カテーテル》を巻きつけ、生涯ここから動こうとしても動くことのかなわぬ老人たち、その老人たちがわたしのことをじっと見つめていて、本能的に、わたしが釣りに行くのだということを悟る。かれらにはわかる。それはかれらのなかに残っていた人間性がすっかりかき消されてしまい、代わって昔ながらの動物性が現われてきたからだ（たとえば、夜中に宿舎で誰かが息を引き取ったときなど、誰も気づかないうちに、こういう老人の慢性患者たちは突然目を覚まし、頭をそらせて、大きな叫び声を上げる）。加えて、昔のことを思い出すくらいの人間性はまだわずかに残っていて、他人を妬《ねた》むこともできるからだった。

マックマーフィは参加者のリストを見に行ったが、やがて戻ってくると、もう一人急性患者を参加させようと説得にかかった。彼はベッドの間を歩いていき、まだ頭からシーツを引っかぶって寝ている男がいると、そのベッドを蹴とばし、外に出て、疾風などものともせずに、男性的な海のしぶきのなかで、大声をあげ、舟歌を歌い、ラム酒を傾ける、こんな素晴らしいことはないぞと説いた。「さあ、この怠け者ども、乗員をそろえるには、もう一人仲間がいるんだ。もう一人だけ、希望者が必要だ、畜生め……」

だが、誰も彼の口車に乗ってこない。海は最近ひどく荒れていて、船が何隻沈んだとかいう師長の話に、他の連中はすっかりびくついてしまっていた。だから、わたしたちはその最後の一人をついに得られそうもなかった。それから三十分後に、わたしたちが食堂の入口に並んで、鍵が開くのを待っていたとき、ジョージ・ソレンセンがやって来て、マックマーフィに近づいた。

大柄な筋肉たくましいスウェーデン系の歯抜けの老人で、病的に清潔好きだから、黒人たちに「こすり屋」のジョージと呼ばれている。そのジョージが廊下をのそのそやって来た。後ろにぐっとそっくりかえって、自分の足が顔よりも充分前に出るようにして歩く（こういうふうに後ろにそっくりかえっていれば、他人と話をするとき、できるだけ顔を離していることができるのだ）。マックマーフィの前に立ち止まると、手で口を隠し、何かぶつぶつ呟いた。ジョージはすごく恥ずかしがり屋だった。彼の目は眉毛の下に非常に深くくぼみこんでいたから、他人には見えなかった。そして、彼はいつも、大きな手を顔に当てるから、他の部分もほとんど隠れてしまう。彼の頭は、マストのように高い身体の先に揺れうごく烏《からす》の巣といったあんばいだった。口を隠した手のなかで何かぶつぶつ言っているので、ついにマックマーフィが手を差し伸べて、声が聞こえるように、彼の手を払いのけた。

「さあ、ジョージ、何て言ってたんだ？」

「ミミズだ」と、彼は言っていた。「ミミズじゃだめだと思う――チヌーク・サーモンにはだめなんじゃ」

「へえー、そうかね？」と、マックマーフィ。「ミミズじゃねえ？　あんたの話しているミミズがどうしたのか教えてくれたら、あんたの話も、もう少しよくわかるんだが、ジョージ」

「ちっ、と前に、わし耳にしたんだ。ブロムデンさんが餌にするミミズを掘っているとあんたが話しとったのを」

「そのとおりだよ、親爺《おやじ》さん。たしかそう言った」

「だから、わしは言っとるじゃろ。ミミズじゃ釣れないと。たしかに、今月はチヌーク・サーモンの大物が回游《かいゆう》してくる時期じゃが。餌にはニシンじゃや。そうとも。先ずニシンを少し釣っといて、それを生《い》き餌《え》に使うことさ。それなら、多少は釣れる」

彼の声は文章の終わりで調子が上がる――釣れるうーという具合に、まるで質問をするように。彼の顎は、今朝もすでにこすりすぎて皮がむけてしまっているが、その顎を一、二度マックマーフィに向けて上下に動かすと、くるりと背を向けて、行列の最後につくために廊下をまたのそのそ歩いていった。マックマーフィはジョージを呼び戻した。

「おい、ちょっと待ってくれよ、ジョージ。あんたの口ぶりじゃ、釣りにだいぶ詳しいらしいじゃないか」

ジョージは振り返ると、マックマーフィのところにまたのそのそと戻ってきた。ものすごくそっくりかえって、まるで足だけが前に動いて彼の身体を進めるといった具合に。

「もちろんさあ。二十五年間、わしはチヌーク・サーモンのトローリング漁船に乗っていたんだ。あんた、半月湾《ハーフ・ムーン・ベイ》（カリフォルニア北西部の入江）からピュージェット海峡（ワシントン州西部の内陸に深く入りこんだ海峡、シアトルはこれに面する）までを股にかけて、活躍したもんじゃ。二十五年の間――わしがすっかり汚くなるまでな」彼は両手を前に差し出して、そこにしみついた汚れをわたしたちに見せた。あたりにいた患者たちはみな身体を乗り出して、それを眺めた。わたしの目にはその汚れというのは見えなかったが、海中から何マイルも釣糸をたぐり上げたためにできた傷が白い掌に深く切れこんでいるのが見えた。彼はしばらくの間、手をわたしたちに見せていたが、それをかたく閉じてしまい、引っこめて、パジャマの袖の中に隠してしまった。あまり見せていると、汚くなるとでも思ったかのように。それから、そこに立って、塩水でさらした豚肉のような色をした歯ぐきを見せて、マックマーフィに笑いかけた。

「わしはそれはみごとなトローリング用のモーターボートを持ってた。四十フィートあってな、長さが。喫水は十二フィート。ほんもののチーク材とオーク材で造ってあったんじゃ」彼はそう言いながらも前後に身体を揺する。その様子は床が水平になっているとはとても思えないほどだった。「いやあ、まったく、あれはいいボートじゃった」

彼はまたくるりと背を向けかけるが、マックマーフィがふたたび彼を止める。

「ジョージ、あんた何だって漁師だったってこと話してくれなかったんだ？　おれはいかにもいっぱしの船乗り気どりでこんどの航海のことを宣伝してきたが、しかし、あんた、ここだけの秘密にしてほしいが、おれの乗った船といえば、見物に行った戦艦ミズーリ号（第二次大戦終了時、この艦上で日本が正式に敗北に調印した）だけだし、魚の知識といえば、魚の鱗をとったり、臓物《ぞうもつ》だしたりするよりは食べるほうが得手《えて》だということだけだ」

「鱗をとったり、臓物だしたりなんて、たやすいもんじゃ。一度誰かに手本を見せてもらいさえすれば」

「いや、ジョージ、是非あんたにおれたちの船長になってもらいたい。おれたちはあんたの乗組員になるから」

ジョージは後ろへ身体をそらせ、頭を横に振った。「もうモーターボートは汚い——すべてがとても汚い」

「そんなこたあないぜ。舳先《へさき》から艫《とも》までとくに念入りに消毒したボートを借りているんだ。猟犬の歯のようにそれはきれいに拭きこまれている。それに、ジョージ、あんたは船長だから、汚れることないぜ。鉤に餌をつける必要もない。ただ船長になってくれて、おれたち間抜けの新米《おかもん》水夫に命令してくれさえすりゃいいんだ——どうだね、そいつは？」

ジョージの気持ちが動いたのは、彼がシャツの下で両手を握りしめている様子からわたしにはわかった。しかし、それでもまだ汚くなる危険を冒すことはできないようだった。マックマーフィは何とか説きふせようとしてあの手、この手を使ったが、ジョージはあいかわらず首を横に振っていた。そのとき、師長の鍵が食堂の錠に差しこまれ、その扉から、いろいろなものをとりまぜて詰めこんだ例の柳細工のバッグを手に、それをがさがさ鳴らしながら、彼女が現われる。師長は患者がずらりと並んだかたわらを歩いていく。通りすぎていくときに、ひとりひとりに機械的に微笑をふりまき、おはよう、と挨拶をしていく。ジョージが師長に挨拶されたとき、顔をさらに後ろへそらせ、渋い顔をしたのを、マックマーフィは目ざとく認めた。そこで、師長が通ったとき、彼自身も顔をぐっと後ろへそらせ、ジョージに大きくウィンクしてみせた。

「ジョージ、師長は海は荒れるとか宣伝しているがね、こんどの航海はどの程度危険なのかね——どうだろう?」

「そりゃ、もちろん、太平洋は荒れるときは相当なもんだ。そりゃひどく荒れるということは考えられる」

マックマーフィはナースステーションの中に消えていった師長の後ろ姿を見ていたが、それからふたたびジョージの顔を見た。ジョージは前よりも激しく、シャツの下で両手をこすり合わせはじめ、自分を見守るもの言わぬ人びとの顔を見まわした。

「冗談じゃない!」と、彼は突然口を切った。「師長の話にこのわしがびくついてしまったと皆で思っとるのか? ええ、そう思っとるのかね?」

「いや、そんなこたあないよ、ジョージ。だけどな、こうは考えてるぜ。もしあんたが一緒に来ないで、すごい悪天候になったら、おれたちひとり残らず海の藻屑と消えてしまうことになりかねない。それはあんただって、わかっているだろう? おれは船の扱い方は全然知らんと言っただろう。それに、もうひとつ教えてやろうか、ほら、おれたちを迎えに来るという例の二人の女。先生にはおれの伯母さんで、漁師の未亡人だと言っといたがね。じつは、二人とも固いコンクリートの上を巡航速度《クルージング》で走ったことはあっても、海の上を船で巡航したことなんてないんだ。だから、急場の場合にはおれと同じで何ひとつ役に立たない。ジョージ、あんたに是非来てもらいたいんだ」彼はそこで煙草を吸う、そして、「ところで、あんた十ドル持ってるかい?」

ジョージは頭を横に振った。

「そうだろうな。持ってないと思ったぜ。ええい、それでもかまわんさ。金を少しばかり浮かせようなんて考えは、だいぶ前にあきらめたんだ。ほら」マックマーフィは緑色の制服の上衣のポケットから鉛筆を取り出し、シャツの裾でそれをきれいに拭き、ジョージに差し出す。「あんたが船長になってくれれば、五ドルで連れていくぜ」

ジョージはふたたびわたしたちを見まわし、この苦境に大きな眉をぴくぴく動かす。そして、ついに、歯ぐきを見せて、あきらめたようににこりと笑い、鉛筆を手にする。「しようがない！」と、彼は言って、鉛筆を手に、リストの最後の空白を埋めるために歩いていった。朝食後、廊下を歩いていたマックマーフィは掲示板の前で立ち止まり、ジョージの名前のあとに、活字体でＣＡＰＴ（船長）とつけ加えた。

娼婦はなかなか現われなかった。最初から女なんて来ることにはなっていないんじゃないかと誰もが考えはじめたが、そのとき、窓ぎわにいたマックマーフィが大きな叫び声をあげたので、皆走り寄って外を見た。あれだ、とマックマーフィは言ったが、車は一台しか見えなかった。わたしたちは車が二台来るものと思っていたのだ。それに、女も一人しか見えなかった。車が駐車場に止まると、網戸ごしに、マックマーフィは女に呼びかけた。すると、彼女は芝生の上を横切って、まっすぐに病棟にむかって走ってきた。

その女はわたしたちが想像していたよりははるかに若々しく、美人だった。じつは患者たちは誰しも、迎えに来る女性が伯母さんなんぞではなく、娼婦だということはとっくに嗅ぎつけていたから、あれこれといらざることを想像していたのだ。患者のなかにも、宗教心の篤《あつ》いお堅い連中がいて、かれらは迎えに来るのが娼婦だということで、あまり愉快ではなかった。しかし、いまその女性が芝生の上を小走りにやって来る。美しい緑色の目をして、頭の後ろに髪を編んで長く垂らし、それを一歩一歩走るたびにまるで陽光のなかをはねる赤銅《しゃくどう》のバネのように揺らしてわたしたちの病棟の方へやって来る。その姿を見て、これこそまぎれもなく女だと、わたしたちはただただ感嘆するばかりだった。それは頭のてっぺんから足の先まで氷づけにしたように白ずくめの看護師とは違う女性だった。となれば、その女がどうやって金を稼ぎ出しているかなど、もう問題ではなかった。

女はまっすぐマックマーフィの立つ網戸のところへ走ってきて、その金網に指をかけ、身体を寄せかける。走ってきたので、女は息をはずませている。そして、一息吸いこむごとに、女はふくれあがり、金網をはじけさせてしまいそうだ。女はすこし涙を流していた。

「マックマーフィ、なつかしいわ、マックマーフィったら……」

「まあまあ落ち着け。サンドラはどうした?」

「彼女、用ができちゃって、来られないの。でも、あんた、なつかしいわ。げんき?」

「用ができただって!」

「ほんとのこと言うとね」──女は鼻を拭き、くすくす笑った──「サンディ姉さん結婚しちまったのよ。ビーヴァトンから来ていたアーティ・ギルフィリアン、おぼえているでしょ? いつもパーティに来るとき、きまって変わったもの持ってくる人、ほら、ヤマカガシとかハツカネズミとか変なものをポケットに入れてくる人? ほんとに馬鹿みたい──」

「おい、そんなのひでえぞ」マックマーフィは呻《うめ》くように言った。「じゃ、あのフォード一台で、どうやって十人運んだらいいんだ、ええおい、キャンディさんよう? サンドラとビーヴァトンのヤマカガシ野郎め、どうしたらおれがこの難題を解決できると思ってやがんだ?」

女は考えこんで、その答えを出そうと首をかしげた。そのとき、天井のスピーカーから師長の声が流れ出し、マックマーフィさん、ご婦人の友達とお話がしたいのなら、病院じゅうの人を驚かせるのはやめにして、正面玄関で適切な手続きをとって中へ入っていただきなさい、と命令する。女は網戸のところを離れ、正面玄関の方へ行った。マックマーフィは窓から離れ、部屋の片隅にある椅子にへたへたと坐りこみ、頭をがっくりと垂らしてしまう。「何てこった」と、彼は言う。

小柄な黒人助手が女を病棟に入れて、彼女が通ったあと、ドアに鍵をかけるのを忘れて、見とれていた(あとで、しこたま叱られたはずだ、やっこさん)。女は跳びはねるようにして廊下をやって来て、ナースステーションの前を通りすぎる。中から看護師たちがみないっせいに氷のように冷たい視線を投げかけて、女の軽快な足どりを凍てつかせようとする。女はそれに目もくれずに、デイルームの中に入ってくる。ちょうど来合わせた医師よりほんの一足先に。医師は書類を手にナースステーションに行くところだったが、この女が目に入る。彼はふたたび書類に目をやったが、また女を見て、眼鏡はどこかと両手であたふたと探しはじめる。

女はデイルームのまん中に来ると立ち止まり、自分が緑色の制服を着た四十人の男たちに囲まれ、じっと見つめられているのに気づいた。あたりはしんと静まりかえってしまい、お腹がグーとなる音が聞こえるほどだったし、慢性患者の並ぶ側では、導尿管《カテーテル》が音を立てて、つぎつぎに外れる音が聞こえた。

女はそこに一瞬の間立ちつくして、あたりを見まわし、マックマーフィの姿を探さなければならなかった。だから、周りをかこんだ男たちはとっくりと女を眺めることができた。女の頭上、天井のあたりに青い煙がただよっていた。このように突然闖入《ちんにゅう》してきた女に合わせようとして、病棟中の機械があちこちで焼き切れてしまったのだ——つまり、この女を電子計算器が読みとるが、病棟ではこんな種類のものを処理するようには機械ができていないと計算し、そして、機械が自殺をするように、みずから焼き切れてしまったのだ。

女はマックマーフィが着ているのと同じような、だがはるかに小さいTシャツを着ていて、白いテニス靴を履き、足に血がめぐるように膝の上でちょん切ったジーパンをはいていた。しかし、この女の豊かな肉体を考えると、それでも外を歩きまわる衣服としては少々布地が足りないように思えた。この女はもっと衣服を身につけない姿を、はるかに多くの男たちに見られてきたにちがいないのだが、しかし、こう皆に見つめられては、さすがに舞台の上にあがった女学生のように、いかにも恥ずかしそうにもじもじしはじめた。じっと見つめている間は、誰も何も言わない。やがて、マーティニが小声で言った。ズボンがすごくぴったりだから、お尻のポケットに入っている銀貨の年号が読めるぞ、と。彼は女のすぐそばまで近寄っていたから、他の者よりも何でもよく見ることができたのだ。

大きな声を出したのは、ビリー・ビビットが最初だった。それも言葉というよりは、ただ低い、ほとんど痛々しいほどの口笛を鳴らし、この娘は誰よりも美人だぜという意味を伝えていた。女はこれに対し、笑い、ビビットにありがとうと言った。ビビットが顔をまっ赤にしてひどく恥ずかしがったので、女もなかよく顔を赤らめ、そしてまた笑った。これで硬さがほぐれ、患者たちも動きだす。急性患者たちはいっせいに女のそばに近寄り、話しかけようとする。医師はハーディングの上衣を引っぱり、いったいこの女性は何者かね、と尋ねる。マックマーフィは椅子から立ちあがり、患者のなかを抜けて女のかたわらまで歩いていった。女は彼の姿を見ると、抱きついて、「マックマーフィ、マックマーフィったら」と言う、そして、また恥ずかしくなって、顔を赤らめた。顔を赤らめると、この女は十六、七の小娘のようにしか見えない。ほんとだ、誓ってもいい。

　マックマーフィは女を皆に紹介してまわり、彼女は皆と握手する。ビリーのところに来たとき、女は口笛を吹いてくれてありがとう、とまた言った。そのとき、師長がナースステーションから、にこにこ笑いながら、滑るように出てきた。そして、マックマーフィにむかって、十人を一台の車でどうやって乗せていくつもりか、と尋ねた。マックマーフィは、誰か医局の人の車でも借りて、おれが運転していくわけにはいかないだろうか、と尋ねかえした。すると、師長は、みなさん誰もがご承知のように、わたしはできたら喜んで車を貸してあげたいが、そういうことをしてはならぬという規則があると言って、それを引用してみせた。もう一人、同伴責任者用の書類にサインしてくれる運転手がいないかぎり、半分の方にはここに残っていただくしか方法はございませんね、と師長は言った。そんなことをしたら、船代の差額を埋め合わせるのに、おれは五十ドルも足を出さなくちゃならん、残る連中に金を返してやらなきゃいかんからね、とマックマーフィは師長に言う。

「それでは、釣りをやめにすることにしたらいかが――お金はぜんぶ払い戻すことにして」と、師長は言う。

「だって、船はもう借りてしまってるんですぜ。今頃はおれの七十ドルが船頭のポケットに入っていますよ！」

「おや、七十ドルなの？　そうなの？　あなたのお話では、百ドル集め、その上にあなたが十ドル余分に出して、交通費をまかなうということではなかったかしら、マックマーフィさん」

「往復の車のガソリン代だって馬鹿にはなりませんぜ」

「しかし、それにしても、三十ドルにはならないでしょう、なるかしら?」

師長はそれは優しくにっこりとマックマーフィに笑いかけ、じっと彼の出方をうかがっていた。彼は両手を空中に差し上げ、天井を見た。

「ひゃー、まいったな。あんたって人は何ひとつ見のがすってことがないんだから、ねえ、女検事さん。あんたの言うとおり、残った金はおれが持っているんだ。だがね、他の連中はそれだからといって、とやかく言わないと思うぜ、おれは。いろいろと手間暇《てまひま》かけた骨折り賃だと思っただけだ――」

「しかし、あなたの計画もご破算のようね」と師長が言う。彼女はいかにも同情心をいっぱいにたたえたように、まだにこにこと笑いかけていた。「ランドルさん、あなたのささやかな財テクも、どれもこれも成功というわけにはいかないようね。でも、実際のところ、いま考えてみますと、これまであなたは少し稼ぎすぎてましたよ」師長はマックの稼ぎぶりを思い返し、何かしきりに考えていたが、やがてそれを口に出す。「そうですとも、この病棟の急性患者は全員、あなたの賭博ゲームとやらで一度ならず借用証書を書いてきたのですから、今回のささやかな損失ぐらいは何とかしのげるとお考えにならなくっちゃ」

そこまで言うと、師長は話をやめた。マックマーフィがもう師長の話に耳を貸していないことに、彼女は気づいたのだ。マックマーフィは医師のことをじっと見つめていた。そして、医師はブロンドのTシャツの女を、あたりには何も存在していないかのように、じろじろ見ている。そのとろけるように見入る医師の姿を見て、マックマーフィの顔に微笑がほころびるように広がっていく。そして、彼は帽子を頭の後ろにぐいと押し上げ、医師のかたわらに行き、肩に手をかけて、相手をぎくっとさせる。

「どうです、スピヴィ先生、チヌーク・サーモンがかかったのを見たことありますか？　そいつは七つの海でもっともすさまじい光景ですぜ。おい、キャンディちゃんよ、この先生に海釣りの話などしてさしあげたらどうだ……」

マックマーフィとこの女が組んだら、医師を誘惑するのに二分とかからなかった。先生はすぐに立っていって、自分の部屋を閉め、ブリーフケースに書類を詰めこみながら廊下を戻ってきた。

「船の中でこの書類をばっちり片づけることができるね」と、彼は師長に言い訳をし、彼女がそれに答える隙を与えないほどすばやく歩み去る。釣りに行く連中はみなそのあとに従う。しかし、ゆっくりと歩き、あのナースステーションの入口に立っている師長にむかってにたにた笑いかけていく。

あとに残る急性患者たちはデイルームの入口までぞろぞろ見送りに来て、獲物はきちんと臓物を出したり、鱗をとったりしなければ、持ってきちゃだめだぞと言う。そして、エリスは壁の釘から両手を引き抜いて、ビリー・ビビットの手を握り、人間を漁る人《フィッシャー・オブ・メン》（福音伝道牧師の意味と漁り人をかけている）になってくれと言う。

ビリーときたら、女がデイルームから出ていくとき、そのジーパンにくっついた真鍮の鋲が彼にウィンクするように光るのに見とれていたので、エリスにむかって、人間を漁《すなど》る人なんてやなこったと言う。そして、病棟の戸口のところでわたしたちに追いつく。小柄な黒人がわたしたちを通して、ドアに錠をかけた。わたしたちは外に出た。外にだ。

太陽は雲を空高くに押し上げ、煉瓦造りの病院の正面をバラ色に輝かせていた。微風はオークの木々に残った葉を静かに一枚一枚はがしていき、金網のフェンスのところで竜巻のようになって、それを積みあげていた。フェンスのところどころに小さな褐色の鳥がとまっていたが、風に舞う木の葉がフェンスにぶつかると、鳥は風と一緒にさっと飛び立つ。その光景は最初は、葉がフェンスにぶつかると、鳥に変わって、飛び立ってしまうように見えるのだった。

それは素晴らしい秋の日だった。柴を焚《た》く煙がうっすらと漂い、フットボールを追う子供たちの喚声や小型飛行機の爆音が聞こえてくる。こんな日には、ただ戸外にいるだけで人間は幸福を感ずるはずだった。だが、医師が車をとりに歩いていった間、わたしたちはポケットに両手を突っこんで、ただ黙って、ひとかたまりになって立っていた。一言も発せず、わたしたちは一団となって、出勤途中に病院の前を車で通りかかった町の人びとが速度をゆるめて、緑色の制服を着た患者のわたしたちをすこしでも見ようとするのを、じっと見つめていた。マックマーフィはわたしたちが落ち着かないのに気づき、冗談を飛ばしたり、キャンディをからかったりして、何とか気持ちを引き立てようとしてくれるが、それはかえってわたしたちの気を滅入らせるばかりだった。誰もが考えていたことは、病棟に戻るほうがいかに楽かということであった。戻って、師長さんの言うとおりにしました、こんなにひどい風では、海は荒れているにちがいないから、と言いさえすればよかった。

そのとき、医師がやって来たので、わたしたちは車に乗りこみ、出発した。わたしとジョージとハーディングとビリー・ビビットがマックマーフィとキャンディというその女の車に乗り、フレドリクソンとシーフェルトとスキャンロンとマーティニとテイダムとグレゴリーが医師の車に乗って、わたしたちの後からついてきた。皆すごく静かだった。病院から一マイルほど行った所にあるガソリンスタンドでわたしたちは止まった。医師も後からついてきて、そこで止まった。最初に車から下りたのは医師だった。すると、スタンドの男が愛想笑いを浮かべ、手をボロで拭きながら、飛び出してきた。だが、急にその男は笑うのをやめ、医師をやりすごして、車に乗っているのが何者かを見にやって来た。そして、顔をしかめ、油でよごれたボロで手を拭きながら、彼はあとずさりをする。医師は男の袖をおずおずとつかみ、十ドル札を出して、そいつを男の手の中にトマトの苗を植えるように押しこむ。

「あのう、二台ともレギュラーで満タンにしてくれないかね？」と、医師は頼む。医師はわたしたちと同じで、病院の外に出たということで何か落ち着きを失っているようだ。「どうかね？」

「この制服」と、スタンドの男は言う。「この連中はこの先にある病院の患者じゃないのかね、ええ、あんた？」男はまわりを見まわし、スパナーか何か、手頃な武器はないかと探している。何も見つからないので、彼はコーラの空《から》の瓶が並べてあるところまで行く。「あんたたちはあの精神病院から来たんだろ」

医師は慌てて眼鏡を手で探し、わたしたちのことを眺め、初めて制服に気づいたような顔をする。「そうです。いや、そうじゃない、と言う意味ですぞ。わたしたちは、いやかれらはたしかに病院の人たちだが、患者ではない、職人たちだ。もちろん、患者ではないですぞ。職人です」

男はうさんくさそうに医師のことを、そしてわたしたちのことを見やり、裏で機械をいじくっていた仲間のところへ行き、何かささやく。ふたりはしばらく話しあっていたが、もうひとりの男が大きな声で、こいつらは何者だねと医師に尋ねる。すると、医師はこの連中は職人だと同じ答えをくり返す。すると、ふたりの男は大声出して笑いだす。笑い声からして、連中がガソリンを売ると決めたのがわたしにもわかる——おそらく、質の悪い、汚れた、水増しした奴を倍の値段で売りつけようという魂胆だろう——しかし、売ってくれるとわかってもとても不愉快だった。他の連中もかなりいやな気分になっているのが、わたしにはわかった。医師が嘘をついたので、わたしたちはかえって不愉快だった——それも嘘の内容というよりは背後にある真実のために不愉快だったのだ。

二番目の男がにたにた笑いながら、医師のところへやって来る。「たしか、スーパーがお望みと言われましたね？　そうでしたね。それで、オイルフィルターとワイパーも点検しておきましょうか？」この男は前の男より大きい身体をしている。彼は秘密のことを話し合うように医師の上にかがみこむ。「旦那、ほんとの話、今日の路上検査の数字によりますと、自動車の八十八パーセントはオイルフィルターとワイパーを新しいのと交換する必要があるそうですぜ」

男の笑いにはどす黒いカーボンの色がしみついている。それは長年、スパークプラグを歯で噛んで抜いてきたためだ。男はあいかわらず医師の上にのしかかるようにして、その不気味な笑いで医師をおどし、いいカモにしてやろうと待ちかまえている。「それから、どうです、職人さんたちにサングラスをそろえてあげては？　いいポラロイド社製のがありますぜ」医師はどうにも勝ち目がないのを悟った。だが、口を開いて、男の言うとおりに、はい、何でもいただきましょう、と言おうとしたそのとき、ぶうーんと唸る音がして、わたしたちの乗っていたコンヴァーティブル車の屋根がゆっくりと後ろへ下がっていく。マックマーフィは懸命に、アコーディオン襞《ひだ》となって畳まれていく車の屋根をののしり、機械にまかせていてはまだるっこいとばかりに、そいつを手で一分でも早く開けようと押している。誰の目にものろのろと開いていく屋根を叩いたり、押したりしているその激しさから、マックマーフィの腹立ちがすぐわかる。彼が屋根をさんざんにののしり、叩き、押しこんでやっとのことで開けると、キャンディの上をまたぎ、車のドアを跳びこえて、医師とスタンドの男の間に割って入る。そして、片目で男の黒い口の中をのぞきこんだ。

「この野郎、調子に乗るんじゃねえ。先生のおっしゃったとおりに、レギュラーを詰めな。レギュラーを二台に満タンだ。それだけだ。ほかのガラクタはよしにしてくれ。それにだ、おれたちは政府資金の旅行だから、一ガロンに三セントは値引きしてもらうぜ」

だが、男はひるまない。「おや、そうかね？　ここにいらっしゃる教授の話じゃあんたたちは患者じゃないということだったがね」

「このボケナス、それがほんとのことを言っておめえさんたちをびくつかせまいという先生の優しい心づかいから出たことぐらいわからんのか？　先生も、ありきたりの患者ならそんな嘘はおっしゃらねえんだがな、おれたちは並みの患者じゃねえときてなさるんだ。おれたちはどいつもこいつも精神異常犯罪者病棟から出てきたばかりだ。たった今な。もう少しおれたちにふさわしい設備のあるサン・クェンティン刑務所に送られるところだ。ほれ、あのあそこにいるソバカスだらけの若えのがいるだろう？　あいつなんか、ちょっと見たところ『サタデー・イブニング・ポスト』の表紙から抜け出してきたような面《つら》をしてるが、ナイフをあやつる天才的な狂人なのさ、これまで三人も殺している。奴の隣りにいるのは、親方《ブル》・狂人《グース・ルーニー》ってあだ名がある、イノシシみてえに油断も隙もねえ奴だ。ほれ、あのでかい奴見えるか？　奴はインディアンで、つるはしで白人を六人も叩き殺したんだぜ。白人の野郎が奴をだましてジャコウネズミの毛皮を安く買いたたこうとしたっていうんでな。おおい、族長、こいつらによく見えるように立ってくれや」

ハーディングが親指を上げて、立つように合図したので、わたしは車の中で立ちあがった。男は目の上に手をかざし、わたしを見上げて、一言も発しなかった。

「たしかに、こいつらは悪党の集まりだ。そいつはおれも認める」と、マックマーフィは続けた。「だがな、これは、公認の合法的な政府予算による計画どおりの旅行なんだ。だから、おれたちにはＦＢＩと同じに、値引きをしてもらう合法的な特権がある」

男はわたしから目をふたたびマックマーフィに戻した。すると、マックマーフィはズボンのポケットに親指を引っかけ、前後に身体をゆすりながら、鼻の上の傷跡越しに男を見上げた。男は相棒がまだ空のコーラ瓶の箱のところにいるかどうか確かめようと振り返ったが、それから、にやりと笑ってマックマーフィを見下ろす。

「手ごわい客だ、そうあんたは言いたいんだろ。おい赤毛さんよ、えらく手ごわい客だから命令に従って、言われたとおりにしたほうが身のためだ。こうあんたは言いたいんだね？　それで、あんた、赤毛さんよ、教えてくれ、あんたは何で入れられてたのかね？　大統領でも暗殺しようとしたのかね？」

「ボケナスめ、そんなことかりにやったとしても誰が証明できる？　おれは放浪罪というやつでぶちこまれたんだ。じつはな、リングで相手を殴り殺しちまってさ、それからな、麻薬にとりつかれてな」

「ボクシンググローブをはめた殺し屋、そうあんたは言いたいんだな、赤毛さんよ？」

「そうは言っちゃいねえぜ。おれはな、どうもあの枕みてえなグローブというのが性に合わなくってな。おれが殴り殺した試合というのはカウ・パレス・ジムからテレビ放送されるメインイベントなんてえのじゃない。おれはまあ言うなれば、空地のボクサーというやつだな」

男はマックマーフィをからかうように、自分もズボンのポケットに親指を引っかけて、言う。「おれに言わせりゃ、てめえは空地のほら吹きだぜ」

「待ってくれ、ほら話はおれの得意じゃないなんて言ったおぼえはないぜ。だがね、まあこいつをとっくり見てくれ」と言って、マックマーフィは男の目の前に両手を突き出す。すぐ目の前に突き出し、ゆっくりとそれをひっくり返し、掌から、拳を見せる。「どうだい、ただほらばかり吹いている男で、こんなにかわいそうにお手々をめちゃくちゃにいじめた奴がいるか？　どうだ、このボケナスさんよ？」

マックマーフィはじっとその手を男の顔の前に突きつけて、男が何か他に言い分があるか確かめるように待っている。男はその手を見つめ、それからわたしのことを見、そしてまた手に視線をかえす。さしあたって、この男には言うことが何もないのがわかると、マックマーフィはつと離れて、コーラの自動販売機に寄りかかっているもうひとりの男のところに行き、男の拳から医師の十ドルをひったくり、ガソリンスタンドの隣りにあった食料品店にむかって歩きだした。

「おめえさんたち、ガソリンが入った量を記入して、請求書は病院にまわしときな」と、彼は振り返って声をかける。「現金はいただいといて、食料を買いこむのに使わしてもらうぜ。ワイパーと、八十八パーセントの連中が取り換えるというオイルフィルターを買わなかったんだから、そのくらいのことはしてもいいと思うね」

マックマーフィが食料品店から戻ってきた頃には、他の患者たちも闘鶏のようにだいぶ威勢がよくなって、スタンドの男たちにやたらに命令をし、やれスペアタイヤの空気を見てくれとか、窓を拭けとか、ちょっと悪いけどエンジンフードについた鳥の糞《ふん》を拭きとってくれとか、まるで好き勝手なことを言いつけていた。大きな男のほうがフロントガラスを拭いたが、その拭き方がビリーの気に入らなかったので、彼は男をすぐに呼び戻した。

「ここの、虫がぶ、ぶ、ぶつかったとこの、このよ、よごれがとれてないぞ」

「虫じゃない」男は、そのよごれを指の爪でひっかきながら、ふくれ面《つら》をして言った。「鳥でさあ」

マーティニがもう一台の車から大声はりあげて、鳥なんてはずはないぞ、と言う。「鳥なら、羽と骨が残るはずだ」と。

自転車に乗って通りかかった男が止まって、みんな緑の制服を着てるのはどういうわけだ、何かのクラブかね、と尋ねた。すると、ハーディングがすぐに立ちあがって、答えた。

「いや、クラブじゃないんですよ。このハイウエーをちょっと行ったところにある精神病院の患者です。精神にひびの入った連中です。つまり、ひびわれた瀬戸物ともいうべき人間どもです。ひとつロールシャッハ検査《テスト》をしてみせましょうか？　なに、結構ですと？　用事があるとおっしゃるので？　おや、行っちまった。かわいそうに」それから、ハーディングはマックマーフィにむかって、言う。「いままでぼくは気がつかなかった。精神病に力、つまりすごい威力があるということに。まあ、考えてもみたまえ、おそらく人間は精神が狂っていればいるほど、威力をふるうことができるかもしれない。ヒトラーはその一例だ。正気であればかえって頭はためらいがちになるものじゃないですか、そうじゃないですか？　おや、これはどうも、まず食べてから考えろ、とおっしゃるのですな」

ビリーは女のために缶ビールに穴を開けてやった。すると、彼女は嬉しそうににっこりと笑い、「ありがとう、ビリー」と言ったので、彼はすっかりうろたえてしまい、照れかくしに、わたしたちみんなにも缶ビールを開けてくれにかかる。

その間も、スタンドの男たちは両手を背中に組んで、いらいらしながら、歩道を行ったり来たりしている。

わたしは車の中に坐り、何か満たされた、素晴らしい気持ちになって、ビールを飲んだ。ビールがわたしの喉から身体の中までしみわたる音が聞こえる――ゴク、ゴクとこんな具合に。ビールが喉を通る音や、味、これほど素晴らしい音や味わいがこの世にあるということを、わたしはすっかり忘れてしまっていた。わたしはもう一度ぐいとビールを飲む、そしてあたりを見まわし、この二十年間に忘れてしまったことが他にもあるのではないかと探しはじめる。

「驚いたねえ」マックマーフィが女をハンドルの下から抱えあげるようにして、ビリーの方に彼女を押しつけ運転席につきながら、言う。「ちょっと見てくれ、大族長がこの火の水をがぶがぶ飲む飲みっぷりを」――それから、すごい勢いで車をスタートさせ、ハイウエーを走る車の列に加わる。医師も背後からタイヤをきしませる音を立てて、くっついてくる。

マックマーフィは、威勢よくふるまい、ちょっと勇気を出すと、どういうことができるかをわたしたちに教えてくれたし、また、その使い方も教えてくれたようにわたしたちは思った。だから、海岸までの道すがら、わたしたちは得意になって、いかにも勇敢であるようなふりをした。停止信号のところで、人びとがわたしたちを、そして、わたしたちの緑色の制服をじろじろ見つめると、わたしたちはみなマックマーフィのやるとおり見ならった。つまり、ぐっと胸を張って坐り、いかにも強そうに、たくましそうによそおい、顔に笑いを浮かべて、かれらを逆に見すえてやるのだった。すると、それにたまらず、かれらの車のエンジンまでが音をひそめ、窓ガラスにまで太陽がまぶしく照りつけて、信号が変わっても動くこともできず、かれらはそこにじっとしていた。ものすごいゴリラみたいな連中がすぐそばにいながら、あたりに助けてくれる人もいないということに、かれらはすっかり心を奪われてしまったからである。

このようにして、マックマーフィはわたしたち十二人を海岸に連れていってくれた。


思うに、わたしたちがいかにも強そうにしているのが、すべて見せかけにすぎないということは、わたしたちより以上にマックマーフィのほうが気づいていたはずだ。というのも、彼はわたしたちの誰からもまだ本当の笑い声を引き出すことができていなかったからである。おそらく彼には、わたしたちがなぜまだ心の底から笑うことができないかがわかっていないのだろうが、しかし、人間というものはものごとに滑稽な面があることに気づいて初めて、本当の意味で強くなったと言えることを彼は知っている。だが、現実には、彼があまりにもむきになってものごとの滑稽な面だけを指摘するのを見ていると、もしかしたらこの男は別の面があることを知らないのではないか、あるいは、腹の底に深く笑いを閉ざしてしまうものが何であるかを見てとることができないのではないかと、わたしは考えてしまう。おそらく世間の人にも、そいつは見てとることはできないのかもしれない。ただ、あっちへ押したり、こっちへ曲げたりと、四方八方からやって来るさまざまな電波や周波の圧力を感じる、つまり、コンバインの圧力を感じとるだけかもしれない——しかし、わたしだけはそれを見ることができる。

変化というものはわずかずつ訪れるものであるから、毎日、くる日もくる日も顔を合わせている人間の変化にわたしたちは気づかないが、しかし、しばらく会っていなかった人間の変化にはすぐ気づく。それと同じで、わたしが昔このあたりを通った頃からくらべると、長い間にコンバインが海岸線一帯でどういうことをやってきたか歴然としていた。たとえば、列車だ。それは駅に止まり、鏡に映し出したようにそっくりの背広を着、機械で作ったように同じ帽子をかぶった一人前の男たちを延々と吐き出している。それは男たちをまるで同じ昆虫の卵のように生みつけていく。まだ半分しか生命を与えられていない男たちが、最後の車輌からフッ、フッ、フッと音を立てて吐き出される。それから列車は電気の笛を高らかに鳴りひびかせて、また別の駅で男たちを吐き出すために、むしばまれた大地を走り去っていく。

あるいはまた、五千もの家々もその例だ。すべてが機械で打ち抜かれたように同一の型をし、町の郊外のなだらかな丘に連なって建てられている。いかにも工場から運ばれてきたばかりのような新しさで、ソーセージのようにたがいにつながっている。看板が立っていて、それには「退役軍人は頭金不要」とある。その家々からさらに丘を下がったあたりに金網フェンスで囲った運動場があり、そこには「セント・ルカ男子校」という看板が見える——そして、緑色のコールテンのズボンをはき、白シャツの上に緑色のセーターを着た五千人の子供たちが、一エーカーほどの砂利をしきつめた運動場いっぱいにひろがって、クラック・ザ・ウィップ（両手をつないで長く一列に並び、前に走り、リーダーが突然あちこちにまがり、端の子をはじき出す遊び）をやっている。子供たちの列がまるでヘビのように突き出たり、くねったり、跳びはねたりし、何か急激な変化が起こるたびごとに列の端からひとりの小さな子供が跳ねとばされる。跳ねとばされた子供は秋風に吹かれてくるくるとまわる野草のように転がり、フェンスのところで止まる。鞭《ウィップ》が鳴るたびに。しかも、はじきとばされるのはいつも同じその小さな子だ。何度も何度も。

この五千人の子供たちはみなあの五千の家々に住む。家々は列車から吐き出されたあの男たちのものだ。家はどれもこれもそっくりだから、ときどき子供たちは誤って間違った家や、家族のもとに帰ってしまう。

それでも誰も間違いに気づかない。かれらはそのまま食事をし、寝てしまう。ただ、間違うと、いつもすぐに誰もが気づく子がひとりいる。それは列の端からはじきとばされるあの小さな子だ。この子ははじきとばされて、すり傷や青痣が絶えないから、どこへ行ってもすぐにその家の子でないとわかってしまう。この子もまた大きく口を開けて笑うことができない。あたりを通る新しい車から、あるいはあたりに立ち並ぶ新しい家々から発する電波の圧力を感じとることができる人間にとって、笑うことはけっして生やさしいものではない。

「われわれもひとつワシントンにロビイスト団を設けようじゃないか」と、ハーディングが話している。「組織体にして。全米狂人連盟。たいへんな圧力団体ですよ、これは。ハイウエーに大きな看板を立てましてね、そこに口から泡を吹いている統合失調症患者が建物解体機を操作している絵を入れ、そして、太字で、赤と緑の字で、『狂人に職を』と書くんです。どうです、諸君、こうなればわれわれの未来はバラ色ですよ」

わたしたちはサイウースロー川を渡る橋を通った。ちょうど手頃な靄《もや》があたりに出てきたので、わたしは舌を風に突き出し、海の姿が見えないうちに、その味を味わってみることができた。誰もが海に近づいたことを知っていて、そこから海岸の船着場まで何も話さなかった。

わたしたちを乗せてくれることになっている船長は、黒いタートルネックのセーターの上に、禿げあがった灰色の鉄のような頭を持つ男だ。その姿はまるでUボートの砲塔のようだ。船長の口から突き出た火のついていない葉巻が威嚇するようにわたしたちを睨《ね》めまわす。彼は木の桟橋にマックマーフィと並んで立ち、海の方を見ながら話している。船長の背後、数段の階段をのぼったあたりに、ちょうど餌屋の前に並べられたベンチに、ウィンドブレーカーを着た男たちが数人坐っていた。船長は声高に話している。なかば片側に並んだこの暇人たちに聞こえよがしに、なかば反対側にいるマックマーフィに話すように。その両者の中間めがけて銅被甲弾を発射するようにがなり立てていた。

「だめだね。その点はとくに手紙に書いておいたはずだ。ちゃんとした当局の人間がサインした権利放棄書《ウェイヴァー》を持ってきて、わしにいっさい責任がかからないようにしてくれなければ、船は出さん」砲塔のようなセーターのなかで、彼の丸い頭がぐるりと回り、例の葉巻をわたしたちに向けて狙いをつける。「いいかね、あんた。あんな連中を海へ連れていけば、いつネズミのように舷側から飛び出さんともかぎらん。そうなりゃ、親族の者が訴えて、わしの財産をみんな奪いとることだってあり得る。そんな危いことはとてもわしにはできん」

マックマーフィは、その書類はもうひとりの女がポートランドで用意してくれることになっているんだ、と説明した。すると、餌屋に寄りかかっていた男たちのひとりが大きな声で、「どのもうひとりの女だ？あそこにいる金髪だけじゃ、おめえらの相手がつとまらねえってのか？」と言った。マックマーフィはそいつには目もくれず、船長と交渉を続けた。だが、その言葉が女にはひどくこたえたのがわたしたちにもわかった。餌屋のところにいる男たちは女をちらちら見ては、身体を寄せあって何かささやきあう。わたしたちはみな、医師までも、これに気づき、それに対して何もしない自分たちが恥ずかしくなりはじめる。あのガソリンスタンドで元気のよかったわたしたちは、どこかに消えてなくなっていた。

マックマーフィは船長と話してもむだだということに気づくと、交渉をやめてしまい、髪の毛を手でくしけずりながら何回となくこちらを振り返る。

「で、おれたちが借りたのはどの船だ？」

「あそこにあるあれだ。ヒバリ号だ。だが、わしに責任がかからないという正式の権利放棄書がないかぎり、一人もあの船には乗せないからな。いいか、一人もだ」

「船を借りといて、ここに一日じゅう坐って、船がドックでプカプカやっているのを見る気はないぜ」と、マックマーフィは言う。「あんたの餌屋に電話ないかね？　行って、この件を片づけようじゃねえか」

二人は階段をどしんどしんとあがって、餌屋のところに行き、中へ入っていったので、わたしたちだけがそこにひとかたまりとなって残された。例の暇そうな男たちはわたしたちをじろじろ眺め、何やらささやき、冷笑し、たがいにくすぐりあっては、野次っている。風が立って、繋留《けいりゅう》されている船をゆすり、ドックに沿って並べてある海水に浸《つ》かった古タイヤに船をこすりつける。その音までがわたしたちをあざ笑うように聞こえる。水は船底にぶつかって、しのび笑いをし、餌屋の入口にぶらさがった「船具・釣道具――ブロック船長経営」と書いてある看板まで、錆びついた掛け釘の下で風に揺れるとき、きいきいと耳ざわりな音を立てる。四フィートほど水から顔を出し、潮の干満の水深を記してある杭にびっしりとついたムラサキ貝は陽光のなかで口笛を吹き、カチカチと触れあって鳴っていた。

風は冷たく、肌を刺すほどだった。すると、ビリー・ビビットは自分の緑色の上衣を脱いで、それを女に与え、女は薄い、かわいいTシャツの上にそれをはおった。男たちのひとりがしつこく声をかける。「おい、金髪のねえちゃん、あんたはそんなフルーツケーキみてえな坊やが好みかね？」その男の唇は腎臓のような色をしており、目の下のあたりは風のために血管が表面に浮き出て紫色になっている。彼は甲高い、疲れたような声でくりかえし、くりかえし叫んだ。「おい、あんた、金髪のねえちゃんよう、おい、あんた、金髪のねえちゃん……おい、あんた、金髪のねえちゃん……おい、あんた、金髪のねえちゃんよう……」と。

わたしたちは風をしのぐために、ますますかたまりあった。

「金髪のねえちゃんよう、どうしてあんたみてえな人が病院に入れられたんだね？」

「馬鹿だねえ、パース、ねえさんは患者じゃねえ。治療に一役《ひとやく》買ってるのさ！」

「ほんとかね、金髪のねえちゃん？ 治療のために雇われてるのかい？ おい、あんた、金髪のねえちゃんよう」

彼女は顔を上げて、わたしたちをきっと見る。それは、先ほどまでの勇ましがっていた連中はどこに消えてしまったの、なぜ自分のために男たちに何か言ってやらないの、と激しくなじっている眼差しであった。だが、その眼差しに応えようとする者は誰もいなかった。わたしたちのタフガイぶった力強さは、あの禿頭の船長の肩に手をかけて、階段をあがっていったマックマーフィとともに消え去ってしまっていた。

女は上衣の襟を首のまわりに立て、両肘を抱くようにして、ドックの突端までわたしたちからできるかぎり遠くへ歩き去った。誰も彼女のあとを追わなかった。ビリー・ビビットは冷たい風に震え、唇を噛みしめていた。餌屋のところにいる男たちは何かまた他のことを小声で言い、ふたたびどっと大笑いした。

「パース、ねえちゃんに尋ねてみろ——それ、やれ」

「おい、金髪のねえちゃん、あんた責任がかからねえように権利放棄書にサインしてもらってあるんかね、ちゃんとしたその筋の人に？ 話じゃ、連中のひとりが船に乗っているとき、落ちて、溺れたら、告訴されるっていうじゃないか。あんたそのこと考えたことあるのか？ よかったら、おれたちとここに残ったほうがいいんじゃないかい、金髪のねえちゃん。おれの親戚のもんは告訴なんかしねえぞ。約束する。おれたちとここに残ったらいいぜ」

「そうだぞ、ねえさん。おれたちとここに残ったらいいぜ」

わたしは恥ずかしさのあまり、ドックが海の中に沈みこんでしまい、足が海水に浸かっていくように思えた。わたしたちはやはり外に出てきて、人びとと交わるべきではないのだ。マックマーフィが早く来て、この連中に小気味よい啖呵《たんか》を切って、わたしたちの住むべき場所である病院に連れ戻してくれたらいいのに、とわたしは心から念じていた。腎臓の色をした唇を持つ男は手にしたナイフをたたみ、立ちあがると、膝から木の削り屑をはらいのけた。彼は階段の方へ歩いていき、「さあ、おいでよ、金髪のねえちゃん、こんな連中とかかわりあうこたあねえだろ?」と言った。

女はこちらを向き、ドックの先端から男を見つめ、それからわたしたちを見る。彼女が男の申し出を考えていることは一目でわかる。だが、そのとき、餌屋の扉が開き、マックマーフィが飛び出してきて、患者たちの前を通り抜け、階段を下りていった。

「さあ、みんな乗りこめ。話はついた! ガソリンも、すべて準備OKだ。餌もビールも船の上だとさ」

彼はビリーの尻を叩き、ホーンパイプ踊り(水夫の間でやる活発な踊り)のステップを踏んでみせ、もやい綱を解きはじめた。

「ブロック船長はまだ電話をかけているが、船長が出てきたらすぐにも出発するぞ。ジョージ、エンジンをウォームアップしてみようぜ。スキャンロン、あんたとハーディングはそっちの綱をはずしてくれ。キャンディ! そんなとこで何やってんだ? おい、とっととおいで、出かけるぞ」

わたしたちは船にかたまりあって乗りこむ。とにかく、餌屋のところに一列になって立っているあの男たちから離れることができるのなら、どんなことでも喜んでするという気分だった。ビリーが女の手を取って、船に乗せてやる。ジョージはブリッジに陣どり、窓ガラス越しに鼻歌を口ずさみながら、マックマーフィにひねったり、押したりするボタンの操作を指示していた。

「こういうのをへど船とわしたちは呼んどる」と、ジョージはマックマーフィに言う。「そうなんだ、この船は自動車みてえに運転がやさしいんだ」

医師は乗船する前に少したためらって、餌屋の方を見やった。そこでは男たちが立ちあがり、階段の方にむかってゆっくりと歩いてきた。

「ランドル君、待ったほうがよくないかね……船長が――」

マックマーフィは医師の服の襟をつかみ、まるで子供を扱うように、ドックから引っぱり上げて船に乗せる。「そうですとも、先生」と、彼は言う。「船長が何かやるまで待ちましょうか?」彼はまるで酔っぱらったように笑いだし、上ずった、興奮したような調子で話す。「待ちましょうか? 船長が出てきて、おれが書いてやった電話番号はポートランドの木賃宿だと文句を言うまで? 先生、待ちますか? さあ、ジョージ、しっかりしてくれよ、こいつを操って、ここからおれたちを連れ出してくれよな! シーフェルト! その綱をゆるめろ、そして出発だ。ジョージ、さあ行くぞ」

エンジンが掛かり、それから止まる。それからまた掛かり、まるで咳ばらいをするような音を立て、そして轟音を立てて全開となる。

「いやほおうー! 出航だぞ。ジョージ、エンジン全開だ。全員舷側に待機、乗船しようとする敵を撃退せよ！」

船尾から白い煙と水が轟音とともに吐き出された。そのとき、船長の頭が唸りをあげて飛び出してきた。階段を走り下りてくる。その背後に自分の身体を引きずってきただけでなく、そこにいた八人の身体も一緒に引きずってきた。かれらはすさまじい音を立てて桟橋をやって来たが、船のかきたてた水泡を足もとに浴びて立ちすくんだ。そのときはもう、ジョージがその大きな船の方向を回転させ、ドックから離れていた。そして、海はわたしたちだけのものになっていた。

船が急旋回したとき、キャンディは思わず膝をついて倒れた。そして、ビリーが彼女を助け起こしてやり、同時に、ドックの上であんな恥ずかしいふるまいをしたことを詫びようとしていた。マックマーフィがブリッジから下へ来て、どうだい二人きりになって、いろいろ昔話をやろうか、と女に尋ねる。キャンディはビリーの顔を見る。ビリーはもうただ頭を振り、吃るだけだった。そうと話が決まったら、おれとキャンディは下に行って、水洩れがないか調べようや、しばらくは残りの者で何とかやるだろうから、とマックマーフィは言う。彼は船室に通ずる扉のところに立ち、敬礼をし、ウィンクをし、それからジョージを船長に任命し、ハーディングを一等航海士に任命する。そして、「では諸君、そのまま作業続行」と言うと、女のあとに続いて、船室の中に消えていった。

風が静まってきた。太陽は高く昇り、深緑色にうねる大波の東側を白々とクロームメッキしたように輝かせていた。ジョージはエンジンを全開にして、船をまっすぐ外海へ向ける。ずらりと並んだドックとあの餌屋が背後にどんどん遠ざかっていく。船が最後の突堤を過ぎ、最後の黒々と突き出た岩をあとにすると、わたしは大きな穏やかさが身体じゅうにしみわたるのを感ずることができた。その穏やかさはあとに残した陸地から遠ざかるほどにますます、大きくなっていくのだった。

患者たちは船を奪い取ったことをしばらくは興奮して話していたが、いまはみな静かになっていた。船室の扉が一度だけ開く、一本の手でビールの入った箱を押し出す間だけ開く。そして、ビリーが船具箱の中から見つけてきた栓抜きでいちいち栓を抜いてくれ、それを皆に渡してくれた。わたしたちはビールを飲み、陸地が航跡のなかに沈んで消えていくのを見守っていた。

一マイルほど外海に出ると、ジョージはスピードをトローリング・アイドルと呼ばれる速度に落とし、船尾にある四本の釣竿に四人つかせる。そして、残りの者は陽光のなかに寝そべった。船室の上や船首のところに。そして、シャツを脱ぎ、釣竿の用意をしている男たちの姿を見守った。ハーディングが、一回当たりがくるまでひとりが釣り、それからまだ釣っていない男と交替するようにしようと提案する。ジョージは舵輪の前に立ち、塩がこびりついたフロントガラス越しに前方を透かすように見つめているが、ときどき後ろに大声で指示を与える。リールや道糸《みちいと》の取りつけ方をどうするとか、ニシン掛けにどのようにニシンを結びつけるかとか、どのくらい道糸を送り出すとか、どのくらいの深さで釣るかとか。

「それから、あんたはあの四番の釣竿を使え。余っている仕掛けをつけた道糸に十二オンスの錘《おもり》をつけてくれ――すぐやり方は教えるから――その竿で底に潜んでいる大物を狙うんだぞ、いいかね！」

マーティニは舷側に走り寄って、身を乗り出し、自分の糸が沈んでいった方角をじっと見下ろしている。「おお、おお、すごいぞ」と、彼は言ったが、しかし、彼に何か見えたにせよ、それは深すぎて、わたしたちには何も見えなかった。

わたしたちのほかにも釣船が出て、海岸線に沿ってあちこちでトローリングをしていた。しかし、ジョージは、そういう船の仲間入りをしようとはしなかった。彼はその船を追い越して、まっすぐに外海へと船を進めつづける。彼は言う。「いいかい、おれたちは本職の漁師と一緒にほんものの魚のいる場所へ行くんだからな」と。

片側は深緑色で、反対側はクロームのように光る大波がずんずん後ろへ走っていく。音といえば、大波が排気筒を洗うときに、小さくなったり、大きくなったりするエンジンの唸りと、それに、あたりを泳ぎまわって、おたがいに方角をたずねあっている見栄えのしない小さな黒い鳥の寂しげな、耳慣れぬ鳴き声がするだけだった。それ以外は静かだった。仲間のなかには眠っている者もいたし、じっと海を見つめている者もいた。一時間ほどもそうやって流したろうか、すると、シーフェルトの竿先がぐっと曲がり、海の中にまで浸かった。

「ジョージ！　こいつはすげえ、ジョージ、手伝ってくれ！」

だが、ジョージは手伝う気はさらさらないようだ。彼はにやりと笑い、スタードラグ（リールについた道糸の引き出しを調整する装置）をゆるめ、竿先を上に、上に向けて、相手を弱らせろ、とシーフェルトに言う。

「でも、発作がきたらどうする？」と、シーフェルトがどなる。

「そしたらあんたを鉤《はり》にかけて、糸をつけて、ルアー代わりにするだけだ」と、ハーディング。「それ、船長の指示のとおりに、相手を弱らせろ、そして、発作のことなんか心配するのはやめにしろ」

船から三十ヤードほど後方で、魚が銀鱗をきらめかせて陽光のなかに躍りあがった。シーフェルトは目をまん丸くし、すっかり興奮して魚に見とれてしまい、竿先を下に下ろしてしまった。すると、道糸がまるでゴムバンドのようにはじけて切れ、船の中に跳びこむ。

「上だと、言っただろう！　わからんのか、奴に思う存分引かせてしまったのが？　竿先を上げるんだ……上げるんだよう！　あんた、あそこにでっかい銀色のをつかまえてたんだぜ、ほんとにしようがねえな！」

シーフェルトの顎は蒼白で、がたがた震えている。そして、ついにあきらめて、竿をフレドリクソンに渡す。「よーし——でも口に鉤を引っかけた魚を釣ったら、そいつはおれさまの魚だからな！」

わたしも皆と同じようにすっかり興奮してしまった。わたしは魚を釣ることなど考えてもいなかったのだが、糸の先端でサケが示したあの鋼鉄のような力を目のあたりにしては我慢ができず、船室の屋根から下り、シャツを着て釣竿のところへ行って、順番を待つことにした。

スキャンロンは大物賞と初物賞というのをこしらえ、参加したい者からそれぞれ五十セントずつ集めた。そして、彼が皆の金をポケットに収めるとすぐに、ビリーが変な魚を釣り上げた。それはヒキガエルの親玉のような形をし、背中にはヤマアラシのように棘《とげ》がついているしろものだった。

「こいつは魚じゃないぜ」と、スキャンロンが言った。「こんなのじゃ、賞金はやれない」

「でも、こいつはと、と、鳥じゃないよ」

「そいつはな、リング・コッドといって、タラの一種だ」と、ジョージがわたしたちに言う。「そいつの疣《いぼ》をとれば、とてもおいしい魚なんだ」

「そらみろ。こいつも魚だってさ。さあ、賞金をは、は、払え」

ビリーはわたしに竿を渡し、金を受け取ると、マックマーフィとキャンディがいる船室のそばに坐る。

そして、その扉をさびしそうに眺めている。「みんなにゆきわたるぐらい竿があったらいいと、ぼくはお、お、お、思うなあ」と、彼は言って、船室の横側に寄りかかる。

わたしは腰を下ろし、じっと竿を持ち、道糸が航跡のなかに伸びていくのを見つめた。わたしは空気の匂いを嗅ぐ、そして、飲んだ四本のビールがわたしの身体のなかの深くに仕込まれた無数の制御用導線を焼き切るのを感じる。あたり一面に、大波のクロームのように光る面が陽光にきらめき、照り映えていた。

ジョージが、前方を見ろ、いよいよ宝の山へ来たぞ、と大声でどなる。わたしは身体を背後に傾けるようにして見たが、目に入ったのは、ただ一本の大きな流木と、そのまわりを旋回し、海に急降下するあの黒いカモメの群れだけであった。それはまるで砂嵐に舞う黒い木の葉といった光景だった。ジョージは速度を少し上げ、鳥が群舞する場所めがけて突進する。船の速度のために道糸が強く引っぱられ、当たりがあったとしてもとてもわからないほどになる。

「こいつら、このウという鳥は、キャンドル・フィッシュの群れを追うんだ」ジョージは船を進めながら、わたしたちに説明してくれる。「そいつは指の大きさぐらいの小さな白い魚でね。乾かすと、ちょうど蠟燭《キャンドル》のように燃える。こいつは魚の餌になるやつで、寄《よ》せ餌《え》になる魚なんだ。だから、このキャンドル・フィッシュの大群がいるところでは、まず間違いなくシルバー・サーモンが餌を求めて、寄っている」

ジョージは流木をかわして、鳥の群れのなかに船を入れる。突然、わたしたちの周囲では、大波の滑かなクローム色の面が海中に飛びこむ鳥と小魚の群れにかき乱され、その間をサケが銀色を帯びたブルーの魚雷のようにほっそりとした背を見せて進んでいく。その背を見せた一匹が方角を一度確かめると、旋回し、わたしの釣竿の先端から三十ヤード離れた一点、わたしのニシンのある一点にむかって進路を定めたのを認めた。わたしは、心をはずませて、緊張する。それから、まるで誰かがバットで竿を殴りつけたような衝撃を両腕に感じとるると、道糸が血のようにまっ赤になった親指の下から炎のように伸びていく。「スタードラグを使え！」ジョージが叫ぶが、わたしはスタードラグなんてまったく知らないのだから、ただ親指でぎゅっと道糸を押しつける。そして、やっとそれがまた黄色に変わり、速度がゆるみ、止まる。わたしは思わずあたりを見まわしたが、他の三本の竿もわたしのと同じようにたわわにしなっており、他の連中もこの騒ぎに船室の屋根から下りてきて、精いっぱい邪魔になるようなことをしてまわった。

「竿を上に！　上だ！　竿先を上げるんだ！」ジョージは声をからして叫んでいる。

「マックマーフィ！　出てこい、すごいぞ」

「フレッド、いいぞ、おれの魚をつかまえてくれたな！」

「マックマーフィ、少し手伝ってくれえ！」

わたしの耳にマックマーフィが声高に笑うのが聞こえ、目の隅にちらっと彼の姿が見える。彼は船室の入口に立っているだけで、何か手伝うような気配も見せない。それに、わたしは自分の魚を引き寄せるのに忙しく、助けを求めるひまもなかった。深場用の竿を手にした医師ですら魚を鉤にかけて、マックマーフィに助けてくれと叫んでいた。ハーディングはマックマーフィが何もしてくれそうもないのを見きわめると、自分で鉤竿《かぎざお》を手にし、わたしが寄せた魚を船の中に取り入れてくれた。その手際はこれまで海釣りばかりしてきたように綺麗な、優雅なものだった。そのサケはわたしの脚ほどもある、いやフェンスに使う杭ほどの大きさだ、と思った。それは滝で昔わたしたちが仕留めたどのサケよりも大きかった。そいつは、荒れ狂う虹のように船底でばたばた跳ねまわっていた！　血をしたたらせ、小さな十セント銀貨のような鱗をあたりに散らして、跳ねる。そいつが跳ねて、船の外に飛び出してしまうのではないかと心配になる。だが、マックマーフィは手伝おうという気配も見せない。スキャンロンがそいつをつかみ、押さえつけて、舷側から跳ね出さないようにする。キャンディが船室から駆けあがってきて、こんどはわたしの番よ、と言って、わたしの手にしていた釣竿を引ったくる。そして、わたしが彼女のためにニシンをつけてやろうとしている間に、三回も鉤をわたしに引っかける。

「族長さん、そんなにのろのろやるのあたし見たことないわよ！　まあ、あんたの親指、血が出てるわ。あの怪物に噛みつかれたの？　誰か、族長さんの指見てあげてね——ほら、急いでちょうだいってば！」

「そうら、また魚群に入るぞ」と、ジョージが叫ぶ。わたしは船尾から道糸を下ろし、ニシンがきらりと光って、サケの群がる暗い灰青色の海に消えていき、道糸がひゅーと唸りを立てて水に吸いこまれていくのを見守っていた。女は竿のまわりに両腕を包みこむようにして、歯を食いしばる。「あら、だめよ、だめだってば！　あら、もう、いやあねえ……！」

彼女は立ちあがってしまう。竿尻を股の間にはさみこみ、両腕でリールの下のところを抱くようにして竿を持つ、そのために糸がくるくると出ていくにつれてリールのハンドルが彼女の身体にぶつかる。「やめてってばあ！」彼女はまだビリーの緑色の上衣を着ているが、しかし、リールのためにその前が押しひろげられてしまっている。そして、彼女が以前に着ていたTシャツが消えてなくなっているのに船じゅうの男が気づく——船底でばたばた暴れまわるわたしの魚をかわしながら、自分の魚を取りこもうとしていた男たちが、誰もかれもぽかんと見とれる。女のリールのハンドルがものすごいスピードで回り、彼女の乳房に当たるので、乳首のあたりが赤く染まっているそのみごとな光景を。

ビリーが飛んでいって、女を助ける。助けるといっても、彼のやり方は背後から手をまわして、彼女が竿を乳房の間に固く押さえこむようにしてやるだけだ。だから、彼女の豊満な乳房の圧力でリールもやっと止まったという感じだった。このときには、彼女は身体をすごく固くして折り曲げ、竿をはさみこんだ乳房がぴんと張って見えたから、彼女とビリーの両方が手をゆるめても、竿は動かないのではないかと思えたほどだ。

この大騒ぎもほんの一瞬の間、その海の上での一瞬の間だけだった——男たちは、女の姿を見ながら、鼻を鳴らし、奮闘し、わめきちらし、そして魚を取りこもうとそれぞれの竿を操っていたし、その人びとの足もとでは、スキャンロンとわたしの魚が血にまみれて、組んずほぐれつの大格闘をくりひろげているし、道糸はすっかりからみあい、あちこちに走り出ていて、しかも医師の紐で吊るした眼鏡までがそれにからまり、船尾から十フィートほど離れた所でぶらぶらと揺れ、レンズのキラキラとした光に海中から魚が跳びあがって、それに食いつこうとしている。そして、女はもうあらんかぎりの声でわめき立て、やっと気がついたように自分のあらわにさらされた乳房、ひとつは白く、ひとつは腫れあがるように赤く染まった乳房を見ている——そして、ジョージまでが船の進む方角から思わず目をそらせてしまい、例の流木に船をぶつけて、エンストを起こしてしまう。

この間じゅう、マックマーフィは大声で笑っている。ますます後ろにそっくりかえり、船室の屋根にのしかかるようにして、その笑い声を海の上に高々とひびかせていく——彼は女の姿を笑い、仲間たちの姿を、ジョージのことを、血の吹き出た親指をすすっているわたしのことを、桟橋でわめいていた船長を、そして、自転車に乗っていた男、ガソリンスタンドの男たち、五千の家々や師長のこと、すべてのことを笑っていた。というのも、精神のバランスを保つためには、自分を傷つけるものを笑い飛ばさなければならないということを知っているからだ。笑いは、この世界のために完全に狂わせられてしまわないようにする方便なのだ。彼はものごとには苦痛に満ちた面があることを知っている。わたしの親指がきりきりと痛むことも、自分のガールフレンドの乳房が腫れあがったことも、そして、医師が眼鏡を失おうとしていることも知っている。しかし、彼はその滑稽さだけを見て苦痛を消し去るということをしないかわりに、苦痛だけを見て滑稽さを消し去るということもしないのだ。

わたしはそのとき気づく。ハーディングもマックマーフィのそばで身体を折り曲げ、大声で笑っているのを。船底ではスキャンロンが笑っているのを。かれらは自分自身を含めて、わたしたちのすべてのことがおかしくてならないと笑っている。そして、女も。一方の白い乳房から他方の赤い乳房をかわるがわる見やりながら、その目をまだぱちくりやっている女も笑いだす。そして、シーフェルトも医師も、そして他の者もみな笑いだす。

笑いはゆっくりと起こってきたが、やがてそれは全開となって沸きあがり、男たちをどんどん大きくふくれあがらせていった。わたしはかれらの一部となり、かれらと一緒に笑いながら、その光景を見守った――いや、必ずしも一緒とはいえなかった。というのも、わたしは船から飛び出してしまっていた。わたしは海面から上に吹き上げられ、あの黒い鳥と一緒にわたし自身よりもはるかに上を風を切って飛んでいた。下を見ると、わたし自身や仲間たちの姿を見ることができたし、あの急降下する鳥のまっ只中に揺れる船や、十人ばかりの仲間に囲まれたマックマーフィの姿を見ることができた。そして、わたしはかれら、つまりわたしたちが笑いこけているのをじっと見守っていた。その笑い声は永遠にひろがる輪をえがき、海面の上を響きわたり、どんどん遠くまで伝わり、しまいには太平洋岸のいたるところの浜辺にまで、それどころか世界じゅうの浜辺にまで、つぎからつぎへと寄せる波のようになって響きわたっていった。

医師が深場を釣る竿で何か海の底にひそむものを鉤にかけた。そして、ジョージを除くすべての男たちがそれぞれ一匹ずつ釣り上げた頃になって、やっと医師は獲物をわたしたちの目に見えるところまで引き上げてきた――見えたと言っても、それはただ白っぽい姿をしたものが一瞬現われ、それからまた医師が力の限り持ちこたえようとしたのだが、一気に底に姿を隠してしまった。医師は患者たちの助けを拒み、頑固に短い激しい唸り声を発してはリールを巻いて、魚を引き上げようとする。そして、そいつを海面近くまでふたたび寄せてくると、とたんに、魚はまたもや光を見て、一気に海底に突っ走る。

ジョージはエンジンをスタートさせることなどそっちのけで、皆のところに下りてきて、魚の鱗をとって、海水で洗い、肉の味が落ちないように鰓《えら》をむしり取る方法などをわたしたちに教えてくれる。マックマーフィは四フィートほどに切った道糸の両端に魚肉を結びつけて、それを空中にほうり上げる。すると二羽の鳥がそれをのみこんで、ぎゃーぎゃーと鳴きながら、旋回しながら飛んでいく。彼はそれにむかって、「死が二人を別つまで」とふざける。

船の後部と、そこにいる男たちのほとんどが魚の血と鱗とで、紅と銀のまだらになってしまう。ある者はシャツを脱ぎ、舷《ふなばた》からそれを海水にひたし、身体を洗おうとする。わたしたちは午後までこんなふうにしてのんびりする。ときどき魚を釣ったり、残っていたもう一箱のビールを飲んだり、鳥に餌を投げあたえたりして。そして、その間、船はものうげに大波の間をただよい、医師は海底の怪物と取っ組みあっていた。やがて一陣の風が出て、海面が緑色と銀色の小さな断片に割れ、一面、ガラスとクロームをまき散らしたようになり、船は一段と激しく上下左右に揺れはじめる。ジョージが医師に、魚を取りこむか、糸を切って放してやるかどっちかにしないとだめだ、あやしい雲ゆきになってきたから、と言う。しかし、医師は返事をしない。彼はただ竿をいっそう強くしぼり、前かがみになって糸をリールで巻きこむ、そしてまた竿を思い切りしぼり上げる。

ビリーとキャンディは舳先の方にあがって、何か話をしながら海を見つめていた。彼が何か見えたとどなったので、わたしたちはみなそっちへ走っていった。すると、幅の広い、白い形のものが、十数フィートほどの深さのところにはっきりと見えてきた。それが海面近くに上がってくるのを見ていると不思議な気持ちがしてくる。最初はただの明るい色をしたものであるが、やがて海の中の霧のように白い形をなし、しだいに何か生き物のように具体化してくる……

「ひゃあ、驚いた」スキャンロンが叫ぶ。「こいつは先生の魚だぜ!」

そいつは医師の反対側にいる。しかし、道糸の具合から、糸の先にこの海中の奇怪な化け物がついていることがわたしにもわかった。

「とても船に取りこめないぞ」と、シーフェルトが言った。「それに、風も強くなってきたし」

「こいつはオオヒラメだ」と、ジョージ。「二、三百ポンドもある奴がいるそうだ。ウィンチを使わなけりゃ、とても取りこめないぞ」

「先生、こいつは糸を切らなきゃだめですよ」と、シーフェルトは言って、医師の肩を抱くように手をかけた。医師は何も言わない。背中のあたりには汗が背広を通して滲《にじ》み出て、その目は、眼鏡なしで長時間見つめていたために、赤く充血していた。それでも彼は竿をしぼり、魚が自分のいる側に現われるまで寄せてきた。わたしたちはそいつが水面近くにやって来たのをしばらく見守っていたが、それから綱や鉤竿の準備をしはじめる。

鉤竿を打ちこんでからも、その魚を船の後部に取りこむまで、また一時間もかかった。わたしたちは船にあった残りの三本の竿を使って、そいつに引っかけなければならなかった。それから、マックマーフィが身体を伸ばし、そいつの鰓に手を引っかけて、よいしょと引っぱり上げると、そいつは透きとおるように白く平たい巨体を船の中に滑りこませてき、医師と一緒に船底にぺたんと坐りこんだ。

「こいつは大物だ」医師は船底から喘《あえ》ぐように言うが、もうその巨大な魚を自分の身体から押しのける力も残っていないようだった。「こいつは……たしかに大物だ」

帰りは海岸までずっと船は大揺れに揺れつづけ、マックマーフィは難破船やら人食いザメなどの恐ろしい話をして聞かせた。波は岸に近づくにつれ、ますます大きくなり、その波頭から、白い水泡のかたまりが風に舞って飛び、水鳥の群れに加わった。突堤が長く伸びる港の入口では大波は船よりも高くうねっていて、ジョージはわたしたち全員に救命具を着けさせた。わたしは他の釣船がすでにみな港の中に入っているのに気づいた。

救命具が三個足りなかったので、その港の入口の浅場を乗り切るとき、どの三人が救命具なしで行くかで大騒ぎになった。結局、それはビリー・ビビットとハーディングとジョージということになった。ジョージはいずれにしても、汚れているという理由で救命具をつける気はなかったのだが、ビリーがみずから進んで名乗り出たのには誰もが少し驚いた。彼は、救命具が足りないのがわかると、すぐに着けていた自分の救命具を脱ぎ、それを女に着けさせてやった。だが、マックマーフィが、自分がこの際英雄になろうと言わなかったのには、もっと誰もが驚いていた。大騒ぎをしている間じゅう、彼は船室にもたれて、そこに立ち、船の上下動に身体をこわばらせ、一言も発せずに、皆を見つめていた。ただにやにやと笑い、見つめているだけであった。

船は浅場にかかり、水の谷間に落ちこんで進んだ。船の舳先は前方を唸りを上げて進む波の背に向かい、艫《とも》は背後から被いかぶさるように迫る波の陰に沈む深い波窪《なみくぼ》の中にあった。艫の方にいた連中は手すりにしがみつき、背後から追いかけてくる大山のような波から、左手四十フィートほどの所にある突堤のそばで波をかぶっている黒い岩、そして舵輪を握るジョージへと目を移した。ジョージはマストのようにどっしりとそこに立っている。彼は前方から後方へと絶えず頭を回しては、エンジンを全開にしたり、ゆるめたり、そしてまた全開にして、船をつねに前方を行く波の背の急傾斜した部分に安定させて、進めていく。船がこの難所に乗り入れる前に、彼は教えてくれた。もしも船が前を行く波の背を越えてしまったら、スクリューと舵が水面から浮き上がり、そのとたんに船は自由を失って、波まかせになってしまうし、もしも船の速度が落ちすぎて、背後から迫る波に追いつかれるようなことになれば、波が艫に砕け、十トンの水を船に浴びせかけることになるのだ、と。だから、ジョージが頭を回転板の上に乗せたように、くるくると前後左右に回しつづけるその恰好を見ても、それをからかったり、笑い草にするようなことを言う者はいなかった。

港内に入ると、波はふたたび静まり、小さく海面に波立つ程度となった。そして、桟橋に、餌屋のかたわらの水際に、船長が二人の警官をひきつれて待っているのが見えた。その背後には例の暇人たちが総出でかたまっていた。ジョージはエンジン全開でかれら目がけてまっしぐらに進んだ。いまにもかれらの上に船を乗り上げんばかりだったので、たまりかねて、船長は手を振り、何かわめき立てはじめ、警官は男たちと一緒に階段の方へ逃げだした。だが、船首が栈橋をこなごなにする寸前に、ジョージは舵輪をくるくる回し、スクリューを逆転《リヴァース》に入れ、力強いエンジンの轟音をひびかせて、船を中古タイヤを並べた栈橋にそっと寄せる。その手際はまさに船を寝床に寝かしつけるといったみごとさだ。航跡の余波が船に追いついたときには、わたしたちはすでに船から下り、もやい綱をかけていた。その余波であたりの船は上下に揺れ、栈橋の上に波があがり、あたりの栈橋にも白い波をかぶせる。さながらわたしたちが船と一緒に荒海を連れかえったようであった。

船長と警官と男たちが階段を踏み鳴らしてまた下に駆け下りて、わたしたちの方へやって来た。だが医師は先手を取って、これは合法的な、連邦政府の援助を得て行なっている遠足であるから、警察にとやかく言われる筋合いのものではないし、それにもしわたしたちの問題を処理できる人間がいるとすれば、それは政府の権限を持つ者でなくてはならぬ、と警官に述べる。それに、もし船長が本気で事をかまえたいと考えているなら、先ずこの船に備えておくべき救命具の数を調査する必要があるかもしれませんな。法律によると、乗船する定員のすべてに渡るように救命具は備えつけておくことになってるのではないですか、とも医師は加えた。船長が何も言わなかったので、警官は名前などを尋ねて、口の中でぶつぶつ言いながら、困惑したように立ち去ってしまった。そして、警官が栈橋から見えなくなるとすぐに、マックマーフィと船長が口論をはじめ、たがいにこづきまわしはじめた。マックマーフィはすっかり酔っていたから、船の揺れるのに調子を合わせてまだ身体をふらふらさせているように見えた。そして、水に濡れた木の上で滑り、二度も海の中に落っこちてしまい、やっとのことで足場を固めると、船長の禿頭の側面に一発お見舞いし、話のけりをつけた。それでけりがついたので、皆気分がよかった。そこで、船長とマックマーフィは仲直りにもう少しビールを飲みに餌屋に入っていき、残ったわたしたちは船倉の獲物の陸揚げにかかった。暇人の男たちは一段上の桟橋に立って、お手製のパイプをくゆらしながら、それを見守っていた。わたしたちは連中がまた女のことでからかってくるのではないかと待ちかまえていた。正直いうと、むしろそれを待ち望んでいたのだ。だが、かれらのひとりが口を切ったとき、それは女のことではなく、わたしたちの魚のことだった。しかも、こいつはオレゴン州沿岸で釣れた魚のなかでも一番でけえオオヒラメだ、こんなの初めて見るな、と言った。他の連中も、ほんとだ、ほんとだとうなずく。そして、連中はずっと桟橋の端までやって来て、そいつをつくづくと眺める。また、連中はジョージにむかって、どこであんなにみごとに船を着けるのを習ったのか、と尋ねる。そして、ジョージが釣船の船長をしていただけでなく、大戦中は太平洋で活躍した魚雷艇の艇長だったし、海軍の十字勲章をもらったことがあるということをわたしたちも初めて知る。「あんたは役人になっていたらよかったのになあ」と、男たちのひとりが言う。「汚すぎる」と、ジョージはその男に答える。

わたしたちがまだ半信半疑でしか気づいていない自らのなかに生じた変化を、かれらはすでに見抜いているのだ。この連中は今朝桟橋の上で侮辱を甘んじて受けていたあの精神病院の弱虫どもと同じ人間ではない、とかれらは感じている。かれらは朝、女に投げかけた悪口を必ずしも詫びたわけではなかったが、しかし、あんたが釣った魚はどれか、と女に尋ねた。その言葉は、まさにレディーに対するように丁寧なものだった。そして、マックマーフィと船長が餌屋から出てくると、わたしたちはみなでビールを回し飲みし、それから港をあとにした。

病院にわたしたちが戻ったときには夜ももう遅かった。

女はビリーの胸にもたれてずっと眠っていたので、彼女が目を覚まして起きあがったときには、ビリーの腕は、不自然な姿勢で彼女の身体を抱いてやっていたから、すっかりしびれてしまい、女がそれを彼のためにもんでやった。彼は、いつか週末に自由時間をもらえたら、デートを申し込むんだが、と女に言う。すると、女は、何時に来たらいいか言ってくれれば、二週間したらお見舞いに来るわ、と言う。それで、ビリーはそれにどう答えたらいいのか尋ねるように、マックマーフィを見る。マックマーフィは二人の肩に腕をかけて、「それじゃ、きっかり二時ということにしようや」と、言う。

「土曜日の午後の二時？」と、女が尋ねる。

マックマーフィはビリーにウィンクを送り、腕でかかえこんだ女の頭を締めつけるようにして、言う。「いいや。土曜日の夜中の二時だ。今朝おまえが来たあの窓のところにやって来い、そしてノックしたらいい。夜勤の助手に話をつけておいて、中に入れるようにしておく」

女はくすくす笑い、しきりにうなずく。「まあ、マックマーフィったら、あいかわらずね」と、彼女は言う。

病棟では急性患者たちの何人かがまだ起きていて、トイレのあたりに立って、わたしたちが溺れてしまったのかどうか、知らせを待っていた。わたしたちが廊下にどやどやと入ってくるのをかれらは見守っていた。魚の返り血を浴び、日焼けし、ビールと魚の臭いをぷんぷんさせ、勝ち誇った征服者のように獲物のサケを手にしたわたしたちの姿を見守っていた。医師が、外に来て、車のトランクに入れてきたオオヒラメを見ないか、と言ったので、マックマーフィを除いて、わたしたちはみな、もう一度外に出た。マックマーフィは、おれはかなり参ったらしいから、先に寝るぜ、と言った。彼が行ってしまうと、病院に残っていた患者のひとりが、どうしてマックマーフィだけあんなに疲れ果てたような顔をして、他の連中は頬を紅に染めて、まだまだ元気に満ちているのか、と尋ねた。ハーディングは、その原因はマックマーフィが他の連中より陽に焼けなかったためにすぎないと、軽くいなした。

「諸君も憶えているでしょう。マックマーフィが入院してきた時の元気のよさを。作業農場での厳しい戸外での生活のために、赤銅色をし、肉体的健康ではち切れんばかりだったのを。わたしたちはまさしく、彼の統合失調症的なみごとな日焼けの色が、日に日に薄れていくのをこの目で見てきた証人ではありませんか。ただ原因はそれだけです。今日、マックマーフィはほとんどの時間を体力を消耗させて費やした――それも、たまたま船室の暗い場所で――だが、それにひきかえ、ぼくらは外の自然のなかにおり、ビタミンDを思いきり吸いこんだ。それはもちろん、船室内での彼の作業も多少はこたえたかもしれないが、しかし、考えてもみたまえ、諸君。ぼく自身でも、ビタミンDは少し減らしても、彼がやった労働なら、多少のことはできたはずだと思う。とくに、あのかわいいキャンディが作業の監督とあっては。どうです、ぼくの意見は間違っているだろうか?」

わたしはそのとき、あんたは間違っているとは言わなかったが、もしかしたらハーディングの意見は間違っているんじゃないかという気がしていた。病院へ戻ってくる途中で、早くから、つまり、マックマーフィが自分の昔住んでいた所を通っていこうと言い張った頃から、彼がすっかり参ってしまっているのにわたしは気づいていた。ちょうどわたしたちは最後のビールを回し飲みし、一時停止の標識のところでその空き缶を窓から投げ捨てて、座席にゆったりともたれ、一日の楽しかった思い出を満喫していた。楽しいことに一心に打ちこんだ一日のあとに訪れるあの素晴らしい眠たげな気持ちに身をゆだね、日焼けのほてりと酔いのほてりに心地よくひたりきり、その気持ちをできるかぎりいつまでも味わいたいためにだけ目を開いている、という状態であった。わたしはぼんやりとではあるが、身の周りの生活にある種の楽しさを見出すことができるように変わってきたことに気づいた。マックマーフィはそれをこれまでわたしに教えてくれていたのだ。わたしは、すべてが楽しく、大地がまだ子供の詩《うた》をわたしに歌いかけていたあの少年時代に感じたよりも、もっと素晴らしい気分になっていた。

わたしたちは海岸線を行くかわりに、内陸へと車を向け、マックマーフィがこれまで住んできたなかでもっとも長い間住んでいたという町を通ることにした。キャスケイド山脈の丘陵に横たわる町々を走り、しまいにわたしたちは迷ってしまったのかと思った……が、それから病院の敷地の二倍ほどしかない町へわたしたちはやって来た。砂まじりの強い風が吹き、街路からは陽光も消えてしまっていたが、マックマーフィはそこで車を止めた。そして、葦の生い繁るなかから道路の向こうを指さした。

「あすこだ。あれがその家だ。まるで草のなかから飛び出したみてえに立っている——おれの間違いだらけの青春時代のささやかなる住居だ」

暮れかかった六時の街路に沿って、葉の落ちた木々が並んで立っていた。歩道に稲妻のような鋭い影を投げかけ、その影が落ちた所では、囲い込まれた拳闘場《リング》のようにコンクリートがひびわれていた。からみあう雑草の繁った庭に沿って、大地に鉄製のフェンスが並んでいて、背後に、ポーチのある大きな木造の家があった。それはいまにも崩れ落ちそうな屋根を風のなかにしっかりとそびえさせ、空のダンボール箱のように、ころころと吹き飛ばされないように頑張っていた。風は雨まじりになっていたので、その家は目のような窓をかたく閉じ、鎖でとめられてがたがたと鳴る扉に錠を下ろしていた。

そして、ポーチには、日系人がガラスで作り、紐で吊るすあの風鈴というのがぶらさがっていた——どんなわずかな風にもちりんちりんと鳴るやつだ——だが、それももうガラスが四本しか残っていない。その四本が揺れ、たがいに触れあい、木のポーチの上でささやかな音を奏でていた。

マックマーフィはギヤを入れた。

「一度、ここに戻ってきたことがあった——ずいぶん昔のことだ。朝鮮戦争の騒ぎから、おれたちがみなどんどん帰国してきた年のことだった。あの頃は親父もおふくろも生きていたから、寄ってみたんだ。いい家だったがなあ」

彼はクラッチを離し、車を動かそうとするが、しかしまた止めた。

「驚いたなあ」と、彼は言う。「あそこ見てくれ、服が見えるだろう?」彼は後ろを指さす。「あの木の枝に? 黄色と黒の、ぼろがさあ?」

わたしの目にも小屋の上に伸びた枝に高々とひるがえる旗のようなものが見えた。

「おれと最初に寝た女の子が着ていた服だ、あれは。おれは十ぐらいだったかな。そして、女はおそらく年下だった。その時は、女と寝るということが大事件に思えたものだから、おれはこう言ったんだ。どうだい、何かの形でこいつを皆に宣言すべきだと思わないか? たとえば、家の者に、『母さん、ジュディとぼく、今日婚約したよ』とか言うのさ、と。おれは本気でそうするつもりだったんだ。それほど間抜けだったんだなあ。とにかく、あれをやったら、すぐに、その場で法律的にも結婚したことになるんだと思っていたし、それは絶対に破っちゃならないルールだと思っていたんだ。ところが、あの小さな淫売め――せいぜい八つか九つの女の子がだぜ――手を伸ばして、床から服を取りあげて、おれにやる、と言うんだ。そして、こうぬかしやがった。『どこかにこれ吊るしたらいいわ。あたいパンツのまま家に帰るから。そしたらこれではっきりするでしょう。家の人にもどうなったのかわかるわ』とね。ほんの九つの女の子だぜ、これが」と、彼は言った。そして、手を伸ばしキャンディの鼻を軽くつまむ。「そのくせ、そんじょそこらのプロの女よりはよっぽど心得てやがる」

女は彼の手を噛み、笑いだし、彼は噛まれた跡を見つめる。

「それで、とにかく、その女の子がパンツ一枚で家に帰ったあと、おれは暗くなるまで待って、チャンスを見て、そのくそいまいましい服を暗い外にほうり投げてやった――ところが、この風だ、すごい風だろう。こいつが服を凧《たこ》のように空に吹きあげ、服は家のまわりを飛んで、やがて見えなくなっちまった。翌朝になったら、肝をつぶしたことに、そいつがあの木にひっかかって、町じゅうの人びとにさあ見てくれといわんばかりだ。すくなくとも、その時にはそうおれには思えた」

彼はいかにも悲しそうに、自分の噛まれた手をこすったので、キャンディは大声で笑い、その手にキスをしてやった。

「そういうわけで、おれは旗印をあそこにかかげることになった。そして、その日から今日まで、旗印に恥じぬように――つまり、女に身も心もささげる男として――生きてきたと言っていいように思える。こいつは神に誓って本当だ。もしこれが悪いというなら、おれの青春時代の恋人、あの九歳の小娘のせいだ」

その家は後ろの方へ消えていく。彼はあくびをし、ウィンクをしてみせる。「ありがたいことに、あの娘がおれに愛することを教えてくれたのさ」

それから——彼は話を続けていたが——わたしたちの車を追い越した車のテールランプの明かりがマックマーフィの顔を照らし出し、フロントガラスにその顔の表情が映った。それは、暗いから車の中の人間には誰にも気づかれることがあるまいと気を許して彼が浮かべていた表情だった。ひどく疲れきって、緊張して、いいいいいいものに憑かれたような表情だった。まるで、自分がしなければならないと考えていることをするのに、時間があまり残っていないといったような……

そして、一方では、彼はのんびりとした、人のよさそうな声でこれまでの人生の物語を話していった。そして、わたしたちは自分が体験するようにその話に聞き入っていた。彼は子供時代の遊びや、飲み仲間、情の深い女たち、つまらぬことでの酒場の乱闘などがいたるところに出てくる、浮かれ騒いですごした昔の話を語っていき、そしてそれに聞き入るわたしたちは夢のようにその世界の中に引きこまれていくのだった。

第四部

海釣りの翌日、看護師長は次の作戦にかかっていた。彼女は前の日に、マックマーフィが魚釣りや、魚釣りをだしにいろいろ細かいことを企んで、金銭を不当に稼いでいると非難したが、どうやら新しい作戦はそのときに思いついたらしい。師長はその晩じっくりと作戦を考え、こんどはそれをあらゆる面から検討して、絶対に失敗することはないという確信を得たのだ。だから、次の日には、一日じゅうかかって、あちこちにそれとなく匂わせるようなことを言って、噂が立つようにし、自分からは実際に何も言わないのに、その噂がしだいにふくれあがっていくように仕向けた。

師長は心得ている。人間というものは、情けないことに、普通以上に他人が親切だったり、物をくれたりすると、気味わるくなってその人から逃げ出す――たとえば、サンタクロースや伝道牧師や立派な目的のために資金を寄付するような人びとから――そして、こんなことをして奴らの狙いは何かと疑心暗鬼になる。たとえば、若い弁護士が自分の住む地域の小学校の子供たちにピーカン・ナッツの袋詰めを配ったりすると――しかも、州議会の選挙がまぢかい頃に――人びとは口をゆがめてにやりと笑い、こすっからい野郎だ、おめえなんかにごまかされる馬鹿はいないぜ、と口々に言うだろうことを師長は心得ている。

師長にはわかっている。ちょっとヒントを与えておけば、マックマーフィがなぜあれほど時間とエネルギーを割いて、海釣りを計画したり、ビンゴ・パーティを準備したり、バスケットのコーチをしたりするのかについて、患者たちに疑問をいだかせるのにそう長くはかからないということが。他の連中がいつもぶらぶらし、ピノクルなどやったり、去年の古雑誌などを読んだりして満足しているのに、どうしてマックマーフィだけが精力的に動きまわろうとするのか、と患者たちも考えるようになる。賭博と殴打の罪で刑期を務めていた作業農場からやって来たアイルランド系のこの無頼漢が、頭にカーチフを巻き、ティーンエージャーのように甘い声を出し、二時間たっぷり、病棟の急性患者全員に応援してもらい、女の役を演じてビリー・ビビットにダンスを教えてやるというのは、いったいどういうわけなのか？　それにまた、これほどの海千山千の悪党が——したたかなプロで、カーニバルの芸術家ともいうべき鮮やかなカードさばきを見せ、つねに勝機だけをうかがう抜け目のない賭博師であるこの男が——委託患者の生殺与奪の権利を握っている師長を日ごとに敵にまわし、精神病院の滞在を二倍にも延ばすような危険を冒そうとするのは、いったいなぜか？

師長はこのような疑惑の心をかき立てる手始めとして、過去二、三カ月の間の、患者たちの所持金の記録を掲示した。おそらく、記録をほじくり出して調べるのに、彼女は何時間も何時間も費やしたにちがいない。それによれば、ただひとりの患者を除いて、すべての急性患者の所持金が着実に減少しているのがわかる。ひとりの患者の所持金だけは、入院以来増加しているのだった。

急性患者たちはマックマーフィに冗談めかして、どうやらあんたはおれたちをとことん利用してるようだねと言うようになったが、彼はけっしてそれを否定しなかった。いやそれどころか、逆に、彼は、一年もこの病院にいたら、退院する頃には経済的に独立できて、余生はフロリダに引退して過ごせる、と自慢しさえした。患者たちもみな、その冗談に笑った。彼がそばにいるときには笑った。しかし、彼が電気療法《ET》や作業療法《OT》や物理療法《PT》などで病棟を留守にするとき、あるいは、ナースステーションに呼ばれ、何かで叱られながら、師長の人工的な微笑に負けじと強情に不敵な笑いを浮かべているとき、患者たちは必ずしも心から彼の冗談に笑ってはいなかった。

患者たちは、なぜマックマーフィが最近やたらにハッスルして患者のために運動するのかと、たがいに疑問を投げかけあった。たとえば、患者がどこかへ行くときには、いつでも八人の治療グループで一緒に行動しなければならないという規則を廃止させてくれたり（彼はミーティングで八人グループ制に反対したとき、「ここにいるビリーはまた最近手首を切って自殺するなどと言ってますが、そのときは、他の七人もその仲間入りするわけですか？　そいつが治療に役立つわけですかい？」と、言った）、そしてまた、海釣り以来、患者の味方についてくれる医師を動かして、『プレイボーイ』や『ナギット』や『マン』などという男性向きの雑誌をとるようにし、例の風船玉のような顔をした広報係の男が家から持ってきて、病棟にどさりと置いてゆく読み古しの婦人雑誌『マッコールズ』（しかも、患者がとくに面白がりそうだと思った記事に緑色のインクで印がしてあるというしろものだ）を病棟から追放してくれた。さらに、マックマーフィはワシントンにいる誰かに請願書を送り、国立病院において現在なお実施されている電気ショック療法や前頭葉切除手術《ロボトミー》についての実態調査を求めるようなことまでしてくれた。患者たちはしだいに疑惑を深くしていった。いったい、そんなことやって、マックは何の得になるのかな、おれはそこんところがわからないね、と。

このような疑惑を一週間ほども病棟じゅうにまき散らしておいてから、師長はグループ・ミーティングを舞台に作戦を展開しようとした。師長が最初にそれを試みたとき、マックマーフィもミーティングに出席しており、師長がまだ充分に戦陣を張らないうちに、彼は師長をやっつけてしまった。（つまり、師長は患者たちにむかって、最近の病棟の情けない状態にじつに驚き、呆れています、と切りだした。後生ですから、あたりを見まわしてごらんなさい。エロ写真ばかりじゃありませんか。みだらな雑誌から切り抜いて、壁にべたべた貼りつけて——じつはわたし、本館にお願いして、この病院に持ちこまれるいかがわしい物について検閲していただこうと考えています。師長はここで椅子にゆったりともたれ、さらに言葉をついで、誰のせいで、そしてなぜこんなことになったか指摘しようとしていた。彼女はこの脅迫じみた言葉のために静まりかえった沈黙を、まるで玉座から見下ろすように二、三秒の間じっくりと待った。そのとき、マックマーフィが師長の魔法を大きな高笑いで吹きとばし、師長さん、いいですか、本館の連中に、検閲に来るときゃ、小さい手鏡を忘れずに持ってくるようにと言ってやってくださいよ、と言った）——そこで、次に師長が作戦を展開したときには、マックマーフィがそのミーティングに出席できないようにした。

　ポートランドから長距離電話がマックマーフィにかかってきたというので、彼は黒人のひとりにつきそわれて電話のあるロビーまで行き、そこで相手がもう一度かけてくるのを待っていた。一時近くになると、わたしたちはテーブルなどを動かしにかかり、デイルームでミーティングができるように準備していたが、そのとき、小柄な黒人が師長に、マックマーフィとワシントンを呼びに行きましょうか、と尋ねた。すると、師長は、いいのよ、行かなくて、電話をかけさせておきなさい——それに、ここにいる人びとのなかでも、あのお偉い方がいないところでわれらがランドル・パトリック・マックマーフィ氏について論ずる機会を持ちたいと思っている方がいるかもしれませんからね、と言った。

ミーティングが始まると、患者たちは、マックマーフィのことや、彼がやったことを滑稽に話しだしたが、それからしばらくは、いかに彼が立派な男であるかという話が続いた。それでも、師長はじっと黙っていて、患者たちがマックマーフィの偉さを話しつくして、身体のなかからすっかり洗い出してしまうのを待っていた。それから、別の疑問が出はじめた。マックマーフィのことを本当はどう思うか？　どうして奴はあんなふうにふるまうのか、彼はどうしてあんなことをやるのか？　患者のなかで、ある者はこうも言う。もしかしたら、ここに送られるために作業農場で喧嘩をしてみせたという奴の話も、本当はインチキじゃないのか？　それに、もしかしたら、奴はおれたちが考える以上に狂ってるんじゃないか、と。

師長はこれを聞きながら微笑している、そして、手を上げて皆を制した。

「キツネのように狂っている」と、彼女は言う。「あなたはマックマーフィさんのことをそう表現したいのだと、わたしは思います」

「それはどういうい、い、意味です？」と、ビリーが尋ねる。マックマーフィはビリーにとっては特別な友人だし、英雄でもあったから、師長の奥歯に物のはさまったような表現でほめたのかけなしたのかわからないやり方が、どうにも気に入らないのだ。「どういうい、い、意味です、その『キツネのように狂っている』というのは？」

「それはべつに他意のない言葉なのよ、ビリー」と、師長は楽しそうに答えた。「それがどういう意味か他の方に説明していただけたら、していただきましょう。スキャンロンさん、あなたいかがです？」

「ビリー、師長の言わんとしているのは、マックは他人にごまかされるような男じゃないってことだ」

「誰も言わなかったぞ。彼がそ、そ、そうだと！」ビリーは拳で椅子の肘掛けを思いきり叩きつけて、やっと最後の言葉を言う。「でも、ラチェッド師長が、ほ、ほのめかしているのは――」

「あら、ビリー、私は何もほのめかしてなんかいません。ただ、マックマーフィさんはわけもなく危険を冒すような方じゃないと述べただけです。あなただって、それには反対はしないでしょう、ねえ？　他のみなさんもこれに反対する方はいないでしょう？」

誰も何も言わなかった。

「にもかかわらず」師長は先を続けた。「あの方は自分のことなど何ひとつ考えずにいろいろなことをしているように見えます。まるで、殉教者か聖者のように。しかし、どなたか、マックマーフィさんが聖者であると言える方、いるでしょうか？」

師長は微笑を部屋いっぱいに投げかけて、それに対する答えが返ってくるのを待つが、答えが返ってこないのは心得ているのだ。

「いいえ、聖者でもなければ、殉教者でもありません。それではと。あの人の博愛精神を精密に検討してみようではありませんか？」師長は書類籠から一枚の黄いろい紙を取り出す。「彼の贈り物、熱烈な彼のファンの方ならそう呼ぶと思いますが、その贈り物をいくつか眺めてみましょう。第一に、浴槽室の贈り物があります。でも、本当にあの部屋は彼のものだったのですか？　あの部屋を賭博場《カジノ》として使うことによって、彼は何か失うものがあったでしょうか？　その逆です。彼がこの病棟にささやかなモンテカルロをしつらえ、その元締めにおさまったこのわずかな期間にいったいどのくらい稼いだと、みなさんは考えますか？　ブルース、あなたはいくら損をしたの？　シーフェルトさんは？　スキャンロンさんは？　おそらく、みなさんはそれぞれ個人的にはいくら損をしたかご存じだと思いますわ、ですが、全体として彼がいくら稼ぎ出したかご存じないでしょう。彼が会計に預けた金額を調べますと、なんと、三百ドル近くにもなるのです」

スキャンロンが低く口笛を鳴らしたが、しかし他の者は何も言わなかった。

「みなさんのなかでご覧になりたい方のために、彼がこれまでにしたさまざまな賭けをここに表にしておきました。このなかには、意識的に医局のわたしどもを動揺させようと企んだたぐいの賭けも含まれています。それに、このような賭博行為はまったく病棟の規則に反するもので、彼の賭けに応じたみなさんも、それぞれそのことはご承知のはずです」

師長はふたたびその紙に目をやり、それから籠の中にそれを戻す。

「それに、こんどの魚釣りの件ですが。こんどのことでマックマーフィさんがどのくらい利益をあげたと思いますか、みなさんは？　わたしの見るところでは、車は先生のものを提供していただき、しかも、ガソリン代まで先生から出ています。それに、聞くところによりますと、他にもいろいろと特典があった――つまり、一セントも払わずに済んだというじゃありませんか。まさにキツネのようだ、と言わなければなりません」

師長は口をはさもうとするビリーを、手を上げて制した。

「ビリー、お願いですから、わたしの言うことをわかってくださいね。わたしはこのような行為を、行為そのものとしては非難しているのではないのですよ。ただ、わたしは考えましたの。この人の動機について、つまらない幻想をいだかないほうがよいのではないだろうかと。ですが、いずれにしても、わたしたちが話題にしている方がいないところで、このように非難するのは公平とは言えませんね。それでは、昨日わたしたちが討議していた問題に戻ることにしましょう——さて何でしたかね？」師長は書類籠の中の書類をパラパラと繰りはじめる。「スピヴィ先生、何だったか憶えていらっしゃいますか？」

医師の顔がぴくりと上がる。「いえ……待ってください……たしか……」

師長は書類ばさみから、一枚の紙を引き抜く。「ああ、ありました。スキャンロンさんの問題でした。爆発物に対して、スキャンロンさんがどのように感じているかという問題でしたね。結構です。この問題を討論いたしましょう。そして、また別の機会に、マックマーフィさんが出席しているときに、彼の問題は討論することにいたしましょう。しかし、みなさんが今日ここで述べられたことをそれぞれ考えておかれたらよいと、わたしは思います。それでは、スキャンロンさん……」

その日、あとになってのことだが、わたしたち患者が十人ばかり売店の入口のところにかたまって、黒人助手がヘアオイルを万引きし終えるのを待っていた。すると何人かがマックマーフィの問題をまた持ち出した。師長の言っていたことには賛成じゃないんだが、しかし、あの婆さんの言い分にも、多少は当たっている点がある、と誰かが言った。いいじゃねえか、そうだとしても、マックはいい奴だぜ……本当に、と誰かが言い返す。

ハーディングがついにこの陰口めいた会話を打ち切るように、堂々と論じた。

「諸君、君たちはやたらに抗議するばかりで、抗議することの意味を知らない。君たちはそのいじましい心の奥底では、われらが慈愛の天使、ラチェッド師長が今日マックマーフィ君について述べたさまざまな推測をどれもこれも正しいと認めているのだ。師長の言ったとおりだということを君たちは知っている。そして、わたしもそれは認める。だが、その事実をなぜ否定しなければならないのか？　少し正直な気持ちになって、彼の資本家的才能を陰でこそこそ非難するかわりに、彼を正しく評価したらいいではないか。マックマーフィ君がささやかな利益をあげたことのいったいどこが悪いのか？　彼がわたしたちから金を巻きあげたときはいつでも、その金にふさわしい楽しみをわたしたちに提供してきた。そうではなかったろうか？　たしかに、彼は抜け目のない人物であり、たやすく稼ぐことのできる金に目ざとい。だが、彼は自分の動機をごまかすようなことをしましたか？　わたしたちだってごまかすことはない。彼は自分のペテンに対して健康的な、正直な態度をとって、隠したりはしない。わたしは全面的に彼を支持する。それは、自由な個人的企業を重んじる親愛なる資本主義制度を支持するのと同じだ。わたしは彼を支持する。そして、彼の徹底した厚かましさとアメリカ国旗と（国旗に祝福あれ）そして、リンカーン記念館とすべてを支持する。メイン号（一八九八年二月にキューバで爆破されたアメリカの軍艦）とP・T・バーナム（一八一〇－一八九一。アメリカのサーカスの創始者）と独立記念日を思い起こそうではないか。わたしはわれらが友の名誉を守らなければならないと強く感じている。親愛なる赤《レッド》と白《ホワイト》と紺《ブルー》の、百パーセントのアメリカ人であるペテン師としてのこの男の名誉を。いい奴だ？　とんでもない。マックマーフィ君だって、自分のペテンを他人が勝手に推測し、その真の動機とやらを押しつけようとしていると知ったら、当惑してしまい、まさに涙を流しかねない。おそらく、彼なら、自分の手腕をずいぶん不当に低く評価してくれたもんだ、と考えるだろう」

ハーディングはポケットに手を入れ、煙草を探す。煙草がなかったので、彼はフレドリクソンから一本借り、マッチを派手に振りまわして、火をつけ、先を続ける。

「わたしも最初は彼の行為にある種のとまどいを感じたことは認める。あの窓ガラスを叩き割る行為など――わたしはこう考えた、すごいぞ、この男は仲間のために戦い、実際にこの病院にとどまろうと考えているように思える、などと。だが、そのうちに、マックマーフィ君は利益になるものを失いたくないから、そういうことをするのだ、と気づいた。彼はこの病院で過ごす時を最大限に活用しているのだ。彼の田舎者じみたやり方にごまかされてはいけない。じつに頭の鋭い策略家であり、みごとなほどに抜け目のない男である。じっと見ていたまえ、彼のやることなすこと、すべてにちゃんと理由がある」

　ビリーはしかしそうやすやすと丸めこまれはしなかった。「へえー、そうかね。じゃ、ぼくにダ、ダンスを教えてくれるのはどういうわけ？」ビリーは脇腹のところで、拳を握りしめている。そして、その手の甲には、煙草でつけられた火傷の跡がほとんど消えかかっていたが、その代わりに、書いたら消えない鉛筆を舐《な》めては書きつけた入れ墨があるのにわたしは気づいた。「ハーディング、それはどういうわけだ？　ぼくにダンスを教えて、いったいどうやってか、か、金を稼ぎ出すというのさ？」

「そう興奮しちゃいけない、ビリー」と、ハーディング。「それに、そう性急になってもいけない。まあじっくりと待っていたまえ――彼がどうしようとしているかはすぐわかる」

　どうやら、マックマーフィを信頼しているのはビリーとわたしの二人だけになってしまったらしい。ところが、まさにその夜のこと、ビリーまで、ハーディングの考え方に転向する出来事が起こった。マックマーフィがまた長距離電話をかけに行って、戻ってくると、ビリーにこう言った。キャンディとのデートはまちがいない、と。それから、彼に住所を書いてやり、キャンディがここへ来る費用のおあしを少し送ってやったほうがいいぜ、とつけ加えた。

「おあしって？　か、金かい？　い、い、いくら？」ビリーは目を転じ、にやにや笑っているハーディングの方を見た。

「そりゃ、あんた、どのくらいって──まあ、彼女に十ドルと、もう十ドル──」

「二十ドルもかい！　ここまで来るバス代なら、そ、そ、そんなにはいらないよ」

マックマーフィは帽子の庇の下から見上げて、ビリーにゆっくりと笑いかける。それから、手で喉をこすり、ざらざらした舌をだらりと出した。「おお、ひでえ、おれはひどく乾いちまったぜ。一週間後の土曜日には、もっと乾ききってしまうと思うな。どうだい、ビリー坊や、おまえだって、女に酒の少しぐらい持ってこさせて、おれに飲ませてくれたって、文句はあるまい、ええ、どうだい？」

そう言って、いかにも純真そうな顔つきでビリーを見るものだから、ビリーも笑いだしてしまい、首を振り、文句はないさ、と答え、部屋の片隅に行き、おそらく心の中でポン引きめと考えながらも、マックマーフィとふたりして次の土曜日の計画を興奮して話しあう。

それでもわたしはわたしなりの考えを持ちつづけていた──つまり、マックマーフィは空からやって来た巨人で、銅線とクリスタルガラスでこのアメリカじゅうを被いつくそうとしているコンバインの手からわたしたちを救うのだ。そして、彼の偉大さはとびぬけているから、金などという下等なものを気にかけるはずはないと──だが、そのわたしですら自分の考えが間違っていると考えたくなるようになった。こういうことが起こったのだ。ある日、グループ・ミーティングの始まる前、彼は皆と一緒に浴槽室の中でテーブルを片づけていたが、そのとき、例のコントロールパネルのそばに立っていたわたしをじっと見つめていた。

「驚いたね、族長」と、彼は言った。「あんた、釣りに行ってから十インチもでっかくなったように見えるぜ。それに、そのあんたの足の大きいのを見てくれ、すげえな、まるで貨車みたいにでけえ！」

わたしは足もとを見る、そして、わたしの足がいままでになく大きくなっているのに気づいた。マックマーフィの言うとおり、たしかに足は昔の二倍にもふくれあがっている。

「それにこの腕！　これこそまさしく、元フットボール選手のインディアンの腕というものだ。おれがいま何を考えていると思うね？　おれはこう考えているんだ。あんたが大きくなった証拠に、どうだ、このパネルをちょっと持ち上げたらと」

わたしは首を横に振って、いやだと言った。しかし、彼は、約束したはずだと言った。わたしは実際にそれをやって見せ、彼の言うわたしの体内の成長組織がどの程度発達したかを実証しなければならなくなってしまった。逃れるすべはないように思えたので、わたしはパネルのところに行き、とても持ち上げることなどできないことを実証しようとした。わたしは腰をかがめ、両側についた把手をつかんだ。

「族長、いいぞ。よーし、そこで身体をぐいと伸ばせ。それ、尻の下の脚を踏んばり、そうだ……よし、よし。そっといけよ……そこだ、身体を伸ばせ。ひゃあ！　よーし、そっと床に下ろせ」

わたしは彼が本当は失望したものとばかり思っていたが、わたしがパネルのそばから離れたとき、彼はパネルが元の位置から半フィートほど離れているのを指さしていた。「族長、パネルを元の位置に戻しておいたほうがいい。誰にも気づかれないようにな。いいかい、持ち上げられることを誰にも言うなよ」

それから、ミーティングのあとで、彼はピノクルをやっている連中のまわりをぶらついていたが、話題を力とか気力とかにもっていき、しまいに浴槽室のコントロールパネルの話をもちだす。彼はわたしの力と大きさを昔に戻すのに力を貸してやったと話すのだと、わたしは思っていた。それなら、彼のやることなすことがすべて金のためとはかぎらないことを証明してくれる。

ところが、彼はわたしのことはおくびにも出さなかった。彼がいつまでもコントロールパネルのことを話すものだから、ついに、ハーディングが口を切って、あんたはまたそれを持ち上げてみる気になったのか、と尋ねた。すると彼は、そうじゃない、だが、おれが持ち上げることができなかったからといって、絶対にできないという証拠にはならないぞ、と言った。そりゃ、クレーンを使えば持ち上げられるかもしれんよ、しかし、人間ひとりではそいつを持ち上げることはできん、とスキャンロンが言う。すると、マックマーフィはうなずいて、そりゃそうかもしれん、そりゃそうかもしれん、だがそういうことはわからんもんだぜ、と言う。

わたしは彼が患者たちを手玉に取り、いや、人間には断じて持ち上げることはできないさ、と相手に言わせるように仕向け――しまいに相手のほうから、じゃあ賭けようじゃないかとまで言わせる巧みなやり方を見守っていた。わたしの目の前で、彼は賭けるのはいかにも気乗りがしないといった様子を見せる。それから、賭け率をつませ、皆を誘いこみにかかり、ついにはこの確実なねたを餌にして五対一にまで率を釣り上げ、全員に賭けさせる。患者のなかには、二十ドルも賭けた者さえいた。もちろん、わたしがそれを持ち上げるのを見た、などということは彼は一言もいわなかった。

一晩じゅうわたしは、マックマーフィが賭けを実行しなければいいな、と考えていた。そして、翌日、ミーティングのとき、師長が海釣りに行った人たちはみな特別なシャワーを浴びなければなりません。ノミ、シラミの恐れがありますから、と言った。そのとき、師長が何とかしてくれるのではないか、すぐにシャワーを浴びさせるとか何とか――とにかくわたしがあれを持ち上げないですむようにしてくれるのではないかと、心の中で期待しつづけていた。

しかし、ミーティングが終わると、黒人に鍵をかけられてしまわないうちに、マックマーフィはわたしと患者たちを連れて、浴槽室に入っていく。それから、わたしにコントロールパネルの把手を握らせ、それを持ち上げさせる。わたしは持ち上げたくはなかったが、しかし持ち上げないわけにはいかなかった。わたしは彼の手助けをして、皆から金をだましとったような気がした。賭け金を支払うとき、患者たちはみな彼に親しそうにふるまっていたが、わたしにはかれらが心の中ではどう考えているか、何か自分の足の下に踏まえていた物を蹴とばされたような気になっているのがわかっていた。わたしはそのパネルを元の場所に戻すとすぐに、マックマーフィには目もくれずに浴槽室から飛び出して、トイレの中に入ってしまった。わたしは自分ひとりになりたかった。鏡に映った自分の姿をちらっとわたしは見た。マックマーフィはたしかに約束したとおりにわたしを作りあげてくれた。腕はふたたび大きくなっていた。昔の高等学校時代、村にいた頃と同じように大きくなっていた。胸も肩も広く、がっしりとなっていた。わたしはそこに立ちつくして、自分を見つめていた。そのとき、マックマーフィが入ってきて、五ドル紙幣を差し出した。

「さあ、族長、取ってくれ。チューインガム代だ」

わたしは首を振って、トイレから外に出ていこうとした。彼はわたしの腕をつかんだ。

「族長、おれは感謝の印を取ってくれと言ってるだけなんだ。もしもあんたがもっと分け前をよこせと思ってるなら——」

「そうじゃない！　金はしまっといてくれ！　おれはそんなもの、もらいたくない」

彼は一歩後ろに下がり、ズボンのポケットに親指をかけて、顔を上げてわたしを見る。しばらくの間、彼はしげしげとわたしを眺める。

「わかったぜ」と、彼は言う。「だが、いったいどうしたっていうんだ？　何でここの連中はみな、おれを冷たく、鼻先であしらいやがるんだ？」

わたしは黙って答えなかった。

「おれは約束したとおりにやったろう。あんたをもう一度一人前の大きさにしてやったじゃないか？　おれのどこが急に悪くなったっていうんだ？　あんたらは、まるでおれを売国奴みたいに毛嫌いしてるぜ」

「あんたはいつも……勝ってばかりいる！」

「勝ってばかりだと！　このうすのろめ、おれのどこが悪いんだ？　おれはただあんたとの約束を守ろうとしただけだ。それを、何でそうカッカして――」

「あんたがやることは勝つことばかりじゃない、とわたしたちは思っていた……」

わたしはちょうど泣きだす前のように顎ががくがく震えるのを感じたが、しかし泣きだしはしなかった。わたしは、そこに、彼の前に、顎を震わせてじっと立っていた。彼は口を開いて、何か言いかけるが、やめてしまう。眼鏡のレンズの間がきつすぎる人がするように、ポケットから親指を出し、その手を上げて、親指と人さし指で彼は鼻梁をつまむ。そして、彼は目を閉じた。

「勝ってばかりだと、とんでもない」彼は目を閉じたまま言った。「呆れたね。勝ってばかりだと」

だから、その日の午後、シャワー室で起こった事件の責任は他の誰よりもわたしにあると思う。そしてまた、それだからこそ、わたしは何らかの埋め合わせをするために、これから話すようなことをやってのけたのだ。用心深くするとか、身の安全とか、自分がどうなるとかまったく考えず——つまり、初めて、なすべきことと、それを行なうこと以外のことは何も考えずに行動を起こしたのだった。

　わたしとマックマーフィがトイレから出ていくとすぐに、黒人三人がやって来て、特別なシャワーを浴びさせるためにわたしたちを集合させた。小柄な黒人は壁の腰板のところをつたって歩きながら、かなてこのように冷たい、黒く、曲がった手で、そこに寄りかかっている患者たちをはぎ取るようにしていく。そして、特別シャワーは師長の言う「用心のための」洗浄だと言った。釣りに行ったとき接触した連中のことを考えると、何か雑菌や害虫を病院じゅうにまき散らさないうちに、身体を消毒しておく必要があるのだ、とも言った。

　わたしたちは裸でタイルの壁を背に並んだ。そこへ黒人のひとりが手に黒いプラスチックのチューブを持ってやって来て、卵の白味のようなねとねとした臭いものをしぼり出す。最初に頭だ。向こうをむいて、身体を曲げて、尻を開くんだ！

　患者たちは不平を言い、からかい、それを茶化してしまおうとする。だが、たがいに相手の顔を見ないようにする。そしてまた、チューブをかざして、患者たちに薬液をかけていくあの宙に浮かんだ黒い仮面、悪夢のなかで見るようなネガのその顔が、やわらかい、おぞましいチューブの銃身でじっと狙いをつけるように見すえるのを、わたしたちは見ないように努めていた。患者たちは黒人をからかう。「おい、ワシントン、あんたたちは勤務外の十六時間は何をやって、楽しんでるんかね？」とか、「おい、ウィリアムズ、今朝、おれが朝食に何食べたか知ってるか？」などと口々に言って。

　それで、誰もがどっと笑う。助手たちは口をかたくとざして、それに何ひとつ答えない。あの赤毛の野郎が来る前は、こんなふうじゃなかったんだ、と心の中でかれらは考えている。

フレドリクソンが尻をおしひろげたとき、それはそれはすごい音がしたので、小柄な黒人がその放屁で吹き飛ばされ、倒れるのではないかと思った。

「聞きたまえ！」と、ハーディングが言って、片手をそえて、耳をそばだてる。「あの美《うる》わしき天使の声を！」

患者たちはみな、沸きたち、大笑いし、たがいに冗談を飛ばしあう。が、黒人が次に進んで、次の患者の前に立ち止まったとき、部屋の中は突然静まりかえってしまう。次の男はジョージだった。そして、笑い声や冗談や不平がはたとやみ、ジョージの隣りにいたフレドリクソンが身体をまっすぐに伸ばし、向きを変えた。大柄な黒人がジョージにその臭い薬液をかけるから頭を下げろと命令しようとしていたその一瞬の間に――まさにその瞬間に、わたしたちはこれから起こることがすべてわかってしまった。つまり、なぜそれが起こることになるかということも、そうしてなぜわたしたち全員がマックマーフィについて誤った考えをしていたかも、すべてその時にわかった。

ジョージはシャワーを浴びるとき、けっして石鹸を使わない男だ。彼は身体を拭くタオルを他人に取ってもらうことさえしない。だから、いつもの火曜と木曜日の夕方のシャワーの面倒を見る当番にあたった黒人たちは心得ていて、ジョージの好きなようにやらせる。そのほうが楽だから、いやがることを無理にさせないのだ。そして、この習慣はもう長い間続いていた。助手たちはすべてそのことは心得ていたのだ。だがそのときは、誰しもすぐわかったのだが――ジョージですらそれに気づき、首を振り振り後ずさりをし、大きなオークの葉のようにひろげた手で身体を守ろうとしていた――鼻のひしゃげた、性根のくさったこの黒人は、ふたりの仲間が背後に立ち、見守ってくれている以上、どうしてもジョージをいじめるチャンスを逃したくない様子だった。

「それそれ、ジョージ、その頭を下げて……」

患者たちはすでに、列の二、三人後ろに立っていたマックマーフィに視線を走らせていた。

「それ、それ、ジョージ、ほれ、頭を……」

マーティニとシーフェルトはそのとき、シャワーの中にいて、じっと動かなかった。ふたりの足もとの排水口が気泡と石鹸水をごぼごぼと音を立てて吸いこみつづけていた。ジョージはその排水口が自分に話しかけている人間であるかのように、それを一瞬見つめる。彼はそれがごぼごぼと喉をつまらせるように吸いこむのを見守っている。それから、目の前に突き出された黒い手に握られたチューブに視線を戻した。そのチューブの先端にある小さな口から流れ出た粘液が、ゆっくりと鋳物《いもの》のような黒人の指の上をつたって流れていた。黒人はチューブをほんの二、三インチほど前に突き出す。すると、ジョージはさらに後ろに身体をそらせ、首を横に振る。

「いやだ――そんなもん、絶対にいやだ」

「これをつけなくちゃいけないんだ、ごしごしとな」と、黒人はいかにも気の毒そうな調子で言う。「ど、う、し、たって、これで洗わなくちゃいけないんだ。病棟に虫をわかせるわけにはいかんだろう、なあ？　あんたに虫がとっついている。身体の中にぬ、く、ぬ、く、と隠れているのが、こっちにはわかってるんだから！」

「いやだ！」と、ジョージは言う。

「ほれ、ほれ、ジョージ、あんたにはわ、か、っ、ち、ゃ、いねえんだ。この虫ってえのは、とても、とても小さいやつで――針の先ほどもないんだぞ。そいつが、あんた、毛根のところにとっついて、そこにひそんで、しまいには穴をあけて身体の中にもぐりこむんだぞ、ジョージ」

「虫はいねえ！」と、ジョージ。

「ああ、わからんかねえ、ジョージ。この恐ろしい虫が実際に人にとっついた例をおれは見たことがあるんだ――」

「そのくらいにしとけ、ワシントン」と、マックマーフィが口をはさんだ。

黒人のひしゃげた鼻についた傷跡がネオンの輝きを見せて、ゆがむ。黒人は誰が話しかけたのかすぐに気づくが、後ろを振り向かない。彼がその声を聞いたのが、わたしたちにわかったのは、黒人が話をぴたりと止めて、長い灰色の指を伸ばし、バスケットボールの試合のときにつけられた鼻の傷のあたりを、ゆっくりとなでたからだった。彼は一瞬の間、鼻を手でなでていたが、その手をこんどはジョージの前に突き出し、指を折りまげて、空中で這いまわせてみせる。「ジョージ、カニだ、わかるか？　ほら、これ？　さあ、これでカニがどんな恰好しているかわかっただろう、ええ、おい？　もちろん、あの釣船にはこのカニがいただろう。そして、このカニがあんたの身体の中に入りこむのをそのままにしておくわけにはいかんだろう、そうじゃないか、ジョージ？」

「カニなんかいねえ！」ジョージは叫んだ。「いやだ！」彼は身体をまっすぐに伸ばし、額をきっと上にあげたので、わたしたちは彼の目を見ることができた。黒人は思わず少し後ろに下がる。他のふたりの黒人がこれを見て笑う。「どうした、ワシントン？」大きなほうが言う。「仕上げをするのに何か具合の悪いことでもできたか、おい？」

黒人はまた前に出る。「ジョージ、命令だ。身体を曲げろ！　身体を曲げて、おとなしくこいつを塗らせろ——さもないと、おれが自分の手でおまえに塗りつけるぞ！」彼は手をふたたびジョージの前に突き出す。それは沼のように大きく、黒い。「この黒い！　汚い！　臭い！　手でおまえの身体じゅうなでまわしてやるぞ！」

「手はいやだ！」と、ジョージは言い、頭上に拳をにぎりしめ、ふりかざす。その黒い仮面をこなごなに打ち砕き、中に仕込まれた歯車やボルトやナットを床の上にばらばらにしてやろうとするように。だがそのとき、黒人はチューブをジョージの臍《へそ》に押しつけて、しぼり出した。ジョージは喘ぐように、身体を折る。黒人はジョージのか細い、白髪の中にチューブの中身をどさりとしぼり出し、それを手でこすりこみ、黒い手の色をジョージの頭いっぱいに塗りたくった。ジョージは両腕で、腹をかかえこみ、悲鳴をあげた。

「いやだ！　いやだ！」

「さあ、こんどは向こうをむいて、ジョージ——」

「おい、あんた、いいかげんにしろと言っただろ」こんどは、マックマーフィの語気が鋭かったので、黒人は向きなおり、彼と顔を突きあわせる。黒人が、マックマーフィの裸身を見て、にやにや笑うのにわたしは気づく——裸で、帽子もブーツも、そして、親指を突っこむポケットもない。黒人はそのような彼を上から下までにやにや笑いながら眺める。

「マックマーフィ」と、黒人は首を横に振りながら、言う。「じつはな、もうおまえさんとは二度とやりあうことはないかもしれんと考えていたんだぜ」

「この呆れた馬鹿が」と、マックマーフィは言う。その調子には、腹が立つというよりはむしろうんざりだという響きがこめられていた。黒人は何も言わない。そこで、マックマーフィは声を荒らげて「このろくでなしの黒んぼ！」と言った。

黒人はどうしようもないといわんばかりに頭を振って、ふたりの仲間にむかってくすくす笑いかけた。「こんなにでかい口きいて、このマックマーフィさんは何をやらかそうってえのかね？　おれに先に手を出させようって寸法かね？　いっひっひっひっ。こいつら狂人どものたわごとなんぞ、気にもかけない訓練を受けてることを、知らねえとみえるな」

「うじ虫め！　ワシントン、てめえはただの――」

ワシントンは彼にくるりと背を向けて、ふたたびジョージの方を向く。ジョージはまだ身体を折りまげて、腹に塗られたあの粘液の打撃に耐えかねて、喘ぐように息をしていた。黒人はジョージの腕をつかみ、くるりと壁の方を向かせる。

「そうだぞ、ジョージ。さあこんどは、尻をひろげるんだ」

「いーやーだー！」

「ワシントン」と、マックマーフィが言う。彼は大きく息を吸いこむと、つかつかと黒人のそばに行き、彼をジョージから突き放した。「ワシントン、もういい、もういいんだ……」

誰もが、マックマーフィの声のなかに、どうしようもない、追いつめられた絶望の響きを聞きとることができた。

「マックマーフィ、どうしてもあんたは喧嘩をしかけたいというんだな。なあ、みんな、奴の方からしかけているんだな、これは？」他のふたりの黒人がうなずく。すると、彼はおもむろに手にしたチューブをジョージのかたわらにあったベンチの上に置き、そのまま振り向きざまに拳を振りまわして、不意にマックマーフィの頬を殴りつけた。マックマーフィは倒れそうになる。彼はよろよろとして、裸で並ぶ患者たちのところに倒れかかるが、患者たちが彼を受けとめ、にやにや笑っている黒い仮面の方に押し戻してやる。彼はまた殴られる。こんどは首のところを。彼がとうとうおっぱじめてしまったと悟りきらないうちに、殴られる。しかし、こうなってはこの勝負を力の限り戦う以外に方法はなかった。彼は自分めがけて黒い革の鞭のように飛んできた次の一撃を受けとめ、相手の手首をつかみ、頭を振って意識をはっきりさせる。

二人はそのまま一瞬の間もみあい、ごぼごぼと喘ぐ排水口に調子を合わせて、大きく喘ぐ。それから、マックマーフィが黒人を突き離して、かがみこむような姿勢をとる。両肩をまるくして、顎を守り、拳を頭の両側に構えて、目の前の黒人のまわりを回りはじめる。

すると、黙って、きちんと並んでいた裸の患者たちは口々に叫びながら、ふたりをぐるりと囲み、手足と身体でたちどころに肉体のリングを作りあげる。

黒人の腕が、低く沈めた赤毛の頭と牡牛のような首にむかって突きささるように飛んでいくと、額や頰から血が吹き飛ぶ。黒人は踊るように後ろに下がる。彼は背も高いし、マックマーフィのずんぐりした赤味を帯びた腕よりも長い腕を持ち、はるかに素早く、シャープなパンチをくり出すことができる。そして、相手の射程内に飛びこまないで、肩や頭に打撃を浴びせることができる。マックマーフィはそれでも前進する――重そうに、足をぺたんとつけて歩くように進む。顔を下げ、頭の両側にあの入れ墨のある拳をかため、その間からじっと狙いをつけて——そして、じりじりと黒人を裸の男たちの輪の中に追いつめ、相手の白い、糊のきいた制服の胸のまん中にまともに一撃を叩きこむ。黒い顔がゆがんで、朱に染まり、ストロベリー・アイスクリームのような色をした舌が唇からだらりと飛び出す。黒人はマックマーフィの突進を避けて、跳びすさり、二、三発打ちこむが、しかし、マックマーフィの拳がまた強烈な一撃を加える。黒人の口はこんどはぽかっと開き、気味悪い色をした汚点《しみ》のようになる。

マックマーフィも頭や肩にまっ赤な痣ができるが、すこしもこたえた様子を見せない。彼はどんどん進む。一撃を相手に与えるのにその十倍は殴られながら。このようにして、闘いはシャワールームの中で下がったり、進んだりしながら続けられていった。そして、ついに、黒人が喘ぎだし、足もとがふらつき、もっぱらマックマーフィの棍棒のような赤い腕から逃げまわる一方となっていく。患者たちは口々にマックマーフィを応援し、やっちまえ、やっちまえと叫ぶ。だが、マックマーフィはすこしも慌てず、攻めていく。

黒人は肩に加えられた一撃で、くるりと身体を回すかたちになり、仲間のふたりが見守っている方をちらりと見やる。「ウィリアムズ……ウォレン——くそ、何とかしてくれ！」と、言う。大柄な黒人の方が患者たちを押し分けて入ってきて、背後からマックマーフィの両腕をつかまえる。マックマーフィは牡牛がサルを払いのけるように、それを振りほどくが、しかし、すぐに黒人はまた彼を抑える。

そこで、わたしはその黒人をつまみ上げ、シャワーの中にほうりこんでやった。そいつの中味は真空管ばかりなのだろう。せいぜい十ポンドか十五ポンドぐらいの重さしかなかった。

小柄な黒人は慌てて、左右を見まわし、向きを変えると、入口に突進していった。わたしがその男の逃げ出すのを見つめていたら、もうひとりの黒人がシャワーの中から出てきて、わたしをレスリング流に締めあげた――背後からわたしの腋《わき》の下に腕をさしこみ、手でわたしの首の後ろを抑えつけた――そこで、わたしはそのままシャワーの中に後ろ向きに倒れ、タイルの床の上に相手をぐしゃっと潰《つぶ》してやった。そして、わたしが水を浴びながら、そこに横になったまま、マックマーフィがワシントンの脇腹にさらに二、三発打ちこむのを眺めていたら、レスリング流にわたしを締めあげて下敷きになっていた黒人が、わたしの首に噛みつきはじめたので、しかたなく彼を振りほどいた。だが、それでも、彼はそこに横たわったままで、制服の糊が溶けて、ごぼごぼ鳴る排水口に流れ落ちていった。

そして、小柄な黒人が皮紐と手枷《てかせ》と毛布を持ち、重症患者病棟から四人の助手を引き連れてその場に戻ってきた頃には、もう患者たちは服を着てしまい、わたしとマックマーフィを握手攻めにしていた。こうなると思っていたんだ、みごとなファイトだった、素晴らしい勝利だ、とかれらは口々にほめたたえる。患者たちはわたしたちを励まし、わたしたちを嬉しがらせ、素晴らしいファイトだ、みごとな勝利だとはやしつづけていた――だが騒然としたそのなかで、師長は重症患者病棟から連れてきた応援の助手に手をかして、わたしたちふたりの腕にあの皮製のやわらかい手枷をぴしりとはめこんだ。

重症患者病棟では、工場のように、機械の騒音が絶えず甲高い調子で鳴りつづけている。それは自動車のナンバープレートを打ち抜いてこしらえる刑務所の中の工場の騒音に似ている。そして、時間はピンポン台の上に鳴るコツ、コツという球の音によって刻まれる。患者たちは自分なりに決めた軌道を壁にむかって歩いていき、肩をひょいと下げて回転すると、こんどは反対側の壁にむかって歩き、そこでまたひょいと肩を下げてくるりと方向を変え、ふたたび戻っていく。素早く、小きざみな足どりで、タイルの床に十字型の足跡を刻み、どこか囚《とら》われ人の渇望の表情をたたえ、かれらは歩く。そこには恐怖のために凶暴になり、完全に自制心を失ってしまった男たちの焼けこげた臭気がただよい、部屋の隅や、ピンポン台の下には、じっとうずくまって、歯を噛み鳴らしている何かが存在している。しかし、そんなものは医者や看護師の目には入らないし、また助手たちにしても殺菌剤で殺すこともできない。病棟のドアが開かれたとき、わたしはその焼けこげた臭いを嗅ぎ、その歯ぎしりの音を聞いた。

肩甲骨の間にはめこまれた針金からぶらさがったようなひとりの背の高い、痩せ細った年輩の男が、助手につきそわれたわたしとマックマーフィを入口のところで出迎えた。彼は、黄いろい、どんよりとした目でわたしたちを眺めまわし、頭を横に振る。「おれはこいつらとはすっかり手を切ったはずだ」と、彼は助手のひとりに言い、針金に引っぱられるように廊下を歩いていく。

わたしたちは彼のあとに従い、デイルームまで行く。マックマーフィはその入口のところで立ち止まり、両足をひろげて、頭をぐいと後ろにそらし、全体を見まわす。彼はズボンのポケットに親指をかけようとするが、しかし、手枷をはめられていて、それができない。「こいつは見ものだ」と、彼は口を曲げるようにして言う。わたしはうなずく。だがわたしにはそれは以前に見つくした光景だった。

歩きまわっている患者が二人ほど立ち止まって、わたしたちを見る。そして、あの痩せた年輩の男がまた引きずられるような歩き方でやって来る。彼はわたしたちとすっかり手を切ったようだ。最初、わたしたちに関心を払う者はひとりもいない。助手はナースステーションの方へ行ってしまったので、わたしたちはデイルームの入口にとり残された。マックマーフィは目を大きく開いては、つぶり、ウィンクをしつづける。笑うと唇が痛むので、そうしているのがわたしにはわかる。彼は手枷をかけられた両手を上げて、目の前の雑然とした患者の動きを見つめていたが、大きく息を吸いこんだ。

「やあ、みなさん、マックマーフィという名の者でごぜえやす」彼はカウボーイ役をやる役者のような声色を使って言う。「それで、ひとつ教えていただきてえんでごぜえますが、このショバのポーカーゲームを取り仕切ってらっしゃる親分さんはどなたでごぜえますか?」

時を刻んでいたピンポンの球がはたと止まり、床の上に落ちて小きざみな音を立てる。

「このように手枷をかけられていますんで、ブラックジャックはよう配れませんが、しかし、スタッド・ポーカーなら人後に落ちないほどに強いほうでして」

彼はあくびをし、肩をぐいと揺すり、身体をかがめ、咳ばらいをし、五フィートほど離れた塵屑を入れる缶めがけて、ぺっと何か吐く。それはカチンと音を立て、缶の中に落ちこむ。彼はふたたび身体を伸ばし、にやりと笑い、歯並びのなかにできた血糊のついた抜け跡を舌でなめる。

「下でちょっと暴れましてね。あっしと、ここにいます族長が、一匹のゴリラとやりあったんでさあ」

この頃には、打ち抜き工場のような騒音はすっかり止まり、患者たちはひとり残らず、入口に立っているわたしたちを見つめていた。マックマーフィは、見世物小屋の呼びこみ屋よろしく、衆目を自分に集めてしまったのだ。彼のかたわらにいるわたしも、同じように見つめられることになってしまった。そして、人びとにこう見つめられていては、できるかぎり、身体をしゃんとし、背を伸ばして立っていないわけにはいかないとわたしは感じた。だが、そうしていると、背中がひどく痛くなった。あの黒人を背負ったままシャワーの中に倒れこんだところが痛んだが、しかし、わたしは平気な顔をしていた。かたそうな黒髪をしたひとりの男が何か物欲しげな顔でわたしのところにやって来て、贈り物でもわたしが持ってきたと思ったのか、手を差し出した。わたしはそれを無視しようとしたが、わたしがどちらを向いても、その男は走りまわり、わたしの前に立ち、まるで子供のように、そのうつろな手をわたしに差し伸べるのだった。

マックマーフィはしばらく喧嘩の話をとうとうとまくし立てる。そして、わたしの背中はますます痛くなる。わたしはこれまで、部屋の隅にあった椅子にあまりにも長い間坐ってばかりいたから、長い間、まっすぐに立っていることがもうできないのだ。だから、小柄な日系人の看護師がやって来て、わたしたちをナースステーションの中に入れてくれ、坐って休ませてくれたとき、ほんとに嬉しかった。

看護師は、もう落ち着きましたか、手枷をはずしてもいいですか、と尋ねた。マックマーフィはうなずいた。彼はいままでの元気はどこへやら、すっかりしょげこんで、頭を垂れ、両肘を膝の間にだらりと落とし、疲れ果てたような顔になっていた――彼がまっすぐ立っているのが、わたしと同じようにつらいのだということを、わたしは考えもしなかった。

看護師は――マックマーフィがあとで述べた言葉で言うと、細い棒をさらに細く削ったようにほっそりした看護師は――わたしたちの手枷をはずし、マックマーフィに煙草を与え、わたしにはガムをくれた。彼女は、わたしがガムを噛んでいたのを憶えている、と言った。だが、わたしには彼女の記憶がまったくなかった。マックマーフィが煙草をくゆらせている間に、彼女はバースデーケーキのピンクの蠟燭にも似た指を軟膏《なんこう》の瓶に入れては、薬をつけ、彼の傷の手当をした。そして、彼がぴくっと手を動かすと、彼女もぴくりと身体を震わせ、痛かった、ごめんなさいね、と言った。彼女は両手で彼の手をそっと持って、その手をひっくり返し、指の関節に軟膏をすりこむ。「相手は誰なの？」と、彼女は尋ねて、その指をじっと見つめる。「ワシントン、それともウォレン？」

マックマーフィは顔を上げて、看護師を見る。「ワシントン」と、彼は言って、にやりと笑う。「この族長がウォレンをやってくれたからね」

彼女はマックマーフィの手を下ろして、わたしを見る。その顔に、小鳥のような優しい骨格をわたしは見ることができた。「あなたはどこか怪我をして？」わたしは首を横に振った。

「ウォレンとウィリアムズのほうはどうなったの？」

この次あなたが出会うときは、奴らはギブスを派手につけていると思いますよ、とマックマーフィは言った。彼女はうなずいて、自分の足もとを見る。「どこもかしこも、あの師長の病棟と同じとはかぎらないわ」と、彼女は言う。「そういう所が多いけれど、でも全部が全部そうじゃないの。陸軍病院の看護師だった人たちが、陸軍病院でやるようにしようとしている。でも、あの人たちもすこし精神的におかしいのよ。わたしはときどき考えるのですけれど、独身の看護師はすべて、三十五歳になったらやめさせるべきね」

「すくなくとも、独身で、陸軍病院あがりの看護師は全員ですな」と、マックマーフィはつけ加えた。そして、これからどのくらいあなたのおもてなしにあずかれるのでしょうか、と尋ねた。

「そう長いことはない、と思うわ、残念だけれど」

「そう長くはないと、おっしゃるので？」と、マックマーフィはききかえした。

「そうですね。わたしはときには、患者たちをあの師長のもとへ送り返さずに、ここにおいてあげたいと思うこともあるわ。でも、師長は上司ですし。ですから、あなたがたも、そう長くはいられません――おわかりでしょう――いまのような状態では」

重症患者病棟のベッドはどれもこれも調子が狂っている。固すぎるか、柔らかすぎるかのいずれかだ。わたしたちは隣りあったベッドを与えられた。ここではわたしの身体をシーツで固くしばりつけることはしなかったが、ベッドのそばにあるスモールランプをつけたままにしている。夜も更けた頃、誰かが突然叫んだ。「インディアン、おれはくるくる回りだすぞ！　見てくれ、おれを見てくれ！」わたしが目をあけると、顔のすぐ前に、黄いろい歯が並んで光っていた。それはあの物欲しそうな顔をしていた患者だった。「おれはくるくる回転しはじめるぞ！　お願いだから、見てくれ！」

助手がやって来て、背後から二人してその男を抑え、引きずっていく。そいつは笑い、叫びながら、宿舎から連れ出される。「インディアン！　おれは回転しはじめるぞ！」――そして、ただ笑う。男はその言葉をくりかえし叫び、そして笑いつづけるが、やがて、その声も廊下の向こうに遠のいて、あたりは静まりかえる。すると、わたしの耳には、また別の患者が、「おれは……すっかり手を切ったぜ」と言っているのが聞こえる。

「どうやら、友達ができたらしいな、族長」と、マックマーフィが低い声でささやき、ぐるりと向きを変えて眠りにつく。だが、わたしはもう夜中じゅう眠れなくなってしまった。いつまでも、あの黄いろい歯が消えないし、あの男の物欲しげな顔もそこにあって、わたしに声をかける。おれを見てくれ！　おれを見てくれ！　そのうちに、やっと眠りかけると、その顔はただ物言いたげにしている。その顔、黄いろい、飢えたように何かを求めようとするその顔が、闇のなかからわたしの目の前にぼうっと浮かび出て物欲しげにする……何かを求めるように。わたしはマックマーフィがどうして眠れるのか不思議だった。こんなに百も、二百も、いや千もの顔に攻めたてられて、眠れるのだろうか。

重症患者病棟では、ブザーを鳴らして患者を起床させる。階下のわたしたちの病棟のように、ただ電気をつけるのではない。しかも、このブザーというのが、巨大な電気鉛筆削り器のように、何かものすごいものを削るような音を立てる。マックマーフィとわたしはこの音を聞くと、ふたりともびっくりして起きあがる。そして、また寝ようとしていると、スピーカーから、わたしたちふたりはナースステーションにすぐ出向くようにとアナウンスをする声が流れてくる。わたしはベッドから起きだしたが、一夜でわたしの背中は板のように固くなって、ほとんど身体を曲げることもできないほどだった。それにマックマーフィも足を引きずるようにして歩きまわっている。彼の身体もわたしと同じように固くなってしまったのだろう。

「族長、こんどはおれたちに何をやらせようってのかね？」彼は尋ねた。「無罪放免かね？　それとも拷問台かな？　いずれにしても、あまり力がいるものは願い下げにしてもらいたいな。あんた、とにかく身体が痛いのなんのって！」

そう力がいるようなものじゃない、とわたしは言ったが、それ以外は何も言わなかった。というのも、わたし自身、どうされるのか、ナースステーションに着くまで半信半疑だったからだ。そこには、昨日とは違う看護師がいて、「マックマーフィさんと、ブロムデンさんですね？」と言い、わたしたちにそれぞれ小さな紙コップを渡した。

コップをのぞいてみると、そこに例の赤いカプセルが三つ入っていた。

わたしの頭の中で、チンという音とともに騒音が唸りはじめ、もうそれを止めることができない。

「ちょっと待ってくれ」と、マックマーフィが言う。「こいつは例の睡眠剤だろう、ええ、おい？」

看護師はうなずく、そして、背後を確かめるように頭をめぐらせる。そこには、二人の男が氷ばさみを手に、たがいに腕を組み、前かがみになる姿勢で待ちかまえていた。

マックマーフィはコップを返して、言う。「こいつはお返ししますぜ。おれには目隠しは必要ないんでね。でも、煙草ならいただきますぜ」

わたしも自分のコップを返す。すると、看護師は電話をするから、と言い、わたしたちに有無を言わせず、ガラスの仕切り戸を閉め、電話に飛びついた。

「族長、どうやらあんたを巻きぞえにしたようで、気の毒したな」と、マックマーフィは言う。だが、壁の中でひょうひょうとなる電話線の雑音のために、わたしは彼の声がほとんど聞きとれない。頭の中では、恐怖のため思考が急坂を転がり落ちるようにしなびていく。

わたしたちがデイルームでまわりをとり囲むあの異様な顔のまん中に坐っていると、入口に、師長がみずからやって来た。ふたりの大柄な黒人が両側に、一歩あとからついてきた。わたしは椅子の中にちぢこまり、師長から姿を隠そうとしたが、もう遅すぎた。あまりにも多くの人びとがわたしのことを見ていて、そのねばっこい視線で、わたしは身動きができなかった。

「おはよう」と、師長は言う。いまはあの微笑をふたたびとり戻している。マックマーフィは、おはよう、と答える。師長はわたしにも、おはよう、と大きな声で言うが、わたしはじっとおし黙っている。わたしは黒人の助手を見守る。ひとりは鼻に絆創膏をはり、腕を吊っている。そして、灰色の手が溺れたクモのように、首から吊った布からだらりと垂れている。もうひとりのほうは、肋骨のあたりにギプスでもはめられているような身のこなしをしている。ふたりともわずかに不気味な笑いをたたえている。おそらく、これだけの怪我だから、休むことはできたのだろうが、しかし、どんなことがあっても、この機会を見逃したくないと考えて、出てきたのだろう。わたしは奴らににやりと笑いかえして、元気のあるところを見せてやった。

師長はマックマーフィに話しかける、優しく、辛抱づよく。あなたはほんとに無責任なことをしてくれた、子供のように怒りだし、まるで子供じみたことをしてくれた——恥ずかしいとお思いにならないの、と。恥ずかしいなんて思いませんから、勝手にしてくれ、とマックマーフィは言う。

師長は先を続ける。昨日の午後、階下の患者たちと特別にミーティングを開きまして、その場で、わたしども医局員と患者たちと合意に達しまして、あなたがショック療法を受けるほうがよかろうということになりました——ただしあなたがご自身の間違いを認めない場合にはということですが。あなたとしては、間違っていたことを認め、理性的に行動できることを示し、それを実証すればよろしい。そうすれば、今回はショック療法は見送ります。

わたしたちを囲んだ顔がじっと待ち、見つめている。ですから、これはあなた次第です、と師長は言う。

「なるほど」と、彼は言う。「それで、おれがサインする書類でも持ってきたのか?」

「いいえ、でも、あなたがそういう書類が必要とお感じなら——」

「どうせ書類を作って問題解決とするんなら、もう少し他のことも加えたらどうだ。たとえば、おれが政府を転覆させる陰謀に加担していたとか、いまではあんたの病棟での生活はハワイからこっちじゃ最高の楽園だと思っているとか——ねえ、師長、そういうたぐいの馬鹿げたことをさ」

「そのようなこと、必要ありません——」

「そしたらさ、そいつにおれがサインしたら、あんたは毛布と赤十字の煙草を配給してくれるというわけだ。どうだい、共産軍も、師長、あんたのやり方には見習いたいと言いだすかもね」

「ランドル、わたしどもはあなたを助けてあげようとしているのですよ」

だが、そんな言葉にかまわず、彼は立ちあがり、腹をぼりぼりかき、師長のかたわらを通り、カードテーブルの方へ歩いていくので、黒人たちは思わず後ずさる。

「さあてと、さて、さて、みなさん、ポーカーはどこでご開帳ですかな……」

師長は一瞬、その後ろ姿を見つめていたが、ナースステーションに歩いていき、電話をかける。

二人の黒人助手と、金髪の巻毛の白人助手に連れられて、わたしたちは本館まで歩かされた。その途中、マックマーフィは何ひとつ心配などしてないように、白人の助手と話をしていた。

芝草にはびっしりと霜が下りていた。前を行く二人の黒人は機関車のように白い息を吐く。太陽が雲を押し分けるようにして顔を出し、霜の上に陽光を注ぎ、やがて大地一面がきらきらと光りだす。寒さにスズメが羽毛をふくらませながらも、その光のなかを餌を求めて大地をついばんでいた。わたしたちはパリパリと音を立てる芝生の上を横切り、いつか犬がじゃれていたジリスの穴のところを通っていく。冷ややかな輝き。見ることのできない穴の奥深くまで霜が下りている。

わたしはその霜の冷気を腹の底まで感じる。

やがて、あのドアのところへやって来る。ドアの背後ではミツバチの巣を引っくり返したような音がしている。わたしたちの前にすでにふたりの患者が待っている。赤いカプセルをのませられたために、足もとがふらついている。そのうちのひとりは赤ん坊のように呟いている。「主よ、感謝いたします。これがわたしめの十字架です。わたしめに残されたのはこれだけでございます。主よ、感謝いたします……」と。もうひとりの男も呟いている。「勇気を出せ、勇気を出せ」と。この男はプールの監視員をやっていた奴だ。だが、すこし泣いているようでもあった。

わたしは泣かないし、叫びもしない。ここに、マックマーフィが一緒についていてくれるかぎりは。

技師が靴を脱ぐように言うと、マックマーフィは、ズボンの裾を切りさき、髪の毛を剃るようなこともやるのか、と尋ねる。技師は、そんなことまではやらん、と答える。

金属製のドアが鉄鋲の目でこちらをにらんでいる。

ドアが開き、最初の男が中に吸いこまれる。プールの監視員の男は動こうともしない。ネオンの煙のような光線が部屋に置かれた黒いパネルから発し、この男の深い皺の刻まれた額にぴたりと当たり、革紐でつないだ犬を引くように、彼を引きずっていく。光線は三回、彼をくるくると回す、そしてドアが閉まる。そのとき、彼の顔には、とまどったような恐怖の表情が浮かんでいる。「ハット・ワン、ハット・トゥー、ハット・スリー」と、彼はフットボールの掛け声を呟いている。

部屋の中で、マンホールの蓋をあけるように、男の額をこじあける音、ぎっしりと詰めこまれた歯車がかち合い、唸りを立てる音を、わたしは聞いた。

煙と一緒に、ドアが開くと、一台のストレッチャーが最初の男を乗せて出てくる。そして、男がその目でわたしをかきむしる。その顔。ストレッチャーはふたたび部屋の中に戻り、そして、こんどは監視員を乗せて出てきた。わたしの耳にチア・リーダーが男の名前の綴りを一字一字叫ぶのが聞こえる。

技師が言う。「次のグループ」

床は冷たく、霜が下りていて、バリ、バリと音を立てる。天井では、長い、白い、冷ややかな蛍光灯が音を立てて唸る。黒鉛タールの臭気が自動車修理工場の臭いのようにぷんと鼻をつく。恐怖の酸っぱい臭いも嗅ぐことができる。壁の高い所に、小さな窓が一つあり、外の電線にスズメが身体をふくらませて、ビーズのようにつながって止まっているのが見える。寒いので、スズメは頭を羽毛のなかに沈めている。何かがわたしのうつろな身体の上に風を吹きつけはじめる。それがしだいに強く、激しくなっていく。空襲！

「族長、どなるな……」

空襲！

「落ち着けよ。おれが最初にやる。おれの頭蓋骨は分厚くできてるから、こんなもの受けつけやせん。それに、おれが大丈夫なら、あんただってどうってことはないさ」

自分でさっさと台の上にあがり、彼は腕をひろげて、影のように描かれた人体像にそれをそろえる。スイッチの音がして、手首に手枷がぴしりとはまる。それから、足首にもはまり、彼をその人体像の影絵の中に締めつける。一本の手が伸びて、スキャンロンからせしめた腕時計を彼の手からはずし、パネルの近くに落とす。それはぽかりと口を開け、大小さまざまの歯車や、長い、蛇のようにとぐろを巻いたゼンマイがパネルの側面に跳びはねて、そこにぺたりとつく。

彼は少しも怖がっている様子を見せない。わたしにむかっていつまでもにやにやと笑いかけている。

彼のこめかみに黒鉛タールが塗られる。「何だい、これは?」と、彼はきく。「伝導体だ」と、技師。「伝導体をおれの頭に塗りたくる。そして、茨《いばら》の冠もつけてくれるのか?」

かれらはそれを塗りつづける。彼は歌を歌いだし、かれらの手を震えさせる。

「〝チャーリー君や、ワイルドルート・ヘアクリームを買いたまえ……（テレビのコマーシャルソング）〟」

ヘッドフォンのようなものがつけられる。それはこめかみに塗られた黒鉛の上に銀の茨の冠のように見える。助手は彼の口に短いゴムホースをくわえさせ、歌をやめさせようとする。

いくつかダイヤルを回すと、機械がぶるんと震え、二本のロボットの腕が半田ごてをつまみあげ、マックマーフィの上にのしかかる。彼はわたしにウィンクをしてみせ、話しかける。その声は聞こえないが、何か言う。あのゴムホースをくわえさせられたまま何かわたしに言う。だがそのとき、半田ごてが下りてきて、彼のこめかみの上にかざられた銀の冠に近づく——電光が弧を描いて飛び交い、彼の身体はこわばり、その身体がエビのように曲がり、台から離れようとし、ついには手首と足首だけをそこにつけて、身体を浮かせてしまう。それから、あのねじれた黒いゴムホースのところから、ひい——というような音が洩れてくる。そして、マックマーフィの身体は電気の火花ですっかり白っぽくなってしまう。

窓の外では、スズメも煙を立てて電線から落ちる。

かれらは、まだぴくぴくと動いているマックマーフィをストレッチャーの上にころがす。その顔はまっ白だった。腐食作用。バッテリーの酸。技師がわたしの方を向く。

そのでかい奴は気をつけろ。こいつのことはおれがよく知っている。しっかり抑えろ！

もはや意志の力ではどうにもならない。

しっかり抑えろ！　しょうがねえな。睡眠薬を飲ませないで、こいつらを連れてきちゃいかんぞ、これからは。

わたしの手首と足首に締め金がくいつく。黒鉛タールには鉄屑の粉が入っているので、こめかみがかゆい。

彼はウィンクしたとき何か言った。わたしに何か話しかけた。

人がわたしの上にのしかかり、二本の鉄の腕を頭につけた冠のほうへ持ってくる。

機械がわたしの上に襲いかかる。

空襲！

すでに斜面を駆け下りはじめているカモシカを撃て。戻ることはできない、進むこともできない。銃身の先のそれを狙え、それでもうお前は死んだ、死んだ、死んだ。

わたしたちは大葦の原から出て、鉄道路線のかたわらを走る。わたしは線路に耳をつける。すると、それはわたしの頬を焼く。

「どっちの方角にも何も聞こえない」と、わたしは言う。「百マイルは……」

「ふん」と、パパが言う。

「だって、昔は地面にナイフを突きたて、その柄を歯でくわえ、バッファローの音を、遠くにいる群れの音を聞きとっていたじゃないか？」

「ふん」と、パパはまた軽蔑したように言うが、パパは心の中では喜んでいる。線路を横切った向こうでは、生け垣のように並んだ麦が過ぎ去った冬の物語を語っている。あの麦の下にはネズミがいる、と犬が教える。

「線路を北に行こうか、南に行こうか、坊主？」

「横切っていこう。そう、犬が教えているもの」

「あの犬に何がわかる」

「ちゃんと臭いを追っているよ。あっちにキジがいると、犬は教えている」

「お前の親父の勘じゃ、線路の土手を狙ったほうがいいと思うぞ」

「麦のささやきのなかをまっすぐに横切っていくのが一番だ。そう犬が教えている」

横切る――だが気づいたら、線路には人びとが群がっていて、まるで狂ったように飛び立つキジに発砲している。どうやら、わたしたちの犬は前方に進みすぎて、麦畑のなかからキジを線路の方に追い立ててしまったらしい。

犬は三匹のネズミをつかまえた。

……人、人、人、人……がっしりとした大柄な人で、星のようなウィンクをする。

ああ、くそ、またアリのやつだ。こんどはしこたまたかってきた、あのむずむずと歩きまわる虫けらめが。憶えているかい？　アリがディル・ピクルス（イノンドの実で味つけしたきゅうりの酢漬け）のような味がするのを発見したときのことを、ねえ？　パパ、あんたは、ディル・ピクルスの味じゃない、と言った。そして、わたしはディル・ピクルスの味だと言った。すると、それを聞いていたママが、わたしの口からもぞもぞと動く黒いやつらをはたきだした。子供に虫を食べるのを教えるなんて、呆れた！

そうさ。インディアンの男なら、相手に食われないかぎり、そして、こっちが食えるとなりゃ、たとえ何でも食料にして、生きのびるすべをおぼえなくちゃならんのさ。

あたしたちはインディアンじゃありません。あたしたちは文明人です。そのことを憶えていてちょうだい。

パパ、あんたはわたしにこう言った。わしが死んだら、わしの身体を空にピンで貼りつけてくれ、と。ママの名前はブロムデンだ。いまでも、ブロムデンだ。パパは言った。わしは生まれ落ちてから名前は一つしか持たん。名前にぴしゃりと生まれついたようなもんだ。生まれ落ちた子牛が母親に立つようにせきたてられるとき、そこにひろげた毛布にどうしても倒れこんでしまうのと同じだ。わしの名は、ティー・アー・ミラトゥーナ、つまり山の上にあるどの木よりも高い松だ。このオレゴン州で、いやおそらく、カリフォルニアやアイダホも含めて、わしはまさしくもっとも大きなインディアンだ。だから、わしはその名に生まれついている。

あんたは間違いなく、最高に間抜けなインディアンだわ。もしも、立派なキリスト教徒の女が、ティー・アー・ミラトゥーナなんて名前を使うなんて考えているとしたらね。そりゃ、あんたがその名前に生まれついたのは勝手よ。でも、あたしは別の名前に生まれついているの。ブロムデン。メアリ・ルイーズ・ブロムデン。

そして、わたしたちが町に移り住んだとき、パパはこう言う。その名前は社会保障《ソーシャル・セキュリティ》カードを作るとき、とても楽だ、と。

男がリベット・ハンマーを手に誰かを追いかけている。あのまま追いつづければ、あの男はつかまるぞ。

わたしはあの電気の火花、鮮やかな色を見せる火花が飛び交うのを見る。

チン。チングル、チングル、震える足指よ《トレンブル・トーズ》。彼女は上手な魚取り《シーズ・ア・グッド・フィッシャーマン》。メンドリ押さえ《キャチィズ・ヘンズ・プッツェム》、小屋に入れ《インナ・ペンズ》……針金しばって《ワイアー・ブライアー》、鍵をかけ《リンバー・ロック》……三羽のガンが群れになり《スリー・ギーズ・インナ・フロック》……一羽は東に《ワン・フルー・イースト》、一羽は西に《ワン・フルー・ウェスト》、一羽はカッコーの巣の上を飛んでいった《ワン・フルー・オーヴァー・ザ・クックーズ・ネスト》……ＯＵＴの文字がはっきりと現われる……ガンが急に降りてきて《グース・スウープス・ダウン・アンド》、**お前を**外にくわえ出す《ブラックス・ユー・アウト》。

わたしの祖母はこの歌をよく歌ってくれた。わたしたちは魚の干し場のかたわらで、ハエを追いながら、坐りこんでこの遊びを何時間も何時間もしたものだ。それはチングル・チングル・タングル・トーズと呼ばれる遊びだった。祖母が歌うその調子につれて、わたしは二本の手をひろげ、一つの音節ごとに、指を一本ずつ数えるのだった。

チン・グル、チン・グル、タン・グル、トーズ（七本の指になる）、彼女、は、上手、な、魚、取り、メン、ドリ、押さえ（これで十六本の指を数えたわけだ。その調子をとるごとに祖母は黒い曲がった手でわたしの指をかるく叩いていく。わたしの指の爪はそれぞれに祖母を見上げる。まるで小さな顔が、ガンが急に降りてきて外へくわえ出すお前になりたいと頼むように）。

わたしはこの遊びが好きだし、祖母が好きだ。わたしはメンドリを押さえるチングル・タングル・トーズという女が嫌いだ。その女が大嫌いだ。わたしはカッコーの巣の上を飛んでいくあのガンが好きだ。そのガンが大好きだ。そして、深い皺に土がしみこんでいる祖母が大好きだ。

だが、次に祖母に会ったときは、もう冷たい石のように死んでしまっていた。ダレスのまん中の、歩道の上で死んでいた。周囲に、色物のシャツを着た男たちが集まっていた。インディアンや牧童や農夫たちだった。かれらは祖母の死体を車に乗せ、市の共同墓地まで運び、祖母の目の中に赤土をころがしこんだ。

わたしは、暑い、まだ雷光のきらめく夕立のあった午後、ノウサギがディーゼル・トラックの車輪の下に走りこむ午後のことを憶えている。

ジョーイ・フィッシュ＝イン＝ナ＝バレル（樽の中の魚の意）は政府との契約以来、二万ドルと三台のキャディラックを手に入れた。そして、彼はその三台とも運転ができないときていた。

サイコロが見える。

その内部から、つまり、わたしはその底にいて、サイコロを見ている。わたしは重しにされている。わたしの真上に見える一の目を出すためにサイコロに仕掛けられているのだ。奴らはサイコロに仕掛けをして、スネーク・アイズ（一のぞろ目。これが出ると負け）を出させようってわけだ。そして、わたしが重しで、白い枕のようにわたしの周辺にある六つのかたまりが、サイコロの裏というわけだ。このサイコロを振れば、だからいつも六の目が下になるようになっている。もう一つのサイコロは何の目が出るように仕掛けてあるのだろう？　きっと、そいつも一の目が出るように仕掛けてある。スネーク・アイズ。奴らはインチキ賭博でジョーイから金を巻き上げるのだ。そして、わたしがその仕掛けなのだ。

ほれ、いくぞ。ほらサイコロを振るぞ。ええ、奥様、燻製所《くんせいじょ》には誰もいませんよ。それにこの娘に新しいローヒールの靴を買ってやらなくちゃなりません。ほうれ、振るぞ。そうれ！

負けだ。

水。わたしは水溜りのなかに横たわっている。

スネーク・アイズだ。またジョーイはやられた。わたしの上にあの一の目が見える。路地の食料品店の裏手では仕掛けをしたサイコロに勝てはしない――このポートランドでは。

路地はトンネルのように冷たい。もう午後遅くて太陽が傾いてしまっているからだ。わたしを……おばあさんのところに行かせて。ねえ、ママ、お願いだ。

彼がウィンクしたとき、何と言ったのだろうか？

一羽は東に、一羽は西に。

わたしの行く手をさえぎるな。

くそ、師長の奴、わたしの行く手をさえぎるな。私の行く手を、行く手を。

おれの番だ。そうれと。いまいましい、まただめか、スネーク・アイズだ。

学校の先生がわたしに言った。あなたは頭がいいわ、立派な人になるのよ……

でも、パパ、何になったらいいの？　伯父さんのラニング＝アンド＝ジャンピング＝ウルフのように敷物職人になるの？　籠職人にでもなるの？　それとも、パパみたいに飲んだくれのインディアンになるのかい。

おい、君、君はインディアンじゃないのかね？

ええ、そうですが。

それにしても、いい英語をしゃべるじゃないか。

ええ、まあ。

ええと……レギュラーを三ドル分入れてくれたまえ。

もしも奴らがわたしとお月様がやらかそうとしていることを知ったら、あれほど生意気に気どっちゃいられないぞ。けっしてありきたりのインディアンじゃないのだ、わたしは。

何と言ったっけ、そうそう――歩調を乱す者は別の太鼓の音を聞く。

また、スネーク・アイズだ。ひゃあー、このサイコロは冷たいぜ。

祖母の葬いの後で、わたしとパパとラニング＝アンド＝ジャンピング＝ウルフとでおばあさんの死体を掘り出した。ママはどうしても一緒に来ようとはしなかった。そんな話、聞いたこともないわ。死体を木にぶらさげるなんて！　話だけで、気持ちが悪くなるわ。

伯父とパパは死体遺棄の罪でダレスの留置場の酔っぱらい収容所に二十日間ほうりこまれ、ジン・ラミイ（トランプゲームの一種）をやって過ごした。

だって、あれはおれたちの母親だ！

わからん奴らだ。母親だろうと何だろうと、そんなことは問題じゃない。そのまま埋葬しておかなくちゃいかんのだ。いつになったら、お前らろくでなしのインディアンどもは物事をおぼえるのかね。それで、その死体はどこだ？　白状したほうが身のためだ。

くそくらえ、この青白い顔《ペィルフェイス》（白人に対するインディアンの呼称）め、と伯父さんが言う。彼は煙草を巻いている。おれはぜったい言わんぞ。

高い、高い、高い山の中の松の木の寝床に祖母は眠り、あの老いた手で風の行方をたどり、あの古い歌……三羽のガンが群れになり……を歌って、雲を数えている。

あんたがウィンクしたとき、わたしに何と言ったのか？

楽隊が演奏している。ほれ――空を見てごらん、今日は七月四日の独立記念日だぞ。

サイコロの動きが止まる。

またかれらはわたしを機械で攻めたてる……わたしは考える……

彼は何と言ったのか?

……どうして、マックマーフィはわたしの身体をふたたび大きくすることができたのか。

彼は勇気を出せ、と言った。

かれらはそこにいる。白衣をまとった黒人の助手たちがドアの下からわたしめがけて小便をひっかけ、それから中に入ってきて、わたしが下に敷いた枕を六枚とも全部小便で濡らしたと怒りだす。六の目。わたしはこの部屋がサイコロだと思っていたのだ。一の目、わたしの上にあるヘビの目《スネーク・アイ》は丸く白い、天井の電灯だ……それをわたしは見ていたのだ……この小さな四角い部屋の中で……つまり、日が暮れてからずっと。何時間この部屋にわたしは入れられていたのか? すこし霧がかかっているが、しかし、わたしはそっと抜け出して、そのなかに隠れることはしない。そうだ……二度と隠れることはしないぞ……

わたしは立ちあがる。ゆっくりと立ちあがった。肩の間が何か感覚を失っていた。隔離室の床に敷かれた白い枕はぐしょぐしょに濡れていた。わたしは失神している間に、小便を洩らしたのだ。わたしはそんなことはひとつも憶えていないが、掌で目をこすり、意識をはっきりさせようとする。わたしは意識をはっきりさせようとした。これまで、無意識の状態から抜け出す努力をしたことはなかったのに。

わたしはよろめきながら、部屋の入口のドアについた金網入りの丸い小さな窓の方へ近づき、それを拳でかるく叩いた。助手がわたしの食事をのせた盆を持って廊下をやって来るのが見える、そして、こんどこそ奴らを出し抜いたということを、わたしは悟った。

ショック療法を受けると、二週間もの長い間、迷路のような領域をさまよい歩く時が過去に何度となくあった。全体が眠りと現実とのあの不快な境界線とも思えるぼんやりとした、混沌とした霧の世界に、わたしは住む。光と闇、眠りと覚醒、生と死のあの灰色の境界線に住むのだ。そこでは、無意識な状態ではないが、しかし、今日が何日であるかとか、自分が誰であるかとか、現実の世界に戻るとどういう効用があるかとか、そのようなことははっきりわからない。だが、わたしはそういう世界に二週間もはまりこんでいたものだった。現実の世界に戻るだけの理由がない場合には、人はそのような灰色の世界を長い間、酔ったようにさまよい歩くことができる。だが、もしその気になりさえすれば、一生懸命に努力して、そこから抜け出すことができるのをわたしは悟った。今回は、わたしは今までになく早く、わずか一日たらずで、そこから力を尽くして抜け出すことができた。

そして、わたしの頭から霧がついに消えてなくなる。まるで、深く、深く水中にもぐったあとで水面に浮かび上がったような気持ちだった。さながら、百年間も水中にもぐっていたあと、水面に浮かびあがったように思えた。だが、それが最後で、かれらはわたしにはもうショック療法をほどこさなかった。

その週に、かれらは三度もマックマーフィをショック療法にかけた。彼は瞬《まばた》きしただけで意識を取り戻す。ショック療法の衝撃から抜け出しかけるとすぐに、ラチェッド師長が医師を連れてやって来る。そして、どうです、正気に戻りましたか、自分の問題と対決して、ふたたび治療のために病棟に帰る気持ちになりましたか、と尋ねる。するとマックマーフィは大きくふくれあがり、重症患者病棟の患者たちの顔がすべて自分のほうに向けられ、何か期待しているのを知る。彼は師長に言う。国のために捨てる命が一つしかないのが残念だ。おれは絶対にあんたなんかに屈服しないぜ、おれの赤い尻でもなめたらいいさ。いいい、そうとも!

それから、彼は立ちあがり、自分にむかってにやにや笑いかけている患者たちに二、三度お辞儀をする。すると、師長は医師の先に立ち、ナースステーションに入り、本館に電話をかけ、またショック療法の手続きをとる。

一度など、師長が立ち去ろうとくるりと踵《きびす》を返したとき、彼は師長の制服の上から、背中のところをつまみ、師長をからかうようにつねった。それで、師長の顔はマックマーフィの赤毛と同じくらいに赤くなった。もしも、その場に笑いを噛み殺している医師がいなかったら、おそらく師長はマックマーフィの顔をひっぱたいたことだろう。

師長に調子を合わせておいて、ショック療法を逃れるようにしたらどうかと、わたしは彼に言ったが、しかし、彼はただ笑い、何言ってやがる、奴らがやっていることは、ロハでおれのバッテリーに充電してくれてるだけじゃないか、と言った。「おれが病院を出たとき、この一万ワットの統合失調症患者のマックマーフィさまを抱く最初の女は、ピンボール・マシーンみてえにぱっと電気をつけて、一ドル銀貨をざらざら吐き出すぞ! そうとも、おれは奴らのかわいい充電機なんぞ、ちっともこわくはないさ」

ショック療法はすこしもこたえない、と彼は言い張った。だから、それを受けるとき、例のカプセルをのむこともしなかった。しかし、あのスピーカーから彼の名前が呼ばれ、朝食をとらずに、第一号館に行く用意をするようにと伝える声が流れ出てくるたびに、彼の顎の筋肉がこわばり、顔全体からさっと血の気がひいてしまい、いかにも痩せ細り、不安気な顔を見せた――それは海岸から病院に戻ってくる途中、あのフロントガラスに映ったのと同じ顔の表情だった。

その週末、わたしは重症患者病棟から出され、階下の病棟に戻った。そこを立ち去る前に彼に話したいことがたくさんあったが、ちょうど彼はショック療法から戻ってきたばかりで、じっと坐って、まるで針金で操られているように、目でピンポンの球を追っていた。黒人の助手と金髪の白人の助手とがわたしを階下に連れていき、病棟に入れると、ドアに鍵をかけて出ていった。重症患者病棟で暮らしたあとでは、この病棟がとても静かに思える。デイルームまで歩いていったが、何ということなしに、わたしは入口で立ち止まった。患者たちの顔がひとつ残らずわたしのほうへ向けられる。以前わたしを見た表情とはまったく違う表情だった。かれらの顔はさっと明るくなる。まるで、見世物小屋の華やかなライトを浴びるステージを見守るように。ハーディングが口上を述べ立てる。「さてここに、みなさんの目の前に登場いたしましたのは、黒人助手の……腕をへし折りましたる野生の人であります！　さあ、さあ、とっくりごらんになってください」わたしはにやりとかれらに笑い返した。そして、このような顔にけしかけられて、ここ数カ月の間、マックマーフィがどんな気持ちで過ごしたのかわたしは悟った。

患者たちはみなどっと集まってきて、どうだったかとあれこれ尋ねる。上では彼はどういうふうにふるまっているか？　何をやっているか？　体育館で噂を耳にしたが、毎日彼をショック療法にかけているというのは本当か？　それを彼が水のように払いのけて、電極を押しつけられてからどのくらい目をあけていられるかで、技師と賭けをしているというのは本当か？

わたしはできるだけ話してやった。わたしが突然このように人と話をしているということを誰も何とも思わないようだった――かれらが知るかぎりずっと昔から聾唖者と思ってきた男が、ごく普通の人間と同じように、話したり、聞いたりしているというのに。あんたたちが聞いた話はどれもこれもみな本当だ、とわたしは言ってやった。そして、わたし自身が見聞きした話を二、三つけ加えてやった。師長に言ったマックマーフィの言葉を紹介すると、そいつは面白いとかれらは大笑いした。あまりにも大笑いになったので、慢性患者側で小便で濡れたシーツの下に寝ていた二人の植物患者までがにやりと笑い、まるでわたしたちの話がわかったかのように、笑い声に合わせて、鼻を鳴らした。

翌日のグループ・ミーティングで師長が自分からマックマーフィの問題を持ち出し、どういうわけか異常なことですが、電気ショック療法をやってもあの人は全然反応を示さないようですし、もう少し過激な手段を使って、あの人との接触をはからねばならないかもしれません、と発言したとき、ハーディングは言った。「なるほど、そうかもしれませんな、ラチェッド師長、なるほど――ですが、わたしの聞いたところでは、二階での師長とマックマーフィのやりとりの際に、彼のほうは難なくあなたに接触したというじゃありませんか」

師長はこれでみごとに足をすくわれ、部屋の中にいた誰もかれも笑い立てたので、すっかり狼狽《ろうばい》してしまい、二度と彼の問題は持ち出さなくなった。

マックマーフィが二階にいる間に、彼のイメージが以前よりもはるかに偉大なものになってきたのを師長は知った。二階にいれば、彼女が与えている打撃を患者たちは見ることができないから、彼は伝説的な存在になってしまう。目に見えない人間を弱い存在と思わせることは不可能だ、と師長は結論を下し、ふたたび彼をわたしたちの病棟に連れもどす計画を立てはじめた。連れもどせば、患者たちも自分の目で彼が並みの人間と同じ弱い存在であるということを認めることができる、と彼女は考えたのだ。ショック療法でぼーっとなって、じっとデイルームに坐っているとしたら、彼といえど、英雄としての役を続けるわけにはいかないだろう。

患者たちもそのくらいのことは予測できたし、さらに、見せしめとして彼が病棟に置かれるかぎり、ショックから意識を取り戻したら、すぐにまた何回でも師長がショック療法に彼をかけるだろうということも見抜いていた。そこで、ハーディングとスキャンロンとフレドリクソンとわたしとで話しあい、この問題の関係者にとって最善の方法は彼を病棟から脱走させることだということになり、マックマーフィを説得することになった。そして、彼が病棟に連れもどされてきた土曜日には——そのとき、彼はリングに上がるボクサーのように軽快なフットワークを見せてデイルームに入ってきて、頭上に両手をかざして、チャンピオンが帰ってきたことを告げたが——わたしたちはすっかり計画をととのえていた。夜まで待ち、それからマットレスに火をつけ、消防夫が来たら、そのどさくさにまぎれて、マックマーフィを外に逃がそうとする計画だった。とてもよい計画で、彼がそれを拒むなどとは考えもしなかった。

しかし、その土曜日が、前からの約束で、ビリーのために例の女、キャンディを病棟に忍びこませることになっていた日であることをわたしたちは忘れていた。

マックマーフィは朝の十時頃病棟に連れもどされた——「おれはこのとおり、元気溌剌《はつらつ》だ。奴らはおれのプラグを点検し、ポイントをきれいにしてくれた。だから、T型フォードのスパークコイルみたいにおれは光り輝いているぜ。ハロウィーンの時に、そのスパークコイルを使ってみたことあるかい？　ぴ、か、っ！　ほんとに面白いぞ」それから、彼は以前よりも一段と大きくなって、病棟の中をのし歩いた。ナースステーションのドアの下に雑巾バケツの汚水をわざとこぼしたり、小柄な黒人に気づかれないように、彼の白いスウェードの靴の先端にバターのかたまりをつけておき、昼食の間じゅう笑いを押し殺し、それが溶けて、ハーディングが「何かを思わせる黄色」と表現した色に靴を染めるのを眺めていた。彼は以前より一段と大きくなった。そして、彼が見習い看護師のそばを通りすぎると、きまって彼女たちはキャーと悲鳴をあげ、目を丸くして、脇腹をさすりながら、廊下をばたばたと走り去る。

わたしたちは彼を脱走させる計画を伝えたが、慌てることはない、ビリーのデートもあるじゃないか、と彼は言った。「だって、あんた、ビリー坊やをがっかりさせるわけにもいくまい、ええ？　それも、奴が童貞を散らそうというときに、そいつをぶちこわしちゃいけねえや。だからさ、計画を延期できるのなら、今晩はひとつ、ちょっとしたパーティとしゃれこもうじゃないか。おれのお別れパーティにしたっていいぜ」

ちょうどその週末は師長の当番に当たっていた――彼女はマックマーフィのご帰館を何を差し置いても出迎えたかったのだ――そこで、師長はわたしたちにミーティングを開かせ、何らかの結論を出させようと決めていた。そのミーティングで、彼女はふたたびもう少し過激な手段に訴えたほうがよいのではないかという問題を持ち出し、医師に、「手遅れにならないうちに患者を助ける」ような行動を考えたらどうかと促した。しかし、マックマーフィときたら、師長が喋っている間じゅう、やたらにウィンクをしたり、あくびをしたり、げっぷをしたりしたものだから、師長もついに話をやめてしまった。彼女が口を閉じると、マックマーフィは師長の言ったことには全面的に賛成ですと言いだして、医師と患者たちの度肝を抜いた。

「だって、先生、師長の言うとおりかもしれませんぜ。ケチな数ボルトの電流のおかげで、このおれがこんなに立派になったんですからね。もしも、あいつを二倍にすりゃ、おれだって、マーティニみたいに、第八チャンネルを受信できるかもしれませんぜ。ベッドにころがって、ニュースと天気予報の第四チャンネルの幻覚だけしか見られないのにはもううんざりです」

師長はここで咳ばらいをして、ミーティングの主導権を取り返しにかかる。「マックマーフィさん、わたしが提案しているのは、電気ショック療法をやるということではありません――」

「では何を、師長さん？」

「手術を考えてはどうか、と提案しているのです。非常に簡単な手術ですが、反抗心の強い患者の攻撃的性格を消去してしまう手術で、過去に成功した例は数多くありますし――」

「反抗心が強いとおっしゃるのですか？　師長さん、おれは子犬のようにおとなしいですよ。ここ二週間ほどは、助手を蹴とばしたこともない。それなのに、切り刻む理由がどこにあります。ええ、どこにありますか？」

師長はにこやかに笑い、心から同情しているのよ、わかってちょうだいと言った。「ランドルさん、べつになにも切り刻むなどということはないので――」

「それにですよ」と、彼は続ける。「あれを切り取ったからってむだですぜ。おれは小机の抽出《ひきだ》しにもう一組ちゃんと持っているんですから」

「もう一組だって？」

「そうです、先生、ひとつは野球のボールぐらいにでかい奴です」

「マックマーフィさん、あなたは！」師長はからかわれているのに気づいて、その微笑もガラスのようにもろくも壊れてしまう。

「でも、もうひとつの玉はまあ普通の大きさと言っていいだろうな」

マックマーフィはこんな調子で、就寝の時間が来るまで、ずっと話しつづけた。その頃には、患者たちは女が酒を持ってきたら、パーティができるかもしれないと小声で話しあっていたから、病棟じゅうに、華やいだお祭り気分が満ちみちていた。患者は誰もかれも、ビリーの視線をとらえようとし、彼と目が合うとそのたびに、にやっと笑い、ウィンクを送ってやるのだった。そして、薬をもらう行列をつくったとき、マックマーフィがやって来て、痣のある胸に十字架を吊るしたあの小柄な看護師に、ビタミン剤を少しもらえないだろうかと頼んだ。彼女は驚いたような顔をしたが、あげちゃいけない理由はないわよ、と言って、小鳥の卵ほどもある錠剤をいくつか渡した。マックマーフィはそれをポケットに入れた。

「あら、のむんじゃないの？」と、看護師が尋ねた。

「おれが？　とんでもない、おれにはビタミンなんていらない。このビリー坊やのためにちょいと仕入れておこうと思ったんだ。どうも最近この坊や、やつれたように思えるんでね——たぶん、血液がくたびれているんだ」

「では——それ、ビリーになぜあげないの？」

「あげますよ、あんた。でもね、真夜中まで待とうと思うのさ。その頃、こいつがいちばん必要になるのでね」――そう言って、彼は宿舎の方へ歩いていく。まっ赤になったビリーの首に優しそうに手をかけ、わたしたちのそばを通るとき、ハーディングにウィンクを送り、わたしの脇腹を例の大きな親指でぐいと突ついて。あとに残された看護師はナースステーションの中で目を丸くして、足もとにだらだらと水をこぼしているのも気づかずにいた。

少しビリー・ビビットの説明をしておかなくてはいけない。この男は顔にすでに小皺がより、髪にちらほら白いものが見えるのだが、それでも子供のように見える――カレンダーなどの絵によく描かれている子供、大きな耳をつっ立てて、そばかすだらけで、出っ歯、はだしで口笛を吹きながら、ナマズをだらりと紐で吊るして、土埃のなかを引きずるようにして歩いている子供――だが、実際には彼はこのような子供ではない。たとえば彼が誰かと並んで立てば、ほとんど他人に引けをとらぬくらいに背が高いし、また、よくよく見ると、耳もそう大きくないし、そばかすもないし、出っ歯でもない。そして、実際には三十いくつかの立派な大人なのに気づいて、人びとはいつもびっくりする。

わたしは一度だけ、彼が自分の年齢について話しているのを聞いたことがある。本当を言うと、彼が病院のロビーのところで母親と話しているのをそっと盗み聞きしたのだ。彼の母親はそこで受付係をしている。がっしりとした、肉づきのよい婦人で、髪の毛を絶えず染め変える。金髪から、濃紺に、そして黒、それからまた金髪へと二、三カ月おきに染め変える。わたしが聞いたところでは、この母親は師長の家のすぐ近所に住んでいて、大の仲よしとのことだった。わたしたちが何か運動やら作業に行くとき、そこを通ると、ビリーは受付で立ち止まって、赤らめた頬をその机の上に差し出して、母親にキスをさせてやらなければならなかった。それはビリーにとって恥ずかしい身も縮むようなことだが、それを見なければならないわたしたちも、目のやり場がないほどの光景だった。だから、そのことでビリーを冷やかす者はいなかった。マックマーフィですら一度も冷やかさなかった。

ある日の午後のこと、どのくらい昔のことだったか憶えていないが、わたしたちは運動をしに行く途中だった。黒人の助手が競馬の胴元に電話をかけている間、わたしたちはロビーの大きなソファに坐ったり、午後二時の太陽が照りつける戸外に坐ったりして待っていた。このとき、ビリーの母親は仕事をやめて、受付の机から出てきて、息子の手を握ると、彼を外に連れ出し、わたしが坐っていたすぐ近くの芝生に腰を下ろした。彼女はその芝生の上にぎくしゃくと坐った。お尻のあたりがはちきれそうに見え、短い、丸いストッキングをはいた脚を身体の前に突き出した。その色はまるでボローニャ・ソーセージのような色だった。そして、ビリーも彼女のそばに横になり、頭を母親の膝の上にのせ、母親がタンポポの綿毛で彼の耳をくすぐるようにたわむれているのに文句も言わなかった。ビリーは奥さんになる女を探して、いつか大学に行くんだというようなことを話していた。母親は綿毛で彼をくすぐり、そんな馬鹿なことを、と言って笑いだした。

「坊や、あなたはまだそんなことをするには早いのよ。あんたの人生はまだまだこれからなの」

「でも、母さん、ぼく、もうさ、さ、三十一になったんだ!」

母親は声を立てて笑い、息子の耳をタンポポでもてあそぶ。「坊や、このあたしが三十いくつもの男の母親に見えるかい?」

彼女は鼻に小皺をよせ、息子にむかい唇を開いて、舌で濃厚なキスの音を立ててみせる。どう見ても、母親などというものには見えない、とわたしは認めざるをえなかった。ビリーが三十一だなどとはとても信じられなかったが、あとになってわたしは彼のすぐそばまで近づき、手首にはめたバンドに記されている生年月日を見て、それが本当であることを知った。

いよいよ、その夜の十二時になった。ギーヴァーともうひとりの黒人、そして看護師の勤務が終わり、タークルさんという年とった黒人が勤務についたが、そのときには、マックマーフィとビリーはもう起き出していた。おそらく、ビタミン剤をのんだことだろう。わたしもベッドを抜け出し、部屋着をまとい、デイルームに出ていった。そこではマックマーフィとビリーがタークルさんと話しあっている。ハーディングとスキャンロンとシーフェルト、それに他の患者たちも出てきた。もしも女がやって来たら、どうしたらいいかを、マックマーフィはタークルさんに説明していた——実際は、念を押していたというほうが当たっている。というのも、このことはどうやら二週間前にすでにすっかり話をつけていたようなのだ。マックマーフィは話していた。いいかい、女は窓から忍びこませるんだ。ロビーから入らせると、あそこには夜勤看護師がいるかもしれないし、見つかるとまずいからな。それから、隔離室のドアの錠をはずす。どうだい、あすこなら恋人たちの素晴らしい新婚の家になるだろう？　完全隔離だ。(「おい、よせよ、マックマーフィ」と、ビリーは何度も言おうとする。)そしてだ、明かりは消しておくんだ。夜勤看護師がのぞきに来ないようにな。宿舎のドアには鍵をかけ、あそこにいるよだれを垂らしている慢性患者さんたちの目を覚まさせないようにしておく。すべて静かにやる。おふたりの邪魔はしたくないからね。

「おい、マ、マ、マック、いいかげんにしてくれ」とビリーが言う。

タークルさんは首をひょいひょい振って聞いているが、半分眠りこけているようにも見えた。マックマーフィが「これで大体すべての手筈は調《ととの》ったと思うが」と言ったとき、タークルさんは「いいや――全部じゃねえ」と言って、そこに坐りこみ、白衣姿でにやにや笑った。彼の禿げた黄いろく光る頭が、首の先に、まるで棒についた風船のように揺れていた。

「おいおい、タークル、相応の礼はするぜ。酒の二、三本は女が持ってくることになっているんだ」

「わかりがよくなってきただ」とタークルさんは言った。彼はあいかわらず頭をこっくり、こっくりやっている。これ以上目をあけていられないというようなしぐさだった。彼は昼間は競馬場で、何か別の仕事を持っているとのことだった。マックマーフィはビリーの方を向いた。

「ビリー坊や、どうやらタークルはもう少し大掛かりな契約をしたいらしいぜ。童貞と訣別《けつべつ》するのに、いくらぐらいの値打ちがあると思うね？」

ビリーが吃って、答えを言いださないうちに、タークルさんは頭を横に振った。「そんなんじゃないだ。金ではないだ。だがの、女の子は酒以外のものも持ってくるんじゃろうが？　ほれ、女の子の甘い肌というものを？　あんたらは、酒を分けあうだけじゃないだべ、どうだ？」彼はにやりと笑い、自分をとりまいている顔を見まわした。

ビリーは本気で怒りかけた。何か一生懸命どもりながら、キャンディにかぎってそんなことはしない、ぼくの女にかぎってそんなことはしない、というようなことを言おうとしていた。マックマーフィはビリーをわきへ連れていき、おまえの女の身持について心配することはない――なにしろ、ビリーが事をすませる頃には、タークルの奴は酔っぱらい、眠たくなってしまっていて、古狸め、盥《たらい》にニンジンを突っこむことすらできやせんさ、と言って、なだめた。

女はこんども予定より遅れた。わたしたちは部屋着をまとい、デイルームに坐って、マックマーフィとタークルさんが軍隊時代の話をするのを聞いていた。二人はタークルさんの煙草をかわるがわる吸っていたが、妙なやり方で吸う。つまり、一度吸うと、目の玉が飛び出しそうになるまで、煙を吐き出さずに我慢している。ついに、ハーディングが尋ねた。いったいどんな煙草を吸っているのか、いやに変な臭いがするが、と。すると、タークルさんは、甲高い、はっとするような声で言った。「ただの、ありきたりの煙草だ。そうとも、ひい、ひい。一服やるかね？」

ビリーはしだいに落ち着かなくなった。女が来ないかもしれないと心配したり、また来たら来たで、心配でもあるようだった。彼は何度も皆に言った。こんな寒い、暗い所で、残飯を台所で待つように坐っていないで、みんな寝たらいいじゃないか、と。だが、わたしたちはただにやりと笑って彼を見返すだけだった。寝たいと思う奴など誰もいなかった。それにちっとも寒くない。わずかな光線のなかで、のんびりとくつろぎ、マックマーフィとタークルがかわるがわる話す面白い物語に耳を傾けているのは素晴らしかった。眠いそぶりを見せる者はいなかったし、すでに二時を過ぎているのに、女はまだやって来ないということを気にする者などいなかった。タークルが言う。病棟が暗いから、おそらく女はどの病棟だかわからないのかもしれない、と。マックマーフィもそいつはそのとおりだ、と言い、ふたりして、廊下をあっちへ行ったり、こっちへ来たりして、電灯をみなつけてしまい、さらに宿舎の天井にある大きな目覚し時計の代わりに使う電灯もつけようとする。そこで、ハーディングが、そんなことをしたら、他の患者まで起き出して、せっかくの楽しみを分けてやらなければならなくなる、と言った。ふたりはそれもそうだ、と言って、代わりに医師の部屋の電灯をつけることにした。

真昼のように病棟が明るくなる。すぐに、窓をこつこつと叩く音がした。マックマーフィが窓のところへ行き、そこに顔を押しつけ、外が見えるように顔の両端に手をそえて、室内の光線をさえぎった。彼はそこから身体を離すと、わたしたちににやりと笑いかけた。

「あの子の歩く姿は美しいね、とくに夜は」と、彼は言った。そして、ビリーの手首をつかまえると、彼を窓ぎわに引き寄せた。「タークル、入れてやってくれ。この狂った種馬をあの女にけしかけようや」

「おい、マックマ、マ、マ、マーフィ、ちょっと待ってくれ」ビリーは騾馬《らば》のように立ちすくんでしまった。

「ビリー坊や、おれのことを、マ、マ、マ、マーフィなんて呼ばないでくれよな。いまさら尻ごみしたって遅すぎる。大丈夫だよ、あんた。いいか、おれはあんたから五ドルいただいてる。だから、あの女は煮ても焼いてもあんたの自由だってこと。な、わかったか？　ターク、窓を開けてくれ」

暗闇のなかには、二人の女がいた。キャンディと、海釣りの時に来れなかったという女だ。

「こいつは驚きだね」タークルは、二人に手を貸して、中へ入れてやりながら言った。「みんなに回るというもんだ」

わたしたちは全員で女に手を貸しに行く。女が窓をまたいで入ってくるとき、タイトスカートが太腿の上にまでどうしてもずり上がる。キャンディは「マックマーフィったら」と言って、激しく彼の首に両腕をかけて飛びついたので、両の手に持った二本の酒瓶が彼の首の後ろでぶつかりそうになる。キャンディはだいぶ足もとがふらついていたし、結いあげた髪もくずれかかっていた。あの釣りの時にやっていたように、彼女は髪を背中に垂らしているほうがよく似合うと、わたしは思った。もうひとりの女が窓から入ってくると、キャンディは酒瓶でその女の方をさして言った。

「サンディも来たのよ。ほら、結婚した相手の男、ビーヴァトンのあの異常者と別れちゃったんだってさ。いかすじゃない？」

その女は窓から入ってくると、マックマーフィにキスして、言った。「今晩は、マック。このまえは来れなくて、ごめんなさいね。でも、結婚は終わりにしちゃった。だって、枕カバーにハツカネズミがいるし、コールドクリームの中にはウジムシ、ブラジャーの中にはカエルがいるのよ、そんないたずら、とても我慢ができないわ」彼女は頭を横に一度振り、目の前を手で払いのけた。動物好きのかつての夫の記憶を払いのけるように。「ほんとにひどいのよ。頭がおかしいんだから」

二人ともスカートとセーター姿で、ナイロンの靴下に、靴は履いていなかった。二人とも頬を赤く染め、くすくす笑っている。「しょっちゅう道をきいたのよ」と、キャンディが説明した。「酒場があるたびに、そこへ寄って」

サンディは目を丸くして、くるりと輪を描くように回る。「ひゃあー、キャンディ、あたしたち今どこにいる？　ほんとにあたしたち、来たの？　精神病院に？　ひゃあ、おどろきだねえ？」サンディはキャンディよりも大柄で、おそらく年齢も五つは上だろう。栗毛の髪を頭の背後に丸くすてきに結いあげ、ピンで留めているのだが、それが乱れて、幅の広い、突きでた頬骨のところに垂れ下がってきていた。田舎の女が社交界の貴婦人を一生懸命にまねているという感じに見えた。つまり、肩も胸も腰もとにかく大き過ぎるし、笑い方もあまりにあけっぴろげで、どうしても美しい女だというわけにはいかない。しかし、かわいい顔をしていたし、健康そうだった。そして、一ガロン入りの赤ワインの瓶の口の端についた輪《リング》に長い一本の指を引っかけて、それをハンドバッグのように身体のわきでぶらぶらさせていた。

「どうして、キャンディ。ねえ、どうして、どうして、どうしてこんなことになってるの？」彼女はもう一度くるりと回転すると、立ち止まり、足をひろげて、くすくす笑いだした。

「こんなことになっている、ではない」と、ハーディングは真面目な顔をして、女に言った。「これはすべて幻想です。あなたが夜、目をあけて横たわったまま見る幻想で、とても、精神分析医に話すこともできないようなものです。あなたは、実際にここにいるのではない。そのワインも現実のものではないし、このどれひとつ現実には存在しない。さあ、先へ進もうじゃありませんか」

「やあ、ビリー」と、キャンディが言った。

「あのボディ見ろや」と、タークルが言う。

キャンディは瓶の一本をぎこちなくビリーのほうへ差し出した。「あんたにプレゼント持ってきたわ」

「これはみなソーン・スミス（一八九二—一九三四。アメリカの作家。超自然的なユーモア・ファンタジーで有名）ばりの白昼夢なのだ！」と、ハーディングが言う。

「まあ！」サンディという名の女が言う。「あたしたちいったいどこに迷いこんでしまったの？」

「しっー」スキャンロンは言って、しかめ面をして、あたりを見まわす。「そんなにでかい声を出すと、他の連中が起きちまうぞ」

「しわん坊さん、どうしたっていうの？」サンディはくすくす笑い、またくるりと回りはじめる。「皆に回るほどないと心配しているの、あんた？」

「サンディ、あの安いポートワインを持ってきたほうがよかったかもね」

「ひゃあ！」サンディは回転するのをやめて、わたしを見上げる。「ねえ、キャンディ、この人見て、まるで、巨人ゴリアテね――ひっ、ひっ、ふ、ふわ」

タークルさんは「驚いたね、もう」と言って、金網を張った窓に鍵をかける。すると、サンディが、「ひゃあ！」とふたたび言う。わたしたちはみなデイルームのまん中に、何となくぎこちなくかたまり、たがいに相手をとりかえては何か話す。というのも、他に何をしてよいかもわからなかったからだ――こんな状況に置かれたことが誰もなかった――そして、もしもそのとき病棟に通ずるドアの鍵があけられ、それを押し開く音が廊下の向こうから聞こえてこなかったとしたら、この興奮した、落ち着かぬさんざめきと笑い声と、デイルームをあちこちに動きまわる患者たちの流れが、いつ果てるともなく続けられていただろう――だがその物音を聞いて、防犯ベルが鳴りだしたように患者たちは誰もかれもぎくっとした。

「こりゃ大変だ」と、タークルさんは言って、自分の禿頭のてっぺんをぴしゃぴしゃ叩いた。「夜勤看護師がやって来ただ。わしの黒い首を切りに来るだ」

わたしたちはみなトイレの中に走りこんで、明かりを消し、暗闇のなかにひそみ、たがいの息の音に耳を澄ましていた。夜勤看護師が病棟の中を歩きまわり、なかば不安げな声で、そっとタークルさんの名前を呼んでいるのが聞こえた。それは優しい声だったが、心配そうで、「タークルさん？　タークルさん？」と呼ぶその語尾が上り調子になっていた。

「いったいあの野郎、どこに隠れやがったんだ？」マックマーフィがささやいた。「なぜ返事をしないいんだ」

「心配するなってことよ」と、スキャンロン。「まさかトイレの中までのぞきゃしねえ」

「だが、なぜあいつは返事をしねえのかな？　もしかしたら、酔っちまったのかな」

「おい、何言うだ？　わしは酔ってなんぞいねえ。あんなけちなマリファナ煙草なんぞで酔うもんかね」

それはタークルさんの声だった。わたしたちと同じトイレの暗闇のどこからかやって来た。

「おやおや、タークル、おまえさんこんなところに隠れて何やってんだ？」マックマーフィは手きびしい声音を使おうとするが、また一生懸命笑いをこらえているようでもあった。「ほら出ていって、何の用か聞いてみろ。あんたが見つからなきゃ、かえって変に思うぜ、あちらさんは」

「わたしたちもいよいよ終わりだ」と、ハーディングは言うと、そこに坐りこんだ。「アラーの神よ、どうかご慈悲を」

タークルはドアを開け、そっと外に出た。そして、廊下のところで夜勤看護師と出会った。彼女は、何で病棟の明かりがみなついているのか見に来たのだ。どういう必要があって、病棟の電灯をすべてつけたの？　すべてつけちゃいなかっただ、宿舎の電灯は消えていたし、それに、トイレも消えていただ、とタークルが言った。そんなこと、他の電灯がついていた言い訳にはなりませんよ、いったいどんな理由があって、あんなに明かりをつけたの、と看護師が尋ねた。タークルはこれにはうまい返事をすることができなかった。そして、その長い沈黙の間、わたしの耳には酒瓶があたりの暗闇のなかで回し飲みされる物音が入ってきた。外の廊下では、看護師が何やらまたタークルに尋ねた。するとタークルは、それが、あのう、掃除していただ、ここを磨いていただ、と答えた。では、なぜトイレは暗くしてあるの、あなたの職務分掌によれば、トイレを掃除することになっているのよ、それなのに、暗いのはそこだけということはどういうことなの、と看護師は問いつめた。そして、タークルがどう答えるかわたしたちがじっと待つ間に、ふたたび酒瓶が回される。それはわたしのところにも来たので、一口飲んだ。飲まなきゃいられない気分だった。わたしの耳には、タークルが外の廊下で二の句が継げずに、あのとか、そのとか、何とか答えようとしているのが聞こえる。

「あの野郎、やられちまったよ」マックマーフィがささやく。「誰か出ていって、助けてやらなくちゃいかん」

そのとき、背後で水洗を流す音がして、トイレのドアが開く。そして、廊下の明かりのなかにハーディングの姿が浮きあがり、彼はパジャマのズボンを引っぱり上げながら、外に出ていく。その姿を見て、看護師があっと声をあげるのが聞こえる。ハーディングは、失礼しました、とても暗いからあなたが見えなかったもので、と言った。

「暗くはありませんよ」

「いえ、トイレの中が暗かったからという意味で言ったのです。わたしはいつも電灯をみな消しちゃうんです。そのほうが、便通がいいんです。ほら、あの鏡、おわかりでしょう。電気がついていますと、あの鏡がわたしを裁く判事みたいで、何かすべてうまくいかないと、罰を与えるように見えるんですな」

「でも、タークル助手は、あの中で掃除していたと言って……」

「ええ、それも、なかなかみごとにやっていた、と言うべきでしょうな……暗闇という悪条件を考慮に入れるとすればの話ですが。中をごらんになりたいのですかな?」

ハーディングはドアを押し、わずかに開ける。一条の光線が流れこんできて、トイレのタイルの床を照らし出す。看護師が尻ごみするのがちらりと見え、せっかくですけれど、まだ他の病棟を見回らなければなりませんから、と言うのが聞こえる。その後、廊下の向こうから病棟の入口のドアの錠をはずす音が聞こえ、彼女は病棟の外に出ていってしまった。ハーディングは、またもう一度近いうちに遊びにいらっしゃい、と看護師の後ろ姿に声をかけた。それを合図に、患者は外に飛び出し、ハーディングの手を握り、急場を救ったみごとな手ぎわを祝福して、彼の背中を叩いて、ほめそやした。

わたしたちは廊下にかたまって立っていた。そして、またワインが一巡する。シーフェルトが、もし何か混ぜるものがあれば、とっときのウォッカを飲みたいね、と言って、タークルさんに、ウォッカに混ぜるものがこの病棟にないかね、と尋ねた。すると、タークルは、水だけだね、あるのは、と答えた。フレドリクソンが、咳止めシロップはどうだろう、と言った。「薬品室にある半ガロン入りの瓶からときどきおれは少しずつもらうんだが、悪い味じゃないぜ。タークル、あんたあの部屋の鍵を持っているだろう?」

薬品室の鍵を夜間に持つことのできるのは、夜勤看護師だけだ、とタークルは答えた。しかし、マックマーフィはうまく彼を説きつけて、錠をこじあけることができるかふたりでやってみることになった。タークルはにやにや笑い、しかたないというようにうなずく。タークルとマックマーフィがクリップで薬品室の錠をあけている間、女とわたしたちはナースステーションの中をあちこち走りまわり、書類ばさみを開けてみたり、患者記録を読んだりした。

「おい、これを見てくれ」と、スキャンロンが、ひとつの書類ばさみを振りながら言った。「完璧ということを言うが、奴らはおれの小学校一年生の通知簿までここに入れてあるぜ。おやおや、ひどい成績だ、いやあひどい」

ビリーはキャンディと一緒に自分の書類を読んでいた。女は一歩後ろへ下がり、ビリーを上から下まで見る。「ビリー、ここに書いてあること、ほんと？　精神的何とかとか、心理的何とかとか？　あなたはそんな名前の病気があるようにはとても見えないわ」

もうひとりの女は備品器具類の入った抽出しを開け、湯たんぽの山を見つけ、看護師さんはこんなにたくさんの湯たんぽ、いったい何に使うのかしら、といぶかしがる。ハーディングは師長の椅子に坐りこみ、この騒ぎにどうしようもないと言いたげに、首を振っていた。

マックマーフィとタークルは薬品室のドアをこじ開けて、その冷蔵庫にあったどろっとした桜色の液体が入った瓶を持ち出してきた。マックマーフィは明かりにその瓶をかざして、ラベルを大きな声で読みあげた。

「人工風味、着色、クエン酸。非活性物質七〇パーセント――こいつは水のことだ――そして、アルコール分二〇パーセント――素晴らしいぞ――コデイン一〇パーセント。注意、コデインは常習中毒症状の可能性あり」彼は瓶の栓を抜き、ちょっと味をためし、じっと目をつむる。舌で歯のあたりをなめまわしていたが、もう一口飲み、ラベルをふたたび読む。「よーし」と、彼は言って、歯をかちっと鳴らして口を閉じた。まるで、歯を磨きおわったというように。「ウォッカで少し割れば、結構いけそうだ。おい、ターキーさんよ、相棒よ、氷のほうの用意はどうなってるかね？」

薬をのむときに使うコップで、ウォッカとワインを混ぜて飲むと、咳止めシロップは何か子供用のジュースのような味がするが、しかし、昔、ダレスでわたしたちがよく飲んだサボテン酒のようによく効く。それは冷たく、喉を通るときは心地よいが、一度体内に入ると、火のように激しく効く。わたしたちはデイルームの明かりを消して、車座になってそれを飲んだ。最初の二、三杯はまるで薬をのむようにしてあけた。真剣な顔で、黙りこくって少しずつ飲んで、たがいに顔を見合わせ、誰か死ぬ者でもいないかと探りあった。マックマーフィとタークルはそいつを飲んでは、タークルの例の煙草を吸う、そして、夜中の十二時に非番となる例の痣のある小柄な看護師と寝たらどんな具合だろうと話しあっては、くすくす笑いはじめる。

「わしはこわいだね」と、タークル。「だってな、あの鎖に吊るした十字架で、このわしをぴしゃぴしゃ叩くかもしんねえしな。どうだろ、そういうことになんねえだか？」

「おれもこわいな」と、マックマーフィ。「だってよ、いよいよいい気持ちになろうってときに、あの女、おれの尻に体温計を差しのべて、さあ、お熱を計りましょうね、なんて言うかもしれんし！」

この言葉で皆どっと笑った。ハーディングはしばらくして笑うのをやめて、ふたりに加わって、冗談を言う。

「いや、もっとひどいことになります」と、彼は言った。「あの女なら、顔にひどく真剣な表情を浮かべて、あなたの下に横たわって、そしてこう言う――まあ、聞いてください――こう言う、あなたの脈拍はこれこれ、しかじかね、と！」

「おい、やめてくれ……おい、ほんと、よしてくれよ……」

「いや、もっとひどい。ただそこに横たわって、あんたの脈拍を数えるのと熱を計るのを両方やるかもしれん――それも道具を使わずに！」

「おお、よしてくれ、おねがいだ、もうやめにして……」

わたしたちは笑いころげた。長椅子や椅子のまわりをころげまわり、息が切れ、目に涙があふれ出るほどに笑った。女たちも笑いすぎて、身体の力が抜けてしまい、立ちあがろうとして、二度も、三度も失敗した。「あたし……おしっこに行かなくちゃ」と、大きなほうの女が言い、ふらふらしながら、くすくす笑いながら、トイレに向かう。しかし、そのドアをうまく見つけることができずに、宿舎の中へよろめいて入ってしまう。わたしたちはたがいに指を口に当て、静まりかえり、どういうことになるか待ちかまえていた。すると、女はきゃーと悲鳴をあげた。マターソン老大佐が大きな声で「枕は……馬である！」と叫ぶのが聞こえる――そして、大佐は車椅子に乗ってすごい勢いで女のあとから宿舎を飛び出してきた。

シーフェルトが大佐の車椅子を押して、宿舎に戻してやり、女をトイレまで連れていった。ここは普通は男性専用だが、あんたが入っている間、入口のところにおれが立っていて、プライバシーを侵害させないようにしてあげる、と彼は言った。どんな奴が来たって、このおれが守ってあげるぜ、と。女は真顔でシーフェルトに礼を言い、握手をし、たがいに挙手の礼をしあった。そして、彼女がトイレに入っていくと、こんどは宿舎から大佐がまたもや車椅子に乗って現われた。シーフェルトは大佐をトイレに入れないようにするので大忙しだ。女がドアから出てきたとき、シーフェルトは片足をあげて車椅子の突撃を防ごうと一生懸命になっていた。そして、わたしたちはふたりの格闘をぐるりと囲んで、それぞれに応援していた。女がシーフェルトに手を貸し、ふたりして大佐をベッドまで押し戻し、それから、ふたりは廊下の向こうに行ってしまい、誰も聞くことのできない音楽に合わせて、ワルツを踊りだした。

ハーディングは酒を飲み、その光景を見守り、首を振っていた。「これはハプニングなんかじゃありませんぞ。カフカとマーク・トウェインとマーティニ君の合作劇ですよ」

マックマーフィとタークルは、明かりがつきすぎているのではないかと心配しはじめた。そして、ふたりして廊下をあっちへ行ったり、こっちへ来たりして、ついている電灯はすべて消してしまった。膝の高さのあたりについている小さな夜間用の豆電球まで消してしまったから、あたりはまっ暗闇となってしまった。タークルは懐中電灯を持ち出してきた。そして、わたしたちは倉庫から車椅子を持ち出して、それに乗って廊下で鬼ごっこをやり、大いに楽しんだが、そのとき、シーフェルトがひきつけを起こしたような叫び声をあげるのが聞こえたので、わたしたちが行ってみると、例の大柄な女、サンディのかたわらに彼が手足をひろげて横たわり、身体をぴくぴく震わせているのを見出した。サンディは床の上に坐って、スカートの埃をはらいながら、シーフェルトの姿を見下ろしていた。「あたし、こんなの初めての経験だわ」と、彼女は静かに、畏敬の念をこめて言った。

フレドリクソンは親友のかたわらに、膝をついて坐り、歯の間に財布を押し入れて、舌を噛まないようにしてやる。そして、ズボンのボタンをかけるのを手伝いながら、「大丈夫か、シーフ、おいシーフ?」と、言う。

シーフェルトは目を閉じたままだったが、力のない手を上げて、財布を口から抜きとった。口のまわりに吹き出た泡の間から、にやりと笑い、「大丈夫だ」と、彼は言った。「薬をくれ、そしたらまたほっといてくれ」

「シーフ、ほんとに薬がいるのか?」

「薬だ」

「薬だ」と、フレドリクソンは膝をついたまま、後ろに首だけ曲げて言う。「薬だ」と、ハーディングはそれを復唱して、懐中電灯を手に、薬品室の方にふらふらと歩いていく。サンディは茫然とした目で彼の姿を追う。彼女は、シーフェルトのかたわらに坐って、彼の頭を驚異の表情を浮かべて撫《な》でてやっていた。

「あたしにも何かお薬持ってきてちょうだい」と、彼女は酔っぱらったようにハーディングに声をかける。

「こんな経験したことないのよ、これに似た経験もないわ」

廊下の向こうで、ガラスの割れる音がし、それから、ハーディングが両手にいっぱい錠剤を持って戻ってきた。彼は墓穴に土くれを投げ入れるように、シーフェルトと女の上に、その薬をばらばらとまいた。

「慈悲深き神よ、この二人のあわれな罪深き者をあなたの手にお受け入れください。そして、あとに続くわたしどものためにも、扉をお開きおきください。なぜならば、ご覧のように、わたしどもの終焉がいまや参ったからでございます。逃れがたい、取り返しのつかぬ終焉となったからでございます。わたしはいまこそ現実に何が起こっているかを悟りました。これがわたしどもの最後の馬鹿騒ぎでございます。それゆえに、わたしどもは勇気をふるい起こし、この身に迫りくる運命と対決しなければなりません。わたしどもは明け方にはみな銃殺されます。ひとりに一〇〇CCずつもぶちこまれましょう。ラチェッド師長はわたしたちを壁に向けて一列に並べるでしょう。そして、師長がミルタウンズ、ソラジーンズ、リブリアムズ、ステラジーンズ（いずれも薬剤の商標名）などを詰めこんだ先装銃《さきごめじゅう》の恐ろしい銃口の前にわたしたちを立たせるでしょう。そして、師長の指揮刀の合図で、ぶすっと、わたしたちはみな麻酔をかけられ、完全にこの世とおさらばをするのです」

ハーディングはよろよろと壁に倒れかかり、そのまま床の上に崩れ落ちる。そして、彼の手から錠剤がばらばらとあたり一面にこぼれ、跳ねていく。それはまるで、赤や緑やオレンジの虫のようだった。「アーメン」と、彼は言い、目を閉じた。

床の上に坐っていた女は長い、がっしりとした脚の上に、スカートの皺を伸ばすように引っぱり、懐中電灯に照らし出されて、自分のかたわらに横たわり、ぴくぴく震えながらも、まだ笑いを顔に浮かべているシーフェルトを見て、言った。「こんなこと、この半分にも近いこと、今まであたし経験したこともないわ」と。


ハーディングの演説によって、患者たちは、実際に酔いが醒《さ》めてしまわなかったとしても、すくなくとも、自分たちの行なっていた事の重大さに気づくことができた。夜の時はどんどん流れていったから、当然ながら、朝になって、医局員がやって来ることを考えなければならなかった。ビリー・ビビットとキャンディは、もう四時を過ぎたから、よかったら、もし他の人がよかったら、タークルさんに隔離室を開けてもらいたいのだが、と言った。ふたりは懐中電灯のアーチの下をくぐって消えていき、残されたわたしたちはデイルームに戻り、騒ぎの跡片づけをどうするか考えた。タークルは隔離室から戻ってきたときには、もうふらふらして、酔ってそこに倒れてしまいそうだったから、わたしたちは彼をデイルームの車椅子に押しこむようにして坐らせた。

患者たちの後ろについて歩いているとき、わたしはふと自分が酔っているのに気づき、びっくりしてしまった。わたしは現実に酔っているのだ。軍隊時代以来初めて、わたしは酒に酔い、身体が燃え、にやにや笑い、ふらふら足もとをおぼつかなくしているのだ。仲間の男たちと、二人の女と一緒に酔っている――しかも、師長のこの病棟で！　酔っぱらい、声を立てて笑い、女とふざけちらした。コンバインのもっとも強力な本拠地のまっ只中でだ！　わたしはこの夜を回想し、わたしたちのしたことを振り返ってみたが、とても信ずることができなかった。現実に起こったのだ、わたしたちがやったのだ、と何度も何度も心の中でくり返さなければならなかった。わたしたちはただ窓の鍵をあけて、新鮮な空気を入れるように何でもなくやってのけた。おそらく、コンバインもそれほど強力なものではないかもしれない。わたしたちがやれるということを悟った今となっては、それをまたやろうとするのを阻むのは大変なことだ。それに、わたしたちがしたいと思っている他のことをさせないようにするのもむずかしい。こう考えると、わたしは素晴らしい気持ちになって、大きな叫び声をあげ、前を歩いていたマックマーフィとサンディに襲いかかり、片腕に一人ずつ、ふたりとも抱きかかえ、ふたりが子供のように足をばたつかせ、大声を出すのもかまわず、デイルームまでずっと走っていった。わたしは最高の気分だった。

マターソン大佐がまた起きだしてきた。目を輝かせ、しきりに何か話しながら。そして、スキャンロンが大佐をふたたびベッドまで押し戻した。シーフェルトとマーティニとフレドリクソンは、おれたちも寝袋にもぐりこんだほうがいい、と言って、去った。マックマーフィとわたしと、ハーディングと女と、そしてタークルさんがあとに残り、咳止めシロップをすっかりあけてしまい、さて病棟のこの乱雑な状態をどうしたものか、と考えた。わたしとハーディングは、いかにもその処置について心配しているようにふるまったが、マックマーフィとあの大柄な女はただそこに坐って、咳止めシロップをちびちびやりながら、たがいに顔を見あわせ、笑いあい、闇のなかでペッティングをしながら、たわむれているだけであり、タークルさんはこくり、こくりとまどろむばかりだった。ハーディングは何とかしてこの三人の関心を呼びさまそうと一生懸命になる。

「あなたたちは、この状況の複雑な点がどうもわかっていない」と、彼は言う。

「よせやい」と、マックマーフィ。

ハーディングはテーブルをぴしゃりと叩く。「マックマーフィ君、それに、タークルさん、あなたたちは、今晩ここでどういうことが起こったかどうもはっきりわかっておらん。精神病院の病棟で、ラチェッド師長の病棟で、こういうことになっておるんですぞ！　この報復は……それは恐ろしいことになりますぞ！」

マックマーフィは女の耳たぶを口にふくんで愛撫している。タークルはうなずき、目を開けて言う。「そのとおり。師長は明日も来るだ」

「しかし、わたしに一計がある」と、ハーディングが言う。彼は立ちあがっていた。マックマーフィがこう酔って、正体をなくしてしまい、とても状況を処理することができない今となっては、誰かがこの場の指揮をとらなければならない、と彼は言った。話しているうちに、ハーディングは身体をますますしゃんと伸ばし、ますます素面《しらふ》になる。彼は熱心に、性急な調子で話していく。そして、その手が話の内容を表情豊かに形づくっていく。わたしは彼がここにいて、指揮をとってくれることができてよかったと思っていた。

彼の計画では、まずタークルを縛りあげる。そして、いかにも、マックマーフィがタークルの背後から忍びより、そうだな、シーツを裂いたもので縛り、鍵を奪いとったようにしておく。それから、鍵を奪いとったあと、彼が薬品室に押し入り、薬品をあちこちにほうり出し、師長への当てつけに、ナースステーションのファイルをめちゃくちゃにしたことにする――師長はここんところは信用するぞ――それから、網戸の窓の鍵をはずし、逃げてしまう、とこういうわけだ。

こいつはまるでテレビ映画の筋みたいだ、すごく奇抜だから、うまくいかないわけはないぜ、とマックマーフィは言う。そして、ハーディングに、あんた冴《さ》えてるね、と褒める。ハーディングは続ける。この計画だと、他にも利点がある。つまり、これなら、他の患者たちは師長から何も咎《とが》められることがないし、タークルの首も飛ばない、そして、マックマーフィはここから逃げ出せるというわけだ。マックマーフィは女の車に乗せてもらえば、カナダでも、ティファーナ（メキシコ国境に接したカリフォルニア州南端の村）でも、またネヴァダでも、とにかく好きな所へ安全に逃げることができる。警察は無許可外出者《アブセント・ウィザウト・リーヴ》などあまり真剣に追わない。というのは、大体そういう連中の九〇パーセントが二、三日後には自分で姿を現わし、無一文になり、酔っぱらい、タダのベッドと食べ物を求めてのこのこやって来るからだ。このハーディングの提案をわたしたちはしばらく話しあい、咳止めシロップをすっかり飲んでしまった。しまいに、話もつきて、わたしたちは黙りこくってしまった。ハーディングもふたたび腰を下ろした。

マックマーフィは女にかけていた腕を離し、わたしとハーディングのことを見つめ、じっと考えていた。あの奇妙な、疲れ果てたような表情をふたたび顔に浮かべて。彼はこう尋ねた。そこで、あんたたちはどうする。立ちあがって、服を着て、おれと一緒に逃げたらいいじゃないか？

「マック、わたしはまだとても出られる状態じゃない」と、ハーディングが答えた。

「それじゃ、あんたどうして、おれは出られると考えるんだ？」

ハーディングはしばらく、黙ったまま彼のことを見つめていたが、それから微笑し、言った。「あなたはわかっていないようだ。わたしだって、あと数週間もたてば出られるようになる。しかし、出るときには、自力で、ひとりで、あの正面玄関から出ていきたい。やはりそれにはいろいろと厄介な手続きがあるし、従来の慣習からして、事務処理も手間どるだろう。だが、わたしは家内にここに車で迎えに来てもらいたい。ある指定した時間に。そういうふうに出ていくことができるのだということを、わたしは連中に知ってもらいたいのですよ」

マックマーフィはうなずいた。「それで、族長、あんたはどうだ？」

「わたしは逃げてもいいと思う。ただどこへ逃げたらいいのか、そいつが見当もつかない。それに、誰かがここに残っていなくてはいけないだろう。あんたがいなくなったあとも、事情がまたすこしずつ昔に戻ることのないように心がける人間が」

「じゃ、ビリーやシーフェルトや、フレドリクソンや、他の連中はどうなんだ？」

「かれらの代弁はわたしにはできん」と、ハーディングが言った。「しかし、かれらには、わたしたちと同じように、それぞれ問題がある。かれらはいろいろな面で、まだ病人だ。しかし、すくなくともいまはこう言える。かれらは病気をかかえた人間だと。もうウサギではないよ、マック。おそらく、いつかは健康な人間になることができる。断言はできませんが」

マックマーフィは自分の手の甲をじっと見つめながら、ハーディングの言葉の意味を考えていた。そして、彼は顔を上げて、ハーディングを見つめる。

「ハーディング、それはどういうことだ？　どうしてそんなことになったのだ？」

「どういうことって、すべてがこうなったことですか？」

マックマーフィはうなずいた。

ハーディングは首を横に振った。「とてもわたしには満足な答えはできないと思う。そりゃ、無意味な理屈を並べて、フロイト流の説明をすればできないことはないし、また、そういう説明もそれなりに当たっているということもあるかもしれない。しかし、あなたが求めているのは、そういう理屈をなぜ並べ立てなきゃならないかという理由だ。そうなれば、わたしにはもう説明ができない。とにかく、他の連中の代弁をして説明するのはできないことです。わたし自身はと尋ねられれば？　罪悪感。恥辱。恐怖。自己卑下。少年の頃、わたしは自分が他人とは違うことに気づいた――優しい気持ちになって、すこし違った言い方をしましょうか？　世間で使われているひどい言葉より、もうすこしましな言い方があります。つまり、わたしは社会では恥ずべき行為と見なされているある行為にふけってしまった。それで、病気になったのです。行為そのものが原因で病気になったのではありませんよ。社会の巨大な恐ろしい人さし指がわたしをさして、何百万人が声をそろえて、『恥を知れ、恥を、恥を』と合唱していることをいつも感じたために病気になってしまった。すこしでも変わった人間がいれば、社会はそういうふうにそいつを扱うのです」

「おれだって変わった人間だ」と、マックマーフィは言った。「なのに、おれはそういうふうには、なぜならなかったのかね？　おれだって昔を思い出せば、いろいろと他人《ひと》様からうるさく言われたもんだ。だからといって――つまり、そのために気が狂うってことにはならなかった」

「そりゃ、あなたの言うとおりだ。そのために気が狂うわけではない。わたしだって、いま話したことが唯一の理由だと言ってるわけじゃない。もちろん、ある時には、そう数年前、のんびりとかまえていた頃には、社会の懲罰が人を狂気の道へ追い立てる唯一の力だと考えていたものだが、しかし、あなたのおかげで、わたしの理論を再検討してみる気になった。たしかに人間を――あなたのように強い人間もですよ、マック——狂気の道へ追い立てるのは何か他のものだ」

「へえ—？　おれがその道を進んでいるってこと認めるわけじゃないが、それで、その何か他のものとは何だい？」

「それはわたしたちです」ハーディングは白い手で優しく、ぐるりと弧を描いてみせ、くり返した。「わたしたち自身です」

マックマーフィは気乗りしないように、「くだらねえ」と言って、にやりと笑い、立ちあがり、女の手を引っぱって、立ちあがらせた。彼はぼんやりと見える時計をすかし見るように眺めた。「もうすぐ五時だ。大脱走を企てる前に、少し目を閉じておきてえな。昼勤の連中が現われるまでにはもう二時間ある。それに、ビリーとキャンディはもう少しふたりだけにしておいてやりたいしな。おれは六時頃ここを逃げ出すぜ。サンディ、宿舎で一時間も寝れば、酔いが醒めるだろう。どうかね？　明日は長距離ドライブだ。カナダに行くにしろ、メキシコにしろ、どこにしろな」

タークルとハーディングとそしてわたしも、立ちあがった。誰もかれもまだかなりふらついていたし、酔っぱらっていたが、何かとろけるような悲しい感じが酔った人びとのうえに漂っていた。タークルは、一時間したらマックマーフィと女を起こしてやる、と言った。

「わたしも起こしてくれないか」と、ハーディングが言った。「あなたが立ち去っていくとき、わたしは手に銀の銃弾を持ち、窓辺に立って、『あの仮面をかぶった男は誰だったのか？』と言いたい——」

「よしてくれやい。さあふたりともとっととベッドに入りな。おれはあんたらのことは影も形も二度と見たくないぜ。わかったか？」

ハーディングはにこりと笑って、うなずいた。だが、何も言わなかった。マックマーフィが手を差し出し、ハーディングがそれをしっかと握った。マックマーフィは酒場から退場するカウボーイのように顔をのけぞらせ、ウィンクしてみせた。

「この大マック様が消えたら、あんたはまたここの親方《ボス》になれるぜ」

マックマーフィはわたしの方を向き、顔をしかめてみせた。「族長、あんたは何になれるかおれにもわからんぜ。あんたはそいつをこれから探してみなけりゃいかんな。テレビ映画の悪役の仕事ぐらいあるかもしれんぜ。とにかく、元気にやってくれや」

わたしも彼と握手した。そして、わたしたちは一緒に宿舎に入っていった。マックマーフィはタークルに、シーツを少し引き裂いておいて、どういうふうに縛ってもらうのが好きか考えとけよ、と言った。タークルは、そうしとくだ、と答えた。わたしは宿舎の灰色に白みかかった明かりのなかでベッドにもぐりこみ、マックマーフィと女が隣りのベッドに寝る物音を聞いた。わたしは何か感覚が鈍くなったが、暖かい気持ちになっていた。タークルさんが廊下の向こうで、リネンルームを開け、中に入り、そのドアを閉めるとき、大きな、長い溜め息を洩らすのをわたしは聞いた。わたしの目が闇になれ、マックマーフィと女がたがいの肩を抱きあい、気持ちよさそうにしているのが見えてくる。その姿は、ベッドのなかで愛しあっている一人前の男と女というよりは、むしろふたりの疲れ果てた子供のように見えた。

そして、六時半に、黒人たちがやって来て、宿舎の電灯をつけたとき、ふたりはそのままの姿で発見されてしまった。

それから起こったことを、わたしはこれまでつくづく考えてみたが、その結果、それはどうにもならないことであり、いずれにしても、その時でなければ、いつか別の時に起こったことだろう、たとえ、タークルさんがマックマーフィとふたりの女を起こして、計画どおりに病棟から逃がしてやったとしても、起こったことだろう、と考えるようになった。師長はいずれにしても何があったかすぐに感づいただろう。あの女なら、ビリーの顔の表情を見ただけで感づくだろうし、マックマーフィがいようといまいと、やはり同じことをしたにちがいない。そうすれば、ビリーもまた彼が現実にしたとおりのことをしただろうし、そうなれば、マックマーフィはそれを聞きつけて、きっとここに戻ってきただろう。

きっと戻ってこなくちゃならなかっただろう。というのは、彼の鼻先に師長が最後の王手をかけて、最後の勝利を収めるのを見過ごすことができないなら、たとえ病院の外にいて、カーソン・シティでもリノでも、どこででも、ポーカーにふけっていたとしても、彼は師長の勝利を黙って指をくわえて見ていることはできないはずだからだ。彼はこの勝負をトコトンやるとサインしたようなものだったから、自分から契約を途中で破るようなことはありえないのだ。

わたしたちがベッドから起き出し、病棟をうろつきはじめた頃には、たちまちにして昨夜の出来事がひそやかな声で野火のようにひろめられていた。「連中が何を連れこんだって?」と、仲間に入れてもらえなかった患者たちが尋ねる。「女を? 宿舎にか? 驚いたな」女だけじゃないんだ、と他の患者が言う。

酒を持ちこんで、どんちゃん騒ぎをやらかしたんだぜ。マックマーフィは昼勤の連中が来る前に女を外へ逃がすつもりだったらしいが、目が覚めなかったんだ。「そんな、いいかげんな与太話はよしにしてくれ」与太話じゃない。これはひとつ残らずほんとの話だ、おれは一緒に仲間に入っていたんだから。

前夜、仲間に加わっていた連中は、この話をはじめはいわば誇りと驚異の感情をひそやかにこめて語っていた。それは、ホテルの大火事やダムの決壊を目撃した人びとが語るときと同じだった――まだ死傷者がはっきりとわかってさえいないから、非常に深刻な表情で、畏敬さえこめて話す――だが、その話を何度もくり返すうちに、しだいに語り手から深刻な表情が失《う》せていくのであった。師長と慌ただしく走りまわる黒人が何か新しいもの――たとえば、咳止めシロップの空き瓶とか、廊下の端に遊園地の乗り物のように乗り捨てられたずらりと並んだ車椅子など――を見つけるたびに、患者の頭に突然前夜の光景の一部がまたくっきりと浮かび、仲間に加わっていなかった人びとにそれを語り、仲間に加わっていた連中もそれをふたたび味わうように楽しく聞くのである。患者たちは黒人にせきたてられ、デイルームに集められた。慢性患者も急性患者も一緒に混じりあい、興奮して、ざわざわしていた。ふたりの年とった植物患者はかれらのベッドに沈みこむように坐って、目と歯ぐきをしきりに動かしていた。マックマーフィと女を除けば、患者たちはみなパジャマを着、室内靴をはいていた。女は洋服は着ていたが、ナイロンのストッキングは脱いでいたし、靴も履いていなかった。そして、肩にそのストッキングをぶらさげていた。マックマーフィは例の白いクジラが泳いでいる黒いパンツ姿だった。ふたりはソファにぴたりと身体を寄せあって坐り、手を握りあっていた。女はまた眠りこんでしまっている。そして、マックマーフィも彼女の身体にもたれ、いかにも満足げな、そして眠たげな笑いを顔いっぱいに浮かべていた。

わたしたちの深刻な心配は、心ならずもしだいに歓喜と笑いに変わってきていた。ハーディングがシーフェルトの上にばらまいた錠剤の山を師長が見つけたときには、わたしたちは何とか笑いを抑えようと、鼻を鳴らしたり、ふっと奇声を発したりしたが、連中がリネンルームからタークルさんを見つけ出し、引き裂いたシーツの長い、長い紐にからみつかれ、目をぱちくりさせながら、呻き声をあげ、さながら二日酔いのミイラといった姿の彼を連れてきたとき、わたしたちはもう大声あげて笑いだしていた。師長はわたしたちのこのような笑いを、あの作られた微笑のかけらも見せずに受けとめた。わたしたちが笑うたびに、それは師長の喉に無理やりに押しこめられ、その身体がふくれあがり、いまにも風船のように破裂してしまいそうに見えた。

マックマーフィはむきだしの脚の一方をソファの端にのせ、帽子をぐいと目深に下ろし、充血した目に光線があたらぬようにしていた。そして、咳止めシロップの色で染まり、ニスを塗ったように見える舌を突き出して、口をなめまわしている。彼は気分が悪そうだし、ひどく疲れたようにも見える。そして、両手を両方のこめかみに押し当てて、あくびばかりしている。しかし、どれほど気分が悪そうな場合でも、彼は笑顔だけは絶やさないし、一度か二度は、師長が見つけ出したしろものに大声を立てて笑うほどだった。

タークルさんの解雇を通告するために、師長が本館に電話をかけに、ナースステーションに消えたが、タークルとサンディはその隙につけこんで、金網を張った窓の鍵をあけて、皆にさよならと手で合図し、露に濡れ、太陽の光をいっぱい受けた芝生の上をつまずいたり、すべったりしながら一目散に逃げ出してしまった。

「奴は窓の鍵をかけなかった」とハーディングはマックマーフィに言った。「さあ、行きなさい。あいつらのあとを追って行きなさい！」

マックマーフィは呻き声をあげ、孵化《ふか》しようとしている卵のように充血した片一方の目を開けた。「あんたおれをからかってるのかい？　あんな窓じゃ、おれの頭だってようくぐれんぜ、まして、このおれの身体じゃとてもだめだ」

「あなたはこの状況をどうも完全には理解していないように思えるね——」

「ハーディング、よしてくれ、もうあんたのそのご大層な言葉もやめにしてくれ。おれがいま完全に理解しているのは、おれがまだ半分酔っているということだけだ。それに、気分が悪いということだ。じつのところ、あんただってまだ酔っぱらっていると、おれは思う。族長、どうだあんたは？　まだ酔ってるか？」

わたしの鼻や頬はいまだに無感覚だが、これが酔っている証拠なら、酔ってるのかもしれない、とわたしは答えた。

マックマーフィは一度うなずき、そして、ふたたび目を閉じた。彼は胸の上に両手を組み合わせ、また滑りこむように椅子のなかに身体を沈め、顎をシャツの襟の中に深々と埋めた。彼は唇を鳴らし、まるでまどろんでいるように微笑した。「やれやれ、まだ誰もかれもみな酔っぱらっているのさ」と、彼は言った。

ハーディングはまだ心配していた。彼はまた口を開いて、マックマーフィにとって一番よいことは、われらが慈悲の天使があそこに入って、医師に電話し、これまで見つけ出した暴虐の数々を報告している間に、素早く服を着てしまうことだ、と説得した。だが、マックマーフィは、なにもそう慌てふためくことはないんだ、と言った。だって、以前よりおれの状態がべつに悪くなったわけでもあるまい？「おれは奴らの最高のパンチにも平気で耐えてきたぜ」と、彼は言った。ハーディングは呆れたというように両手を上げてみせ、最悪のことになるから、と予言し、言葉を切った。

黒人のひとりが金網の窓の錠がはずれているのに気づき、それに鍵をかけた。それから、大きな分厚い帳簿をとりにナースステーションに入っていき、戻ってくると、名簿に指を走らせながら、名前を小声で発音し、名前と照合する人間がその場にいるのを認めると、大きな声でそれを呼ぶのであった。名簿は人にさとられないようにアルファベット順の反対に並べられている。だから、最後にならないとBのところにはやって来ない。彼は名簿の最後の名前に指を押しつけたまま、デイルームの中を見まわした。

「ビビット。ビリー・ビビットはどこだ？」黒人の目はまん丸くなる。ビリーが自分の鼻先からこっそり逃げ出したのに、このおれがどうして気づかなかったのか、と彼は考えているのだ。「このろくでなしども、誰かビリー・ビビットが出ていくのを見た奴がいるだろう？」

これで皆はやっとビリーがどこにいるか思い出そうとしはじめた。ひそひそと話が交わされ、そして、やがてまた大笑いになってしまった。

黒人はナースステーションに戻っていく。彼が師長に何か話しているのが、わたしたちに見えた。師長は電話を激しく叩きつけるように置き、ドアから出てきた。黒人もそのあとから飛び出してきた。師長の髪の毛が白い帽子の下からだらしなく垂れ下がり、濡れた灰のような色になった彼女の顔にかかっていた。眉毛の間と、鼻の下に汗が浮き出ている。師長は、脱走者がどこへ逃げたか言いなさいとわたしたちに命令した。だが、答えの代わりに、どっと大笑いが起こり、師長は患者たちをじろりと見まわした。

「なるほど。ビリーは逃げたのではないのですね？　ハーディング、彼はまだここにいるのですね？　この病棟内に。さあ白状しなさい。シーフェルト、白状しなさい！」

彼女は一言ごとに、視線を矢のように走らせ、患者たちの顔を貫くが、しかし、患者たちは師長の毒はもはや受けつけない。その目をかれらは見返し、師長の顔からとうに失せたあの自信に満ちた微笑をからかうように、にやりと笑ってみせた。

「ワシントン！　ウォレン！　さあいらっしゃい。部屋の点検をします」

わたしたちも立ちあがり、かれら三人の進むあとにぞろぞろとついていく。かれらは実験室から、浴槽室、医師の診療室と鍵をあけていく……スキャンロンは節くれだった手で笑いを隠して、ささやいた。「おい、こいつはビリーにはちょっとしたいたずらになるぜ」と。わたしたちはみなうなずいた。「それにさ、びっくらこくのはビリーだけじゃないぜ。ほれ、いま思い出してみりゃ、あんた、誰があすこに一緒に入ったかおぼえているかね？」

師長は廊下のいちばん端にある隔離室のドアの前にやって来た。わたしたちは何とか見ようと押しあって前に詰め、師長とふたりの黒人が鍵をあけ、ドアを押し開いたときの姿を一目見ようと首を伸ばしていた。窓のないその部屋の中は暗かった。その闇のなかで、何かきしむ音がし、慌てて動く物音がする。師長は手を差し伸ばし、懐中電灯の光線をビリーと女に向けた。ふたりは床の上に敷かれたマットレスの上から、まるで巣を襲われた二羽のフクロウのように目をぱちくりさせていた。師長は背後でどっと起こった笑い声を無視した。

「ウィリアム・ビビット！」彼女はいかめしい声で、冷ややかな厳しい調子をこめて言った。「ウィリアム……ビビット！」

「ラチェッド師長、おはようございます」と、ビリーは言った。彼は立ちあがろうともしなかったし、パジャマのボタンをかけようともしなかった。自分の手に女の手をしっかりと握り、にこにこ笑い、「こちらキャンディさんです」と、言った。

師長の舌はもつれ、その骨ばった喉の中でくっくっと音を立てる。「ああ、ビリー、ビリー、ビリー——わたしは恥ずかしい、あなたがこんなことをするなんて」

ビリーはまだ目がすっかり覚めていなかったから、師長が恥ずかしがってみせても、たいした反応を示さなかったし、女は、マットレスの下をごそごそやりながら、ナイロンのストッキングを探していた。だが、その動きも、眠りから覚めたばかりで、鈍く、そして、何かふんわりと暖かそうな感じだった。ときどき、女は夢のなかで手探りしているようなその動作をやめ、目を上げ、そこに腕を組んで立っている師長の氷のような姿にむかって微笑し、それから、自分のカーディガンのボタンがかかっているかどうか指でまさぐり、またマットレスとタイルの床の間にはさまったストッキングを引っぱりにかかる。ふたりとも、日向ぼっこをのんびりと楽しみ、ミルクをたらふく飲んで丸々と太った仔猫のように動きまわった。思うに、ふたりはまだかなり酔っていたにちがいない。

「おお、ビリー」と、師長は言った。失望のあまり、そこへくずれおち、泣きだしてしまいそうな調子だった。「こんな女と。安っぽい、卑しい、塗りたくった——」

「売春婦ですかな？」と、ハーディングが師長の口にしたい言葉をほのめかしてやった。「毒婦イゼベルですかな？」師長はきっと振り返り、射すくめるようにハーディングを見たが、しかし、彼は平気な顔で続けた。「いや、イゼベルではないのですか？　違うのですね？」彼は考えこむように頭をかく。「では、サロメではどうです？　サロメなら札つきの悪女だ。いや、もしかしたら、あなたが言おうとしていたのは、たんに〝女〟だったかもしれませんな。いや、わたしはただお役に立とうと努めているだけだ」

師長はふたたびビリーにきっと向きなおった。彼は一生懸命に立ちあがろうとしている。彼は引っくり返り、それからひざまずく。ちょうど牛が立ちあがるときと同じだ。まず尻を空中に浮かせ、それから、両手をついて身体を押しあげ、片足を立て、それから両足で立ち、身体を伸ばした。このささやかな成功に、彼は満足げな様子であり、戸口に群がって、彼をからかったり、励ましたりしているわたしたちなど気にもしていないようだった。

師長のまわりには、大きな話し声や笑い声が渦を巻いていた。彼女はビリーと女から視線を転じて、背後にいるわたしたちを見た。そのエナメルとプラスチックでできたような顔がいまでは凹《へこ》んでいる。彼女は目を閉じ、じっと精神を集中して、身体の震えをしずめ、一心に考えていた。そして、この窮地に至って、師長は、これだと、ある解答を得たようだ。目をふたたび開いたときには、それは非常に小さく、そして穏やかになっていた。

「ビリー、わたしが心配しているのは」と、彼女は言った——その声音の変化にわたしは気づいた——「これを聞いたら、あなたのお母さんがどうお考えになるかということなのよ」

師長の探し求めていた反応がすぐ現われた。ビリーはびくっとし、まるで硫酸でもかけられたかのように頬を手で押さえる。

「お母さんはあなたの分別がとてもご自慢でした。わたしはそれをよく知っています。こんどのことで、ひどく動揺されるでしょうね。あなたも知っているでしょう、お母さんは動揺するとどういうふうになるか。かわいそうに、あの方はひどく具合が悪くなってしまう。とても神経が敏感なのね。とくに、息子さんのこととなると。お母さんはあなたのことをそれはいつも自慢にしていらっしゃる。お母さんは、いつ——」

「やめて！　やめてくれ！」ビリーの口が精いっぱいに動いていた。彼は頭を横に振りながら、師長に懇願した。「は、は、話さ、な、ないでくれ！」

「ビリー、ビリー、ビリー」と、師長は言う。「お母さんとわたしは昔からの友達でしょう、ですから」

「やめてくれ！」と、彼は叫んだ。その声は隔離室の白い、裸の壁を引き裂くようだった。彼は顎を空に向け、天井の丸い月のような電灯にむかって叫んだ。「や、や、やめてくれぇ！」と。

わたしたちはもう笑ってはいなかった。ビリーが頭をのけぞらせたまま、膝を折るようにして、床に崩れ落ちるのを見守っていた。彼はその緑色の制服のズボンの脚を手で上下にこすりだした。首を恐怖におののかせて振り、その姿は柳の枝の鞭の用意ができたらすぐに叩くとおどされている子供のようだった。師長は慰めるようにその肩に手をかけた。手をかけられると、彼は叩かれたようにますます身体を震わせた。

「ビリー、こんなことはお母さんに少しも言いたくないのよ——でも、わたしはどう考えたらいいでしょう？」

「い、い、言わな、ないでください、ラチェッドし、し、師長。い、い、言わ——」

「でも、ビリー、言わないわけにはいきません。あなたがこんなことをするとは、わたしだって信じたくありませんが、しかし、このマットレスの上で、このような女と二人きりでいたあなたを見た以上、他にわたしとしてはどう考えたらいいでしょう？」

「いいえ！　ぼくは何も、し、し、しちゃいないんです。ぼくはただ――」彼の手がふたたび頬を押さえ、そこに止まる。「この女がやったんだ」

「ビリー、この女があなたを力ずくでここに引っぱりこんだなどということはないはずですよ」師長は首を横に振った。「わかってちょうだい、わたしだって――お母さんのためにも――あなたがしたなんて信じたくはないのよ」

ビリーの手が頬をかきむしり、長い、赤い爪跡をそこに残した。「この女のせ、せいだ」彼はあたりを見まわした。「それに、マ、マ、マックマーフィだ！　あいつがやったんだ。それにハーディングも！　そして、ほ、ほ、他のみんなもだ！　あいつらが、ぼくを、か、からかって、いろいろ悪口言ったんだ！」

いまでは、彼の顔は師長の顔に結びつけられてしまったように見えた。彼は右も左も見ずに、ただまっすぐに師長の顔を見つめていた。その顔の代わりにそこから螺旋《らせん》を描く光線が発し、白と青とオレンジ色のクリーム状の渦となって、ビリーの心を吸いこんでいるようだった。彼は息をのみこみ、師長が何か言うのを待つ。しかし、師長は何も言おうとはしない。彼女にはふたたびあの恐るべき機械のような能力と技巧がよみがえってきていたので、この状況を分析し、彼女に、いまなすべきことはただ沈黙を守ることだけだ、と教えていた。

「あいつらがぼくにけ、け、けしかけたんだ！　お願いだ、ラチェッドし、師長。あいつらがぼくに、や、やらせたんだ！」

師長は発射していた光線を調整した。すると、ビリーの顔は、がくりと下がり、ほっとしたようにすすり泣きを始める。彼女はビリーの首に優しく手を置き、彼の頬を糊のきいた制服の胸に抱き寄せ、肩をさすってやる。そして、あたりにいるわたしたちに、いかにも軽蔑したような視線をゆっくりと投げかける。

「大丈夫よ、ビリー。大丈夫。他にあなたを傷つける人は誰もいないわ。大丈夫よ。お母さんにはわたしからよく説明をしておきますから」

師長は話しながらも、わたしたちの顔をじっとにらみつけていた。陶器のように固い顔から、ふんわりとした枕のように優しい、なめらかな、暖かい声が出てくるのを聞いていると、妙な気がしてくる。

「さあ、いいわ、ビリー。わたしといらっしゃい。先生のお部屋でお休みしましょう。こんな……お友達とデイルームに一緒にいる必要はないわ」

師長は彼を医師の部屋に連れていく。そのうなだれた頭を撫でてやり、「かわいそうに。かわいそうな坊や」と言いながら。そして、わたしたちはそっと消え入るように廊下から黙って去り、デイルームに行って坐り、たがいに顔も見ず、話すこともしなかった。マックマーフィはいちばん最後に腰を下ろした。

わたしたちの向かいにいる慢性患者たちもうろうろと動きまわっていたのをやめて、それぞれの席につこうとしていた。わたしは目の隅で、気づかれないように、マックマーフィを見た。彼は部屋の隅のいつもの椅子に坐っていた。次のラウンド——これから延々と続く何回ものラウンド——に飛び出していく前に、しばしの休息をとっているのだ。マックマーフィが戦っている相手は、一発で永久にノックアウトできるようなしろものではない。こちらがもう飛び出していくことができなくなり、誰か他の者が代わりに飛び出していかなくてはならなくなるまで、ただもうがむしゃらに相手を殴りつづけるほかに方法はない。

ナースステーションでは電話があちこちにかけられている。そして、実地検証のために、やがて何人かのお偉方がやって来る。医師がやっと姿を見せると、これらのお偉方は誰もかれも、こんどの事件はすべて医師が計画した、いやすくなくとも、彼が大目に見、許可を与えていたといわんばかりの一瞥《いちべつ》を投げかけた。そのように意地悪い視線を受けて、医師は蒼白になり、身体をぶるぶる震わせていた。すでに、ここで、つまり彼が預かっている病棟で起こった出来事のあらましを彼が聞いてきたのは誰の目にも明らかだったが、師長はそれをもう一度彼に述べ立てる。ゆっくりと、大きな声で、わたしたちにも聞こえるようにと、その一部始終を。だから、わたしたちはこんどは真面目に、師長が話している間にささやいたり、くすくす笑ったりすることもなく、もう一度きちんと聞くことになった。医師はうなずいたり、眼鏡をいじくりまわしたりしていた。そして、涙をいっぱいためた目をぱちぱちやっていたから、師長にそのしぶきがかかるのではないかと、思うくらいだった。師長は最後に、ビリーのこと、ビリーがわたしたちの手でひどい体験をさせられたことを話した。

「ビリーは先生の部屋に入れておきました。現在の状態から考えますと、すぐ先生に診察していただくのがよいと思います。ひどい試練を受けましたから。かわいそうに、あの子が受けた精神的な傷を考えますと、わたし、背筋がぞっとします」

師長は、医師の背筋がぞっとするまで、じっと待った。

「すぐ診てあげてください。先生とお話しするかどうか。とにかく、同情してくれる人がビリーには必要ですわ。とても、ひどい状態ですから」

医師はふたたびうなずき、自分の部屋の方にむかって歩いていった。わたしたちは彼が歩き去るのを見守っていた。「マック」と、スキャンロンが言った。「ねえ――まさかおれたちがこんなインチキにごまかされていると思わんだろうな、あんた？　たしかに、まずいことになった。しかし、誰が悪いのか、おれたちは心得ているつもりだ――つまり、おれたちはあんたを悪いとは思っちゃいないってことだ」

「そうとも」と、わたしも言う。「誰もわたしたちはあんたを非難してはいない」そう言ってしまって、彼がじろりとわたしを見たその様子から、すぐに、このわたしの舌など引き抜いてしまえたら、と願った。

マックマーフィは目を閉じ、ゆったりとしていた。じっと待っている。そんな様子だった。ハーディングが立ちあがり、彼のところまで行き、何か言おうとした。だが、そのとき、廊下の向こうから悲鳴のようにわめき立てる医師の声がして、わたしたちは一様に恐怖の表情を顔に浮かべ、何があったかを悟った。

「師長！」と、医師は叫んだ。「大変だ、師長！」

師長は走っていった。そして、三人の黒人も走っていった。廊下を、医師が呼んでいる方にむかって。しかし、患者はひとりとして立ちあがらなかった。もうわたしたちにはどうすることもできないのがわかっていた。ただそこにじっと坐って待つだけだった。やがて師長がデイルームにやって来て、起こるべきことがついに起こったことを発表するのを待つだけだった。

師長はまっすぐにマックマーフィのところに歩いていった。

「ビリーは喉を切りましたよ」と、師長は言った。彼が何か言うだろうと期待して、師長はじっと待った。マックマーフィは顔を上げなかった。「先生の机を開け、刃物を見つけ、喉を切りましたよ。かわいそうに、あわれな、誤解ばかりされてきたあの子は自殺してしまったのです。あそこにいま、先生の椅子のなかで、喉を切り裂いて、あの子は死んでいる」

師長はまた言葉を切って、待った。だが、マックマーフィはまだ顔を上げようとはしない。

「最初は、チャールズ・チェスウィック、そして、こんどはウィリアム・ビビット！　きっと、あなたはご満足でしょうね。こんなふうに人間の生命をもてあそんで――人間の生命で賭けをして――まるで、ご自身、神様のような気になって！」

師長はくるりと背を向けると、ナースステーションの中に入っていき、後ろ手にドアを閉めた。その音は甲高く、冷たく響き渡り、頭上の蛍光灯までふるえた。

最初、わたしは彼を止めなければいけない、彼を説得して、これまでの勝利だけでよしとし、最後のラウンドは師長に勝たせてもいいんじゃないかと話そうと、ちらっと考えた。だが、別の、もっとはっきりとした考えが浮かび、最初の考えを完全に押しのけてしまった。つまり、わたしはそのとき突然、水晶のようにはっきりと悟ったのだが、わたしであろうと、また他の誰であろうと、マックマーフィを止めることはできないということだ。ハーディングが説得しても、わたしが背後からつかまえても、マターソン大佐の教訓も、スキャンロンの不平も、とにかくわたしたちが寄ってたかっても、もはや彼を阻むことはできなかった。

わたしたちはマックマーフィを止めることはできなかった。というのも、彼に行動させているのはわたしたち自身だったからだ。彼に行動を強いているのは師長ではなかった。それはわたしたちだった。わたしたちに必要だったのだ。彼が坐っている姿勢からゆっくりと身体を持ち上げることが。彼は両の手をレザー張りの椅子の腕にかけ、身体を持ち上げる。そして、立ちあがり、映画のなかで見るよみがえった死者のようにそこに立ち、背後にいる四十人の主人が発する命令を受けて、それに従うのだ。この何週間も彼に行動をさせつづけたのはわたしたちなのだ。彼の足や脛《すね》が言うことをきかなくなったあとも、長い間彼を立たせ、何週間も彼にウィンクをさせ、笑わせ、そして彼のユーモアが二つの電極に挟まれてすっかりからからにされてしまったあとも、ずっと彼に行動をさせつづけた原動力はわたしたちだったのだ。

わたしたちがいま彼を立ちあがらせ、あの黒いパンツをあたかも馬皮の皮ズボンのようにぐいと引き上げさせ、そして、あの帽子をまるで鍔広《つばひろ》のステットソンハットであるかのように、指でぐいと押し上げさせているのだ。それは、ゆっくりとした、機械のようなしぐさだった――そして、彼が床の上を歩いていくとき、彼のはだしの踵に鉄がついているように、タイルの床に火花を散らして鳴るのがわたしたちに聞こえた。

すべてが終わってはじめて――彼はガラスのドアを打ち破り、中に入る。師長は顔をくるりとこちらへ向け、将来どのような表情をつくろおうとも、それらをすべて台無しにしてしまうような永遠の恐怖の表情をたたえて、悲鳴をあげる。彼は師長につかみかかり、制服の前をばりばりと引き裂く。師長はふたたび悲鳴をあげる。その胸からふたつの乳首のついた大きな球体が飛び出してきて、どんどんふくれあがり、想像もできなかったほどに大きくなり、光のなかに暖かそうに桃色にふくれる――すべてが終わってはじめて、つまり、そこに居あわせた、三人の黒人が茫然として何もすることもできずただそこに立ちつくし、見守っているだけなのに気づいた医師や警備員や看護師が、黒人の手助けなしで、マックマーフィを取り押さえなくてはならないと、寄ってたかって、師長の喉の白い肉につかみかかっているあの赤銅色のがっしりとした指を、それが師長の首の骨でもあるかのように引き抜き、そして、はーはーとやっと息をしている彼女からマックマーフィを引きはなしたのだが、その時になってはじめて、マックマーフィは、好もうと好むまいとしなければならない困難な義務を遂行する、冷静で、意志の強い、不屈の人間とは違った面があることを、見せた。

彼は叫んだのだ。すべてが終わって、仰向けに倒れたとき、彼の顔が一瞬の間、逆さまになってわたしたちに見え、そして彼にむかって飛びかかった白い制服の人びとに床の上に押しつぶされた。そのときはじめて、彼は張り裂けんばかりに叫んだのだ。

それは、追いつめられた動物があげる恐怖と憎悪と降服と挑戦の叫びだった。もしも、アライグマや、クーガーや、ヤマネコを追いつめた経験があればわかるのだが、それは、木の上に追いつめられ、撃たれ、地上に落ちてきた動物が犬に飛びかかられたときに発するあの悲しい叫び声に似ていた。土壇場ともなって、もう自分と自分の死以外はどうなってもかまわないというときに発するあの叫びだった。

わたしはそれから二、三週間、まだ病棟にぶらぶらしていて、その後の事情がどういうことになるのか見届けようとした。すべてが変わってきた。シーフェルトとフレドリクソンは、医師の治療証明をとらずに退院してしまったし、その二日後には、さらに三人の急性患者が退院した。そして、さらに六人の急性患者が他の病棟への移動を申請し、移っていった。病棟で行なわれた例のパーティと、ビリーの自殺については、いろいろと調査が行なわれたし、医師は辞表の提出を求められたが、逆にもしも自分を病院から追放する気であれば、そっちで首を切らないかぎり、そうやすやすとは辞表を出さぬと病院に通告した。

師長は一週間入院したので、しばらくの間、重症患者病棟から例の小柄な日系の看護師がやって来て、病棟を運営した。そこで、患者たちは病棟の規則を大幅に改革することができた。師長がふたたび戻ってきたときには、ハーディングが浴槽室を開放させて、そこに入りびたり、自分がブラックジャックの札を配り、例の細い、甲高い声をマックマーフィの競売のせり師のような太い声に似せて、大声をあげていた。病棟の入口の錠に鍵が差しこまれる音を耳にしたときも、彼は札を配っていた。

わたしたちはみな浴槽室を出て、マックマーフィの情報を訊くために、廊下に出ていき、師長を迎えた。わたしたちが近づくと、師長は二歩ばかり後ろに飛び下がり、そのまま走って逃げだすんじゃないかと、わたしは思った。師長の顔は青く腫《は》れあがり、片一方の側はすっかり形がくずれ、目が完全にふさがっていた。そして、喉には厚く包帯を巻いていた。それに、制服も新しく、白い。その制服の前のところに目をやると、何人かの患者たちはにやりと笑った。制服が前に着ていたものより小さく、きつく、それに糊もうんときかしてあるのだが、しかし彼女が女であるという事実は、もうとても隠せるものではなかった。

微笑しながら、ハーディングが師長に近づき、マックマーフィはどうなったか、と尋ねた。

彼女は制服のポケットから小さなメモ用紙と鉛筆を取り出し、その上に「彼は戻ってきます」と書きつけ、それを回した。その紙は彼女の手のなかでぶるぶる震えていた。ハーディングはそれを読むと、「本当ですか?」と念を押した。わたしたちはいろいろな噂をすでに聞いていたのだ。重症患者病棟で、彼が二人の助手を叩きのめし、鍵を奪って脱走したとか、あるいは、すでに作業農場に送り返されてしまったとか——またさらに、新しい医師が到着するまで権限を握っている師長が、特別な治療法を彼にほどこしているといった噂に至るまで。

「確かなのですか?」と、ハーディングはくり返して尋ねた。

師長はふたたびメモ用紙を取り出した。彼女の関節はひどくぎくしゃくとしていて、ますます白くなったその手はメモ用紙の上をかすめるようにして動いていく。それは、一セント入れると、運勢を書いてくれるあの機械仕掛けのジプシー女の手の動きに似ていた。彼女は書いた。「確かです。ハーディングさん。確かでなければ、わたしは申しません。彼は戻ってきます」と。

ハーディングはそれを読むと、紙片を引き裂き、師長の顔めがけて投げつけた。彼女はひるみ、片手をあげて紙片から青痣となった顔の片側を思わずかばった。「失礼だが、師長、あんたって人はひどい嘘つきだと思いますよ」と、ハーディングは言った。師長は彼をにらみつけ、一瞬その手がメモ用紙の上にいったが、しかしくるりと向きを変え、そのメモ用紙と鉛筆を制服のポケットに突っこみながら、ナースステーションに入っていった。

「ふんだ」と、ハーディング。「どうやら、わたしたちの会話は少々スムーズにはいかなかったようだ。しかし、嘘つきと言われたんじゃ、もうどんな返答を書いたとしてもむだだろうからね」

師長は病棟をふたたび元のようにしようと努力したが、しかし、マックマーフィの幻想が廊下をのし歩き、ミーティングで高笑いをし、トイレでは大きな声で歌っているから、それはむずかしかった。もはや昔の権力によって、病棟を支配することはできなかった。紙の上に命令を書いたのでは、それはとてもできないことだった。それに、患者も一人減り、二人減りしていった。ハーディングが退院申請をし、奥さんに連れられて出ていき、ジョージも別の病棟に移動した。そこで、釣りに行った仲間のうち残ったのは、わたしとマーティニとスキャンロンのただ三人だけになってしまった。

わたしはまだそこを立ち去る気はなかった。というのは、師長があまりにも確信に満ちていたのが気に入らなかったからだ。彼女はどうやら最後にもう一ラウンドだけ戦うことを待ちのぞんでいるようだった。

そして、ある朝、マックマーフィがいなくなってから三週間後のことであったが、ついに師長は最後の勝負に出た。

　病棟のドアが開いて、黒人たちがストレッチャーを押して入ってきた。その裾のところに、一枚の札がぶらさがっていて、そこに太い字体で黒々と、**ランドル・P・マックマーフィ　手術完了**、と書いてあった。そして、その下にインクで、**ロボトミー**と書かれていた。

　かれらはデイルームにそれを運びこむと、壁のところ、植物患者たちのすぐ隣りに並べて置いた。わたしたちはストレッチャーの裾の方に立ち、そこにぶらさげられた札を読んだ。それからストレッチャーの頭の方に目をやった。そこには枕に深々と横たえた頭があり、赤毛の髪が顔の上にはらりとかかっていたが、その顔は目のまわりについた不気味な紫色の痣を除けば、ミルクのように白々としていた。

　しばらくして、スキャンロンがくるりと後ろを向いて、床の上に唾を吐いた。「何だって師長の奴はこんなのを連れてきて、おれたちをだまそうとするんだい？　こいつはマックじゃねえ」

「ぜーんぜん似ても似つかねえ」と、マーティニが言った。

「あの売女《ばいた》、おれたちはよっぽど間抜けだと思ってやがる」

「だけど、奴ら結構うまく似せて作ってやがるぜ」と、マーティニはその頭のそばに近寄り、話しながら、指で示す。「ほれ、鼻も折れているし、この傷跡――へえー、頬髭までつけてきやがった」

「そうとも」スキャンロンは怒ったような声で言う。「だからどうしたってんだ」

　わたしは他の患者たちを押しのけて、マーティニのそばに立った。「そうとも、傷の跡や折れた鼻なんか、どうにだってできるさ」と、わたしは言った。「しかし、マックの表情を作ることはできないぞ。この顔には表情なんて何もない。洋品店のマネキン人形と同じだ、これは。ねえ、そうじゃないか、スキャンロン」

　スキャンロンはまた唾を吐いた。「そのとおり。いいかね、全体があまりにも無表情に過ぎる。誰が見てもそいつは歴然としている」

「ここ見ろや」と、患者のひとりがシーツをめくって言う。「入れ墨があるぜ」

「そりゃそうだ」と、わたしは言った。「入れ墨ぐらいわけなくできる。しかし、腕はどうだ、ええ？　腕は？　腕はそっくりにできないはずだ。彼の腕はそれは大きかったぞ！」

　その日の午後はずっと、スキャンロンとマーティニとわたしは、ストレッチャーの上に横たわる、見世物小屋用のとんだインチキとスキャンロンが名づけたその男をさんざんにからかった。しかし、時間がたち、男の目のまわりの腫れがひくにつれて、その男を見に立っていく患者たちの数がしだいにふえてきた。わたしが見ていると、かれらはいかにも雑誌を見に行くか水を飲みに行くかのように立ち、男の顔をちらりと盗み見ていくのであった。わたしはそれを見ていて、もしマックマーフィだったらどうするだろうと考えていた。ひとつだけ確実なことは、彼だったら、そこに、デイルームに置かれて、自分の名札をつけられ、これから二十年も、三十年もの間、師長の勝利の記念品として、体制に刃向かう者がどういうことになるかの見本として利用されるようにはなりたくないだろうということだった。それだけは確かだと思った。

　わたしはその晩、宿舎の物音がしずまり、皆が寝入るまで待った。そして、黒人たちが病棟内の巡回を終えるまで、じっと待ちかまえていた。それから、わたしは枕の上で頭をまげて、隣りのベッドを見た。

ストレッチャーをここまで押し入れ、担架ごとこのベッドにかれらがマックマーフィを寝かせてからいままでずっと、わたしは何時間もその寝息を聞いていた。肺が時折りごろごろと鳴り、止まり、それからまた普通に呼吸をしはじめているのに耳を傾けていた。わたしは耳を澄ましながら、ああ、それが永久に止まってしまえばよいのにと願っていた——だが、じつはまだそちらを向いて、自分の目で彼を確かめてはいなかったのだ。

窓には冷たい月光があたり、ミルクのような光線を宿舎の中に投げかけていた。わたしはベッドの上に起きあがった。すると、わたしの影がその身体の上に落ち、それを腰と肩の中間のところで二つに割ったように見え、そこに黒い空間だけを残した。目のまわりの腫れはすでにひいていたので、その目が開いていた。それは月光をじっと見つめていた。ぽっかりと開き、夢見ることもなく、それはどんよりとしていた。瞬《まばた》きひとつせず、ぽっかりと長い間その目は開いたままで、まるでヒューズ・ボックスの中の焼け切れたヒューズを思わせた。わたしは身体を動かして、枕を取り上げた。目がわたしの動きをじっと追う。そして、わたしが立ちあがり、彼のベッドに二、三歩あるいて近づいたときも、それはわたしをじっと追っていた。

その大きな、がっしりとした肉体は生命力が強かった。生命を奪い取られることに逆らって、それは長いあいだ抵抗した。ものすごい勢いであばれ、手足をばたつかせたから、しまいにわたしはその上に身体ごとかぶさるように横たわり、そのばたつく足をわたしの足ではさみこむようにして、抑えつけねばならなかった。そして、そうしている間も、わたしはその顔に枕をじっと押しつけていた。その身体の上にわたしは横たわっていた。何日もと思えるほどの長い時間、わたしは横たわっていた。ばたばたするのが止まるまで。しばらくしてそれが静かになり、そして、また一度ぶるぶると震え、また静かになるまで。それから、わたしはごろりと身体を回転させ、そこを離れた。枕をはずし、月明かりのなかで、顔の表情があのうつろな、袋小路のような表情からすこしも変わっていないのを、わたしは認めた。息をつまらせられたのにもかかわらず、すこしも変わっていなかった。わたしは両手の親指で、まぶたを下におろしてやり、それがもう開かなくなるまで抑えていてやった。それから、わたしは自分のベッドに横たわった。

わたしは、シーツを顔の上まで引きあげて、しばらく横たわっていた。そして、かなり静かに事をすませたぞ、と考えていたが、スキャンロンの声がして、そうではないことを気づかせてくれた。

「族長、気にすんじゃない」と、彼は言った。「気にすんじゃない。それでいいんだから」

「うるさい」と、わたしはささやいた。「眠ってな」

しばらくの間静まりかえっていたが、それからまたスキャンロンの声がし、「終わったか?」と尋ねた。

終わった、とわたしは言った。

「大変だぞ」と、彼は言った。「師長が気づくぜ。それは承知だな? もちろん、誰だって殺したなんて証明はできないさ――彼みたいな大きな手術を受けたあとでは、ころっといっちまう可能性はあるんだ。しょっちゅうそんなことは起こる――だが、師長の奴、あいつはごまかせねえぞ」

わたしは何も言わなかった。

「族長。おれがあんただったら、ここからとっとと逃げ出すけどな。そうだ、こうしよう。あんたはここから逃げ出す。そして、おれがこう言うんだ。あんたがいなくなってからあとで、マックマーフィが起き上がって、動いていたのを見たとな。そうすりゃ、あんたが殺《や》ったのがごまかせる。そいつがいい、うまい考えだと、思わないか?」

「ああ、そうとも、じつに簡単だな。で、誰かにドアの鍵をあけさせ、わたしを外に逃がしてやってくれと頼むのかね」

「そうじゃねえよ。ほれ、いつかマックマーフィがあんたに教えたじゃないか。思い出してみろよ。ほら、彼が入院してきた最初の週に。憶えていないか?」

わたしは返事をしなかった。彼もそれ以上何も言わなかった。ふたたび宿舎の中は静まりかえった。それからもう二、三分わたしはベッドの上に横たわっていたが、起き出して、服を着はじめた。服を着終えたとき、マックマーフィの枕もとにある小机の中に手を差し入れ、彼の帽子を取り出し、かぶってみた。それは小さすぎたので、突然、それをかぶろうとしたことが恥ずかしくなってしまった。わたしはそれをスキャンロンのベッドの上に落とし、宿舎から出た。出ていくとき、彼は、「元気でな、相棒」と、声をかけてくれた。

浴槽室の金網を張った窓から入りこむ月明かりで、コントロールパネルのずんぐりと、がっしりした形がはっきりと見えた。クローム製の付属物がきらりと光り、カチカチと音が聞こえるかと思うほどに冷ややかに見えるガラス蓋をつけた目盛が輝いていた。わたしは深く息を吸い、身体を曲げると、両端にある把手をつかんだ。身体の下に折った脚をぐいっと伸ばそうとすると、足にその重さが食いこむのを感じる。わたしがもう一度、力を入れると、電線や連結してあるさまざまなものが床からばりばりとはがれる音がする。わたしはそれを膝のところまで持ち上げ、片一方の腕を上に、もう一方の手を下にかけることができた。クロームがひんやりと首と頭の側面に当たる。わたしは窓に背を向け、それからぐるりと一回転し、その反動を利用して、パネルを金網張りの窓にほうり投げた。凄《すさ》まじい音がした。ガラスが月光のなかに、まるで眠っている大地を洗礼する輝く冷たい水のように飛び散った。喘ぎながら、一瞬、宿舎に戻り、スキャンロンや他の連中も連れてこようかと考えたが、しかし、そのとき、廊下を走ってくる黒人たちの靴の鳴る音が聞こえたので、わたしは窓の敷居に手をかけて、パネルのあとを追って、月光のなかに飛び下りた。

わたしは大地を走った。かつて犬が走っていったのを思い出し、その方角に向かい、ハイウエーへと走った。走るとき、大きな歩幅で走ったのを思い出すことができる。上げた足が大地に下りる前にずいぶんと長いあいだ空中に浮かんでいるような気持ちであった。宙を飛んでいるような気持ちだった。自由だ。無許可外出者《アブセント・ウィザウト・リーヴ》のあとなどわざわざ追う奴はいないのを、わたしは知っていた。それに、スキャンロンが死体のことは何とかごまかしてくれるだろう――だから、こんなに走ることもない。だが、わたしは止まらなかった。わたしは何マイルも走りつづけ、それから立ち止まり、ハイウエーの土堤をゆっくりと歩いて登っていった。

羊を満載したトラックで北に向かうメキシコ人の男がわたしを乗せてくれた。そして、わたしはインディアンで、プロレスラーだが、マフィアの手で精神病院に閉じこめられていたところを逃げ出してきたのだと、いかにも本当らしく話した。すると、その男はすぐにトラックを止め、着ていた皮ジャンパーを脱ぎ、これで緑色の制服を隠しておけと渡してくれ、そのうえに、カナダまでヒッチハイクしていく間に何か食べなきゃいけないだろうと十ドル押しつけた。わたしは彼が車で走り去る前に、住所を書いてもらい、もう少し先へ行って落ち着いたらすぐに金を送るからと言った。

わたしは最後にはカナダに行くかもしれない。だが、その前に、コロンビア川に立ち寄りたいと考えた。ポートランドやフッド・リヴァーやダレスにも行ってみたかった。そして、昔の部族の仲間たちで、すっかり酒で身を持ち崩してしまわなかった連中が少しでも残っているか確かめたかった。つまり、政府がインディアンであるというかれらの権利を金で奪い取ってしまったあと、いったいかれらがどうやって生きているのか知りたかった。部族の者のなかには、あの新しい何百万ドルもかけた水力発電ダムの上に昔ながらのがたぴしの木の足場を作り、吐水路でサケを突いている者がいるという噂さえわたしは耳にしていた。もしそれが本当なら、どんなことがあっても見たいものだ。いずれにせよ、かつての渓谷の周辺の土地をもう一度見ておきたい。もう一度それをはっきりと頭の中に刻んでおきたかった。

わたしはずいぶん長い間そこから離れていたのだから。

解説――反体制の夢『カッコーの巣の上で』

岩元巌

ブラック・ユーモア文学の誕生

振り返れば、アメリカの一九六〇年代がはるか遠い昔のこととなってしまいました。あれはアメリカが変革の嵐に揺れ、社会的にも、文化的にも「第二次アメリカ革命《ザ・セカンド・アメリカン・レヴォリューション》」という名前がふさわしいように、人種や性別、価値観、慣習などがすべて打ちこわされ、新しいアメリカを産みだすために、暴動や反戦運動、大学紛争や暗殺事件などが次々に起こった時代でした。そして、それはやがて月世界への着陸とヴェトナム戦争からの撤収発表によって幕を閉じることになったのです。

それは「古き良き《グッド・オールド》」アメリカのイメージにしがみつこうとした人々には悪夢のような十年でしたが、真の意味で「自由と平等」「根源的な無垢《ラディカル・イノセンス》」を求めた人々にとっては、新しい啓示の時代となりました。

自らこの時代に青春を過ごした文芸評論家のモリス・ディックスタインは、愛着とノスタルジアをこめて六〇年代文化を語る名著『エデンの門』（*Gate of Eden*, 一九七七年）を書いています。彼はその中で「ロックの時代再訪」という章を設け、「ロックは特別な、そしてユニークな形での六〇年代文化だった」と述べ、人々に動作を促し、そこから表現への意欲、即興への喜び、ひいては自由への衝動を誘うロック・ミュージックの特性がこの時代のすべてをリードしたと示唆しています。文学にも芸術にも同じことが言えます。それらもまたロックの調べに合わせるかのように、「静」から「動」へ、「閉ざされた《クローズド》」形式から「開かれた《オープン》」形式へと変化を示しました。「前衛」と「大衆化」が結合し、六〇年代文化の意識形成を担ったのです。

アメリカの小説もこの時代に呼応するように、後に「ブラック・ユーモア派」と呼ばれるようになった作家たちが登場することになりました。従来の小説形式を「堅苦しい《フリジッド》」と感じていた作家たちにとって、諷刺と揶揄、否定的精神に裏打ちされた暗いユーモア、奔放さと遊び、それこそが彼らの特徴でした。『ブラック・ユーモアの世界』（*The World of Black Humor*, 一九六七年）を編集したダグラス・M・デイヴィスは、この嵐のように突然やってきた文学現象を「想像力の中に長い間ためこまれていた奔流がついに堰を切ったように流れだした」と述べましたが、その前兆はすでに五〇年代にも僅かながら見えていました。たとえば、アメリカの体制《システム》からの離脱という主題的な面だけを考えれば、ビート世代《ジェネレーション》の代表的作家、ケルアックの『オン・ザ・ロード』（*On the Road*, 一九五七年）がありますが、より以上にケン・キージーに強い影響を与えたと思える作品にJ・P・ドンレヴィの『赤毛の男』（*The Ginger Man*, 一九五八年）があります。ドンレヴィはアメリカを捨て、アイルランドに住みついてしまった作家ですが、この作品の主人公セバスチャン・デンジャーフィールドもアメリカから逃げだし、ダブリンのトリニティ大学で法律を学ぶ大学院生です。学生とはいえ、彼は「悪漢《ヴィラン》」です。結婚し、子供までいますが、生活はでたらめ、酒に溺れ、好色、無責任にして怠惰、彼自身「危険な場《デンジャーフィールド》」と考える社会で生きのびるためには、道化であろうと、悪漢であろうと、彼はその役を引きうけます。というのも、彼にとっては、自分自身として生きのびること以外はすべてが無意味となっている現代社会だからです。ドンレヴィはこの奔放な主人公にふさわしく、奔放にして野卑な言葉を多用する文体を使い彼の遍歴を語りますが、徹底した批判的精神と無秩序の中に新しい喜劇性を求めようとしています。「ブラック・ユーモア」の前兆となる作品を彼はすでに作りだしていたのです。

キージーの『カッコーの巣の上で』は、このような作品と、すでに述べたような文学・文化的背景の影響のもとで生まれました。それは一九六二年に発表されましたが、実際にはその前年の六月には作品は完成していたとのことですから、キージーが二十五歳の時の処女作です。当時まったく無名の青年の作品にしては、異常なほどの売れ行きを示し、その前年に発表されていたジョーゼフ・ヘラーの『キャッチ=22』と共に、六〇年代から七〇年代にかけて、百万部単位で若者たちの間で読まれました。

その理由の一つには、キージー自身がアメリカという体制に反逆する一種の「カルト・ヒーロー」として若者たちに人気を博し、やがては麻薬所持と常用で官憲に追われるという役割を演じたためでしょう。しかし、やはり大きな理由は、小説としての面白さのためです。精神病院を背景としていますが、比喩として読めば病院（そしてその背後に存在する「コンバイン」）はアメリカ社会という巨大な体制《システム》であることは明らかです。アメリカ人としては、彼らの根源に存在する「個人の自由」というロマンチックな理想が今その体制の中で危機に瀕していることを痛感せざるをえませんでした。だから、彼らは、体制に背を向け、社会のはぐれ者となっている悪漢ヒーローの赤毛のマックマーフィが自らの自由を守るためにさまざまなゲリラ的戦略を駆使し、体制の象徴である師長と対決する物語に引きこまれたのです。

悪夢のごとき世界が舞台

小説の物語は、オレゴン州のポートランドという都市の近郊にある州立精神病院を舞台として展開します。しかし、この小説は一種の幻想の物語であって、現実の世界を必ずしも忠実に描きだしたものではありません。作者は、この物語のすべてがブロムデンという白人とインディアンの混血の大男を通して語られるという手法を取りました。だから、読者はまずブロムデン自身がアメリカ社会からすでにはじきだされている存在であることを意識しておかなければなりません。彼はかつてコロンビア川(ポートランド北部を流れる大河。ワシントン州とオレゴン州を分かち、上流に有名なダレス・ダムが建設されている)の流域に住んでいたコロンビア族の族長の息子です。しかし、一族の者たちはダム建設で土地を追われ、代償金を酒に費やし、四散しています。彼自身、族長の息子として大学教育まで受け、第二次世界大戦に従軍した経歴を持ちますが、除隊後は白人社会の中でいたぶられ、人間にとって肝要な自尊心と勇気をはぎとられてしまいます。彼は時々暴力を揮《ふる》う精神症状をきたし、ついに精神異常者として州刑務所から精神病院に送られてしまっているのです。

病院では誰も彼を本名(実は本名すら白人だった母方のもので、真の意味での本名ではありません)で呼びません。病棟内の掃除だけをしている彼を人は「チーフ・ブルーム」(箒族長《ほうきぞくちょう》)と呼び、彼から人間であることを奪いとり、一つの道具と見なしています。だから、彼が喋ること、聞くことができるのに、口もきけず耳も聞こえない小心なただ大きいだけの怪物と決めこんでいます。もちろん、彼は決して正常者ではありません。精神的に異常な面もあります。それは自己防衛のために長い間に彼が心の中に作りあげてしまった状況でしょうが、電子機械幻想に取りつかれ、常におびえています。つまり、彼はこの世界が「コンバイン」という組織に牛耳《ぎゅうじ》られており、あらゆるところに（人間の頭の中にさえ）電子機械が配備され、それによって人間が組織の意のままに動くように仕組まれているという幻想を抱いています。彼はこの恐怖から逃れるため、自ら意識の中に張りめぐらす霧の中にじっと潜むのです。

このような男が語りだす物語に現実性《リアリティ》の保証はありえないはずですが、作者のキージーは現実性の乏しい語り手を用意した事実を逆手《さかて》にとって、むしろ奔放なほどに想像力を揮い、暗喩だけが生き生きと浮かびあがる世界を作りだし、通俗的類型としての主人公たち（善玉の悪漢的ヒーロー、悪役としての妖怪師長）を用意し、現代社会の比喩を描きだしました。したがって、小説全体がブロムデンの幻想におかされた意識から作られたものであるという認識は、読む者にとって欠くことはできないでしょう。このような認識があってはじめて、この小説で展開される誇張も幻想も、そして超現実性も許容されることになりますし、ブロムデンが冒頭で述べるように、この物語が「たとえほんとうに起こった話でないとしても、真実である」ものとなるのです。

もう少し具体的に言えば、コンバインという巨大組織にアメリカ全体が支配されているというブロムデンの幻想は、ノーマン・メイラーが五〇年代のアメリカについて書いたエッセイ「白い黒人」で指摘した現実と同じです。人々はアメリカという体制に順応を強いられて、メイラーの表現を借りれば「臆病な集団《コレクティヴ・フェイリヤー・オヴ・ナーヴズ》」と化してしまっていたからです。ブロムデンの幻想は、コンバインが人間を順応ロボットにするために、知らない間に電子機械を頭の中に埋めこみ、組織の意のままに操っているというものです。それでもなお反逆の精神を失わない者は精神病院という人間改造工場に送りこみます。電気ショック療法や脳外科手術《ロボトミー》によって人間の反逆心を完全に剥奪するのです。

ブロムデンの幻想が現実であれば、社会は悪夢のごとき世界となります。しかし、アメリカならずとも、冷静に現在の私たちの社会を眺めれば、悪夢は必ずしも幻想の世界にあるだけではないのです。機械《マシーン》――特に電子情報機械――万能の世界に人々は生き、それぞれの頭の中に機械こそ埋めこまれていませんが、毎日のように送りこまれている情報によっていつの間にか人間は機能第一の存在に変えられてしまっています。国家を背景とした体制は日々強化され、僕たちは反逆心をとうに失い、無意識のうちに順応の気楽さに浸っています。黒いリクルート・スーツに身を包み、春から夏にかけて右往左往する若者たちが象徴的ですが、もう正面切って反逆の「ノー」を叫ぶ気力も持ちません。この小説の悪役、ラチェッド師長（その名には「ネズミの小屋《ラット・シェッド》」とか「ネズミの糞《ラット・シット》」が汲みとれますが）の前でこそこそと振舞う患者たちと僕たちは本質的にそう変わりません。であれば、悪夢はもはやブロムデンの幻想だけと呑気にかまえているわけにはいきません。

反体制のヒーロー

この小説の主人公、少々滑稽な赤毛の反逆者、ランドル・マックマーフィに誰もが強く魅せられるのは、これまで述べてきた体制《システム》の圧力と脅威をどこかで僕たちが意識しているからでしょう。キージーはマックマーフィを創造するにあたって『赤毛の男』の作者ドンレヴィと同様に、犠牲者としての悪漢ヒーローを頭においていたでしょうが、同時に彼は対談の中で述べているように「キャプテン・アメリカとキャプテン・マーヴェル」（いずれも有名なアメリカの漫画の主人公で、外敵（キャプテン・アメリカにとってはナチ）・内敵（マーヴェルにとっては悪人）と敢然と戦い、アメリカの永遠の理想である自由と自立を守っていく男たちを意識していました。マックマーフィにまつわる漫画的誇張と類型性は、したがって作者によって意識的に創られたのです。

しかし、このような大衆的神話はアメリカ文学では伝統的に受けつがれてきたものでもあります。アメリカにとって、新大陸への入植以来、個人の自由と自立は強い願望であり、理想でした。過去には、ソーローのように個人の自由を主張して無政府主義的になった哲学者がいて、ホイットマンのように、人間の自我とその確立を詩いつづけた詩人がいました。小説の主人公には、クーパーの創ったナッティ・バンポーという西へ西へと旅し、自己確立を目指す英雄がいますし、またマーク・トウェインのハック・フィンという自由奔放な自然児がいます。この両者ともに文明社会を嫌い、自己の自由な世界を「遥かなる彼方《テリトリ・アヘッド》」の自然の中に求めて西へ西へと向かっていくアメリカの理想の英雄でした。マックマーフィもまたそのような文学伝統を継承できる主人公であると考えることができます。

アイルランド系のこの男、樵《きこり》で女好き、酒飲みで乱暴者、賭け事が飯より好きで放浪者ときています。社会の中で生きることのできない（いや、生きることを拒む）男です。だが、あまりにも気儘に社会の周辺を放浪してきたために、ブロムデンの見るところ、コンバインの手先が彼の頭の中に電子機械を植えこむ隙がなかったようです。そのため、マックマーフィは本来のアメリカ人らしく反逆心が旺盛で、自分の自由がおびやかされるとなると、猛烈に闘争心を燃やすことができるのです。彼は暴力行為で刑務所に入れられ、またそこで暴力を発揮し、精神異常者として病院に州からの委託患者として連れてこられます。だが入院してくるやいなや、病棟の師長が誇示するコンバインの権力に対し、ことごとく刃向かいます。そある時は皮肉に、ある時はふざけまわり滑稽に、そしてある時には正面切って彼は師長に挑戦します。その過程で彼は、臆病になりきって体制順応のロボット化してしまっている仲間の患者たちに、再び人間の自由と勇気の喜びを回復させていきます。

マックマーフィの野放図な、そして滑稽な戦略が次第に効果を発揮していき、仲間の患者たちはもちろんのこと、小さく縮んでいた語り手のブロムデンまでがその大きな身体《からだ》にふさわしく、大きな心を取り戻していきますが、その過程が痛快この上ないのです。だが、漫画を意識していた作者が漫画の域をはるかに超えるのは、マックマーフィがキャプテン・アメリカやキャプテン・マーヴェルほど単純なヒーローではないことです。彼は師長の背後にある巨大な組織・コンバインを敵にして、自らの矮小《わいしょう》さを意識し、華々しい行為の陰で思いまどい、逡巡《しゅんじゅん》し、過去を悔い、己が身の安全を考えます。巨大な組織に対抗するのに、素手でたちむかうドン・キホーテであってよいのか、彼は悩みます。だが、結局、犠牲者への道を選んで対決します。このマックマーフィの犠牲者としての死が彼を漫画のヒーローの領域から救うことになります。

読者は、しかし、最終的なマックマーフィの死を彼の敗北とは読まないでしょう。というのも、彼は犠牲者となり、仲間の患者たち（そして読者に）一つのメッセージを残していったからです。語り手のブロムデンが勇気と力を回復し、ロボトミーで植物人間にされてしまったマックマーフィにヒーローとしての死を与え、精神病院から脱走するというのは、マックマーフィの再生を意味します。彼の敗北が必ずしも全面的な敗北ではないことをキージーは示そうと考えています。ブロムデンもまた前に述べたように、社会の外に生きざるをえなかった人間でした。人種を超えて彼とマックマーフィが共感を当初から感じあうのは、疎外者としての二人が真の意味でアメリカの理想である個人の自由の守護者であることの証でした。小説の最後で、マックマーフィの託したメッセージを背にブロムデンがひたすら〈遥かなる土地《テリトリ・アヘッド》〉へ走る姿に、読む者は必ず感動を覚えるはずです。

波瀾に満ちたカルト的作家の人生

現代アメリカ社会（ひいては僕たちの社会も同じですが）の状況を精神病院の病棟に移しかえて、比喩に満ちた痛快な、また感動的な小説に仕立てた作者、ケン・キージー自身、ずいぶんと波瀾に満ちた人生を送っています。彼はコロラド州のラ・ハンタという町で一九三五年に生まれています。キージー家の二人息子の長男でした。一家はやがてオレゴン州のスプリングフィールドに移り、彼もそこで成長し、高校を卒業しています。スプリングフィールドは、オレゴン州立大学のあるユージーンという都市の近郊にありますから、彼はそのまま州立大に進み、創作と演劇で優秀な成績を収め、同時にレスリング選手としてオリンピックの候補にまでなるほどでした。田舎育ちの健康優良児というイメージの青年だったようです。

しかし、彼がスタンフォード大学の創作科の大学院生として奨学金を得、大学院生の居住区、カリフォルニア州パロアルトのペリー・レインというところに妻のフェイと暮らすようになって、一大転機が訪れます。一九五八年のことです。彼は大学院でマルカム・カウリーやウォラス・ステグナーという優れた先生について学び、文学的に非常に洗練されてきますが、同時に、当時心理学専攻の院生だったヴィック・ラヴェルに出会い、大きな影響を受けます。ラヴェルの紹介で、彼はメンロー・パークというところにある在郷軍人病院《ヴェテランズ・ホスピタル》で精神の異常状態を発症させる薬物実験が行われていることを知ることになります。彼は自ら志願して、ＬＳＤほか、さまざまな麻薬を使い、それによって現れる症状の記録をする仕事につきました。これが『カッコーの巣の上で』を書くきっかけとなっています。

小説が成功した秘訣は、ブロムデンという人物の設定にありますが、これもまたＬＳＤの幻覚症状の中で突然キージーの心に浮かびあがったイメージによるものでした。彼はこの小説を完成させると、再び家族と共にオレゴン州に戻ります。最初はスプリングフィールドへ戻りましたが、すぐにフローレンスという木材の町へ移り、第二作の『時には偉大な観念を』（*Sometimes A Great Notion*, 一九六四年）の題材を集めはじめました。だが、一九六二年の二月に『カッコーの巣の上で』がヴァイキング社から発売されると、爆発的な売れ行きを示し、彼は経済的にも裕福となり、再びカリフォルニアに行き、ラ・ホンダというところに広大な土地を手に入れ、ヒッピーの若者たちのためのコミューンを作りました。一九六三年のことです。ケルアックの『オン・ザ・ロード』の主人公の一人、ディーン・モリアーティーのモデルであったニール・キャサディもこれに参加しています。またこのコミューンからやがてキージーの主宰する「メリー・プランクスターズ」（「陽気なおふざけ屋さんたち」の意）が生まれています。彼らは一九六四年にサイケデリックな模様を車体一面に塗ったバスで、カリフォルニアからニューヨークへと旅してまわり、麻薬体験の実演をやり、「ふざけた演技」をしたりして若者たちを集め、いわゆる「トリップ」を体験させたりしました。この「メリー・プランクスターズ」とサイケデリックなバスはキージーにとっては社会の外に生きる「作品」でもあり、彼はこの時代の一種のカルト・ヒーローとさえなっていました。

だが、キージーの人生はその後順調ではなくなってしまいました。第二作は大自然の中に生きることを理想としていた彼の野心作でしたが、あまり成功しませんでした。若いヒッピーたちから彼は英雄のように祭りあげられたりしましたが、一九六五年に麻薬所持の罪で逮捕されてしまいます。彼は裁判で争いますが、その間も麻薬の使用はやめませんでした。六六年一月、彼は有罪の判決を受けますが、上告し、その二日後にまた麻薬所持で逮捕される始末でした。そして、五年の実刑に処せられますが、彼はメキシコへ逃亡します。一九六六年十月にアメリカに戻ってきたところ、ＦＢＩの手に捕まります。彼はまさにマックマーフィのように完全なる「無法者《アウトロー》」となったのです。

その後、サン・マテオ郡刑務所で服役したキージーは一九六七年に釈放され、オレゴン州に戻り、農場を経営しながら、時折、エッセイや短編を書いて暮らしました。その成果が『キージーのがらくた市』(*Kesey's Garage Sale*, 一九七三年)となって出版されました。また、母校の要請で、八九年から九〇年まで三学期にわたってオレゴン州立大学の大学院で創作を教えました。ここで指導した学生十三人と共同で完成させたという小説が『洞穴《ほらあな》』(*Caverns*, 一九九〇年)でした。この作者の名は架空の〝O. U. Levon〟を使っていますが、これは〝University of Oregon: Novel〟の頭文字を使ったもので、自分の名前は出しませんでした。しかし、この作品をきっかけに再び自らの長編に挑戦し、発表したのが『船乗りの歌』(*Sailor Song*, 一九九二年)でした。

この小説は地球の環境破壊が極度に進んだ二十一世紀を背景とし、キージーは人間の愛と生存の重要性を書きこもうとしている、と言われています。その後も創作を手がけ、九四年には『最後のロデオ』(*Last Go Round*)を発表しました。だが、いずれの作品もあまり世評にのぼりませんでした。六〇年代のカルト・ヒーローだった彼は、ついに処女作を超える作品を遺すことなく、二〇〇一年十一月にオレゴン州ユージーンの病院で亡くなっています。六十六歳でした。

(『現代アメリカ文学講義』[彩流社] より転載)

訳者あとがき

本書の訳は今から半世紀ほど前、一九七四年に富山房より『郭公の巣』の題で出版されたが、後に他社から文庫化の話があり、富山房の編集部長、佐藤康之氏の発案により、旧訳を改訳し、新しい形で出版し直した。一九九六年のことである。映画化された際の題名がわが国では一般的になっていたため、題名も改めた。

その後、二十一世紀となったが、社会状況こそ変わったものの、社会の体制化と電子機器化はますます強靭となり、人間はキージーが考えていた以上に弱く、小さくなってしまっている。旧友の編集者、藤原義也氏がこの本が絶版になっていることに気づき、二〇一四年に白水社より若者向けの文庫「白水Uブックス／海外小説　永遠の本棚」シリーズに加えて下さった。だがそれも絶版とかで、パンローリング株式会社の後藤康徳社長が復刊を考えて下さり、再び陽の目を見ることになった。白水社版が最後かと思っていたので、訳者としては嬉しい限りである。また、新しい版のために、語句の統一・訂正などに当たって、同社の徳富啓介氏、鈴木綾乃氏、齊藤絵里氏にも大変にお世話になった。佐藤、藤原、後藤氏など、この作品を愛してくださって生かし続けてくださった方々と共に、お名前を挙げて、心からお礼を言いたい。

二〇二一年五月

岩元巌

本書には今日の人権意識に照らして不当・不適切と思われる語句や表現が見られる部分があります。

しかし、作品執筆時の時代的背景や本書が取り扱っている内容などを考慮し、また作品の持つオリジナル性を尊重し、そのまま掲載しておりますことをご了承ください。

■著者紹介

ケン・キージー（Ken Kesey）

波乱万丈の人生を送り、カルト・ヒーローとさえ言われたアメリカの作家。1935年、コロラド州生まれ。1962年に刊行した『カッコーの巣の上で』がたちまちベストセラーとなる。その後、カリフォルニア州に、ヒッピーの若者たちのためのコミューンを開設。1964年には、ヒッピーコミューン「メリー・プランクスターズ」とともに、サイケデリック塗装のバス「FURTHUR号」に乗り込み、全米に「トリップ」体験を広めるツアーをはじめる。1967年のビートルズの映画『マジカル・ミステリー・ツアー』はこのツアーをモチーフとしたとされる。こうした出来事を通じ、キージーは反体制のヒーローとしてもてはやされた。その後、薬物使用などで逮捕・起訴を繰り返し、次第に脚光を浴びる存在でなくなったキージーは、後半生は農場を経営しながら、エッセイや短編を書いて自由に暮らした。2001年死去。

■訳者紹介

岩元巌（いわもと・いわお）

1930年、大分県生まれ。東京教育大学卒業。筑波大学名誉教授、麗澤大学名誉教授。主な著書に、『バーナード・マラマッド』（冬樹社）、『変容するアメリカン・フィクション』（南雲堂）、『シオドア・ドライサーの世界』（成美堂）、『現代アメリカ文学講義』（彩流社）など。訳書に、イーハブ・ハッサン『根源的な無垢』、ジョン・アップダイク『結婚しよう』『メイプル夫妻の物語』（以上、新潮社）、『ゴルフ・ドリーム』（集英社）、ジョン・バース『フローティング・オペラ』（講談社）、『レターズ』（共訳、図書刊行会）などがある。

本書は『カッコーの巣の上で』（二〇一四年、白水社）を改訂再編集したものです。

2021年7月2日 初版第1刷発行

カッコーの巣《す》の上《うえ》で

著　者　ケン・キージー
訳　者　岩元巌
発行者　後藤康徳
発行所　パンローリング株式会社
〒160-0023　東京都新宿区西新宿7-9-18　6階
TEL 03-5386-7391　FAX 03-5386-7393
http://www.panrolling.com/
E-mail　info@panrolling.com
装　丁　パンローリング装丁室
印刷・製本　株式会社シナノ

ISBN978-4-7759-4252-9